鲁迅全集

第 六 卷

且介亭杂文

且介亭杂文二集

且介亭杂文末编

人民文学出版社

图书在版编目（CIP）数据

鲁迅全集. 6/鲁迅著. —北京：人民文学出版社，2005. 11（2022. 11 重印）
ISBN 978 - 7 - 02 - 005033 - 8

I. ①鲁… Ⅱ. ①鲁… Ⅲ. ①鲁迅著作—全集②鲁迅杂文 Ⅳ. ①I210. 1

中国版本图书馆 CIP 数据核字（2005）第 070009 号

责任编辑　刘　伟
装帧设计　李吉庆
责任校对　王鸿宝
责任印制　王重艺

曹白刻。一九三五年夏天，全国木刻之展览会在上海开会，他二毛由市党部审查，"老爷"定拒看这张木刻像……达夫

木刻像（曹白作）

在全国第二回木刻流动展览会上摄（1936）

（内景）

（外景）　　　　　上海大陆新村寓所

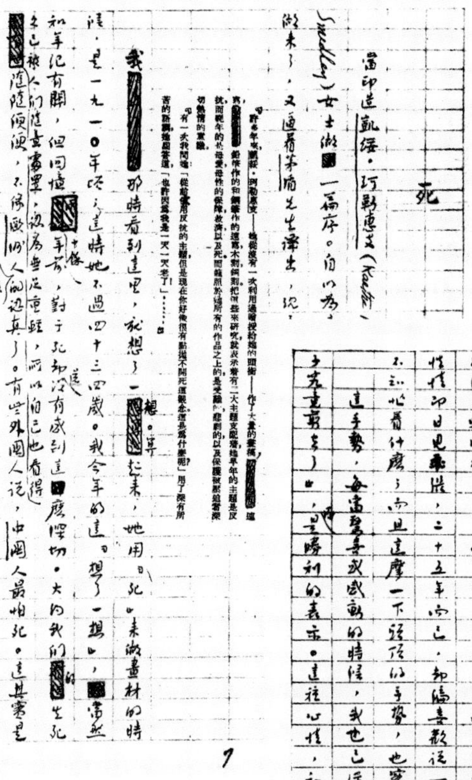

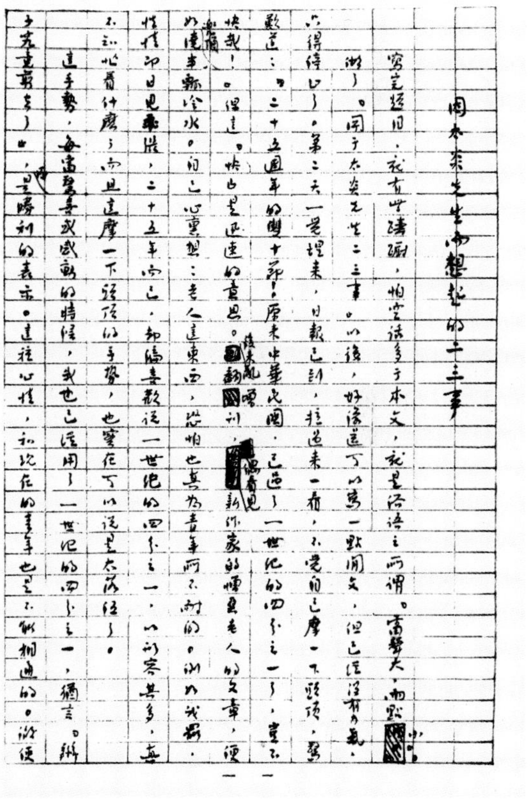

《且介亭杂文末编》手稿

目　录

且介亭杂文末编

一九三六年

附　集

且介亭杂文

本书收作者 1934 年所作杂文三十六篇,1935
年末经作者亲自编定,1937 年 7 月由上海三闲书
屋初版。

序　言

　　近几年来,所谓"杂文"的产生,比先前多,也比先前更受着攻击。例如自称"诗人"邵洵美[1],前"第三种人"[2]施蛰存[3]和杜衡即苏汶[4],还不到一知半解程度的大学生林希隽[5]之流,就都和杂文有切骨之仇,给了种种罪状的。然而没有效,作者多起来,读者也多起来了。

　　其实"杂文"也不是现在的新货色,是"古已有之"的[6],凡有文章,倘若分类,都有类可归,如果编年,那就只按作成的年月,不管文体,各种都夹在一处,于是成了"杂"。分类有益于揣摩文章,编年有利于明白时势,倘要知人论世,是非看编年的文集不可的,现在新作的古人年谱的流行,即证明着已经有许多人省悟了此中的消息。况且现在是多么切迫的时候,作者的任务,是在对于有害的事物,立刻给以反响或抗争,是感应的神经,是攻守的手足。潜心于他的鸿篇巨制,为未来的文化设想,固然是很好的,但为现在抗争,却也正是为现在和未来的战斗的作者,因为失掉了现在,也就没有了未来。

　　战斗一定有倾向。这就是邵施杜林之流的大敌,其实他们所憎恶的是内容,虽然披了文艺的法衣,里面却包藏着"死之说教者"[7],和生存不能两立。

　　这一本集子和《花边文学》,是我在去年一年中,在官民的明明暗暗，软软硬硬的围剿"杂文"的笔和刀下的结集，凡是写下来的，全在这里面。当然不敢说是诗史[8]，其中有着时代的眉目，也决不是英雄们的八宝箱，一朝打开，便见光辉灿烂。我只在深夜的街头摆着一个地摊，所有的无非几个小钉，几个瓦碟，但也希望，并且相信有些人会从中寻出合于他的用处的东西。

　　一九三五年十二月三十日，记于上海之且介亭[9]。

　　＊　　　　＊　　　　＊

　　〔1〕　邵洵美（1906—1968）　浙江余姚人。曾留学英国、法国，1928 年在上海创办金屋书店，主编《金屋月刊》，提倡唯美主义文学。他和章克标是《人言》周刊的"编辑同人"。该刊第一卷第三期（1934 年 3 月）曾译载鲁迅用日文写的《关于中国的两三件事》一文中谈监狱一节，文末的"编者注"中攻击鲁迅的杂文"强辞夺理"，"意气多于议论，捏造多于实证"。参看《准风月谈·后记》。

　　〔2〕　"第三种人"　苏汶（即杜衡）在 1932 年 7 月《现代》月刊第一卷第三期发表《关于〈文新〉与胡秋原的文艺论辩》，以"第三种人"自居，指责左翼文艺运动。文中说："在'智识阶级的自由人'和'不自由的，有党派的'阶级争着文坛的霸权的时候，最吃苦的，却是这两种人之外的第三种人。这第三种人便是所谓作者之群。"

　　〔3〕　施蛰存（1905—2003）　浙江杭州人，作家。曾主编《现代》月刊、《文饭小品》等。他在《文饭小品》第三期（1935 年 4 月）发表的《服尔泰》中，说鲁迅的杂文是"有宣传作用而缺少文艺价值的东西"。

　　〔4〕　杜衡（1906—1964）　原名戴克崇，笔名杜衡、苏汶，浙江杭县（今余杭）人，"第三种人"的代表人物。曾编辑《现代》月刊。他在上

海《星火》第二卷第二期(1935 年 11 月 1 日)发表的《文坛的骂风》中说，"杂文的流行"，是文坛上"一团糟的混战"的"一个重要的原因"，"于是短论也，杂文也，差不多成为骂人文章的'雅称'，于是，骂风四起，以至弄到今日这不可收拾的局势。"

〔5〕　林希隽　广东潮安人，当时上海大夏大学的学生。他在《现代》第五卷第五期(1934 年 9 月)发表的《杂文和杂文家》中，说杂文的兴盛，是因为"作家毁掉了自己以投机取巧的手腕来代替一个文艺作者的严肃的工作"。

〔6〕　"杂文"是"古已有之"的　南朝梁刘勰《文心雕龙》卷三《杂文》："详夫汉来杂文，名号多品：或典诰誓问，或览略篇章，或曲操弄引，或吟讽谣咏。总括其名，并归杂文之区。"

〔7〕　"死之说教者"　原是尼采《札拉图斯特拉如是说》第一卷第九篇的篇名，这里借用其字面的意思。

〔8〕　诗史　意思是可以作为历史看的诗，语出《新唐书·杜甫传》："甫又善陈时事，律切精深，至千言不少衰，世号'诗史'。"后也泛指能反映一个时代的作品。

〔9〕　且介亭　当时作者住在上海北四川路，这个地区是"越界筑路"(帝国主义者越出租界范围修筑马路)区域，即所谓"半租界"。"且介"即取"租界"二字之各半。

一 九 三 四 年

关于中国的两三件事^{〔1〕}

一　关于中国的火

希腊人所用的火，听说是在一直先前，普洛美修斯^{〔2〕}从天上偷来的，但中国的却和它不同，是燧人氏^{〔3〕}自家所发见——或者该说是发明罢。因为并非偷儿，所以拴在山上，给老雕去啄的灾难是免掉了，然而也没有普洛美修斯那样的被传扬，被崇拜。

中国也有火神^{〔4〕}的。但那可不是燧人氏，而是随意放火的莫名其妙的东西。

自从燧人氏发见，或者发明了火以来，能够很有味的吃火锅，点起灯来，夜里也可以工作了，但是，真如先哲之所谓"有一利必有一弊"罢，同时也开始了火灾，故意点上火，烧掉那有巢氏^{〔5〕}所发明的巢的了不起的人物也出现了。

和善的燧人氏是该被忘却的。即使伤了食，这回是属于神农氏^{〔6〕}的领域了，所以那神农氏，至今还被人们所记得。至于火灾，虽然不知道那发明家究竟是什么人，但祖师总归是有的，于是没有法，只好漫称之曰火神，而献以敬畏。看他的画像,是红面孔,红胡须,不过祭祀的时候,却须避去一切红色的东西,而代之以绿色。他大约像西班牙的牛一样,一看见红色,便会亢奋起来,做出一种可怕的行动的。[7]

他因此受着崇祀。在中国,这样的恶神还很多。

然而,在人世间,倒似乎因了他们而热闹。赛会[8]也只有火神的,燧人氏的却没有。倘有火灾,则被灾的和邻近的没有被灾的人们,都要祭火神,以表感谢之意。被了灾还要来表感谢之意,虽然未免有些出于意外,但若不祭,据说是第二回还会烧,所以还是感谢了的安全。而且也不但对于火神,就是对于人,有时也一样的这么办,我想,大约也是礼仪的一种罢。

其实,放火,是很可怕的,然而比起烧饭来,却也许更有趣。外国的事情我不知道,若在中国,则无论查检怎样的历史,总寻不出烧饭和点灯的人们的列传来。在社会上,即使怎样的善于烧饭,善于点灯,也毫没有成为名人的希望。然而秦始皇[9]一烧书,至今还俨然做着名人,至于引为希特拉[10]烧书事件的先例。假使希特拉太太善于开电灯,烤面包罢,那么,要在历史上寻一点先例,恐怕可就难了。但是,幸而那样的事,是不会哄动一世的。

烧掉房子的事,据宋人的笔记说,是开始于蒙古人的。因为他们住着帐篷,不知道住房子,所以就一路的放火。[11]然而,这是诳话。蒙古人中,懂得汉文的很少,所以不来更正的。其实,秦的末年就有着放火的名人项羽[12]在,一烧阿房宫,便天下闻名,至今还会在戏台上出现,连在日本也很有名。然而,在未烧以前的阿房宫里每天点灯的人们,又有谁知道他们的名姓呢?

现在是爆裂弹呀,烧夷弹呀之类的东西已经做出,加以飞机也很进步,如果要做名人,就更加容易了。而且如果放火比先前放得大,那么,那人就也更加受尊敬,从远处看去,恰如救世主〔13〕一样,而那火光,便令人以为是光明。

二 关于中国的王道

在前年,曾经拜读过中里介山氏〔14〕的大作《给支那及支那国民的信》。只记得那里面说,周汉都有着侵略者的资质。而支那人都讴歌他,欢迎他了。连对于朔北的元和清,也加以讴歌了。只要那侵略,有着安定国家之力,保护民生之实,那便是支那人民所渴望的王道,于是对于支那人的执迷不悟之点,愤慨得非常。

那"信",在满洲出版的杂志上,是被译载了的,但因为未曾输入中国,所以像是回信的东西,至今一篇也没有见。只在去年的上海报上所载的胡适〔15〕博士的谈话里,有的说,"只有一个方法可以征服中国,即彻底停止侵略,反过来征服中国民族的心。"不消说,那不过是偶然的,但也有些令人觉得好像是对于那信的答复。

征服中国民族的心,这是胡适博士给中国之所谓王道所下的定义,然而我想,他自己恐怕也未必相信自己的话的罢。在中国,其实是彻底的未曾有过王道,"有历史癖和考据癖"的胡博士,该是不至于不知道的。

不错,中国也有过讴歌了元和清的人们,但那是感谢火神之类,并非连心也全被征服了的证据。如果给与一个暗示,说是倘不讴歌,便将更加虐待,那么,即使加以或一程度的虐待,也还可以使人们来讴歌。四五年前,我曾经加盟于一个要求自由的团体[16],而那时的上海教育局长陈德征氏勃然大怒道,在三民主义的统治之下,还觉得不满么?那可连现在所给与着的一点自由也要收起了。而且,真的是收起了的。每当感到比先前更不自由的时候,我一面佩服着陈氏的精通王道的学识,一面有时也不免想,真该是讴歌三民主义的。然而,现在是已经太晚了。

在中国的王道,看去虽然好像是和霸道对立的东西,其实却是兄弟,[17]这之前和之后,一定要有霸道跑来的。人民之所讴歌,就为了希望霸道的减轻,或者不更加重的缘故。

汉的高祖[18],据历史家说,是龙种,但其实是无赖出身,说是侵略者,恐怕有些不对的。至于周的武王[19],则以征伐之名入中国,加以和殷似乎连民族也不同,用现代的话来说,那可是侵略者。然而那时的民众的声音,现在已经没有留存了。孔子和孟子[20]确曾大大的宣传过那王道,但先生们不但是周朝的臣民而已,并且周游历国,有所活动,所以恐怕是为了想做官也难说。说得好看一点,就是因为要"行道",倘做了官,于行道就较为便当,而要做官,则不如称赞周朝之为便当的。然而,看起别的记载来,却虽是那王道的祖师而且专家的周朝,当讨伐之初,也有伯夷和叔齐扣马而谏[21],非拖开不可;纣的军队也加反抗,非使他们的血流到漂杵[22]不可。接着是殷民又造了反,虽然特别称之曰"顽民"[23],从王道天下的人民中除开,但总之,似乎究竟有了一种什么破绽似的。好个王道,只消一个顽民,便将它弄得毫无根据了。

儒士和方士,是中国特产的名物。方士的最高理想是仙道,儒士的便是王道。但可惜的是这两件在中国终于都没有。据长久的历史上的事实所证明,则倘说先前曾有真的王道者,是妄言,说现在还有者,是新药。孟子生于周季,所以以谈霸道为羞[24],倘使生于今日,则跟着人类的智识范围的展开,怕要羞谈王道的罢。

三 关于中国的监狱

我想,人们是的确由事实而从新省悟,而事情又由此发生变化的。从宋朝到清朝的末年,许多年间,专以代圣贤立言的"制艺"[25]这一种烦难的文章取士,到得和法国打了败仗[26],这才省悟了这方法的错误。于是派留学生到西洋,开设兵器制造局,作为那改正的手段。省悟到这还不够,是在和日本打了败仗之后[27],这回是竭力开起学校来。于是学生们年年大闹了。从清朝倒掉,国民党掌握政权的时候起,才又省悟了这错误,作为那改正的手段的,是除了大造监狱之外,什么也没有了。

在中国,国粹式的监狱,是早已各处都有的,到清末,就也造了一点西洋式,即所谓文明式的监狱。那是为了示给旅行到此的外国人而建造,应该与为了和外国人好互相应酬,特地派出去,学些文明人的礼节的留学生,属于同一种类的。托了这福,犯人的待遇也还好,给洗澡,也给一定分量的饭吃,所以倒是颇为幸福的地方。但是,就在两三礼拜前,政府因为要行仁政了,还发过一个不准克扣囚粮的命令。从此以后,可更加幸福了。

至于旧式的监狱,则因为好像是取法于佛教的地狱的,所以不但禁锢犯人,此外还有给他吃苦的职掌。挤取金钱,使犯人的家属穷到透顶的职掌,有时也会兼带的。但大家都以为应该。如果有谁反对罢,那就等于替犯人说话,便要受恶党[28]的嫌疑。然而文明是出奇的进步了,所以去年也有了提倡每年该放犯人回家一趟,给以解决性欲的机会的,颇是人道主义气味之说的官吏。[29]其实,他也并非对于犯人的性欲,特别表着同情,不过因为总不愁竟会实行的,所以也就高声嚷一下,以见自己的作为官吏的存在。然而舆论颇为沸腾了。有一位批评家,还以为这么一来,大家便要不怕牢监,高高兴兴的进去了,很为世道人心愤慨了一下。[30]受了所谓圣贤之教那么久,竟还没有那位官吏的圆滑,固然也令人觉得诚实可靠,然而他的意见,是以为对于犯人,非加虐待不可,却也因此可见了。

从别一条路想,监狱确也并非没有不像以“安全第一”为标语的人们的理想乡的地方。火灾极少,偷儿不来,土匪也一定不来抢。即使打仗,也决没有以监狱为目标,施行轰炸的傻子;即使革命,有释放囚犯的例,而加以屠戮的是没有的。当福建独立[31]之初,虽有说是释放犯人,而一到外面,和他们自己意见不同的人们倒反而失踪了的谣言，然而这样的例子，以前是未曾有过的。总而言之，似乎也并非很坏的处所。只要准带家眷，则即使不是现在似的大水，饥荒，战争，恐怖的时候，请求搬进去住的人们，也未必一定没有的。于是虐待就成为必不可少了。

牛兰[32]夫妇，作为赤化宣传者而关在南京的监狱里，也绝食了三四回了，可是什么效力也没有。这是因为他不知道中国的监狱的精神的缘故。有一位官员诧异的说过：他自己不吃，和别人有什么关系呢？岂但和仁政并无关系而已呢，省些食料，倒是于监狱有益的。甘地[33]的把戏，倘不挑选兴行场[34]，就毫无成效了。

然而，在这样的近于完美的监狱里，却还剩着一种缺点。至今为止，对于思想上的事，都没有很留心。为要弥补这缺点，是在近来新发明的叫作"反省院"的特种监狱里，施着教育。我还没有到那里面去反省过，所以并不知道详情，但要而言之，好像是将三民主义时时讲给犯人听，使他反省着自己的错误。听人说，此外还得做排击共产主义的论文。如果不肯做，或者不能做，那自然，非终身反省不可了，而做得不够格，也还是非反省到死则不可。现在是进去的也有，出来的也有，因为听说还得添造反省院，可见还是进去的多了。考完放出的良民，偶尔也可以遇见，但仿佛大抵是萎靡不振，恐怕是在反省和毕业论文上，将力气使尽了罢。那前途，是在没有希望这一面的。

＊　　　＊　　　＊

〔1〕　本篇最初发表于 1934 年 3 月号日本《改造》月刊,参看本书《附记》。

〔2〕　普洛美修斯　通译普罗米修斯,希腊神话中的神。相传他从主神宙斯那里偷了火种给人类,受到宙斯的惩罚,被钉在高加索山的岩石上,让神鹰啄食他的肝脏。

〔3〕　燧人氏　我国传说中最早钻木取火的人,远古三王之一。

〔4〕　火神　传说不一。一说指祝融,见罗泌《路史·前纪》卷八;一说指回禄,见《左传》昭公十八年及其注疏。

〔5〕　有巢氏　我国传说中发明树上搭巢居住的人,见《庄子·盗跖》及《韩非子·五蠹》。

〔6〕　神农氏　我国传说中发明制作农具、教人耕种的人,远古三王之一。又传说他曾尝百草,发现药材,教人治病。

〔7〕　西班牙有斗牛的风俗,斗牛士手持红布对牛撩拨,待牛以角向他触去,斗牛士即与之搏斗。

〔8〕　赛会　也称赛神,旧时的一种迷信习俗。用仪仗、鼓乐和杂戏等迎神出庙,周游街巷,以酬神祈福。

〔9〕　秦始皇(前 259—前 210)　姓嬴名政,战国时秦国国君,公元前 221 年建立我国历史上第一个中央集权的封建王朝。始皇三十四年(前 213),他采纳丞相李斯的建议,下令将秦以外的各国史书和民间所藏除农书和医书以外的古籍尽行焚毁。

〔10〕　希特拉(A. Hitler,1889—1945)　通译希特勒,德国纳粹党首领,德国元首。1933 年他担任内阁总理后,实行法西斯统治,烧毁进步书籍和一切所谓"非德国思想"的书籍。关于引秦始皇为希特勒焚书先例的论调,作者在《准风月谈·华德焚书异同论》中曾作过分析,可参看。

〔11〕 宋代庄季裕《鸡肋编》卷中载:"靖康之后,金虏侵凌中国,露居异俗,凡所经过,尽皆焚爇。"按靖康(1126—1127)是宋钦宗的年号。

〔12〕 项羽(前232—前202) 下相(今江苏宿迁)人,秦末农民起义领袖。秦亡后自立为西楚霸王,后为刘邦所败。据《史记·项羽本纪》载:他攻破咸阳后,"烧秦宫室,火三月不灭"。阿房宫,秦始皇时建筑的宫殿,遗址在今陕西西安市西阿房村。

〔13〕 救世主 基督教徒对耶稣的称呼。《新约·马太福音》说基督所在之处,都有大光照耀。

〔14〕 中里介山(1885—1944) 日本通俗小说家,著有历史小说《大菩萨峠》。他的《给支那和支那国民的一封信》,1931年(昭和六年)日本春阳堂出版。

〔15〕 胡适(1891—1962) 字适之,安徽绩溪人。早年留学美国,曾获美国哥伦比亚大学哲学博士学位,回国后任北京大学教授。这里所引的这段话,是他1933年3月18日在北平对记者的谈话,载同年3月22日《申报·北平通讯》。下文的"有历史癖和考据癖",是他在1920年7月所写的《〈水浒传〉考证》中的话:"我最恨中国史家说的什么'作史笔法',但我却有点'历史癖';我又最恨人家咬文嚼字的评文,但我却又有点'考据癖'!"

〔16〕 指中国自由运动大同盟,中国共产党支持和领导下的群众团体,1930年2月成立于上海,它的宗旨是争取言论、出版、结社、集会等自由,反对国民党的独裁统治。

〔17〕 关于王道和霸道之说,《孟子·公孙丑(上)》载有孟子的话:"以力假仁者霸,霸必有大国;以德行仁者王,王不待大……以力服人者,非心服也,力不赡也;以德服人者,中心悦而诚服也。"又《汉书·元帝纪》载有汉宣帝刘询的话:"汉家自有制度,本以霸王道杂之。"

〔18〕 汉高祖 即刘邦(前247—前195),沛(今江苏沛县)人,秦

末农民起义领袖,汉朝的建立者。据《史记·高祖本纪》载:"高祖……父曰太公,母曰刘媪,其先刘媪尝息大泽之陂,梦与神遇。是时雷电晦冥,太公往视,则见蛟龙于其上。已而有身,遂产高祖。"又说他"不事家人生产作业……好酒及色。常从王媪、武负贳酒"。

〔19〕 周武王　姓姬名发,殷末周族领袖。公元前十一世纪,他联合西北和西南各族起兵进入中原,灭殷后建立周王朝。

〔20〕 孔子(前551—前479)　名丘,字仲尼,春秋末期鲁国陬邑(今山东曲阜)人,儒家学派的创始者。孟子(约前372—前289),名轲,字子舆,战国时邹(今山东邹县东南)人,他继承并发挥了儒家学说,成为孔子以后的又一儒家代表人物。

〔21〕 伯夷和叔齐扣马而谏　据《史记·伯夷列传》载:"伯夷、叔齐,孤竹君之二子也。……闻西伯昌善养老,盍往归焉。及至,西伯卒,武王载木主,号为文王,东伐纣。伯夷、叔齐叩马而谏曰:'父死不葬,爰及干戈,可谓孝乎?以臣弑君,可谓仁乎?'左右欲兵之。太公曰:'此义人也,扶而去之。'"

〔22〕 血流漂杵　据《尚书·武成》载:"甲子昧爽,受(纣)率其旅若林,会于牧野。罔有敌于我师,前徒倒戈,攻于后以北,血流漂杵。"

〔23〕 "顽民"　据《史记·殷本纪》载:"周武王崩,武庚(商纣之子)与管叔、蔡叔作乱,成王命周公诛之。"又《尚书·多士》载:"成周(今洛阳)既成,迁殷顽民。"据唐代孔颖达疏:"顽民,谓殷之大夫、士从武庚叛者;以其无知,谓之顽民。"

〔24〕 以谈霸道为羞　据《孟子·梁惠王(上)》载:"齐宣王问曰:'齐桓、晋文之事,可得闻乎?'孟子对曰:'仲尼之徒,无道桓、文之事者,是以后世无传焉,臣未之闻也。'"据宋代朱熹《集注》:"仲尼之门,五尺童子羞称五霸,为其先诈力而后仁义也。"

〔25〕 "制艺"　也称制义,科举考试时规定的文体。在明清两代

指摘取"四书"、"五经"中文句命题、立论的八股文。

〔26〕 指 1884 年至 1885 年的中法战争。战争的结果是清政府与法国签订了不平等的《中法新约》。

〔27〕 指 1894 年至 1895 年的中日战争（即甲午战争）。清政府在战败后与日本签订了丧权辱国的《马关条约》。

〔28〕 恶党 这里是反语，当时国民党当局曾用"匪党"等字眼诬称中国共产党。

〔29〕 1933 年 4 月 4 日《申报》"南京专电"称："司法界某要人谈……壮年犯之性欲问题，依照理论，人民犯罪，失去自由，而性欲不在剥夺之列，欧美文明国家，定有犯人假期……每年得请假返家五天或七天，解决其性欲。"

〔30〕 1933 年 8 月 20 日邵洵美在他编的《十日谈》第二期发表《自由监狱》（署名郭明）一文，其中说："最近司法当局复有关于囚犯性欲问题之讨论……本来，囚禁制度……是国家给予犯罪者一个自省而改过的机会……监狱痛苦尽人皆知，不法犯罪，乃自讨苦吃，百姓既有戒心，或者可以不敢犯法；对付小人，此亦天机一条也。"

〔31〕 福建独立 指 1933 年 11 月在福建发生的政变。1932 年 1 月 28 日在上海抗击进犯日军的十九路军，停战后被蒋介石调往福建进行反共内战。1933 年 11 月，十九路军将领蒋光鼐、蔡廷锴等联合国民党内一部分势力，在福建省成立"中华共和国人民革命政府"，并与红军成立抗日反蒋协定，但不久即在蒋介石的兵力压迫下失败。

〔32〕 牛兰（Noulens，1894—1963） 本名雅科夫·马特维耶维奇·卢尼克（Яков Матвеевич Луник），牛兰是他在中国所用的化名之一。出生于乌克兰，苏联契卡（克格勃的前身）工作人员。1927 年 11 月受共产国际派遣来中国从事秘密活动，负责中国联络站工作，公开身份之一是"泛太平洋产业同盟"上海办事处秘书。因受到共产国际信使约瑟夫在

新加坡被捕的牵连,1931 年 6 月 15 日,牛兰和妻子在上海公共租界被英国巡捕拘捕,8 月 10 日由中国方面引渡,14 日押解南京,以"危害民国"罪受审。他们夫妇在狱中多次进行绝食斗争,宋庆龄、杨杏佛、沈钧儒等曾赴监狱探视并组织营救。1937 年 8 月日军炮轰南京时逃出监狱,1939 年回国。

〔33〕 甘地(M.Gandhi,1869—1948) 印度民族独立运动的领袖。他主张"非暴力抵抗",倡导对英国殖民政府"不合作运动",曾屡遭监禁,在狱中多次以绝食表示反抗。

〔34〕 兴行场 日语,戏场的意思。

答国际文学社问^{〔1〕}

原问——

一、苏联的存在与成功,对于你怎样(苏维埃建设的
   十月革命,对于你的思想的路径和创作的性质,有
   什么改变)?

二、你对于苏维埃文学的意见怎样?

三、在资本主义的各国,什么事件和种种文化上的进
   行,特别引起你的注意?

一,先前,旧社会的腐败,我是觉到了的,我希望着新的社
会的起来,但不知道这“新的”该是什么;而且也不知道“新的”
起来以后,是否一定就好。待到十月革命后,我才知道这“新
的”社会的创造者是无产阶级,但因为资本主义各国的反宣
传,对于十月革命还有些冷淡,并且怀疑。现在苏联的存在和
成功,使我确切的相信无阶级社会一定要出现,不但完全扫除
了怀疑,而且增加许多勇气了。但在创作上,则因为我不在革
命的旋涡中心,而且久不能到各处去考察,所以我大约仍然只
能暴露旧社会的坏处。

二,我只能看别国——德国,日本——的译本。我觉得现
在的讲建设的,还是先前的讲战斗的——如《铁甲列车》,《毁
灭》,《铁流》^{〔2〕}等——于我有兴趣,并且有益。我看苏维埃文

学,是大半因为想绍介给中国,而对于中国,现在也还是战斗的作品更为紧要。

三,我在中国,看不见资本主义各国之所谓"文化";我单知道他们和他们的奴才们,在中国正在用力学和化学的方法,还有电气机械,以拷问革命者,并且用飞机和炸弹以屠杀革命群众。

*   *   *

〔1〕 本篇最初发表于《国际文学》1934年第三、四期合刊,发表时题为《中国与十月》,同年7月5日苏联《真理报》曾予转载。

《国际文学》,双月刊,国际革命作家联盟的机关刊物,以俄、德、英、法等文字在苏联出版,原名《外国文学消息》,1930年11月改称《世界革命文学》,1933年改名为《国际文学》。

〔2〕《铁甲列车》 全名《铁甲列车第14—69号》,伊凡诺夫著,侍桁译,系鲁迅所编《现代文艺丛书》之一,1932年神州国光社出版;《毁灭》,法捷耶夫作,鲁迅译,1931年三闲书屋出版;《铁流》,绥拉菲摩维支作,曹靖华译,1931年三闲书屋出版。这些都是以苏联国内战争为题材的长篇小说。

《草鞋脚》(英译中国短篇小说集)小引^[1]

在中国,小说是向来不算文学的。在轻视的眼光下,自从十八世纪末的《红楼梦》^[2]以后,实在也没有产生什么较伟大的作品。小说家的侵入文坛,仅是开始"文学革命"运动^[3],即一九一七年以来的事。自然,一方面是由于社会的要求的,一方面则是受了西洋文学的影响。

但这新的小说的生存,却总在不断的战斗中。最初,文学革命者的要求是人性的解放,他们以为只要扫荡了旧的成法,剩下来的便是原来的人,好的社会了,于是就遇到保守家们的迫压和陷害。大约十年之后,阶级意识觉醒了起来,前进的作家,就都成了革命文学者,而迫害也更加厉害,禁止出版,烧掉书籍,杀戮作家,有许多青年,竟至于在黑暗中,将生命殉了他的工作了。

这一本书,便是十五年来的,"文学革命"以后的短篇小说的选集。因为在我们还算是新的尝试,自然不免幼稚,但恐怕也可以看见它恰如压在大石下面的植物一般,虽然并不繁荣,它却在曲曲折折地生长。

至今为止,西洋人讲中国的著作,大约比中国人民讲自己的还要多。不过这些总不免只是西洋人的看法,中国有一句古谚,说:"肺腑而能语,医师面如土。"^[4]我想,假使肺腑真能

21

说话,怕也未必一定完全可靠的罢,然而,也一定能有医师所诊察不到,出乎意外,而其实是十分真实的地方。

一九三四年三月二十三日,鲁迅记于上海。

*　　　*　　　*

〔1〕　本篇在收入本书前未在报刊上发表过,参看本书《附记》。

《草鞋脚》,鲁迅应美国人伊罗生之约和茅盾共同编选的中国现代短篇小说集,共收作品二十六篇,由伊罗生等译成英文,当时未能出版,到 1974 年才由美国麻省理工学院出版社印行,篇目与当年和鲁迅茅盾商定的有很大改变。

〔2〕　《红楼梦》　长篇小说,清代曹雪芹作。通行一百二十回本,后四十回一般认为是清代高鹗所续。

〔3〕　"文学革命"运动　指"五四"前后反对旧文学、提倡新文学的运动。1917 年 2 月陈独秀在《新青年》第二卷第六号发表《文学革命论》一义,首次提出文学革命的口号。1918 年 5 月起鲁迅陆续发表了《狂人日记》、《孔乙己》、《药》等小说,"显示了'文学革命'的实绩"。(《且介亭杂文二集·〈中国新文学大系〉小说二集序》)

〔4〕　"肺腑而能语,医师面如土。"　语出明代杨慎编辑的《古今谚》所录方回《山经》引《相冢书》:"山川而能语,葬师食无所;肺肝而能语,医师色如土。"清代沈德潜编《古诗源》卷一亦载有此诗,"肺肝"作"肺腑"。葬师,旧时为墓地看风水的堪舆家。

论"旧形式的采用"[1]

"旧形式的采用"的问题,如果平心静气的讨论起来,在现在,我想是很有意义的,但开首便遭到了耳耶[2]先生的笔伐。"类乎投降","机会主义",这是近十年来"新形式的探求"的结果,是克敌的咒文,至少先使你惹一身不干不净。但耳耶先生是正直的,因为他同时也在译《艺术底内容和形式》[3],一经登完,便会洗净他激烈的责罚;而且有几句话也正确的,是他说新形式的探求不能和旧形式的采用机械的地分开。

不过这几句话已经可以说是常识;就是说内容和形式不能机械的地分开,也已经是常识;还有,知道作品和大众不能机械的地分开,也当然是常识。旧形式为什么只是"采用"——但耳耶先生却指为"为整个(!)旧艺术捧场"——就是为了新形式的探求。采取若干,和"整个"捧来是不同的,前进的艺术家不能有这思想(内容)。然而他会想到采取旧艺术,因为他明白了作品和大众不能机械的地分开。以为艺术是艺术家的"灵感"的爆发,像鼻子发痒的人,只要打出喷嚏来就浑身舒服,一了百了的时候已经过去了,现在想到,而且关心了大众。这是一个新思想(内容),由此而在探求新形式,首先提出的是旧形式的采用,这采取的主张,正是新形式的发端,也就是旧形式的蜕变,在我看来,是既没有将内容和形式机械的地分开,更没有看得《姊妹花》[4]叫座,于是也来学一套的投机主义的罪案的。

自然,旧形式的采取,或者必须说新形式的探求,都必须艺术学徒的努力的实践,但理论家或批评家是同有指导,评论,商量的责任的,不能只斥他交代未清之后,便可逍遥事外。我们有艺术史,而且生在中国,即必须翻开中国的艺术史来。采取什么呢?我想,唐以前的真迹,我们无从目睹了,但还能知道大抵以故事为题材,这是可以取法的;在唐,可取佛画的灿烂,线画的空实和明快,宋的院画[5],萎靡柔媚之处当舍,周密不苟之处是可取的,米点山水[6],则毫无用处。后来的写意画(文人画)有无用处,我此刻不敢确说,恐怕也许还有可用之点的罢。这些采取,并非断片的古董的杂陈,必须溶化于新作品中,那是不必赘说的事,恰如吃用牛羊,弃去蹄毛,留其精粹,以滋养及发达新的生体,决不因此就会"类乎"牛羊的。

只是上文所举的,亦即我们现在所能看见的,都是消费的艺术。它一向独得有力者的宠爱,所以还有许多存留。但既有消费者,必有生产者,所以一面有消费者的艺术,一面也必有生产者的艺术。古代的东西,因为无人保护,除小说的插画以外,我们几乎什么也看不见了。至于现在,却还有市上新年的花纸,和猛克[7]先生所指出的连环图画。这些虽未必是真正的生产者的艺术,但和高等有闲者的艺术对立,是无疑的。但虽然如此,它还是大受着消费者艺术的影响,例如在文学上,则民歌大抵脱不开七言的范围,在图画上,则题材多是士大夫的故事,然而已经加以提炼,成为明快,简捷的东西了。

这也就是蜕变，一向则谓之"俗"。注意于大众的艺术家，来注意于这些东西，大约也未必错，至于仍要加以提炼，那也是无须赘说的。

但中国的两者的艺术，也有形似而实不同的地方，例如佛画的满幅云烟，是豪华的装潢，花纸也有一种硬填到几乎不见白纸的，却是惜纸的节俭；唐伯虎[8]画的细腰纤手的美人，是他一类人们的欲得之物，花纸上也有这一种，在赏玩者却只以为世间有这一类人物，聊资博识，或满足好奇心而已。为大众的画家，都无须避忌。

至于谓连环图画不过图画的种类之一，与文学中之有诗歌，戏曲，小说相同，那自然是不错的。但这种类之别，也仍然与社会条件相关联，则我们只要看有时盛行诗歌，有时大出小说，有时独多短篇的史实便可以知道。因此，也可以知道即与内容相关联。现在社会上的流行连环图画，即因为它有流行的可能，且有流行的必要，着眼于此，因而加以导引，正是前进的艺术家的正确的任务；为了大众，力求易懂，也正是前进的艺术家正确的努力。旧形式是采取，必有所删除，既有删除，必有所增益，这结果是新形式的出现，也就是变革。而且，这工作是决不如旁观者所想的容易的。

但就是立有了新形式罢，当然不会就是很高的艺术。艺术的前进，还要别的文化工作的协助，某一文化部门，要某一专家唱独脚戏来提得特别高，是不妨空谈，却难做到的事，所以专责个人，那立论的偏颇和偏重环境的是一样的。

五月二日。

＊　　　　＊　　　　＊

〔1〕　本篇最初发表于1934年5月4日上海《中华日报·动向》,署名常庚。

〔2〕　耳耶　即聂绀弩(1903—1986),湖北京山人,作家,左联成员。当时任《中华日报》副刊《动向》主编。1934年4月24日他在《动向》上发表《新形式的探求与旧形式的采用》,反驳4月19日同刊猛克的《采用与模仿》一文。猛克文中说:"在社会制度没有改革之前,对于连环图画的旧形式与技术,还须有条件地接受过来……却有人以为这是投降旧艺术。"又说新的连环图画"形式与街头流行的连环图画颇不同,而技术有的也模仿着立体派之类,不但常常弄得儿童看不懂,就是知识阶级的人们,也无法了解其内容。"耳耶的文章中则认为这些话"非常之类乎'投降'","把内容与形式这样机械地分开……因为旧艺术内面有一二接近大众的东西,就这样为整个旧艺术捧场。"接着又说:"一小部分旧艺术之能为大众'了解'、'习惯'、'爱好',有种种复杂的原因存在……要谈采用旧形式,不先从这些决定的原因上加以详细的研究,看见《啼笑姻缘》销路广,《姊妹花》卖座好就眼红,这是机会主义的办法。"最后他说:"要艺术大众化,只有一条路,就是新形式的探求……只有在新形式的探求的努力之中,才可以谈有条件地采用旧形式。"

〔3〕　《艺术底内容和形式》　日本藏原惟人所作的论文。译文在1934年4月24日至5月10日《动向》上连载。

〔4〕　《姊妹花》　郑正秋根据他自己所作舞台剧《贵人与犯人》改编和导演的故事片,上海明星影片公司摄制。1934年2月在上海上映。

〔5〕　宋的院画　指宋代"翰林图画院"中宫廷画家的作品。它们在形式上都以工整、细致为主要特点。

〔6〕　米点山水　指宋代米芾、米友仁父子的山水画。米芾(1051—1107)、米友仁(1074—1153),润州(今江苏镇江)人。他们的画

不取工细,自创一种皴法,以笔尖横点而成,被称为米点山水。

　〔7〕　猛克　魏猛克(1911—1984),湖南长沙人,作家、画家。左联成员。

　〔8〕　唐伯虎(1470—1523)　名寅,字伯虎,吴县(今属江苏)人,明代文学家、画家,擅长山水、仕女画。

连环图画琐谈[1]

"连环图画"的拥护者,看现在的议论,是"启蒙"之意居多的。

古人"左图右史",现在只剩下一句话,看不见真相了,宋元小说,有的是每页上图下说,却至今还有存留,就是所谓"出相";明清以来,有卷头只画书中人物的,称为"绣像"。有画每回故事的,称为"全图"。那目的,大概是在诱引未读者的购读,增加阅读者的兴趣和理解。

但民间另有一种《智灯难字》或《日用杂字》,是一字一像,两相对照,虽可看图,主意却在帮助识字的东西,略加变通,便是现在的《看图识字》。文字较多的是《圣谕像解》[2],《二十四孝图》[3]等,都是借图画以启蒙,又因中国文字太难,只得用图画来济文字之穷的产物。

"连环图画"便是取"出相"的格式,收《智灯难字》的功效的,倘要启蒙,实在也是一种利器。

但要启蒙,即必须能懂。懂的标准,当然不能俯就低能儿或白痴,但应该着眼于一般的大众,譬如罢,中国画是一向没有阴影的,我所遇见的农民,十之九不赞成西洋画及照相,他们说:人脸那有两边颜色不同的呢?西洋人的看画,是观者作为站在一定之处的,但中国的观者,却向不站在定点上,所以他说的话也是真实。那么,作"连环图画"而没有阴影,我以为是可以的;人物旁边写上名字,也可以的,甚至于表示做梦从人头上放出一道毫光来,也无所不可。观者懂得了内容之后,他就会自己删去帮助理解的记号。这也不能谓之失真,因为观者既经会得了内容,便是有了艺术上的真,倘必如实物之真,则人物只有二三寸,就不真了,而没有和地球一样大小的纸张,地球便无法绘画。

艾思奇[4]先生说:"若能够触到大众真正的切身问题,那恐怕愈是新的,才愈能流行。"这话也并不错。不过要商量的是怎样才能够触到,触到之法,"懂"是最要紧的,而且能懂的图画,也可以仍然是艺术。

五月九日。

＊　　　＊　　　＊

〔1〕 本篇最初发表于 1934 年 5 月 11 日《中华日报·动向》,署名燕客。

〔2〕 《圣谕像解》 清代梁延年编,共二十卷。清康熙九年(1670)曾颁布"敦孝弟、笃宗族、和乡党、重农桑……"等"上谕"十六条,"以为化民成俗之本"。《圣谕像解》即根据这些"上谕"配图和解说的书。编者在序文中说:"摹绘古人事迹于上谕之下,并将原文附载其后……且粗为解说,使易通晓。"

〔3〕 《二十四孝图》 元代郭居敬辑录古代所传孝子二十四人的故事,编为《二十四孝》,后来的印本都配上图画,通称《二十四孝图》。

〔4〕 艾思奇(1910—1966) 云南腾冲人,哲学家。著有《大众哲学》、《思想方法论》等。他在发表于 1934 年 5 月 6 日《动向》的《连环图

画还大有可为》中说："我以为若有活生生的新内容新题材,则就要大胆地应用新的手法以求其尽可能的完善,大众是决不会不被吸引的,若能够触到大众真正的切身问题,那恐怕愈是新的,才愈能流行。艺术的可贵是在于能提高群众的认识,决不是要迎合他们俗流的错觉。"

儒　术^[1]

元遗山^[2]在金元之际，为文宗，为遗献，为愿修野史，保存旧章的有心人，明清以来，颇为一部分人士所爱重。然而他生平有一宗疑案，就是为叛将崔立^[3]颂德者，是否确实与他无涉，或竟是出于他的手笔的文章。

金天兴元年(一二三二)，蒙古兵围洛阳；次年，安平都尉京城西面元帅崔立杀二丞相，自立为郑王，降于元。惧或加以恶名，群小承旨，议立碑颂功德，于是在文臣间，遂发生了极大的惶恐，因为这与一生的名节相关，在个人是十分重要的。

当时的情状，《金史》《王若虚^[4]传》这样说——

"天兴元年，哀宗走归德。明年春，崔立变，群小附和，请为立建功德碑。翟奕以尚书省命，召若虚为文。时奕辈恃势作威，人或少忤，则谗构立见屠灭。若虚自分必死，私谓左右司员外郎元好问曰，'今召我作碑，不从则死，作之则名节扫地，不若死之为愈。虽然，我姑以理谕之。'……奕辈不能夺，乃召太学生刘祁麻革辈赴省，好问张信之喻以立碑事曰，'众议属二君，且已白郑王矣！二君其无让。'祁等固辞而别。数日，促迫不已，祁即为草定，以付好问。好问意未惬，乃自为之，既成，以示若虚，乃共删定数字，然止直叙其事而已。后兵入城，不果立也。"

碑虽然"不果立",但当时却已经发生了"名节"的问题，或谓元好问作，或谓刘祁[5]作，文证具在清凌廷堪[6]所辑的《元遗山先生年谱》中，兹不多录。经其推勘，已知前出的《王若虚传》文，上半据元好问《内翰王公墓表》，后半却全取刘祁自作的《归潜志》，被诬攀之说所蒙蔽了。凌氏辩之云，"夫当时立碑撰文，不过畏崔立之祸，非必取文辞之工，有京叔属草，已足塞立之请，何取更为之耶?"然则刘祁之未尝决死如王若虚，固为一生大玷，但不能更有所推诿，以致成为"塞责"之具，却也可以说是十分晦气的。

然而，元遗山生平还有一宗大事，见于《元史》《张德辉传》[7]——

"世祖在潜邸，……访中国人材。德辉举魏璠，元裕，李冶等二十余人。……壬子，德辉与元裕北觐，请世祖为儒教大宗师，世祖悦而受之。因启：累朝有旨蠲儒户兵赋，乞令有司遵行。从之。"

以拓跋魏的后人，与德辉请蒙古小酋长为"汉儿"的"儒教大宗师"，在现在看来，未免有些滑稽，但当时却似乎并无訾议。盖蠲除兵赋，"儒户"均沾利益，清议操之于士，利益既沾，虽已将"儒教"呈献，也不想再来开口了。

由此士大夫便渐渐的进身，然终因不切实用，又渐渐的见弃。但仕路日塞，而南北之士的相争却也日甚了。余阙[8]的《青阳先生文集》卷四《杨君显民诗集序》云——

"我国初有金宋，天下之人，惟才是用之，无所专主，然用儒者为居多也。自至元以下，始浸用吏，虽执政大臣，亦以吏为之，……而中州之士，见用者遂浸寡。况南方之地远，士多不能自至于京师，其抱才绲者，又往往不屑为吏，故其见用者尤寡也。及其久也，则南北之士亦自町畦以相訾，甚若晋之与秦，不可与同中国，故夫南方之士微矣。"

然在南方，士人其实亦并不冷落。同书《送范立中赴襄阳诗序》云——

"宋高宗南迁，合淝遂为边地，守臣多以武臣为之。……故民之豪杰者，皆去而为将校，累功多至节制。郡中衣冠之族，惟范氏，商氏，葛氏三家而已。……皇元受命，包裹兵革，……诸武臣之子弟，无所用其能，多伏匿而不出。春秋月朔，郡太守有事于学，衣深衣，戴乌角巾，执笾豆罍爵，唱赞道引者，皆三家之子孙也，故其材皆有所成就，至学校官，累累有焉。……虽天道忌满恶盈，而儒者之泽深且远，从古然也。"

这是"中国人才"们献教，卖经以来，"儒户"所食的佳果。虽不能为王者师，且次于吏者数等，而究亦胜于将门和平民者一等，"唱赞道引"，非"伏匿"者所敢望了。

中华民国二十三年五月二十日及次日，上海无线电播音由冯明权先生讲给我们一种奇书：《抱经堂勉学家训》（据《大美晚报》）。这是从未前闻的书，但看见下署"颜子推"，便可以悟出是颜之推[9]《家训》中的《勉学篇》了。曰"抱经堂"者，当是因为曾被卢文弨印入《抱经堂丛书》[10]中的缘故。所讲有这样的一段——

> "有学艺者,触地而安。自荒乱已来,诸见俘虏,虽百世小人,知读《论语》《孝经》者,尚为人师;虽千载冠冕,不晓书记者,莫不耕田养马。以此观之,汝可不自勉耶?若能常保数百卷书,千载终不为小人也。……谚曰,'积财千万,不如薄伎在身。'伎之易习而可贵者,无过读书也。"

这说得很透彻:易习之伎,莫如读书,但知读《论语》《孝经》,则虽被俘虏,犹能为人师,居一切别的俘虏之上。这种教训,是从当时的事实推断出来的,但施之于金元而准,按之于明清之际而亦准。现在忽由播音,以"训"听众,莫非选讲者已大有感于方来,遂绸缪于未雨么?

"儒者之泽深且远",即小见大,我们由此可以明白"儒术",知道"儒效"了。

五月二十七日。

*　　　*　　　*

〔1〕　本篇最初发表于1934年6月北平《文史》月刊第一卷第二期,署名唐俟。

〔2〕　元遗山(1190—1257)　即元好问,字裕之,号遗山,秀容(今山西忻县)人,金代文学家。原是北魏拓跋氏的后裔,曾任行尚书省左司员外郎等职。金亡不仕。据《金史·元德明传》载:"兵后故老皆尽,好问蔚为一代宗工……晚年尤以著作自任,以金源氏有天下,典章法度几及汉唐,国亡史作,己所当任……乃构亭于家,著述其上,因名曰'野史'。凡金源君臣遗言往行,采摭所闻,有所得,辄以寸纸细字为记录,至百余万言。"著有《遗山集》。

〔3〕　崔立（？—1234）　金代将陵（今山东德州）人。原为地主武装军官，金天兴元年（1232）在蒙古军围汴京时受任为西面元帅。次年叛变，将监国的梁王及皇族送往蒙古军营乞降。后为部将所杀。

〔4〕　王若虚（1174—1243）　字从之，藁城（今属河北）人，金代文学家。曾任翰林直学士。金亡不仕，自号滹南遗老，著有《滹南遗老集》。

〔5〕　刘祁（1203—1250）　字京叔，山西浑源人，金代太学生，入元复试后征南行省辟置幕府。所著《归潜志》多记金末故事，共十四卷；《录崔立碑事》见该书第十二卷。

〔6〕　凌廷堪（1757—1809）　字次仲，安徽歙县人，清代经学家。著有《校礼堂文集》、《元遗山先生年谱》等。

〔7〕　张德辉（1195—1274）　字耀卿，金末冀宁交城（今属山西）人，元世祖时任河东南北路宣抚使，传见《元史》卷一六三。下面引文中的元裕即元好问。

〔8〕　余阙（1303—1358）　字廷心，一字天心，原出唐兀族（色目人），其父曾在庐州（今安徽合肥）做官，遂为庐州人。元顺帝时进士，官至淮南行省左丞。《青阳先生文集》，共九卷，是他的诗文集。

〔9〕　颜之推（531—591）　字介，琅琊临沂（今属山东）人，南北朝时文学家。历仕梁、北齐、北周、隋等朝。著有《颜氏家训》二十篇。

〔10〕　卢文弨（1717—1796）　字绍弓，号抱经，浙江杭州人，清代经学家、校勘学家。《抱经堂丛书》，系辑印他所校勘的古籍十七种，并附有他自著的《抱经堂文集》等。

《看图识字》[1]

　　凡一个人，即使到了中年以至暮年，倘一和孩子接近，便会踏进久经忘却了的孩子世界的边疆去，想到月亮怎么会跟着人走，星星究竟是怎么嵌在天空中。但孩子在他的世界里，是好像鱼之在水，游泳自如，忘其所以的，成人却有如人的凫水一样，虽然也觉到水的柔滑和清凉，不过总不免吃力，为难，非上陆不可了。

　　月亮和星星的情形，一时怎么讲得清楚呢，家境还不算精穷，当然还不如给一点所谓教育，首先是识字。上海有各国的人们，有各国的书铺，也有各国的儿童用书。但我们是中国人，要看中国书，识中国字。这样的书也有，虽然纸张，图画，色彩，印订，都远不及别国，但有是也有的。我到市上去，给孩子买来的是民国二十一年十一月印行的"国难后第六版"[2]的《看图识字》。

　　先是那色彩就多么恶浊，但这且不管他。图画又多么死板，这且也不管他。出版处虽然是上海，然而奇怪，图上有蜡烛，有洋灯，却没有电灯；有朝靴，有三镶云头鞋，却没有皮鞋。跪着放枪的，一脚拖地；站着射箭的，两臂不平，他们将永远不能达到目的，更坏的是连钓竿，风车，布机之类，也和实物有些不同。

　　我轻轻的叹了一口气，记起幼小时候看过的《日用杂字》来。这是一本教育妇女婢仆，使她们能够记账的书，虽然名物的种类并不多，图画也很粗劣，然而很活泼，也很像。为什么呢？就因为作画的人，是熟悉他所画的东西的，一个"萝卜"，一只鸡，在他的记忆里并不含胡，画起来当然就切实。现在我们只要看《看图识字》里所画的生活状态——洗脸，吃饭，读书——就知道这是作者意中的读者，也是作者自己的生活状态，是在租界上租一层屋，装了全家，既不阔绰，也非精穷的，埋头苦干一日，才得维持生活一日的人，孩子得上学校，自己须穿长衫，用尽心神，撑住场面，又那有余力去买参考书，观察事物，修炼本领呢？况且，那书的末叶上还有一行道："戊申年七月初版"。查年表，才知道那就是清朝光绪三十四年，即西历一九〇八年，虽是前年新印，书却成于二十七年前，已是一部古籍了，其奄奄无生气，正也不足为奇的。

　　孩子是可以敬服的，他常常想到星月以上的境界，想到地面下的情形，想到花卉的用处，想到昆虫的言语；他想飞上天空，他想潜入蚁穴……所以给儿童看的图书就必须十分慎重，做起来也十分烦难。即如《看图识字》这两本小书，就天文，地理，人事，物情，无所不有。其实是，倘不是对于上至宇宙之大，下至苍蝇之微，都有些切实的知识的画家，决难胜任的。

　　然而我们是忘却了自己曾为孩子时候的情形了，将他们看作一个蠢才，什么都不放在眼里。即使因为时势所趋，只得施一点所谓教育，也以为只要付给蠢才去教就足够。于是他们长大起来，就真的成了蠢才，和我们一样了。

然而我们这些蠢才，却还在变本加厉的愚弄孩子。只要看近两三年的出版界，给"小学生"，"小朋友"看的刊物，特别的多就知道。中国突然出了这许多"儿童文学家"了么？我想：是并不然的。

五月三十日。

*　　　*　　　*

〔1〕　本篇最初发表于1934年7月1日北平《文学季刊》第三期，署名唐俟。

〔2〕　"国难后第六版"　1932年1月28日，日本军队在上海发动一·二八事变，商务印书馆的编译所、印刷所以及珍藏善本书籍的涵芬楼都毁于这场战火。此后该馆出版物的版权页上即以"国难后第×版"计算版次。

拿 来 主 义^[1]

中国一向是所谓"闭关主义"，自己不去，别人也不许来。自从给枪炮打破了大门之后，又碰了一串钉子，到现在，成了什么都是"送去主义"了。别的且不说罢，单是学艺上的东西，近来就先送一批古董到巴黎去展览，但终"不知后事如何"；还有几位"大师"们捧着几张古画和新画，在欧洲各国一路的挂过去，叫作"发扬国光"^[2]。听说不远还要送梅兰芳博士到苏联去，以催进"象征主义"^[3]，此后是顺便到欧洲传道。我在这里不想讨论梅博士演艺和象征主义的关系，总之，活人替代了古董，我敢说，也可以算得显出一点进步了。

但我们没有人根据了"礼尚往来"的仪节，说道：拿来！

当然，能够只是送出去，也不算坏事情，一者见得丰富，二者见得大度。尼采^[4]就自诩过他是太阳，光热无穷，只是给与，不想取得。然而尼采究竟不是太阳，他发了疯。中国也不是，虽然有人说，掘起地下的煤来，就足够全世界几百年之用。但是，几百年之后呢？几百年之后，我们当然是化为魂灵，或上天堂，或落了地狱，但我们的子孙是在的，所以还应该给他们留下一点礼品。要不然，则当佳节大典之际，他们拿不出东西来，只好磕头贺喜，讨一点残羹冷炙做奖赏。

这种奖赏，不要误解为"抛来"的东西，这是"抛给"的，说得冠冕些,可以称之为"送来",我在这里不想举出实例[5]。

我在这里也并不想对于"送去"再说什么,否则太不"摩登"了。我只想鼓吹我们再吝啬一点,"送去"之外,还得"拿来",是为"拿来主义"。

但我们被"送来"的东西吓怕了。先有英国的鸦片,德国的废枪炮,后有法国的香粉,美国的电影,日本的印着"完全国货"的各种小东西。于是连清醒的青年们,也对于洋货发生了恐怖。其实,这正是因为那是"送来"的,而不是"拿来"的缘故。

所以我们要运用脑髓,放出眼光,自己来拿!

譬如罢,我们之中的一个穷青年,因为祖上的阴功(姑且让我这么说说罢),得了一所大宅子,且不问他是骗来的,抢来的,或合法继承的,或是做了女婿换来的。那么,怎么办呢?我想,首先是不管三七二十一,"拿来"!但是,如果反对这宅子的旧主人,怕给他的东西染污了,徘徊不敢走进门,是孱头;勃然大怒,放一把火烧光,算是保存自己的清白,则是昏蛋。不过因为原是羡慕这宅子的旧主人的,而这回接受一切,欣欣然的蹩进卧室,大吸剩下的鸦片,那当然更是废物。"拿来主义"者是全不这样的。

他占有,挑选。看见鱼翅,并不就抛在路上以显其"平民化",只要有养料,也和朋友们像萝卜白菜一样的吃掉,只不用它来宴大宾;看见鸦片,也不当众摔在毛厕里,以见其彻底革命,只送到药房里去,以供治病之用,却不弄"出售存膏,售完即止"的玄虚。只有烟枪和烟灯,虽然形式和印度,波斯,阿剌伯的烟具都不同,确可以算是一种国粹,倘使背着周游世界,一定会有人看,但我想,除了送一点进博物馆之外,其余的是大可以毁掉的了。还有一群姨太太,也大以请她们各自走散为是,要不然,"拿来主义"怕未免有些危机。

总之,我们要拿来。我们要或使用,或存放,或毁灭。那么,主人是新主人,宅子也就会成为新宅子。然而首先要这人沉着,勇猛,有辨别,不自私。没有拿来的,人不能自成为新人,没有拿来的,文艺不能自成为新文艺。

六月四日。

*　　　*　　　*

〔1〕 本篇最初发表于 1934 年 6 月 7 日《中华日报·动向》,署名霍冲。

〔2〕 "发扬国光" 1932 年至 1934 年间,美术家徐悲鸿、刘海粟曾分别去欧洲一些国家举办中国美术展览或个人美术作品展览。"发扬国光"是 1934 年 5 月 28 日《大晚报》报道这些消息时的用语。

〔3〕 "象征主义" 1934 年 5 月 28 日《大晚报》报道:"苏俄艺术界向分写实与象征两派,现写实主义已渐没落,而象征主义则经朝野一致提倡,引成欣欣向荣之概。自彼邦艺术家见我国之书画作品深合象征派后,即忆及中国戏剧亦必采取象征主义。因拟……邀中国戏曲名家梅兰芳等前往奏艺。"鲁迅曾在《花边文学·谁在没落》一文中批评《大晚报》的这种歪曲报道。

〔4〕 尼采(F. Nietzsche,1844—1900) 德国哲学家,唯意志论者。鼓吹"超人"哲学。这里所述尼采的话,见于他的《札拉图斯特拉如是说·序言》。

〔5〕 1933 年 6 月 4 日,国民党政府和美国在华盛顿签订五千万
美元的"棉麦借款",购买美国的小麦、面粉和棉花。这里指的可能是这
一类事。

隔　　膜[1]

清朝初年的文字之狱，到清朝末年才被从新提起。最起劲的是"南社"[2]里的有几个人，为被害者辑印遗集；还有些留学生，也争从日本搬回文证来[3]。待到孟森的《心史丛刊》[4]出，我们这才明白了较详细的状况，大家向来的意见，总以为文字之祸，是起于笑骂了清朝。然而，其实是不尽然的。

这一两年来，故宫博物院的故事似乎不大能够令人敬服[5]，但它却印给了我们一种好书，曰《清代文字狱档》[6]，去年已经出到八辑。其中的案件，真是五花八门，而最有趣的，则莫如乾隆四十八年二月"冯起炎注解易诗二经欲行投呈案"。

冯起炎是山西临汾县的生员，闻乾隆将谒泰陵[7]，便身怀著作，在路上徘徊，意图呈进，不料先以"形迹可疑"被捕了。那著作，是以《易》解《诗》，实则信口开河，在这里犯不上抄录，惟结尾有"自传"似的文章一大段，却是十分特别的——

"又，臣之来也，不愿如何如何，亦别无愿求之事，惟有一事未决，请对陛下一叙其缘由。臣……名曰冯起炎，字是南州，尝到臣张三姨母家，见一女，可娶，而恨不足办此。此女名曰小女，年十七岁，方当待字之年，而正在未字之时,乃原籍东关春牛厂长兴号张守忭之次女也。又到臣杜五姨母家,见一女,可娶,而恨力不足以办此。此女名小凤,年十三岁,虽非必字之年,而已在可字之时,乃本京东城闹市口瑞生号杜月之次女也。若以陛下之力,差干员一人,选快马一匹,克日长驱到临邑,问彼临邑之地方官:'其东关春牛厂长兴号中果有张守忭一人否?'诚如是也,则此事谐矣。再问:'东城闹市口瑞生号中果有杜月一人否?'诚如是也,则此事谐矣。二事谐,则臣之愿毕矣。然臣之来也,方不知陛下纳臣之言耶否耶,而必以此等事相强乎?特进言之际,一叙及之。"

这何尝有丝毫恶意?不过着了当时通行的才子佳人小说的迷,想一举成名,天子做媒,表妹入抱而已。不料事实的结局却不大好,署直隶总督袁守侗[8]拟奏的罪名是"阅其呈首,胆敢于圣主之前,混讲经书,而呈尾措词,尤属狂妄。核其情罪,较冲突仪仗为更重。冯起炎一犯,应从重发往黑龙江等处,给披甲人为奴。俟部复到日,照例解部刺字发遣。"这位才子,后来大约终于单身出关做西崽去了。

此外的案情,虽然没有这么风雅,但并非反动的还不少。有的是卤莽;有的是发疯;有的是乡曲迂儒,真的不识讳忌;有的则是草野愚民,实在关心皇家。而运命大概很悲惨,不是凌迟,灭族,便是立刻杀头,或者"斩监候"[9],也仍然活不出。

凡这等事,粗略的一看,先使我们觉得清朝的凶虐,其次,是死者的可怜。但再来一想,事情是并不这么简单的。这些惨案的来由,都只为了"隔膜"。

满洲人自己,就严分着主奴,大臣奏事,必称"奴才",而汉人却称"臣"就好。这并非因为是"炎黄之胄"〔10〕,特地优待,锡以嘉名的,其实是所以别于满人的"奴才",其地位还下于"奴才"数等。奴隶只能奉行,不许言议;评论固然不可,妄自颂扬也不可,这就是"思不出其位"〔11〕。譬如说:主子,您这袍角有些儿破了,拖下去怕更要破烂,还是补一补好。进言者方自以为在尽忠,而其实却犯了罪,因为另有准其讲这样的话的人在,不是谁都可说的。一乱说,便是"越俎代谋",当然"罪有应得"。倘自以为是"忠而获咎",那不过是自己的胡涂。

但是,清朝的开国之君是十分聪明的,他们虽然打定了这样的主意,嘴里却并不照样说,用的是中国的古训:"爱民如子","一视同仁"。一部分的大臣,士大夫,是明白这奥妙的,并不敢相信。但有一些简单愚蠢的人们却上了当,真以为"陛下"是自己的老子,亲亲热热的撒娇讨好去了。他那里要这被征服者做儿子呢?于是乎杀掉。不久,儿子们吓得不再开口了,计划居然成功;直到光绪时康有为们的上书〔12〕,才又冲破了"祖宗的成法"。然而这奥妙,好像至今还没有人来说明。

施蛰存先生在《文艺风景》创刊号里,很为"忠而获咎"者不平,〔13〕就因为还不免有些"隔膜"的缘故。这是《颜氏家训》或《庄子》《文选》里所没有的〔14〕。

六月十日。

*　　　*　　　*

〔1〕　本篇最初发表于1934年7月5日上海《新语林》半月刊第一

期,署名杜德机。

〔2〕 "南社" 文学团体,1909年由柳亚子等人发起成立于苏州。该社以诗文宣传反清革命,辛亥革命后社员发生分化,1923年无形解体。由南社社员辑印的清代文字狱中被害者的遗集,如吴炎的《吴赤溟集》,戴名世的《戴褐夫集》和《孑遗录》,吕留良的《吕晚村手写家训》等,后来大都收入邓实、黄节主编的《国粹丛书》。

〔3〕 清末有些留日学生从日本的图书馆中搜集明末遗民的著作,如《扬州十日记》、《嘉定屠城记略》、《朱舜水集》、《张苍水集》等。印出后输入国内,以宣传反清革命。

〔4〕 孟森(1868—1937) 字莼荪,号心史,江苏武进人,历史学家。曾留学日本,后任北京大学史学系教授。《心史丛刊》,共三集,出版于1916年至1917年,内容都是有关考证的札记文字;其中关于清代文字狱的记载,有朱光旦案、科场案三(河南、山东、山西闱)附记之"查嗣庭典试江西命题有意讽刺"案、《字贯》案、《闲闲录》案。他在论述王锡侯因著《字贯》被杀一案时说:"锡侯之为人,盖亦一头巾气极重之腐儒,与戴名世略同,断非有菲薄清廷之意。戴则以古文自命,王则以理学自矜,俱好弄笔。弄笔既久,处处有学问面目。故于明季事而津津欲网罗其遗闻,此戴之所以杀身也。于字书而置《康熙字典》为一家言,与诸家均在平陆之列,此王之所以罹辟也。"

〔5〕 指故宫博物院文物被盗卖事。故宫博物院是管理清朝故宫及其所属各处的建筑物和古物、图书的机构。1932年至1933年间易培基任院长时,该院古物被盗卖者甚多,易培基曾因此被控告。

〔6〕《清代文字狱档》 故宫博物院文献馆编,国立北平研究院出版,其中资料都从故宫博物院所藏的军机处档、宫中所存缴回朱批奏折、实录三种清代文书辑录。第一辑出版于1931年5月。冯起炎一案见《清代文字狱档》第八辑(1933年7月出版)。

〔7〕　泰陵　清朝雍正皇帝(胤禛)的陵墓,在河北易县。

〔8〕　袁守侗(1723—1783)　字执冲,山东长山(今邹平)人。乾隆时举人,曾任刑部侍郎、户部尚书、直隶总督。

〔9〕　"斩监候"　清朝法制:将被判死刑不立时处决的犯人暂行监禁,候秋审(每年八月中由刑部会同各官详议各省审册,请旨裁夺)再予决定,叫做"监候",有"斩监候"与"绞监候"之别。

〔10〕　"炎黄之胄"　指汉族。炎黄,传说中的我国古代帝王炎帝和黄帝。

〔11〕　"思不出其位"　语出《易经·艮》:"君子以思不出其位。"

〔12〕　康有为(1858—1927)　字广厦,号长素,广东南海人,清末维新运动领袖。甲午战争失败后,清政府于1895年与日本签订丧权辱国的《马关条约》,康有为与当时同在北京参加会试的各省举人一千三百多人,联名向光绪皇帝上书,要求"拒和、迁都、变法",成为后来戊戌变法运动的前奏。

〔13〕　施蛰存在《文艺风景》创刊号(1934年6月)《书籍禁止与思想左倾》一文中说:"前一些时候,政府曾经根据于剿除共产主义文化这政策而突然禁止了一百余种文艺书籍的发行。……沈从文先生曾经在天津《国闻周报》第十一卷第九期上发表了一篇讨论这禁书问题的文字。……但是在上海的《社会新闻》第六卷第二十七八期上却连续刊载了一篇对于沈从文先生那篇文章的反驳。……沈从文先生正如我一样地引焚书坑儒为喻,原意也不过希望政府方面要以史实为殷鉴,出之审慎……他并非不了解政府的禁止左倾书籍之不得已,然而他还希望政府能有比这更妥当,更有效果的办法;……然而,在《社会新闻》的那位作者的笔下,却写下了这样的裁决:'我们从沈从文的……口吻中,早知道沈从文的立场究竟是什么立场了,沈从文既是站在反革命的立场,那沈从文的主张,究竟是什么主张,又何待我们来下断语呢?'"

〔14〕 《庄子》 战国时道家学派的代表人物庄周及其后学的著作集。《文选》,即《昭明文选》,共三十卷,南朝梁昭明太子萧统编选的自秦汉至齐梁的诗文总集。1933 年 9 月《大晚报》征求"推荐书目"时,施蛰存曾提倡青年读这些书。作者在《准风月谈·重三感旧》等文中曾予批评,可参看。

《木刻纪程》小引[1]

中国木刻图画,从唐到明,曾经有过很体面的历史。但现在的新的木刻,却和这历史不相干。新的木刻,是受了欧洲的创作木刻的影响的。创作木刻的绍介,始于朝花社,那出版的《艺苑朝华》[2]四本,虽然选择印造,并不精工,且为艺术名家所不齿,却颇引起了青年学徒的注意。到一九三一年夏,在上海遂有了中国最初的木刻讲习会[3]。又由是蔓衍而有木铃社,曾印《木铃木刻集》两本。又有野穗社,曾印《木刻画》一辑。有无名木刻社[4],曾印《木刻集》。但木铃社早被毁灭,后两社也未有继续或发展的消息。前些时在上海还剩有M.K.木刻研究社[5],是一个历史较长的小团体,曾经屡次展览作品,并且将出《木刻画选集》的,可惜今夏又被私怨者告密。社员多遭捕逐,木版也为工部局[6]所没收了。

据我们所知道,现在似乎已经没有一个研究木刻的团体了。但尚有研究木刻的个人。如罗清桢[7],已出《清桢木刻集》二辑;如又村[8],最近已印有《廖坤玉故事》的连环图。这是都值得特记的。

而且仗着作者历来的努力和作品的日见其优良,现在不但已得中国读者的同情,并且也渐渐的到了跨出世界上去的第一步。虽然还未坚实,但总之,是要跨出去了。不过,同时也到了停顿的危机。因为倘没有鼓励和切磋,恐怕也很容易陷于自足。本集即愿做一个木刻的路程碑,将自去年以来,认为应该流布的作品,陆续辑印,以为读者的综观,作者的借镜之助。但自然,只以收集所及者为限,中国的优秀之作,是决非尽在于此的。

别的出版者,一方面还正在绍介欧美的新作,一方面则在复印中国的古刻,这也都是中国的新木刻的羽翼。采用外国的良规,加以发挥,使我们的作品更加丰满是一条路;择取中国的遗产,融合新机,使将来的作品别开生面也是一条路。如果作者都不断的奋发,使本集能一程一程的向前走,那就会知道上文所说,实在不仅是一种奢望的了。

一九三四年六月中,铁木艺术社记。

*　　　*　　　*

〔1〕　本篇最初印入《木刻纪程》一书中。

《木刻纪程》,鲁迅编辑,以铁木艺术社名义印行,计收木刻二十四幅,作者为何白涛、李雾城(陈烟桥)、陈铁耕、一工(黄新波)、陈普之、张致平(张望)、刘岘、罗清桢等人,初版印一二〇本。(封面上有 1934 年 6 月字样,但据鲁迅日记,系同年 8 月 14 日编讫付印。)

〔2〕　朝花社　鲁迅、柔石等组织的文艺团体,1928 年 11 月成立于上海,1930 年春解体。《艺苑朝华》,美术丛刊,鲁迅编选,共出五辑。第一辑《近代木刻选集(一)》,第二辑《蕗谷虹儿画选》,第三辑《近代木刻选集(二)》,第四辑《比亚兹莱画选》,均于 1929 年由朝花社印行。第五辑《新俄画选》于 1930 年由光华书局出版。

〔3〕　木刻讲习会　一八艺社于 1931 年 8 月间在上海举办。鲁

迅介绍日本人内山嘉吉讲授木刻技法,并自任翻译,自 8 月 17 日至 22 日,为期一周。

〔4〕 木铃社 1933 年初成立于杭州艺术专门学校,主要成员为郝力群、曹白等。同年 10 月因主要成员被捕,无形解体。野穗社,1933 年春成立于上海新华艺术专门学校,主要成员为陈烟桥、陈铁耕等。无名木刻社(后改名为未名木刻社),1933 年底成立于上海美术专门学校,主要成员为刘岘、黄新波等。

〔5〕 M.K. 木刻研究社 1932 年 9 月成立于上海美术专门学校。"M.K."是拉丁化拼音"木刻"(Muke)二字起首的字母。主要成员为周金海、王绍络、张望、金逢孙、陈普之等,曾举办木刻展览四次。

〔6〕 工部局 英、美、日等帝国主义者在上海、天津等地租界内设立的统治机关。

〔7〕 罗清桢(1905—1942) 广东兴宁人,木刻家。

〔8〕 又村 即陈铁耕(1906—1970),广东兴宁人,木刻家。

难行和不信[1]

　　中国的"愚民"——没有学问的下等人,向来就怕人注意他。如果你无端的问他多少年纪,什么意见,兄弟几个,家景如何,他总是支吾一通之后,躲了开去。有学识的大人物,很不高兴他们这样的脾气。然而这脾气总不容易改,因为他们也实在从经验而来的。

　　假如你被谁注意了,一不小心,至少就不免上一点小当,譬如罢,中国是改革过的了,孩子们当然早已从"孟宗哭竹""王祥卧冰"[2]的教训里蜕出,然而不料又来了一个崭新的"儿童年"[3],爱国之士,因此又想起了"小朋友",或者用笔,或者用舌,不怕劳苦的来给他们教训。一个说要用功,古时候曾有"囊萤照读""凿壁偷光"[4]的志士;一个说要爱国,古时候曾有十几岁突围请援,十四岁上阵杀敌的奇童。这些故事,作为闲谈来听听是不算很坏的,但万一有谁相信了,照办了,那就会成为乳臭未干的吉诃德[5]。你想,每天要捉一袋照得见四号铅字的萤火虫,那岂是一件容易事? 但这还只是不容易罢了,倘去凿壁,事情就更糟,无论在那里,至少是挨一顿骂之后,立刻由爸爸妈妈赔礼,雇人去修好。

　　请援,杀敌,更加是大事情,在外国,都是三四十岁的人们所做的。他们那里的儿童,着重的是吃,玩,认字,听些极普通,极紧要的常识。中国的儿童给大家特别看得起,那当然也很好,然而出来的题目就因此常常是难题,仍如飞剑一样,非上武当山[6]寻师学道之后,决计没法办。到了二十世纪,古人空想中的潜水艇,飞行机,是实地上成功了,但《龙文鞭影》或《幼学琼林》[7]里的模范故事,却还有些难学。我想,便是说教的人,恐怕自己也未必相信罢。

所以听的人也不相信。我们听了千多年的剑仙侠客,去年到武当山去的只有三个人,只占全人口的五百兆分之一,就可见。古时候也许还要多,现在是有了经验,不大相信了,于是照办的人也少了。——但这是我个人的推测。

不负责任的,不能照办的教训多,则相信的人少;利己损人的教训多,则相信的人更其少。“不相信”就是“愚民”的远害的堑壕,也是使他们成为散沙的毒素。然而有这脾气的也不但是“愚民”,虽是说教的士大夫,相信自己和别人的,现在也未必有多少。例如既尊孔子,又拜活佛者[8],也就是恰如将他的钱试买各种股票,分存许多银行一样,其实是那一面都不相信的。

七月一日。

*   *   *

〔1〕 本篇最初发表于1934年7月20日《新语林》半月刊第二期,署名公汗。

〔2〕 “孟宗哭竹” 据唐代白居易所编《白氏六帖》:三国时吴人“孟宗后母好笋,令宗冬月求之。宗入竹林恸哭,笋为之出。”“王祥卧

53

冰",据《晋书·王祥传》：王祥后母"常欲生鱼,时天寒冰冻,祥解衣将剖冰求之,冰忽自解,双鲤跃出,持之而归"。这两个故事后来都收入《二十四孝》一书。

〔3〕 "儿童年" 1933 年 10 月,上海儿童幸福委员会呈准国民党上海市政府定 1934 年为儿童年。

〔4〕 "囊萤照读" 见《晋书·车胤传》："车胤……家贫,不常得油,夏月则练囊盛数十萤火以照书,以夜继日焉。""凿壁偷光",见《西京杂记》卷二："匡衡……勤学而无烛,邻舍有烛而不逮,衡乃穿壁引其光,以书映光而读之。"

〔5〕 吉诃德 西班牙作家塞万提斯于 1605 年和 1615 年发表的长篇小说《堂·吉诃德》中的主角。

〔6〕 武当山 在湖北均县北,山上有紫霄宫、玉虚宫等道教宫观。《太平御览》卷四十三引南朝宋郭仲产《南雍州记》说："武当山广三四百里,……学道者常百数,相继不绝。"

〔7〕 《龙文鞭影》 明代萧良友编著,内容是从古书中摘取一些历史典故编成四言韵语。《幼学琼林》,明末程允升编著,内容系杂集关于天文、人伦、器用、技艺等成语典故,用骈文写成。两书都是旧时学塾的初级读物。

〔8〕 既尊孔子,又拜活佛者 指国民党政府考试院院长戴季陶。他在 1934 年曾捐款修建吴兴孔庙。同年他又和当时已下野的北洋军阀段祺瑞等发起,请第九世班禅喇嘛在杭州灵隐寺举行"时轮金刚法会",宣扬"佛法"。

买《小学大全》记[1]

线装书真是买不起了。乾隆时候的刻本的价钱,几乎等于那时的宋本。明版小说,是五四运动以后飞涨的;从今年起,洪运怕要轮到小品文身上去了。至于清朝禁书[2],则民元革命后就是宝贝,即使并无足观的著作,也常要百余元至数十元。我向来也走走旧书坊,但对于这类宝书,却从不敢作非分之想。端午节前,在四马路[3]一带闲逛,竟在无意之间买到了一种,曰《小学大全》,共五本,价七角,看这名目,是不大有人会欢迎的,然而,却是清朝的禁书。

这书的编纂者尹嘉铨,博野人;他父亲尹会一[4],是有名的孝子,乾隆皇帝曾经给过褒扬的诗。他本身也是孝子,又是道学家,官又做到大理寺卿稽察觉罗学[5]。还请令旗籍[6]子弟也讲读朱子的《小学》[7],而"荷蒙朱批:所奏是。钦此。"这部书便成于两年之后的,加疏的《小学》六卷,《考证》和《释文》、《或问》各一卷,《后编》二卷,合成一函,是为《大全》。也曾进呈,终于在乾隆四十二年九月十七日奉旨:"好!知道了。钦此。"那明明是得了皇帝的嘉许的。

到乾隆四十六年,他已经致仕回家了,但真所谓"及其老也,戒之在得"[8]罢,虽然欲得的乃是"名",也还是一样的招了大祸。这年三月,乾隆行经保定,尹嘉铨便使儿子送了一本

55

奏章,为他的父亲请谥,朱批是"与谥乃国家定典,岂可妄求。此奏本当交部治罪,念汝为父私情,姑免之。若再不安分家居,汝罪不可逭矣!钦此。"不过他豫先料不到会碰这样的大钉子,所以接着还有一本,是请许"我朝"名臣汤斌范文程李光地顾八代张伯行[9]等从祀孔庙,"至于臣父尹会一,既蒙御制诗章褒嘉称孝,已在德行之科,自可从祀,非臣所敢请也。"这回可真出了大岔子,三月十八日的朱批是:"竟大肆狂吠,不可恕矣!钦此。"

乾隆时代的一定办法,是凡以文字获罪者,一面拿办,一面就查抄,这并非着重他的家产,乃在查看藏书和另外的文字,如果别有"狂吠",便可以一并治罪。因为乾隆的意见,是以为既敢"狂吠",必不止于一两声,非彻底根究不可的。尹嘉铨当然逃不出例外,和自己的被捕同时,他那博野的老家和北京的寓所,都被查抄了。藏书和别项著作,实在不少,但其实也并无什么干碍之作。不过那时是决不能这样就算的,经大学士三宝[10]等再三审讯之后,定为"相应请旨将尹嘉铨照大逆律凌迟处死",幸而结果很宽大:"尹嘉铨著加恩免其凌迟之罪,改为处绞立决,其家属一并加恩免其缘坐"就完结了。

这也还是名儒兼孝子的尹嘉铨所不及料的。

这一回的文字狱,只绞杀了一个人,比起别的案子来,决不能算是大狱,但乾隆皇帝却颇费心机,发表了几篇文字。从这些文字和奏章(均见《清代文字狱档》第六辑)看来,这回的祸机虽然发于他的"不安分",但大原因,却在既以名儒自居,又请将名臣从祀:这都是大"不可恕"的地方。清朝虽然尊崇朱子,但止于"尊崇",却不许"学样",因为一学样,就要讲学,于是而有学说,于是而有门徒,于是而有门户,于是而有门户之争,这就足为"太平盛世"之累。况且以这样的"名儒"而做官,便不免以"名臣"自居,"妄自尊大"。乾隆是不承认清朝会有"名臣"的,他自己是"英主",是"明君",所以在他的统治之下,不能有奸臣,既没有特别坏的奸臣,也就没有特别好的名臣,一律都是不好不坏,无所谓好坏的奴子。[11]

特别攻击道学先生,所以是那时的一种潮流,也就是"圣意"。我们所常见的,是纪昀总纂的《四库全书总目提要》和自著的《阅微草堂笔记》[12]里的时时的排击。这就是迎合着这种潮流的,倘以为他秉性平易近人,所以憎恨了道学先生的谿刻,那是一种误解。大学士三宝们也很明白这潮流,当会审尹嘉铨时,曾奏道:"查该犯如此狂悖不法,若即行定罪正法,尚不足以泄公愤而快人心。该犯曾任三品大员,相应遵例奏明,将该犯严加夹讯,多受刑法,问其究属何心,录取供词,具奏,再请旨立正典刑,方足以昭炯戒。"后来究竟用了夹棍没有,未曾查考,但看所录供词,却于用他的"丑行"来打倒他的道学的策略,是做得非常起劲的。现在抄三条在下面——

"问:尹嘉铨!你所书李孝女暮年不字事一篇,说'年逾五十,依然待字,吾妻李恭人闻而贤之,欲求淑女以相助,仲女固辞不就'等语。这处女既立志不嫁,已年过五旬,你为何叫你女人遣媒说合,要他做妾?这样没廉耻的事,难道是讲正经人干的么?据供:我说的李孝女年逾五十,依然待字,原因素日间知道雄县有个姓李的女子,守贞不字。吾女人要聘他为妾,我那时在京候补,并不知道;后来我女人告诉我,才知道的,所以替他做了这篇文字,要表扬他,实在我并没有见过他的面。但他年过五十,我还将要他做妾的话,做在文字内,这就是我廉耻丧尽,还有何辩。

"问:你当时在皇上跟前讨赏翎子[13],说是没有翎子,就回去见不得你妻小。你这假道学怕老婆,到底皇上没有给你翎子,你如何回去的呢? 据供:我当初在家时,曾向我妻子说过,要见皇上讨翎子,所以我彼时不辞冒昧,就妄求恩典,原想得了翎子回家,可以夸耀。后来皇上没有赏我,我回到家里,实在觉得害羞,难见妻子。这都是我假道学,怕老婆,是实。

"问:你女人平日妒悍,所以替你娶妾,也要娶这五十岁女人给你,知道这女人断不肯嫁,他又得了不妒之名。总是你这假道学居常做惯这欺世盗名之事,你女人也学了你欺世盗名。你难道不知道么? 供:我女人要替我讨妾,这五十岁李氏女子既已立志不嫁,断不肯做我的妾,我女人是明知的,所以借此要得不妒之名。总是我平日所做的事,俱系欺世盗名,所以我女人也学做此欺世盗名之事,难逃皇上洞鉴。"

还有一件要紧事是销毁和他有关的书。他的著述也真太多,计应"销毁"者有书籍八十六种,石刻七种,都是著作;应"撤毁"者有书籍六种,都是古书,而有他的序跋。《小学大全》虽不过"疏辑",然而是在"销毁"之列的。[14]

但我所得的《小学大全》，却是光绪二十二年开雕，二十五年刊竣，而"宣统丁巳"（实是中华民国六年）重校的遗老本，有张锡恭跋云："世风不古若矣，愿读是书者，有以转移之。……"又有刘安涛跋云："晚近凌夷，益加甚焉，异言喧豗，显与是书相悖，一唱百和，……驯致家与国均蒙其害，唐虞三代以来先圣先贤蒙以养正之遗意，扫地尽矣。剥极必复，天地之心见焉。……"为了文字狱，使士子不敢治史，尤不敢言近代事，但一面却也使昧于掌故，乾隆朝所竭力"销毁"的书，虽遗老也不复明白，不到一百三十年，又从新奉为宝典了。这莫非也是"剥极必复"〔15〕么？恐怕是遗老们的乾隆皇帝所不及料的罢。

但是，清的康熙，雍正和乾隆三个，尤其是后两个皇帝，对于"文艺政策"或说得较大一点的"文化统制"〔16〕，却真尽了很大的努力的。文字狱不过是消极的一方面，积极的一面，则如钦定四库全书〔17〕，于汉人的著作，无不加以取舍，所取的书，凡有涉及金元之处者，又大抵加以修改，作为定本。此外，对于"七经"，"二十四史"，《通鉴》，〔18〕文士的诗文，和尚的语录，也都不肯放过，不是鉴定，便是评选，文苑中实在没有不被蹂躏的处所了。而且他们是深通汉文的异族的君主，以胜者的看法，来批评被征服的汉族的文化和人情，也鄙夷，但也恐惧，有苛论，但也有确评，文字狱只是由此而来的辣手的一种，那成果，由满洲这方面言，是的确不能说它没有效的。

现在这影响好像是淡下去了，遗老们的重刻《小学大全》，就是一个证据，但也可见被愚弄了的性灵，又终于并不清醒过来。近来明人小品,清代禁书,市价之高,决非穷读书人所敢窥觑,但《东华录》、《御批通鉴辑览》、《上谕八旗》、《雍正朱批谕旨》[19]……等,却好像无人过问,其低廉为别的一切大部书所不及。倘有有心人加以收集,一一钩稽,将其中的关于驾御汉人,批评文化,利用文艺之处,分别排比,辑成一书,我想,我们不但可以看见那策略的博大和恶辣,并且还能够明白我们怎样受异族主子的驯扰,以及遗留至今的奴性的由来的罢。

自然,这决不及赏玩性灵文字[20]的有趣,然而借此知道一点演成了现在的所谓性灵的历史,却也十分有益的。

七月十日。

＊　　　＊　　　＊

〔1〕 本篇最初发表于 1934 年 8 月 5 日《新语林》半月刊第三期,署名杜德机。

〔2〕 清朝禁书 清政府为实行文化统制,在编纂《四库全书》时,将认为内容"悖谬"和有"违碍字句"的书,都分别"销毁"和"撤毁"(即"全毁"和"抽毁")。"禁书"即指这些应毁的书;关于禁书的目录,后来有《全毁抽毁书目》、《禁书总目》、《违碍书目》等数种(都收在清代姚觐元辑《咫进斋丛书》中)。

〔3〕 四马路 今福州路,当时是上海书店集中之区。

〔4〕 尹会一(1691—1748) 字元孚,清代道学家,官至吏部侍郎。著有阐释程、朱理学的书数种和《贤母年谱》等。

〔5〕 大理寺卿 中央审判机关的主管长官,按清朝官制为"正三品"。稽察觉罗学,即清朝皇族旁支子弟学校的主管,据《清会典》载:以显祖宣皇帝(即清太祖爱新觉罗·努尔哈赤的父亲爱新觉罗·塔克世)之

本支子孙为"宗室",以显祖宣皇帝之叔伯兄弟等之旁支子孙为"觉罗"。

〔6〕 旗籍 清代满族军事、生产合一的户籍编制单位,共分八旗。此外另设蒙八旗和汉八旗。

〔7〕 朱子 即朱熹(1130—1200) 字元晦,婺源(今属江西)人,宋代理学家,官至宝文阁待制,著有《诗集传》、《四书章句集注》、《通鉴纲目》等。《小学》,朱熹、刘子澄编,共六卷,系辑录古书中符合封建道德的片段分类编成。

〔8〕 "及其老也,戒之在得" 语出《论语·季氏》:"君子有三戒……及其老也,血气既衰,戒之在得。"

〔9〕 汤斌(1627—1687) 字孔伯,睢州(今河南睢县)人,官至礼部尚书。范文程(1597—1666),字宪斗,沈阳人,官至大学士、太傅兼太子太师。李光地(1642—1718),字晋卿,福建安溪人,官至文渊阁大学士。顾八代(? —1709),字文起,满洲镶黄旗人,官至礼部尚书。张伯行(1651—1725),字孝先,河南仪封(今兰考)人,官至礼部尚书。

〔10〕 三宝(? —1784) 满洲正红旗人,乾隆时官至东阁大学士兼礼部尚书。

〔11〕 乾隆皇帝在《尹嘉铨免其凌迟之罪谕》中说:"古来以讲学为名,致开朋党之渐,如明季东林诸人讲学,以致国事日非,可为鉴戒……又其书有《名臣言行录》一编……以本朝之人标榜当代人物,将来伊等子孙,恩怨即从此起,门户亦且渐开,所系朝常世教,均非浅鲜。即伊托言仿照朱子《名臣言行录》,朱子所处,当宋朝南渡式微,且又在下位,其所评骘,尚皆公当。今尹嘉铨乃欲于国家全盛之时,逞其私臆,妄生议论,变乱是非,实为莠言乱政。"又在《明辟尹嘉铨标榜之罪谕》中说:"朕以为本朝纪纲整肃,无名臣亦无奸臣,何则,乾纲在上,不致朝廷有名臣、奸臣,亦社稷之福耳。"

〔12〕 纪昀(1724—1805) 字晓岚,直隶(今河北)献县人,清代文

学家。乾隆进士,官至礼部尚书,曾任四库全书馆总纂官。《四库全书总目提要》,二百卷,是《四库全书》的书目解题,完成于乾隆四十七年(1782)。《阅微草堂笔记》,笔记小说,共五种,二十四卷。纪昀在《四库全书总目提要》子部儒家类的"引言"中说:"当时所谓道学者,又自分二派,笔舌交攻。自是厥后,天下惟朱陆是争;门户列而朋党起,恩仇报复,蔓延者垂数百年。"在《阅微草堂笔记》中,更多处有不满道学家的言论,如:"讲学家责人无已时。""一儒生颇讲学……崖岸太甚,动以不情之论责人。""讲学家持论务严,遂使一时失足者无路自赎。"等等。

〔13〕 翎子 清代皇帝赏赐给官员表示荣誉的冠饰,分蓝翎、花翎两种。蓝翎以鹖羽(蓝色)为装饰,赐给秩较卑而有功者;花翎以孔雀翎为饰,以翎眼多少分等级,普通的是一眼,大臣有特恩的赏戴双眼,亲王、贝勒才赏戴三眼。

〔14〕 关于销毁《小学大全》,乾隆四十六年(1781)五月"上谕":"如《小学》等书,本系前人著述,原可毋庸销毁,惟其中有经该犯(按指尹嘉铨)疏解编辑及有序跋者,即当一体销毁。"在当时的军机处"应行销毁尹嘉铨书籍单"中,在七十九种"俱系尹嘉铨著述编纂应行销毁"的书目之后,又列举了三种"尹嘉铨疏、辑,亦应销毁",其中包括他"疏"的《仪礼探本》和《共学约》,以及所"辑"的《小学大全》。

〔15〕 "剥极必复" "剥"、"复"是《易经》中的两个卦名,"剥卦"之后就是"复卦",所以说"剥极必复"(剥是剥落,复是反本)。《易经·复卦》说:"反复其道,七日来复……复,其见天地之心乎?"

〔16〕 "文化统制" 当时国民党政府实行"剿灭共产主义"的文化政策,并在他们的刊物上大事宣传(如 1934 年 1 月《汗血》月刊第二卷第四期即为《文化剿匪专号》,同年 8 月《前途》月刊第二卷第八期又为《文化统制专号》)。鲁迅在这里用"文艺政策"和"文化统制"等字样加以揭露,但发表时都被删去。

〔17〕 四库全书 清代乾隆三十七年(1772)设馆纂修,历时十年始成。共收书三五〇三种,七九三三七卷,分经、史、子、集四部。

〔18〕 "七经" 指《易》、《书》、《诗》、《春秋》、《周礼》、《仪礼》和《礼记》。康熙、雍正、乾隆三朝加以注疏,编为《周易折中》、《书经传说汇纂》、《诗经传说汇纂》、《春秋传说汇纂》、《周官义疏》、《仪礼义疏》、《礼记义疏》七种,合称《御纂七经》。"二十四史",乾隆时规定从《史记》至《明史》的二十四部纪传体史书为"正史",即《钦定二十四史》。《通鉴》,宋代司马光等编纂的编年体史书,起自战国,终于五代,名《资治通鉴》。乾隆帝命臣下编成起自上古终于明末的另一编年体史书,由他亲自"详加评断",称为《御批通鉴辑览》。

〔19〕 《东华录》 清代蒋良骐编,三十二卷。系从清太祖天命至世宗雍正六朝的实录和其他文献摘抄而成。后由王先谦加以增补,扩编为一九五卷,并新增乾隆、嘉庆、道光三朝史料,合为《九朝东华录》,共四二五卷。稍后,他又补辑《咸丰朝东华录》和《同治朝东华录》各一百卷;此后又有朱寿朋编的《光绪朝东华录》二二〇卷。《上谕八旗》,内容是雍正一朝关于八旗政务的谕旨和奏议等文件,共分三集:《上谕八旗》十三卷、《上谕旗务议复》十二卷、《谕行旗务奏议》十三卷。《雍正朱批谕旨》,三六〇卷,内容是经雍正朱批的"臣工"二百余人的奏折。

〔20〕 性灵文字 指当时林语堂提倡"性灵"的文章。他在《论语》第二卷第十五期(1933年4月)发表的《有不为斋随笔·论文》中说:"文章者,个人性灵之表现。性灵之为物,惟我知之,生我之父母不知,同床之吾妻亦不知。然文学之生命实寄托于此。"

韦素园墓记[1]

韦君素园[2]之墓。

君以一九又二年六月十八日生,一九三二年八月一日卒。呜呼,宏才远志,厄于短年。文苑失英,明者永悼。弟丛芜,友静农,霁野[3]立表;鲁迅书。

*   *   *

〔1〕 本篇写成于 1934 年 4 月,据作者 1934 年 3 月 27 日致台静农信:"素兄墓志,当于三四日内写成寄上";又作者同年 4 月 3 日日记:"以所书韦素园墓表寄静农。"

〔2〕 **韦素园**(1902—1932) 安徽霍丘人,未名社成员。译有果戈理中篇小说《外套》、俄国短篇小说集《最后的光芒》、北欧诗歌小品集《黄花集》等。

〔3〕 **丛芜** 韦丛芜(1905—1978) 安徽霍丘人,未名社成员。译有陀思妥也夫斯基长篇小说《穷人》、《罪与罚》等。静农,即台静农(1902—1990),安徽霍丘人,未名社成员。著有短篇小说集《地之子》、《建塔者》等。霁野,即李霁野(1904—1997),安徽霍丘人,未名社成员。著有短篇小说集《影》,译有安特列夫剧本《往星中》、《黑假面人》等。

忆韦素园君[1]

　　我也还有记忆的,但是,零落得很。我自己觉得我的记忆好像被刀刮过了的鱼鳞,有些还留在身体上,有些是掉在水里了,将水一搅,有几片还会翻腾,闪烁,然而中间混着血丝,连我自己也怕得因此污了赏鉴家的眼目。

　　现在有几个朋友要纪念韦素园君,我也须说几句话。是的,我是有这义务的。我只好连身外的水也搅一下,看看泛起怎样的东西来。

　　怕是十多年之前了罢,我在北京大学做讲师,有一天,在教师豫备室里遇见了一个头发和胡子统统长得要命的青年,这就是李霁野。我的认识素园,大约就是霁野绍介的罢,然而我忘记了那时的情景。现在留在记忆里的,是他已经坐在客店的一间小房子里计画出版了。

　　这一间小房子,就是未名社[2]。

　　那时我正在编印两种小丛书,一种是《乌合丛书》,专收创作,一种是《未名丛刊》,专收翻译,都由北新书局出版。出版者和读者的不喜欢翻译书,那时和现在也并不两样,所以《未名丛刊》是特别冷落的。恰巧,素园他们愿意绍介外国文学到中国来,便和李小峰[3]商量,要将《未名丛刊》移出,由几个同人自办。小峰一口答应了,于是这一种丛书便和北新书局脱离。稿子是我们自己的,另筹了一笔印费,就算开始。因这丛书的名目,连社名也就叫了"未名"——但并非"没有名目"的意思,是"还没有名目"的意思,恰如孩子的"还未成丁"似的。

未名社的同人,实在并没有什么雄心和大志,但是,愿意切切实实的,点点滴滴的做下去的意志,却是大家一致的。而其中的骨干就是素园。

于是他坐在一间破小屋子,就是未名社里办事了,不过小半好像也因为他生着病,不能上学校去读书,因此便天然的轮着他守寨。

我最初的记忆是在这破寨里看见了素园,一个瘦小,精明,正经的青年,窗前的几排破旧外国书,在证明他穷着也还是钉住着文学。然而,我同时又有了一种坏印象,觉得和他是很难交往的,因为他笑影少。"笑影少"原是未名社同人的一种特色,不过素园显得最分明,一下子就能够令人感得。但到后来,我知道我的判断是错误了,和他也并不难于交往。他的不很笑,大约是因为年龄的不同,对我的一种特别态度罢,可惜我不能化为青年,使大家忘掉彼我,得到确证了。这真相,我想,霁野他们是知道的。

但待到我明白了我的误解之后,却同时又发见了一个他的致命伤:他太认真;虽然似乎沉静,然而他激烈。认真会是人的致命伤的么? 至少,在那时以至现在,可以是的。一认

真,便容易趋于激烈,发扬则送掉自己的命,沉静着,又啮碎了
自己的心。

这里有一点小例子。——我们是只有小例子的。

那时候,因为段祺瑞[4]总理和他的帮闲们的迫压,我已
经逃到厦门,但北京的狐虎之威还正是无穷无尽。段派的女
子师范大学校长林素园[5],带兵接收学校去了,演过全副武
行之后,还指留着的几个教员为“共产党”。这个名词,一向就
给有些人以“办事”上的便利,而且这方法,也是一种老谱,本
来并不希罕的。但素园却好像激烈起来了,从此以后,他给我
的信上,有好一晌竟憎恶“素园”两字而不用,改称为“漱园”。
同时社内也发生了冲突,高长虹[6]从上海寄信来,说素园压
下了向培良的稿子,叫我讲一句话。我一声也不响。于是在
《狂飙》上骂起来了,先骂素园,后是我。素园在北京压下了培
良的稿子,却由上海的高长虹来抱不平,要在厦门的我去下判
断,我颇觉得是出色的滑稽,而且一个团体,虽是小小的文学
团体罢,每当光景艰难时,内部是一定有人起来捣乱的,这也
并不希罕。然而素园却很认真,他不但写信给我,叙述着详
情,还作文登在杂志上剖白。在“天才”们的法庭上,别人剖白
得清楚的么?——我不禁长长的叹了一口气,想到他只是一
个文人,又生着病,却这么拚命的对付着内忧外患,又怎么能
够持久呢。自然,这仅仅是小忧患,但在认真而激烈的个人,
却也相当的大的。

不久,未名社就被封[7],几个人还被捕。也许素园已经

咯血,进了病院了罢,他不在内。但后来,被捕的释放,未名社也启封了,忽封忽启,忽捕忽放,我至今还不明白这是怎么的一个玩意。

我到广州,是第二年——一九二七年的秋初,[8]仍旧陆续的接到他几封信,是在西山病院里,伏在枕头上写就的,因为医生不允许他起坐。他措辞更明显,思想也更清楚,更广大了,但也更使我担心他的病。有一天,我忽然接到一本书,是布面装订的素园翻译的《外套》[9]。我一看明白,就打了一个寒噤:这明明是他送给我的一个纪念品,莫非他已经自觉了生命的期限了么?

我不忍再翻阅这一本书,然而我没有法。

我因此记起,素园的一个好朋友也咯过血,一天竟对着素园咯起来,他慌张失措,用了爱和忧急的声音命令道:"你不许再吐了!"我那时却记起了伊孛生的《勃兰特》[10]。他不是命令过去的人,从新起来,却并无这神力,只将自己埋在崩雪下面的么?……

我在空中看见了勃兰特和素园,但是我没有话。

一九二九年五月末,我最以为侥幸的是自己到西山病院去,和素园谈了天。他为了日光浴,皮肤被晒得很黑了,精神却并不萎顿。我们和几个朋友都很高兴。但我在高兴中,又时时夹着悲哀:忽而想到他的爱人,已由他同意之后,和别人订了婚;忽而想到他竟连绍介外国文学给中国的一点志愿,也怕难于达到;忽而想到他在这里静卧着,不知道他自以为是在等候全愈,还是等候灭亡;忽而想到他为什么要寄给我一本精装的《外套》?……

壁上还有一幅陀思妥也夫斯基[11]的大画像。对于这先生,我是尊敬,佩服的,但我又恨他残酷到了冷静的文章。他布置了精神上的苦刑,一个个拉了不幸的人来,拷问给我们看。现在他用沉郁的眼光,凝视着素园和他的卧榻,好像在告诉我:这也是可以收在作品里的不幸的人。

自然,这不过是小不幸,但在素园个人,是相当的大的。

一九三二年八月一日晨五时半,素园终于病殁在北平同仁医院里了,一切计画,一切希望,也同归于尽。我所抱憾的是因为避祸,烧去了他的信札,[12]我只能将一本《外套》当作唯一的纪念,永远放在自己的身边。

自素园病殁之后,转眼已是两年了,这其间,对于他,文坛上并没有人开口。这也不能算是希罕的,他既非天才,也非豪杰,活的时候,既不过在默默中生存,死了之后,当然也只好在默默中泯没。但对于我们,却是值得记念的青年,因为他在默默中支持了未名社。

未名社现在是几乎消灭了,那存在期,也并不长久。然而自素园经营以来,绍介了果戈理(N.Gogol),陀思妥也夫斯基(F.Dostoevsky),安特列夫(L.Andreev),绍介了望·蔼覃(F.van Eeden),绍介了爱伦堡(I.Ehrenburg)的《烟袋》和拉夫列涅夫(B.Lavrenev)的《四十一》。[13]还印行了《未名新集》,

其中有丛芜的《君山》，静农的《地之子》和《建塔者》，〔14〕我的《朝华夕拾》，在那时候，也都还算是相当可看的作品。事实不为轻薄阴险小儿留情，曾几何年，他们就都已烟消火灭，然而未名社的译作，在文苑里却至今没有枯死的。

是的，但素园却并非天才，也非豪杰，当然更不是高楼的尖顶，或名园的美花，然而他是楼下的一块石材，园中的一撮泥土，在中国第一要他多。他不入于观赏者的眼中，只有建筑者和栽植者，决不会将他置之度外。

文人的遭殃，不在生前的被攻击和被冷落，一瞑之后，言行两亡，于是无聊之徒，谬托知己，是非蜂起，既以自衒，又以卖钱，连死尸也成了他们的沽名获利之具，这倒是值得悲哀的。现在我以这几千字纪念我所熟识的素园，但愿还没有营私肥己的处所，此外也别无话说了。

我不知道以后是否还有记念的时候，倘止于这一次，那么，素园，从此别了！

一九三四年七月十六之夜，鲁迅记。

*　　　*　　　*

〔1〕　本篇最初发表于1934年10月上海《文学》月刊第三卷第四号。

〔2〕　未名社　文学团体，1925年秋成立于北京，主要成员有鲁迅、韦素园、曹靖华、李霁野、台静农等。先后出版过《莽原》半月刊、《未名半月刊》和《未名丛刊》、《未名新集》等。1931年秋后因经济困难，无

形解体。

〔3〕 李小峰(1897—1971) 江苏江阴人。北京大学毕业,曾参加新潮社和语丝社,后为北新书局主持人。

〔4〕 段祺瑞(1865—1936) 安徽合肥人,北洋皖系军阀。曾任北洋政府国务总理、北京临时执政府执政等。

〔5〕 林素园 福建人,1926年8月,教育部下令停办北京女子师范大学,改为北京女子学院师范部,林被任为师范部学长。同年9月5日,他率领军警赴女师大实行武装接收。

〔6〕 高长虹(1898—约1956) 山西盂县人,作家。1925年参加莽原社,参与编辑《莽原》周刊,1926年10月在上海组织狂飙社,出版《狂飙》周刊,在该刊第二期发表《给鲁迅先生》的通信,其中说:"接培良来信,说他同韦素园先生大起冲突,原因是为韦先生退还高歌的《剃刀》,又压下他的《冬天》……现在编辑《莽原》者,且甚至执行编辑之权威者,为韦素园先生也……然权威或可施之于他人,要不应施之于同伴也……今则态度显然,公然以'退还'加诸我等矣!刀搁头上矣!到了这时,我还能不出来一理论吗?"最后他又对鲁迅说:"你如愿意说话时,我也想听一听你的意见。"

〔7〕 未名社被封 1928年春,未名社出版的《文学与革命》(托洛茨基著,李霁野、韦素园译)一书在济南山东省立第一师范学校被扣。北京警察厅据山东军阀张宗昌电告,于3月26日查封未名社,捕去李霁野、台静农二人。至10月始启封。

〔8〕 按鲁迅到广州应是1927年初(1月18日)。

〔9〕 《外套》 俄国作家果戈理所作中篇小说,韦素园的译本出版于1926年9月,为《未名丛刊》之一。据鲁迅日记,他收到韦素园的赠书是在1929年8月3日。

〔10〕 伊孛生(H. Ibsen,1828—1906) 通译易卜生,挪威剧作家。

《勃兰特》是他作的诗剧,剧中人勃兰特企图用个人的力量鼓动人们起来反对世俗旧习。他带领一群信徒上山去寻找理想的境界,在途中,人们不堪登山之苦,对他的理想产生了怀疑,于是把他击倒,最后他在雪崩下丧生。

〔11〕 陀思妥也夫斯基(Ф.М.Достоевский,1821—1881) 俄国作家。著有长篇小说《穷人》、《被侮辱与被损害的》、《罪与罚》等。参看《且介亭杂文二集·陀思妥夫斯基的事》。

〔12〕 1930年鲁迅因参加中国自由运动大同盟,遭到国民党当局通缉,次年又因柔石被捕,曾两次被迫"弃家出走",出走前烧毁了所存的信札。参看《两地书·序言》。

〔13〕 收入《未名丛刊》中的译本有:俄国果戈理的小说《外套》(韦素园译),陀思妥也夫斯基的小说《穷人》(韦丛芜译),安特列夫(1871—1919)的剧本《往星中》和《黑假面人》(李霁野译),荷兰望·蔼覃(1860—1932)的童话《小约翰》(鲁迅译),苏联爱伦堡(1891—1967)等七人的短篇小说集《烟袋》(曹靖华辑译),苏联拉甫列涅夫(1891—1959)的中篇小说《第四十一》(曹靖华译)。

〔14〕 《未名新集》 未名社印行的专收创作的丛刊。《君山》是诗集,《地之子》和《建塔者》都是短篇小说集。

忆刘半农君[1]

这是小峰出给我的一个题目。

这题目并不出得过分。半农[2]去世,我是应该哀悼的,因为他也是我的老朋友。但是,这是十来年前的话了,现在呢,可难说得很。

我已经忘记了怎么和他初次会面,以及他怎么能到了北京。他到北京,恐怕是在《新青年》[3]投稿之后,由蔡孑民[4]先生或陈独秀[5]先生去请来的,到了之后,当然更是《新青年》里的一个战士。他活泼,勇敢,很打了几次大仗。譬如罢,答王敬轩的双镄信[6],"她"字和"牠"字的创造[7],就都是的。这两件,现在看起来,自然是琐屑得很,但那是十多年前,单是提倡新式标点,就会有一大群人"若丧考妣",恨不得"食肉寝皮"的时候,所以的确是"大仗"。现在的二十左右的青年,大约很少有人知道三十年前,单是剪下辫子就会坐牢或杀头的了。然而这曾经是事实。

但半农的活泼,有时颇近于草率,勇敢也有失之无谋的地方。但是,要商量袭击敌人的时候,他还是好伙伴,进行之际,心口并不相应,或者暗暗的给你一刀,他是决不会的。倘若失了算,那是因为没有算好的缘故。

《新青年》每出一期,就开一次编辑会,商定下一期的稿件。其时最惹我注意的是陈独秀和胡适之。假如将韬略比作一间仓库罢,独秀先生的是外面竖一面大旗,大书道:"内皆武器,来者小心!"但那门却开着的,里面有几枝枪,几把刀,一目了然,用不着提防。适之先生的是紧紧的关着门,门上粘一条小纸条道:"内无武器,请勿疑虑。"这自然可以是真的,但有些人——至少是我这样的人——有时总不免要侧着头想一想。半农却是令人不觉其有"武库"的一个人,所以我佩服陈胡,却亲近半农。

所谓亲近,不过是多谈闲天,一多谈,就露出了缺点。几乎有一年多,他没有消失掉从上海带来的才子必有"红袖添香夜读书"的艳福的思想,好容易才给我们骂掉了。但他好像到处都这么的乱说,使有些"学者"皱眉。有时候,连到《新青年》投稿都被排斥。他很勇于写稿,但试去看旧报去,很有几期是没有他的。那些人们批评他的为人,是:浅。

不错,半农确是浅。但他的浅,却如一条清溪,澄澈见底,纵有多少沉渣和腐草,也不掩其大体的清。倘使装的是烂泥,一时就看不出它的深浅来了;如果是烂泥的深渊呢,那就更不如浅一点的好。

但这些背后的批评,大约是很伤了半农的心的,他的到法国留学,我疑心大半就为此。我最懒于通信,从此我们就疏远起来了。他回来时,我才知道他在外国钞古书,后来也要标点《何典》[8],我那时还以老朋友自居,在序文上说了几句老实话,事后,才知道半农颇不高兴了,"驷不及舌"[9],也没有法子。另外还有一回关于《语丝》的彼此心照的不快活[10]。五

六年前，曾在上海的宴会上见过一回面，那时候，我们几乎已
经无话可谈了。

近几年，半农渐渐的据了要津，我也渐渐的更将他忘却；
但从报章上看见他禁称"蜜斯"[11]之类，却很起了反感：我以
为这些事情是不必半农来做的。从去年来，又看见他不断的
做打油诗，弄烂古文，[12]回想先前的交情，也往往不免长叹。
我想，假如见面，而我还以老朋友自居，不给一个"今天天
气……哈哈哈"完事，那就也许会弄到冲突的罢。

不过，半农的忠厚，是还使我感动的。我前年曾到北平，
后来有人通知我，半农是要来看我的，有谁恐吓了他一下，不
敢来了。这使我很惭愧，因为我到北平后，实在未曾有过访问
半农的心思。

现在他死去了，我对于他的感情，和他生时也并无变化。
我爱十年前的半农，而憎恶他的近几年。这憎恶是朋友的憎
恶，因为我希望他常是十年前的半农，他的为战士，即使"浅"
罢，却于中国更为有益。我愿以愤火照出他的战绩，免使一群
陷沙鬼将他先前的光荣和死尸一同拖入烂泥的深渊。

> 八月一日。

*   *   *

〔1〕　本篇最初发表于 1934 年 10 月上海《青年界》月刊第六卷第
三期。

〔2〕　半农　刘半农(1891—1934)，名复，江苏江阴人。历任北京
大学教授、北平大学女子文理学院院长等。他曾参加《新青年》的编辑

工作，是新文学运动初期重要作家之一。后留学法国，研究语音学。著有《半农杂文》、诗集《扬鞭集》以及《中国文法通论》、《四声实验录》等。

〔3〕 《新青年》 综合性月刊，"五四"时期倡导新文化运动、传播马克思主义的重要刊物。1915 年 9 月创刊于上海，由陈独秀主编。第一卷名《青年杂志》，第二卷起改名《新青年》。1916 年底迁至北京。从 1918 年 1 月起，李大钊等参加编辑工作。1921 年 4 月第八卷第六号起移广州出版。1922 年 7 月出满九卷后休刊，共出九卷，每卷六期。1923 年 6 月起改出季刊，季刊共出九册，1926 年 7 月以后即未再出版。

〔4〕 蔡孑民（1868—1940） 蔡元培，字鹤卿，号孑民，浙江绍兴人，近代教育家。反清革命组织光复会的创始人之一，后又参加同盟会，民国成立后曾任教育总长、北京大学校长等职；"五四"时期赞成和支持新文化运动。

〔5〕 陈独秀（1879—1942） 字仲甫，安徽怀宁人。原为北京大学教授，《新青年》杂志的创办人，"五四"时期提倡新文化运动的主要人物。1921 年中国共产党成立后，任党的总书记。第一次国内革命战争后期，推行右倾投降主义路线，使革命遭到失败。之后，他接受托洛茨基派的观点，在党内成立反党小组织，于 1929 年 11 月被开除出党。

〔6〕 答王敬轩的双簧信 1918 年初，《新青年》为了推动文学革命运动，开展对复古派的斗争，曾由编者之一钱玄同化名王敬轩，把当时社会上反对新文化运动的论调集中起来，摹仿封建复古派口吻写信给《新青年》编辑部，又由刘半农写回信痛加批驳。两信同时发表在当年 3 月《新青年》第四卷第三号。

〔7〕 "她"字和"牠"字的创造 刘半农在 1920 年 6 月 6 日所作《她字问题》一文中主张创造"她"字，作为第三位阴性代词。附带提出"应当再取一个'它'字，以代无生物。"稍后，郭沫若在《时事新报·学灯》（同年 9 月 11 日）和泰东图书局《新的小说》第二卷第二期（同年 10 月 1

日)发表通信,提出"牠"字,说"这是我杜撰的新字,表示第三人称代名词底中性。"

〔8〕 《何典》 清代张南庄(署名"过路人")编著,是运用俗谚写成、带有讽刺而流于油滑的章回体小说,共十回,清光绪四年(1878)上海申报馆出版。1926年6月,刘半农将此书标点重印,鲁迅曾为它作题记,现收入《集外集拾遗》。

〔9〕 "驷不及舌" 语出《论语·颜渊》,据朱熹《集注》:"言出于舌,驷马不能追之。"

〔10〕 《语丝》第四卷第九期(1928年2月27日)曾发表刘半农的《林则徐照会英吉利国王公文》,其中说林则徐被英人俘虏,并且"明正了典刑,在印度舁尸游街"。不久有读者洛卿来信指出这是史实性的错误,《语丝》第四卷第十四期(同年4月2日)发表了这封信,从此刘半农就不再给《语丝》写稿。

〔11〕 禁称"蜜斯" 见1931年4月1日北平《世界日报》所载刘半农答记者的谈话。其中说他不赞成学生间以密斯互称,在1930年他任北平大学女子文理学院院长时即曾加以禁止;他主张废弃"带有奴性的"密斯称呼,而代以国语中原有的姑娘、小姐、女士等。密斯,英语Miss的音译,小姐的意思。

〔12〕 指刘半农于1933年至1934年间发表于《论语》、《人间世》等刊物的《桐花芝豆堂诗集》和《双凤凰砖斋小品文》等。参看《准风月谈·"感旧"以后(下)》。

答曹聚仁先生信^[1]

聚仁^[2]先生：

关于大众语的问题，提出得真是长久了，我是没有研究的，所以一向没有开过口。但是现在的有些文章觉得不少是"高论"，文章虽好，能说而不能行，一下子就消灭，而问题却依然如故。

现在写一点我的简单的意见在这里：

一，汉字和大众，是势不两立的。

二，所以，要推行大众语文，必须用罗马字拼音^[3]（即拉丁化，现在有人分为两件事，我不懂是怎么一回事），而且要分为多少区，每区又分为小区（譬如绍兴一个地方，至少也得分为四小区），写作之初，纯用其地的方言，但是，人们是要前进的，那时原有方言一定不够，就只好采用白话，欧字，甚而至于语法。但，在交通繁盛，言语混杂的地方，又有一种语文，是比较普通的东西，它已经采用着新字汇，我想，这就是"大众语"的雏形，它的字汇和语法，即可以输进穷乡僻壤去。中国人是无论如何，在将来必有非通几种中国语不可的运命的，这事情，由教育与交通，可以办得到。

三，普及拉丁化，要在大众自掌教育的时候。现在我们所办得到的是：（甲）研究拉丁化法；（乙）试用广东话之类，读者较多的言语,做出东西来看;(丙)竭力将白话做得浅豁,使能懂的人增多,但精密的所谓"欧化"语文,仍应支持,因为讲话倘要精密,中国原有的语法是不够的,而中国的大众语文,也决不会永久含胡下去。譬如罢,反对欧化者所说的欧化,就不是中国固有字,有些新字眼,新语法,是会有非用不可的时候的。

四,在乡僻处启蒙的大众语,固然应该纯用方言,但一面仍然要改进。譬如"妈的"一句话罢,乡下是有许多意义的,有时骂骂,有时佩服,有时赞叹,因为他说不出别样的话来。先驱者的任务,是在给他们许多话,可以发表更明确的意思,同时也可以明白更精确的意义。如果也照样的写着"这妈的天气真是妈的,妈的再这样,什么都要妈的了",那么于大众有什么益处呢?

五,至于已有大众语雏形的地方,我以为大可以依此为根据而加以改进,太僻的土语,是不必用的。例如上海叫"打"为"吃生活",可以用于上海人的对话,却不必特用于作者的叙事中,因为说"打",工人也一样的能够懂。有些人以为如"像煞有介事"之类,已经通行,也是不确的话,北方人对于这句话的理解,和江苏人是不一样的,那感觉并不比"俨乎其然"切实。

语文和口语不能完全相同;讲话的时候,可以夹许多"这个这个""那个那个"之类,其实并无意义,到写作时,为了时间,纸张的经济,意思的分明,就要分别删去的,所以文章一定应该比口语简洁,然而明了,有些不同,并非文章的坏处。

所以现在能够实行的,我以为是(一)制定罗马字拼音(赵元任〔4〕的太繁,用不来的);(二)做更浅显的白话文,采用较普通的方言,姑且算是向大众语去的作品,至于思想,那不消说,该是"进步"的;(三)仍要支持欧化文法,当作一种后备。

还有一层,是文言的保护者,现在也有打了大众语的旗子的了,他一方面,是立论极高,使大众语悬空,做不得;别一方面,借此攻击他当面的大敌——白话。这一点也须注意的。要不然,我们就会自己缴了自己的械。专此布复,即颂时绥。

迅上。八月二日。

*   *   *

〔1〕 本篇最初发表于1934年8月上海《社会月报》第一卷第三期。

1934年5月,中央政治学校教授汪懋祖在南京《时代公论》周刊第一一〇号发表《禁习文言与强令读经》一文,主张小学五六年级"应参教文言",中学读《孟子》。当时吴研因在南京、上海报纸同时发表《驳小学参教文言中学读孟子》一文,加以反驳。于是在文化界展开了关于文言与白话的论争。同年6月18、19日《申报·自由谈》先后刊出了陈子展的《文言——白话——大众语》和陈望道的《关于大众语文学的建设》二文,提出了有关语文改革的大众语问题;随后各报刊陆续发表不少文章,展开关于大众语问题的讨论。7月25日,当时《社会月报》编者曹聚仁发出一封征求关于大众语的意见的信,信中提出五个问题:"一、大众语文的运动,当然继承着白话文运动国语运动而来的;究竟在现在,有没有划分新阶段,提倡大众语的必要? 二、白话文运动为什么会停滞下来? 为什么新文人(五四运动以后的文人)隐隐都有复古的倾向? 三、白话文成为特殊阶级（知识分子）的独占工具，和一般民众并不发生关涉；究竟如何方能使白话文成为大众的工具？四、大众语文的建设，还是先定了标准的一元国语，逐渐推广，使方言渐渐消灭？还是先就各大区的方言，建设多元的大众语文，逐渐集中以造成一元的国语？五、大众语文的作品，用什么方式去写成？民众所惯用的方式，我们如何弃取？"鲁迅这一篇虽分五点作答，但并不针对曹聚仁来信所提的问题。他在同年 7 月 29 日致曹聚仁的另一信中曾针对这五个问题作了答复。

〔2〕　曹聚仁（1900—1972）　浙江浦江人，作家。曾任暨南大学教授和《涛声》周刊主编。著有《我与我的世界》、《鲁迅评传》等。

〔3〕　罗马字拼音　泛指用拉丁字母（即罗马字母）拼音。1928年，国民党政府教育部（当时称大学院，蔡元培任院长）公布了"国语罗马字拼音法式"。这个文字改革方案由"国语罗马字研究委员会"的部分会员及刘复等人制定，赵元任是主要制作人。这种方案用拼法变化表示声调，有繁细的拼调规则，比较难学。1931 年，吴玉章等又拟定了"拉丁化新文字"，它不标声调，比较简单；1933 年起各地相继成立各种团体，进行推广。

〔4〕　赵元任（1892—1982）　江苏武进人，语言学家。曾留学美国，历任清华大学中国文学系教授、中央研究院语言研究所专任研究员。著有《现代英语之研究》、《国语罗马字常用字表》等。

从孩子的照相说起[1]

因为长久没有小孩子，曾有人说，这是我做人不好的报应，要绝种的。房东太太讨厌我的时候，就不准她的孩子们到我这里玩，叫作"给他冷清冷清，冷清得他要死！"但是，现在却有了一个孩子，虽然能不能养大也很难说，然而目下总算已经颇能说些话，发表他自己的意见了。不过不会说还好，一会说，就使我觉得他仿佛也是我的敌人。

他有时对于我很不满，有一回，当面对我说："我做起爸爸来，还要好……"甚而至于颇近于"反动"，曾经给我一个严厉的批评道："这种爸爸，什么爸爸！？"

我不相信他的话。做儿子时，以将来的好父亲自命，待到自己有了儿子的时候，先前的宣言早已忘得一干二净了。况且我自以为也不算怎么坏的父亲，虽然有时也要骂，甚至于打，其实是爱他的。所以他健康，活泼，顽皮，毫没有被压迫得瘟头瘟脑。如果真的是一个"什么爸爸"，他还敢当面发这样反动的宣言么？

但那健康和活泼，有时却也使他吃亏，九一八事件后，就被同胞误认为日本孩子，骂了好几回，还挨过一次打——自然是并不重的。这里还要加一句说的听的，都不十分舒服的话：近一年多以来，这样的事情可是一次也没有了。

　　中国和日本的小孩子,穿的如果都是洋服,普通实在是很难分辨的。但我们这里的有些人,却有一种错误的速断法:温文尔雅,不大言笑,不大动弹的,是中国孩子;健壮活泼,不怕生人,大叫大跳的,是日本孩子。

　　然而奇怪,我曾在日本的照相馆里给他照过一张相,满脸顽皮,也真像日本孩子;后来又在中国的照相馆里照了一张相,相类的衣服,然而面貌很拘谨,驯良,是一个道地的中国孩子了。

　　为了这事,我曾经想了一想。

　　这不同的大原因,是在照相师的。他所指示的站或坐的姿势,两国的照相师先就不相同,站定之后,他就瞪了眼睛,觑机摄取他以为最好的一刹那的相貌。孩子被摆在照相机的镜头之下,表情是总在变化的,时而活泼,时而顽皮,时而驯良,时而拘谨,时而烦厌,时而疑惧,时而无畏,时而疲劳……。照住了驯良和拘谨的一刹那的,是中国孩子相;照住了活泼或顽皮的一刹那的,就好像日本孩子相。

　　驯良之类并不是恶德。但发展开去,对一切事无不驯良,却决不是美德,也许简直倒是没出息。"爸爸"和前辈的话,固然也要听的,但也须说得有道理。假使有一个孩子,自以为事事都不如人,鞠躬倒退;或者满脸笑容,实际上却总是阴谋暗箭,我实在宁可听到当面骂我"什么东西"的爽快,而且希望他自己是一个东西。

　　但中国一般的趋势,却只在向驯良之类——"静"的一方面发展,低眉顺眼,唯唯诺诺,才算一个好孩子,名之曰"有趣"。活泼,健康,顽强,挺胸仰面……凡是属于"动"的,那就未免有人摇头了,甚至于称之为"洋气"。又因为多年受着侵略,就和这"洋气"为仇;更进一步,则故意和这"洋气"反一调:他们活动,我偏静坐;他们讲科学,我偏扶乩[2];他们穿短衣,我偏着长衫;他们重卫生,我偏吃苍蝇;他们壮健,我偏生病……这才是保存中国固有文化,这才是爱国,这才不是奴隶性。

其实,由我看来,所谓"洋气"之中,有不少是优点,也是中国人性质中所本有的,但因了历朝的压抑,已经萎缩了下去,现在就连自己也莫名其妙,统统送给洋人了。这是必须拿它回来——恢复过来的——自然还得加一番慎重的选择。

即使并非中国所固有的罢,只要是优点,我们也应该学习。即使那老师是我们的仇敌罢,我们也应该向他学习。我在这里要提出现在大家所不高兴说的日本来,他的会摹仿,少创造,是为中国的许多论者所鄙薄的,但是,只要看看他们的出版物和工业品,早非中国所及,就知道"会摹仿"决不是劣点,我们正应该学习这"会摹仿"的。"会摹仿"又加以有创造,不是更好么?否则,只不过是一个"恨恨而死"[3]而已。

我在这里还要附一句像是多余的声明:我相信自己的主张,决不是"受了帝国主义者的指使"[4],要诱中国人做奴才;而满口爱国,满身国粹,也于实际上的做奴才并无妨碍。

                                            八月七日。

* * *

〔1〕 本篇最初发表于1934年8月20日《新语林》半月刊第四期，署名孺牛。

〔2〕 扶乩 亦称扶箕、扶鸾，一种请神的迷信活动。由两人扶一丁字形木架，下垂的木杆在沙盘上画字，作为神示。

〔3〕 "恨恨而死" 指空自愤恨不平而不去进行实际的改革工作。参看《热风·随感录六十二 恨恨而死》。

〔4〕 "受了帝国主义者的指使" 1934年7月25日，作者在《申报·自由谈》发表《玩笑只当它玩笑（上）》一文，批评当时某些借口反对欧化句法而攻击白话文的人；8月7日，文公直在同刊发表致作者的公开信，说他主张采用欧化句法是"受了帝国主义者的指使"。参看《花边文学·玩笑只当它玩笑（上）》的附录。

门 外 文 谈[1]

一 开 头

听说今年上海的热,是六十年来所未有的。白天出去混饭,晚上低头回家,屋子里还是热,并且加上蚊子。这时候,只有门外是天堂。因为海边的缘故罢,总有些风,用不着挥扇。虽然彼此有些认识,却不常见面的寓在四近的亭子间或搁楼里的邻人也都坐出来了,他们有的是店员,有的是书局里的校对员,有的是制图工人的好手。大家都已经做得筋疲力尽,叹着苦,但这时总还算有闲的,所以也谈闲天。

闲天的范围也并不小:谈旱灾,谈求雨,谈吊膀子,谈三寸怪人干,谈洋米,谈裸腿,[2]也谈古文,谈白话,谈大众语。因为我写过几篇白话文,所以关于古文之类他们特别要听我的话,我也只好特别说的多。这样的过了两三夜,才给别的话岔开,也总算谈完了。不料过了几天之后,有几个还要我写出来。

他们里面,有的是因为我看过几本古书,所以相信我的,有的是因为我看过一点洋书,有的又因为我看古书也看洋书;但有几位却因此反不相信我,说我是蝙蝠。我说到古文,他就笑道,你不是唐宋八大家[3],能信么?我谈到大众语,他又笑道:你又不是劳苦大众,讲什么海话呢?

这也是真的。我们讲旱灾的时候,就讲到一位老爷下乡查灾,说有些地方是本可以不成灾的,现在成灾,是因为农民懒,不戽水。但一种报上,却记着一个六十老翁,因儿子戽水乏力而死,灾象如故,无路可走,自杀了。老爷和乡下人,意见是真有这么的不同的。那么,我的夜谈,恐怕也终不过是一个门外闲人的空话罢了。

飓风过后,天气也凉爽了一些,但我终于照着希望我写的几个人的希望,写出来了,比口语简单得多,大致却无异,算是抄给我们一流人看的。当时只凭记忆,乱引古书,说话是耳边风,错点不打紧,写在纸上,却使我很踌躇,但自己又苦于没有原书可对,这只好请读者随时指正了。

一九三四年,八月十六夜,写完并记。

二 字是什么人造的?

字是什么人造的?

我们听惯了一件东西,总是古时候一位圣贤所造的故事,对于文字,也当然要有这质问。但立刻就有忘记了来源的答话:字是仓颉[4]造的。

这是一般的学者的主张,他自然有他的出典。我还见过一幅这位仓颉的画像,是生着四只眼睛的老头陀。可见要造文字,相貌先得出奇,我们这种只有两只眼睛的人,是不但本领不够,连相貌也不配的。

　　然而做《易经》[5]的人(我不知道是谁),却比较的聪明,他说:"上古结绳而治,后世圣人易之以书契。"他不说仓颉,只说"后世圣人",不说创造,只说掉换,真是谨慎得很;也许他无意中就不相信古代会有一个独自造出许多文字来的人的了,所以就只是这么含含胡胡的来一句。

　　但是,用书契来代结绳的人,又是什么脚色呢？文学家？不错,从现在的所谓文学家的最要卖弄文字,夺掉笔杆便一无所能的事实看起来,的确首先就要想到他;他也的确应该给自己的吃饭家伙出点力。然而并不是的。有史以前的人们,虽然劳动也唱歌,求爱也唱歌,他却并不起草,或者留稿子,因为他做梦也想不到卖诗稿,编全集,而且那时的社会里,也没有报馆和书铺子,文字毫无用处。据有些学者告诉我们的话来看,这在文字上用了一番工夫的,想来该是史官了。

　　原始社会里,大约先前只有巫,待到渐次进化,事情繁复了,有些事情,如祭祀,狩猎,战争……之类,渐有记住的必要,巫就只好在他那本职的"降神"之外,一面也想法子来记事,这就是"史"的开头。况且"升中于天"[6],他在本职上,也得将记载酋长和他的治下的大事的册子,烧给上帝看,因此一样的要做文章——虽然这大约是后起的事。再后来,职掌分得更清楚了,于是就有专门记事的史官。文字就是史官必要的工具,古人说:"仓颉,黄帝史。"[7]第一句未可信,但指出了史和文字的关系,却是很有意思的。至于后来的"文学家"用它来写"阿呀呀,我的爱哟,我要死了!"那些佳句,那不过是享享现成的罢了,"何足道哉"！

三 字是怎么来的？

照《易经》说，书契之前明明是结绳；我们那里的乡下人，碰到明天要做一件紧要事，怕得忘记时，也常常说："裤带上打一个结！"那么，我们的古圣人，是否也用一条长绳，有一件事就打一个结呢？恐怕是不行的。只有几个结还记得，一多可就糟了。或者那正是伏羲皇上的"八卦"[8]之流，三条绳一组，都不打结是"乾"，中间各打一结是"坤"罢？恐怕也不对。八组尚可，六十四组就难记，何况还会有五百十二组呢。只有在秘鲁还有存留的"打结字"（Quippus）[9]，用一条横绳，挂上许多直绳，拉来拉去的结起来，网不像网，倒似乎还可以表现较多的意思。我们上古的结绳，恐怕也是如此的罢。但它既然被书契掉换，又不是书契的祖宗，我们也不妨暂且不去管它了。

夏禹的"岣嵝碑"[10]是道士们假造的；现在我们能在实物上看见的最古的文字，只有商朝的甲骨和钟鼎文。但这些，都已经很进步了，几乎找不出一个原始形态。只在铜器上，有时还可以看见一点写实的图形，如鹿，如象，而从这图形上，又能发见和文字相关的线索：中国文字的基础是"象形"。

画在西班牙的亚勒泰米拉（Altamira）洞[11]里的野牛，是有名的原始人的遗迹，许多艺术史家说，这正是"为艺术的艺术"，原始人画着玩玩的。但这解释未免过于"摩登"，因为原始人没有十九世纪的文艺家那么有闲，他的画一只牛，是有缘故的,为的是关于野牛,或者是猎取野牛,禁咒野牛的事。现在上海墙壁上的香烟和电影的广告画,尚且常有人张着嘴巴看,在少见多怪的原始社会里,有了这么一个奇迹,那轰动一时,就可想而知了。他们一面看,知道了野牛这东西,原来可以用线条移在别的平面上,同时仿佛也认识了一个"牛"字,一面也佩服这作者的才能,但没有人请他作自传赚钱,所以姓氏也就湮没了。但在社会里,仓颉也不止一个,有的在刀柄上刻一点图,有的在门户上画一些画,心心相印,口口相传,文字就多起来,史官一采集,便可以敷衍记事了。中国文字的由来,恐怕也逃不出这例子的。

自然,后来还该有不断的增补,这是史官自己可以办到的,新字夹在熟字中,又是象形,别人也容易推测到那字的意义。直到现在,中国还在生出新字来。但是,硬做新仓颉,却要失败的,吴的朱育,唐的武则天,都曾经造过古怪字,〔12〕也都白费力。现在最会造字的是中国化学家,许多原质和化合物的名目,很不容易认得,连音也难以读出来了。老实说,我是一看见就头痛的,觉得远不如就用万国通用的拉丁名来得爽快,如果二十来个字母都认不得,请恕我直说:那么,化学也大抵学不好的。

四　写字就是画画

《周礼》和《说文解字》〔13〕上都说文字的构成法有六种,这里且不谈罢,只说些和"象形"有关的东西。

象形，"近取诸身，远取诸物"[14]，就是画一只眼睛是"目"，画一个圆圈，放几条毫光是"日"，那自然很明白，便当的。但有时要碰壁，譬如要画刀口，怎么办呢？不画刀背，也显不出刀口来，这时就只好别出心裁，在刀口上加一条短棍，算是指明"这个地方"的意思，造了"刃"。这已经颇有些办事棘手的模样了，何况还有无形可象的事件，于是只得来"象意"[15]，也叫作"会意"。一只手放在树上是"采"，一颗心放在屋子和饭碗之间是"宓"，有吃有住，安宓了。但要写"宁可"的宁，却又得在碗下面放一条线，表明这不过是用了"宓"的声音的意思。"会意"比"象形"更麻烦，它至少要画两样。如"寶"字，则要画一个屋顶，一串玉，一个缶，一个贝，计四样；我看"缶"字还是杵臼两形合成的，那么一共有五样。单单为了画这一个字，就很要破费些工夫。

不过还是走不通，因为有些事物是画不出，有些事物是画不来，譬如松柏，叶样不同，原是可以分出来的，但写字究竟是写字，不能像绘画那样精工，到底还是硬挺不下去。来打开这僵局的是"谐声"，意义和形象离开了关系。这已经是"记音"了，所以有人说，这是中国文字的进步。不错，也可以说是进步，然而那基础也还是画画儿。例如"菜，从草，采声"，画一棵草，一个爪，一株树：三样；"海，从水，每声"，画一条河，一位戴帽(?)的太太，也三样。总之：你如果要写字，就非永远画画不成。

但古人是并不愚蠢的，他们早就将形象改得简单，远离了写实。篆字圆折，还有图画的余痕，从隶书到现在的楷书[16]，和形象就天差地远。不过那基础并未改变,天差地远之后,就成为不象形的象形字,写起来虽然比较的简单,认起来却非常困难了,要凭空一个一个的记住。而且有些字,也至今并不简单,例如"鸞"或"鑿",去叫孩子写,非练习半年六月,是很难写在半寸见方的格子里面的。

还有一层,是"谐声"字也因为古今字音的变迁,很有些和"声"不大"谐"的了。现在还有谁读"滑"为"骨",读"海"为"每"呢?

古人传文字给我们,原是一份重大的遗产,应该感谢的。但在成了不象形的象形字,不十分谐声的谐声字的现在,这感谢却只好踌蹰一下了。

五 古时候言文一致么?

到这里,我想来猜一下古时候言文是否一致的问题。

对于这问题,现在的学者们虽然并没有分明的结论,但听他口气,好像大概是以为一致的;越古,就越一致。[17]不过我却很有些怀疑,因为文字愈容易写,就愈容易写得和口语一致,但中国却是那么难画的象形字,也许我们的古人,向来就将不关重要的词摘去了的。

《书经》[18]有那么难读,似乎正可作照写口语的证据,但商周人的的确的口语,现在还没有研究出,还要繁也说不定的。至于周秦古书,虽然作者也用一点他本地的方言,而文字大致相类,即使和口语还相近罢,用的也是周秦白话,并非周秦大众语。汉朝更不必说了,虽是肯将《书经》里难懂的字眼,翻成今字的司马迁[19],也不过在特别情况之下,采用一点俗语,例如陈涉的老朋友看见他为王,惊异道:"夥颐,涉之为王沉沉者"[20],而其中的"涉之为王"四个字,我还疑心太史公加过修剪的。

那么,古书里采录的童谣,谚语,民歌,该是那时的老牌俗语罢。我看也很难说。中国的文学家,是颇有爱改别人文章的脾气的。最明显的例子是汉民间的《淮南王歌》[21],同一地方的同一首歌,《汉书》和《前汉纪》[22]记的就两样。

一面是——

　　一尺布,尚可缝;

　　一斗粟,尚可春。

　　兄弟二人,不能相容。

一面却是——

　　一尺布,暖童童;

　　一斗粟,饱蓬蓬。

　　兄弟二人不相容。

比较起来,好像后者是本来面目,但已经删掉了一些也说不定的:只是一个提要。后来宋人的语录,话本,元人的杂剧和传奇里的科白,也都是提要,只是它用字较为平常,删去的文字较少,就令人觉得"明白如话"了。

我的臆测,是以为中国的言文,一向就并不一致的,大原因便是字难写,只好节省些。当时的口语的摘要,是古人的文;古代的口语的摘要,是后人的古文。所以我们的做古文,是在用了已经并不象形的象形字,未必一定谐声的谐声字,在纸上描出今人谁也不说,懂的也不多的,古人的口语的摘要来。你想,这难不难呢?

六 于是文章成为奇货了

文字在人民间萌芽,后来却一定为特权者所收揽。据《易经》的作者所推测,"上古结绳而治",则连结绳就已是治人者的东西。待到落在巫史的手里的时候,更不必说了,他们都是酋长之下,万民之上的人。社会改变下去,学习文字的人们的范围也扩大起来,但大抵限于特权者。至于平民,那是不识字的,并非缺少学费,只因为限于资格,他不配。而且连书籍也看不见。中国在刻版还未发达的时候,有一部好书,往往是"藏之秘阁,副在三馆"[23],连做了士子,也还是不知道写着什么的。

因为文字是特权者的东西,所以它就有了尊严性,并且有了神秘性。中国的字,到现在还很尊严,我们在墙壁上,就常常看见挂着写上"敬惜字纸"的篓子;至于符的驱邪治病,那是靠了它的神秘性的。文字既然含着尊严性,那么,知道文字,这人也就连带的尊严起来了。新的尊严者日出不穷,对于旧的尊严者就不利,而且知道文字的人们一多,也会损伤神秘性的。符的威力,就因为这好像是字的东西,除道士以外,谁也不认识的缘故。所以,对于文字,他们一定要把持。

欧洲中世,文章学问,都在道院里;克罗蒂亚(Kroatia)[24],是到了十九世纪,识字的还只有教士的,人民的口语,退步到对于旧生活刚够用。他们革新的时候,就只好从外国借进许多新语来。

我们中国的文字,对于大众,除了身分,经济这些限制之外,却还要加上一条高门槛:难。单是这条门槛,倘不费他十来年工夫,就不容易跨过。跨过了的,就是士大夫,而这些士大夫,又竭力的要使文字更加难起来,因为这可以使他特别的尊严,超出别的一切平常的士大夫之上。汉朝的杨雄的喜欢奇字,就有这毛病的,刘歆想借他的《方言》稿子,他几乎要跳黄浦。[25]唐朝呢,樊宗师的文章做到别人点不断[26],李贺的诗做到别人看不懂[27],也都为了这缘故。还有一种方法是将字写得别人不认识,下焉者,是从《康熙字典》[28]上查出几个古字来,夹进文章里面去;上焉者是钱坫的用篆字来写刘熙的《释名》[29],最近还有钱玄同先生的照《说文》字样给太炎先生抄《小学答问》[30]。

文字难,文章难,这还都是原来的;这些上面,又加以士大夫故意特制的难,却还想它和大众有缘,怎么办得到。但士大夫们也正愿其如此,如果文字易识,大家都会,文字就不尊严,他也跟着不尊严了。说白话不如文言的人,就从这里出发的;现在论大众语,说大众只要教给"千字课"[31]就够的人,那意思的根柢也还是在这里。

七 不识字的作家

用那么艰难的文字写出来的古语摘要,我们先前也叫

"文",现在新派一点的叫"文学",这不是从"文学子游子夏"〔32〕上割下来的,是从日本输入,他们的对于英文Literature 的译名。会写写这样的"文"的,现在是写白话也可以了,就叫作"文学家",或者叫"作家"。

文学的存在条件首先要会写字,那么,不识字的文盲群里,当然不会有文学家的了。然而作家却有的。你们不要太早的笑我,我还有话说。我想,人类是在未有文字之前,就有了创作的,可惜没有人记下,也没有法子记下。我们的祖先的原始人,原是连话也不会说的,为了共同劳作,必需发表意见,才渐渐的练出复杂的声音来,假如那时大家抬木头,都觉得吃力了,却想不到发表,其中有一个叫道"杭育杭育",那么,这就是创作;大家也要佩服,应用的,这就等于出版;倘若用什么记号留存了下来,这就是文学;他当然就是作家,也是文学家,是"杭育杭育派"〔33〕。不要笑,这作品确也幼稚得很,但古人不及今人的地方是很多的,这正是其一。就是周朝的什么"关关雎鸠,在河之洲,窈窕淑女,君子好逑"罢,它是《诗经》〔34〕里的头一篇,所以吓得我们只好磕头佩服,假如先前未曾有过这样的一篇诗,现在的新诗人用这意思做一首白话诗,到无论什么副刊上去投稿试试罢,我看十分之九是要被编辑者塞进字纸篓去的。"漂亮的好小姐呀,是少爷的好一对儿!"什么话呢?

就是《诗经》的《国风》里的东西,好许多也是不识字的无名氏作品,因为比较的优秀,大家口口相传的。王官〔35〕们检出它可作行政上参考的记录了下来,此外消灭的正不知有多少。希腊人荷马——我们姑且当作有这样一个人——的两大史诗[36]，也原是口吟，现存的是别人的记录。东晋到齐陈的《子夜歌》和《读曲歌》[37]之类，唐朝的《竹枝词》和《柳枝词》[38]之类，原都是无名氏的创作，经文人的采录和润色之后，留传下来的。这一润色，留传固然留传了，但可惜的是一定失去了许多本来面目。到现在，到处还有民谣，山歌，渔歌等，这就是不识字的诗人的作品；也传述着童话和故事，这就是不识字的小说家的作品；他们，就都是不识字的作家。

但是，因为没有记录作品的东西，又很容易消灭，流布的范围也不能很广大，知道的人们也就很少了。偶有一点为文人所见，往往倒吃惊，吸入自己的作品中，作为新的养料。旧文学衰颓时，因为摄取民间文学或外国文学而起一个新的转变，这例子是常见于文学史上的。不识字的作家虽然不及文人的细腻，但他却刚健，清新。

要这样的作品为大家所共有，首先也就是要这作家能写字，同时也还要读者们能识字以至能写字，一句话：将文字交给一切人。

八 怎么交代？

将文字交给大众的事实，从清朝末年就已经有了的。

"莫打鼓，莫打锣，听我唱个太平歌……"是钦颁的教育大众的俗歌；[39]此外，士大夫也办过一些白话报，[40]但那主意，是只要大家听得懂，不必一定写得出。《平民千字课》就带了一点写得出的可能，但也只够记账，写信。倘要写出心里所想的东西,它那限定的字数是不够的。譬如牢监,的确是给了人一块地,不过它有限制,只能在这圈子里行立坐卧,断不能跑出设定了的铁栅外面去。

劳乃宣和王照[41]他两位都有简字,进步得很,可以照音写字了。民国初年,教育部要制字母,他们俩都是会员,劳先生派了一位代表,王先生是亲到的,为了入声存废问题,曾和吴稚晖[42]先生大战,战得吴先生肚子一凹,棉裤也落了下来。但结果总算几经斟酌,制成了一种东西,叫作“注音字母”。那时很有些人,以为可以替代汉字了,但实际上还是不行,因为它究竟不过简单的方块字,恰如日本的“假名”[43]一样,夹上几个,或者注在汉字的旁边还可以,要它拜帅,能力就不够了。写起来会混杂,看起来要眼花。那时的会员们称它为“注音字母”,是深知道它的能力范围的。再看日本,他们有主张减少汉字的,有主张拉丁拼音的,但主张只用“假名”的却没有。

再好一点的是用罗马字拼法,研究得最精的是赵元任先生罢,我不大明白。用世界通用的罗马字拼起来——现在是连土耳其也采用了——一词一串,非常清晰,是好的。但教我似的门外汉来说,好像那拼法还太繁。要精密,当然不得不繁,但繁得很,就又变了“难”,有些妨碍普及了。最好是另有一种简而不陋的东西。

这里我们可以研究一下新的“拉丁化”法,《每日国际文选》里有一小本《中国语书法之拉丁化》[44],《世界》第二年第六七号合刊附录的一份《言语科学》[45],就都是绍介这东西的。价钱便宜,有心的人可以买来看。它只有二十八个字母,拼法也容易学。"人"就是 Rhen,"房子"就是 Fangz,"我吃果子"是 Wo ch goz,"他是工人"是 Ta sh gungrhen。现在在华侨里实验,见了成绩的,还只是北方话。但我想,中国究竟还是讲北方话——不是北京话——的人们多,将来如果真有一种到处通行的大众语,那主力也恐怕还是北方话罢。为今之计,只要酌量增减一点,使它合于各该地方所特有的音,也就可以用到无论什么穷乡僻壤去了。

那么,只要认识二十八个字母,学一点拼法和写法,除懒虫和低能外,就谁都能够写得出,看得懂了。况且它还有一个好处,是写得快。美国人说,时间就是金钱;但我想:时间就是性命。无端的空耗别人的时间,其实是无异于谋财害命的。不过像我们这样坐着乘风凉,谈闲天的人们,可又是例外。

九　专化呢,普遍化呢?

到了这里,就又碰着了一个大问题:中国的言语,各处很不同,单给一个粗枝大叶的区别,就有北方话,江浙话,两湖川贵话,福建话,广东话这五种,而这五种中,还有小区别。现在用拉丁字来写,写普通话,还是写土话呢? 要写普通话,人们不会;倘写土话,别处的人们就看不懂,反而隔阂起来,不及全国通行的汉字了。这是一个大弊病!

我的意思是:在开首的启蒙时期,各地方各写它的土话,用不着顾到和别地方意思不相通。当未用拉丁写法之前,我们的不识字的人们,原没有用汉字互通着声气,所以新添的坏处是一点也没有的,倒有新的益处,至少是在同一语言的区域里,可以彼此交换意见,吸收智识了——那当然,一面也得有人写些有益的书。问题倒在这各处的大众语文,将来究竟要它专化呢,还是普通化?

方言土语里,很有些意味深长的话,我们那里叫"炼话",用起来是很有意思的,恰如文言的用古典,听者也觉得趣味津津。各就各处的方言,将语法和词汇,更加提炼,使他发达上去的,就是专化。这于文学,是很有益处的,它可以做得比仅用泛泛的话头的文章更加有意思。但专化又有专化的危险。言语学我不知道,看生物,是一到专化,往往要灭亡的。未有人类以前的许多动植物,就因为太专化了,失其可变性,环境一改,无法应付,只好灭亡。——幸而我们人类还不算专化的动物,请你们不要愁。大众,是有文学,要文学的,但决不该为文学做牺牲,要不然,他的荒谬和为了保存汉字,要十分之八的中国人做文盲来殉难的活圣贤就并不两样。所以,我想,启蒙时候用方言,但一面又要渐渐的加入普通的语法和词汇去。先用固有的,是一地方的语文的大众化,加入新的去,是全国的语文的大众化。

几个读书人在书房里商量出来的方案,固然大抵行不通,但一切都听其自然,却也不是好办法。现在在码头上,公共机关中,大学校里,确已有着一种好像普通话模样的东西,大家说话,既非"国语",又不是京话,各各带着乡音、乡调,却又不是方言,即使说的吃力,听的也吃力,然而总归说得出,听得懂。如果加以整理,帮它发达,也是大众语中的一支,说不定将来还简直是主力。我说要在方言里"加入新的去",那"新的"的来源就在这地方。待到这一种出于自然,又加人工的话一普遍,我们的大众语文就算大致统一了。

此后当然还要做。年深月久之后,语文更加一致,和"炼话"一样好,比"古典"还要活的东西,也渐渐的形成,文学就更加精采了。马上是办不到的。你们想,国粹家当作宝贝的汉字,不是化了三四千年工夫,这才有这么一堆古怪成绩么?

至于开手要谁来做的问题,那不消说:是觉悟的读书人。有人说:"大众的事情,要大众自己来做!"〔46〕那当然不错的,不过得看看说的是什么脚色。如果说的是大众,那有一点是对的,对的是要自己来,错的是推开了帮手。倘使说的是读书人呢,那可全不同了:他在用漂亮话把持文字,保护自己的尊荣。

十 不 必 恐 慌

但是,这还不必实做,只要一说,就又使另一些人发生恐慌了。

首先是说提倡大众语文的,乃是"文艺的政治宣传员如宋阳之流"〔47〕,本意在于造反。给带上一顶有色帽,是极简单的反对法。不过一面也就是说,为了自己的太平,宁可中国有百分之八十的文盲。那么,倘使口头宣传呢,就应该使中国有百分之八十的聋子了。但这不属于"谈文"的范围,这里也无须多说。

专为着文学发愁的,我现在看见有两种。一种是怕大众如果都会读,写,就大家都变成文学家了〔48〕。这真是怕天掉下来的好人。上次说过,在不识字的大众里,是一向就有作家的。我久不到乡下去了,先前是,农民们还有一点余闲,譬如乘凉,就有人讲故事。不过这讲手,大抵是特定的人,他比较的见识多,说话巧,能够使人听下去,懂明白,并且觉得有趣。这就是作家,抄出他的话来,也就是作品。倘有语言无味,偏爱多嘴的人,大家是不要听的,还要送给他许多冷话——讥刺。我们弄了几千年文言,十来年白话,凡是能写的人,何尝个个是文学家呢?即使都变成文学家,又不是军阀或土匪,于大众也并无害处的,不过彼此互看作品而已。

还有一种是怕文学的低落。大众并无旧文学的修养,比起士大夫文学的细致来,或者会显得所谓"低落"的,但也未染旧文学的痼疾,所以它又刚健,清新。无名氏文学如《子夜歌》之流,会给旧文学一种新力量,我先前已经说过了;现在也有人绍介了许多民歌和故事。还有戏剧,例如《朝花夕拾》所引《目连救母》里的无常鬼〔49〕的自传,说是因为同情一个鬼魂,暂放还阳半日,不料被阎罗责罚,从此不再宽纵了——

"那怕你铜墙铁壁!

那怕你皇亲国戚!……"

何等有人情,又何等知过,何等守法,又何等果决,我们的文学家做得出来么?

这是真的农民和手业工人的作品,由他们闲中扮演。借目连的巡行来贯串许多故事,除《小尼姑下山》外,和刻本的

《目连救母记》[50]是完全不同的。其中有一段《武松打虎》,是甲乙两人,一强一弱,扮着戏玩。先是甲扮武松,乙扮老虎,被甲打得要命,乙埋怨他了,甲道:"你是老虎,不打,不是给你咬死了?"乙只得要求互换,却又被甲咬得要命,一说怨话,甲便道:"你是武松,不咬,不是给你打死了?"我想:比起希腊的伊索[51],俄国的梭罗古勃[52]的寓言来,这是毫无逊色的。

如果到全国的各处去收集,这一类的作品恐怕还很多。但自然,缺点是有的。是一向受着难文字,难文章的封锁,和现代思潮隔绝。所以,倘要中国的文化一同向上,就必须提倡大众语,大众文,而且书法更必须拉丁化。

十一 大众并不如读书人所想像的愚蠢

但是,这一回,大众语文刚一提出,就有些猛将趁势出现了,来路是并不一样的,可是都向白话,翻译,欧化语法,新字眼进攻。他们都打着"大众"的旗,说这些东西,都为大众所不懂,所以要不得。其中有的是原是文言余孽,借此先来打击当面的白话和翻译的,就是祖传的"远交近攻"的老法术;有的是本是懒惰分子,未尝用功,要大众语未成,白话先倒,让他在这空场上夸海口的,其实也还是文言文的好朋友,我都不想在这里多谈。现在要说的只是那些好意的,然而错误的人,因为他们不是看轻了大众,就是看轻了自己,仍旧犯着古之读书人的老毛病。

读书人常常看轻别人,以为较新,较难的字句,自己能懂,大众却不能懂,所以为大众计,是必须彻底扫荡的;说话作文,越俗,就越好。这意见发展开来,他就要不自觉的成为新国粹派。或则希图大众语文在大众中推行得快,主张什么都要配大众的胃口,甚至于说要"迎合大众",故意多骂几句,以博大众的欢心。这当然自有他的苦心孤诣,但这样下去,可要成为大众的新帮闲的。

说起大众来,界限宽泛得很,其中包括着各式各样的人,但即使"目不识丁"的文盲,由我看来,其实也并不如读书人所推想的那么愚蠢。他们是要智识,要新的智识,要学习,能摄取的。当然,如果满口新语法,新名词,他们是什么也不懂;但逐渐的检必要的灌输进去,他们却会接受;那消化的力量,也许还赛过成见更多的读书人。初生的孩子,都是文盲,但到两岁,就懂许多话,能说许多话了,这在他,全部是新名词,新语法。他那里是从《马氏文通》或《辞源》[53]里查来的呢,也没有教师给他解释,他是听过几回之后,从比较而明白了意义的。大众的会摄取新词汇和语法,也就是这样子,他们会这样的前进。所以,新国粹派的主张,虽然好像为大众设想,实际上倒尽了拖住的任务。不过也不能听大众的自然,因为有些见识,他们究竟还在觉悟的读书人之下,如果不给他们随时拣选,也许会误拿了无益的,甚而至于有害的东西。所以,"迎合大众"的新帮闲,是绝对的要不得的。

由历史所指示,凡有改革,最初,总是觉悟的智识者的任务。但这些智识者,却必须有研究,能思索,有决断,而且有毅力。他也用权,却不是骗人,他利导,却并非迎合。他不看轻自己,以为是大家的戏子,也不看轻别人,当作自己的喽罗。他只是大众中的一个人,我想,这才可以做大众的事业。

十二　煞　尾

话已经说得不少了。总之,单是话不行,要紧的是做。要许多人做:大众和先驱;要各式的人做:教育家,文学家,言语学家……。这已经迫于必要了,即使目下还有点逆水行舟,也只好拉纤;顺水固然好得很,然而还是少不得把舵的。

这拉纤或把舵的好方法,虽然也可以口谈,但大抵得益于实验,无论怎么看风看水,目的只是一个:向前。

各人大概都有些自己的意见,现在还是给我听听你们诸位的高论罢。

＊　　　＊　　　＊

〔1〕 本篇最初发表于1934年8月24日至9月10日的《申报·自由谈》,署名华圉。后来作者将本文与其他有关于语文改革的文章四篇辑为《门外文谈》一书,1935年9月由上海天马书店出版。

〔2〕 这些是常见于当时上海报刊的新闻。1934年夏,我国南方大旱,国民党政府于7月间邀请第九世班禅喇嘛和安钦活佛在南京、汤山等地"作法求雨"。8月初,国民党政府行政院秘书长褚民谊为女游泳选手杨秀琼打扇、驾车,被称为"吊膀子秘书长"。上海"大世界"游艺场利用旱灾展出一个所谓"旱魃"的矮人,称"三寸怪人干",以招揽游客。5月,美国政府颁布《白银法案》后,国际银价上升,国民党官僚资本集团趁国内粮价飞涨,大量输出白银,从国外购进大米,牟取暴利。6月,国

民党江西省政府根据蒋介石"手令",颁布《取缔妇女奇装异服办法》,规定"裤长最短须过膝四寸,不得露腿赤足",当时重庆、北平等地也禁止"女子裸膝露肘"。

〔3〕 唐宋八大家 明代茅坤曾选辑唐代的韩愈、柳宗元和宋代的欧阳修、苏洵、苏轼、苏辙、王安石、曾巩八个古文家的文章编为《唐宋八大家文抄》,因有"唐宋八大家"的说法。

〔4〕 仓颉 相传为黄帝的史官,汉字的创造者,东汉许慎《说文解字·叙》:"黄帝之史仓颉……初造书契"。《荀子·解蔽》中则说:"好书者众矣,而仓颉独传者壹也",认为仓颉是文字的搜集和整理者之一。又《太平御览》卷三六六引《春秋孔演图》:"苍颉四目,是谓并明。"

〔5〕《易经》 即《周易》,是我国古代记载占卜的书。儒家经典之一。可能萌芽于殷周之际,并非出自一人之手。这里引的两句,见该书《系辞》篇。

〔6〕 "升中于天" 语出《礼记·礼器》:"升中于天,因吉土,以飨帝于郊。"据汉代郑玄注:"升,上也;中,犹成也;燔柴祭天,告以诸侯之成功也。"

〔7〕 "仓颉,黄帝史" 语出《汉书·古今人表》。史,即史官。

〔8〕 伏羲 我国传说中的上古帝王,相传他教民结网,从事渔猎畜牧。"八卦",相传为他所作。《易经·系辞》说:"古者包牺氏(按即伏羲)之王天下也……近取诸身,远取诸物,于是始作八卦,以通神明之德,以类万物之情。"卦,即挂,悬挂物象以示人吉凶,有乾(☰)、坤(☷)、震(☳)、艮(☶)、离(☲)、坎(☵)、兑(☱)、巽(☴)八种式样。《易传》认为八卦主要象征天、地、雷、风、水、火、山、泽八种自然现象。

〔9〕 "打结字" 古代秘鲁印第安人用以帮助记忆的一种线结,以结绳的方式记录天气、日期、数目等等的变化。线的颜色,线结的大小和多少,都表示着不同的意义。

〔10〕 "岣嵝碑" 又称禹碑,在湖南衡山岣嵝峰,相传为夏禹治水时所刻;碑文共七十七字,难于辨识。清末叶昌炽《语石》卷二载:"(韩愈诗)'岣嵝山尖神禹碑,字青石赤形模奇。'郎瑛、杨用修诸家各有释文,灵怪杳冥,难可凭信。不知韩诗又云:'千搜万索何处有,森森绿树猿猱悲。'是但凭道士所言,未尝目睹。"此碑在明朝以前,不见于记载,故多疑为伪造。

〔11〕 亚勒泰米拉洞 在西班牙北部散坦特尔省境,发现于1879年。洞窟中有旧石器时代用红黑紫三种颜色画成的壁画,画的都是野牛、野鹿、野猪和长毛巨象等动物。

〔12〕 关于朱育、武则天造字,据《三国志·吴书·虞翻传》注引《会稽典录》:"孙亮时,有山阴朱育,少好奇字,凡所特达,依体象类,造作异字千名以上。"《新唐书·后妃列传》:武则天于"载初中,……作墨、丙、坒、……十有二文。太后自名墨。"但《资治通鉴·唐纪二十》载:天授元年,"凤阁侍郎河东宗秦客,改造'天'、'地'等十二字以献,丁亥,行之。太后自名'墨'"。

〔13〕 《周礼》 儒家经典之一,记述周王朝官制和战国时代各国制度的资料汇编,大约成书于战国时期。《说文解字》,东汉许慎撰,我国第一部系统介绍汉字形、音、义的著作。这里讲的汉字六种构成法,即《周礼》和《说文解字》中所记载的"六书"。《周礼》中所说的有:象形、会意、转注、处事、假借、谐声。《说文解字》中所说的稍有不同,是:指事、象形、形声、会意、转注、假借。

〔14〕 "近取诸身,远取诸物" 语出《易经·系辞》。

〔15〕 "象意" 《汉书·艺文志》:"六书,谓象形、象事、象意、象声、转注、假借,造字之本也。"据唐代颜师古注:"象意即会意也。"

〔16〕 篆、隶、楷是汉字演进过程中先后出现的几种字体的名称。篆书分大篆小篆,大篆是从西周到战国通行的字体,但各国有异。秦始

皇时统一字体,称为小篆。隶书开始于秦代,把小篆匀圆的笔画稍改平直,到汉代才出现平直扁正的正式的隶书。楷书始于汉末,以后取代隶书,通行至今。

〔17〕 这里指胡适。胡适著的《国语文学史》于 1927 年出版时,黎锦熙在该书的《代序》中说,这部文学史所以始于战国秦汉而不包括《诗经》,是因为胡适要从他认为语言文字开始分歧的时代写起。《代序》不同意战国前语文合一的看法。1928 年胡适将此书修订,抽去《代序》,改名《白话文学史》出版,在第一章说:"我们研究古代文字,可以推知当战国的时候中国的文体已经不能与语体一致了。"仍坚持他的战国前言文一致的看法。

〔18〕 《书经》 即《尚书》,儒家经典之一。我国上古历史文件和部分追述古代事迹的著作的汇编。

〔19〕 司马迁(约前 145—约前 86) 字子长,夏阳(今陕西韩城)人,西汉史学家、文学家。曾任太史令。他所撰的《史记》,是我国第一部纪传体通史(从上古起到汉武帝止)。

〔20〕 "夥颐,涉之为王沉沉者" 语出《史记·陈涉世家》。据唐代司马贞《索隐》:"服虔云:楚人谓多为夥。按又言'颐'者,助声之辞也。"又据南朝宋裴骃《集解》:"应劭曰:'沈沈,宫室深邃之貌也。'"

〔21〕 《淮南王歌》 淮南王指汉文帝之弟刘长,他因谋反为文帝所废,流放蜀郡,中途绝食而死。后来民间就流传出这首歌谣。

〔22〕 《汉书》 东汉班固编撰的西汉史,是我国第一部纪传体断代史。《前汉纪》,即《汉纪》,东汉荀悦撰,编年体西汉史,内容多取材《汉书》,有所增补。这里所引的前一首见《汉书·淮南王传》,末句无"能"字,《史记·淮南衡山列传》所载与引文同;后一首未见于《前汉纪》,汉代高诱的《淮南鸿烈解叙》载有此歌,首句作"一尺缯,好童童",末句作"兄弟二人,不能相容"。

〔23〕 "藏之秘阁,副在三馆" 秘阁、三馆都是藏书的地方。《宋史·职官志》载:"国初以史馆、昭文馆、集贤院为三馆,皆寓崇文院。太宗端拱元年(988)诏就崇文院中堂建秘阁,择三馆真本书籍万余卷,及内出古画墨迹,藏其中。"

〔24〕 克罗蒂亚 通译克罗地亚,巴尔干半岛北部的国家,西濒亚得里亚海。

〔25〕 杨雄(前53—18) 一作扬雄,字子云,蜀郡成都(今属四川)人。西汉文学家、语言文字学家。著有《法言》、《太玄经》及其他文赋。《汉书·扬雄传》载,"刘棻尝从雄学作奇字",据唐代颜师古注,奇字即"古文之异者"。《方言》,全名《轩轺使者绝代语释别国方言》,相传为扬雄所作,共十三卷,内容杂录中国各地同义异字之字一万一千余。刘歆(约前53—23),字子骏,沛(今江苏沛县)人,西汉学者。他在《与扬雄从取方言书》中说:"属闻子云独采集先代绝言,异国殊语,以为十五卷,其所解略多矣,而不知其目……今谨使密人奉手书,愿颇与其最目,得使入篆,令圣朝留明明之典。"扬雄在《答刘歆书》中却说:"敕以殊言十五卷,君何由知之?……天下上计孝廉及内郡卫卒会者,雄常把三寸弱翰,赍油素四尺,以问其异语,归即以铅摘次之于椠,二十七岁于今矣;而语言或交错相反复方论思详悉集之……诚欲崇而就之,不可以遗,不可以怠。即君必欲胁之以威,陵之以武,欲令人之于此;此又未定,未可以见,今君又终之,则缢死以从命也。且宽假延期,必不敢有爱。""跳黄浦"是通行于上海的俗语,意即自杀。

〔26〕 樊宗师(?—约823) 字绍述,河中(今山西永济)人,唐代散文家。曾任绵州、绛州刺史。他的文章艰涩,难以断句,如《绛守居园池记》的第一句"绛即东雍为守理所",有人断为"绛即东雍,为守理所",也有人断为"绛,即东雍为守理所"。按理所即治所,避唐高宗李治讳改作理所。

〔27〕 李贺(790—816) 字长吉,昌谷(今河南宜阳)人,唐代诗人。他的诗立意新巧,用语奇特。《新唐书·李贺传》说他"辞尚奇诡,所得皆惊迈绝去翰墨畦径,当时无能效者。"

〔28〕 《康熙字典》 清代康熙年间张玉书、陈廷敬等奉旨编纂的大型字典,四十二卷,收四万七千余字,康熙五十五年(1716)刊行。

〔29〕 钱坫(1744—1806) 字献之,江苏嘉定(今属上海市)人,清代汉学家。善写小篆。刘熙,字成国,东汉北海(今山东潍坊)人,训诂学家。所著《释名》,八卷,共二十七篇,是一部解释字义的书。

〔30〕 钱玄同(1887—1939) 名夏,字中季,号德潜,浙江吴兴人,文字音韵学家。他曾用《说文解字》中的篆体字样抄写章太炎的《小学答问》,由浙江官书局刊刻行世。太炎,即章炳麟(1869—1936),字枚叔,号太炎,浙江余杭人,清末革命家、学者。光复会发起人之一,后参加同盟会,主编《民报》。他所作的《小学答问》是据《说文解字》解释本字和借字的流变的书。

〔31〕 "千字课" 1922年陶行知等人创办的中华平民教育促进会编纂《平民千字课》,朱经农、陶行知编著,全四册,每册二十四课,读完可识一千二百余字,用作成年人补习常用汉字的读本。后来一些书店也仿照编印了类似读本。1934年8月15日《社会月报》第一卷第三期发表彭子蕴的《大众语与大众文化的水准问题》一文,其中说:"现在市场上有一种叫做《平民千字课》的书,是真用来教育所谓大众的"。

〔32〕 "文学子游子夏" 语出《论语·先进》,据宋代邢昺疏:"若'文章博学',则有子游、子夏二人也。"子游、子夏,即孔子的弟子言偃、卜商。

〔33〕 "杭育杭育派" 意指大众文学。这里是针对林语堂而发的。林语堂在1934年4月28、30日及5月3日《申报·自由谈》所载《方巾气研究》一文中说:"在批评方面,近来新旧卫道派颇一致,方巾气越

来越重。凡非哼哼唧唧文学,或杭育杭育文学,皆在鄙视之列。"又说:"《人间世》出版,动起杭育杭育派的方巾气,七手八脚,乱吹乱擂,却丝毫没有打动了《人间世》。"

〔34〕 《诗经》 我国最早的诗歌总集,编成于春秋时代,共三〇五篇,大抵是周初到春秋中期的作品,相传曾经孔子删定。为儒家经典之一。

〔35〕 王官 王朝的职官,这里指"采诗之官"。《汉书·艺文志》说:"古有采诗之官,王者所以观风俗、知得失,自考正也。"

〔36〕 荷马的两大史诗 指《伊利亚特》和《奥德赛》,约产生于公元前九世纪。荷马的生平以至是否确有其人,欧洲的文学史家颇多争论,所以这里说"姑且当作有这样一个人"。

〔37〕 《子夜歌》 据《晋书·乐志》:"《子夜歌》者,女子名子夜造此声。"《乐府诗集》列为"吴声歌曲",收"晋、宋、齐辞"的《子夜歌》四十二首和《子夜四时歌》七十五首。《读曲歌》,据《宋书·乐志》:"《读曲哥(歌)》者,民间为彭城王义康所作也。"又《乐府诗集》引《古今乐录》:"读曲歌者,元嘉十七年(440)袁后崩,百官不敢作声歌;或因酒宴,止窃声读曲细吟而已,以此为名。"《乐府诗集》收《读曲歌》八十九首,也列为"吴声歌曲"。

〔38〕 《竹枝词》 据《乐府诗集》:"《竹枝》,本出于巴渝。唐贞元中,刘禹锡在沅湘,以俚歌鄙陋,乃依骚人《九歌》作《竹枝》新辞九章,教里中儿歌之,由是盛于贞元、元和之间(785—820)。"《柳枝词》,即《杨柳枝》,唐代教坊曲名。白居易有《杨柳枝词》八首,其中有"古歌旧曲君休听,听取新翻《杨柳枝》"的句子。他又在《杨柳枝二十韵》题下自注:"《杨柳枝》,洛下新声也。"

〔39〕 光绪三十二年(1906)起,清政府为了推行所谓"通俗教育",将一些官方发布的政治时事材料,用白话编成通俗的故事和歌谣进行

宣讲。"太平歌"以"莲花落"形式编写，一般都用文中所引的三句开头，是当时钦颁的通俗歌谣之一。

〔40〕 白话报 清末各地出版过不少白话报，如《无锡白话报》(1897)、《杭州白话报》(1903)、上海的《中国白话报》(1903)、《扬子江白话报》(1904)等。

〔41〕 劳乃宣(1843—1921) 字季瑄，号玉初，浙江桐乡人。清末任京师大学堂总监督兼署学部副大臣，民国初年主张复辟，后来避居青岛。他的《简字全谱》系以王照的《官话字母》为依据，成于 1907 年。其他著作有《等韵一得》、《古筹算考释》等。王照(1859—1933)，字小航，河北宁河人。清末维新运动者，戊戌政变时逃往日本，后又自行投案下狱，不久被释。他的《官话合声字母》于 1900 年刊行。其他著作有《水东集上下编》八种。

〔42〕 吴稚晖(1865—1953) 名敬恒，江苏武进人，早年参加同盟会，后任国民党中央监察委员、中央政治会议委员等职。1913 年 2 月，北洋政府教育部召集的读音统一会正式开会，由他和王照分任正副议长。因为浊音字母和入声存废问题，南北两方会员争论了一个多月。后来该会除审定六千五百余字的读音以外，并正式通过审定字音时所用的"记音字母"，定名为"注音字母"。到 1930 年，"注音字母"又改称"注音符号"。

〔43〕 "假名" 日文的字母，因为是从"真名"(即汉字)假借而来的，所以称为"假名"。分片假名(楷体)和平假名(草体)二种。

〔44〕《每日国际文选》 一种"每日提供世界新闻杂志间各种论文之汉译"的刊物，1933 年 8 月 1 日创刊，孙师毅、明耀五、包可华编选，上海中外出版公司印行。《中国语书法之拉丁化》，萧爱梅(萧三)作，原刊苏联的世界语刊物《新阶段》，后由焦风(方善境)译出，作为《每日国际文选》的第十二号，1933 年 8 月 12 日出版。

〔**45**〕 《世界》 上海世界语者协会编印的世界语月刊,1932 年 12 月到 1936 年 12 月出刊。《言语科学》是《世界》的每月增刊,创刊于 1933 年 10 月;它的第九、十号合刊(即《世界》1934 年 6、7 月号合刊的增刊)上载有应人(霍应人)作的《中国语书法拉丁化方案之介绍》一文。

〔**46**〕 "大众的事情,要大众自己来做!" 在当时大众语文学的论争中,报刊上曾有过不少这类议论,如吴稚晖在 1934 年 8 月 1 日《申报·自由谈》发表的《大众语万岁》一文中说:"让大众自己来创造,不要代办。"章克标在《人言》第二十一期(1934 年 7 月 7 日)中说:"大众语文学是要由大众自己创造出来的,才算是真正的大众语文学。"

〔**47**〕 "文艺的政治宣传员如宋阳之流" 《社会月报》第一卷第三期(1934 年 8 月 15 日)发表李焰生的《由大众语文文学到国民语文文学》一文中说:"所谓大众语文,意义是模糊的,提倡不是始自现在,那些文艺的政治宣传员如宋阳之流,数年前已经很热闹的讨论过。"宋阳,即瞿秋白。参看本卷第 594 页注〔1〕。他曾在《文学月报》第一卷第一号、第三号(1932 年 6 月、10 月)先后发表《大众文艺的问题》和《再论大众文艺答止敬》两文。

〔**48**〕 大家都变成文学家了 1934 年 8 月 1 日、2 日《申报·电影专刊》发表米同的《"大众语"根本上的错误》一文中说:"要是照他们所说,用'大众语'来写作一切文艺作品的话,到了那个时限,一切的人都可以说出就是文章,记下来就是作品,那时不是文学毁灭的时候,就是大家都成了文学家了。"

〔**49**〕 《目连救母》 《盂兰盆经》中的佛教故事,说佛的大弟子目连有大神通,尝入地狱救母。唐代已有《大目乾连冥间救母变文》,以后曾被编成多种戏曲,这里是指绍兴戏。无常鬼,即迷信传说中的"勾魂使者",参看《朝花夕拾·无常》。

〔**50**〕 《目连救母记》 明代新安郑之珍作。刻本卷首有"主江南

试者冯"写于清光绪二十年(1894)的序言,其中说:"此书出自安徽,或云系瞽者所作,余亦未敢必也。"序言中也说到"小尼姑下山":"惟《下山》一折,较为憾事;不知清磬场中,杂此妙舞,更觉可观,大有画家绚染之法焉,余不为之咎。"

〔51〕 伊索(Aesop,约前六世纪) 相传是古希腊寓言作家,现在流传的《伊索寓言》,共有三百余篇,系后人编集。

〔52〕 梭罗古勃(Ф. Сологуб,1863—1927) 一译索洛古勃,俄国诗人和小说家,著有长篇小说《老屋》、《小鬼》等。《域外小说集》(1921年上海群益书社版)中曾译载他的寓言十篇。

〔53〕 《马氏文通》 清代马建忠著,共十卷,1898年出版,是我国最早的一部较有系统的研究汉语语法的专著。《辞源》,陆尔奎等编辑,1915年上海商务印书馆印行,1931年增出"续编",是一部说明汉语词义及其渊源、演变的工具书。

不知肉味和不知水味[1]

今年的尊孔,是民国以来第二次的盛典[2],凡是可以施展出来的,几乎全都施展出来了。上海的华界虽然接近夷(亦作彝)场[3],也听到了当年孔子听得"三月不知肉味"的"韶乐"[4]。八月三十日的《申报》[5]报告我们说——

"廿七日本市各界在文庙举行孔诞纪念会,到党政机关,及各界代表一千余人。有大同乐会演奏中和韶乐二章,所用乐器因欲扩大音量起见,不分古今,凡属国乐器,一律配入,共四十种。其谱一仍旧贯,并未变动。聆其节奏,庄严肃穆,不同凡响,令人悠然起敬,如亲三代以上之承平雅颂,亦即我国民族性酷爱和平之表示也。……"

乐器不分古今,一律配入,盖和周朝的韶乐,该已很有不同。但为"扩大音量起见",也只能这么办,而且和现在的尊孔的精神,也似乎十分合拍的。"孔子,圣之时者也"[6],"亦即圣之摩登者也",要三月不知鱼翅燕窝味,乐器大约决非"共四十种"不可;况且那时候,中国虽然已有外患,却还没有夷场。

不过因此也可见时势究竟有些不同了,纵使"扩大音量",终于还扩不到乡间,同日的《中华日报》上,就记着一则颇伤"承平雅颂,亦即我国民族性酷爱和平之表示"的体面的新闻,最不凑巧的是事情也出在二十七——

"（宁波通讯）余姚入夏以来，因天时亢旱，河水干涸，住民饮料，大半均在河畔开凿土井，借以汲取，故往往因争先后，而起冲突。廿七日上午，距姚城四十里之朗霞镇后方屋地方，居民杨厚坤与姚士莲，又因争井水，发生冲突，互相加殴。姚士莲以烟筒头猛击杨头部，杨当即昏倒在地。继姚又以木棍石块击杨中要害，竟遭殴毙。迨邻近闻声施救，杨早已气绝。而姚士莲见已闯祸，知必不能免，即乘机逃避……"

闻韶，是一个世界，口渴，是一个世界。食肉而不知味，是一个世界，口渴而争水，又是一个世界。自然，这中间大有君子小人之分，但"非小人无以养君子"[7]，到底还不可任凭他们互相打死，渴死的。

听说在阿拉伯，有些地方，水已经是宝贝，为了喝水，要用血去换。"我国民族性"是"酷爱和平"的，想必不至于如此。但余姚的实例却未免有点怕人，所以我们除食肉者听了而不知肉味的"韶乐"之外，还要不知水味者听了而不想水喝的"韶乐"。

八月二十九日。[8]

*　　　*　　　*

〔1〕 本篇最初发表于1934年9月20日上海《太白》半月刊第一卷第一期，署名公汗。

〔2〕 民国以来第二次的盛典 1934年7月国民党政府根据国民党中央执行委员会常务会议通过的《先师孔子诞辰纪念办法》，明令公

布以 8 月 27 日孔子生日为"国定纪念日"。当时南京、上海等地曾举行规模盛大的"孔诞纪念会"。北洋政府时期,袁世凯曾于 1914 年 2 月颁布祀孔令,并于 9 月 28 日在北京主持盛大祭礼。

〔3〕 夷场 指上海的租界。我国古代泛称东方各民族为夷,明清时也用以称外国人。因清朝统治者忌讳"夷狄"字样,所以有时"夷场"也写作"彝场"。

〔4〕 "韶乐" 相传是虞舜时的乐曲。《论语·述而》有"子在齐闻韶,三月不知肉味"的记载。

〔5〕 《申报》 近代我国历史最久的报纸,1872 年 4 月 30 日(清同治十一年三月二十三日)由英商在上海创刊,后几经易主,1949 年 5 月 26 日上海解放时停刊。

〔6〕 "孔子,圣之时者也" 语出《孟子·万章(下)》,是孟子称道孔子的话。

〔7〕 "非小人无以养君子" 语出《孟子·滕文公(上)》:"无君子,莫治野人;无野人,莫养君子。"

〔8〕 本文发表时原未署写作日期,此处所记有误:文中所引新闻二则均见 8 月 30 日报;又据鲁迅 1934 年 8 月 31 日日记:"上午寄望道信并稿一篇","望道"即当时《太白》的编辑陈望道,所寄稿即本文。

中国语文的新生[1]

　　中国现在的所谓中国字和中国文,已经不是中国大家的东西了。

　　古时候,无论那一国,能用文字的原是只有少数的人的,但到现在,教育普及起来,凡是称为文明国者,文字已为大家所公有。但我们中国,识字的却大概只占全人口的十分之二,能作文的当然还要少。这还能说文字和我们大家有关系么?

　　也许有人要说,这十分之二的特别国民,是怀抱着中国文化,代表着中国大众的。我觉得这话并不对。这样的少数,并不足以代表中国人。正如中国人中,有吃燕窝鱼翅的人,有卖红丸的人,有拿回扣的人,但不能因此就说一切中国人,都在吃燕窝鱼翅,卖红丸,拿回扣一样。要不然,一个郑孝胥[2],真可以把全副"王道"挑到满洲去。

　　我们倒应该以最大多数为根据,说中国现在等于并没有文字。

　　这样的一个连文字也没有的国度,是在一天一天的坏下去了。我想,这可以无须我举例。

　　单在没有文字这一点上,智识者是早就感到模胡的不安的。清末的办白话报,五四时候的叫"文学革命",就为此。但还只知道了文章难,没有悟出中国等于并没有文字。今年的提倡复兴文言文,也为此,他明知道现在的机关枪是利器,却因历来偷懒,未曾振作,临危又想侥幸,就只好梦想大刀队成事了。

大刀队的失败已经显然,只有两年,已没有谁来打九十九把钢刀去送给军队[3]。但文言队的显出不中用来,是很慢,很隐的,它还有寿命。

和提倡文言文的开倒车相反,是目前的大众语文的提倡,但也还没有碰到根本的问题:中国等于并没有文字。待到拉丁化的提议出现,这才抓住了解决问题的紧要关键。

反对,当然大大的要有的,特殊人物的成规,动他不得。格理莱[4]倡地动说,达尔文[5]说进化论,摇动了宗教,道德的基础,被攻击原是毫不足怪的;但哈飞[6]发见了血液在人身中环流,这和一切社会制度有什么关系呢,却也被攻击了一世。然而结果怎样?结果是:血液在人身中环流!

中国人要在这世界上生存,那些识得《十三经》的名目的学者,"灯红"会对"酒绿"的文人,并无用处,却全靠大家的切实的智力,是明明白白的。那么,倘要生存,首先就必须除去阻碍传布智力的结核:非语文和方块字。如果不想大家来给旧文字做牺牲,就得牺牲掉旧文字。走那一面呢,这并非如冷笑家所指摘,只是拉丁化提倡者的成败,乃是关于中国大众的存亡的。要得实证,我看也不必等候怎么久。

至于拉丁化的较详的意见,我是大体和《自由谈》连载的华圉作《门外文谈》相近的,这里不多说。我也同意于一切冷笑家所冷嘲的大众语的前途的艰难;但以为即使艰难,也还要做;愈艰难,就愈要做。改革,是向来没有一帆风顺的,冷笑家的赞成,是在见了成效之后,如果不信,可看提倡白话文的当时。

九月二十四日。

*   *   *

〔1〕 本篇最初发表于1934年10月13日上海《新生》周刊第一卷第三十六期,署名公汗。

〔2〕 郑孝胥(1860—1938) 字苏戡,福建闽侯人。清末曾任广东按察使、布政使,辛亥革命后以"遗老"自居。1932年3月伪满洲国成立后,他任国务总理兼文教部总长等伪职,鼓吹"王道政治"。充当日本帝国主义侵华的工具。

〔3〕 关于打钢刀送给军队事,据1933年4月12日《申报》载:"二十九军宋哲元血战喜峰,大刀杀敌,震惊中外,兹有王述君定制大刀九十九柄,捐赠该军。"参看《伪自由书·"以夷制夷"》。

〔4〕 格理莱(G. Galileo,1564—1642) 通译伽利略,意大利物理学家、天文学家。他从1609年起自制望远镜观察和研究天体,证实了哥白尼关于地球围绕太阳旋转的太阳中心说(地动说),推翻了以地球为宇宙中心的天动说,给予欧洲中世纪神权论以致命打击,因此曾遭到罗马教廷的迫害。

〔5〕 达尔文(C. R. Darwin,1809—1882) 英国生物学家,进化论的奠基者。他在1859年出版的《物种起源》一书中,提出以自然选择为基础的进化学说,摧毁了各种唯心的神造论、目的论和生物不变论,给宗教以严重的打击。因此受到教权派和巴黎科学院的歧视和排斥。

〔6〕 哈飞(W. Harvey,1578—1657) 通译哈维,英国医学家。他根据实验研究证实了血液循环现象,为动物生理学和胚胎学的发展奠定了科学的基础。

中国人失掉自信力了吗[1]

从公开的文字上看起来：两年以前，我们总自夸着"地大物博"，是事实；不久就不再自夸了，只希望着国联[2]，也是事实；现在是既不夸自己，也不信国联，改为一味求神拜佛[3]，怀古伤今了——却也是事实。

于是有人慨叹曰：中国人失掉自信力了[4]。

如果单据这一点现象而论，自信其实是早就失掉了的。先前信"地"，信"物"，后来信"国联"，都没有相信过"自己"。假使这也算一种"信"，那也只能说中国人曾经有过"他信力"，自从对国联失望之后，便把这他信力都失掉了。

失掉了他信力，就会疑，一个转身，也许能够只相信了自己，倒是一条新生路，但不幸的是逐渐玄虚起来了。信"地"和"物"，还是切实的东西，国联就渺茫，不过这还可以令人不久就省悟到依赖它的不可靠。一到求神拜佛，可就玄虚之至了，有益或是有害，一时就找不出分明的结果来，它可以令人更长久的麻醉着自己。

中国人现在是在发展着"自欺力"。

"自欺"也并非现在的新东西，现在只不过日见其明显，笼罩了一切罢了。然而，在这笼罩之下，我们有并不失掉自信力的中国人在。

我们从古以来,就有埋头苦干的人,有拚命硬干的人,有为民请命的人,有舍身求法的人,……虽是等于为帝王将相作家谱的所谓"正史"[5],也往往掩不住他们的光耀,这就是中国的脊梁。

这一类的人们,就是现在也何尝少呢? 他们有确信,不自欺;他们在前仆后继的战斗,不过一面总在被摧残,被抹杀,消灭于黑暗中,不能为大家所知道罢了。说中国人失掉了自信力,用以指一部分人则可,倘若加于全体,那简直是诬蔑。

要论中国人,必须不被搽在表面的自欺欺人的脂粉所诓骗,却看看他的筋骨和脊梁。自信力的有无,状元宰相的文章是不足为据的,要自己去看地底下。

九月二十五日。

*　　　　*　　　　*

〔1〕　本篇最初发表于1934年10月20日《太白》半月刊第一卷第三期,署名公汗。

〔2〕　国联　"国际联盟"的简称,第一次世界大战后于1920年成立的国际政府间组织。它宣称以"促进国际合作,维持国际和平与安全"为宗旨,实际上是英法等国控制并为其国家利益服务的工具。1946年4月正式宣告解散,其财产移交给联合国。九一八事变后,蒋介石即于9月22日在南京发表讲话,声称"暂取逆来顺受态度,以待国联公理之判决"。国民党政府也多次向国联申诉,要求制止日本帝国主义的侵略,但国联并没有采取有效的行动。它派出的调查团到我国东北调查后,在发表的《国联调查团报告书》中,认为日军发动九一八事变"不能视为合法的自卫手段",但又承认日本在中国东北的特殊利益,提出在

东北建立以日本为主、由英美等国组成的"顾问会议"共同控制的"满洲自治政府",不但偏袒日本,并阴谋乘机瓜分中国。

〔3〕 求神拜佛 当时一些国民党官僚和"社会名流",以祈祷"解救国难"为名,多次在一些大城市举办"时轮金刚法会"、"仁王护国法会"。

〔4〕 中国人失掉自信力了 当时舆论界曾有过这类论调,如1934年8月27日《大公报》社评《孔子诞辰纪念》中说:"民族的自尊心与自信力,既已荡焉无存,不待外侮之来,国家固早已濒于精神幻灭之域。"

〔5〕 "正史" 清高宗(乾隆)诏定从《史记》到《明史》共二十四部纪传体史书为正史,即二十四史。梁启超在《中国史界革命案》中说:"二十四史非史也,二十四姓之家谱而已。"

“以 眼 还 眼”[1]

　　杜衡先生在“最近,出于‘与其看一部新的书,还不如看一部旧的书’的心情”,重读了莎士比亚的《凯撒传》[2]。这一读是颇有关系的,结果使我们能够拜读他从读旧书而来的新文章:《莎剧凯撒传里所表现的群众》(见《文艺风景》[3]创刊号)。

　　这个剧本,杜衡先生是“曾经用两个月的时间把它翻译出来过”的,就可见读得非常子细。他告诉我们:“在这个剧里,莎氏描写了两个英雄——凯撒,和……勃鲁都斯。……还进一步创造了两位政治家(煽动家)——阴险而卑鄙的卡西乌斯,和表面上显得那么麻木而糊涂的安东尼。”但最后的胜利却属于安东尼,而“很明显地,安东尼底胜利是凭借了群众底力量”,于是更明显地,即使“甚至说,群众是这个剧底无形的主脑,也不嫌太过”了。

　　然而这“无形的主脑”是怎样的东西呢? 杜衡先生在叙事和引文之后,加以结束——决不是结论,这是作者所不愿意说的——道——

　　　　“在这许多地方,莎氏是永不忘记把群众表现为一个力量的;不过,这力量只是一种盲目的暴力。他们没有理性,他们没有明确的利害观念;他们底感情是完全被几个煽动家所控制着,所操纵着。……自然,我们不能贸然地肯定这是群众底本质,但是我们倘若说,这位伟大的剧作者是把群众这样看法的,大概不会有什么错误吧。这看法,我知道将使作者大大地开罪于许多把群众底理性和感情用另一种方式来估计的朋友们。至于我,说实话,我以为对这些问题的判断,是至今还超乎我底能力之上,我不敢妄置一词。……"

杜衡先生是文学家,所以这文章做得极好,很谦虚。假如说,"妈的群众是瞎了眼睛的!"即使根据的是"理性",也容易因了表现的粗暴而招致反感;现在是"这位伟大的剧作者"莎士比亚老前辈"把群众这样看法的",您以为怎么样呢?"巽语之言,能无说乎"[4],至少也得客客气气的搔一搔头皮,如果你没有翻译或细读过莎剧《凯撒传》的话——只得说,这判断,更是"超乎我底能力之上"了。

于是我们都不负责任,单是讲莎剧。莎剧的确是伟大的,仅就杜衡先生所介绍的几点来看,它实在已经打破了文艺和政治无关的高论了。群众是一个力量,但"这力量只是一种盲目的暴力。他们没有理性,他们没有明确的利害观念",据莎氏的表现,至少,他们就将"民治"的金字招牌踏得粉碎,何况其他? 即在目前,也使杜衡先生对于这些问题不能判断了。一本《凯撒传》,就是作政论看,也是极有力量的。

然而杜衡先生却又因此替作者捏了一把汗,怕"将使作者大大地开罪于许多把群众底理性和感情用另一种方式来估计的朋友们"。自然,在杜衡先生,这是一定要想到的,他应该爱惜这一位以《凯撒传》给他智慧的作者。然而肯定的判断了那一种"朋友们",却未免太不顾事实了。现在不但施蛰存先生已经看见了苏联将要排演莎剧的"丑态"(见《现代》九月号)〔5〕,便是《资本论》里,不也常常引用莎氏的名言,未尝说他有罪么?将来呢,恐怕也如未必有人引《哈孟雷特》〔6〕来证明有鬼,更未必有人因《哈孟雷特》而责莎士比亚的迷信一样,会特地"吊民伐罪"〔7〕,和杜衡先生一般见识的。

况且杜衡先生的文章,是写给心情和他两样的人们来读的,因为会看见《文艺风景》这一本新书的,当然决不是怀着"与其看一部新的书,还不如看一部旧的书"的心情的朋友。但是,一看新书,可也就不至于只看一本《文艺风景》了,讲莎剧的书又很多,涉猎一点,心情就不会这么抖抖索索,怕被"政治家"(煽动家)所煽动。那些"朋友们"除注意作者的时代和环境而外,还会知道《凯撒传》的材料是从布鲁特奇的《英雄传》〔8〕里取来的,而且是莎士比亚从作喜剧转入悲剧的第一部;作者这时是失意了。为什么事呢,还不大明白。但总之,当判断的时候,是都要想到的,又未必有杜衡先生所豫言的痛快,简单。

单是对于"莎剧凯撒传里所表现的群众"的看法,和杜衡先生的眼睛两样的就有的是。现在只抄一位痛恨十月革命,逃入法国的显斯妥夫(Lev Shestov)〔9〕先生的见解,而且是结论在这里罢——

"在《攸里乌斯·凯撒》中活动的人,以上之外,还有一个。那是复合底人物。那便是人民,或说'群众'。莎士比亚之被称为写实家,并不是无意义的。无论在那一点,他决不阿谀群众,做出凡俗的性格来。他们轻薄,胡乱,残酷。今天跟在彭贝[10]的战车之后,明天喊着凯撒之名,但过了几天,却被他的叛徒勃鲁都斯的辩才所惑,其次又赞成安东尼的攻击,要求着刚才的红人勃鲁都斯的头了。人往往愤慨着群众之不可靠。但其实,岂不是正有适用着'以眼还眼,以牙还牙'的古来的正义的法则的事在这里吗?劈开底来看,群众原是轻蔑着彭贝,凯撒,安东尼,辛那[11]之辈的,他们那一面,也轻蔑着群众。今天凯撒握着权力,凯撒万岁。明天轮到安东尼了,那就跟在他后面罢。只要他们给饭吃,给戏看,就好。他们的功绩之类,是用不着想到的。他们那一面也很明白,施与些像个王者的宽容,借此给自己收得报答。在拥挤着这些满是虚荣心的人们的连串里,间或夹杂着勃鲁都斯那样的廉直之士,是事实。然而谁有从山积的沙中,找出一粒珠子来的闲工夫呢?群众,是英雄的大炮的食料,而英雄,从群众看来,不过是余兴。在其间,正义就占了胜利,而幕也垂下来了。"(《莎士比亚〔剧〕中的伦理的问题》)

这当然也未必是正确的见解,显斯妥夫就不很有人说他是哲学家或文学家。不过便是这一点点,就很可以看见虽然同是从《凯撒传》来看它所表现的群众,结果却已经和杜衡先生有这么的差别。而且也很可以推见,正不会如杜衡先生所豫料,"将使作者大大地开罪于许多把群众底理性和感情用另一方式来估计的朋友们"了。

所以,杜衡先生大可以不必替莎士比亚发愁。彼此其实都很明白:"阴险而卑鄙的卡西乌斯,和表面上显得那么麻木而糊涂的安东尼",就是在那时候的群众,也"不过是余兴"而已。

九月三十日。

*　　　　*　　　　*

〔1〕 本篇最初发表于 1934 年 11 月《文学》月刊第三卷第五号"文学论坛"栏,署名隼。鲁迅同年 9 月 30 日日记:"夜作《解杞忧》一篇"。本篇原稿题作《解"杞忧"》。

"以眼还眼",见《新约全书·马太福音》第五章第三十八节:"以眼还眼,以牙还牙。"

〔2〕 莎士比亚(W. Shakespeare,1564—1616) 欧洲文艺复兴时期的英国戏剧家、诗人。《凯撒传》,即《攸里乌斯·凯撒》,是一部以凯撒为主角的历史剧。凯撒(G. J. Caesar,前 100—前 44),古罗马将领、政治家。公元前 48 年被任为终身独裁者,公元前 44 年被共和派领袖勃鲁都斯(约前 85—前 42)刺死。勃鲁都斯刺杀凯撒后,逃到罗马的东方领土,召集军队,准备保卫共和政治;公元前 42 年被凯撒部将安东尼(约前 83—前 30)击败,自杀身死。卡西乌斯(?—前 42),罗马地方长官,刺杀凯撒的同谋者,亦为安东尼所败,自杀。

〔3〕 《文艺风景》 月刊,施蛰存编辑,1934 年 6 月创刊,仅出二期。上海光华书局发行。

〔4〕 "巽语之言,能无说乎" 孔子的话,语出《论语·子罕》。"巽语"原作"巽与",据朱熹《集注》:"巽言者,婉而导之也。""说"同"悦"。

〔5〕 苏联将要排演莎剧的"丑态" 施蛰存在《现代》第五卷第五

期(1934年9月)发表的《我与文言文》中说:"苏俄最初是'打倒莎士比亚',后来是'改编莎士比亚',现在呢,不是要在戏剧季中'排演原本莎士比亚'了吗?……这种以政治方策运用之于文学的丑态,岂不令人齿冷!"《现代》,文艺月刊,施蛰存、杜衡编辑,1932年5月创刊于上海,1935年5月停刊。

〔6〕 《哈孟雷特》 莎士比亚的著名悲剧。剧中几次出现被毒死的丹麦国王老哈姆雷特的鬼魂。

〔7〕 "吊民伐罪" 旧时学塾初级读物《千字文》中的句子。"吊民"原出《孟子·滕文公(下)》:"诛其君,吊其民。""伐罪"原出《周礼·夏官·大司马》:"救无辜,伐有罪。"

〔8〕 布鲁特奇(Plutarch,约46—约120) 通译普鲁塔克,古希腊作家。《英雄传》,即《希腊罗马名人传》,是欧洲最早的传记文学作品,后来不少诗人和历史剧作家都从中选取题材。

〔9〕 显斯妥夫(Л. Шестов,1868—1938) 俄国文艺批评家。十月革命后流亡国外,寓居巴黎。著有《莎士比亚及其批评者勃兰兑斯》、《陀思妥也夫斯基和尼采》等。

〔10〕 彭贝(G. Pompeius,前106—前48) 古罗马将军,公元前70年任执政;后与凯撒争权,公元前48年为凯撒所败,逃亡埃及,被他的部下所暗杀。

〔11〕 辛那(L. C. Cinna) 公元前44年任罗马地方长官。凯撒被刺时,他同情并公开赞美刺杀者。

说"面子"〔1〕

"面子",是我们在谈话里常常听到的,因为好像一听就懂,所以细想的人大约不很多。

但近来从外国人的嘴里,有时也听到这两个音,他们似乎在研究。他们以为这一件事情,很不容易懂,然而是中国精神的纲领,只要抓住这个,就像二十四年前的拔住了辫子一样,全身都跟着走动了。相传前清时候,洋人到总理衙门〔2〕去要求利益,一通威吓,吓得大官们满口答应,但临走时,却被从边门送出去。不给他走正门,就是他没有面子;他既然没有了面子,自然就是中国有了面子,也就是占了上风了。这是不是事实,我断不定,但这故事,"中外人士"中是颇有些人知道的。

因此,我颇疑心他们想专将"面子"给我们。

但"面子"究竟是怎么一回事呢?不想还好,一想可就觉得胡涂。它像是很有好几种的,每一种身份,就有一种"面子",也就是所谓"脸"。这"脸"有一条界线,如果落到这线的下面去了,即失了面子,也叫作"丢脸"。不怕"丢脸",便是"不要脸"。但倘使做了超出这线以上的事,就"有面子",或曰"露脸"。而"丢脸"之道,则因人而不同,例如车夫坐在路边赤膊捉虱子,并不算什么,富家姑爷坐在路边赤膊捉虱子,才成为"丢脸"。但车夫也并非没有"脸",不过这时不算"丢",要给老婆踢了一脚,就躺倒哭起来,这才成为他的"丢脸"。这一条"丢脸"律,是也适用于上等人的。这样看来,"丢脸"的机会,似乎上等人比较的多,但也不一定,例如车夫偷一个钱袋,被人发见,是失了面子的,而上等人大捞一批金珠珍玩,却仿佛也不见得怎样"丢脸",况且还有"出洋考察"[3],是改头换面的良方。

谁都要"面子",当然也可以说是好事情,但"面子"这东西,却实在有些怪。九月三十日的《申报》就告诉我们一条新闻:沪西有业木匠大包作头之罗立鸿,为其母出殡,邀开"贳器店之王树宝夫妇帮忙,因来宾众多,所备白衣,不敷分配,其时适有名王道才,绰号三喜子,亦到来送殡,争穿白衣不遂,以为有失体面,心中怀恨,……邀集徒党数十人,各执铁棍,据说尚有持手枪者多人,将王树宝家人乱打,一时双方有剧烈之战争,头破血流,多人受有重伤。……"白衣是亲族有服者所穿的,现在必须"争穿"而又"不遂",足见并非亲族,但竟以为"有失体面",演成这样的大战了。这时候,好像只要和普通有些不同便是"有面子",而自己成了什么,却可以完全不管。这类脾气,是"绅商"也不免发露的:袁世凯[4]将要称帝的时候,有人以列名于劝进表中为"有面子";有一国从青岛撤兵[5]的时候,有人以列名于万民伞[6]上为"有面子"。

所以,要"面子"也可以说并不一定是好事情——但我并非说,人应该"不要脸"。现在说话难,如果主张"非孝",就有人会说你在煽动打父母,主张男女平等,就有人会说你在提倡乱交——这声明是万不可少的。

况且，"要面子"和"不要脸"实在也可以有很难分辨的时候。不是有一个笑话么？一个绅士有钱有势，我假定他叫四大人罢，人们都以能够和他扳谈为荣。有一个专爱夸耀的小瘪三，一天高兴的告诉别人道："四大人和我讲过话了！"人问他"说什么呢?"答道："我站在他门口，四大人出来了，对我说：滚开去！"当然，这是笑话，是形容这人的"不要脸"，但在他本人，是以为"有面子"的，如此的人一多，也就真成为"有面子"了。别的许多人，不是四大人连"滚开去"也不对他说么？

在上海，"吃外国火腿"[7]虽然还不是"有面子"，却也不算怎么"丢脸"了，然而比起被一个本国的下等人所踢来，又仿佛近于"有面子"。

中国人要"面子"，是好的，可惜的是这"面子"是"圆机活法"[8]，善于变化，于是就和"不要脸"混起来了。长谷川如是闲说"盗泉"[9]云："古之君子，恶其名而不饮，今之君子，改其名而饮之。"也说穿了"今之君子"的"面子"的秘密。

十月四日。

*　　　*　　　*

〔1〕　本篇最初发表于1934年10月上海《漫画生活》月刊第二期。

〔2〕　总理衙门　"总理各国事务衙门"的简称。清政府管理外交事务的中央机构，咸丰十年(1860)设立，光绪二十七年(1901)改为外务部。

〔3〕　"出洋考察"　旧时的军阀、政客在失势或失意时，常以"出

洋考察"作为暂时隐退、伺机再起的手段。其中也有并不真正"出洋",只用这句话来保全面子的。

〔4〕 袁世凯(1859—1916) 字慰亭,河南项城人。原是清朝直隶总督兼北洋大臣、内阁总理大臣。辛亥革命后,攫取中华民国大总统职位。1915年12月12日宣布即帝位,改国号为中华帝国,次年为洪宪元年,激起国人反对。1916年3月被迫取消帝制,6月病死。

〔5〕 有一国从青岛撤兵 指1922年12月日本撤走侵占青岛的军队。

〔6〕 旧时地方官员离任时,当地民众赠送仪仗伞一柄,上书所有赠送者的姓名,以示"爱戴""眷恋",称为"万民伞"。

〔7〕 "吃外国火腿" 旧时上海俗语,意指被外国人所踢。

〔8〕 "圆机活法" 随机应变的方法。"圆机",语出《庄子·盗跖》:"若是若非,执而圆机。"据唐代成玄英注:"圆机,犹环中也;执环中之道,以应是非。"

〔9〕 长谷川如是闲(1875—1969) 日本评论家。著有《现代社会批判》、《日本的性格》等。不饮盗泉,原是中国的故事,见《尸子》(清代章宗源辑本)卷下:"孔子……过于盗泉,渴矣而不饮,恶其名也。"据《水经注》:盗泉出卞城(今山东泗水县东)东北卞山之阴。

运　　命[1]

有一天，我坐在内山书店[2]里闲谈——我是常到内山书店去闲谈的，我的可怜的敌对的"文学家"，还曾经借此竭力给我一个"汉奸"的称号[3]，可惜现在他们又不坚持了——才知道日本的丙午年生，今年二十九岁的女性，是一群十分不幸的人。大家相信丙午年生的女人要克夫，即使再嫁，也还要克，而且可以多至五六个，所以想结婚是很困难的。这自然是一种迷信，但日本社会上的迷信也还是真不少。

我问：可有方法解除这厄命呢？回答是：没有。

接着我就想到了中国。

许多外国的中国研究家，都说中国人是定命论者，命中注定，无可奈何；就是中国的论者，现在也有些人这样说。但据我所知道，中国女性就没有这样无法解除的命运。"命凶"或"命硬"，是有的，但总有法子想，就是所谓"禳解"；或者和不怕相克的命的男子结婚，制住她的"凶"或"硬"。假如有一种命，说是要连克五六个丈夫的罢，那就早有道士之类出场，自称知道妙法，用桃木刻成五六个男人，画上符咒，和这命的女人一同行"结俪之礼"后，烧掉或埋掉，于是真来订婚的丈夫，就算是第七个，毫无危险了。

中国人的确相信运命,但这运命是有方法转移的。所谓"没有法子",有时也就是一种另想道路——转移运命的方法。等到确信这是"运命",真真"没有法子"的时候,那是在事实上已经十足碰壁,或者恰要灭亡之际了。运命并不是中国人的事前的指导,乃是事后的一种不费心思的解释。

中国人自然有迷信,也有"信",但好像很少"坚信"。我们先前最尊皇帝,但一面想玩弄他,也尊后妃,但一面又有些想吊她的膀子;畏神明,而又烧纸钱作贿赂,佩服豪杰,却不肯为他作牺牲。崇孔的名儒,一面拜佛,信甲的战士,明天信丁。宗教战争是向来没有的,从北魏到唐末的佛道二教的此仆彼起,是只靠几个人在皇帝耳朵边的甘言蜜语。风水,符咒,拜祷……偌大的"运命",只要化一批钱或磕几个头,就改换得和注定的一笔大不相同了——就是并不注定。

我们的先哲,也有知道"定命"有这么的不定,是不足以定人心的,于是他说,这用种种方法之后所得的结果,就是真的"定命",而且连必须用种种方法,也是命中注定的。但看起一般的人们来,却似乎并不这样想。

人而没有"坚信",狐狐疑疑,也许并不是好事情,因为这也就是所谓"无特操"。但我以为信运命的中国人而又相信运命可以转移,却是值得乐观的。不过现在为止,是在用迷信来转移别的迷信,所以归根结蒂,并无不同,以后倘能用正当的道理和实行——科学来替换了这迷信,那么,定命论的思想,也就和中国人离开了。

假如真有这一日,则和尚,道士,巫师,星相家,风水先生……的宝座,就都让给了科学家,我们也不必整年的见神见鬼了。

十月二十三日。

*　　　*　　　*

〔1〕 本篇最初发表于1934年11月20日《太白》半月刊第一卷第五期,署名公汗。

〔2〕 内山书店 日本人内山完造(1885—1959)在上海开设的书店,主要经售日文书籍。

〔3〕 给我一个"汉奸"的称号 1933年7月,曾今可主办的《文艺座谈》第一卷第一期刊登署名白羽遐的《内山书店小坐记》,影射鲁迅为日本的间谍(参看《伪自由书·后记》)。又1934年5月《社会新闻》第七卷第十二期刊登署名思的《鲁迅愿作汉奸》一稿,诬蔑鲁迅"与日本书局订定密约……乐于作汉奸矣"。

脸　谱　臆　测[1]

对于戏剧，我完全是外行。但遇到研究中国戏剧的文章，有时也看一看。近来的中国戏是否象征主义，或中国戏里有无象征手法的问题，我是觉得很有趣味的。

伯鸿先生在《戏》周刊十一期（《中华日报》副刊）上，说起脸谱，承认了中国戏有时用象征的手法，"比如白表'奸诈'，红表'忠勇'，黑表'威猛'，蓝表'妖异'，金表'神灵'之类，实与西洋的白表'纯洁清净'，黑表'悲哀'，红表'热烈'，黄金色表'光荣'和'努力'"并无不同，这就是"色的象征"，虽然比较的单纯，低级。[2]

这似乎也很不错，但再一想，却又生了疑问，因为白表奸诈，红表忠勇之类，是只以在脸上为限，一到别的地方，白就并不象征奸诈，红也不表示忠勇了。

对于中国戏剧史，我又是完全的外行。我只知道古时候（南北朝）的扮演故事，是带假面的，[3]这假面上，大约一定得表示出这角色的特征，一面也是这角色的脸相的规定。古代的假面和现在的打脸的关系，好像还没有人研究过，假使有些关系，那么，"白表奸诈"之类，就恐怕只是人物的分类，却并非象征手法了。

中国古来就喜欢讲"相人术"[4]，但自然和现在的"相面"

不同，并非从气色上看出祸福来，而是所谓"诚于中，必形于外"[5]，要从脸相上辨别这人的好坏的方法。一般的人们，也有这一种意见的，我们在现在，还常听到"看他样子就不是好人"这一类话。这"样子"的具体的表现，就是戏剧上的"脸谱"。富贵人全无心肝，只知道自私自利，吃得白白胖胖，什么都做得出，于是白就表了奸诈。红表忠勇，是从关云长的"面如重枣"来的。"重枣"是怎样的枣子，我不知道，要之，总是红色的罢。在实际上，忠勇的人思想较为简单，不会神经衰弱，面皮也容易发红，倘使他要永远中立，自称"第三种人"，精神上就不免时时痛苦，脸上一块青，一块白，终于显出白鼻子来了。黑表威猛，更是极平常的事，整年在战场上驰驱，脸孔怎会不黑，擦着雪花膏的公子，是一定不肯自己出面去战斗的。

士君子常在一门一门的将人们分类，平民也在分类，我想，这"脸谱"，便是优伶和看客公同逐渐议定的分类图。不过平民的辨别，感受的力量，是没有士君子那么细腻的。况且我们古时候戏台的搭法，又和罗马不同，[6]使看客非常散漫，表现倘不加重，他们就觉不到，看不清。这么一来，各类人物的脸谱，就不能不夸大化，漫画化，甚而至于到得后来，弄得希奇古怪，和实际离得很远，好像象征手法了。

脸谱，当然自有它本身的意义的，但我总觉得并非象征手法，而且在舞台的构造和看客的程度和古代不同的时候，它更不过是一种赘疣，无须扶持它的存在了。然而用在别一种有意义的玩艺上，在现在，我却以为还是很有兴趣的。

十月三十一日。

＊　　　＊　　　＊

〔1〕　本篇在印入本书前未能发表,参看本书《附记》。

〔2〕　《戏》周刊第十一期(1934 年 10 月 28 日)曾发表伯鸿(田汉笔名)的《苏联为什么邀梅兰芳去演戏(上)》一文,该文先引《申报》"读书问答"栏《梅兰芳与中国旧剧的前途(三)》文中的话说:"中国旧剧其取材大半是历史上的传说,其立论大体是'劝善罚恶'的老套,这里面既不含有神秘的感情,也就用不着以观感的具体的符号来象征什么……即如那一般人认为最含有象征主义意味的脸谱,和那以马鞭代马的玩意儿,也只能说借以帮助观众对于剧情的理解,不能认为即是象征主义。"于是接着说:"这个是很正确的了。但是他因否定了中国旧戏是象征主义,同时否定了中国旧剧采用的一些'象征手法'。比如白表'奸诈',红表'忠勇'……因为'色的象征',还有'音的象征''形的象征',也经有意识或无意识地使用着……这一些都是象征的手法,不过多是比较单纯的低级的。"

〔3〕　指南北朝时的歌舞戏《大面》。据《旧唐书·音乐志》载:"《大面》出于北齐。北齐兰陵王长恭,才武而面美,常著假面以对敌。尝击周师金墉城下,勇冠三军,齐人壮之,为此舞以效其指麾击刺之容,谓之《兰陵王入阵曲》。"

〔4〕　"相人术"《左传》文公元年:"内史叔服来会葬,公孙敖闻其能相人也,见其二子焉。"又《汉书·艺文志》"形法"类著录有《相人》一书。

〔5〕　"诚于中,必形于外"　语出《大学》:"人之视己,如见其肺肝然……此谓诚于中,形于外。故君子必慎其独也。"

〔6〕　古代罗马剧场,中间为圆形表演场地,周围环绕着台阶式的观众席,近似现代的体育场。

随 便 翻 翻 [1]

　　我想讲一点我的当作消闲的读书——随便翻翻。但如果弄得不好,会受害也说不定的。

　　我最初去读书的地方是私塾,第一本读的是《鉴略》[2],桌上除了这一本书和习字的描红格,对字(这是做诗的准备)的课本之外,不许有别的书。但后来竟也慢慢的认识字了,一认识字,对于书就发生了兴趣,家里原有两三箱破烂书,于是翻来翻去,大目的是找图画看,后来也看看文字。这样就成了习惯,书在手头,不管它是什么,总要拿来翻一下,或者看一遍序目,或者读几叶内容,到得现在,还是如此,不用心,不费力,往往在作文或看非看不可的书籍之后,觉得疲劳的时候,也拿这玩意来作消遣了,而且它也的确能够恢复疲劳。

　　倘要骗人,这方法很可以冒充博雅。现在有一些老实人,和我闲谈之后,常说我书是看得很多的,略谈一下,我也的确好像书看得很多,殊不知就为了常常随手翻翻的缘故,却并没有本本细看。还有一种很容易到手的秘本,是《四库书目提要》,倘还怕繁,那么,《简明目录》[3]也可以,这可要细看,它能做成你好像看过许多书。不过我也曾用过正经工夫,如什么"国学"之类,请过先生指教,留心过学者所开的参考书目。结果都不满意。有些书目开得太多,要十来年才能看完,我还疑心他自己就没有看；只开几部的较好，可是这须看这位开书目的先生了，如果他是一位胡涂虫，那么，开出来的几部一定也是极顶胡涂书，不看还好，一看就胡涂。

我并不是说，天下没有指导后学看书的先生，有是有的，不过很难得。

这里只说我消闲的看书——有些正经人是反对的，以为这么一来，就"杂"！"杂"，现在又算是很坏的形容词。但我以为也有好处。譬如我们看一家的陈年账簿，每天写着"豆付三文，青菜十文，鱼五十文，酱油一文"，就知先前这几个钱就可买一天的小菜，吃够一家；看一本旧历本，写着"不宜出行，不宜沐浴，不宜上梁"，就知道先前是有这么多的禁忌。看见了宋人笔记里的"食菜事魔"〔4〕，明人笔记里的"十彪五虎"〔5〕，就知道"哦呵，原来'古已有之'。"但看完一部书，都是些那时的名人轶事，某将军每餐要吃三十八碗饭，某先生体重一百七十五斤半；或是奇闻怪事，某村雷劈蜈蚣精，某妇产生人面蛇，毫无益处的也有。这时可得自己有主意了，知道这是帮闲文士所做的书。凡帮闲，他能令人消闲消得最坏，他用的是最坏的方法。倘不小心，被他诱过去，那就坠入陷阱，后来满脑子是某将军的饭量，某先生的体重，蜈蚣精和人面蛇了。

讲扶乩的书，讲婊子的书，倘有机会遇见，不要皱起眉头，显示憎厌之状，也可以翻一翻；明知道和自己意见相反的书，已经过时的书，也用一样的办法。例如杨光先的《不得已》〔6〕是清初的著作，但看起来，他的思想是活着的，现在意见和他相近的人们正多得很。这也有一点危险，也就是怕被它诱过去。治法是多翻,翻来翻去,一多翻,就有比较,比较是医治受骗的好方子。乡下人常常误认一种硫化铜为金矿,空口是和他说不明白的,或者他还会赶紧藏起来,疑心你要白骗他的宝贝。但如果遇到一点真的金矿,只要用手掂一掂轻重,他就死心塌地:明白了。

"随便翻翻"是用各种别的矿石来比的方法,很费事,没有用真的金矿来比的明白,简单。我看现在青年的常在问人该读什么书,就是要看一看真金,免得受硫化铜的欺骗。而且一识得真金,一面也就真的识得了硫化铜,一举两得了。

但这样的好东西,在中国现有的书里,却不容易得到。我回忆自己的得到一点知识,真是苦得可怜。幼小时候,我知道中国在"盘古氏开辟天地"之后,有三皇五帝,……宋朝,元朝,明朝,"我大清"[7]。到二十岁,又听说"我们"的成吉思汗[8]征服欧洲,是"我们"最阔气的时代。到二十五岁,才知道所谓这"我们"最阔气的时代,其实是蒙古人征服了中国,我们做了奴才。直到今年八月里,因为要查一点故事,翻了三部蒙古史,这才明白蒙古人的征服"斡罗思"[9],侵入匈奥,还在征服全中国之前,那时的成吉思还不是我们的汗,倒是俄人被奴的资格比我们老,应该他们说"我们的成吉思汗征服中国,是我们最阔气的时代"的。

我久不看现行的历史教科书了,不知道里面怎么说;但在报章杂志上,却有时还看见以成吉思汗自豪的文章。事情早已过去了,原没有什么大关系,但也许正有着大关系,而且无论如何,总是说些真实的好。所以我想,无论是学文学的,学科学的,他应该先看一部关于历史的简明而可靠的书。但如果他专讲天王星,或海王星,虾蟆的神经细胞,或只咏梅花,叫妹妹,不发关于社会的议论,那么,自然,不看也可以的。

我自己,是因为懂一点日本文,在用日译本《世界史教程》和新出的《中国社会史》[10]应应急的,都比我历来所见的历史书类说得明确。前一种中国曾有译本,但只有一本,后五本不译了,译得怎样,因为没有见过,不知道。后一种中国倒先有译本,叫作《中国社会发展史》,不过据日译者说,是多错误,有删节,靠不住的。

我还在希望中国有这两部书。又希望不要一哄而来,一哄而散,要译,就译他完;也不要删节,要删节,就得声明,但最好还是译得小心,完全,替作者和读者想一想。

十一月二日。

* * *

〔1〕 本篇最初发表于1934年11月上海《读书生活》月刊第一卷第二期,署名公汗。

〔2〕 《鉴略》 清代王仕云著,是旧时学塾所用的一种初级历史读物,四言韵语,上起盘古,下迄明代弘光。

〔3〕 《四库书目提要》 即《四库全书总目提要》,纪昀编撰。参看本卷第61页注〔12〕。《简明目录》,即《四库全书简明目录》,共二十卷,亦纪昀编撰,各书提要较《总目》简略,并且不录《总目》中"存目"部分的书目。

〔4〕 "食菜事魔" 五代两宋时农民的秘密宗教组织明教,提倡素食,供奉摩尼(来源于古代波斯的摩尼教)为光明之神。因此在有关

他们的记载中有"食菜事魔"的说法。宋代庄季裕《鸡肋编》卷上载:"事魔食菜法……近时事者益众,云自福建流至温州,遂及二浙,睦州方腊之乱,其徒处处相煽而起。闻其法断荤酒,不事神佛祖先,不会宾客,死则裸葬……始投其党,有甚贫者,众率财以助,积微以至于小康矣。凡出入经过,虽不识,党人皆馆谷焉;人物用之无问,谓为一家,故有'无碍被'之说……但禁令太严,每有告者,株连既广,又常籍没,全家流放,与死为等;必协力同心,以拒官吏,州县惮之,率不敢按,反致增多。"

〔5〕 "十彪五虎" 疑应作"五虎五彪"。明代计六奇《明季北略》卷四有《五虎五彪》一则:"五虎李夔龙、吴淳夫、倪文焕、田吉等追赃发充军,五彪田尔耕、许显纯处决,崔应元、杨寰、孙云鹤边卫充军,以为附权蠹政之戒。"按《明史·魏忠贤传》载:"当此之时,内外大权一归忠贤……外廷文臣则崔呈秀、田吉、吴淳夫、李龙(李夔龙)、倪文焕主谋议,号'五虎';武臣则田尔耕、许显纯、孙云鹤、杨寰、崔应元主杀傺,号'五彪'。又吏部尚书周应秋、太仆少卿曹钦程等号'十狗';又有'十孩儿'、'四十孙'之号。"

〔6〕 杨光先(约1595—1669) 字长公,安徽歙县人。顺治元年(1644)清政府委任德国天主教传教士汤若望为钦天监监正,变更历法,新编历书。杨光先上书礼部,指摘新历书封面上不该用"依西洋新法"五字。康熙四年(1665),又上书指摘新历书推算该年的日蚀有错误,汤若望等因此被判罪,由杨光先接任钦天监监正,复用旧历。康熙八年,杨因推闰失实入狱,后获赦。《不得已》就是杨光先历次指控汤若望呈文和论文的汇集,其中有浓重的封建排外思想,如《日食天象验》一文中说:"宁可使中夏无好历法,不可使中夏有西洋人"等。

〔7〕 "我大清" 旧时学塾初级读物《三字经》中的句子。满族统治者建立清朝政权后,一般汉族官吏对新王朝也称之为"我大清"。鲁迅在这里不说"清朝",含有讽刺的意味。

〔**8** 〕 成吉思汗（1162—1227） 名铁木真,古代蒙古族领袖。1206 年统一蒙古族各部落,建立蒙古汗国,被拥戴为王,称成吉思汗。他的继承者灭南宋建立元朝后,追尊他为元太祖。他在 1219 年至 1223 年率军西征,占领中亚和南俄。以后他的孙子拔都又于 1235 年至 1244 年第二次西征,征服俄罗斯并侵入匈、奥、波等欧洲国家。以上事件都发生在 1279 年忽必烈(即元世祖)灭宋之前。

〔**9** 〕 "斡罗思" 即俄罗斯。见清代洪钧《元史译文证补》卷二十六。《新元史·外国列传》作"斡罗斯"。

〔**10**〕 《世界史教程》 苏联波察洛夫(Ю. M. Бочаров,今译鲍恰罗夫)等人合编的一本教科书,原名《阶级斗争史课本》。有早川二郎的日译本(1932—1934 年版),五册。中译本有两种,一为王礼锡等译,只出第一分册,神州国光社出版;另一种为史崈音等译,出了第一、二分册,1934 年北平骆驼社出版。鲁迅说此书只译了一本,可能是指前一译本。《中国社会史》,苏联沙发洛夫(Г. И. Сафаров,今译萨法罗夫)著,原名《中国史纲》。鲁迅藏有早川二郎的日译本(1934 年版)。文中所说"叫作《中国社会发展史》"的中译本,系李俚人译,1932 年上海新生命书局出版。

拿破仑与隋那[1]

我认识一个医生,忙的,但也常受病家的攻击,有一回,自解自叹道:要得称赞,最好是杀人,你把拿破仑[2]和隋那(Edward Jenner,1749—1823)[3]去比比看……

我想,这是真的。拿破仑的战绩,和我们什么相干呢,我们却总敬服他的英雄。甚而至于自己的祖宗做了蒙古人的奴隶,我们却还恭维成吉思;从现在的卐[4]字眼睛看来,黄人已经是劣种了,我们却还夸耀希特拉。

因为他们三个,都是杀人不眨眼的大灾星。

但我们看看自己的臂膊,大抵总有几个疤,这就是种过牛痘的痕迹,是使我们脱离了天花[5]的危症的。自从有这种牛痘法以来,在世界上真不知救活了多少孩子,——虽然有些人大起来也还是去给英雄们做炮灰,但我们有谁记得这发明者隋那的名字呢?

杀人者在毁坏世界,救人者在修补它,而炮灰资格的诸公,却总在恭维杀人者。

这看法倘不改变,我想,世界是还要毁坏,人们也还要吃苦的。

十一月六日。

＊　　　＊　　　＊

〔1〕　本篇最初印入上海生活书店编辑出版的 1935 年《文艺日记》。

〔2〕　拿破仑(Napoléon Bonaparte,1769—1821)　即拿破仑·波拿巴,法国资产阶级革命时期的军事家、政治家。1799 年担任共和国执政。1804 年建立法兰西第一帝国,自称拿破仑一世。

〔3〕　隋那　又译詹纳,通译琴纳,英国医学家,牛痘接种的创始者。

〔4〕　卐　德国纳粹党的党徽。

〔5〕　天花　一种由天花病毒引起的急性传染病,以成批发疱疹为主要表症,曾经是人类可怕的致死疾病之一。通过接触或飞沫传播,接种牛痘可以预防。此病现已消灭。

答《戏》周刊编者信[1]

鲁迅先生鉴：

《阿 Q》的第一幕已经登完了,搬上舞台实验虽还不是马上可以做到,但我们的准备工作是就要开始发动了。我们希望你能在第一幕刚登完的时候先发表一点意见,一方面对于我们的公演准备或者也有些帮助,另方面本刊的丛书计划一实现也可以把你的意见和《阿 Q》剧本同时付印当作一篇序。这是编者的要求,也是作者,读者和演出的同志们的要求。

祝健!

编者。

编辑先生——

在《戏》周刊[2]上给我的公开信,我早看见了;后来又收到邮寄的一张周刊,我知道这大约是在催促我的答复。对于戏剧,我是毫无研究的,我的最可靠的答复,是一声也不响。但如果先生和读者们都肯豫先了解我不过是一个外行人的随便谈谈,那么,我自然也不妨说一点我个人的意见。

《阿 Q》在每一期里,登得不多,每期相隔又有六天,断断续续的看过,也陆陆续续的忘记了。现在回忆起来,只记得那编排,将《呐喊》中的另外的人物也插进去,以显示未庄或鲁镇的全貌的方法,是很好的。但阿 Q 所说的绍兴话,我却有许多地方看不懂。

现在我自己想说几句的,有两点——

一,未庄在那里?《阿 Q》的编者已经决定:在绍兴。我是绍兴人,所写的背景又是绍兴的居多,对于这决定,大概是谁都同意的。但是,我的一切小说中,指明着某处的却少得很。中国人几乎都是爱护故乡,奚落别处的大英雄,阿 Q 也很有这脾气。那时我想,假如写一篇暴露小说,指定事情是出在某处的罢,那么,某处人恨得不共戴天,非某处人却无异隔岸观火,彼此都不反省,一班人咬牙切齿,一班人却飘飘然,不但作品的意义和作用完全失掉了,还要由此生出无聊的枝节来,大家争一通闲气——《闲话扬州》[3]是最近的例子。为了医病,方子上开人参,吃法不好,倒落得满身浮肿,用萝卜子来解,这才恢复了先前一样的瘦,人参白买了,还空空的折贴了萝卜子。人名也一样,古今文坛消息家,往往以为有些小说的根本是在报私仇,所以一定要穿凿书上的谁,就是实际上的谁。为免除这些才子学者们的白费心思,另生枝节起见,我就用"赵太爷","钱大爷",是《百家姓》[4]上最初的两个字;至于阿 Q 的姓呢,谁也不十分了然。但是,那时还是发生了谣言。还有排行,因为我是长男,下有两个兄弟,为豫防谣言家的毒舌起见,我的作品中的坏脚色,是没有一个不是老大,或老四,老五的。

上面所说那样的苦心,并非我怕得罪人,目的是在消灭各种无聊的副作用,使作品的力量较能集中,发挥得更强烈。果戈理作《巡按使》[5],使演员直接对看客道:"你们笑自己!"

（奇怪的是中国的译本，却将这极要紧的一句删去了。）我的方法是在使读者摸不着在写自己以外的谁，一下子就推诿掉，变成旁观者，而疑心到像是写自己，又像是写一切人，由此开出反省的道路。但我看历来的批评家，是没有一个注意到这一点的。这回编者的对于主角阿Q所说的绍兴话，取了这样随手胡调的态度，我看他的眼睛也是为俗尘所蔽的。

但是，指定了绍兴也好。于是跟着起来的是第二个问题——

二，阿Q该说什么话？这似乎无须问，阿Q一生的事情既然出在绍兴，他当然该说绍兴话。但是第三个疑问接着又来了——

三，《阿Q》是演给那里的人们看的？倘是演给绍兴人看的，他得说绍兴话无疑。绍兴戏文中，一向是官员秀才用官话，堂倌狱卒用土话的，也就是生，旦，净大抵用官话，丑用土话。我想，这也并非全为了用这来区别人的上下，雅俗，好坏，还有一个大原因，是警句或炼话，讥刺和滑稽，十之九是出于下等人之口的，所以他必用土话，使本地的看客们能够彻底的了解。那么，这关系之重大，也就可想而知了。其实，倘使演给绍兴的人们看，别的脚色也大可以用绍兴话，因为同是绍兴话，所谓上等人和下等人说的也并不同，大抵前者句子简，语助词和感叹词少，后者句子长，语助词和感叹词多，同一意思的一句话，可以冗长到一倍。但如演给别处的人们看，这剧本的作用却减弱，或者简直完全消失了。据我所留心观察，凡有自以为深通绍兴话的外县人，他大抵是像目前标点明人小品的名人一样，并不怎么懂得的[6]；至于北方或闽粤人，我恐怕他听了之后，不会比听外国马戏里的打诨更有所得。

我想，普遍，永久，完全，这三件宝贝，自然是了不得的，不过也是作家的棺材钉，会将他钉死。譬如现在的中国，要编一本随时随地，无不可用的剧本，其实是不可能的，要这样编，结果就是编不成。所以我以为现在的办法，只好编一种对话都是比较的容易了解的剧本，倘在学校之类这些地方扮演，可以无须改动，如果到某一省县，某一乡村里面去，那么，这本子就算是一个底本，将其中的说白都改为当地的土话，不但语言，就是背景，人名，也都可变换，使看客觉得更加切实。譬如罢，如果这演剧之处并非水村，那么，航船可以化为大车，七斤[7]也可以叫作"小辫儿"的。

我的意见说完了，总括一句，不过是说，这剧本最好是不要专化，却使大家可以活用。

临末还有一点尾巴，当然决没有叭儿君的尾巴的有趣。这是我十分抱歉的，不过还是非说不可。记得几个月之前，曾经回答过一个朋友的关于大众语的质问，这信后来被发表在《社会月报》上了[8]，末了是杨邨人先生的一篇文章[9]。一位绍伯先生就在《火炬》上说我已经和杨邨人先生调和，并且深深的感慨了一番中国人之富于调和性[10]。这一回，我的这一封信，大约也要发表的罢，但我记得《戏》周刊上已曾发表过曾今可叶灵凤[11]两位先生的文章；叶先生还画了一幅阿Q像，好像我那一本《呐喊》还没有在上茅厕时候用尽，倘不是多年便秘，那一定是又买了一本新的了。如果我被绍伯先生的判决所震慑,这回是应该不敢再写什么的,但我想,也不必如此。只是在这里要顺便声明:我并无此种权力,可以禁止别人将我的信件在刊物上发表,而且另外还有谁的文章,更无从豫先知道,所以对于同一刊物上的任何作者,都没有表示调和与否的意思;但倘有同一营垒中人,化了装从背后给我一刀,则我的对于他的憎恶和鄙视,是在明显的敌人之上的。

这倒并非个人的事情,因为现在又到了绍伯先生可以施展老手段的时候,我若不声明,则我所说过的各节,纵非买办意识〔12〕,也是调和论了,还有什么意思呢?

专此布复,即请

文安。

鲁迅。十一月十四日。

*　　　*　　　*

〔1〕 本篇最初发表于 1934 年 11 月 25 日上海《中华日报》副刊《戏》周刊第十五期。

〔2〕 《戏》周刊 《中华日报》副刊之一,袁牧之主编,1934 年 8 月 19 日创刊。袁梅(袁牧之)所作《阿 Q 正传》剧本,于该刊创刊号起开始连载。

〔3〕 《闲话扬州》 易君左著,1934 年 3 月上海中华书局出版。是一本关于扬州的杂记。书中对当地习俗和生活状况的描述,引起一些扬州人的不满,他们以诽谤罪控告作者,要求将他撤职查办(当时作者任江苏省教育厅编审科主任),该书不久即被毁版停售。

〔4〕 《百家姓》 以前学塾所用的识字课本之一,宋初人编纂。为便于诵读,将姓氏连缀为四言韵语。"赵钱孙李"是书中的首句。

〔5〕　果戈理（Н.В.Гоголь，1809—1852）　俄国作家。《巡按使》，通译《钦差大臣》，讽刺喜剧。"你们笑自己"这句话是该剧第五幕第八场中市长发觉自己被骗，面对哄笑着的观众说的。1921年商务印书馆出版、贺启明译的《巡按》中，这句话译为："这都是笑的甚么？不是笑的你吗？"

〔6〕　指刘大杰标点的《袁中郎全集》中的断句错误。参看《花边文学·骂杀与捧杀》。

〔7〕　七斤　鲁迅小说《风波》中的人物。袁牧之改编的《阿Q正传》剧本里也有这样一个人物，叫做"航船七斤"。

〔8〕　即本书的《答曹聚仁先生信》。

〔9〕　杨邨人（1901—1955）　广东潮安人。1925年加入中国共产党，1928年参加太阳社，1932年叛变革命。"一篇文章"，指《赤区归来记（续）》，参看本书《附记》。

〔10〕　绍伯的文章题为《调和》，发表于1934年8月31日《大晚报·火炬》。参看本书《附记》。

〔11〕　曾今可（1901—1971）　江西泰和人。他曾提倡所谓"解放词"，内容大多低俗无聊；并与张资平同办《文艺座谈》，攻击左翼文艺。参看《伪自由书·后记》。叶灵凤（1904—1975），江苏南京人。他曾在《现代小说》第三卷第二期（1929年11月）发表小说《穷愁的自传》，其中人物魏日青说："照着老例，起身后我便将十二枚铜元从旧货摊上买来的一册《呐喊》撕下三页到露台上去大便。"

〔12〕　买办意识　林默（廖沫沙）在1934年7月3日《大晚报·火炬》上发表《论"花边文学"》一文，错误地认为鲁迅的杂文《倒提》有买办意识。参看《花边文学·倒提》及其附录。

寄《戏》周刊编者信[1]

编辑先生：

今天看《戏》周刊第十四期，《独白》[2]上"抱憾"于不得我的回信，但记得这信已于前天送出了，还是病中写的，自以为巴结得很，现在特地声明，算是讨好之意。

在这周刊上，看了几个阿Q像[3]，我觉得都太特别，有点古里古怪。我的意见，以为阿Q该是三十岁左右，样子平平常常，有农民式的质朴，愚蠢，但也很沾了些游手之徒的狡猾。在上海，从洋车夫和小车夫里面，恐怕可以找出他的影子来的，不过没有流氓样，也不像瘪三样。只要在头上给戴上一顶瓜皮小帽，就失去了阿Q，我记得我给他戴的是毡帽。这是一种黑色的，半圆形的东西，将那帽边翻起一寸多，戴在头上的；上海的乡下，恐怕也还有人戴。

报上说要图画，我这里有十张，是陈铁耕君[4]刻的，今寄上，如不要，仍请寄回。他是广东人，所用的背景有许多大约是广东。第二，第三之二，第五，第七这四幅，比较刻的好；第三之一和本文不符；第九更远于事实，那时那里有摩托车给阿Q坐呢？该是大车，有些地方叫板车，是一种马拉的四轮的车，平时是载货物的。但绍兴也并没有这种车，我用的是那时的北京的情形，我在绍兴，其实并未见过这样的盛典。

又,今天的《阿Q正传》上说:"小D大约是小董罢?"并不是的。他叫"小同",大起来,和阿Q一样。

专此布达,并请

撰安。

鲁迅上。十一月十八日。

*　　　*　　　*

〔1〕　本篇最初发表于1934年11月25日《中华日报》副刊《戏》周刊第十五期。

〔2〕《独白》《戏》周刊第十四期(1934年11月18日)刊载的编者的话。其中说:"这一期上我们很抱憾的是鲁迅先生对于阿Q剧本的意见并没有来,只得待诸下期了。"

〔3〕　阿Q像　《戏》周刊在发表《阿Q正传》剧本时,从1934年9月起,同时刊载剧中人物的画像。"头上戴上一顶瓜皮小帽"的阿Q像,叶灵凤作,见该刊第十二期(11月4日)。

〔4〕　陈铁耕　木刻家。参看本卷第51页注〔8〕。

中国文坛上的鬼魅[1]

一

当国民党对于共产党从合作改为剿灭之后,有人说,国民党先前原不过利用他们的,北伐将成的时候,要施行剿灭是豫定的计划。但我以为这说的并不是真实。国民党中很有些有权力者,是愿意共产的,他们那时争先恐后的将自己的子女送到苏联去学习,便是一个证据,因为中国的父母,孩子是他们第一等宝贵的人,他们决不至于使他们去练习做剿灭的材料。不过权力者们好像有一种错误的思想,他们以为中国只管共产,但他们自己的权力却可以更大,财产和姨太太也更多;至少,也总不会比不共产还要坏。

我们有一个传说。大约二千年之前,有一个刘先生,积了许多苦功,修成神仙,可以和他的夫人一同飞上天去了,然而他的太太不愿意。为什么呢?她舍不得住着的老房子,养着的鸡和狗。刘先生只好去恳求上帝,设法连老房子,鸡,狗,和他们俩全都弄到天上去,这才做成了神仙。[2]也就是大大的变化了,其实却等于并没有变化。假使共产主义国里可以毫不改动那些权力者的老样,或者还要阔,他们是一定赞成的。然而后来的情形证明了共产主义没有上帝那样的可以通融办

156

理,于是才下了剿灭的决心。孩子自然是第一等宝贵的人,但自己究竟更宝贵。

于是许多青年们,共产主义者及其嫌疑者,左倾者及其嫌疑者,以及这些嫌疑者的朋友们,就到处用自己的血来洗自己的错误,以及那些权力者们的错误。权力者们的先前的错误,是受了他们的欺骗的,所以必得用他们的血来洗干净。然而另有许多青年们,却还不知底细,在苏联学毕,骑着骆驼高高兴兴的由蒙古回来了。我记得有一个外国旅行者还曾经看得酸心,她说,他们竟不知道现在在祖国等候他们的,却已经是绞架。

不错,是绞架。但绞架还不算坏,简简单单的只用绞索套住了颈子,这是属于优待的。而且也并非个个走上了绞架,他们之中的一些人,还有一条路,是使劲的拉住了那颈子套上了绞索的朋友的脚。这就是用事实来证明他内心的忏悔,能忏悔的人,精神是极其崇高的。

二

从此而不知忏悔的共产主义者,在中国就成了该杀的罪人。而且这罪人,却又给了别人无穷的便利;他们成为商品,可以卖钱,给人添出职业来了。而且学校的风潮,恋爱的纠纷,也总有一面被指为共产党,就是罪人,因此极容易的得到解决。如果有谁和有钱的诗人辩论,那诗人的最后的结论是:共产党反对资产阶级,我有钱,他反对我,所以他是共产党。

于是诗神就坐了金的坦克车,凯旋了。

但是,革命青年的血,却浇灌了革命文学的萌芽,在文学方面,倒比先前更其增加了革命性。政府里很有些从外国学来,或在本国学得的富于智识的青年,他们自然是觉得的,最先用的是极普通的手段:禁止书报,压迫作者,终于是杀戮作者,五个左翼青年作家[3]就做了这示威的牺牲。然而这事件又并没有公表,他们很知道,这事是可以做,却不可以说的。古人也早经说过,"以马上得天下,不能以马上治之。"[4]所以要剿灭革命文学,还得用文学的武器。

作为这武器而出现的,是所谓"民族文学"[5]。他们研究了世界上各人种的脸色,决定了脸色一致的人种,就得取同一的行为,所以黄色的无产阶级,不该和黄色的有产阶级斗争,却该和白色的无产阶级斗争。他们还想到了成吉思汗,作为理想的标本,描写他的孙子拔都汗,怎样率领了许多黄色的民族,侵入斡罗斯,将他们的文化摧残,贵族和平民都做了奴隶。

中国人跟了蒙古的可汗去打仗,其实是不能算中国民族的光荣的,但为了扑灭斡罗斯,他们不能不这样做,因为我们的权力者,现在已经明白了古之斡罗斯,即今之苏联,他们的主义,是决不能增加自己的权力,财富和姨太太的了。然而,现在的拔都汗是谁呢?

一九三一年九月,日本占据了东三省,这确是中国人将要跟着别人去毁坏苏联的序曲,民族主义文学家们可以满足的了。但一般的民众却以为目前的失去东三省,比将来的毁坏苏联还紧要,他们激昂了起来。于是民族主义文学家也只好顺风转舵,改为对于这事件的啼哭,叫喊了。许多热心的青年们往南京去请愿,要求出兵;然而这须经过极辛苦的试验,火车不准坐,露宿了几日,才给他们坐到南京,有许多是只好用自己的脚走。到得南京,却不料就遇到一大队曾经训练过的"民众",手里是棍子,皮鞭,手枪,迎头一顿打,使他们只好脸上或身上肿起几块,当作结果,垂头丧气的回家,有些人还从此找不到,有的是在水里淹死了,据报上说,那是他们自己掉下去的。[6]

民族主义文学家们的啼哭也从此收了场,他们的影子也看不见了,他们已经完成了送丧的任务。这正和上海的葬式行列是一样的,出去的时候,有杂乱的乐队,有唱歌似的哭声,但那目的是在将悲哀埋掉,不再记忆起来;目的一达,大家走散,再也不会成什么行列的了。

三

但是,革命文学是没有动摇的,还发达起来,读者们也更加相信了。

于是别一方面,就出现了所谓"第三种人",是当然决非左翼,但又不是右翼,超然于左右之外的人物。他们以为文学是永久的,政治的现象是暂时的,所以文学不能和政治相关,一相关,就失去它的永久性,中国将从此没有伟大的作品。不过他们,忠实于文学的"第三种人",也写不出伟大的作品。为什么呢?是因为左翼批评家不懂得文学,为邪说所迷,对于他们的好作品,都加以严酷而不正确的批评,打击得他们写不出来了。所以左翼批评家,是中国文学的刽子手。[7]

至于对于政府的禁止刊物,杀戮作家呢,他们不谈,因为这是属于政治的,一谈,就失去他们的作品的永久性了;况且禁压,或杀戮"中国文学的刽子手"之流,倒正是"第三种人"的永久的文学,伟大的作品的保护者。

这一种微弱的假惺惺的哭诉,虽然也是一种武器,但那力量自然是很小的,革命文学并不为它所击退。"民族主义文学"已经自灭,"第三种文学"又站不起来,这时候,只好又来一次真的武器了。

一九三三年十一月,上海的艺华影片公司突然被一群人们所袭击,捣毁得一塌胡涂了。他们是极有组织的,吹一声哨,动手,又一声哨,停止,又一声哨,散开。临走还留下了传单,说他们的所以征伐,是为了这公司为共产党所利用。[8]而且所征伐的还不止影片公司,又蔓延到书店方面去,大则一群人闯进去捣毁一切,小则不知从那里飞来一块石子,敲碎了值洋二百的窗玻璃。那理由,自然也是因为这书店为共产党所利用。高价的窗玻璃的不安全,是使书店主人非常心痛的。几天之后,就有"文学家"将自己的"好作品"来卖给他了,他知道印出来是没有人看的,但得买下,因为价钱不过和一块窗玻璃相当,而可以免去第二块石子,省了修理窗门的工作。

四

压迫书店,真成为最好的战略了。

但是，几块石子是还嫌不够的。中央宣传委员会也查禁了一大批书，计一百四十九种，凡是销行较多的，几乎都包括在里面。中国左翼作家的作品，自然大抵是被禁止的，而且又禁到译本。要举出几个作者来，那就是高尔基（Gorky），卢那卡尔斯基（Lunacharsky），斐定（Fedin），法捷耶夫（Fadeev），绥拉斐摩维支（Serafimovich），辛克莱（Upton Sinclair），甚而至于梅迪林克（Maeterlinck），梭罗古勃（Sologub），斯忒林培克（Strindberg）。[9]

这真使出版家很为难，他们有的是立刻将书缴出，烧毁了，有的却还想补救，和官厅去商量，结果是免除了一部分。为减少将来的出版的困难起见，官员和出版家还开了一个会议。在这会议上，有几个"第三种人"因为要保护好的文学和出版家的资本，便以杂志编辑者的资格提议，请采用日本的办法，在付印之前，先将原稿审查，加以删改，以免别人也被左翼作家的作品所连累而禁止，或印出后始行禁止而使出版家受亏。这提议很为各方面所满足，当即被采用了，[10]虽然并不是光荣的拔都汗的老方法。

而且也即开始了实行，今年七月，在上海就设立了书籍杂志检查处[11]，许多"文学家"的失业问题消失了，还有些改悔的革命作家们，反对文学和政治相关的"第三种人"们，也都坐上了检查官的椅子。他们是很熟悉文坛情形的；头脑没有纯粹官僚的胡涂，一点讽刺，一句反语，他们都比较的懂得所含的意义，而且用文学的笔来涂抹，无论如何总没有创作的烦难，于是那成绩，听说是非常之好了。

但是,他们的引日本为榜样,是错误的。日本固然不准谈阶级斗争,却并不说世界上并无阶级斗争,而中国则说世界上其实无所谓阶级斗争,都是马克思捏造出来的,所以这不准谈,为的是守护真理。日本固然也禁止,删削书籍杂志,但在被删削之处,是可以留下空白的,使读者一看就明白这地方是受了删削,而中国却不准留空白,必须连起来,在读者眼前好像还是一篇完整的文章,只是作者在说着意思不明的昏话。这种在现在的中国读者面前说昏话,是弗理契(Friche)[12],卢那卡尔斯基他们也在所不免的。

于是出版家的资本安全了,"第三种人"的旗子不见了,他们也在暗地里使劲的拉那上了绞架的同业的脚,而没有一种刊物可以描出他们的原形,因为他们正握着涂抹的笔尖,生杀的权力。在读者,只看见刊物的消沉,作品的衰落,和外国一向有名的前进的作家,今年也大抵忽然变了低能者而已。

然而在实际上,文学界的阵线却更加分明了。蒙蔽是不能长久的,接着起来的又将是一场血腥的战斗。

十一月二十一日。

*　　　*　　　*

〔1〕　本篇最初发表于英文刊物《现代中国》月刊第一卷第五期,参看本书《附记》。

〔2〕　东晋葛洪《神仙传》卷四载:西汉淮南王刘安吃了仙药成仙,"临去时,余药器置在中庭,鸡犬舐啄之,尽得升天。"《全后汉文·仙人唐公房碑》也有唐公房得仙药后与他的妻子、房屋、六畜一起升天的故事。

〔3〕 五个左翼青年作家 指李伟森、柔石、胡也频、冯铿和白莽（殷夫）。1931年2月7日,他们被国民党当局秘密杀害于上海龙华。参看《南腔北调集·为了忘却的记念》。

〔4〕 "以马上得天下,不能以马上治之" 语出《史记·陆贾传》:"陆生时时前说称诗书,高帝骂之曰:'乃公居马上而得之,安事诗书?'陆生曰:'居马上得之,宁可以马上治之乎?'"

〔5〕 "民族文学" 即"民族主义文学",1930年6月由国民党官员、文人潘公展、范争波、朱应鹏、傅彦长、王平陵、黄震遐等人发起的一种文艺运动。出版有《前锋周报》、《前锋月刊》等。他们宣扬以"民族主义"为文学的"中心意识",反对左翼文艺运动。下文所说对拔都西侵的赞美,见《前锋月刊》第一卷第七期(1931年4月)黄震遐所作的诗剧《黄人之血》。参看《二心集·"民族主义文学"的任务和运命》。

〔6〕 1931年九一八事变后,各地学生奋起抗议国民党的不抵抗政策,纷纷到南京请愿,12月17日在南京举行总示威,遭到军警的逮捕和屠杀,有的学生被刺伤后又被扔进河里。次日,南京卫戍当局对记者谈话,诡称死难学生是"失足落水"。

〔7〕 这里所引"第三种人"的一些言论,见苏汶发表在《现代》月刊第一卷第三期的《关于〈文新〉与胡秋原的文艺论辩》和第一卷第六期的《"第三种人"的出路》(1932年7月、10月)等文。参看《南腔北调集·论"第三种人"》。

〔8〕 关于艺华影片公司和上海良友图书印刷公司等书店被捣毁的事,参看《准风月谈·后记》。

〔9〕 关于国民党中央宣传委员会查禁书籍一百四十九种,参看《且介亭杂文二集·后记》。被禁的作者和书籍中有:苏联高尔基(1868—1936)的《高尔基文集》、《我的童年》等,卢那卡尔斯基(1875—1933)的《文艺与批评》、《浮士德与城》,斐定(1892—1977)等的《果树

园》,法捷耶夫(1901—1956)的《毁灭》,绥拉菲摩维支(1863—1949)的《铁流》,美国辛克莱(1878—1968)的《屠场》、《石炭王》等,比利时梅迪林克(1862—1949)的《檀泰琪儿之死》等,俄国梭罗古勃(1863—1927)等的《饥饿的光芒》,瑞典斯忒林培克(1849—1912,通译斯特林堡)的《结婚集》等。

〔10〕 关于官员和出版家开会的事,参看作者1933年11月5日致姚克信。

〔11〕 书籍杂志检查处 指国民党中央宣传委员会图书杂志审查委员会,1934年6月6日在上海设立。

〔12〕 弗理契(В.М.Фриче,1870—1927) 苏联文艺评论家、文学史家。著作有《艺术社会学》、《二十世纪欧洲文学》等。

关于新文字[1]

——答　问

比较,是最好的事情。当没有知道拼音字之前,就不会想到象形字的难;当没有看见拉丁化的新文字之前,就很难明确的断定以前的注音字母和罗马字拼法,也还是麻烦的,不合实用,也没有前途的文字。

方块汉字真是愚民政策的利器,不但劳苦大众没有学习和学会的可能,就是有钱有势的特权阶级,费时一二十年,终于学不会的也多得很。最近,宣传古文的好处的教授,竟将古文的句子也点错了,[2]就是一个证据——他自己也没有懂。不过他们可以装作懂得的样子,来胡说八道,欺骗不明真相的人。

所以,汉字也是中国劳苦大众身上的一个结核,病菌都潜伏在里面,倘不首先除去它,结果只有自己死。先前也曾有过学者,[3]想出拼音字来,要大家容易学,也就是更容易教训,并且延长他们服役的生命,但那些字都还很繁琐,因为学者总忘不了官话,四声,以及这是学者创造出来的字,必需有学者的气息。这回的新文字却简易得远了,又是根据于实生活的,容易学,有用,可以用这对大家说话,听大家的话,明白道理,学得技艺,这才是劳苦大众自己的东西,首先的唯一的活路。

现在正在中国试验的新文字,给南方人读起来,是不能全懂的。现在的中国,本来还不是一种语言所能统一,所以必须另照各地方的言语来拼,待将来再图沟通。反对拉丁化文字的人,往往将这当作一个大缺点,以为反而使中国的文字不统一了,但他却抹杀了方块汉字本为大多数中国人所不识,有些知识阶级也并不真识的事实。

然而他们却深知道新文字对于劳苦大众有利,所以在弥漫着白色恐怖的地方,这新文字是一定要受摧残的。现在连并非新文字,而只是更接近口语的"大众语",也在受着苛酷的压迫和摧残。中国的劳苦大众虽然并不识字,但特权阶级却还嫌他们太聪明了,正竭力的弄麻木他们的思索机关呢,例如用飞机掷下炸弹去,用机关枪送过子弹去,用刀斧将他们的颈子砍断,就都是的。

十二月九日。

*   *   *

〔1〕 本篇曾发表于1935年9月10日山东济南《青年文化》第二卷第五期,同时编入1935年9月上海天马书局出版的《门外文谈》一书。

〔2〕 指刘大杰(1904—1977),湖南岳阳人,文学史家。曾任暨南大学等校教授。他在上海《人间世》半月刊创刊号(1934年4月5日)发表的《春波楼随笔》中说:"此等书(指《琅嬛文集》、《袁中郎全集》等)中,确有不少绝妙的小品文字,可恨清代士大夫,只会做滥调古文,不能赏识此等绝妙文章耳。"但他标点的《琅嬛文集》、《袁中郎全集》中却有不少断句错误。参看《花边文学·骂杀与捧杀》。

〔3〕 指王照、劳乃宣等人,参看本卷第112页注〔41〕。

病后杂谈^[1]

一

生一点病,的确也是一种福气。不过这里有两个必要条件:一要病是小病,并非什么霍乱吐泻,黑死病,或脑膜炎之类;二要至少手头有一点现款,不至于躺一天,就饿一天。这二者缺一,便是俗人,不足与言生病之雅趣的。

我曾经爱管闲事,知道过许多人,这些人物,都怀着一个大愿。大愿,原是每个人都有的,不过有些人却模模胡胡,自己抓不住,说不出。他们中最特别的有两位:一位是愿天下的人都死掉,只剩下他自己和一个好看的姑娘,还有一个卖大饼的;另一位是愿秋天薄暮,吐半口血,两个侍儿扶着,恹恹的到阶前去看秋海棠。这种志向,一看好像离奇,其实却照顾得很周到。第一位姑且不谈他罢,第二位的"吐半口血",就有很大的道理。才子本来多病,但要"多",就不能重,假使一吐就是一碗或几升,一个人的血,能有几回好吐呢? 过不几天,就雅不下去了。

我一向很少生病,上月却生了一点点。开初是每晚发热,没有力,不想吃东西,一礼拜不肯好,只得看医生。医生说是流行性感冒。好罢,就是流行性感冒。但过了流行性感冒一定退热的时期,我的热却还不退。医生从他那大皮包里取出玻璃管来,要取我的血液,我知道他在疑心我生伤寒病了,自己也有些发愁。然而他第二天对我说,血里没有一粒伤寒菌;于是注意的听肺,平常;听心,上等。这似乎很使他为难。我说,也许是疲劳罢;他也不甚反对,只是沉吟着说,但是疲劳的发热,还应该低一点。……

好几回检查了全体,没有死症,不至于呜呼哀哉是明明白白的,不过是每晚发热,没有力,不想吃东西而已,这真无异于"吐半口血",大可享生病之福了。因为既不必写遗嘱,又没有大痛苦,然而可以不看正经书,不管柴米账,玩他几天,名称又好听,叫作"养病"。从这一天起,我就自己觉得好像有点儿"雅"了;那一位愿吐半口血的才子,也就是那时躺着无事,忽然记了起来的。

光是胡思乱想也不是事,不如看点不劳精神的书,要不然,也不成其为"养病"。像这样的时候,我赞成中国纸的线装书,这也就是有点儿"雅"起来了的证据。洋装书便于插架,便于保存,现在不但有洋装二十五六史,连《四部备要》也硬领而皮靴了,[2]——原是不为无见的。但看洋装书要年富力强,正襟危坐,有严肃的态度。假使你躺着看,那就好像两只手捧着一块大砖头,不多工夫,就两臂酸麻,只好叹一口气,将它放下。所以,我在叹气之后,就去寻线装书。

一寻,寻到了久不见面的《世说新语》[3]之类一大堆,躺着来看,轻飘飘的毫不费力了,魏晋人的豪放潇洒的风姿,也仿佛在眼前浮动。由此想起阮嗣宗[4]的听到步兵厨善于酿酒,就求为步兵校尉;陶渊明[5]的做了彭泽令,就教官田都种秫,以便做酒,因了太太的抗议,这才种了一点秫。这真是天趣盎然,决非现在的"站在云端里呐喊"[6]者们所能望其项背。但是,"雅"要想到适可而止,再想便不行。例如阮嗣宗可以求做步兵校尉,陶渊明补了彭泽令,他们的地位,就不是一个平常人,要"雅",也还是要地位。"采菊东篱下,悠然见南山"是渊明的好句,但我们在上海学起来可就难了。没有南山,我们还可以改作"悠然见洋房"或"悠然见烟囱"的,然而要租一所院子里有点竹篱,可以种菊的房子,租钱就每月总得一百两,水电在外;巡捕捐按房租百分之十四,每月十四两。单是这两项,每月就是一百十四两,每两作一元四角算,等于一百五十九元六。近来的文稿又不值钱,每千字最低的只有四五角,因为是学陶渊明的雅人的稿子,现在算他每千字三大元罢,但标点,洋文,空白除外。那么,单单为了采菊,他就得每月译作净五万三千二百字。吃饭呢?要另外想法子生发,否则,他只好"饥来驱我去,不知竟何之"了。

"雅"要地位,也要钱,古今并不两样的,但古代的买雅,自然比现在便宜;办法也并不两样,书要摆在书架上,或者抛几本在地板上,酒杯要摆在桌子上,但算盘却要收在抽屉里,或者最好是在肚子里。

此之谓"空灵"。

二

为了"雅",本来不想说这些话的。后来一想,这于"雅"并无伤,不过是在证明我自己的"俗"。王夷甫[7]口不言钱,还是一个不干不净人物,雅人打算盘,当然也无损其为雅人。不过他应该有时收起算盘,或者最妙是暂时忘却算盘,那么,那时的一言一笑,就都是灵机天成的一言一笑,如果念念不忘世间的利害,那可就成为"杭育杭育派"[8]了。这关键,只在一者能够忽而放开,一者却是永远执着,因此也就大有了雅俗和高下之分。我想,这和时而"敦伦"[9]者不失为圣贤,连白天也在想女人的就要被称为"登徒子"[10]的道理,大概是一样的。

所以我恐怕只好自己承认"俗",因为随手翻了一通《世说新语》,看过"婢隔跃清池"[11]的时候,千不该万不该的竟从"养病"想到"养病费"上去了,于是一骨碌爬起来,写信讨版税,催稿费。写完之后,觉得和魏晋人有点隔膜,自己想,假使此刻有阮嗣宗或陶渊明在面前出现,我们也一定谈不来的。于是另换了几本书,大抵是明末清初的野史,时代较近,看起来也许较有趣味。第一本拿在手里的是《蜀碧》[12]。

这是蜀宾[13]从成都带来送我的,还有一部《蜀龟鉴》[14],都是讲张献忠[15]祸蜀的书,其实是不但四川人,而是凡有中国人都该翻一下的著作,可惜刻的太坏,错字颇不少。翻了一遍,在卷三里看见了这样的一条——

"又,剥皮者,从头至尻,一缕裂之,张于前,如鸟展翅,率逾日始绝。有即毙者,行刑之人坐死。"

也还是为了自己生病的缘故罢,这时就想到了人体解剖。医术和虐刑,是都要生理学和解剖学智识的。中国却怪得很,固有的医书上的人身五脏图,真是草率错误到见不得人,但虐刑的方法,则往往好像古人早懂得了现代的科学。例如罢,谁都知道从周到汉,有一种施于男子的"宫刑"[16],也叫"腐刑",次于"大辟"一等。对于女性就叫"幽闭",向来不大有人提起那方法,但总之,是决非将她关起来,或者将它缝起来。近时好像被我查出一点大概来了,那办法的凶恶,妥当,而又合乎解剖学,真使我不得不吃惊。但妇科的医书呢?几乎都不明白女性下半身的解剖学的构造,他们只将肚子看作一个大口袋,里面装着莫名其妙的东西。

单说剥皮法,中国就有种种。上面所抄的是张献忠式;还有孙可望[17]式,见于屈大均的《安龙逸史》[18],也是这回在病中翻到的。其时是永历六年,即清顺治九年,永历帝已经躲在安隆(那时改为安龙),秦王孙可望杀了陈邦传父子,御史李如月就弹劾他"擅杀勋将,无人臣礼",皇帝反打了如月四十板。可是事情还不能完,又给孙党张应科知道了,就去报告了孙可望。

"可望得应科报,即令应科杀如月,剥皮示众。俄缚如月至朝门,有负石灰一筐,稻草一捆,置于其前。如月问,'如何用此?'其人曰,'是揎你的草!'如月叱曰,'瞎奴!此株株是文章,节节是忠肠也!'既而应科立右角门阶,捧可望令旨,喝如月跪。如月叱曰,'我是朝廷命官,岂跪贼令!?'乃步至中门,向阙再拜。……应科促令仆地,剖脊,及臀,如月大呼曰:'死得快活,浑身清凉!'又呼可望名,大骂不绝。及断至手足,转前胸,犹微声恨骂;至颈绝而死。随以灰渍之，纫以线，后乃入草，移北城门通衢阁上，悬之。……"

张献忠的自然是"流贼"式；孙可望虽然也是流贼出身，但这时已是保明拒清的柱石，封为秦王，后来降了满洲，还是封为义王，所以他所用的其实是官式。明初，永乐皇帝剥那忠于建文帝的景清[19]的皮，也就是用这方法的。大明一朝，以剥皮始，以剥皮终，可谓始终不变；至今在绍兴戏文里和乡下人的嘴上，还偶然可以听到"剥皮揎草"的话，那皇泽之长也就可想而知了。

真也无怪有些慈悲心肠人不愿意看野史，听故事；有些事情，真也不像人世，要令人毛骨悚然，心里受伤，永不全愈的。残酷的事实尽有，最好莫如不闻，这才可以保全性灵，也是"是以君子远庖厨也"[20]的意思。比灭亡略早的晚明名家的潇洒小品在现在的盛行，实在也不能说是无缘无故。不过这一种心地晶莹的雅致，又必须有一种好境遇，李如月仆地"剖脊"，脸孔向下，原是一个看书的好姿势[21]，但如果这时给他看袁中郎的《广庄》[22]，我想他是一定不要看的。这时他的性灵有些儿不对，不懂得真文艺了。

然而，中国的士大夫是到底有点雅气的，例如李如月说的"株株是文章，节节是忠肠"，就很富于诗趣。临死做诗的，古今来也不知道有多少。直到近代，谭嗣同[23]在临刑之前就做一绝"闭门投辖思张俭"，秋瑾[24]女士也有一句"秋雨秋风愁杀人"，然而还雅得不够格，所以各种诗选里都不载，也不能卖钱。

三

清朝有灭族,有凌迟,却没有剥皮之刑,这是汉人应该惭愧的,但后来脍炙人口的虐政是文字狱。虽说文字狱,其实还含着许多复杂的原因,在这里不能细说;我们现在还直接受到流毒的,是他删改了许多古人的著作的字句,禁了许多明清人的书。

《安龙逸史》大约也是一种禁书,我所得的是吴兴刘氏嘉业堂[25]的新刻本。他刻的前清禁书还不止这一种,屈大均的又有《翁山文外》;还有蔡显的《闲渔闲闲录》[26],是作者因此"斩立决",还累及门生的,但我细看了一遍,却又寻不出什么忌讳。对于这种刻书家,我是很感激的,因为他传授给我许多知识——虽然从雅人看来,只是些庸俗不堪的知识。但是到嘉业堂去买书,可真难。我还记得,今年春天的一个下午,好容易在爱文义路找着了,两扇大铁门,叩了几下,门上开了一个小方洞,里面有中国门房,中国巡捕,白俄镖师各一位。巡捕问我来干什么的。我说买书。他说账房出去了,没有人管,明天再来罢。我告诉他我住得远,可能给我等一会呢?他说,不成! 同时也堵住了那个小方洞。过了两天,我又去了,改作上午,以为此时账房也许不至于出去。但这回所得回答却更其绝望,巡捕曰:"书都没有了! 卖完了! 不卖了!"

我就没有第三次再去买,因为实在回复的斩钉截铁。现在所有的几种,是托朋友去辗转买来的,好像必须是熟人或走熟的书店,这才买得到。

每种书的末尾,都有嘉业堂主人刘承干先生的跋文,他对于明季的遗老很有同情,对于清初的文祸也颇不满。但奇怪的是他自己的文章却满是前清遗老的口风;书是民国刻的,"仪"字还缺着末笔[27]。我想,试看明朝遗老的著作,反抗清朝的主旨,是在异族的入主中夏的,改换朝代,倒还在其次。所以要顶礼明末的遗民,必须接受他的民族思想,这才可以心心相印。现在以明遗老之仇的满清的遗老自居,却又引明遗老为同调,只着重在"遗老"两个字,而毫不问遗于何族,遗在何时,这真可以说是"为遗老而遗老",和现在文坛上的"为艺术而艺术",成为一副绝好的对子了。

倘以为这是因为"食古不化"的缘故,那可也并不然。中国的士大夫,该化的时候,就未必决不化。就如上面说过的《蜀龟鉴》,原是一部笔法都仿《春秋》的书,但写到"圣祖仁皇帝康熙元年春正月",就有"赞"道:"……明季之乱甚矣!风终《豳》,雅终《召旻》,[28]托乱极思治之隐忧而无其实事,孰若于臣祖亲见之,臣身亲被之乎?是终以元年正月。终者,非徒谓体元表正[29],蔑以加兹;生逢 盛世,荡荡难名,一以寄没世不忘之恩,一以见太平之业所由始耳!"

《春秋》上是没有这种笔法的。满洲的肃王的一箭,不但射死了张献忠[30],也感化了许多读书人,而且改变了"春秋笔法"[31]了。

四

病中来看这些书,归根结蒂,也还是令人气闷。但又开始知道了有些聪明的士大夫,依然会从血泊里寻出闲适来。例如《蜀碧》,总可以说是够惨的书了,然而序文后面却刻着一位乐斋先生的批语道:"古穆有魏晋间人笔意。"

这真是天大的本领!那死似的镇静,又将我的气闷打破了。

我放下书,合了眼睛,躺着想想学这本领的方法,以为这和"君子远庖厨也"的法子是大两样的,因为这时是君子自己也亲到了庖厨里。瞑想的结果,拟定了两手太极拳。一,是对于世事要"浮光掠影",随时忘却,不甚了然,仿佛有些关心,却又并不恳切;二,是对于现实要"蔽聪塞明",麻木冷静,不受感触,先由努力,后成自然。第一种的名称不大好听,第二种却也是却病延年的要诀,连古之儒者也并不讳言的。这都是大道。还有一种轻捷的小道,是:彼此说谎,自欺欺人。

有些事情,换一句话说就不大合式,所以君子憎恶俗人的"道破"。其实,"君子远庖厨也"就是自欺欺人的办法:君子非吃牛肉不可,然而他慈悲,不忍见牛的临死的觳觫,于是走开,等到烧成牛排,然后慢慢的来咀嚼。牛排是决不会"觳觫"的了,也就和慈悲不再有冲突,于是他心安理得,天趣盎然,剔剔牙齿,摸摸肚子,"万物皆备于我矣"〔32〕了。彼此说谎也决不是伤雅的事情,东坡先生在黄州,有客来,就要客谈鬼,客说没有,东坡道:"姑妄言之!"〔33〕至今还算是一件韵事。

撒一点小谎,可以解无聊,也可以消闷气;到后来,忘却了真,相信了谎。也就心安理得,天趣盎然了起来。永乐的硬做皇帝,一部分士大夫是颇以为不大好的。尤其是对于他的惨杀建文的忠臣。和景清一同被杀的还有铁铉[34]，景清剥皮，铁铉油炸，他的两个女儿则发付了教坊，叫她们做婊子。这更使士大夫不舒服，但有人说，后来二女献诗于原问官，被永乐所知，赦出，嫁给士人了。[35]

这真是"曲终奏雅"[36]，令人如释重负，觉得天皇毕竟圣明，好人也终于得救。她虽然做过官妓，然而究竟是一位能诗的才女，她父亲又是大忠臣，为夫的士人，当然也不算辱没。但是，必须"浮光掠影"到这里为止，想不得下去。一想，就要想到永乐的上谕[37]，有些是凶残猥亵，将张献忠祭梓潼神的"咱老子姓张，你也姓张，咱老子和你联了宗罢。尚飨！"的名文[38]，和他的比起来，真是高华典雅，配登西洋的上等杂志，那就会觉得永乐皇帝决不像一位爱才怜弱的明君。况且那时的教坊是怎样的处所？罪人的妻女在那里是并非静候嫖客的，据永乐定法，还要她们"转营"，这就是每座兵营里都去几天，目的是在使她们为多数男性所凌辱，生出"小龟子"和"淫贱材儿"来！所以，现在成了问题的"守节"，在那时，其实是只准"良民"专利的特典。在这样的治下，这样的地狱里，做一首诗就能超生的么？

我这回从杭世骏的《订讹类编》[39]（续补卷上）里，这才确切的知道了这佳话的欺骗。他说：

"……考铁长女诗，乃吴人范昌期《题老妓卷》作也。诗云：'教坊落籍洗铅华，一片春心对落花。旧曲听来空有恨，故园归去却无家。云鬟半軃临青镜，雨泪频弹湿绛纱。安得江州司马在，尊前重为赋琵琶。'昌期，字鸣凤；

诗见张士瀹《国朝文纂》。同时杜琼用嘉亦有次韵诗,题曰《无题》,则其非铁氏作明矣。次女诗所谓'春来雨露深如海,嫁得刘郎胜阮郎',其论尤为不伦。宗正睦㮮论革除事,谓建文流落西南诸诗,皆好事伪作,则铁女之诗可知。……"

《国朝文纂》[40]我没有见过,铁氏次女的诗,杭世骏也并未寻出根底,但我以为他的话是可信的,——虽然他败坏了口口相传的韵事。况且一则他也是一个认真的考证学者,二则我觉得凡是得到大杀风景的结果的考证,往往比表面说得好听,玩得有趣的东西近真。

首先将范昌期的诗嫁给铁氏长女,聊以自欺欺人的是谁呢?我也不知道。但"浮光掠影"的一看,倒也罢了,一经杭世骏道破,再去看时,就很明白的知道了确是咏老妓之作,那第一句就不像现任官妓的口吻。不过中国的有一些士大夫,总爱无中生有,移花接木的造出故事来,他们不但歌颂升平,还粉饰黑暗。关于铁氏二女的撒谎,尚其小焉者耳,大至胡元杀掠,满清焚屠之际,也还会有人单单捧出什么烈女绝命,难妇题壁的诗词来,这个艳传,那个步韵,比对于华屋丘墟,生民涂炭之惨的大事情还起劲。到底是刻了一本集,连自己们都附进去,而韵事也就完结了。

我在写着这些的时候,病是要算已经好了的了,用不着写遗书。但我想在这里趁便拜托我的相识的朋友,将来我死掉之后,即使在中国还有追悼的可能,也千万不要给我开追悼会或者出什么记念册。因为这不过是活人的讲演或挽联的斗法场,为了造语惊人,对仗工稳起见,有些文豪们是简直不恤于胡说八道的。结果至多也不过印成一本书,即使有谁看了,于我死人,于读者活人,都无益处,就是对于作者,其实也并无益处,挽联做得好,不过是挽联做得好而已。

现在的意见,我以为倘有购买那些纸墨白布的闲钱,还不如选几部明人,清人或今人的野史或笔记来印印,倒是于大家很有益处的。但是要认真,用点工夫,标点不要错。

十二月十一日。

※　　　　※　　　　※

〔1〕　本篇第一节最初发表于 1935 年 2 月《文学》月刊第四卷第二号,其他三节都被国民党检查官删去,参看本书《附记》。

〔2〕　上海开明书店出版的《二十五史》(即原来的《二十四史》加上《新元史》),共精装九大册,另印行圣经纸本精装五册;上海书报合作社出版的《二十六史》(上述的《二十五史》加上《清史稿》),共精装二十大册。又上海中华书局印行的《四部备要》(经、史、子、集四部古籍三三六种)原订二千五百册,也有精装本,合订一百册。

〔3〕　《世说新语》　南朝宋刘义庆撰,共三卷。内容是记述东汉至东晋间文士名流的言谈、风貌、轶事等。

〔4〕　阮嗣宗(210—263)　名籍,字嗣宗,陈留尉氏(今属河南)人,三国魏诗人,曾任从事中郎。《晋书·阮籍传》载:"籍闻步兵厨营人善酿,有贮酒三百斛,乃求为步兵校尉。"《三国志·魏书·阮籍传》注引《魏氏春秋》:"(籍)闻步兵校尉缺,厨多美酒,营人善酿酒,求为校尉。"《世说新语·任诞》也有类此记载。

〔5〕　陶渊明(约 372—427)　一名潜,字元亮,浔阳柴桑(今江西

九江）人，晋代诗人。《晋书·陶潜传》载："陶潜……为彭泽令。在县公
田悉令种秫谷，曰：'令吾常醉于酒足矣。'妻子固请种秔，乃使一顷五十
亩种秫，五十亩种秔。"按《宋书·隐逸传》及《南史·隐逸传》，"一顷五十
亩"均作"二顷五十亩"。下文提到的"采菊东篱下""饥来驱我去"等诗
句，分别见于陶潜的《饮酒》、《乞食》两诗。

〔6〕 "站在云端里呐喊" 这原是林语堂说的话，他在《人间世》
半月刊第十三期（1934 年 10 月 5 日）《怎样洗炼白话人文》一文中说：
"今日既无人能用一二十字说明大众语是何物，又无人能写一二百字模
范大众语，给我们见识见识，只管在云端呐喊，宜乎其为大众之谜也。"

〔7〕 王夷甫（256—311） 名衍，字夷甫，晋代琅琊临沂（今属山
东）人。累官尚书令、太尉、太傅军司等职。《晋书·王戎传》："衍疾郭
（按即王衍妻郭氏）之贪鄙，故口未尝言钱。郭欲试之，令婢以钱绕床，
使不得行。衍晨起见钱，谓婢曰：'举阿堵物却！'"又说："衍虽居宰辅之
重，不以经国为念，而思自全之计。说东海王越曰：'中国已乱，当赖方
伯，宜得文武兼资以任之。'乃以弟澄为荆州，族弟敦为青州。因谓澄、
敦曰：'荆州有江、汉之固，青州有负海之险，卿二人在外，而吾留此，足
以为三窟矣。'识者鄙之。……衍以太尉为太傅军司。及越薨，众共推为
元帅。……俄而举军为石勒所破，勒呼王公，与之相见……衍自说少不
豫事，欲求自免，因劝勒称尊号。勒怒曰：'君名盖四海，身居重任，少壮
登朝，至于白首，何得言不豫世事邪！破坏天下，正是君罪。'……使人
夜排墙填杀之。"

〔8〕 "杭育杭育派" 参看本卷第 110 页注〔33〕。

〔9〕 "敦伦" 指夫妇间的性交，因"夫妇"为五伦之一，所以说是
"敦伦"。清代袁枚在《子不语》卷二十二中说："李刚主讲正心诚意之
学，有日记一部，将所行事，必据实书之。每与其妻交媾，必楷书某月某
日与老妻'敦伦'一次。"按李塨（1659—1733），字刚主，清代经学家。

〔10〕 "登徒子" 宋玉曾作有《登徒子好色赋》,后来就称好色的人为登徒子。按宋玉文中所说的登徒子,是楚国的一个大夫,姓登徒。

〔11〕 "婀隅跃清池" 《世说新语·排调》载:"郝隆为桓公(按即桓温)南蛮参军,三月三日会,作诗,不能者罚酒三升。隆初以不能受罚,既饮,揽笔便作一句云:'婀隅跃清池。'桓问:'婀隅是何物?'答曰:'蛮名鱼为婀隅。'桓公曰:'作诗何以作蛮语?'隆曰:'千里投公,始得蛮府参军,那得不作蛮语也?'"

〔12〕 《蜀碧》 清代彭遵泗著,共四卷。内容是记述张献忠在四川时的事迹,书前有作者在康熙二十一年(1682)作的自序,说明全书是他根据幼年所闻张献忠遗事及杂采他人的记载而成。

〔13〕 蜀宾 许钦文的笔名。据鲁迅1934年12月1日日记:"晚钦文来,并赠《蜀碧》一部二本。"

〔14〕 《蜀龟鉴》 清代刘景伯著,共八卷。内容杂录明季遗闻,与《蜀碧》大致相似。

〔15〕 张献忠(1606—1646) 延安柳树涧(今陕西定边东)人,明末农民起义领袖。崇祯三年(1630)起义,转战陕西、河南等地。崇祯十七年(1644)入川,在成都称帝,国号大西。清顺治三年(1646)出川途中,在川北盐亭界为清兵所杀。旧史书中多记有他杀人的事。

〔16〕 "宫刑" 《尚书·吕刑》"宫辟疑赦"传:"宫,淫刑也。男子割势,妇人幽闭,次死之刑。"关于幽闭,明遗民徐树丕《识小录》:"《传》谓'男子割势,妇人幽闭',皆不知幽闭之义,今得之:乃是于牝剔去其筋,如制马豕之类,使欲心消灭。国初常用此,而女往往多死,故不可行也。"

〔17〕 孙可望(?—1660) 陕西米脂人,张献忠的养子及部将。张败死后,他率部从四川转往贵州、云南。永历五年(1651)他向南明永历帝求封为秦王,后遣兵送永历帝到贵州安隆所(改名为安龙府),自己

则驻在贵阳,定朝仪,设官制;最后投降清朝。

〔18〕　屈大均(1630—1696)　字翁山,广东番禺人,明末清初文学家,清兵入广州前后曾参加抗清活动,失败后一度削发为僧。著有《翁山文外》、《翁山诗外》、《广东新语》等。《安龙逸史》,清朝禁毁书籍之一,作者署名沧洲渔隐(据《禁书总目》,又一本署名溪上樵隐),被列入"军机处奉准全毁书"中。1916 年吴兴刘氏嘉业堂刻本《安龙逸史》,分上下二卷,题屈大均撰;但内容与《残明纪事》(不署作者,也是军机处奉准全毁书之一)相同,字句小异。

〔19〕　景清(?—1402)　明代真宁(今甘肃正宁)人,洪武进士,授编修,建文帝(朱允炆)时官御史大夫。据《明史·景清传》载,成祖(朱棣)登位,他佯为归顺,后以谋刺成祖,磔死。他被剥皮事,见谷应泰《明史纪事本末·壬午殉难》:"八月望日早朝,清绯衣入。……朝毕,出御门,清奋跃而前,将犯驾。文皇急命左右收之,得所佩剑。清知志不得遂,乃起植立嫚骂。抉其齿,且抉且骂,含血直喷御袍。乃命剥其皮,草楦之,械系长安门。"

〔20〕　"是以君子远庖厨也"　语出《孟子·梁惠王(上)》:"君子之于禽兽也,见其生,不忍见其死;闻其声,不忍食其肉。是以君子远庖厨也。"

〔21〕　看书的好姿势　《论语》第二十八期(1933 年 11 月 1 日)载有黄嘉音作的一组画,题为《介绍几个读论语的好姿势》,共六图,其中之一为"游蛟伏地式",画的是一人伏在地上看书。作者在这里顺笔给以讽刺。

〔22〕　袁中郎(1568—1610)　名宏道,字中郎,湖广公安(今属湖北)人,明代文学家。他与兄宗道、弟中道,反对文学上的拟古主义,主张"独抒性灵,不拘格套",世称"公安派"。当时林语堂、周作人等提倡"公安派"文章,借明人小品以宣扬所谓"闲适"、"性灵"。《广庄》是袁中

郎仿《庄子》文体谈道家思想的作品,共七篇,后收入《袁中郎全集》)。

〔23〕 谭嗣同(1865—1898) 字复生,湖南浏阳人,清末维新运动的重要人物,戊戌政变中牺牲的"六君子"之一。"闭门投辖思张俭",原作"望门投止思张俭",是他被害前所作七绝《狱中题壁》的第一句。张俭,后汉山阳高平(今山东邹县)人,灵帝时官东部督邮。《后汉书·党锢列传》载:他的仇家"上书告俭与同郡二十四人为党,于是刊章讨捕。俭得亡命,困迫遁走,望门投止,莫不重其名行,破家相容。"("闭门投辖"是汉代陈遵好客的故事,见《汉书·游侠列传》。)

〔24〕 秋瑾(1875—1907) 字璿卿,号竞雄,别署鉴湖女侠,浙江绍兴人,反清革命团体光复会主要人物之一。1907年7月,她因筹划起义事泄,于14日被清政府逮捕,次日晨被害于绍兴城内轩亭口。陈去病在《鉴湖女侠秋瑾传》中叙述秋瑾受审时的情形说:"有见之者,谓初终无所供,惟于刑庭书'秋雨秋风愁杀人'句而已。"

〔25〕 吴兴刘氏嘉业堂 刘承干的私人藏书楼,在浙江吴兴南浔镇,藏书达六十万卷,并自行雕版印书,刻有《嘉业堂丛书》、《求恕斋丛书》等。创办人刘承干(1882—1963),字翰怡,号贞一,浙江吴兴人。继承祖业为巨富。1914年为清皇陵植树捐巨款,得废帝溥仪赐"钦若嘉业"匾额,遂以"嘉业"为堂名。

〔26〕 蔡显(1697—1767) 字笠夫,号闲渔,江苏华亭(今上海松江)人。《清代文字狱档》第二辑收有"蔡显《闲渔闲闲录》案",此案发生于乾隆三十二年(1767),据当时的奏折称:蔡显系雍正时举人,年七十一岁,自号闲渔;所著《闲闲录》一书,语含诽谤,意多悖逆。后来的结果是蔡显被"斩决",他的儿子"斩监候秋后处决",门人等分别"杖流"及"发伊犁等处充当苦差"。《闲渔闲闲录》,九卷,是一部杂录朝典、时事、诗句的杂记,刘氏嘉业堂刻本于1915年印行。

〔27〕 缺着末笔 从唐代开始的一种避讳方法,即在书写或镌刻

本朝皇帝或尊长的名字时省略最末一笔。刘承干对"仪"字缺末笔,是避清废帝溥仪的讳。

〔28〕 风终《豳》,雅终《召旻》 《诗经》计分"国风"、"小雅"、"大雅"、"颂"四类。《豳》列于"国风"的最后,共七篇。据《诗序》称:这些都是关于周公"遭变故"、"救乱"、"东征"的诗。《召旻》是"大雅"的最后一篇,据《诗序》称:"《召旻》,凡伯(周大夫)刺幽王大坏也。"

〔29〕 体元表正 "体元",见《春秋》隐公元年:"元年,春,王正月。"晋代杜预注:"凡人君即位,欲其体元以居正,故不言一年一月也。"据唐代孔颖达疏:"元正实是始长之义,但因名以广之。元者:气之本也,善之长也;人君执大本,长庶物,欲其与元同体,故年称元年。""表正",见《书经·仲虺之诰》:"表正万邦。"汉代孔安国注:"仪表天下,法正万国。"

〔30〕 关于张献忠之死,史书上的说法不一。据《明史·张献忠传》载:清顺治三年(1646)清肃亲王豪格进兵四川,"献忠尽焚成都宫殿庐舍,夷其城,率众出川北,……会我大清兵至汉中,……至盐亭界,大雾。献忠晓行,猝遇我兵于凤凰坡,中矢坠马,蒲伏积薪下。于是我兵擒献忠出,斩之。"但《明史纪事本末·张献忠之乱》说他是"以病死于蜀中"。

〔31〕 "春秋笔法" 《春秋》是春秋时期鲁国的编年史,相传为孔子所修。过去的经学家认为它每用一字,都隐含"褒""贬"的"微言大义",称为"春秋笔法"。

〔32〕 "万物皆备于我矣" 孟子的话。语出《孟子·尽心(上)》。

〔33〕 东坡 苏轼(1037—1101),字子瞻,号东坡居士,眉山(今属四川)人,宋代文学家。仁宗嘉祐进士,神宗初年曾因言官指摘其诗语为讪谤朝政,被贬黄州,绍圣中又贬谪惠州、琼州。他要客谈鬼的事,见宋代叶梦得《石林避暑录话》卷一:"子瞻在黄州及岭表,每旦起,不招客相与语,则必出而访客。所与游者亦不尽择,各随其人高下,谈谐放荡,不复为畛畦。有不能谈者,则强之使说鬼,或辞无有,则曰'姑妄言之',

于是闻者无不绝倒,皆尽欢而去。"

〔34〕 铁铉(1366—1402) 字鼎石,河南邓州(今邓县)人。明建文帝时任山东参政,燕王朱棣(即后来的永乐帝)起兵夺位,他在济南屡破燕王兵,升兵部尚书。燕王登位后被处死。据谷应泰《明史纪事本末·壬午殉难》载:"铁铉被执至京陛见,背立庭中,正言不屈,令一顾不可得。割其耳鼻,竟不肯顾……遂寸磔之,至死,犹喃喃骂不绝。文皇(永乐)乃令舁大镬至,纳油数斛,熬之,投铉尸,顷刻成煤炭。"

〔35〕 关于铁铉两个女儿入教坊的事,据明代王鏊的《震泽纪闻》载:"铉有二女,入教坊数月,终不受辱。有铉同官至,二女为诗以献。文皇曰:'彼终不屈乎?'乃赦出之,皆适士人。"教坊,唐代开始设立的掌管教练女乐的机构。后来封建统治者常把罪犯的妻女罚入教坊,实际上是一种官妓。

〔36〕 "曲终奏雅" 语出《汉书·司马相如传》:"扬雄以为靡丽之赋劝百而讽一,犹骋郑卫之声,曲终而奏雅,不已戏乎?"

〔37〕 永乐的上谕 参看本书《病后杂谈之余》第一节。

〔38〕 张献忠祭梓潼神文见于《蜀碧》卷三和《蜀龟鉴》卷三,原文如下:"咱老子姓张,你也姓张,为甚吓咱老子?咱与你联了宗罢。尚享。"(两书中个别字稍有不同)梓潼神,据《明史·礼志四》,梓潼帝君姓张名亚子,晋时人。

〔39〕 杭世骏(1696—1773) 字大宗,浙江仁和(今余杭)人,清代考据家。乾隆时官御史。著有《订讹类编》、《道古堂诗文集》等。《订讹类编》,六卷,又《续补》二卷,是一部考订古籍真伪异同的书。下面的引文是杭世骏照录钱谦益《列朝诗集》闰集卷四中的话。据《列朝诗集》:"其论"作"其语","好事"作"好事者"。

〔40〕 《国朝文纂》 明代诗文的汇编。据《明史·艺文志》"集类"三"总集类"载:"王稌《国朝文纂》四十卷",又"张士瀹《明文纂》五十卷"。

病后杂谈之余[1]

——关于“舒愤懑”

一

我常说明朝永乐皇帝的凶残,远在张献忠之上,是受了宋端仪的《立斋闲录》[2]的影响的。那时我还是满洲治下的一个拖着辫子的十四五岁的少年,但已经看过记载张献忠怎样屠杀蜀人的《蜀碧》,痛恨着这“流贼”的凶残。后来又偶然在破书堆里发见了一本不全的《立斋闲录》,还是明抄本,我就在那书上看见了永乐的上谕,于是我的憎恨就移到永乐身上去了。

那时我毫无什么历史知识,这憎恨转移的原因是极简单的,只以为流贼尚可,皇帝却不该,还是“礼不下庶人”[3]的传统思想。至于《立斋闲录》,好像是一部少见的书,作者是明人,而明朝已有抄本,那刻本之少就可想。记得《汇刻书目》[4]说是在明代的一部什么丛书中,但这丛书我至今没有见;清《四库全书总目提要》将它放在“存目”里,那么,《四库全书》里也是没有的,我家并不是藏书家,我真不解怎么会有这明抄本。这书我一直保存着,直到十多年前,因为肚子饿得慌了,才和别的两本明抄和一部明刻的《宫闺秘典》[5]去卖给以藏书家和学者出名的傅某[6]，他使我跑了三四趟之后，才说一总给我八块钱，我赌气不卖，抱回来了，又藏在北平的寓里；但久已没有人照管，不知道现在究竟怎样了。

那一本书，还是四十年前看的，对于永乐的憎恨虽然还在，书的内容却早已模模胡胡，所以在前几天写《病后杂谈》时，举不出一句永乐上谕的实例。我也很想看一看《永乐实录》[7]，但在上海又如何能够；来青阁有残本在寄售，十本，实价却是一百六十元，也决不是我辈书架上的书。又是一个偶然：昨天在《安徽丛书》[8]第三集中看见了清俞正燮（1775—1840）《癸巳类稿》[9]的改定本，那《除乐户丐户籍及女乐考附古事》里，却引有永乐皇帝的上谕，是根据王世贞《弇州史料》[10]中的《南京法司所记》的，虽然不多，又未必是精粹，但也足够"略见一斑"，和献忠流贼的作品相比较了。摘录于下——

"永乐十一年正月十一日，教坊司于右顺门口奏：齐泰[11]姊及外甥媳妇，又黄子澄妹四个妇人，每一日一夜，二十余条汉子看守着，年少的都有身孕，除生子令做小龟子，又有三岁女子，奏请圣旨。奉钦依：由他。不的到长大便是个淫贱材儿？"

"铁铉妻杨氏年三十五，送教坊司；茅大芳妻张氏年五十六，送教坊司。张氏病故，教坊司安政于奉天门奏。奉圣旨：分付上元县抬出门去，着狗吃了！钦此！"

君臣之间的问答，竟是这等口吻，不见旧记，恐怕是万想不到的罢。但其实，这也仅仅是一时的一例。自有历史以来，中国人是一向被同族和异族屠戮,奴隶,敲掠,刑辱,压迫下来的,非人类所能忍受的楚毒,也都身受过,每一考查,真教人觉得不像活在人间。俞正燮看过野史,正是一个因此觉得义愤填膺的人,所以他在记载清朝的解放惰民丐户,罢教坊,停女乐[12]的故事之后,作一结语道——

> "自三代至明,惟宇文周武帝,唐高祖,后晋高祖,金,元,及明景帝,于法宽假之,而尚存其旧。余皆视为固然。本朝尽去其籍,而天地为之廓清矣。汉儒歌颂朝廷功德,自云'舒愤懑'[13],除乐户之事,诚可云舒愤懑者:故列古语琐事之实,有关因革者如此。"

这一段结语,有两事使我吃惊。第一事,是宽假奴隶的皇帝中,汉人居很少数。但我疑心俞正燮还是考之未详,例如金元,是并非厚待奴隶的,只因那时连中国的蓄奴的主人也成了奴隶,从征服者看来,并无高下,即所谓"一视同仁",于是就好像对于先前的奴隶加以宽假了。第二事,就是这自有历史以来的虐政,竟必待满洲的清才来廓清,使考史的儒生,为之拍案称快,自比于汉儒的"舒愤懑"——就是明末清初的才子们之所谓"不亦快哉!"[14]然而解放乐户却是真的,但又并未"廓清",例如绍兴的惰民,直到民国革命之初,他们还是不与良民通婚,去给大户服役,不过已有报酬,这一点,恐怕是和解放之前大不相同的了。革命之后,我久不回到绍兴去了,不知道他们怎样,推想起来,大约和三十年前是不会有什么两样的。

二

但俞正燮的歌颂清朝功德，却不能不说是当然的事。他生于乾隆四十年，到他壮年以至晚年的时候，文字狱的血迹已经消失，满洲人的凶焰已经缓和，愚民政策早已集了大成，剩下的就只有"功德"了。那时的禁书，我想他都未必看见。现在不说别的，单看雍正乾隆两朝的对于中国人著作的手段，就足够令人惊心动魄。全毁，抽毁，剜去之类也且不说，最阴险的是删改了古书的内容。乾隆朝的纂修《四库全书》，是许多人颂为一代之盛业的，但他们却不但捣乱了古书的格式，还修改了古人的文章；不但藏之内廷，还颁之文风较盛之处，使天下士子阅读，永不会觉得我们中国的作者里面，也曾经有过很有些骨气的人。（这两句，奉官命改为"永远看不出底细来。"）

嘉庆道光以来，珍重宋元版本的风气逐渐旺盛，也没有悟出乾隆皇帝的"圣虑"，影宋元本或校宋元本的书籍很有些出版了，这就使那时的阴谋露了马脚。最初启示了我的是《琳琅秘室丛书》里的两部《茅亭客话》[15]，一是校宋本，一是四库本，同是一种书，而两本的文章却常有不同，而且一定是关于"华夷"的处所。这一定是四库本删改了的；现在连影宋本的《茅亭客话》也已出版，更足据为铁证，不过倘不和四库本对读，也无从知道那时的阴谋。《琳琅秘室丛书》我是在图书馆里看的，自己没有，现在去买起来又嫌太贵，因此也举不出实例来。但还有比较容易的法子在。

新近陆续出版的《四部丛刊续编》[16]自然应该说是一部新的古董书,但其中却保存着满清暗杀中国著作的案卷。例如宋洪迈的《容斋随笔》至《五笔》[17]是影宋刊本和明活字本,据张元济[18]跋,其中有三条就为清代刻本中所没有。所删的是怎样内容的文章呢?为惜纸墨计,现在只摘录一条《容斋三笔》卷三里的《北狄俘虏之苦》在这里——

"元魏破江陵,尽以所俘士民为奴,无问贵贱,盖北方夷俗皆然也。自靖康之后,陷于金虏者,帝子王孙,宦门仕族之家,尽没为奴婢,使供作务。每人一月支稗子五斗,令自舂为米,得一斗八升,用为饘粮;岁支麻五把,令绩为裘。此外更无一钱一帛之入。男子不能绩者,则终岁裸体。虏或哀之,则使执爨,虽时负火得暖气,然才出外取柴归,再坐火边,皮肉即脱落,不日辄死。惟喜有手艺,如医人绣工之类,寻常只团坐地上,以败席或芦藉衬之,遇客至开筵,引能乐者使奏技,酒阑客散,各复其初,依旧环坐刺绣:任其生死,视如草芥。……"

清朝不惟自掩其凶残,还要替金人来掩饰他们的凶残。据此一条,可见俞正燮入金朝于仁君之列,是不确的了,他们不过是一扫宋朝的主奴之分,一律都作为奴隶,而自己则是主子。但是,这校勘,是用清朝的书坊刻本的,不知道四库本是否也如此。要更确凿,还有一部也是《四部丛刊续编》里的影旧抄本宋晁说之《嵩山文集》[19]在这里,卷末就有单将《负薪对》一篇和四库本相对比,以见一斑的实证,现在摘录几条在下面,大抵非删则改,语意全非,仿佛宋臣晁说之,已在对金人战栗,嗫嚅不吐,深怕得罪似的了——

旧抄本	四库本
金贼以我疆埸之臣无状,斥堠不明,遂豕突河北,蛇结河东。	金人扰我疆埸之地,边城斥堠不明,遂长驱河北,盘结河东。
犯孔子春秋之大禁,以百骑却虏枭将,	为上下臣民之大耻,以百骑却辽枭将,
彼金贼虽非人类,而犬豕亦有掉瓦怖恐之号,顾弗之惧哉!	彼金人虽甚强盛,而赫然示之以威令之森严,顾弗之惧哉!
我取而歼焉可也。	我因而取之可也。
太宗时,女真困于契丹之三栅,控告乞援,亦卑恭甚矣。不谓敢毗睨中国之地于今日也。	太宗时,女真困于契丹之三栅,控告乞援,亦和好甚矣。不谓竟酿患滋祸一至于今日也。
忍弃上皇之子于胡虏乎?	忍弃上皇之子于异地乎?
何则:夷狄喜相吞并斗争,是其犬羊猜吠咋啮之性也。唯其富者最先亡。古今夷狄族帐,大小见于史册者百十,今其存者一二,皆以其财富而自底灭亡者也。今此小	(无)

丑不指日而灭亡,是无
天道也。

褫中国之衣冠,复夷狄之 　态度。	遂其报复之心,肆其凌侮 　之意。
取故相家孙女姊妹,缚马 　上而去,执侍帐中,远近 　胆落,不暇寒心。	故相家皆携老襁幼,弃其 　籍而去,焚掠之余,远近 　胆落,不暇寒心。

即此数条,已可见"贼""虏""犬羊"是讳的;说金人的淫掠
是讳的;"夷狄"当然要讳,但也不许看见"中国"两个字,因为
这是和"夷狄"对立的字眼,很容易引起种族思想来的。但是,
这《嵩山文集》的抄者不自改,读者不自改,尚存旧文,使我们
至今能够看见晁氏的真面目,在现在说起来,也可以算是令人
大"舒愤懑"的了。

清朝的考据家有人说过,"明人好刻古书而古书亡"[20],
因为他们妄行校改。我以为这之后,则清人纂修《四库全书》
而古书亡,因为他们变乱旧式,删改原文;今人标点古书而古
书亡,因为他们乱点一通,佛头着粪:这是古书的水火兵虫以
外的三大厄。

三

对于清朝的愤懑的从新发作,大约始于光绪中,但在文学
界上,我没有查过以谁为"祸首"。太炎先生是以文章排满的
骁将著名的,然而在他那《訄书》[21]的未改订本中,还承认满

人可以主中国，称为"客帝"，比于嬴秦的"客卿"〔22〕。但是，总之，到光绪末年，翻印的不利于清朝的古书，可是陆续出现了；太炎先生也自己改正了"客帝"说，在再版的《訄书》里，"删而存此篇"；后来这书又改名为《检论》，我却不知道是否还是这办法。留学日本的学生们中的有些人，也在图书馆里搜寻可以鼓吹革命的明末清初的文献。那时印成一大本的有《汉声》，是《湖北学生界》〔23〕的增刊，面子上题着四句集《文选》句："抒怀旧之积念，发思古之幽情"，第三句想不起来了，第四句是"振大汉之天声"。无古无今，这种文献，倒是总要在外国的图书馆里抄得的。

我生长在偏僻之区，毫不知道什么是满汉，只在饭店的招牌上看见过"满汉酒席"字样，也从不引起什么疑问来。听人讲"本朝"的故事是常有的，文字狱的事情却一向没有听到过，乾隆皇帝南巡〔24〕的盛事也很少有人讲述了，最多的是"打长毛"。我家里有一个年老的女工，她说长毛时候，她已经十多岁，长毛故事要算她对我讲得最多，但她并无邪正之分，只说最可怕的东西有三种，一种自然是"长毛"，一种是"短毛"，还有一种是"花绿头"〔25〕。到得后来，我才明白后两种其实是官兵，但在愚民的经验上，是和长毛并无区别的。给我指明长毛之可恶的倒是几位读书人；我家里有几部县志，偶然翻开来看，那时殉难的烈士烈女的名册就有一两卷，同族里的人也有几个被杀掉的，后来封了"世袭云骑尉"〔26〕，我于是确切的认定了长毛之可恶。然而，真所谓"心事如波涛"〔27〕罢，久而久之，由于自己的阅历，证以女工的讲述，我竟决不定那些烈士烈女的凶手,究竟是长毛呢,还是"短毛"和"花绿头"了。我真很羡慕"四十而不惑"[28]的圣人的幸福。

对我最初提醒了满汉的界限的不是书,是辫子。这辫子,是砍了我们古人的许多头,这才种定了的[29],到得我有知识的时候,大家早忘却了血史,反以为全留乃是长毛,全剃好像和尚,必须剃一点,留一点,才可以算是一个正经人了。而且还要从辫子上玩出花样来:小丑挽一个结,插上一朵纸花打诨;开口跳[30]将小辫子挂在铁杆上,慢慢的吸烟献本领;变把戏的不必动手,只消将头一摇,辟拍一声,辫子便自会跳起来盘在头顶上,他于是要起关王刀来了。而且还切于实用:打架的时候可以拔住,挣脱极难;捉人的时候可以拉着,省得绳索,要是被捉的人多呢,只要捏住辫梢头,一个人就可以牵一大串。吴友如画的《申江胜景图》里,有一幅会审公堂,[31]就有一个巡捕拉着犯人的辫子的形象,但是,这是已经算作"胜景"了。

住在偏僻之区还好,一到上海,可就不免有时会听到一句洋话:Pig-tail——猪尾巴。这一句话,现在是早不听见了,那意思,似乎也不过说人头上生着猪尾巴,和今日之上海,中国人自己一斗嘴,便彼此互骂为"猪猡"的,还要客气得远。不过那时的青年,好像涵养工夫没有现在的深,也还未懂得"幽默",所以听起来实在觉得刺耳。而且对于拥有二百余年历史的辫子的模样,也渐渐的觉得并不雅观,既不全留,又不全剃,剃去一圈,留下一撮,又打起来拖在背后,真好像做着好给别人来拔着牵着的柄子。对于它终于怀了恶感,我看也正是人情之常，不必指为拿了什么地方的东西，迷了什么斯基的理论的[32]。（这两句，奉官谕改为"不足怪的"。）

　　我的辫子留在日本，一半送给客店里的一位使女做了假发，一半给了理发匠，人是在宣统初年回到故乡来了。一到上海，首先得装假辫子。这时上海有一个专装假辫子的专家，定价每条大洋四元，不折不扣，他的大名，大约那时的留学生都知道。做也真做得巧妙，只要别人不留心，是很可以不出岔子的，但如果人知道你原是留学生，留心研究起来，那就漏洞百出。夏天不能戴帽，也不大行；人堆里要防挤掉或挤歪，也不行。装了一个多月，我想，如果在路上掉了下来或者被人拉下来，不是比原没有辫子更不好看么？索性不装了，贤人说过的：一个人做人要真实。

　　但这真实的代价真也不便宜，走出去时，在路上所受的待遇完全和先前两样了。我从前是只以为访友作客，才有待遇的，这时才明白路上也一样的一路有待遇。最好的是呆看，但大抵是冷笑，恶骂。小则说是偷了人家的女人，因为那时捉住奸夫，总是首先剪去他辫子的，我至今还不明白为什么；大则指为"里通外国"，就是现在之所谓"汉奸"。我想，如果一个没有鼻子的人在街上走，他还未必至于这么受苦，假使没有了影子，那么，他恐怕也要这样的受社会的责罚了。

　　我回中国的第一年在杭州做教员，还可以穿了洋服算是洋鬼子；第二年回到故乡绍兴中学去做学监，却连洋服也不行了，因为有许多人是认识我的，所以不管如何装束，总不失为"里通外国"的人，于是我所受的无辫之灾，以在故乡为第一。

尤其应该小心的是满洲人的绍兴知府的眼睛,他每到学校来,总喜欢注视我的短头发,和我多说话。

学生们里面,忽然起了剪辫风潮了,很有许多人要剪掉。我连忙禁止。他们就举出代表来诘问道:究竟有辫子好呢,还是没有辫子好呢? 我的不假思索的答复是:没有辫子好,然而我劝你们不要剪。学生是向来没有一个说我"里通外国"的,但从这时起,却给了我一个"言行不一致"的结语,看不起了。"言行一致",当然是很有价值的,现在之所谓文学家里,也还有人以这一点自豪,[33]但他们却不知道他们一剪辫子,价值就会集中在脑袋上。轩亭口离绍兴中学并不远,就是秋瑾小姐就义之处,他们常走,然而忘却了。

"不亦快哉!"——到了一千九百十一年的双十,后来绍兴也挂起白旗来,算是革命了,我觉得革命给我的好处,最大,最不能忘的是我从此可以昂头露顶,慢慢的在街上走,再不听到什么嘲骂。几个也是没有辫子的老朋友从乡下来,一见面就摩着自己的光头,从心底里笑了出来道:哈哈,终于也有了这一天了。

假如有人要我颂革命功德,以"舒愤懑",那么,我首先要说的就是剪辫子。

四

然而辫子还有一场小风波,那就是张勋[34]的"复辟",一不小心,辫子是又可以种起来的,我曾见他的辫子兵在北京城外布防，对于没辫子的人们真是气焰万丈。幸而不几天就失败了，使我们至今还可以剪短，分开，披落，烫卷……

张勋的姓名已经暗淡，"复辟"的事件也逐渐遗忘，我曾在《风波》里提到它，别的作品上却似乎没有见，可见早就不受人注意。现在是，连辫子也日见稀少，将与周鼎商彝同列，渐有卖给外国的资格了。

我也爱看绘画，尤其是人物。国画呢，方巾长袍，或短褐椎结，从没有见过一条我所记得的辫子；洋画呢，歪脸汉子，肥腿女人，也从没见过一条我所记得的辫子。这回见了几幅钢笔画和木刻的阿Q像，这才算遇到了在艺术上的辫子，然而是没有一条生得合式的。想起来也难怪，现在的二十岁上下的青年，他生下来已是民国，就是三十岁的，在辫子时代也不过四五岁，当然不会深知道辫子的底细的了。

那么，我的"舒愤懑"，恐怕也很难传给别人，令人一样的愤激，感慨，欢喜，忧愁的罢。

十二月十七日。

一星期前，我在《病后杂谈》里说到铁氏二女的诗。据杭世骏说，钱谦益编的《列朝诗集》[35]里是有的，但我没有这书，所以只引了《订讹类编》完事。今天《四部丛刊续编》的明遗民彭孙贻《茗斋集》[36]出版了，后附《明诗钞》，却有铁氏长女诗在里面。现在就照抄在这里，并将范昌期原作，与所谓铁女诗不同之处，用括弧附注在下面，以便比较。照此看来，作伪者实不过改了一句，并每句各改易一二字而已——

　　　教坊献诗

　　教坊脂粉（落籍）洗铅华，一片闲（春）心对落花。旧曲听来犹（空）有恨，故园归去已（却）无家。云鬟半挽（舁）临妆（青）镜，雨泪空流（频弹）湿绛纱。今日相逢白司马（安得江州司马在），尊前重与诉（为赋）琵琶。

　　但俞正燮《癸巳类稿》又据茅大芳《希董集》，言"铁公妻女以死殉"[37]；并记或一说云，"铁二子，无女。"那么，连铁铉有无女儿，也都成为疑案了。两个近视眼论扁额上字，辩论一通，其实连扁额也没有挂，原也是能有的事实。不过铁妻死殉之说，我以为是粉饰的。《弇州史料》所记，奏文与上谕具存，王世贞明人，决不敢捏造。

　　倘使铁铉真的并无女儿，或有而实已自杀，则由这虚构的故事，也可以窥见社会心理之一斑。就是：在受难者家族中，无女不如其有之有趣，自杀又不如其落教坊之有趣；但铁铉究竟是忠臣，使其女永沦教坊，终觉于心不安，所以还是和寻常女子不同，因献诗而配了士子。这和小生落难，下狱挨打，到底中了状元的公式，完全是一致的。

　　　　　　　　　　　二十三日之夜，附记。

＊　　　＊　　　＊

　　〔1〕　本篇最初发表于1935年3月《文学》月刊第四卷第三号，发表时题目被改为《病后余谈》，副题亦被删去。参看本书《附记》。

〔2〕 宋端仪(1447—1501) 字孔时,福建莆田人,明成化时进士,官至广东提学金事。著有《考亭渊源录》、《立斋闲录》等。《立斋闲录》,四卷,是依据明人的碑志和说部杂录的笔记,自太祖吴元年至英宗天顺(1367—1464)止。鲁迅家藏的是明抄《国朝典故》本,残存上二卷。

〔3〕 "礼不下庶人" 语出《礼记·曲礼上》:"礼不下庶人,刑不上大夫。"

〔4〕 《汇刻书目》 清代王懿荣编,共二十卷,系将顾修原编本及朱澂增订本重编而成,是各种丛书的详细书目,共收丛书五百六十余种。后来又有《续汇刻书目》、《续补汇刻书目》、《再续补汇刻书目》等。

〔5〕 《宫闱秘典》 即《皇明宫闱秘典》,又名《酌中志》,明代刘若愚著,共二十四卷,写明末太监魏忠贤专权时的宫廷内幕情况。

〔6〕 傅某 指傅增湘(1872—1949),字沅叔,四川江安人,藏书家。曾任北洋政府教育总长。著有《藏园群书题记》等。

〔7〕 《永乐实录》 明代杨士奇等编纂,共一三〇卷;《明史·艺文志》作《成祖实录》。

〔8〕 《安徽丛书》 安徽丛书编审会编辑,共四集,内容为汇集安徽人的著作,1932年至1935年间陆续出版。

〔9〕 俞正燮(1775—1840) 字理初,安徽黟县人,清代学者。道光举人。著有《癸巳类稿》、《癸巳存稿》、《四养斋诗稿》等。《癸巳类稿》,共十五卷,刻于道光癸巳(1833),内容是考订经、史以至小说、医学的杂记,《除乐户丐户籍及女乐考附古事》一文载《癸巳类稿》卷十二中。收入《安徽丛书》的这一部书是作者晚年的增订本。

〔10〕 王世贞(1526—1590) 字元美,号凤洲,别号弇州山人,太仓(今属江苏)人,明代文学家。官至南京刑部尚书。著有《弇州山人四部稿》、《弇山堂别集》等。《弇州史料》,明代董复表编,系采录王世贞著作中有关朝野的记载编纂而成,计前集三十卷,后集七十卷。

〔11〕 齐泰(？—1402) 江苏溧水人,官兵部尚书。下文的黄子澄(1350—1402),江西分宜人,官太常卿;茅大芳(？—1402),江苏泰兴人,官副都御史。他们都是忠于建文帝的大臣,永乐登位时被杀。

〔12〕 惰民 又作堕民,明代称作丐户,清雍正元年(1723)始废除惰民的"丐籍"。教坊废于清雍正七年(1729)。女乐废于清顺治十六年(1659)。

〔13〕 "舒愤懑" 汉代班固作有《典引》一文,歌颂朝廷功德,文前小引中说:"窃作《典引》一篇,虽不足雍容明盛万分之一,犹启发愤满,觉悟童蒙,光扬大汉,轶声前代;然后退入沟壑,死而不朽。""舒愤懑",即班固所说的"启发愤满"。

〔14〕 "不亦快哉!" 金圣叹在他批评的《西厢记》的《圣叹外书》卷七《拷艳》章篇首中说:"昔与斲山同客共住,霖雨十日,对床无聊,因约赌说快事,以破积闷。"下面就记录了"快事"三十三则,每则都用"不亦快哉"一语结束。

〔15〕 《琳琅秘室丛书》 清代胡珽校刊。共五集,计三十六种,所收主要是掌故、说部、释道方面的书。《茅亭客话》,宋代黄休复著,共十卷,内容系记录从五代到宋真宗时(约当公元十世纪)的蜀中杂事。

〔16〕 《四部丛刊续编》 商务印书馆编选影印的丛书《四部丛刊》的续编,共八十一种,五百册。

〔17〕 洪迈(1123—1202) 字景庐,号容斋,鄱阳(今江西波阳)人,宋代文学家。曾官中书舍人、翰林学士等职。《容斋随笔》、《续笔》、《三笔》、《四笔》各十六卷,又《五笔》十卷,是一部有关经史、文艺、掌故等的笔记。

〔18〕 张元济(1867—1959) 字筱斋,号菊生,浙江海盐人,出版家,上海商务印书馆编译所所长。著有《校史随笔》、《涉园序跋集录》等。《容斋随笔五集》有张元济写于1934年的跋,其中说:"清代坊刻,

《随笔》卷九阙《五胡乱华》一则,《三笔》卷三阙《北狄俘虏之苦》一则,卷五阙《北虏诛宗王》一则。盖当时深讳胡、虏等字,刊者惧罹禁网,故概从删削。"

〔19〕 晁说之(1059—1129) 字以道,号景迂,清丰(今属河北)人,宋代文学家。神宗元年进士,曾任无极知县。著有《嵩山文集》、《晁氏客语》等。《嵩山文集》,二十卷,是他的诗文集,《负薪对》载于卷三中。

〔20〕 "明人好刻古书而古书亡" 清代陆心源《仪顾堂题跋》卷一《六经雅言图辨跋》中,对明人妄改乱刻古书,说过这样的话:"明人书帕本,大抵如是,所谓刻书而书亡者也。"

〔21〕 《訄书》 章太炎早期的一部学术论著,木刻本印行于1899年。1902年改订出版时,作者删去了带有改良主义色彩的《客帝》等篇,增加了宣传反清革命的论文,共收《原学》、《原人》、《序种姓》、《原教》、《哀清史》、《解辫发》等文共六十三篇,卷首有"前录"二篇:《客帝匡谬》和《分镇匡谬》。并在《客帝匡谬》文末说:"余自戊己违难,与尊清者游,而作《客帝》,饰苟且之心,弃本崇教,其违于形势远矣……著之以自劾,录而删是篇。"1914年作者重行增删时,删去"前录"二篇及《解辫发》等文,并将书名改为《检论》。

〔22〕 "客卿" 战国时代,某一诸侯国任用他国人担任官职,称之为客卿。如秦始皇的丞相李斯是楚国人。

〔23〕 《湖北学生界》 清末留学日本的湖北学生主办的一种月刊,1903年(清光绪二十九年)一月创刊于东京,第四期起改名为《汉声》。同年闰五月另编"闰月增刊"一册,题名为《旧学》,扉页背面印有集南朝梁萧统《文选》句:"摅怀旧之蓄念,发思古之幽情;光祖宗之玄灵,振大汉之天声"四句,前二句见《文选》卷一东汉班固《西都赋》,后二句见同书卷五十六班固《封燕然山铭》。

〔24〕　乾隆皇帝南巡　清代乾隆帝在位六十年（1736—1795），曾先后巡游江南六次，沿途供应频繁，销耗民财民力甚巨；在他第二次巡游后，视学江苏回来的大臣尹会一就已奏称："上两次南巡，民间疾苦，怨声载道。"

〔25〕　"长毛"　指洪秀全领导的太平军。为了对抗清政府剃发留辫的法令，他们都留发而不结辫，因此被称为"长毛"。"短毛"，指剃发的清朝官兵。"花绿头"，指帮助清政府镇压太平天国的法、英帝国主义军队。清代许瑶光《谈浙》卷四"谈洋兵"条："法国兵用花布缠头，英国兵则用绿布，故人称绿头、花头云。"

〔26〕　"世袭云骑尉"　云骑尉是官名。唐、宋、元、明各朝都有这名称；清朝则以为世袭的职位，为世职的末级。凡阵亡者授爵，自云骑尉至轻车都尉兼一云骑尉不等。

〔27〕　"心事如波涛"　唐代诗人李贺《申胡子觱篥歌》中的句子："今夕岁华落，令人惜平生；心事如波涛，中坐时时惊。"

〔28〕　"四十而不惑"　孔子的话，语出《论语·为政》，据朱熹《集注》，"不惑"是"于事物之所当然皆无所疑"的意思。

〔29〕　满族旧俗，男子剃发垂辫（剃去头顶前部头发，后部结辫垂于脑后）。1644年（明崇祯十七年、清顺治元年）清兵入关及定都北京后，即下令剃发垂辫，因受到各地汉族民众反对及局势未定而中止。次年五月攻占南京后，又下了严厉的剃发令，限于布告之后十日"尽使薙（剃）发，遵依者为我国之民，迟疑者同逆命之寇"，如"已定地方之人民，仍存明制，不随本朝之制度者，杀无赦！"为此事曾有许多人被杀。

〔30〕　开口跳　传统戏曲中武丑的俗称。

〔31〕　吴友如（？—约1893）　名猷，又作嘉猷，字友如，江苏元和（今吴县）人，清末画家。《申江胜景图》分上下二卷，出版于清光绪十年（1884）。会审公堂，即会审公廨，清末民初上海租界内的审判机关，由

中外会审官会同审理租界内华人和外侨的互控案件。

〔32〕 拿了什么地方的东西,迷了什么斯基的理论 指诬蔑进步人士拿卢布,信俄国人的学说。"斯基"是俄国常见姓氏的词尾。

〔33〕 指施蛰存。他在《现代》月刊第五卷第五期(1934 年 9 月)发表的《我与文言文》中曾说:"我自有生以来三十年,除幼稚无知的时代以外,自信思想及言行都是一贯的。"

〔34〕 张勋(1854—1923) 江西奉新人,北洋军阀。原为清朝提督,民国后任安徽都督,他和所部官兵仍留着辫子,表示忠于清王朝。1917 年 7 月 1 日他在北京扶持清废帝溥仪复辟,7 月 12 日即告失败。

〔35〕 钱谦益(1582—1664) 字受之,号牧斋,常熟(今属江苏)人。明万历进士,崇祯时任礼部侍郎,南明弘光时任礼部尚书。清军占领南京时,他率先迎降,因此为人所鄙视。著有《初学集》、《有学集》等。《列朝诗集》是他选辑的明诗的总集,共六集,计八十一卷;铁氏二女诗载闰集卷四中。

〔36〕 彭孙贻(1615—1673) 字仲谋,号茗斋,浙江海盐人。明代选贡生,明亡后闭门不出。著有《茗斋集》、《茗香堂史论》等。《茗斋集》是他的诗词集,共二十三卷;所附《明诗钞》共九卷,铁氏长女诗载于卷五中。

〔37〕 俞正燮在《除乐户丐户籍及女乐考附古事》一文中引永乐上谕后的小注说:"大芳有《希董集》,言妻张氏及女媳皆死于井,未就逮;书藏其家。又铁公妻女亦以死殉,与此不同。"

河南卢氏曹先生教泽碑文[1]

　　夫激荡之会，利于乘时，劲风盘空，轻蓬振翩，故以豪杰称一时者多矣，而品节卓异之士，盖难得一。卢氏曹植甫先生名培元，幼承义方，长怀大愿，秉性宽厚，立行贞明。躬居山曲，设校授徒，专心一志，启迪后进，或有未谛，循循诱之，历久不渝，惠流遐迩。又不泥古，为学日新，作时世之前驱，与童冠而俱迈。爰使旧乡丕变，日见昭明，君子自强，永无意必[2]。而韬光里巷，处之怡然。此岂轻才小慧之徒之所能至哉。中华民国二十有三年秋，年届七十，含和守素，笃行如初。门人敬仰，同心立表，冀彰潜德，亦报师恩云尔。铭曰：

　　华土奥衍，代生英贤，或居或作，历四千年，文物有赫，崎于中天。海涛外薄，黄神徙倚[3]，巧黠因时，鹰枪鹊起[4]，然犹飘风[5]，终朝而已。卓哉先生，遗荣崇实，开拓新流，恢弘文术，诲人不倦，惟精惟一[6]。介立或有，恒久则难，敷教翊化，实邦之翰，敢契贞石，以励后昆。

会稽后学鲁迅谨撰。

＊　　　　＊　　　　＊

　　〔1〕　本篇最初发表于 1935 年 6 月 15 日北平《细流》杂志第五、六期合刊，发表时题为《曹植甫先生教泽碑碑文》。鲁迅 1934 年 11 月 29

日日记:"午后为靖华之父作教泽碑文一篇成。"

〔2〕 永无意必 永不任性固执。语出《论语·子罕》:"子绝四:毋意、毋必、毋固、毋我。"

〔3〕 黄神徙倚 黄神,意为黄帝之神,原出《淮南子·览冥训》:"黄神啸吟"。据汉代高诱注:"时无法度,黄帝之神伤道之衰,故啸吟而长叹也。"徙倚,徘徊不定的意思。

〔4〕 鹩枪鹊起 比喻乘时崛起。《庄子·逍遥游》篇:"蜩与学鸠笑之曰:'我决起而飞,枪榆、枋;时则不至,而控于地而已矣,奚以之九万里而南为?'……斥鴳(鹩)笑之曰:'彼且奚适也? 我腾跃而上,不过数仞而下,翱翔蓬蒿之间,此亦飞之至也。'"《文选》谢朓《和伏武昌登孙权故城诗》李善注引《庄子》(佚文):"鹊上高城之垝,而巢于高榆之颠;城坏巢折,陵风而起。故君子之居世也,得时则义行,失时则鹊起。"鹩、鹊都是小鸟;枪是飞跃的意思。

〔5〕 飘风 不会长久的意思,语出《老子》:"飘风不终朝"。

〔6〕 惟精惟一 语出《尚书·大禹谟》:"人心惟危,道心惟微,惟精惟一,允执厥中。"

阿　　金[1]

近几时我最讨厌阿金。

她是一个女仆，上海叫娘姨，外国人叫阿妈，她的主人也正是外国人。

她有许多女朋友，天一晚，就陆续到她窗下来，"阿金，阿金!"的大声的叫，这样的一直到半夜。她又好像颇有几个姘头;她曾在后门口宣布她的主张:弗轧姘头，到上海来做啥呢?……

不过这和我不相干。不幸的是她的主人家的后门，斜对着我的前门，所以"阿金，阿金!"的叫起来，我总受些影响，有时是文章做不下去了，有时竟会在稿子上写一个"金"字。更不幸的是我的进出，必须从她家的晒台下走过，而她大约是不喜欢走楼梯的，竹竿，木板，还有别的什么，常常从晒台上直摔下来，使我走过的时候，必须十分小心，先看一看这位阿金可在晒台上面，倘在，就得绕远些。自然，这是大半为了我胆子小，看得自己的性命太值钱;但我们也得想一想她的主子是外国人，被打得头破血出，固然不成问题，即使死了，开同乡会，打电报也都没有用的，——况且我想，我也未必能够弄到开起同乡会。

半夜以后，是别一种世界，还剩着白天脾气是不行的。有

205

一夜,已经三点半钟了,我在译一篇东西,还没有睡觉。忽然听得路上有人低声的在叫谁,虽然听不清楚,却并不是叫阿金,当然也不是叫我。我想:这么迟了,还有谁来叫谁呢? 同时也站起来,推开楼窗去看去了,却看见一个男人,望着阿金的绣阁的窗,站着。他没有看见我。我自悔我的莽撞,正想关窗退回的时候,斜对面的小窗开处,已经现出阿金的上半身来,并且立刻看见了我,向那男人说了一句不知道什么话,用手向我一指,又一挥,那男人便开大步跑掉了。我很不舒服,好像是自己做了甚么错事似的,书译不下去了,心里想:以后总要少管闲事,要炼到泰山崩于前而色不变,炸弹落于侧而身不移!……

但在阿金,却似乎毫不受什么影响,因为她仍然嘻嘻哈哈。不过这是晚快边才得到的结论,所以我真是负疚了小半夜和一整天。这时我很感谢阿金的大度,但同时又讨厌了她的大声会议,嘻嘻哈哈了。自有阿金以来,四围的空气也变得扰动了,她就有这么大的力量。这种扰动,我的警告是毫无效验的,她们连看也不对我看一看。有一回,邻近的洋人说了几句洋话,她们也不理;但那洋人就奔出来了,用脚向各人乱踢,她们这才逃散,会议也收了场。这踢的效力,大约保存了五六夜。

此后是照常的嚷嚷;而且扰动又廓张了开去,阿金和马路对面一家烟纸店里的老女人开始奋斗了,还有男人相帮。她的声音原是响亮的,这回就更加响亮,我觉得一定可以使二十间门面以外的人们听见。不一会,就聚集了一大批人。论战

的将近结束的时候当然要提到"偷汉"之类,那老女人的话我没有听清楚,阿金的答复是:

"你这老×没有人要! 我可有人要呀!"

这恐怕是实情,看客似乎大抵对她表同情,"没有人要"的老×战败了。这时踱来了一位洋巡捕,反背着两手,看了一会,就来把看客们赶开;阿金赶紧迎上去,对他讲了一连串的洋话。洋巡捕注意的听完之后,微笑的说道:

"我看你也不弱呀!"

他并不去捉老×,又反背着手,慢慢的踱过去了。这一场巷战就算这样的结束。但是,人间世的纠纷又并不能解决得这么干脆,那老×大约是也有一点势力的。第二天早晨,那离阿金家不远的也是外国人家的西崽忽然向阿金家逃来。后面追着三个彪形大汉。西崽的小衫已被撕破,大约他被他们诱出外面,又给人堵住后门,退不回去,所以只好逃到他爱人这里来了。爱人的肘腋之下,原是可以安身立命的,伊孛生(H. Ibsen)戏剧里的彼尔·干德[2],就是失败之后,终于躲在爱人的裙边,听唱催眠歌的大人物。但我看阿金似乎比不上瑙威女子,她无情,也没有魄力。独有感觉是灵的,那男人刚要跑到的时候,她已经赶紧把后门关上了。那男人于是进了绝路,只得站住。这好像也颇出于彪形大汉们的意料之外,显得有些踌躅;但终于一同举起拳头,两个是在他背脊和胸脯上一共给了三拳,仿佛也并不怎么重,一个在他脸上打了一拳,却使它立刻红起来。这一场巷战很神速,又在早晨,所以观战者也不多,胜败两军,各自走散,世界又从此暂时和平了。然而我仍然不放心,因为我曾经听人说过:所谓"和平",不过是两次战争之间的时日。

但是,过了几天,阿金就不再看见了,我猜想是被她自己的主人所回复。补了她的缺的是一个胖胖的,脸上很有些福相和雅气的娘姨,已经二十多天,还很安静,只叫了卖唱的两个穷人唱过一回"奇葛隆冬强"的《十八摸》[3]之类,那是她用"自食其力"的余闲,享点清福,谁也没有话说的。只可惜那时又招集了一群男男女女,连阿金的爱人也在内,保不定什么时候又会发生巷战。但我却也叨光听到了男嗓子的上低音(barytone)的歌声,觉得很自然,比绞死猫儿似的《毛毛雨》[4]要好得天差地远。

阿金的相貌是极其平凡的。所谓平凡,就是很普通,很难记住,不到一个月,我就说不出她究竟是怎么一副模样来了。但是我还讨厌她,想到"阿金"这两个字就讨厌;在邻近闹嚷一下当然不会成这么深仇重怨,我的讨厌她是因为不消几日,她就摇动了我三十年来的信念和主张。

我一向不相信昭君出塞[5]会安汉,木兰从军[6]就可以保隋;也不信妲己亡殷[7],西施沼吴[8],杨妃乱唐[9]的那些古老话。我以为在男权社会里,女人是决不会有这种大力量的,兴亡的责任,都应该男的负。但向来的男性的作者,大抵将败亡的大罪,推在女性身上,这真是一钱不值的没有出息的男人。殊不料现在阿金却以一个貌不出众,才不惊人的娘姨,不用一个月,就在我眼前搅乱了四分之一里,假使她是一个女王,或者是皇后,皇太后,那么,其影响也就可以推见了:足够闹出大大的乱子来。

昔者孔子"五十而知天命"〔10〕，我却为了区区一个阿金，连对于人事也从新疑惑起来了，虽然圣人和凡人不能相比，但也可见阿金的伟力，和我的满不行。我不想将我的文章的退步，归罪于阿金的嚷嚷，而且以上的一通议论，也很近于迁怒，但是，近几时我最讨厌阿金，仿佛她塞住了我的一条路，却是的确的。

愿阿金也不能算是中国女性的标本。

十二月二十一日。

＊　　　＊　　　＊

〔1〕　本篇写成时未能发表(参看本书《附记》)，后发表于 1936 年 2 月 20 日上海《海燕》月刊第二期。

〔2〕　彼尔·干德　挪威易卜生的诗剧《彼尔·干德》的主角，是一个想像丰富、意志薄弱的人物，最后在他爱人给他唱催眠曲时死去。

〔3〕　《十八摸》　旧时流行的一种猥亵小调。

〔4〕　《毛毛雨》　黎锦晖作的歌曲，曾流行于 1930 年前后。

〔5〕　昭君出塞　昭君，即王昭君，名嫱，汉元帝宫女。竟宁元年(前 33)被遣出塞"和亲"，嫁与匈奴呼韩邪单于(见《汉书·匈奴传》)。

〔6〕　木兰从军　北朝民间叙事诗《木兰诗》中的故事，写木兰女扮男装，代父从军(见《乐府诗集·鼓角横吹曲》)。

〔7〕　妲己亡殷　妲己，殷纣王的妃子，周武王灭殷时被杀。《史记·殷本纪》："帝纣……好酒淫乐，嬖于妇人，爱妲己，妲己之言是从。"武王伐殷时，在《太誓》中有"今殷王纣乃用其妇人之言，自绝于天"等语，后来一些文人就把殷亡的责任归罪于妲己。

〔8〕 西施沼吴 西施,春秋时越国的美女。越王勾践为吴所败,把她献给吴王夫差。后来吴王昏乱失政,被灭于越(见《吴越春秋》)。"沼吴",语出《左传》哀公元年,当勾践战败向吴求和时,伍员谏夫差拒和,不听,伍员"退而告人曰:越十年生聚,而十年教训,二十年之外,吴其为沼乎!"

〔9〕 杨妃乱唐 杨妃,即唐玄宗的妃子杨玉环。她的堂兄杨国忠因她得宠而骄奢跋扈,败坏朝政。天宝十四年(755)安禄山以诛国忠为名,起兵反唐,玄宗奔蜀,至马嵬驿,将士杀国忠,玄宗令将杨妃缢死。

〔10〕 "五十而知天命" 孔子的话,语出《论语·为政》。据朱熹《集注》:"天命,即天道之流行而赋于物者,乃事物所以当然之故也。"

论俗人应避雅人[1]

这是看了些杂志,偶然想到的——

浊世少见"雅人",少有"韵事"。但是,没有浊到彻底的时候,雅人却也并非全没有,不过因为"伤雅"的人们多,也累得他们"雅"不彻底了。

道学先生是躬行"仁恕"的,但遇见不仁不恕的人们,他就也不能仁恕。所以朱子是大贤,而做官的时候,不能不给无告的官妓吃板子[2]。新月社的作家们是最憎恶骂人的,但遇见骂人的人,就害得他们不能不骂[3]。林语堂先生是佩服"费厄泼赖"的[4],但在杭州赏菊,遇见"口里含一枝苏俄香烟,手里夹一本什么斯基的译本"的青年,他就不能不"假作无精打彩,愁眉不展,忧国忧家"(详见《论语》五十五期)的样子[5],面目全非了。

优良的人物,有时候是要靠别种人来比较,衬托的,例如上等与下等,好与坏,雅与俗,小器与大度之类。没有别人,即无以显出这一面之优,所谓"相反而实相成"[6]者,就是这。但又须别人凑趣,至少是知趣,即使不能帮闲,也至少不可说破,逼得好人们再也好不下去。例如曹孟德是"尚通侻"[7]的,但祢正平天天上门来骂他,他也只好生起气来,送给黄祖去"借刀杀人"了。[8]祢正平真是"咎由自取"。

所谓"雅人"，原不是一天雅到晚的，即使睡的是珠罗帐，吃的是香稻米，但那根本的睡觉和吃饭，和俗人究竟也没有什么大不同；就是肚子里盘算些挣钱固位之法，自然也不能绝无其事。但他的出众之处，是在有时又忽然能够"雅"。倘使揭穿了这谜底，便是所谓"杀风景"，也就是俗人，而且带累了雅人，使他雅不下去，"未能免俗"了。若无此辈，何至于此呢？所以错处总归在俗人这方面。

譬如罢，有两位知县在这里，他们自然都是整天的办公事，审案子的，但如果其中之一，能够偶然的去看梅花，那就要算是一位雅官，应该加以恭维，天地之间这才会有雅人，会有韵事。如果你不恭维，还可以；一皱眉，就俗；敢开玩笑，那就把好事情都搅坏了。然而世间也偏有狂夫俗子；记得在一部中国的什么古"幽默"书里[9]，有一首"轻薄子"咏知县老爷公余探梅的七绝——

红帽哼兮黑帽呵，风流太守看梅花。

梅花低首开言道：小底梅花接老爷。

这真是恶作剧，将韵事闹得一塌胡涂。而且他替梅花所说的话，也不合式，它这时应该一声不响的，一说，就"伤雅"，会累得"老爷"不便再雅，只好立刻还俗，赏吃板子，至少是给一种什么罪案的。为什么呢？就因为你俗，再不能以雅道相处了。

小心谨慎的人，偶然遇见仁人君子或雅人学者时，倘不会帮闲凑趣，就须远远避开，愈远愈妙。假如不然，即不免要碰着和他们口头大不相同的脸孔和手段。晦气的时候，还会弄到卢布学说〔10〕的老套,大吃其亏。只给你"口里含一枝苏俄香烟,手里夹一本什么斯基的译本",倒还不打紧,——然而险矣。

大家都知道"贤者避世"〔11〕,我以为现在的俗人却要避雅,这也是一种"明哲保身"。

十二月二十六日。

*　　　*　　　*

〔1〕　本篇最初发表于 1935 年 3 月 20 日《太白》半月刊第二卷第一期,署名且介。

〔2〕　朱子　即朱熹。他给官妓吃板子一事,见宋代周密《齐东野语》卷二十:"天台营妓严蕊……色艺冠一时……唐与正守台日,酒边尝命赋红白桃花……与正赏之双缣……其后朱晦庵(按即朱熹)以使节行部至台,欲摭与正之罪,遂指其尝与蕊为滥,系狱月余,蕊虽备受箠楚,而一语不及唐,然犹不免受杖,移籍绍兴,且复就越置狱鞫之,久不得其情……于是再痛杖之,仍系于狱。两月之间,一再受杖,委顿几死。"

〔3〕　指梁实秋等对作者的指责嘲骂。梁实秋在发表于《新月》第二卷第八号(1929 年 10 月)的《"不满于现状",便怎样呢?》一文中说:"有一种人,只是一味的'不满于现状',今天说这里有毛病,明天说那里有毛病,有数不清的毛病,于是也有无穷尽的杂感,等到有些个人开了药方,他格外的不满:这一副药太冷,那一副药太热,这一副药太猛,那一副药太慢。把所有的药方都褒贬得一文不值,都挖苦得不留余地,好像惟恐一旦现状令他满意起来,他就没有杂感可作的样子。"又说:"'不满于现状',便怎样呢? 我们要的是积极的一个诊断,使得现状渐趋(或突变)于良善。现状如此之令人不满,有心的人恐怕不忍得再专事嘲骂

只图一时口快笔快了罢?"参看《三闲集·新月社批评家的任务》。

〔4〕 林语堂(1895—1976) 福建龙溪人,作家。早年留学美国德国,回国后任北京大学、北京女子师范大学等校教授,参与创办《语丝》。三十年代在上海主编《论语》、《人间世》、《宇宙风》等杂志,提倡所谓性灵幽默文学。"费厄泼赖",英语 Fair play 的音译,意译为公正的比赛,原为体育比赛和其他竞技所用的术语,意思是光明正大的比赛,不要用不正当的手段。英国曾有人提倡将这种精神用于社会生活和党派斗争。1925 年 12 月林语堂在《语丝》第五十七期发表《插论语丝的文体——稳健、骂人、及费厄泼赖》一文,提倡"费厄泼赖"精神。参看《坟·论"费厄泼赖"应该缓行》及其有关注释。

〔5〕 林语堂在《论语》第五十五期(1934 年 12 月 16 日)《游杭再记》中说:"见有二青年,口里含一支苏俄香烟,手里夹一本什么斯基的译本,于是防他们看见我'有闲'赏菊,又加一亡国罪状,乃假作无精打采,愁眉不展,忧国忧家似的只是走错路而并非在赏菊的样子走出来。"

〔6〕 "相反而实相成" 语出《汉书·艺文志》:"诸子十家,其可观者九家而已。……其言虽殊,譬犹水火,相灭亦相生也;仁之与义,敬之与和,相反而皆相成也。"

〔7〕 曹孟德(155—220) 曹操,字孟德,沛国谯县(今安徽亳县)人。东汉末官至丞相,封魏王,子曹丕称帝后追尊为武帝。他处世待人,一般比较放达,不拘小节。通侻,即此意。

〔8〕 祢正平(173—198) 祢衡,字正平,平原般(今山东临邑)人,汉末文学家。据《后汉书·祢衡传》,祢衡性刚傲慢,屡次羞辱曹操,曹操想杀他而有所顾忌,就将他遣送与荆州刺史刘表;后因侮慢刘表又被送与江夏太守黄祖,终于为黄祖所杀。

〔9〕 古"幽默"书 清代倪鸿的《桐阴清话》卷一载有这首七绝诗,其中"低首"作"忽地"。

〔10〕 卢布学说　指诬蔑进步文化人士受苏俄收买,接受卢布津贴的谣言。参看《二心集·序言》。

〔11〕 "贤者避世"　孔子的话,语出《论语·宪问》:"贤者辟世,其次辟地"。辟同"避"。据朱熹《集注》,"避世"是"天下无道而隐"的意思。

附　记

　　第一篇《关于中国的两三件事》，是应日本的改造社之托而写的，原是日文，即于是年三月，登在《改造》[1]上，改题为《火，王道，监狱》。记得中国北方，曾有一种期刊译载过这三篇，但在南方，却只有林语堂，邵洵美，章克标三位所主编的杂志《人言》上，曾用这为攻击作者之具，其详见于《准风月谈》的后记中，兹不赘。

　　《草鞋脚》是现代中国作家的短篇小说集，应伊罗生（H. Isaacs)[2]先生之托，由我和茅盾先生选出，他更加选择，译成英文的。但至今好像还没有出版。

　　《答曹聚仁先生信》原是我们的私人通信，不料竟在《社会月报》[3]上登出来了，这一登可是祸事非小，我就成为"替杨邨人氏打开场锣鼓，谁说鲁迅先生器量窄小呢"了。有八月三十一日《大晚报》副刊《火炬》[4]上的文章为证——

调　和

绍　伯

——读《社会月报》八月号

　　"中国人是善于调和的民族"——这话我从前还不大

相信,因为那时我年纪还轻,阅历不到,我自己是不大肯调和的,我就以为别人也和我一样的不肯调和。

这观念后来也稍稍改正了。那是我有一个亲戚,在我故乡两个军阀的政权争夺战中做了牺牲,我那时对于某军阀虽无好感,却因亲戚之故也感着一种同仇敌忾,及至后来那两军阀到了上海又很快的调和了,彼此过从颇密,我不觉为之呆然,觉得我们亲戚假使仅仅是为着他的"政友"而死,他真是白死了。

后来又听得广东 A 君告诉我在两广战争后战士们白骨在野碧血还腥的时候,两军主持的太太在香港寓楼时常一道打牌,亲昵逾常,这更使我大彻大悟。

现在,我们更明白了,这是当然的事,不单是军阀战争如此,帝国主义的分赃战争也作如是观。老百姓整千整万地做了炮灰,各国资本家却可以聚首一堂举着香槟相视而笑。什么"军阀主义""民主主义"都成了骗人的话。

然而这是指那些军阀资本家们"无原则的争斗",若夫真理追求者的"有原则的争斗"应该不是这样!

最近这几年,青年们追随着思想界的领袖们之后做了许多惨淡的努力,有的为着这还牺牲了宝贵的生命。个人的生命是可宝贵的,但一代的真理更可宝贵,生命牺牲了而真理昭然于天下,这死是值得的,就是不可以太打浑了水,把人家弄得不明不白。

后者的例子可求之于《社会月报》。这月刊真可以说是当今最完备的"杂"志了。而最"杂"得有趣的是题为"大众语特辑"的八月号。读者试念念这一期的目录罢，第一位打开场锣鼓的是鲁迅先生(关于大众语的意见)，而"压轴子"的是《赤区归来记》作者杨邨人氏。就是健忘的读者想也记得鲁迅先生和杨邨人氏有过不小的一点"原则上"的争执罢。鲁迅先生似乎还"嘘"过杨邨人氏，然而他却可以替杨邨人氏打开场锣鼓，谁说鲁迅先生器量窄小呢？

苦的只是读者，读了鲁迅先生的信，我们知道"汉字和大众不两立"，我们知道应把"交通繁盛言语混杂的地方"的"'大众语'的雏形，它的字汇和语法输进穷乡僻壤去"。我们知道"先驱者的任务"是在给大众许多话"发表更明确的意思"，同时"明白更精确的意义"；我们知道现在所能实行的是以"进步的"思想写"向大众语去的作品"。但读了最后杨邨人氏的文章，才知道向大众去根本是一条死路，那里在水灾与敌人围攻之下，破产无余，……"维持已经困难，建设更不要空谈。"还是"归"到都会里"来"扬起小资产阶级文学之旗更靠得住。

于是，我们所得的知识前后相销，昏昏沉沉，莫明其妙。

这恐怕也表示中国民族善于调和吧，但是太调和了，使人疑心思想上的争斗也渐渐没有原则了。变成"戟门坝上的儿戏"了。照这样的阵容看，有些人真死的不明不白。

　　关于开锣以后“压轴”以前的那些“中间作家”的文章，特别是大众语问题的一些宏论，本想略抒鄙见，但这只好改日再谈了。

　　关于这一案，我到十一月《答〈戏〉周刊编者信》里，这才回答了几句。

　　《门外文谈》是用了“华圈”的笔名，向《自由谈》[5]投稿的，每天登一节。但不知道为什么，第一节被删去了末一行，第十节开头又被删去了二百余字，现仍补足，并用黑点为记。

　　《不知肉味和不知水味》是写给《太白》[6]的，登出来时，后半篇都不见了，我看这是“中央宣传部书报检查委员会”的政绩。那时有人看了《太白》上的这一篇，当面问我道：“你在说什么呀？”现仍补足，并用黑点为记，使读者可以知道我其实是在说什么。

　　《中国人失掉自信力了吗》也是写给《太白》的。凡是对于求神拜佛，略有不敬之处，都被删除，可见这时我们的“上峰”正在主张求神拜佛。现仍补足，并用黑点为记，聊以存一时之风尚耳。

　　《脸谱臆测》是写给《生生月刊》[7]的，奉官谕：不准发表。我当初很觉得奇怪，待到领回原稿，看见用红铅笔打着杠子的处所，才明白原来是因为得罪了“第三种人”老爷们了。现仍加上黑杠子,以代红杠子,且以警戒新作家。

《答〈戏〉周刊编者信》的末尾,是对于绍伯先生那篇《调和》的答复。听说当时我们有一位姓沈的"战友"[8]看了就呵呵大笑道:"这老头子又发牢骚了!""头子"而"老","牢骚"而"又",恐怕真也滑稽得很。然而我自己,是认真的。

不过向《戏》周刊编者去"发牢骚",别人也许会觉得奇怪。然而并不,因为编者之一是田汉[9]同志,而田汉同志也就是绍伯先生。

《中国文坛上的鬼魅》是写给《现代中国》(China Today)的,不知由何人所译,登在第一卷第五期,后来又由英文转译,载在德文和法文的《国际文学》上。

《病后杂谈》是向《文学》[10]的投稿,共五段;待到四卷二号上登了出来时,只剩下第一段了。后有一位作家,根据了这一段评论我道:鲁迅是赞成生病的。他竟毫不想到检查官的删削。可见文艺上的暗杀政策,有时也还有一些效力的。

《病后杂谈之余》也是向《文学》的投稿,但不知道为什么,检查官这回却古里古怪了,不说不准登,也不说可登,也不动贵手删削,就是一个支支吾吾。发行人没有法,来找我自己删改了一些,然而听说还是不行,终于由发行人执笔,检查官动口,再删一通,这才能在四卷三号上登出。题目必须改为《病后余谈》，小注"关于舒愤懑"这一句也不准有；改动的两处，我都注在本文之下，删掉的五处，则仍以黑点为记，读者试一想这些讳忌，是会觉得很有趣的。只有不准说"言行一致"云云，也许莫明其妙，现在我应该指明，这是因为又触犯了"第三种人"了。

《阿金》是写给《漫画生活》[11]的；然而不但不准登载，听说还送到南京中央宣传会里去了。这真是不过一篇漫谈，毫无深意，怎么会惹出这样大问题来的呢，自己总是参不透。后来索回原稿，先看见第一页上有两颗紫色印，一大一小，文曰"抽去"，大约小的是上海印，大的是首都印，然则必须"抽去"，已无疑义了。再看下去，就又发见了许多红杠子，现在改为黑杠，仍留在本文的旁边。

看了杠子，有几处是可以悟出道理来的。例如"主子是外国人"，"炸弹"，"巷战"之类，自然也以不提为是。但是我总不懂为什么不能说我死了"未必能够弄到开起同乡会"的缘由，莫非官意是以为我死了会开同乡会的么？

我们活在这样的地方，我们活在这样的时代。

一九三五年十二月三十日，编讫记。

＊　　　＊　　　＊

〔1〕　《改造》　日本的一种综合性月刊，1919 年创刊，1955 年出至

第三十六卷第二期停刊。日本东京改造出版社印行。下文说的"一种期刊",当指天津《天下篇》半月刊(1934 年 2 月创刊)。鲁迅于 1934 年 3 月 28 日将方晨的译稿寄该刊发表。参看 1934 年 3 月 16 日致天下篇社信。

〔2〕 伊罗生(1910—1986) 美国人,曾任上海出版的中英文合印的刊物《中国论坛》(每月发行一期或两期)的编辑。著有《中国革命的悲剧》。

〔3〕 《社会月报》 综合性期刊,陈灵犀主编,1934 年 6 月创刊,1935 年 9 月停刊,上海社会出版社发行。

〔4〕 《大晚报》 1932 年 2 月 12 日在上海创刊,创办人张竹平。1935 年为国民党财阀孔祥熙收买,1949 年 5 月 25 日停刊。副刊《火炬》由崔万秋编辑。

〔5〕 《自由谈》 上海《申报》副刊之一,1911 年 8 月创刊。原以刊载鸳鸯蝴蝶派作品为主,1932 年 12 月革新后,先后由黎烈文、张梓生主编。从 1933 年 1 月起,鲁迅常在该刊发表文章。

〔6〕 《太白》 小品文半月刊,陈望道主编,1934 年 9 月 20 日创刊,次年 9 月 5 日出至第二卷第十二期停刊,上海生活书店发行。

〔7〕 《生生月刊》 文艺杂志,李辉英、朱隶园编辑,1935 年 2 月创刊,只出一期,上海图画书局发行。

〔8〕 姓沈的"战友" 指沈端先(1900—1995),笔名夏衍,浙江杭州人,文学家、戏剧家,中国左翼作家联盟领导人之一。

〔9〕 田汉(1898—1968) 字寿昌,湖南长沙人,戏剧家,曾创办话剧团体南国社,中国左翼戏剧家联盟领导人之一。

〔10〕 《文学》 月刊,先后由郑振铎、傅东华、王统照编辑,1933 年 7 月创刊,1937 年 11 月停刊,上海生活书店发行。

〔11〕 《漫画生活》 刊载漫画和杂文的月刊,吴朗西、黄士英等编辑,1934 年 9 月创刊,上海美术生活杂志社发行。

且介亭杂文二集

本书收作者 1935 年所作杂文四十八篇，1935 年末经作者亲自编定，1937 年 7 月由上海三闲书屋初版。

序　言

　　昨天编完了去年的文字,取发表于日报的短论以外者,谓之《且介亭杂文》;今天再来编今年的,因为除做了几篇《文学论坛》[1],没有多写短文,便都收录在这里面,算是《二集》。

　　过年本来没有什么深意义,随便那天都好,明年的元旦,决不会和今年的除夕就不同,不过给人事借此时时算有一个段落,结束一点事情,倒也便利的。倘不是想到了已经年终,我的两年以来的杂文,也许还不会集成这一本。

　　编完以后,也没有什么大感想。要感的感过了,要写的也写过了,例如"以华制华"[2]之说罢,我在前年的《自由谈》上发表时,曾大受傅公红蓼之流的攻击,今年才又有人提出来,却是风平浪静。一定要到得"不幸而吾言中",这才大家默默无言,然而为时已晚,是彼此都大可悲哀的。我宁可如邵洵美[3]辈的《人言》之所说:"意气多于议论,捏造多于实证。"

　　我有时决不想在言论界求得胜利,因为我的言论有时是枭鸣,报告着大不吉利事,我的言中,是大家会有不幸的。在今年,为了内心的冷静和外力的迫压,我几乎不谈国事了,偶尔触着的几篇,如《什么是讽刺》,如《从帮忙到扯淡》,也无一不被禁止。别的作者的遭遇,大约也是如此的罢,而天下太平,直到华北自治[4],才见有新闻记者恳求保护正当的舆

225

论[5]。我的不正当的舆论,却如国土一样,仍在日即于沦亡,但是我不想求保护,因为这代价,实在是太大了。

单将这些文字,过而存之,聊作今年笔墨的记念罢。

一九三五年十二月三十一日,鲁迅记于上海之且介亭。

*   *   *

〔1〕《文学论坛》 《文学》月刊的一个专栏,自第二卷第一号(1934年1月)开始,至第六卷第六号(1936年6月)结束。

〔2〕 "以华制华" 作者在1933年4月21日《申报·自由谈》发表《"以夷制夷"》一文,抨击帝国主义"以华制华"的策略,傅红蓼等就在《大晚报·火炬》上发表文章,加以攻击。参看《伪自由书·"以夷制夷"》及其附录。

〔3〕 邵洵美 参看本卷第4页注〔1〕。

〔4〕 华北自治 1935年,日本帝国主义策动所谓"华北五省自治运动",11月指使汉奸殷汝耕(原国民党冀东行政督察专员)在通县成立"冀东防共自治委员会"。国民党政府屈从日本压力,指派宋哲元与日本华北驻防军推荐的王揖唐、王克敏等于12月18日成立"冀察政务委员会",以满足日本关于"华北政权特殊化"的要求。

〔5〕 保护正当的舆论 1935年底,国内新闻界纷纷致电国民党政府,要求"保障舆论"。如平津报界12月10日的电文中说:"凡不以武力或暴力为背景之言论,政府必当予以保障。"12月12日,南京新闻学会的电文要求"保障正当舆论"和"新闻从业者之自由"。

一 九 三 五 年

叶紫作《丰收》序[1]

作者写出创作来,对于其中的事情,虽然不必亲历过,最好是经历过。诘难者问:那么,写杀人最好是自己杀过人,写妓女还得去卖淫么?答曰:不然。我所谓经历,是所遇,所见,所闻,并不一定是所作,但所作自然也可以包含在里面。天才们无论怎样说大话,归根结蒂,还是不能凭空创造。描神画鬼,毫无对证,本可以专靠了神思,所谓"天马行空"似的挥写了,然而他们写出来的,也不过是三只眼,长颈子,就是在常见的人体上,增加了眼睛一只,增长了颈子二三尺而已。这算什么本领,这算什么创造?

地球上不只一个世界,实际上的不同,比人们空想中的阴阳两界还利害。这一世界中人,会轻蔑,憎恶,压迫,恐怖,杀戮别一世界中人,然而他不知道,因此他也写不出,于是他自称"第三种人",他"为艺术而艺术",他即使写了出来,也不过是三只眼,长颈子而已。"再亮些"[2]?不要骗人罢!你们的眼睛在那里呢?

伟大的文学是永久的,许多学者们这么说。对啦,也许是永久的罢。但我自己,却与其看薄凯契阿,雨果[3]的书,宁可看契诃夫，高尔基[4]的书，因为它更新，和我们的世界更接近。中国确也还盛行着《三国志演义》和《水浒传》[5]，但这是为了社会还有三国气和水浒气的缘故。《儒林外史》[6]作者的手段何尝在罗贯中下，然而留学生漫天塞地以来，这部书就好像不永久，也不伟大了。伟大也要有人懂。

这里的六个短篇，都是太平世界的奇闻，而现在却是极平常的事情。因为极平常，所以和我们更密切，更有大关系。作者还是一个青年，但他的经历，却抵得太平天下的顺民的一世纪的经历，在转辗的生活中，要他"为艺术而艺术"，是办不到的。但我们有人懂得这样的艺术，一点用不着谁来发愁。

这就是伟大的文学么？不是的，我们自己并没有这么说。"中国为什么没有伟大文学产生？"[7]我们听过许多指导者的教训了，但可惜他们独独忘却了一方面的对于作者和作品的摧残。"第三种人"教训过我们，希腊神话里说什么恶鬼有一张床，捉了人去，给睡在这床上，短了，就拉长他，太长，便把他截短。[8]左翼批评就是这样的床，弄得他们写不出东西来了。现在这张床真的摆出来了[9]，不料却只有"第三种人"睡得不长不短，刚刚合式。仰面唾天，掉在自己的眼睛里，天下真会有这等事。

但我们却有作家写得出东西来，作品在摧残中也更加坚实。不但为一大群中国青年读者所支持，当《电网外》在《文学新地》上以《王伯伯》的题目发表后，就得到世界的读者了。[10]这就是作者已经尽了当前的任务，也是对于压迫者的答复：文学是战斗的！

我希望将来还有看见作者的更多,更好的作品的时候。

一九三五年一月十六日,鲁迅记于上海。

*　　　*　　　*

〔1〕　本篇最初印入叶紫短篇小说集《丰收》。

叶紫(1910—1939),原名俞鹤林,湖南益阳人,作家。《丰收》收短篇小说六篇,《奴隶丛书》之一,1935 年 3 月奴隶社出版,假托“上海容光书局”发行。

〔2〕　“再亮些”　杜衡著有长篇小说《再亮些》,1934 年 5 月起连载于《现代》第五卷第一期至第五期和第六卷第一期(未刊完)。出单行本时书名改为《叛徒》,篇首《题解》中引用歌德临终时所说的话:“再亮些,再亮些!”

〔3〕　薄凯契阿(G.Boccàccio,1313—1375)　通译薄伽丘,欧洲文艺复兴时期意大利作家,著有故事集《十日谈》等。雨果(V.Hugo,1802—1885),法国作家,著有长篇小说《悲惨世界》等。

〔4〕　契诃夫(А.П.Чехов,1860—1904)　俄国作家,著有大量短篇小说和剧本《樱桃园》等。高尔基(М.Горький,1868—1936),苏联作家,著有长篇小说《母亲》、《阿尔达莫诺夫家的事业》和自传体三部曲《童年》、《在人间》、《我的大学》等。

〔5〕　《三国志演义》　即《三国演义》,长篇小说,明代罗贯中著,现在通行的是清代毛宗岗改订本,一百二十回。《水浒传》,又名《忠义水浒传》,长篇小说,明代施耐庵著,有百回本、百二十回本和清初金圣叹删订的七十一回本等。

〔6〕　《儒林外史》　长篇小说,清代吴敬梓著,共五十五回。

〔7〕　“中国为什么没有伟大文学产生”　郑伯奇在《春光》月刊创

刊号(1934年3月)发表《伟大的作品底要求》一文,其中说:"中国近数十年发生过很多的伟大事变,为什么还没有产生出一部伟大的作品?"接着,该刊第三期又在《中国目前为什么没有伟大的作品产生?》的征文题下,刊出十五篇应征的文章。

〔8〕 希腊神话中有"普洛克路斯忒斯之床"的故事,说强盗普洛克路斯忒斯有长短不同的两张床,他把长人放在短床上,将他锯短;又把矮人放在长床上,将他拉长。

〔9〕 指1934年6月国民党"中央宣传委员会图书杂志审查委员会"成立。

〔10〕 《电网外》在《文学新地》月刊创刊号(1934年9月)发表时,题为《王伯伯》,作者署名杨镜英;发表后曾被译为俄文,刊登在国际革命作家联盟机关刊物《国际文学》上。

隐　士〔1〕

隐士,历来算是一个美名,但有时也当作一个笑柄。最显著的,则有刺陈眉公的"翩然一只云中鹤,飞去飞来宰相衙"的诗,至今也还有人提及。〔2〕我以为这是一种误解。因为一方面,是"自视太高",于是别方面也就"求之太高",彼此"忘其所以",不能"心照",而又不能"不宣",从此口舌也多起来了。

非隐士的心目中的隐士,是声闻不彰,息影山林的人物。但这种人物,世间是不会知道的。一到挂上隐士的招牌,则即使他并不"飞去飞来",也一定难免有些表白,张扬;或是他的帮闲们的开锣喝道——隐士家里也会有帮闲,说起来似乎不近情理,但一到招牌可以换饭的时候,那是立刻就有帮闲的,这叫作"啃招牌边"。这一点,也颇为非隐士的人们所诟病,以为隐士身上而有油可揩,则隐士之阔绰可想了。其实这也是一种"求之太高"的误解,和硬要有名的隐士,老死山林中者相同。凡是有名的隐士,他总是已经有了"悠哉游哉,聊以卒岁"〔3〕的幸福的。倘不然,朝砍柴,昼耕田,晚浇菜,夜织屦,又那有吸烟品茗,吟诗作文的闲暇?陶渊明〔4〕先生是我们中国赫赫有名的大隐,一名"田园诗人",自然,他并不办期刊,也赶不上吃"庚款"〔5〕,然而他有奴子。汉晋时候的奴子,是不但侍候主人,并且给主人种地,营商的,正是生财器具。所以

231

虽是渊明先生，也还略略有些生财之道在，要不然，他老人家不但没有酒喝，而且没有饭吃，早已在东篱旁边饿死了。

所以我们倘要看看隐君子风，实际上也只能看看这样的隐君子，真的"隐君子"[6]是没法看到的。古今著作，足以汗牛而充栋[7]，但我们可能找出樵夫渔父的著作来？他们的著作是砍柴和打鱼。至于那些文士诗翁，自称什么钓徒樵子的，倒大抵是悠游自得的封翁或公子，何尝捏过钓竿或斧头柄。要在他们身上赏鉴隐逸气，我敢说，这只能怪自己胡涂。

登仕，是嗷饭之道，归隐，也是嗷饭之道。假使无法嗷饭，那就连"隐"也隐不成了。"飞去飞来"，正是因为要"隐"，也就是因为要嗷饭；肩出"隐士"的招牌来，挂在"城市山林"里，这就正是所谓"隐"，也就是嗷饭之道。帮闲们或开锣，或喝道，那是因为自己还不配"隐"，所以只好揩一点"隐"油，其实也还不外乎嗷饭之道。汉唐以来，实际上是入仕并不算鄙，隐居也不算高，而且也不算穷，必须欲"隐"而不得，这才看作士人的末路。唐末有一位诗人左偃[8]，自述他悲惨的境遇道："谋隐谋官两无成"，是用七个字道破了所谓"隐"的秘密的。

"谋隐"无成，才是沦落，可见"隐"总和享福有些相关，至少是不必十分挣扎谋生，颇有悠闲的余裕。但赞颂悠闲，鼓吹烟茗，[9]却又是挣扎之一种，不过挣扎得隐藏一些。虽"隐"，也仍然要嗷饭，所以招牌还是要油漆，要保护的。泰山崩，黄河溢，隐士们目无见，耳无闻，但苟有议及自己们或他的一伙的，则虽千里之外，半句之微，他便耳聪目明，奋袂而起，好像事件之大，远胜于宇宙之灭亡者，也就为了这缘故。其实连和苍蝇也何尝有什么相关。[10]

　　明白这一点，对于所谓"隐士"也就毫不诧异了，心照不宣，彼此都省事。

一月二十五日。

*　　　*　　　*

　　〔1〕　本篇最初发表于 1935 年 2 月 20 日上海《太白》半月刊第一卷第十一期，署名长庚。

　　〔2〕　陈眉公　陈继儒(1558—1639)，字仲醇，号眉公，华亭(今上海松江)人。明代文学家、书画家。诸生。曾隐居小昆山，但又常周旋官绅间。"翩然一只云中鹤，飞去飞来宰相衙"是清代蒋士铨所作传奇《临川梦·隐奸》一出出场诗的末两句，全诗为："妆点山林大架子，附庸风雅小名家。终南捷径无心走，处士虚声尽力夸。獭祭诗书充著作，蝇营钟鼎润烟霞。翩然一只云间鹤，飞去飞来宰相衙。"按松江古名云间，所以这诗曾被人认为是刺陈眉公的。1935 年 1 月 16 日《申报·自由谈》刊登再青(阿英)的《明末的反山人文学》一文中，曾引用这一首诗。

　　〔3〕　"悠哉游哉，聊以卒岁"　语出《左传》襄公二十一年："诗曰：'优哉游哉，聊以卒岁'。"按现在的通行本《诗经》中并无"聊以卒岁"句；"优哉游哉"则见于《小雅·采菽》。

　　〔4〕　陶渊明　参看本卷第 178 页注〔5〕。南朝梁钟嵘在《诗品》中称他为"古今隐逸诗人之宗"。

　　〔5〕　"庚款"　指美英等国退还的庚子赔款。1900 年(庚子)八国联军入侵我国，次年强迫清政府订立《辛丑条约》，其中规定付给各国"偿款"银四亿五千万两。后来英、美等国宣布将赔款中尚未付给的部分"退还"，作为在我国兴办学校、图书馆、医院等机构和设立各种学术

233

文化奖金的经费。

〔6〕 "隐君子" 即隐士。语出《史记·老庄申韩列传》:"老子,隐君子也。"

〔7〕 汗牛充栋 语出柳宗元《陆文通先生墓表》:"其为书,处则充栋宇,出则汗牛马。"

〔8〕 左偓 南唐诗人,长居金陵(今南京),终生未仕。有《锺山集》,已佚。《全唐诗》载有他的诗十首。"谋隐谋官两无成",原作"谋身谋隐两无成",是他的七律《寄韩侍郎》中的一句。

〔9〕 赞颂悠闲,鼓吹烟茗 周作人、林语堂等人长期提倡悠闲的生活情趣。1934 年林语堂创办《人间世》半月刊,更大肆提倡"以闲适为格调"的小品文。在他所办的《人间世》、《论语》等刊物上,经常登载反映闲适生活的谈烟说茗一类文字。

〔10〕 《人间世》的《发刊词》中,曾说该刊内容"包括一切,宇宙之大,苍蝇之微,皆可取材,故名之为人间世。"

"招 贴 即 扯"〔1〕

工愁的人物，真是层出不穷。开年正月，就有人怕骂倒了一切古今人，只留下自己的没意思。〔2〕要是古今中外真的有过这等事，这才叫作希奇，但实际上并没有，将来大约也不会有。岂但一切古今人，连一个人也没有骂倒过。凡是倒掉的，决不是因为骂，却只为揭穿了假面。揭穿假面，就是指出了实际来，这不能混谓之骂。

然而世间往往混为一谈。就以现在最流行的袁中郎〔3〕为例罢，既然肩出来当作招牌，看客就不免议论这招牌，怎样撕破了衣裳，怎样画歪了脸孔。这其实和中郎本身是无关的，所指的是他的自以为徒子徒孙们的手笔。然而徒子徒孙们就以为骂了他的中郎爷，愤慨和狼狈之状可掬，觉得现在的世界是比五四时代更狂妄了。但是，现在的袁中郎脸孔究竟画得怎样呢？时代很近，文证具存，除了变成一个小品文的老师，"方巾气"〔4〕的死敌而外，还有些什么？

和袁中郎同时活在中国的，无锡有一个顾宪成〔5〕，他的著作，开口"圣人"，闭口"吾儒"，真是满纸"方巾气"。而且疾恶如仇，对小人决不假借。他说："吾闻之：凡论人，当观其趋向之大体。趋向苟正，即小节出入，不失为君子；趋向苟差，即小节可观，终归于小人。又闻：为国家者，莫要于扶阳抑阴，君子即不幸有诖误,当保护爱惜成就之;小人即小过乎,当早排绝,无令为后患。……"(《自反录》)推而广之,也就是倘要论袁中郎,当看他趋向之大体,趋向苟正,不妨恕其偶讲空话,作小品文,因为他还有更重要的一方面在。正如李白[6]会做诗,就可以不责其喝酒,如果只会喝酒,便以半个李白,或李白的徒子徒孙自命,那可是应该赶紧将他"排绝"的。

中郎还有更重要的一方面么?有的。万历三十七年,顾宪成辞官,时中郎"主陕西乡试,发策,有'过劣巢由'之语。监临者问'意云何?'袁曰:'今吴中大贤亦不出,将令世道何所倚赖,故发此感尔。'"(《顾端文公年谱》[7]下)中郎正是一个关心世道,佩服"方巾气"人物的人,赞《金瓶梅》[8],作小品文,并不是他的全部。

中郎之不能被骂倒,正如他之不能被画歪。但因此也就不能作他的蛆虫们的永久的巢穴了。

一月二十六日。

*　　*　　*

〔1〕 本篇最初发表于 1935 年 2 月 20 日《太白》半月刊第一卷第十一期,署名公汗。

过去城市中有些人家在临街的墙壁上,写着"招贴即扯"、"不许招贴"等字样,以防止别人在上面粘贴广告。

〔2〕 林语堂在《论语》第五十七期(1935 年 1 月 16 日)发表《做文与做人》一文,其中说:"你骂吴稚晖蔡元培胡适之老朽,你自己也得打算有吴稚晖蔡元培胡适之的地位,能不能这样操持。你骂袁中郎消沉,你也

得自己照照镜子,做个京官,能不能像袁中郎之廉洁自守,兴利除弊。不然天下的人被你骂完了,只剩你一个人,那岂不是很悲观的现象?"

〔3〕 袁中郎 参看本卷第181页注〔22〕。

〔4〕 "方巾气" 又称"头巾气",意思就是道学气。方巾是明代学者士人日常所戴的帽子,明代王圻《三才图会·衣服》卷一载:"方巾:此即古所谓角巾也……相传国初服此,取四方平定之意。"林语堂在《方巾气研究》一文(连载于1934年4月28日、30日、5月3日《申报·自由谈》)中说:"方巾气道学气是幽默之魔敌。"

〔5〕 顾宪成(1550—1612) 字叔时,无锡(今属江苏)人。明万历进士,官至吏部郎中,曾因"忤旨"被革职;万历三十六年(1608)始起为南京光禄寺少卿,力辞不就。他在万历三十二年重修无锡的东林书院,与高攀龙等同在东林书院讲学,是明末东林党的重要人物,死后谥端文。著有《泾皋藏稿》、《小心斋劄记》、《自反录》等。下文顾宪成引述的是宋人赵抃的话,见《宋史·赵抃传》。

〔6〕 李白(701—762) 字太白,祖籍陇西成纪(今甘肃秦安),后迁居绵州昌隆(今四川江油),唐代诗人。玄宗初曾诏供奉翰林,不久去职。著有《李太白集》。

〔7〕 《顾端文公年谱》 四卷,由顾宪成之子与沐、孙枢、曾孙贞观相继编定,成书于清康熙三十三年(1694)。

〔8〕 《金瓶梅》 长篇小说,明代兰陵笑笑生撰,一百回。它广泛反映了明代社会的世态和生活,其中有不少淫秽的描写。明代沈德符《野获编》卷二十五《金瓶梅》条载:"袁中郎《觞政》以《金瓶梅》配《水浒传》为外典,予恨未得见。丙午(1606)遇中郎京邸,问'曾有全秩否?'曰'第睹数卷,甚奇快!'"按袁中郎在《觞政》之十"掌故"中分酒经酒谱、子史诗文、词曲传奇为内典、外典、逸典,并说"传奇则《水浒传》、《金瓶梅》为逸典。"

书 的 还 魂 和 赶 造[1]

　　把大部的丛书印给读者看,是宋朝就有的[2],一直到现在。缺点是因为部头大,所以价钱贵。好处是把研究一种学问的书汇集在一处,能比一部一部的自去寻求更省力;或者保存单本小种的著作在里面,使它不易于灭亡。但这第二种好处,是也靠着部头大,价钱贵,人们就因此格外珍重的缺点的。

　　但丛书也有蠹虫。从明末到清初,就时有欺人的丛书出现。那方法之一,是删削内容,轻减刻费,而目录却有一大串,使购买者只觉其种类之多;之二,是不用原题,别立名目,甚至另题撰人,使购买者只觉其收罗之广。如《格致丛书》,《历代小史》,《五朝小说》,《唐人说荟》[3]等,就都是的。现在是大抵消灭了,只有末一种化名为《唐代丛书》,有时还在流毒。

　　然而时代改变,新花样也要跟着出来了。

　　推测起新花样来:其一,是豫先设定一种丛书的大名,罗列目录,大如宇宙,微至苍蝇身上的细菌,无所不包,这才分头觅人,托他译作,限定时日,必须完工,虽然译作者未必定是专家,但总之有许多手同时在稿纸上写字,于是不必穷年累月,一大部煌煌巨制也就出现了;其二,是原有一批零碎的旧译作,一向不甚流行,或者虽曾流行,而现在却已经过了时候,于是聚在一起,略加类别,开成一串五花八门的目录,而一大部煌煌巨制也就出现了。

出版者是明白读者们的心想的,有些读者们,苦于不知道什么是必要的书,所以往往以为被选进丛书里的,总该是必要的书籍;而且丛书里的一本,价钱也比单行本便宜,所以看起来好像很上算;加以大小一律,也很合人们爱好整齐的心情。本数又多,一下子可以填满几书架,规模不大的图书馆有这几部,馆员就省下时常留心选购新书的精神了。然而出版者是又很明白购买者们的经济状况的,他深知道现在他们手头已没有这许多钱,所以这些书一定是廉价,使他们拚命的办出来,或者是分期豫约,使他们逐渐的缴进去。

汇印新作,当然是很好的,但新作必须是精粹的本子,这才可以救读者们的智识的饥荒。就是重印旧作,也并不算坏,不过这旧作必须已是一种带着文献性的本子,这才足供读者们的研究。如果仅仅是克日速成的草稿,或是栈房角落的存书,改换新装,招摇过市,但以"大"或"多"或"廉"诱人,使读者化去不少的钱,实际上却不过得到一大堆废物,这恶影响之在读书界是很不小的。

凡留心于文化的前进的人,对于这些书应该加以检讨!

二月十五日。

*　　　*　　　*

〔1〕　本篇最初发表于1935年3月5日《太白》半月刊第一卷第十二期,署名长庚。

〔2〕　我国最早印行的丛书,是南宋宁宗嘉泰元年(1201)太学生

俞鼎孙及其兄俞经辑刊的《儒学警悟》,内收宋人著作六种,共四十一卷。度宗咸淳九年(1273),左圭又辑刊《百川学海》十集,共一百种,收有汉、晋、六朝、唐、宋各代著作,其中宋人著作,占十分之八以上。

〔3〕 《格致丛书》 明代万历间胡文焕编。据《汇刻书目》说:"是编杂采诸书,更易名目,古书一经其点窜,使人厌观。且所列诸书,亦无定数……世间所行之本,部部各殊,究不知其全书凡几种。"所收各书从周代到明代都有,名目较多的一部凡分三十七类,共三四六种,现存者只一六八种。《历代小史》,明代万历间李栻编,收六朝至明代的野史、杂记共一〇六种,每种一卷。《五朝小说》,不著编者名氏,收魏、晋一一四种,唐一〇四种,宋、元一四四种,明一〇九种。《唐人说荟》,旧有桃源居士编刻本,收小说、杂记一四四种,清代乾隆间陈莲塘增编为一六四种。后来坊刻本又改名《唐代丛书》。

漫谈"漫画"[1]

　　孩子们吵架,有一个用木炭——上海是大抵用铅笔了——在墙壁上写道:"小三子可乎之及及也,同同三千三百刀!"[2]这和政治之类是毫不相干的,然而不能算小品文。画也一样,住家的恨路人到对门来小解,就在墙上画一个乌龟,题几句话,也不能叫它作"漫画"。为什么呢? 就因为这和被画者的形体或精神,是绝无关系的。

　　漫画的第一件紧要事是诚实,要确切的显示了事件或人物的姿态,也就是精神。

　　漫画是 Karikatur[3]的译名,那"漫",并不是中国旧日的文人学士之所谓"漫题""漫书"的"漫"。当然也可以不假思索,一挥而就的,但因为发芽于诚实的心,所以那结果也不会仅是嬉皮笑脸。这一种画,在中国的过去的绘画里很少见,《百丑图》或《三十六声粉铎图》[4]庶几近之,可惜的是不过戏文里的丑脚的摹写;罗两峰的《鬼趣图》[5],当不得已时,或者也就算进去罢,但它又太离开了人间。

　　漫画要使人一目了然,所以那最普通的方法是"夸张",但又不是胡闹。无缘无故的将所攻击或暴露的对象画作一头驴,恰如拍马家将所拍的对象做成一个神一样,是毫没有效果的,假如那对象其实并无驴气息或神气息。然而如果真有些驴气息，那就糟了，从此之后，越看越像，比读一本做得很厚的传记还明白。关于事件的漫画，也一样的。所以漫画虽然有夸张，却还是要诚实。"燕山雪花大如席"[6]，是夸张，但燕山究竟有雪花，就含着一点诚实在里面，使我们立刻知道燕山原来有这么冷。如果说"广州雪花大如席"，那可就变成笑话了。

"夸张"这两个字也许有些语病，那么，说是"廓大"也可以的。廓大一个事件或人物的特点固然使漫画容易显出效果来，但廓大了并非特点之处却更容易显出效果。矮而胖的，瘦而长的，他本身就有漫画相了，再给他秃头，近视眼，画得再矮而胖些，瘦而长些，总可以使读者发笑。但一位白净苗条的美人，就很不容易设法，有些漫画家画作一个髑髅或狐狸之类，却不过是在报告自己的低能。有些漫画家却不用这呆法子，他用廓大镜照了她露出的搽粉的臂膊，看出她皮肤的褶皱，看见了这些褶皱中间的粉和泥的黑白画。这么一来，漫画稿子就成功了，然而这是真实，倘不信，大家或自己也用廓大镜去照照去。于是她也只好承认这真实，倘要好，就用肥皂和毛刷去洗一通。

因为真实，所以也有力。但这种漫画，在中国是很难生存的。我记得去年就有一位文学家说过，他最讨厌论人用显微镜。

欧洲先前，也并不两样。漫画虽然是暴露，讥刺，甚而至于是攻击的，但因为读者多是上等的雅人，所以漫画家的笔锋的所向，往往只在那些无拳无勇的无告者，用他们的可笑，衬出雅人们的完全和高尚来，以分得一枝雪茄的生意。像西班牙的戈雅（Francisco de Goya）和法国的陀密埃（Honoré Daumier）[7]那样的漫画家，到底还是不可多得的。

二月二十八日。

*　　　*　　　*

〔1〕　本篇最初印入《小品文和漫画》一书。该书是《太白》半月刊一卷纪念的特辑，内收关于小品文和漫画的文章五十八篇，1935 年 3 月生活书店出版。

〔2〕　"小三子可乎之及及也"二句，意思是"小三子可恶之极，戳他三千三百刀。""同同"，形容戳的声音。

〔3〕　Karikatur　德语，又译"讽刺画"。

〔4〕　《百丑图》　描绘一百出丑角戏的图画，作者不详。《三十六声粉铎图》，全名为《天长宣氏三十六声粉铎图咏》，描绘昆剧三十六出丑角戏的图画，并加题咏。清代宣鼎作，《申报馆丛书》之一。

〔5〕　罗两峰（1733—1799）　名聘，字遁夫，号两峰，江苏甘泉（今江都）人，清代画家。嘉庆时居扬州，为"扬州八怪"之一。《鬼趣图》，是八幅讽刺世态的画。

〔6〕　"燕山雪花大如席"　李白《北风行》中的句子。燕山在河北蓟县东南。

〔7〕　戈雅（1746—1828）　西班牙讽刺画家。作品多取材于民间生活，作有铜版组画《奇想集》、版画集《战争的灾难》等。陀密埃（1808—1879），通译杜米埃，法国画家。晚年曾参加巴黎公社革命运动，作品有石版画《立法肚子》等。

漫画而又漫画[1]

德国现代的画家格罗斯（George Grosz）[2]，中国已经绍介过好几回，总可以不算陌生人了。从有一方说，他也可以算是漫画家；那些作品，大抵是白地黑线的。

他在中国的遭遇，还算好，翻印的画虽然制版术太坏了，或者被缩小，黑线白地却究竟还是黑线白地。不料中国"文艺"家的脑子今年反常了，在挂着"文艺"招牌的杂志[3]上绍介格罗斯的黑白画，线条都变了雪白；地子呢，有蓝有红，真是五颜六色，好看得很。

自然，我们看石刻的拓本，大抵是黑地白字的。但翻印的绘画，却还没有见过将青绿山水变作红黄山水，水墨龙化为水粉龙的大改造。有之，是始于二十世纪过了三十五年的上海的"文艺"家。我才知道画家作画时候的调色，配色之类，都是多事。一经中国"文艺"家的手，全无问题，——嗡，嗡，随随便便。

这些翻印的格罗斯的画是有价值的，是漫画而又漫画。

二月二十八日。

*　　　*　　　*

〔1〕 本篇最初印入《小品文和漫画》一书，署名且介。

〔2〕 格罗斯(1893—1959) 德国画家、装帧设计家,后移居美国。1929年上海春潮书局出版许霞(许广平)翻译、鲁迅校订的匈牙利童话《小彼得》,收有格罗斯作的插图六幅,鲁迅并在序文中作了介绍(参看《三闲集·〈小彼得〉译本序》)。1932年在上海举行的"德国版画展览会"中,曾展出他作的《席勒剧本〈强盗〉警句图》十幅。

〔3〕 挂着"文艺"招牌的杂志 指《文艺画报》,月刊,穆时英、叶灵凤编,1934年10月创刊,1935年4月停刊,共出四期。上海杂志公司出版。该刊第一卷第三期(1935年2月)曾刊载格罗斯的漫画八幅,其中四幅就是蓝地、红地、黑地和五彩的。

《中国新文学大系》小说二集序[1]

一

　　凡是关心现代中国文学的人,谁都知道《新青年》[2]是提倡"文学改良",后来更进一步而号召"文学革命"的发难者。但当一九一五年九月中在上海开始出版的时候,却全部是文言的。苏曼殊[3]的创作小说,陈嘏[4]和刘半农[5]的翻译小说,都是文言。到第二年,胡适[6]的《文学改良刍议》发表了,作品也只有胡适的诗文和小说是白话。后来白话作者逐渐多了起来,但又因为《新青年》其实是一个论议的刊物,所以创作并不怎样著重,比较旺盛的只有白话诗;至于戏曲和小说,也依然大抵是翻译。

　　在这里发表了创作的短篇小说的,是鲁迅。从一九一八年五月起,《狂人日记》,《孔乙己》,《药》等,陆续的出现了,算是显示了"文学革命"的实绩,又因那时的认为"表现的深切和格式的特别",颇激动了一部分青年读者的心。然而这激动,却是向来怠慢了绍介欧洲大陆文学的缘故。一八三四年顷,俄国的果戈理(N.Gogol)就已经写了《狂人日记》;[7]一八八三年顷,尼采(Fr.Nietzsche)[8]也早借了苏鲁支(Zarathustra)的嘴,说过"你们已经走了从虫豸到人的路,在你们里面还有许多份是虫豸。你们做过猴子,到了现在,人还尤其猴子,无论比那一个猴子"的。而且《药》的收束,也分明的留着安特莱夫(L.Andreev)〔9〕式的阴冷。但后起的《狂人日记》意在暴露家族制度和礼教的弊害,却比果戈理的忧愤深广,也不如尼采的超人的渺茫。此后虽然脱离了外国作家的影响,技巧稍为圆熟,刻划也稍加深切,如《肥皂》,《离婚》等,但一面也减少了热情,不为读者们所注意了。

从《新青年》上,此外也没有养成什么小说的作家。

较多的倒是在《新潮》〔10〕上。从一九一九年一月创刊,到次年主干者们出洋留学而消灭的两个年中,小说作者就有汪敬熙,罗家伦,杨振声,俞平伯,欧阳予倩和叶绍钧。自然,技术是幼稚的,往往留存着旧小说上的写法和语调;而且平铺直叙,一泻无余;或者过于巧合,在一刹时中,在一个人上,会聚集了一切难堪的不幸。然而又有一种共同前进的趋向,是这时的作者们,没有一个以为小说是脱俗的文学,除了为艺术之外,一无所为的。他们每作一篇,都是"有所为"而发,是在用改革社会的器械,——虽然也没有设定终极的目标。

俞平伯〔11〕的《花匠》以为人们应该屏绝矫揉造作,任其自然,罗家伦〔12〕之作则在诉说婚姻不自由的苦痛,虽然稍嫌浅露,但正是当时许多智识青年们的公意;输入易卜生(H.Ibsen)〔13〕的《娜拉》和《群鬼》的机运,这时候也恰恰成熟了,不过还没有想到《人民之敌》和《社会柱石》。杨振声〔14〕是极要描写民间疾苦的;汪敬熙〔15〕并且装着笑容,揭露了好学生的秘密和苦人的灾难。但究竟因为是上层的智识者,所以笔墨总不免伸缩于描写身边琐事和小民生活之间。后来,欧阳予倩[16]致力于剧本去了;叶绍钧[17]却有更远大的发展。汪敬熙又在《现代评论》[18]上发表创作,至一九二五年,自选了一本《雪夜》,但他好像终于没有自觉,或者忘却了先前的奋斗,以为他自己的作品,是并无"什么批评人生的意义的"了。序中有云——

> "我写这些篇小说的时候,是力求着去忠实的描写我所见的几种人生经验。我只求描写的忠实,不搀入丝毫批评的态度。虽然一个人叙述一件事实之时,他的描写是免不了受他的人生观之影响,但我总是在可能的范围之内,竭力保持一种客观的态度。

> "因为持了这种客观态度的缘故,我这些短篇小说是不会有什么批评人生的意义。我只写出我所见的几种经验给读者看罢了。读者看了这些小说,心中对于这些种经验有什么评论,是我所不问的。"

杨振声的文笔,却比《渔家》更加生发起来,但恰与先前的战友汪敬熙站成对蹠:他"要忠实于主观",要用人工来制造理想的人物。而且凭自己的理想还怕不够,又请教过几个朋友,删改了几回,这才完成一本中篇小说《玉君》[19],那自序道——

> "若有人问玉君是真的,我的回答是没有一个小说家说实话的。说实话的是历史家,说假话的才是小说家。历史家用的是记忆力,小说家用的是想像力。历史家取的是科学态度,要忠实于客观;小说家取的是艺术态度,

要忠实于主观。一言以蔽之,小说家也如艺术家,想把天然艺术化,就是要以他的理想与意志去补天然之缺陷。"

他先决定了"想把天然艺术化",唯一的方法是"说假话","说假话的才是小说家"。于是依照了这定律,并且博采众议,将《玉君》创造出来了,然而这是一定的:不过一个傀儡,她的降生也就是死亡。我们此后也不再见这位作家的创作。

二

"五四"事件一起,这运动的大营的北京大学负了盛名,但同时也遭了艰险。终于,《新青年》的编辑中枢不得不复归上海[20],《新潮》群中的健将,则大抵远远的到欧美留学去了,《新潮》这杂志,也以虽有大吹大擂的豫告,却至今还未出版的"名著绍介"收场[21];留给国内的社员的,是一万部《子民先生言行录》[22]和七千部《点滴》[23]。创作衰歇了,为人生的文学自然也衰歇了。

但上海却还有着为人生的文学的一群,不过也崛起了为文学的文学的一群[24]。这里应该提起的,是弥洒社[25]。它在一九二三年三月出版的《弥洒》(Musai)上,由胡山源[26]作的《宣言》(《弥洒临凡曲》)告诉我们说——

　　"我们乃是艺文之神;

　　我们不知自己何自而生,

　　也不知何为而生:

　　…………

我们一切作为只知顺着我们的 Inspiration!"[27]

到四月出版的第二期,第一页上便分明的标出了这是"无目的无艺术观不讨论不批评而只发表顺灵感所创造的文艺作品的月刊",即是一个脱俗的文艺团体的刊物。但其实,是无意中有着假想敌的。陈德征[28]的《编辑余谈》说:"近来文学作品,也有商品化的,所谓文学研究者,所谓文人,都不免带有几分贩卖者底色彩!这是我们所深恶而且深以为痛心疾首的一件事。……"就正是和讨伐"垄断文坛"[29]者的大军一鼻孔出气的檄文。这时候,凡是要独树一帜的,总打着憎恶"庸俗"的幌子。

一切作品,诚然大抵很致力于优美,要舞得"翩跹回翔",唱得"宛转抑扬",然而所感觉的范围却颇为狭窄,不免咀嚼着身边的小小的悲欢,而且就看这小悲欢为全世界。在这刊物上,作为小说作者而出现的,是胡山源,唐鸣时,赵景沄,方企留,曹贵新[30];钱江春和方时旭[31],却只能数作速写的作者。从中最特出的是胡山源,他的一篇《睡》,是实践宣言,笼罩全群的佳作,但在《樱桃花下》(第一期),却正如这面的过度的睡觉一样,显出那面的病的神经过敏来了。"灵感"也究竟要露出目的的。赵景沄的《阿美》,虽然简单,虽然好像不能"无所为",却强有力的写出了连敏感的作者们也忘却了的"丫头"的悲惨短促的一世。

一九二四年中发祥于上海的浅草社[32],其实也是"为艺术而艺术"的作家团体,但他们的季刊,每一期都显示着努力:向外,在摄取异域的营养,向内,在挖掘自己的魂灵,要发见心里的眼睛和喉舌，来凝视这世界，将真和美歌唱给寂寞的人们。韩君格，孔襄我，胡絮若，高世华，林如稷，徐丹歌，顾璥，莎子，亚士，陈翔鹤，陈炜谟，竹影女士，都是小说方面的工作者；连后来是中国最为杰出的抒情诗人冯至[33]，也曾发表他幽婉的名篇。次年，中枢移入北京，社员好像走散了一些，《浅草》季刊改为篇叶较少的《沉钟》周刊[34]了，但锐气并不稍衰，第一期的眉端就引着吉辛（G.Gissing）[35]的坚决的句子——

"而且我要你们一齐都证实……

我要工作啊，一直到我死之一日。"

但那时觉醒起来的智识青年的心情，是大抵热烈，然而悲凉的。即使寻到一点光明，"径一周三"[36]，却更分明的看见了周围的无涯际的黑暗。摄取来的异域的营养又是"世纪末"[37]的果汁：王尔德（Oscar Wilde）[38]，尼采（Fr.Nietzsche），波特莱尔（Ch.Baudelaire）[39]，安特莱夫（L.Andreev）们所安排的。"沉自己的船"[40]还要在绝处求生，此外的许多作品，就往往"春非我春，秋非我秋"[41]，玄发朱颜，却唱着饱经忧患的不欲明言的断肠之曲。虽是冯至的饰以诗情，莎子[42]的托辞小草，还是不能掩饰的。凡这些，似乎多出于蜀中的作者，蜀中的受难之早，也即此可以想见了。

不过这群中的作者们也未尝自馁。陈炜谟[43]在他的小说集《炉边》的"Proem"里说——

"但我不要这样；生活在我还在刚开头，有许多命运的猛兽正在那边张牙舞爪等着我在。可是这也不用怕。人虽不必去崇拜太阳，但何至于懦怯得连暗夜也要躲避呢？怎的,秃笔不会写在破纸上么？若干年之后,回想此时的我,即不管别人,在自己或也可值眷念罢,如果值得忆念的地方便应该忆念。……"

自然,这仍是无可奈何的自慰的伤心之言,但在事实上,沉钟社却确是中国的最坚韧,最诚实,挣扎得最久的团体。它好像真要如吉辛的话,工作到死掉之一日;如"沉钟"的铸造者,死也得在水底里用自己的脚敲出洪大的钟声[44]。然而他们并不能做到,他们是活着的,时移世易,百事俱非;他们是要歌唱的,而听者却有的睡眠,有的槁死,有的流散,眼前只剩下一片茫茫白地,于是也只好在风尘颎洞中,悲哀孤寂地放下了他们的箜篌了。

后来以"废名"出名的冯文炳[45],也是在《浅草》中略见一斑的作者,但并未显出他的特长来。在一九二五年出版的《竹林的故事》里,才见以冲淡为衣,而如著者所说,仍能"从他们当中理出我的哀愁"的作品。可惜的是大约作者过于珍惜他有限的"哀愁",不久就更加不欲像先前一般的闪露,于是从率直的读者看来,就只见其有意低徊,顾影自怜之态了。

冯沅君[46]有一本短篇小说集《卷葹》——是"拔心不死"的草名,也是一九二三年起,身在北京,而以"淦女士"的笔名,发表于上海创造社的刊物上的作品。其中的《旅行》是提炼了《隔绝》和《隔绝之后》(并在《卷葹》内)的精粹的名文,虽嫌过于说理,却还未伤其自然;那"我很想拉他的手,但是我不敢,我只敢在间或车上的电灯被震动而失去它的光的时候,因为我害怕那些搭客们的注意。可是我们又自己觉得很骄傲的,我们不客气的以全车中最尊贵的人自命。"这一段，实在是五四运动直后，将毅然和传统战斗，而又怕敢毅然和传统战斗，遂不得不复活其"缠绵悱恻之情"的青年们的真实的写照。和"为艺术而艺术"的作品中的主角，或夸耀其颓唐，或衔鬻其才绪，是截然两样的。然而也可以复归于平安。陆侃如[47]在《卷施》再版后记里说："'淊'训'沈'，取《庄子》'陆沈'之义。现在作者思想变迁，故再版时改署沅君。……只因作者秉性疏懒，故托我代说。"诚然，三年后的《春痕》[48]，就只剩了散文的断片了，更后便是关于文学史的研究。这使我又记起匈牙利的诗人彼兑菲（Petöfi Sándor）[49]题 B.Sz. 夫人照像的诗来——

> "听说你使你的男人很幸福，我希望不至于此，因为他是苦恼的夜莺，而今沉默在幸福里了。苛待他罢，使他因此常常唱出甜美的歌来。"

我并不是说：苦恼是艺术的渊源，为了艺术，应该使作家们永久陷在苦恼里。不过在彼兑菲的时候，这话是有些真实的；在十年前的中国，这话也有些真实的。

三

在北京这地方，——北京虽然是"五四运动"的策源地，但自从支持着《新青年》和《新潮》的人们，风流云散以来，一九二○至二二年这三年间，倒显着寂寞荒凉的古战场的情景。《晨报副刊》[50]，后来是《京报副刊》[51]露出头角来了，然而都不是怎么注重文艺创作的刊物,它们在小说一方面,只绍介了有限的作家:蹇先艾,许钦文,王鲁彦,黎锦明,黄鹏基,尚钺,向培良。

蹇先艾[52]的作品是简朴的,如他在小说集《朝雾》里说——

> "……我已经是满过二十岁的人了,从老远的贵州跑到北京来,灰沙之中彷徨了也快七年,时间不能说不长,怎样混过的,并自身都茫然不知。是这样匆匆地一天一天的去了,童年的影子越发模糊消淡起来,像朝雾似的,袅袅的飘失,我所感到的只有空虚与寂寞。这几个岁月,除近两年信笔涂鸦的几篇新诗和似是而非的小说之外,还做了什么呢? 每一回忆,终不免有点凄寥撞击心头。所以现在决然把这个小说集付印了,……借以纪念从此阔别的可爱的童年。……若果不失赤子之心的人们肯毅然光顾,或者从中间也寻得出一点幼稚的风味来罢?……"

诚然,虽然简朴,或者如作者所自谦的"幼稚",但很少文饰,也足够写出他心曲的哀愁。他所描写的范围是狭小的,几个平常人,一些琐屑事,但如《水葬》,却对我们展示了"老远的贵州"的乡间习俗的冷酷,和出于这冷酷中的母性之爱的伟大,——贵州很远,但大家的情境是一样的。

这时——一九二四年——偶然发表作品的还有裴文中[53]和李健吾[54]。前者大约并不是向来留心创作的人,那《戎马声中》,却拉杂的记下了游学的青年,为了炮火下的故乡和父母而惊魂不定的实感。后者的《终条山的传说》是绚烂了,虽在十年以后的今日,还可以看见那藏在用口碑织就的华服里面的身体和灵魂。

塞先艾叙述过贵州,裴文中关心着榆关,凡在北京用笔写出他的胸臆来的人们,无论他自称为用主观或客观,其实往往是乡土文学,从北京这方面说,则是侨寓文学的作者。但这又非如勃兰兑斯(G.Brandes)[55]所说的"侨民文学",侨寓的只是作者自己,却不是这作者所写的文章,因此也只见隐现着乡愁,很难有异域情调来开拓读者的心胸,或者眩耀他的眼界。许钦文[56]自名他的第一本短篇小说集为《故乡》,也就是在不知不觉中,自招为乡土文学的作者,不过在还未开手来写乡土文学之前,他却已被故乡所放逐,生活驱逐他到异地去了,他只好回忆"父亲的花园",而且是已不存在的花园,因为回忆故乡的已不存在的事物,是比明明存在,而只有自己不能接近的事物较为舒适,也更能自慰的——

"父亲的花园最盛的几年距今已有几时,已难确切的计算。当时的盛况虽曾照下一像,如今挂在父亲的房里,无奈为时已久,那时乡间的摄影又很幼稚,现已模胡莫辨了。挂在它旁边的芳姊的遗像也已不大清楚,惟有父亲题在像上的字句却很明白:'性既执拗,遇复可怜,一朝痛割,我独何堪!'

"…………

"我想父亲的花园就是能够重行种起种种的花来,那时的盛况总是不能恢复的了,因为已经没有了芳姊。"

　　无可奈何的悲愤,是令人不得不舍弃的,然而作者仍不能舍弃,没有法,就再寻得冷静和诙谐来做悲愤的衣裳;裹起来了,聊且当作"看破"。并且将这手段用到描写种种人物,尤其是青年人物去。因为故意的冷静,所以也刻深,而终不免带着令人疑虑的嬉笑。"虽有忮心,不怨飘瓦"[57],冷静要死静;包着愤激的冷静和诙谐,是被观察和被描写者所不乐受的,他们不承认他是一面无生命,无意见的镜子。于是他也往往被排进讽刺文学作家里面去,尤其是使女士们皱起了眉头。

　　这一种冷静和诙谐,如果滋长起来,对于作者本身其实倒是危险的。他也能活泼的写出民间生活来,如《石宕》,但可惜不多见。

　　看王鲁彦[58]的一部分的作品的题材和笔致,似乎也是乡土文学的作家,但那心情,和许钦文是极其两样的。许钦文所苦恼的是失去了地上的"父亲的花园",他所烦冤的却是离开了天上的自由的乐土。他听得"秋雨的诉苦"说——

　　　　"地太小了,地太脏了,到处都黑暗,到处都讨厌。人人只知道爱金钱,不知道爱自由,也不知道爱美。你们人类的中间没有一点亲爱,只有仇恨。你们人类,夜间像猪一般的甜甜蜜蜜的睡着,白天像狗一般的争斗着,撕打着……

　　　　"这样的世界,我看得惯吗? 我为什么不应该哭呢?在野蛮的世界上,让野兽们去生活着罢,但是我不,我们不……唔,我现在要离开这世界,到地底去了……"

　　这和爱罗先珂(V. Eroshenko)[59]的悲哀又仿佛相像的,

然而又极其两样。那是地下的土拨鼠,欲爱人类而不得,这是太空的秋雨,要逃避人间而不能。他只好将心还给母亲,才来做"人",骗得母亲的微笑。秋天的雨,无心的"人",和人间社会是不会有情愫的。要说冷静,这才真是冷静;这才能够和"托尔斯小"的无抵抗主义一同抹杀"牛克斯"的斗争说;和"达我文"的进化说一并嘲弄"克鲁屁特金"的互助论[60];对专制不平,但又向自由冷笑。作者是往往想以诙谐之笔出之的,但也因为太冷静了,就又往往化为冷话,失掉了人间的诙谐。

然而"人"的心是究竟还不尽的,《柚子》一篇,虽然为湘中的作者所不满[61],但在玩世的衣裳下,还闪露着地上的愤懑,在王鲁彦的作品里,我以为倒是最为热烈的的了。

我所说的这湘中的作家是黎锦明[62],他大约是自小就离开了故乡的。在作品里,很少土气息,但蓬勃着楚人的敏感和热情。他一早就在《社交问题》里,对易卜生一流的解放论者掷了斯忒林培黎(A. Strindberg)[63]式的投枪;但也能精致而明丽的说述儿时的"轻微的印象"。待到一九二六年,他布告不满于自己了,他在《烈火》再版的自序上说——

> "在北京生活的人们,如其有灵魂,他们的灵魂恐怕未有不染遍了灰色罢,自然,《烈火》即在这情形中写成,当我去年春时来到上海,我的心境完全变了,对于它,只有遗弃的一念。……"

他判过去的生活为灰色,以早期的作品为童骏了。果然,在此后的《破垒集》中,的确很换了些披挂,有含讥的轻妙的小品,但尤其显出好的故事作者的特色来:有时如中国的"磊砢山房"[64]主人的瑰奇;有时如波兰的显克微支(H. Sienkiewicz)[65]的警拔,却又不以失望收场,有声有色,总能使读者欣然终卷。但其失,则又即在主旨居陆离光怪的装饰之中,时或永被沉埋,倘一显现,便又见得鹘突了。

《现代评论》比起日报的副刊来,比较的着重于文艺,但那些作者,也还是新潮社和创造社[66]的老手居多。凌叔华[67]的小说,却发祥于这一种期刊的,她恰和冯沅君的大胆,敢言不同,大抵很谨慎的,适可而止的描写了旧家庭中的婉顺的女性。即使间有出轨之作,那是为了偶受着文酒之风的吹拂,终于也回复了她的故道了。这是好的,——使我们看见和冯沅君,黎锦明,川岛[68],汪静之[69]所描写的绝不相同的人物,也就是世态的一角,高门巨族的精魂。

四

一九二五年十月间,北京突然有莽原社[70]出现,这其实不过是不满于《京报副刊》编辑者的一群,另设《莽原》周刊,却仍附《京报》发行,聊以快意的团体。奔走最力者为高长虹[71],中坚的小说作者也还是黄鹏基,尚钺,向培良三个;而鲁迅是被推为编辑的。但声援的很不少,在小说方面,有文炳,沅君,霁野,静农,小酩,青雨等。到十一月,《京报》要停止副刊以外的小幅了,便改为半月刊,由未名社出版,其时所绍介的新作品,是描写着乡下的沉滞的氛围气的魏金枝[72]之作:《留下镇上的黄昏》。

但不久这莽原社内部冲突了,长虹一流,便在上海设立了狂飙社。所谓"狂飙运动",那草案其实是早藏在长虹的衣袋里面的,常要乘机而出,先就印过几期周刊;那《宣言》,又曾在一九二五年三月间的《京报副刊》上发表,但尚未以"超人"自命,还带着并不自满的声音——

"黑沉沉的暗夜,一切都熟睡了,死一般的,没有一点声音,一件动作,阒寂无聊的长夜呵!

"这样的,几百年几百年的时期过去了,而晨光没有来,黑夜没有止息。

"死一般的,一切的人们,都沉沉的睡着了。

"于是有几个人,从黑暗中醒来,便互相呼唤着:

"——时候到了,期待已经够了。

"——是呵,我们要起来了。我们呼唤着,使一切不安于期待的人们也起来罢。

"——若是晨光终于不来,那么,也起来罢。我们将点起灯来,照耀我们幽暗的前途。

"——软弱是不行的,睡着希望是不行的。我们要作强者,打倒障碍或者被障碍压倒。我们并不惧怯,也不躲避。

"这样呼唤着,虽然是微弱的罢,听呵,从东方,从西方,从南方,从北方,隐隐的来了强大的应声,比我们更要强大的应声。

"一滴水泉可以作江河之始流,一片树叶之飘动可以兆暴风之将来,微小的起源可以生出伟大的结果。因为这个缘故,我们的周刊便叫作《狂飙》。"

不过后来却日见其自以为"超越"了。然而拟尼采样的彼此都不能解的格言式的文章,终于使周刊难以存在,可记的也仍然只是小说方面的黄鹏基,尚钺,——其实是向培良一个作者而已。

黄鹏基[73]将他的短篇小说印成一本,称为《荆棘》,而第二次和读者相见的时候,已经改名"朋其"了。他是首先明白晓畅的主张文学不必如奶油,应该如刺,文学家不得颓丧,应该刚健的人;他在《刺的文学》(《莽原》周刊二十八期)里,说明了"文学绝不是无聊的东西","文学家并不一定就是得天独厚的特等民族","也不是成天哭泣的鲛人"。他说——

"我以为中国现代的作品,应该是像一丛荆棘。因为在一片沙漠里,憧憬的花都会慢慢地消灭的,社会生出荆棘来,他的叶是有刺的,他的茎是有刺的,以至于他的根也是有刺的。——请不要拿植物生理来反驳我——一篇作品的思想,的结构,的练句,的用字,都应该把我们常感觉到的刺的意味儿表现出来。真的文学家……应该先站起来,使我们不得不站起来。他应该充实自己的力,让人们怎样充实他自己的力,知道他自己的力,表现他自己的力。一篇作品的成功至少要使读者一直读下去,无暇辨文字的美恶,——恶劣的感觉,固然不好,就是美妙的感觉,也算失败。——而要想因循,苟且而不得。怎样抓着他的病的深处,就很利害地刺他一下。一般整饬的结构,平凡的字句,会使他跑到旁处去的,我们应该反对。

　　"'沙漠里遍生了荆棘,中国人就会过人的生活了!'
这是我相信的。"

　　朋其的作品的确和他的主张并不怎么背驰,他用流利而
诙谐的言语,暴露,描画,讽刺着各式人物,尤其是智识者层。
他或者装着傻子,说出青年的思想来,或者化为渝腿,跑进阔
佬们的家里去[74]。但也许因为力求生动,流利的缘故罢,抉
剔就不能深,而且结末的特地装置的滑稽,也往往毁损掉全篇
的力量。讽刺文学是能死于自身的故意的戏笑的。不久他又
"自招"(《荆棘》卷首)道:"写出'刺的文学'四字,也不过因了
每天对于霸王鞭的欣赏,和自己的'生也不辰',未能十分领略
花的意味儿,"那可大有徘徊之状了。此后也没有再看见他
"刺的文学"。

　　尚钺[75]的创作,也是意在讥刺,而且暴露,搏击的,小
说集《斧背》之名,便是自提的纲要。他创作的态度,比朋其
严肃,取材也较为广泛,时时描写着风气未开之处——河南信
阳——的人民。可惜的是为才能所限,那斧背就太轻小了,使
他为公和为私的打击的效力,大抵失在由于器械不良,手段生
涩的不中里。

　　向培良[76]当发表他第一本小说集《飘渺的梦》时,一开首
就说——

　　"时间走过去的时候,我的心灵听见轻微的足音,我
把这个很拙笨地移到纸上去了,这就是我这本小册子的
来源罢!"

的确,作者向我们叙述着他的心灵所听到的时间的足音,

有些是借了儿童时代的天真的爱和憎,有些是借着羁旅时候的寂寞的闻和见,然而他并不"拙笨",却也不矫揉造作,只如熟人相对,娓娓而谈,使我们在不甚操心的倾听中,感到一种生活的色相。但是,作者的内心是热烈的,倘不热烈,也就不能这么平静的娓娓而谈了,所以他虽然间或休息于过去的"已经失去的童心"中,却终于爱了现在的"在强有力的憎恶后面,发现更强有力的爱"的"虚无的反抗者",向我们绍介了强有力的《我离开十字街头》[77]。下面这一段就是那不知名的反抗者所自述的憎恶——

> "为什么我要跑出北京?这个我也说不出很多的道理。总而言之:我已经讨厌了这古老的虚伪的大城。在这里面游离了四年之后,我已经刻骨地讨厌了这古老的虚伪的大城。在这里面,我只看见请安,打拱,要皇帝,恭维执政——卑怯的奴才!卑劣,怯懦,狡猾,以及敏捷的逃躲,这都是奴才们的绝技!厌恶的深感在我口中,好似生的腥鱼在我口中一般;我需要呕吐,于是提着我的棍走了。"

在这里听到了尼采声,正是狂飙社的进军的鼓角。尼采教人们准备着"超人"的出现,倘不出现,那准备便是空虚。但尼采却自有其下场之法的:发狂和死。否则,就不免安于空虚,或者反抗这空虚,即使在孤独中毫无"末人"[78]的希求温暖之心,也不过蔑视一切权威,收缩而为虚无主义者(Nihilist)。巴札罗夫(Bazarov)是相信科学的;他为医术而死,一到所蔑视的并非科学的权威而是科学本身,那就成为沙宁(Sanin)[79]之徒,只好以一无所信为名,无所不为为实了。但狂飙社却似乎仅止于"虚无的反抗",不久就散了队,现在所遗留的,就只有向培良的这响亮的战叫,说明着半绥惠略夫(Sheveriov)[80]式的"憎恶"的前途。

未名社[81]却相反,主持者韦素园[82],是宁愿作为无名的泥土,来栽植奇花和乔木的人,事业的中心,也多在外国文学的译述。待到接办《莽原》后,在小说方面,魏金枝之外,又有李霁野[83],以锐敏的感觉创作,有时深而细,真如数着每一片叶的叶脉,但因此就往往不能广,这也是孤寂的发掘者所难以两全的。台静农[84]是先不想到写小说,后不愿意写小说的人,但为了韦素园的奖劝,为了《莽原》的索稿,他挨到一九二六年,也只得动手了。《地之子》的后记里自己说——

"那时我开始写了两三篇,预备第二年用。素园看了,他很满意我从民间取材;他遂劝我专在这一方面努力,并且举了许多作家的例子。其实在我倒不大乐于走这一条路。人间的酸辛和凄楚,我耳边所听到的,目中所看见的,已经是不堪了;现在又将它用我的心血细细地写出,能说这不是不幸的事么?同时我又没有生花的笔,能够献给我同时代的少男少女以伟大的欢欣。"

此后还有《建塔者》。要在他的作品里吸取"伟大的欢欣",诚然是不容易的,但他却贡献了文艺;而且在争写着恋爱的悲欢,都会的明暗的那时候,能将乡间的死生,泥土的气息,移在纸上的,也没有更多,更勤于这作者的了。

五

临末，是关于选辑的几句话——

一，文学团体不是豆荚，包含在里面的，始终都是豆。大约集成时本已各个不同，后来更各有种种的变化。在这里，一九二六年后之作即不录，此后的作者的作风和思想等，也不论。

二，有些作者，是有自编的集子的，曾在期刊上发表过的初期的文章，集子里有时却不见，恐怕是自己不满，删去了。但我间或仍收在这里面，因为我以为就是圣贤豪杰，也不必自惭他的童年；自惭，倒是一个错误。

三，自编的集子里的有些文章，和先前在期刊上发表的，字句往往有些不同，这当然是作者自己添削的。但这里却有时采了初稿，因为我觉得加了修饰之后，也未必一定比质朴的初稿好。

以上两点，是要请作者原谅的。

四，十年中所出的各种期刊，真不知有多少，小说集当然也不少，但见闻有限，自不免有遗珠之憾。至于明明见了集子，却取舍失当，那就即使并非偏心，也一定是缺少眼力，不想来勉强辩解了。

一九三五年三月二日写讫。

＊　　　＊　　　＊

〔1〕　本篇最初印入《〈中国新文学大系〉小说二集》。

《中国新文学大系》是从 1917 年新文学运动开始到 1926 年十年间的创作和理论的选集,计分文学建设理论、文学论争、小说(一至三集)、散文(一至二集)、诗歌、戏剧、史料·索引等共十册,赵家璧主编,上海良友图书印刷公司发行,1935 年至 1936 年间出齐。鲁迅负责编选的《小说二集》,是那一时期在文学研究会和创造社两个团体以外的作家的作品,于 1935 年 1 月开始编选,至 2 月底选讫,5 月间最后删定,7 月间出书,共收三十三位作者的小说五十九篇。

〔2〕　《新青年》　参看本卷第 76 页注〔3〕。该刊第二卷第五号(1917 年 1 月)发表了胡适的《文学改良刍议》,第六号又发表了陈独秀的《文学革命论》。

〔3〕　苏曼殊(1884—1918)　名玄瑛,字子谷,后为僧,法号曼殊,广东中山人,文学家。曾参加南社。著有小说《断鸿零雁记》等。《新青年》第二卷第三、四号(1916 年 11 月、12 月)发表他的小说《碎簪记》。

〔4〕　陈嘏　当时的一个翻译家。《新青年》自创刊号(1915 年 9 月)至第二卷第二号(1916 年 10 月)止曾连载他翻译的屠格涅夫的小说《春潮》和《初恋》。

〔5〕　刘半农　参看本卷第 75 页注〔2〕。他所译葡萄牙席尔洼的小说《欧洲花园》发表于《新青年》第二卷第三号(1916 年 11 月)。

〔6〕　胡适　参看本卷第 15 页注〔15〕。当时他是《新青年》杂志的编者之一。他在《新青年》第二卷第六号(1917 年 2 月)发表了《白话诗八首》,在第三卷第一号(1917 年 3 月)发表过所译莫泊桑的小说《二渔夫》等。

〔7〕　果戈理　参看本卷第 153 页注〔5〕。《狂人日记》,短篇小说,内容描写一个小职员因爱慕上司的女儿而发狂的故事。

〔8〕 尼采 参看本卷第 41 页注〔4〕。这里所引的话见《札拉图斯特拉如是说·序言》第三节。

〔9〕 安特莱夫（Л.Н.Андреев,1871—1919） 通译安德烈耶夫,俄国作家。十月革命后流寓国外。作品多描写人生的阴暗面,有悲观主义气息。著有中篇小说《红的笑》等。

〔10〕 《新潮》 综合性月刊,新潮社编,五四新文化运动初期的重要刊物之一。1919 年 1 月创刊于北京,不久主要成员傅斯年、罗家伦等赴欧美留学后,该刊 1922 年 3 月出至第三卷第二号停刊。

〔11〕 俞平伯（1900—1990） 名铭衡,字平伯,浙江德清人。文学家。曾任北京大学教授。他的短篇小说《花匠》发表于《新潮》第一卷第四号（1919 年 4 月）。

〔12〕 罗家伦（1897—1969） 浙江绍兴人,五四新文化运动的参加者,后任清华大学、中央大学校长等职。这里指的是他的短篇小说《是爱情还是苦痛?》,发表于《新潮》第一卷第三号（1919 年 3 月）。

〔13〕 易卜生 参看本卷第 71 页注〔10〕。他在《娜拉》和《群鬼》中提出了婚姻和家庭的改革问题;在《人民之敌》（又译《国民之敌》）和《社会柱石》中提出了社会的改革问题。《娜拉》和《国民之敌》曾译载于《新青年》第四卷第六号"易卜生号"（1918 年 6 月）。

〔14〕 杨振声（1890—1956） 山东蓬莱人,小说家。曾任北京大学、武昌大学教授。他的短篇小说《渔家》发表于《新潮》第一卷第三号,描写在渔霸剥削和警察勒索下的渔民的悲惨遭遇。

〔15〕 汪敬熙（1897—1968） 江苏吴县人,小说家。曾任广州中山大学教授。这里所说"好学生的秘密",指短篇小说《一个勤学的学生》,发表于《新潮》第一卷第二号（1919 年 2 月）;"苦人的灾难"指短篇小说《雪夜》,发表于《新潮》第一卷第一号。后来他在《现代评论》第一卷第二十三、二十四号（1925 年 5 月）上发表了短篇小说《瘸子王二的

驴》等。他的短篇小说集《雪夜》收作品九篇,1925 年 10 月上海亚东图书馆出版。

〔**16**〕 欧阳予倩(1889—1962) 湖南浏阳人,戏剧家。《新潮》第一卷第二号曾发表他的短篇小说《断手》。

〔**17**〕 叶绍钧(1894—1988) 字圣陶,江苏吴县人,作家,文学研究会发起人之一。著有童话集《稻草人》、长篇小说《倪焕之》和短篇小说集《隔膜》、《火灾》等。

〔**18**〕 《现代评论》 综合性周刊,胡适、陈源、王世杰、徐志摩等人主办的同人杂志。1924 年 12 月创刊于北京,1927 年 7 月移至上海出版,1928 年底出至第八卷第二○九期停刊。这个杂志的主要成员被称为“现代评论派”。

〔**19**〕 《玉君》 1925 年 2 月出版,现代社发行,《现代丛书》之一。作者在该书《自序》的末尾说:“先谢谢邓叔存先生,为了他的批评,我改了第一遍。再谢谢陈通伯先生,为了他的批评,我改了第二遍。最后再谢谢胡适之先生,为了他的批评,我改了第三遍。”按邓叔存即邓以蛰,陈通伯即陈源,胡适之即胡适。

〔**20**〕 《新青年》月刊于第八卷第一号(1920 年 9 月)起,设编辑部于上海,由新青年社出版(以前该刊系由上海群益书社印行)。

〔**21**〕 《新潮》最末一期第三卷第二号是《1920 年名著介绍特号》,于 1922 年 3 月间出版。

〔**22**〕 《孑民先生言行录》 新潮社编,共收杂文八十四篇及附录三篇,1920 年 10 月出版。蔡孑民,即蔡元培。

〔**23**〕 《点滴》 周作人翻译的外国短篇小说集,新潮社《文艺丛书》之一,1920 年 8 月出版。

〔**24**〕 为人生的文学的一群 指文学研究会。为文学的文学的一群,指创造社等。

〔25〕 弥洒社　文学团体,胡山源、钱江春等组成,1923 年 3 月在上海创办《弥洒》月刊,共出六期。弥洒,通译缪斯,希腊神话中的文艺女神。

〔26〕 胡山源(1897—1988)　江苏江阴人,曾任世界书局编辑。他的短篇小说《睡》和《碧桃花下》(文中误作《樱桃花下》)分别发表于《弥洒》第一期和第三期(文中误作第一期)。

〔27〕 Inspiration　英语:灵感。

〔28〕 陈德征　浙江浦江人。1927 年以后任国民党上海市党部主任委员、国民党政府上海市教育局长等职。

〔29〕 "垄断文坛"　创造社为《创造》季刊出版刊登的广告中有这样的话:"自文化运动发生后,我国新文艺为一、二偶像所垄断"。(1921 年 9 月 29 日《时事新报》)

〔30〕 唐鸣时(1901—1982)　浙江嘉善人,翻译工作者。译有莫里哀的《史嘉本的诡计》等。赵景沄(?—1929),浙江平湖人。他的短篇小说《阿美》发表于《弥洒》月刊第一期。方企留,应为张企留,江苏松江(今属上海)人。曹贵新(1894—1966 后),江苏常熟人。

〔31〕 钱江春(1900—1927)　江苏松江(今属上海)人。弥洒社的发起人和主要成员之一。方时旭,笔名云郎,浙江绍兴人。

〔32〕 浅草社　1922 年在上海成立的文学团体,主要成员有林如稷、陈炜谟、陈翔鹤、冯至等。1923 年 3 月创办《浅草》季刊,1925 年 2 月出至第四期停刊。

〔33〕 冯至(1905—1993)　河北涿县人,诗人。著有诗集《昨日之歌》、《北游及其他》等。《浅草》季刊第一卷第三期(1923 年 12 月)上发表了他的短篇小说《蝉与晚祷》。

〔34〕 《沉钟》周刊　文艺刊物,沉钟社编,1925 年 10 月在北京创刊,共出十期。1926 年 8 月改出半月刊,中经停刊复刊,至 1934 年 2 月

出至第三十四期停刊。主要作者除原浅草社同人外还有杨晦等。

〔35〕 吉辛(1857—1903) 英国小说家、散文家,著有《文苑外史》(New Grub Street)、《四季随笔》(Private Papers of Henry Ryecroft)等。

〔36〕 "径一周三" 即直径与圆周的比。语出《周髀算经》卷上汉代赵君卿注:"圆径一而周三。"

〔37〕 "世纪末" 原指十九世纪末叶。当时西方资本主义国家走向帝国主义阶段,在社会生活和文化思想等方面呈现颓废现象,在此时期出现的具有这种倾向的文学作品,被称为"世纪末"文学。

〔38〕 王尔德(1854—1900) 英国唯美派作家。著有剧本《莎乐美》、《温德米夫人的扇子》等。

〔39〕 波特莱尔(1821—1867) 法国诗人。著有诗集《恶之华》等。

〔40〕 "沉自己的船" 是《浅草》第一卷第三期(1923 年 12 月)所载高世华短篇小说的题目。小说写水手们因不堪船上士兵的凶暴,把船撞沉,同归于尽。这里所说绝处求生,是指小说结尾沉船时,水手们唱着歌:"不若就地齐下灰(水)……齐向死里去求活……"

〔41〕 "春非我春,秋非我秋" 语出《汉书·礼乐志》中《郊祀歌》之九:"日出入安穷,时世不与人同;故春非我春,夏非我夏,秋非我秋,冬非我冬。"

〔42〕 莎子 原名韩德章,天津人。这里说的托辞小草,是指他在《沉钟》周刊第九期(1925 年 12 月)发表的短篇小说《白头翁底故事》,写一种名叫白头翁的小草,开花后经风雨摧残,花冠雕零,只留下白色绒毛,自以为还是青春少年,却被同伴们讥为"白发老人",因而感到悲伤。按沉钟社中有一些四川作家,但冯至和莎子都不是。

〔43〕 陈炜谟(1903—1955) 四川泸县人,小说家。《炉边》是他的短篇小说集,收 1924 年至 1926 年间所作小说七篇,卷首有 Proem(英

语,序言或小引的意思)一篇。1927 年北新书局出版。

〔44〕 这是德国剧作家霍普特曼的剧本《沉钟》里面的故事。

〔45〕 冯文炳(1901—1967) 笔名废名,湖北黄梅人,小说家。《竹林的故事》是他的短篇小说集,收作品十四篇,1925 年 10 月新潮社出版;他在《自序》中说:"我开始做小说,在 1922 年秋天……都可以说是现在的产物,我愿读者从他们当中理出我的哀愁。"

〔46〕 冯沅君(1900—1974) 河南唐河人,小说家、文学史家。《卷施》应为《卷葹》,《乌合丛书》之一,1927 年 1 月北新书局出版。书中所收小说四篇,都先在《创造周报》和《创造》季刊发表过。

〔47〕 陆侃如(1903—1978) 江苏海门人,文学史家。冯沅君的丈夫,曾与冯沅君合著《中国诗史》。

〔48〕 《春痕》 中篇小说,冯沅君著。内容是"假定为一女子寄给她的情人的五十封信",1928 年 10 月北新书局出版。

〔49〕 彼兑菲(1823—1849) 通译裴多菲,匈牙利诗人。参加 1848 年匈牙利反抗奥地利侵略的民族革命,1849 年在与协助奥国的沙俄军队作战中牺牲。一说他在瑟什堡战役中与一批匈牙利士兵被俘,押至西伯利亚,约于 1856 年病卒。著有《民族之歌》、《勇敢的约翰》等。

〔50〕 《晨报副刊》 北京《晨报》的副刊,1921 年 10 月 20 日创刊,1928 年 6 月 5 日停刊。《晨报》是研究系的机关报,在政治上拥护北洋军阀政府,但其副刊在孙伏园编辑期间(1924 年 10 月以前),是赞助新文化运动的重要刊物之一。1925 年 10 月以后,改由新月派的徐志摩编辑。

〔51〕 《京报副刊》 《京报》是邵飘萍创办的报纸。《京报副刊》,孙伏园编辑,1924 年 12 月创刊,1926 年 4 月 24 日奉系军阀张作霖封闭《京报》时停刊。

〔52〕 寒先艾(1906—1994) 贵州遵义人,小说家。《朝雾》收《水

葬》等短篇小说十一篇,1927 年 8 月北新书局出版。《水葬》写贵州乡间一个穷人因偷窃被人抛入水中淹死(水葬),而他的老母天黑后还在倚门等候着他回家的故事。

〔53〕 裴文中(1904—1982) 河北丰润人,考古学家。他的短篇小说《戎马声中》发表于 1924 年 11 月 19 日的《晨报副刊》。

〔54〕 李健吾(1906—1982) 山西安邑(今运城)人,文学家。他的短篇小说《终条山的传说》发表于 1924 年 12 月 15 日的《晨报副刊》。

〔55〕 勃兰兑斯(1842—1927) 丹麦文学批评家。他的《十九世纪文学主流》第一卷题为《侨民文学》(Emigrant Literature),是关于几位流寓国外的法国作家的评论。

〔56〕 许钦文(1897—1984) 浙江绍兴人,小说家。《故乡》,《乌合丛书》之一,收《父亲的花园》等小说二十七篇,1926 年 4 月北新书局出版。他的短篇小说《石宕》是《故乡》之后的作品,发表于《莽原》半月刊第十三期(1926 年 7 月 10 日),写几个石匠在山石崩裂下丧生的惨剧。

〔57〕 "虽有忮心,不怨飘瓦" 语出《庄子·达生》:"虽有忮心者,不怨飘瓦。"

〔58〕 王鲁彦(1901—1944) 浙江镇海人,小说家。他的短篇小说集《柚子》,收《秋雨的诉苦》、《灯》、《柚子》、《华丽的头发》等十一篇,1924 年北新书局出版。

〔59〕 爱罗先珂(В.Я.Ерошенко,1889—1952) 俄国诗人和童话作家。童年时因病双目失明。所作童话剧《桃色的云》曾由鲁迅译成中文,其中的主角是一只地下的土拨鼠。

〔60〕 这里的一些话都见于王鲁彦的小说,如在《灯》中说:"罢了,罢了,母亲。我还你这颗心……母亲,我不再灰心了,我愿意做'人'了。"又在《柚子》中说:"托尔斯小先生说过:'自由之代价者,血与泪

也.'"又在《华丽的头发》中说:"她很有学问。她接着说了许多达我文的进化论的原理,又举了许多牛克司,克鲁屁特金等等的欧西名人的话来引证。"(按"托尔斯小"、"达我文"、"牛克司"、"克鲁屁特金"系对托尔斯泰、达尔文、马克思、克鲁泡特金的谑称。)

〔61〕 指黎锦明在他的短篇小说《社交问题》(发表于 1924 年 12 月《晨报副刊》)中的话:"《小说月报》之《橘子》一篇作品,只觉得满目的油滑调,而且不曾感得一丝毫忠实的兴味……湖南人底头,橘子! 杀人的事描作滑稽派小说,真是玩世!"(按这里说的《橘子》,即指王鲁彦的《柚子》,最初发表于 1924 年 10 月《小说月报》第十五卷第十期。)

〔62〕 黎锦明(1905—1999) 湖南湘潭人,小说家。他的短篇集《烈火》收《轻微的印象》等小说十篇,1925 年开明书店出版;又《破垒集》收小说八篇,1927 年开明书店出版。

〔63〕 斯忒林培黎(1849—1912) 一译斯忒林培克,通译斯特林堡,瑞典作家。他是一个轻视妇女解放论者。所著短篇小说集《结婚》,对妇女解放持嘲讽的态度。黎锦明的《社交问题》是写一个女青年追逐虚荣、对爱情采取轻率态度的小说。

〔64〕 "磊砢山房" 清代文学家屠绅的书室名。屠绅(1744—1801),字贤书,别号磊砢山人,江苏江阴人。著有长篇小说《蟫史》、笔记小说《六合内外琐言》等。

〔65〕 显克微支(1846—1916) 波兰小说家。著有《你往何处去》、《火与剑》等。

〔66〕 创造社 文学团体。1921 年 6 月成立,主要成员有郭沫若、郁达夫、成仿吾等。1929 年 2 月被国民党政府封闭。

〔67〕 凌叔华(1900—1990) 广东番禺人,小说家。著有短篇小说集《花之寺》、《女人》等。这里说的"出轨之作",指发表于《现代评论》第一卷第五期(1925 年 1 月 10 日)的《酒后》,写一个年轻的妻子酒后要

求丈夫同意她去吻一下酒醉的客人。

〔68〕 川岛 章廷谦(1901—1981),笔名川岛,浙江上虞人,作家。著有短篇小说集《月夜》。

〔69〕 汪静之(1902—1996) 安徽绩溪人,诗人。著有诗集《蕙的风》、中篇小说《耶稣的吩咐》等。

〔70〕 莽原社 文学团体,主要成员有鲁迅、高长虹、韦素园等。1925年4月24日创办《莽原》周刊,由鲁迅编辑,11月27日出至第三十二期止;次年1月10日起改为半月刊,未名社发行;8月鲁迅去厦门后由韦素园接编,1927年12月25日出至第二卷第二十四期停刊。

〔71〕 高长虹 参看本卷第71页注〔6〕。下面所说的"拟尼采样的彼此都不能解的格言式的文章",指高在《狂飙》周刊上发表的总题为《幻想与做梦》的小品。

〔72〕 魏金枝(1900—1972) 浙江嵊县人,作家。他的短篇小说《留下镇上的黄昏》,发表于《莽原》半月刊第十二期(1926年2月25日),后收入短篇集《七封书信的自传》。

〔73〕 黄鹏基(1901—1952) 笔名朋其,四川仁寿人,小说家。他的短篇集《荆棘》收小说十一篇,是《狂飙丛书》之一,1926年8月开明书店出版。他在《刺的文学》一文中说,"文学家……的作品也不是只为浮在面上供一般吃了饭没事干的人赞赏的奶油"。

〔74〕 这里是指黄鹏基的两个短篇:《我的情人》和《火腿先生在人海中的奔走》,分别发表于《莽原》周刊第三十一期和第二十五期,后来都收入《荆棘》。

〔75〕 尚钺(1902—1982) 河南罗山人,小说家、历史学家。他的短篇集《斧背》收小说十九篇,《狂飙丛书》之一,1928年5月泰东图书局出版。

〔76〕 向培良(1905—1959) 湖南黔阳人,狂飙社主要成员之一。

《飘渺的梦》收小说十四篇,《乌合丛书》之一,1926 年 6 月北新书局出版;引在这里的几句话,就是这本小说集的题词。他在题为《野花》的一个短篇中说:"我深深忏悔,向已经失去的童心,忏悔那过去的往事,儿时的回忆,稚子之心的悲与欢。"

〔77〕 《我离开十字街头》 向培良的中篇小说,《狂飙丛书》之一,1926 年 10 月光华书局出版。他在这书的《前记》里说:"我知道他是一个反抗者,虚无的反抗者……但是我非常爱他,因为我在他强有力的憎恨后面,发现更强有力的爱来。"

〔78〕 "末人" 尼采著作中的用语,与"超人"相对,指平庸猥琐、浅陋渺小的人。尼采的《察拉图斯忒拉如是说·序言》第五节中说:"'我们发现了幸福了,'末人说而且眨着眼。他们离开了那些地方,凡是难于生活的:因为人要些温暖。"(据鲁迅译文。)

〔79〕 巴札罗夫 俄国作家屠格涅夫的小说《父与子》的主角,文学作品中最早的虚无主义者的典型。沙宁,俄国作家阿尔志跋绥夫的小说《沙宁》的主角,虚无主义者。

〔80〕 绥惠略夫 阿尔志跋绥夫的小说《工人绥惠略夫》的主角,无政府主义者。

〔81〕 未名社 参看本卷第 70 页注〔2〕。

〔82〕 韦素园 参看本卷第 64 页注〔2〕。

〔83〕 李霁野 参看本卷第 64 页注〔3〕。所著短篇小说集《影》,1928 年开明书店出版。其中《嫩黄瓜》篇中有这样的话:"手抚摸着藤叶,我可以清清楚楚摸出它的叶脉来。"

〔84〕 台静农 参看本卷第 64 页注〔3〕。他的短篇集《地之子》收小说十四篇,《建塔者》收小说十篇,二书都编入《未名新集》,由未名社于 1928 年 11 月、1930 年 8 月先后出版。

内山完造作《活中国的姿态》序[1]

这也并非自己的发见，是在内山书店里听着漫谈的时候拾来的，据说：像日本人那样的喜欢"结论"的民族，就是无论是听议论，是读书，如果得不到结论，心里总不舒服的民族，在现在的世上，好像是颇为少有的，云。

接收了这一个结论之后，就时时令人觉得很不错。例如关于中国人，也就是这样的。明治时代的支那研究的结论，似乎大抵受着英国的什么人做的《支那人气质》[2]的影响，但到近来，却也有了面目一新的结论了。一个旅行者走进了下野的有钱的大官的书斋，看见有许多很贵的砚石，便说中国是"文雅的国度"；一个观察者到上海来一下，买几种猥亵的书和图画，再去寻寻奇怪的观览物事，便说中国是"色情的国度"。连江苏和浙江方面，大吃竹笋的事，也算作色情心理的表现的一个证据。[3]然而广东和北京等处，因为竹少，所以并不怎么吃竹笋。倘到穷文人的家里或者寓里去，不但无所谓书斋，连砚石也不过用着两角钱一块的家伙。一看见这样的事，先前的结论就通不过去了；所以观察者也就有些窘，不得不另外摘出什么适当的结论来。于是这一回，是说支那很难懂得，支那是"谜的国度"了。

据我自己想：只要是地位，尤其是利害一不相同，则两国

275

之间不消说,就是同国的人们之间,也不容易互相了解的。

　　例如罢,中国向西洋派遣过许多留学生,其中有一位先生,好像也并不怎样喜欢研究西洋,于是提出了关于中国文学的什么论文,使那边的学者大吃一惊,得了博士的学位,回来了。然而因为在外国研究得太长久,忘记了中国的事情,回国之后,就只好来教授西洋文学。他一看见本国里乞丐之多,非常诧异,慨叹道:他们为什么不去研究学问,却自甘堕落的呢?所以下等人实在是无可救药的。

　　不过这是极端的例子。倘使长久的生活于一地方,接触着这地方的人民,尤其是接触,感得了那精神,认真的想一想,那么,对于那国度,恐怕也未必不能了解罢。

　　著者是二十年以上,生活于中国,到各处去旅行,接触了各阶级的人们的,所以来写这样的漫文,我以为实在是适当的人物。事实胜于雄辩,这些漫文,不是的确放着一种异彩吗?自己也常常去听漫谈,其实是负有捧场的权利和义务的,但因为已是很久的"老朋友"了,所以也想添几句坏话在这里。其一,是有多说中国的优点的倾向,这是和我的意见相反的,不过著者那一面,也自有他的意见,所以没有法子想。还有一点,是并非坏话也说不定的,就是读起那漫文来,往往颇有令人觉得"原来如此"的处所,而这令人觉得"原来如此"的处所,归根结蒂,也还是结论。幸而卷末没有明记着"第几章:结论",所以仍不失为漫谈,总算还好的。

　　然而即使力说是漫谈,著者的用心,还是在将中国的一部分的真相,绍介给日本的读者的。但是,在现在,总依然是因了各种的读者,那结果也不一样罢。这是没有法子的事。据我看来,日本和中国的人们之间,是一定会有互相了解的时候的。新近的报章上,虽然又在竭力的说着"亲善"呀,"提携"呀[4],到得明年,也不知道又将说些什么话,但总而言之,现在却不是这时候。

倒不如看看漫文,还要有意思一点罢。

一九三五年三月五日鲁迅记于上海。

＊　　　＊　　　＊

〔1〕　本篇最初印入《活中国的姿态》。

《活中国的姿态》,日本内山完造著,1935 年 11 月东京学艺书院出版;有尤炳圻的中文译本,书名改为《一个日本人的中国观》,1936 年 8 月开明书店出版。本篇原以日文写成,由作者自译为中文,参看本书《后记》。

内山完造(1885—1959)　日本人。1913 年来华,先经营药品,后在上海开设内山书店,经售日文书籍。1927 年 10 月与鲁迅结识后常有交往,1945 年回国。

〔2〕　《支那人气质》　长期旅居中国的美国传教士斯密斯(A. H. Smith,1845—1932)著,日本有涩江保译本,1896 年东京博文馆出版。参看《华盖集续编·马上支日记(七月二日)》。

〔3〕　指日本安冈秀夫著《从小说看来的支那民族性》(1926 年 4 月东京聚芳阁出版)一书中对中国人的随意诬蔑。该书《耽享乐而淫风炽盛》一篇中甚至说:"彼国人的嗜笋……也许是因为那挺然翘然的姿势,引起想像来的罢。"参看《华盖集续编·马上支日记(七月二日、四日)》。

〔4〕 "亲善"、"提携" 1935年1月日本外相广田弘毅在议会发表"中日亲善"、"经济提携"的演说,以欺骗中日人民。蒋介石于2月1日就此发表谈话:"此次日本广田外相在其议会所发表对我国之演词,吾人认为亦具诚意,吾国朝野对此当有深刻之谅解……制裁一切冲动及反日行为,以示信谊。"在这以前,1934年5月间日本公使有吉明已经与黄郛在上海进行"中日亲善"谈判;6月间有吉明又到南京见汪精卫,商谈"中日提携"问题。

"寻 开 心"[1]

我有时候想到,忠厚老实的读者或研究者,遇见有两种人的文章,他是会吃冤枉苦头的。一种,是古里古怪的诗和尼采式的短句,以及几年前的所谓未来派的作品。这些大概是用怪字面,生句子,没意思的硬连起来的,还加上好几行很长的点线。作者本来就是乱写,自己也不知道什么意思。但认真的读者却以为里面有着深意,用心的来研究它,结果是到底莫名其妙,只好怪自己浅薄。假如你去请教作者本人罢,他一定不加解释,只是鄙夷的对你笑一笑。这笑,也就愈见其深。

还有一种,是作者原不过"寻开心",说的时候本来不当真,说过也就忘记了。当然和先前的主张会冲突,当然在同一篇文章里自己也会冲突。但是你应该知道作者原以为作文和吃饭不同,不必认真的。你若认真的看,只能怪自己傻。最近的例子就是悍膂先生的研究语堂先生为什么会称赞《野叟曝言》[2]。不错,这一部书是道学先生的悖慢淫毒心理的结晶,和"性灵"缘分浅得很,引了例子比较起来,当然会显出这称赞的出人意外。但其实,恐怕语堂先生之憎"方巾气",谈"性灵",讲"潇洒"[3],也不过对老实人"寻开心"而已,何尝真知道"方巾气"之类是怎么一回事;也许简直连他所称赞的《野叟曝言》也并没有怎么看。所以用本书和他那别的主张来比较研究，是永久不会懂的。自然，两面非常不同，这很清楚，但怎么竟至于称赞起来了呢，也还是一个"不可解"。我的意思是以为有些事情万不要想得太深，想得太忠厚，太老实，我们只要知道语堂先生那时正在崇拜袁中郎，而袁中郎也曾有过称赞《金瓶梅》的事实，就什么骇异之意也没有了。

还有一个例子。如读经，在广东，听说是从燕塘军官学校提倡起来的；去年，就有官定的小学校用的《经训读本》出版，[4]给五年级用的第一课，却就是"孔子谓曾子曰：身体发肤，受之父母，不敢毁伤，孝之始也。……"那么，"为国捐躯"是"孝之终"么？并不然，第三课还有"模范"，是乐正子春述曾子闻诸夫子之说云："天之所生，地之所养，无人为大。父母全而生之，子全而归之，可谓孝矣。不亏其体，不辱其身，可谓全矣。故君子顷步而弗敢忘孝也。……"

还有一个最近的例子，就在三月七日的《中华日报》上。那地方记的有"北平大学教授兼女子文理学院文史系主任李季谷氏"赞成《一十宣言》[5]原则的谈话，末尾道："为复兴民族之立场言，教育部应统令设法标榜岳武穆，文天祥，方孝孺等有气节之名臣勇将，俾一般高官戎将有所法式云"。

凡这些，都是以不大十分研究为是的。如果想到"全而归之"和将来的临阵冲突，或者查查岳武穆们的事实，看究竟是怎样的结果，"复兴民族"了没有，那你一定会被捉弄得发昏，其实也就是自寻烦恼。语堂先生在暨南大学讲演道："……做人要正正经经，不好走入邪道，……一走入邪道，……一定失业，……然而，作文，要幽默，和做人不同，要玩玩笑笑，寻开心,……"(据《芒种》本)〔6〕这虽然听去似乎有些奇特,但其实是很可以启发人的神智的:这"玩玩笑笑,寻开心",就是开开中国许多古怪现象的锁的钥匙。

三月七日。

*　　　*　　　*

〔1〕　本篇最初发表于 1935 年 4 月 5 日《太白》半月刊第二卷第二期,署名杜德机。

〔2〕　林语堂在《论语》半月刊第四十期(1934 年 5 月 1 日)发表的《语录体举例》中说:"近读《野叟曝言》,知是白话上等文字,见过数段,直可作修辞学上之妙语举例。"次年 1 月他又在《人间世》半月刊第十九期的《新年附录:1934 年我所爱读的书籍》中举了三本书,第一本即为《野叟曝言》,说它"增加我对儒道的认识。儒道有什么好处此书可以见到"。不久悍膂(聂绀弩)就在《太白》半月刊第一卷第十二期(1935 年 3 月 5 日)《谈野叟曝言》一文中,列举该书的"最方巾气"、"不是性灵"、"否认思想自由"、"心灵不健全"、"白中之文"五点,以为《野叟曝言》处处和林语堂先生底主张相反,为甚么林先生还要再三推荐呢?《野叟曝言》,清代夏敬渠所著的长篇小说。

〔3〕　讲"潇洒"　林语堂在《文饭小品》月刊创刊号(1935 年 2 月)发表的《说潇洒》一文中说:"人品与文学同是一种道理。讲潇洒,就是讲骨气,讲性灵,讲才华。"

〔4〕　广东军阀陈济棠于 1933 年间通令全省学校恢复读经,燕塘军事政治学校首先实行;后来又成立经书编审委员会,编成中小学读本。小学的《经训读本》共二册,广东省政府教育厅编辑,1934 年 9 月商务印书馆出版,供五、六年级之用。这里所引的《读本》中的课文,"身体

发肤"等句,见《孝经·开宗明义章》;"天之所生"等句,见《礼记·祭义》。

〔5〕 《一十宣言》 指 1935 年 1 月 10 日王新命、何炳松等十教授所发表的"中国本位的文化建设"宣言,其中说:"在文化的领域中,我们看不见现在的中国了……要使中国能在文化的领域中抬头,要使中国的政治、社会和思想都具有中国的特征,必须从事于中国本位的文化建设。"李季谷(1895—1968),即李宗武,浙江绍兴人。

〔6〕 这是林语堂在暨南大学的讲演《做文与做人》中的话,见《芒种》半月刊创刊号所载曹聚仁的《我和林语堂先生往还的终始》一文。按这篇讲稿曾发表于《论语》半月刊第五十七期(1935 年 1 月 16 日),但其中并无这里所引的话。《芒种》,刊载杂文、小品文的半月刊,徐懋庸、曹聚仁主编,1935 年 3 月 5 日创刊,同年 10 月停刊。

非有复译不可[1]

好像有人说过,去年是"翻译年"[2];其实何尝有什么了不起的翻译,不过又给翻译暂时洗去了恶名却是真的。

可怜得很,还只译了几个短篇小说到中国来,创作家就出现了,说它是媒婆,而创作是处女。[3]在男女交际自由的时候,谁还喜欢和媒婆周旋呢,当然没落。后来是译了一点文学理论到中国来,但"批评家"幽默家之流又出现了,说是"硬译","死译","好像看地图"[4],幽默家还从他自己的脑子里,造出可笑的例子来[5],使读者们"开心",学者和大师们的话是不会错的,"开心"也总比正经省力,于是乎翻译的脸上就被他们画上了一条粉。

但怎么又来了"翻译年"呢,在并无什么了不起的翻译的时候?不是夸大和开心,它本身就太轻飘飘,禁不起风吹雨打的缘故么?

于是有些人又记起了翻译,试来译几篇。但这就又是"批评家"的材料了,其实,正名定分,他是应该叫作"唠叨家"的,是创作家和批评家以外的一种,要说得好听,也可以谓之"第三种"。他像后街的老虔婆一样,并不大声,却在那里唠叨,说是莫非世界上的名著都译完了吗,你们只在译别人已经译过的,有的还译过了七八次。

记得中国先前，有过一种风气，遇见外国——大抵是日本——有一部书出版，想来当为中国人所要看的，便往往有人在报上登出广告来，说"已在开译，请万勿重译为幸"。他看得译书好像订婚，自己首先套上约婚戒指了，别人便莫作非分之想。自然，译本是未必一定出版的，倒是暗中解约的居多；不过别人却也因此不敢译，新妇就在闺中老掉。这种广告，现在是久不看见了，但我们今年的唠叨家，却正继承着这一派的正统。他看得翻译好像结婚，有人译过了，第二个便不该再来碰一下，否则，就仿佛引诱了有夫之妇似的，他要来唠叨，当然罗，是维持风化。但在这唠叨里，他不也活活的画出了自己的猥琐的嘴脸了么？

前几年，翻译的失了一般读者的信用，学者和大师们的曲说固然是原因之一，但在翻译本身也有一个原因，就是常有胡乱动笔的译本。不过要击退这些乱译，诬赖，开心，唠叨，都没有用处，唯一的好方法是又来一回复译，还不行，就再来一回。譬如赛跑，至少总得有两个人，如果不许有第二人入场，则先在的一个永远是第一名，无论他怎样蹩脚。所以讥笑复译的，虽然表面上好像关心翻译界，其实是在毒害翻译界，比诬赖，开心的更有害，因为他更阴柔。

而且复译还不止是击退乱译而已，即使已有好译本，复译也还是必要的。曾有文言译本的，现在当改译白话，不必说了。即使先出的白话译本已很可观，但倘使后来的译者自己觉得可以译得更好，就不妨再来译一遍，无须客气，更不必管那些无聊的唠叨。取旧译的长处，再加上自己的新心得，这才会成功一种近于完全的定本。但因言语跟着时代的变化，将来还可以有新的复译本的，七八次何足为奇，何况中国其实也并没有译过七八次的作品。如果已经有，中国的新文艺倒也许不至于现在似的沉滞了。

三月十六日。

*　　　*　　　*

〔1〕 本篇最初发表于 1935 年 4 月上海《文学》月刊第四卷第四号"文学论坛"栏，署名庚。

〔2〕 "翻译年" 当系 1935 年。《文学》第四卷第一号（1935 年 1 月）"文学论坛"栏载有《今年该是什么年》一文，其中说："过去的一年是'杂志年'，这好像大家都已承认了。今年该是什么年呢？记得也早已有人预测过——不，祝愿过——该是'翻译年'。"

〔3〕 郭沫若在 1921 年 2 月《民铎》月刊第二卷第五号发表致该刊编者李石岑的信中说："我觉得国内人士只注重媒婆，而不注重处子；只注重翻译，而不注重产生。"认为"处子应当尊重，媒婆应当稍加遏抑。"

〔4〕 指梁实秋。他在《新月》第二卷第六、七号合刊（1929 年 9 月）发表的《论鲁迅先生的"硬译"》一文中，指摘鲁迅的翻译是"硬译"、"死译"，并说："读这样的书，就如同看地图一般，要伸着手指来寻找句法的线索位置。"参看《二心集·"硬译"与"文学的阶级性"》。

〔5〕 指刘半农。他在《中国文法通论》的《四版附言》中，故意将《论语·学而》中的"子曰：'学而时习之，不亦说乎？'"一句，按欧化句法排列成几种句式，加以嘲笑。参看《花边文学·玩笑只当它玩笑（上）》。

论 讽 刺[1]

我们常不免有一种先入之见,看见讽刺作品,就觉得这不是文学上的正路,因为我们先就以为讽刺并不是美德。但我们走到交际场中去,就往往可以看见这样的事实,是两位胖胖的先生,彼此弯腰拱手,满面油晃晃的正在开始他们的扳谈——

"贵姓?……"

"敝姓钱。"

"哦,久仰久仰!还没有请教台甫……"

"草字阔亭。"

"高雅高雅。贵处是……?"

"就是上海……"

"哦哦,那好极了,这真是……"

谁觉得奇怪呢?但若写在小说里,人们可就会另眼相看了,恐怕大概要被算作讽刺。有好些直写事实的作者,就这样的被蒙上了"讽刺家"——很难说是好是坏——的头衔。例如在中国,则《金瓶梅》写蔡御史的自谦和恭维西门庆道:"恐我不如安石之才,而君有王右军之高致矣!"还有《儒林外史》写范举人因为守孝,连象牙筷也不肯用,但吃饭时,他却"在燕窝碗里拣了一个大虾圆子送在嘴里",和这相似的情形是现在还可以遇见的;在外国,则如近来已被中国读者所注意了的果戈理的作品,他那《外套》[2](韦素园译,在《未名丛刊》中)里的大小官吏,《鼻子》[3](许遐译,在《译文》中)里的绅士,医生,闲人们之类的典型,是虽在中国的现在,也还可以遇见的。这分明是事实,而且是很广泛的事实,但我们皆谓之讽刺。

人大抵愿意有名,活的时候做自传,死了想有人分讣文,做行实,甚而至于还"宣付国史馆立传"。人也并不全不自知其丑,然而他不愿意改正,只希望随时消掉,不留痕迹,剩下的单是美点,如曾经施粥赈饥之类,却不是全般。"高雅高雅",他其实何尝不知道有些肉麻,不过他又知道说过就完,"本传"里决不会有,于是也就放心的"高雅"下去。如果有人记了下来,不给它消灭,他可要不高兴了。于是乎挖空心思的来一个反攻,说这些乃是"讽刺",向作者抹一脸泥,来掩藏自己的真相。但我们也每不免来不及思索,跟着说,"这些乃是讽刺呀!"上当真可是不浅得很。

同一例子的还有所谓"骂人"。假如你到四马路去,看见雉妓在拖住人,倘大声说:"野鸡在拉客",那就会被她骂你是"骂人"。骂人是恶德,于是你先就被判定在坏的一方面了;你坏,对方可就好。但事实呢,却的确是"野鸡在拉客",不过只可心里知道,说不得,在万不得已时,也只能说"姑娘勒浪[4]做生意",恰如对于那些弯腰拱手之辈,做起文章来,是要改作"谦以待人,虚以接物"的。——这才不是骂人,这才不是讽刺。

其实,现在的所谓讽刺作品,大抵倒是写实。非写实决不能成为所谓"讽刺";非写实的讽刺,即使能有这样的东西,也不过是造谣和诬蔑而已。

三月十六日。

*　　　*　　　*

〔1〕 本篇最初发表于 1935 年 4 月《文学》月刊第四卷第四号"文学论坛"栏,署名敖。

〔2〕 《外套》 中篇小说,韦素园译,《未名丛刊》之一。1926 年 9 月出版。

〔3〕 《鼻子》 中篇小说,鲁迅译,最初发表于《译文》第一卷第一期(1934 年 9 月),署名许遐。后收入《译丛补》。

〔4〕 勒浪 上海方言,"在"的意思。

从"别字"说开去^{〔1〕}

自从议论写别字^{〔2〕}以至现在的提倡手头字^{〔3〕},其间的经过,恐怕也有一年多了,我记得自己并没有说什么话。这些事情,我是不反对的,但也不热心,因为我以为方块字本身就是一个死症,吃点人参,或者想一点什么方法,固然也许可以拖延一下,然而到底是无可挽救的,所以一向就不大注意这回事。

前几天在《自由谈》上看见陈友琴先生的《活字与死字》^{〔4〕},才又记起了旧事来。他在那里提到北大招考,投考生写了误字,"刘半农教授作打油诗去嘲弄他,固然不应该",但我"曲为之辩,亦可不必"。那投考生的误字,是以"倡明"为"昌明",刘教授的打油诗,是解"倡"为"娼妓",我的杂感,是说"倡"不必一定作"娼妓"解,自信还未必是"曲"说;至于"大可不必"之评,那是极有意思的,一个人的言行,从别人看来,"大可不必"之点多得很,要不然,全国的人们就好像是一个了。

我还没有明目张胆的提倡过写别字,假如我在做国文教员,学生写了错字,我是要给他改正的,但一面也知道这不过是治标之法。至于去年的指摘刘教授,却和保护别字微有不同。(一)我以为既是学者或教授,年龄至少和学生差十年,不但饭菜多吃了万来碗了,就是每天认一个字,也就要比学生多识三千六百个,比较的高明,是应该的,在考卷里发见几个错字,"大可不必"飘飘然生优越之感,好像得了什么宝贝一样。况且(二)现在的学校,科目繁多,和先前专攻八股的私塾,大不相同了,纵使文字不及从前,正也毫不足怪,先前的不写错字的书生,他知道五洲的所在,原质的名目吗? 自然,如果精通科学,又擅文章,那也很不坏,但这不能含含胡胡,责之一般的学生,假使他要学的是工程,那么,他只要能筑堤造路,治河导淮就尽够了,写"昌明"为"倡明",误"留学"为"流学",堤防决不会因此就倒塌的。如果说,别国的学生对于本国的文字,决不致闹出这样的大笑话,那自然可以归罪于中国学生的偏偏不肯学,但也可以归咎于先生的不善教,要不然,那就只能如我所说:方块字本身就是一个死症。

改白话以至提倡手头字,其实也不过一点樟脑针,不能起死回生的,但这就又受着缠不清的障害,至今没有完。还记得提倡白话的时候,保守者对于改革者的第一弹,是说改革者不识字,不通文,所以主张用白话。对于这些打着古文旗子的敌军,是就用古书作"法宝",这才打退的,以毒攻毒,反而证明了反对白话者自己的不识字,不通文。要不然,这古文旗子恐怕至今还不倒下。去年曹聚仁先生为别字辩护,战法也是搬古书,弄得文人学士之自以为识得"正字"者,哭笑不得,因为那所谓"正字"就有许多是别字。这确是轰毁旧营垒的利器。现在已经不大有人来辩文的白不白——但"寻开心"者除外——字的别不别了,因为这会引到今文《尚书》[5],骨甲文字[6]去,麻烦得很。这就是改革者的胜利——至于这改革的损益,自然又作别论。

陈友琴先生的《死字和活字》，便是在这决战之后，重整阵容的最稳的方法，他已经不想从根本上斤斤计较字的错不错，即别不别了。他只问字的活不活；不活，就算错。他引了一段何仲英先生的《中国文字学大纲》来做自己的代表[7]——

"……古人用通借，也是写别字，也是不该。不过积古相沿，一向通行，到如今没有法子强人改正。假使个个字都能够改正，是《易经》里所说的'干父之蛊'。纵使不能，岂可在古人写的别字以外再加许多别字呢？古人写的别字，通行到如今，全国相同，所以还可解得。今人若添写许多别字，各处用各处的方音去写，别省别县的人，就不能懂得了，后来全国的文字，必定彼此不同，这不是一种大障碍么？……"

这头几句，恕我老实的说罢，是有些可笑的。假如我们先不问有没有法子强人改正，自己先来改正一部古书试试罢，第一个问题是拿什么做"正字"，《说文》，金文，[8]骨甲文，还是简直用陈先生的所谓"活字"呢？纵使大家愿意依，主张者自己先就没法改，不能"干父之蛊"[9]。所以陈先生的代表的接着的主张是已经错定了的，就一任他错下去，但是错不得添，以免将来破坏文字的统一。是非不谈，专论利害，也并不算坏，但直白的说起来，却只是维持现状说而已。

维持现状说是任何时候都有的，赞成者也不会少，然而在任何时候都没有效，因为在实际上决定做不到。假使古时候用此法，就没有今之现状，今用此法，也就没有将来的现状，直至辽远的将来,一切都和太古无异。以文字论,则未有文字之时,就不会象形以造"文",更不会孳乳而成"字",[10]篆决不解散而为隶,隶更不简单化为现在之所谓"真书"[11]。文化的改革如长江大河的流行,无法遏止,假使能够遏止,那就成为死水,纵不干涸,也必腐败的。当然,在流行时,倘无弊害,岂不更是非常之好?然而在实际上,却断没有这样的事。回复故道的事是没有的,一定有迁移;维持现状的事也是没有的,一定有改变。有百利而无一害的事也是没有的,只可权大小。况且我们的方块字,古人写了别字,今人也写别字,可见要写别字的病根,是在方块字本身的,别字病将与方块字本身并存,除了改革这方块字之外,实在并没有救济的十全好方法。

复古是难了,何先生也承认。不过现状却也维持不下去,因为我们现在一般读书人之所谓"正字",其实不过是前清取士的规定,一切指示,都在薄薄的三本所谓"翰苑分书"的《字学举隅》[12]中,但二十年来,在不声不响中又有了一点改变。从古迄今,什么都在改变,但必须在不声不响中,倘一道破,就一定有窒碍,维持现状说来了,复古说也来了。这些说头自然也无效。但一时不失其为一种窒碍却也是真的,它能够使一部分的有志于改革者迟疑一下子,从招潮者变为乘潮者。

我在这里,要说的只是维持现状说听去好像很稳健,但实际上却是行不通的,史实在不断的证明着它只是一种"并无其事":仅在这一些。

三月二十一日。

＊　　　　＊　　　　＊

〔1〕　本篇最初发表于 1935 年 4 月 20 日上海《芒种》半月刊第一卷第四期,署名旅隼。

〔2〕　议论写别字　1933 年 10 月,刘半农在《论语》第二十六期发表的《阅卷杂诗(六首)》,对当年北京大学招考时学生在国文试卷中所写的别字大加嘲弄。鲁迅在同年 10 月 16 日《申报·自由谈》发表《"感旧"以后(下)》(后收入《准风月谈》),对刘的这种态度进行了批评;接着曹聚仁就"别字"问题在 10 月 22 日、28 日《申报·自由谈》发表了《谈"别字"》和《再张目一下——续谈别字》两篇文章。

〔3〕　提倡手头字　1935 年初,一部分文化教育界人士及杂志社曾发起推行手头字运动,主张将手头字正式用于出版物,并发表了第一期推行的三百个字,都较出版物中所用文字笔画减省。据他们发表的《推行手头字缘起》说,手头字是"手头上大家都这么写,可是书本上并不这么印"的字。

〔4〕　陈友琴(1902—1996)　安徽南陵人。当时是上海务本女子中学教员。他的《活字与死字》发表于 1935 年 3 月 16 日、18 日、19 日的《申报·自由谈》。

〔5〕　今文《尚书》　《尚书》是我国上古历史文件和部分追记古代事迹著作的汇编,为儒家经典之一。有今文、古文之别:今文《尚书》系汉初伏胜所传,欧阳氏及大小夏侯氏所习,以汉代当时通行的隶书抄写;古文《尚书》传为汉代孔安国在孔子宅壁中所得,用秦汉以前的古文字书写(后来流传的古文《尚书》,相传为东晋梅赜伪造)。据《汉书·艺文志》称:"刘向以中古文校欧阳、大小夏侯三家经文,……文字异者七百有余。"

〔6〕　骨甲文字　即甲骨文,又称"卜辞",殷商时代在龟甲和兽骨上所刻记载占卜情况的文字,1899 年始于河南安阳(殷代故都)发现,是

我国目前所见最早的文字。

〔7〕 陈友琴在《活字与死字》一文中说：“所谓‘活字’者，就是大多数认识文字的人所公认的字……识字太多的朋友，搬出许多奇字僻字古字，与实际运用文字的需要全不相干，我对于这一类的字，一概谥以佳号曰‘死字’。”最后又说：“我觉得我们的同行何仲英先生（按陈、何当时都是教员）的话，可以做我的代表。”《中国文字学大纲》，1922 年 2 月商务印书馆出版。

〔8〕 《说文》 《说文解字》的略称。东汉许慎撰，我国第一部系统介绍汉字形、音、义的著作。金文，又称“钟鼎文”，是殷、周到汉代青铜器上铸刻的记事文字。

〔9〕 “幹父之蛊” 语出《周易·蛊》初六：“幹父之蛊，有子，考无咎。”三国时魏国王弼注：“幹父之事，能承先轨，堪其任者也。”后称儿子能完成父亲所未竟的事业，因而掩盖了父亲的过错为“幹蛊”。

〔10〕 关于“文”和“字”的这一解释，原出《说文解字·序目》中，原文是：“仓颉之初作书，盖依类象形，故谓之文，其后形声相益，即谓之字；字者，言孳乳而浸多也。”

〔11〕 关于篆、隶、“真书”（楷书），参看本卷第 107 页注〔16〕。

〔12〕《字学举隅》 清代龙启瑞编，是一部“辨正通俗文字”的书，分“辨似、正讹、摘误”三类。此书刻本的字体，系由翰林二十余人分写而成，故称“翰苑分书”。

田军作《八月的乡村》序[1]

爱伦堡(Ilia Ehrenburg)[2]论法国的上流社会文学家之后,他说,此外也还有一些不同的人们:"教授们无声无息地在他们的书房里工作着,实验 X 光线疗法的医生死在他们的职务上,奋身去救自己的伙伴的渔夫悄然沉没在大洋里面。……一方面是庄严的工作,另一方面却是荒淫与无耻。"

这末两句,真也好像说着现在的中国。然而中国是还有更其甚的呢。手头没有书,说不清见于那里的了,也许是已经汉译了的日本箭内亘[3]氏的著作罢,他曾经一一记述了宋代的人民怎样为蒙古人所淫杀,俘获,践踏和奴使。然而南宋的小朝廷却仍旧向残山剩水间的黎民施威,在残山剩水间行乐;逃到那里,气焰和奢华就跟到那里,颓靡和贪婪也跟到那里。"若要官,杀人放火受招安;若要富,跟着行在卖酒醋。"[4]这是当时的百姓提取了朝政的精华的结语。

人民在欺骗和压制之下,失了力量,哑了声音,至多也不过有几句民谣。"天下有道,则庶人不议。"[5]就是秦始皇隋炀帝,他会自承无道么?百姓就只好永远箝口结舌,相率被杀,被奴。这情形一直继续下来,谁也忘记了开口,但也许不能开口。即以前清末年而论,大事件不可谓不多了:雅片战争,中法战争,中日战争,戊戌政变,义和拳变,八国联军,以至民元革命。然而我们没有一部像样的历史的著作,更不必说文学作品了。"莫谈国事",是我们做小民的本分。

我们的学者[6]也曾说过:要征服中国,必须征服中国民族的心。其实,中国民族的心,有些是早给我们的圣君贤相武将帮闲之辈征服了的。近如东三省被占之后,听说北平富户,就不愿意关外的难民来租房子,因为怕他们付不出房租。在南方呢,恐怕义军的消息,未必能及鞭毙土匪,蒸骨验尸,阮玲玉[7]自杀,姚锦屏化男[8]的能够耸动大家的耳目罢?"一方面是庄严的工作,另一方面却是荒淫与无耻。"

但是,不知道是人民进步了,还是时代太近,还未湮没的缘故,我却见过几种说述关于东三省被占的事情的小说。这《八月的乡村》,即是很好的一部,虽然有些近乎短篇的连续,结构和描写人物的手段,也不能比法捷耶夫的《毁灭》[9],然而严肃,紧张,作者的心血和失去的天空,土地,受难的人民,以至失去的茂草,高粱,蝈蝈,蚊子,搅成一团,鲜红的在读者眼前展开,显示着中国的一份和全部,现在和未来,死路与活路。凡有人心的读者,是看得完的,而且有所得的。

"要征服中国民族,必须征服中国民族的心!"但这书却于"心的征服"有碍。心的征服,先要中国人自己代办。宋曾以道学替金元治心,明曾以党狱替满清箝口。这书当然不容于满洲帝国[10],但我看也因此当然不容于中华民国。这事情很快的就会得到实证。如果事实证明了我的推测并没有错,那也就证明了这是一部很好的书。

好书为什么倒会不容于中华民国呢?那当然,上面已经说过几回了——

"一方面是庄严的工作,另一方面却是荒淫与无耻!"

这不像序。但我知道,作者和读者是决不和我计较这些的。

一九三五年三月二十八日之夜,鲁迅读毕记。

*　　　*　　　*

〔1〕　本篇最初印入《八月的乡村》。

田军(1907—1988),原名刘鸿霖,笔名萧军、田军等,辽宁义县人,小说家。《八月的乡村》是他的长篇小说,《奴隶丛书》之一,1935 年 8 月奴隶社出版,假托"上海容光书局"发行。

〔2〕　爱伦堡(И.Г.Эренбург,1891—1967)　苏联作家。这里的引文见于他所作的《最后的拜占庭人》一文(据黎烈文译文,载 1935 年 3 月《译文》月刊第二卷第一期,改题为《论莫洛亚及其他》)。

〔3〕　箭内亘(1875—1926)　日本史学家。著有《蒙古史研究》、《元朝制度考》、《元代经略东北考》等。

〔4〕　这是南宋时流传的民谣,见于南宋庄季裕《鸡肋编》。

〔5〕　"天下有道,则庶人不议"　孔子的话,语出《论语·季氏》。据朱熹《集注》:"上无失政,则下无私议,非箝其口使不敢言也。"

〔6〕　指胡适。1933 年 3 月 18 日,他在北平对新闻记者的谈话中说:"日本只有一个方法可以征服中国,即悬崖勒马,彻底停止侵略中国,反过来征服中国民族的心。"(见 3 月 22 日《申报·北平通讯》)

〔7〕　阮玲玉(1910—1935)　广东中山人,电影演员。因婚姻问题受到一些报纸的毁谤,于 1935 年 3 月 8 日自杀。参看本书《论"人言可畏"》。

〔8〕 姚锦屏化男 1935年3月间,报载东北一个二十岁的女子姚锦屏自称男身,后经医师检验,还是女性。事后她向人解释:"因欲赴新疆寻父心切,第恐女性远征,诸多不便,故不得已而出此。"

〔9〕 法捷耶夫(А.А.Фадеев,1901—1956) 苏联作家。《毁灭》是他所著的长篇小说,有鲁迅译本,1931年三闲书屋出版。

〔10〕 满洲帝国 日本帝国主义侵占我国东北后,于1932年3月在长春制造所谓"满洲国",以清废帝溥仪为"执政";1934年3月改称"满洲帝国",溥仪改称"皇帝"。

徐懋庸作《打杂集》序〔1〕

　　我觉得中国有时是极爱平等的国度。有什么稍稍显得特出，就有人拿了长刀来削平它。以人而论，孙桂云〔2〕是赛跑的好手，一过上海，不知怎的就萎靡不振，待到到得日本，不能跑了；阮玲玉算是比较的有成绩的明星，但"人言可畏"，到底非一口气吃下三瓶安眠药片不可。自然，也有例外，是捧了起来。但这捧了起来，却不过为了接着摔得粉碎。大约还有人记得"美人鱼"〔3〕罢，简直捧得令观者发生肉麻之感，连看见姓名也会觉得有些滑稽。契诃夫说过："被昏蛋所称赞，不如战死在他手里。"〔4〕真是伤心而且悟道之言。但中国又是极爱中庸的国度，所以极端的昏蛋是没有的，他不和你来战，所以决不会爽爽快快的战死，如果受不住，只好自己吃安眠药片。

　　在所谓文坛上当然也不会有什么两样：翻译较多的时候，就有人来削翻译，说它害了创作；近一两年，作短文的较多了，就又有人来削"杂文"〔5〕，说这是作者的堕落的表现，因为既非诗歌小说，又非戏剧，所以不入文艺之林，他还一片婆心，劝人学学托尔斯泰，做《战争与和平》似的伟大的创作去。这一流论客，在礼仪上，别人当然不该说他是"昏蛋"的。批评家吗？他谦虚得很，自己不承认。攻击杂文的文字虽然也只能说是杂文,但他又决不是杂文作家,因为他不相信自己也相率而堕落。如果恭维他为诗歌小说戏剧之类的伟大的创作者,那么,恭维者之为"昏蛋"也无疑了。归根结底,不是东西而已。不是东西之谈也要算是"人言",这就使弱者觉得倒是安眠药片较为可爱的缘故。不过这并非战死。问是有人要问的:给谁害死的呢? 种种议论的结果,凶手有三位:曰,万恶的社会;曰,本人自己;曰,安眠药片。完了。

我们试去查一通美国的"文学概论"或中国什么大学的讲义,的确,总不能发见一种叫作 Tsa－wen 的东西。这真要使有志于成为伟大的文学家的青年,见杂文而心灰意懒:原来这并不是爬进高尚的文学楼台去的梯子。托尔斯泰将要动笔时,是否查了美国的"文学概论"或中国什么大学的讲义之后,明白了小说是文学的正宗,这才决心来做《战争与和平》似的伟大的创作的呢? 我不知道。但我知道中国的这几年的杂文作者,他的作文,却没有一个想到"文学概论"的规定,或者希图文学史上的位置的,他以为非这样写不可,他就这样写,因为他只知道这样的写起来,于大家有益。农夫耕田,泥匠打墙,他只为了米麦可吃,房屋可住,自己也因此有益之事,得一点不亏心的餬口之资,历史上有没有"乡下人列传"或"泥水匠列传",他向来就并没有想到。如果他只想着成什么所谓气候,他就先进大学,再出外洋,三做教授或大官,四变居士或隐逸去了。历史上很尊隐逸,《居士传》[6]不是还有专书吗,多少上算呀,噫!

但是,杂文这东西,我却恐怕要侵入高尚的文学楼台去的。小说和戏曲,中国向来是看作邪宗的,但一经西洋的"文学概论"列为正宗,我们也就奉之为宝贝,《红楼梦》《西厢记》[7]之类,在文学史上竟和《诗经》《离骚》并列了。杂文中之一体的随笔,因为有人说它近于英国的 Essay[8],有些人也就顿首再拜,不敢轻薄。寓言和演说,好像是卑微的东西,但伊索和契开罗[9],不是坐在希腊罗马文学史上吗?杂文发展起来,倘不赶紧削,大约也未必没有扰乱文苑的危险。以古例今,很可能的,真不是一个好消息。但这一段话,我是和不是东西之流开开玩笑的,要使他爬耳搔腮,热剌剌的觉得他的世界有些灰色。前进的杂文作者,倒决不计算着这些。

其实,近一两年来,杂文集的出版,数量并不及诗歌,更其赶不上小说,慨叹于杂文的泛滥,还是一种胡说八道。只是作杂文的人比先前多几个,却是真的,虽然多几个,在四万万人口里面,算得什么,却就要谁来疾首蹙额?中国也真有一班人在恐怕中国有一点生气;用比喻说:此之谓"虎伥"[10]。

这本集子的作者先前有一本《不惊人集》[11],我只见过一篇自序;书呢,不知道那里去了。这一回我希望一定能够出版,也给中国的著作界丰富一点。我不管这本书能否入于文艺之林,但我要背出一首诗来比一比:"夫子何为者?栖栖一代中。地犹鄹氏邑,宅接鲁王宫。叹凤嗟身否,伤麟怨道穷。今看两楹奠:犹与梦时同。"这是《唐诗三百首》[12]里的第一首,是"文学概论"诗歌门里的所谓"诗"。但和我们不相干,那里能够及得这些杂文的和现在切贴,而且生动,泼剌,有益,而且也能移人情。能移人情,对不起得很,就不免要搅乱你们的文苑,至少,是将不是东西之流的唾向杂文的许多唾沫,一脚就踏得无踪无影了,只剩下一张满是油汗兼雪花膏的嘴脸。

这嘴脸当然还可以唠叨,说那一首"夫子何为者"并非好诗,并且时代也过去了。但是,文学正宗的招牌呢?"文艺的永久性"呢?

我是爱读杂文的一个人,而且知道爱读杂文还不只我一个,因为它"言之有物"。我还更乐观于杂文的开展,日见其斑斓。第一是使中国的著作界热闹,活泼;第二是使不是东西之流缩头;第三是使所谓"为艺术而艺术"的作品,在相形之下,立刻显出不死不活相。我所以极高兴为这本集子作序,并且借此发表意见,愿我们的杂文作家,勿为虎伥所迷,以为"人言可畏",用最末的稿费买安眠药片去。

一九三五年三月三十一日,鲁迅记于上海之卓面书斋。

*　　　*　　　*

〔1〕　本篇最初发表于 1935 年 5 月 5 日《芒种》半月刊第六期,后印入《打杂集》。

徐懋庸(1910—1977),浙江上虞人,作家,左联成员。曾编辑《新语林》半月刊和《芒种》半月刊。《打杂集》收杂文四十八篇,附录别人的文字六篇,1935 年 6 月生活书店出版。

〔2〕　孙桂云　当时的女子短跑运动员。1930 年 4 月上旬在杭州举行的第四届全国运动会,首次增设女子短跑项目,她代表"东特区"参赛,夺得女子五十米和一百米冠军,成绩分别为七秒四和十三秒八。

〔3〕　"美人鱼"　当时女游泳运动员杨秀琼的绰号。杨秀琼(1918—1982),广东东莞人。1933 年和 1934 年先后参加中国第五届全

运会、第十届远东运动会,取得多项游泳冠军。有一段时期报纸上连日刊登关于她的消息,其中有国民党政府行政院秘书长褚民谊为她拉缰和挥扇等记事。

〔4〕 这句话见于契诃夫遗著《随笔》。

〔5〕 削"杂文" 这里是指林希隽,他在《杂文和杂文家》(发表于1934年9月《现代》第五卷第五期)一文中说:杂文的"意义是极端狭窄的。如果碰着文学之社会的效果之全般问题,则决不能与小说戏曲并日而语的。"又说:"无论杂文家之群如何地为杂文辩护,主观的地把杂文的价码抬得如何高,可是这堕落的事实是不容掩讳的。"最后还说:"俄国为什么能够有《和平与战争》这类伟大的作品的产生?……而我们的作家呢,岂就永远写写杂文而引为莫大的满足么?"

〔6〕 《居士传》 清代彭际清著,五十六卷。全书共有传记五十六篇,列名者三百人,系采辑史传、各家文集及佛家杂说而成。

〔7〕 《西厢记》 杂剧,元代王实甫著。

〔8〕 Essay 英语:随笔、小品文、短论等。

〔9〕 伊索 参看本卷第114页注〔51〕。契开罗(M.T.Cicero,前106—前43),通译西塞罗。古罗马政治家及演说家。《伊索寓言》和《西塞罗文录》,我国均有译本出版。

〔10〕 "虎伥" 又作"伥鬼",旧时迷信传说,人被虎吃掉后,其"鬼魂"反助虎吃人,称为"虎伥"或"伥鬼"。唐代裴铏《传奇·马拯》:"此是伥鬼,被虎所食之人也,为虎前呵道耳。"

〔11〕 《不惊人集》 徐懋庸的杂文集,当时因国民党图书杂志审查委员会不予通过,未能出版,后于1937年7月由上海千秋出版社印行。它的自序以《〈不惊人集〉前记》为题,曾发表于1934年6月20日《人间世》半月刊第六期。

〔12〕 《唐诗三百首》 八卷,清代蘅塘退士(孙洙)编。"夫子何为

者"一诗是卷五"五言律诗"的第一首,题为《经鲁祭孔子而叹之》,唐玄宗(李隆基)作。第四句中的"接"字一作"即";末句中的"犹"字一作"当"。

人生识字胡涂始^[1]

中国的成语只有"人生识字忧患始"^{〔2〕},这一句是我翻造的。

孩子们常常给我好教训,其一是学话。他们学话的时候,没有教师,没有语法教科书,没有字典,只是不断的听取,记住,分析,比较,终于懂得每个词的意义,到得两三岁,普通的简单的话就大概能够懂,而且能够说了,也不大有错误。小孩子往往喜欢听人谈天,更喜欢陪客,那大目的,固然在于一同吃点心,但也为了爱热闹,尤其是在研究别人的言语,看有什么对于自己有关系——能懂,该问,或可取的。

我们先前的学古文也用同样的方法,教师并不讲解,只要你死读,自己去记住,分析,比较去。弄得好,是终于能够有些懂,并且竟也可以写出几句来的,然而到底弄不通的也多得很。自以为通,别人也以为通了,但一看底细,还是并不怎么通,连明人小品都点不断的,又何尝少有?^{〔3〕}人们学话,从高等华人以至下等华人,只要不是聋子或哑子,学不会的是几乎没有的,一到学文,就不同了,学会的恐怕不过极少数,就是所谓学会了的人们之中,请恕我坦白的再来重复的说一句罢,大约仍然胡胡涂涂的还是很不少。这自然是古文作怪。因为我们虽然拚命的读古文,但时间究竟是有限的,不像说话,整天的可以听见;而且所读的书,也许是《庄子》和《文选》〔4〕呀,《东莱博议》呀,《古文观止》〔5〕呀,从周朝人的文章,一直读到明朝人的文章,非常驳杂,脑子给古今各种马队践踏了一通之后,弄得乱七八遭,但蹄迹当然是有些存留的,这就是所谓"有所得"。这一种"有所得"当然不会清清楚楚,大概是似懂非懂的居多,所以自以为通文了,其实却没有通,自以为识字了,其实也没有识。自己本是胡涂的,写起文章来自然也胡涂,读者看起文章来,自然也不会倒明白。然而无论怎样的胡涂文作者,听他讲话,却大抵清楚,不至于令人听不懂的——除了故意大显本领的讲演之外。因此我想,这"胡涂"的来源,是在识字和读书。

例如我自己,是常常会用些书本子上的词汇的。虽然并非什么冷僻字,或者连读者也并不觉得是冷僻字。然而假如有一位精细的读者,请了我夫,交给我一枝铅笔和一张纸,说道,"您老的文章里,说过这山是'峻嶒'的,那山是'巉岩'的,那究竟是怎么一副样子呀?您不会画画儿也不要紧,就钩出一点轮廓来给我看看罢。请,请,请……"这时我就会腋下出汗,恨无地洞可钻。因为我实在连自己也不知道"峻嶒"和"巉岩"究竟是什么样子,这形容词,是从旧书上钞来的,向来就并没有弄明白,一经切实的考查,就糟了。此外如"幽婉","玲珑","蹒跚","嗫嚅"……之类,还多得很。

说是白话文应该"明白如话",已经要算唱厌了的老调了,但其实,现在的许多白话文却连"明白如话"也没有做到。倘要明白,我以为第一是在作者先把似识非识的字放弃,从活人的嘴上,采取有生命的词汇,搬到纸上来;也就是学学孩子,只说些自己的确能懂的话。至于旧语的复活,方言的普遍化,那自然也是必要的,但一须选择,二须有字典以确定所含的意义,这是另一问题,在这里不说它了。

四月二日。

*　　　　*　　　　*

〔1〕　本篇最初发表于 1935 年 5 月《文学》月刊第四卷第五号"文学论坛"栏,署名庚。

〔2〕　"人生识字忧患始"　宋代苏轼《石苍舒醉墨堂》一诗中的句子:"人生识字忧患始,姓名粗记可以休。"

〔3〕　指林语堂、刘大杰等。当时出版的刘大杰标点、林语堂校阅的《袁中郎全集》、刘大杰校点的张岱《琅嬛文集》等,其中有不少断句错误。参看《花边文学·骂杀与捧杀》和本书《"题未定"草(六)》等。

〔4〕　《庄子》、《文选》　参看本卷第 48 页注〔14〕。

〔5〕　《东莱博议》　宋代吕祖谦著,是一部取《左传》中史事加以评论的文集。旧本题为《东莱左氏博议》,共二十五卷,一六八篇。后来通行的是明人删节本,只十二卷,八十六篇。《古文观止》,清代吴楚材、吴调侯编选的古文读本,共十二卷,收自先秦至明代的文章二二二篇。

"文人相轻"[1]

老是说着同样的一句话是要厌的。在所谓文坛上，前年嚷过一回"文人无行"[2]，去年是闹了一通"京派和海派"[3]，今年又出了新口号，叫作"文人相轻"[4]。

对于这风气，口号家很愤恨，他的"真理哭了"[5]，于是大声疾呼，投一切"文人"以轻蔑。"轻蔑"，他是最憎恶的，但因为他们"相轻"，损伤了他理想中的一道同风的天下，害得他自己也只好施行轻蔑术了。自然，这是"即以其人之道，还治其人之身"[6]，是古圣人的良法，但"相轻"的恶弊，可真也不容易除根。

我们如果到《文选》里去找词汇[7]的时候，大概是可以遇着"文人相轻"这四个字的，拾来用用，似乎也还有些漂亮。然而，曹聚仁[8]先生已经在《自由谈》（四月九日至十一日）上指明，曹丕之所谓"文人相轻"者，是"文非一体，鲜能备善，是以各以所长，相轻所短"，凡所指摘，仅限于制作的范围。一切别的攻击形体，籍贯，诬赖，造谣，以至施蛰存[9]先生式的"他自己也是这样的呀"，或魏金枝[10]先生式的"他的亲戚也和我一样了呀"之类，都不在内。倘把这些都作为曹丕所说的"文人相轻"，是混淆黑白，真理虽然大哭，倒增加了文坛的黑暗的。

我们如果到《庄子》里去找词汇，大概又可以遇着两句宝

贝的教训:"彼亦一是非,此亦一是非"〔11〕,记住了来作危急之
际的护身符,似乎也不失为漂亮。然而这是只可暂时口说,难
以永远实行的。喜欢引用这种格言的人,那精神的相距之远,
更甚于叭儿之与老聃〔12〕,这里不必说它了。就是庄生自己,
不也在《天下篇》里,历举了别人的缺失,以他的"无是非"轻了
一切"有所是非"的言行吗?〔13〕要不然,一部《庄子》,只要"今
天天气哈哈哈……"七个字就写完了。

但我们现在所处的并非汉魏之际,也不必恰如那时的文
人,一定要"各以所长,相轻所短"。凡批评家的对于文人,或
文人们的互相评论,各各"指其所短,扬其所长"固可,即"掩其
所短,称其所长"亦无不可。然而那一面一定得有"所长",这
一面一定得有明确的是非,有热烈的好恶。假使被今年新出
的"文人相轻"这一个模模胡胡的恶名所吓昏,对于充风流的
富儿,装古雅的恶少,销淫书的瘪三,无不"彼亦一是非,此亦
一是非",一律拱手低眉,不敢说或不屑说,那么,这是怎样的
批评家或文人呢? ——他先就非被"轻"不可的!

四月十四日。

＊　　　＊　　　＊

〔1〕 本篇最初发表于 1935 年 5 月《文学》月刊第四卷第五号"文
学论坛"栏,署名隼。

〔2〕 "文人无行" 1933 年 3 月 9 日《大晚报》副刊《辣椒与橄榄》
上刊载有若谷的《恶癖》一文,文中把一些作家生活上的某些癖习都说
成是"恶癖",是"文人无行"的表现。参看《伪自由书·文人无文》及其

备考。

〔3〕 "京派和海派" 参看《花边文学·"京派"与"海派"》和本书《"京派"和"海派"》及其注〔2〕。

〔4〕 "文人相轻" 原语出自三国魏曹丕《典论·论文》："文人相轻,自古而然。"1935年1月《论语》第五十七期刊载林语堂的《做文与做人》一文,把文艺界的论争都说成是"文人相轻"。文中说:"文人好相轻,与女子互相评头品足相同。……于是白话派骂文言派,文言派骂白话派,民族文学派骂普罗,普罗骂第三种人,大家争营对垒,成群结党,一枪一矛,街头巷尾,报上屁股,互相臭骂……原其心理,都是大家要取媚于世。"

〔5〕 "真理哭了" 此语出处未详。

〔6〕 "即以其人之道,还治其人之身" 语出朱熹《中庸》第十三章注文。

〔7〕 到《文选》里去找词汇 施蛰存在1933年10月8日《申报·自由谈》发表的《〈庄子〉与〈文选〉》一文中说,他所以推荐这两部书,是因为"从这两部书中可以参悟一点做文章的方法,同时也可以扩大一点字汇。"

〔8〕 曹聚仁 参看本卷第81页注〔2〕。这里提到他的文章,题目是《论"文人相轻"》,其中曾引用曹丕《典论·论文》中的话。曹丕(187—226),字子桓,沛国谯(今安徽亳县)人,曹操的次子。建安二十五年(220)废汉献帝而自立为帝,即魏文帝。他爱好文学,除诗作外,兼擅批评,所著《典论》五卷,已佚,其中《论文》一篇,收于《文选》卷五十二。

〔9〕 施蛰存 参看本卷第4页注〔3〕。1933年他在《大晚报》上向青年推荐《庄子》与《文选》,并说他正在读佛经,受到鲁迅批评。他在一些答辩文章中,说鲁迅也曾捐资重刻《百喻经》,"玩木刻,考究版

本，……以骈体文为白话书信作序"等。暗指鲁迅"自己也是这样的"。参看《准风月谈》中《"感旧"以后（上）》、《扑空》、《答"兼示"》等文所附施蛰存各文。

〔10〕 魏金枝 参看本卷第273页注〔72〕。他在《文饭小品》第三期（1935年4月）发表的《再说"卖文"》中说，在一次宴会上，茅盾"问我为什么到教会学校去教书。语意之间，似乎颇为不屑"，"但日子过得不多，……茅盾的一个亲戚，想到我在教书的教会学校里来找事做了"。

〔11〕 "彼亦一是非，此亦一是非" 语出《庄子·齐物论》。在关于《庄子》与《文选》的论争中，施蛰存于1933年10月20日《申报·自由谈》发表《致黎烈文先生书》，声称"我不想使自己不由自主地被卷入漩涡，所以我不再说什么话了"，并在最后说"此亦一是非，彼亦一是非，唯无是非观，庶几免是非"。

〔12〕 老聃 即老子（约前571—？），姓李名耳，字伯阳，外字（号）聃，春秋时楚国人，道家学派的创始人。

〔13〕《庄子·天下篇》说："墨翟、禽滑釐之意则是，其行则非也。"又说："宋钘、尹文……其为人太多，其自为太少。"又说："彭蒙之师……所言之韪（是），不免于非。"

"京派"和"海派"[1]

去年春天,京派大师曾经大大的奚落了一顿海派小丑,海派小丑也曾经小小的回敬了几手[2],但不多久,就完了。文滩上的风波,总是容易起,容易完,倘使不容易完,也真的不便当。我也曾经略略的赶了一下热闹[3],在许多唇枪舌剑中,以为那时我发表的所说,倒也不算怎么分析错了的。其中有这样的一段——

> "……北京是明清的帝都,上海乃各国之租界,帝都多官,租界多商,所以文人之在京者近官,没海者近商,近官者在使官得名,近商者在使商获利,而自己亦赖以糊口。要而言之:不过'京派'是官的帮闲,'海派'则是商的帮忙而已。……而官之鄙商,固亦中国旧习,就更使'海派'在'京派'眼中跌落了。……"

但到得今年春末,不过一整年带点零,就使我省悟了先前所说的并不圆满。目前的事实,是证明着京派已经自己贬损,或是把海派在自己眼睛里抬高,不但现身说法,演述了派别并不专与地域相关,而且实践了"因为爱他,所以恨他"的妙语。当初的京海之争,看作"龙虎斗"固然是错误,就是认为有一条官商之界也不免欠明白。因为现在已经清清楚楚,到底搬出一碗不过黄鳝田鸡,炒在一起的苏式菜——"京海杂烩"来了。

实例,自然是琐屑的,而且自然也不会有重大的例子。举一点罢。一,是选印明人小品的大权,分给海派来了;以前上海固然也有选印明人小品的人,但也可以说是冒牌的,这回却有了真正老京派的题签[4],所以的确是正统的衣钵。二,是有些新出的刊物[5],真正老京派打头,真正小海派煞尾了;以前固然也有京派开路的期刊,但那是半京半海派所主持的东西,和纯粹海派自说是自掏腰包来办的出产品颇有区别的。要而言之:今儿和前儿已不一样,京海两派中的一路,做成一碗了。

到这里要附带一点声明:我是故意不举出那新出刊物的名目来的。先前,曾经有人用过"某"字,什么缘故我不知道。但后来该刊的一个作者在该刊上说,他有一位"熟悉商情"的朋友,以为这是因为不替它来作广告。[6]这真是聪明的好朋友,不愧为"熟悉商情"。由此启发,子细一想,他的话实在千真万确:被称赞固然可以代广告,被骂也可以代广告,张扬了荣是广告,张扬了辱又何尝非广告。例如罢,甲乙决斗,甲赢,乙死了,人们固然要看杀人的凶手,但也一样的要看那不中用的死尸,如果用芦席围起来,两个铜板看一下,准可以发一点小财的。我这回的不说出这刊物的名目来,主意却正在不替它作广告,我有时很不讲阴德,简直要妨碍别人的借死尸敛钱。然而,请老实的看官不要立刻责备我刻薄。他们那里肯放过这机会,他们自己会敲了锣来承认的。

声明太长了一点了。言归正传。我要说的是直到现在,由事实证明,我才明白了去年京派的奚落海派,原来根柢上并不是奚落，倒是路远迢迢的送来的秋波。

文豪，究竟是有真实本领的，法朗士做过一本《泰绮思》[7]，中国已有两种译本了，其中就透露着这样的消息。他说有一个高僧在沙漠中修行，忽然想到亚历山大府的名妓泰绮思，是一个贻害世道人心的人物，他要感化她出家，救她本身，救被惑的青年们，也给自己积无量功德。事情还算顺手，泰绮思竟出家了，他恨恨的毁坏了她在俗时候的衣饰。但是，奇怪得很，这位高僧回到自己的独房里继续修行时，却再也静不下来了，见妖怪，见裸体的女人。他急遁，远行，然而仍然没有效。他自己是知道因为其实爱上了泰绮思，所以神魂颠倒了的，但一群愚民，却还是硬要当他圣僧，到处跟着他祈求，礼拜，拜得他"哑子吃黄连"——有苦说不出。他终于决计自白，跑回泰绮思那里去，叫道"我爱你！"然而泰绮思这时已经离死期不远，自说看见了天国，不久就断气了。

不过京海之争的目前的结局，却和这一本书的不同，上海的泰绮思并没有死，她也张开两条臂膊，叫道"来嘘！"于是——团圆了。

《泰绮思》的构想，很多是应用弗洛伊特[8]的精神分析学说的，倘有严正的批评家，以为算不得"究竟是有真实本领"，我也不想来争辩。但我觉得自己却真如那本书里所写的愚民一样，在没有听到"我爱你"和"来嘘"之前，总以为奚落单是奚落，鄙薄单是鄙薄，连现在已经出了气的弗洛伊特学说也想不到。

到这里又要附带一点声明：我举出《泰绮思》来，不过取其事迹,并非处心积虑,要用妓女来比海派的文人。这种小说中的人物,是不妨随意改换的,即改作隐士,侠客,高人,公主,大少,小老板之类,都无不可。况且泰绮思其实也何可厚非。她在俗时是泼剌的活,出家后就刻苦的修,比起我们的有些所谓"文人",刚到中年,就自叹道"我是心灰意懒了"的死样活气来,实在更其像人样。我也可以自白一句:我宁可向泼剌的妓女立正,却不愿意和死样活气的文人打棚〔9〕。

至于为什么去年北京送秋波,今年上海叫"来嘘"了呢?说起来,可又是事前的推测,对不对很难定了。我想:也许是因为帮闲帮忙,近来都有些"不景气",所以只好两界合办,把断砖,旧袜,皮袍,洋服,巧克力,梅什儿……之类,凑在一处,重行开张,算是新公司,想借此来新一下主顾们的耳目罢。

四月十四日。

*　　　*　　　*

〔1〕　本篇最初发表于 1935 年 5 月 5 日《太白》半月刊第二卷第四期,署名旅隼。

〔2〕　指关于"京派和海派"的争论。1933 年 10 月 18 日天津《大公报·文艺副刊》发表了沈从文的《文学者的态度》一文,讥笑在上海的作家。12 月 1 日苏汶在上海《现代》第四卷第二期发表《文人在上海》一文加以反驳。接着,沈从文又发表《论"海派"》等文。此后,报刊上就展开了所谓"京派"与"海派"的争论。

〔3〕　指《"京派"与"海派"》一文,后收入《花边文学》。

〔4〕　老京派的题签　1935 年出版的施蛰存编的《晚明二十家小品》,封面有当时在北平的周作人的题签;文中所说的"真正老京派",即

指周作人。

〔5〕 新出的刊物 指 1935 年 2 月创刊的《文饭小品》月刊,康嗣群编辑,施蛰存发行。它是由施筹款创办的。该刊第三期(1935 年 4 月5 日)第一篇文章是知堂(周作人)的《食味杂咏注》,最末一篇是施蛰存的《无相庵断残录》。文中所说"以前固然也有京派开路的期刊",指林语堂主编的《人间世》半月刊,该刊创刊号(1934 年 4 月 5 日)卷首刊有周作人的《五秩自寿诗》。

〔6〕 《文饭小品》第二期(1935 年 3 月)发表署名酉生的《某刊物》一文,其中说《太白》半月刊第十一期有评论《文饭小品》的两篇小文,"文章一开头都是'某刊物创刊号'那么一句。这地方,我觉得未免'太'不坦'白'了。""有一位熟悉商情的朋友来看了,他说:'……他们如果在文章中写明了《文饭小品》字样,岂不就等于替你登了广告?'"

〔7〕 法朗士(A.France,1844—1924) 法国作家。《泰绮思》,长篇小说,作于 1891 年。它的两种中译本是:《黛丝》,杜衡译,1928 年开明书店出版;《女优泰绮思》,徐蔚南译,1929 年世界书局出版。

〔8〕 弗洛伊特(S.Freud,1856—1939) 奥地利精神病学家,精神分析学说的创立者。这种学说认为文学、艺术、哲学、宗教等一切精神现象,都是人们因受压抑而潜藏在下意识里的某种"生命力"(Libido),特别是性欲的潜力所产生的。

〔9〕 打棚 上海方言,开玩笑的意思。

镰田诚一墓记[1]

君以一九三〇年三月至沪,出纳图书,既勤且谨,兼修绘事,斐然有成。中遭艰巨,笃行靡改,扶危济急,公私两全。越三三年七月,因病归国休养,方期再造,展其英才,而药石无灵,终以不起,年仅二十有八。呜呼,昊天难测,蕙荃早摧,晔晔青春,永闳玄壤,忝居友列,衔哀记焉。

一九三五年四月二十二日,会稽鲁迅撰。

＊　　　＊　　　＊

〔1〕　本篇在收入本书前未在报刊上发表过。

镰田诚一(1905—1934),日本人,内山书店职员。参看本书《后记》。

弄堂生意古今谈 [1]

“薏米杏仁莲心粥！”

“玫瑰白糖伦教糕！”

“虾肉馄饨面！”

“五香茶叶蛋！”

这是四五年前，闸北一带弄堂内外叫卖零食的声音，假使当时记录了下来，从早到夜，恐怕总可以有二三十样。居民似乎也真会化零钱，吃零食，时时给他们一点生意，因为叫声也时时中止，可见是在招呼主顾了。而且那些口号也真漂亮，不知道他是从《昭明文选》或《晚明小品》[2]里找过词汇的呢，还是怎么的，实在使我似的初到上海的乡下人，一听到就有馋涎欲滴之概，“薏米杏仁”而又“莲心粥”，这是新鲜到连先前的梦里也没有想到的。但对于靠笔墨为生的人们，却有一点害处，假使你还没有练到“心如古井”，就可以被闹得整天整夜写不出什么东西来。

现在是大不相同了。马路边上的小饭店，正午傍晚，先前为长衫朋友所占领的，近来已经大抵是“寄沉痛于幽闲”[3]；老主顾呢，坐到黄包车夫的老巢的粗点心店里面去了。至于车夫，那自然只好退到马路边沿饿肚子，或者幸而还能够咬侉饼。弄堂里的叫卖声，说也奇怪，竟也和古代判若天渊，卖零食的当然还有，但

318

不过是橄榄或馄饨,却很少遇见那些"香艳肉感"的"艺术"的玩意
了。嚷嚷呢,自然仍旧是嚷嚷的,只要上海市民存在一日,嚷嚷是
大约决不会停止的。然而现在却切实了不少:麻油,豆腐,润发的
刨花,晒衣的竹竿;方法也有改进,或者一个人卖袜,独自作歌赞
叹着袜的牢靠。或者两个人共同卖布,交互唱歌颂扬着布的便
宜。但大概是一直唱着进来,直达弄底,又一直唱着回去,走出弄
外,停下来做交易的时候,是很少的。

偶然也有高雅的货色:果物和花。不过这是并不打算卖
给中国人的,所以他用洋话:

"Ringo,Banana,Appulu-u,Appulu-u-u!"〔4〕

"Hana 呀 Hana-a-a! Ha-a-na-a-a!"〔5〕

也不大有洋人买。

间或有算命的瞎子,化缘的和尚进弄来,几乎是专攻娘姨
们的,倒还是他们比较的有生意,有时算一命,有时卖掉一张
黄纸的鬼画符。但到今年,好像生意也清淡了,于是前天竟出
现了大布置的化缘。先只听得一片鼓钹和铁索声,我正想做
"超现实主义"的语录体诗〔6〕,这么一来,诗思被闹跑了,寻声
看去,原来是一个和尚用铁钩钩在前胸的皮上,钩柄系有一丈
多长的铁索,在地上拖着走进弄里来,别的两个和尚打着鼓和
钹。但是,那些娘姨们,却都把门一关,躲得一个也不见了。
这位苦行的高僧,竟连一个铜子也拖不去。

事后,我探了探她们的意见,那回答是:"看这样子,两角
钱是打发不走的。"

独唱,对唱,大布置,苦肉计,在上海都已经赚不到大钱,

一面固然足征洋场上的"人心浇薄",但一面也可见只好去"复兴农村"〔7〕了,唔。

四月二十三日。

*　　　*　　　*

〔1〕 本篇最初发表于 1935 年 5 月上海《漫画生活》月刊第九期,署名康郁。

〔2〕《昭明文选》 参看本卷第 48 页注〔14〕。《晚明小品》,隐指施蛰存编的《晚明二十家小品》,1935 年上海光明书局出版。

〔3〕 "寄沉痛于幽闲" 这是林语堂的话。周作人的《五秩自寿诗》于《人间世》创刊号(1934 年 4 月)发表后,林语堂随即在 4 月 26 日《申报·自由谈》发表了《周作人诗读法》一文,其中说:"昨得周先生与《人间世》稿,内附短简云:'……得刘大杰先生来信,谓读拙诗不禁凄然泪下,此种看法,吾甚佩服。'吾复周先生信,虽无存稿,大意如下:'……此诗自是如此看法,寄沉痛于幽闲,但世间俗人太多,外间颇有訾议,听之可也。'"

〔4〕 Ringo 日语"林檎"(苹果)的语音。Banana,日语"香蕉"的语音。Appulu,日语外来词"苹果"的语音。

〔5〕 Hana,日语"花"的语音。

〔6〕 "超现实主义" 第一次世界大战后开始流行于西欧的一种反现实主义的文艺流派。语录体,我国古代一种记录传道、授业时的问答口语而不重修饰的文体。这里是对林语堂的讽刺,当时林语堂提倡脱离现实的"幽默"、"性灵"文学和语录体诗文。

〔7〕 "复兴农村" 1933 年 4 月 13 日国民党政府行政院决定设立"复兴农村委员会",发起农村复兴运动。

不 应 该 那 么 写 [1]

凡是有志于创作的青年,第一个想到的问题,大概总是"应该怎样写?"现在市场上陈列着的"小说作法","小说法程"之类,就是专掏这类青年的腰包的。然而,好像没有效,从"小说作法"学出来的作者,我们至今还没有听到过。有些青年是设法去问已经出名的作者,那些答案,还很少见有什么发表,但结果是不难推想而知的:不得要领。这也难怪,因为创作是并没有什么秘诀,能够交头接耳,一句话就传授给别一个的,倘不然,只要有这秘诀,就真可以登广告,收学费,开一个三天包成文豪学校了。以中国之大,或者也许会有罢,但是,这其实是骗子。

在不难推想而知的种种答案中,大概总该有一个是"多看大作家的作品"。这恐怕也很不能满文学青年的意,因为太宽泛,茫无边际——然而倒是切实的。凡是已有定评的大作家,他的作品,全部就说明着"应该怎样写"。只是读者很不容易看出,也就不能领悟。因为在学习者一方面,是必须知道了"不应该那么写",这才会明白原来"应该这么写"的。

这"不应该那么写",如何知道呢? 惠列赛耶夫[2]的《果戈理研究》第六章里,答复着这问题——

"应该这么写,必须从大作家们的完成了的作品去领会。那么,不应该那么写这一面,恐怕最好是从那同一作品的未定稿本去学习了。在这里,简直好像艺术家在对我们用实物教授。恰如他指着每一行,直接对我们这样说——'你看——哪,这是应该删去的。这要缩短,这要改作,因为不自然了。在这里,还得加些渲染,使形象更加显豁些。'"

这确是极有益处的学习法,而我们中国却偏偏缺少这样的教材。近几年来,石印的手稿是有一些了,但大抵是学者的著述或日记。也许是因为向来崇尚"一挥而就","文不加点"的缘故罢,又大抵是全本干干净净,看不出苦心删改的痕迹来。取材于外国呢,则即使精通文字,也无法搜罗名作的初版以至改定版的各种本子的。

读书人家的子弟熟悉笔墨,木匠的孩子会玩斧凿,兵家儿早识刀枪,没有这样的环境和遗产,是中国的文学青年的先天的不幸。

在没奈何中,想了一个补救法:新闻上的记事,拙劣的小说,那事件,是也有可以写成一部文艺作品的,不过那记事,那小说,却并非文艺——这就是"不应该这样写"的标本。只是和"应该那样写",却无从比较了。

四月二十三日。

*　　　*　　　*

〔1〕 本篇最初发表于 1935 年 6 月《文学》月刊第四卷第六号"文学论坛"栏,署名洛。

〔2〕　惠列赛耶夫（B.B.Bepecaeb,1867—1945）　一译魏烈萨耶夫,苏联作家,文学评论家。

在现代中国的孔夫子[1]

　　新近的上海的报纸,报告着因为日本的汤岛[2],孔子的圣庙落成了,湖南省主席何键[3]将军就寄赠了一幅向来珍藏的孔子的画像。老实说,中国的一般的人民,关于孔子是怎样的相貌,倒几乎是毫无所知的。自古以来,虽然每一县一定有圣庙,即文庙,但那里面大抵并没有圣像。凡是绘画,或者雕塑应该崇敬的人物时,一般是以大于常人为原则的,但一到最应崇敬的人物,例如孔夫子那样的圣人,却好像连形象也成为亵渎,反不如没有的好。这也不是没有道理的。孔夫子没有留下照相来,自然不能明白真正的相貌,文献中虽然偶有记载,但是胡说白道也说不定。若是从新雕塑的话,则除了任凭雕塑者的空想而外,毫无办法,更加放心不下。于是儒者们也终于只好采取"全部,或全无"的勃兰特[4]式的态度了。

　　然而倘是画像,却也会间或遇见的。我曾经见过三次:一次是《孔子家语》[5]里的插画;一次是梁启超[6]氏亡命日本时,作为横滨出版的《清议报》上的卷头画,从日本倒输入中国来的;还有一次是刻在汉朝墓石上的孔子见老子的画像。说起从这些图画上所得的孔夫子的模样的印象来,则这位先生是一位很瘦的老头子,身穿大袖口的长袍子,腰带上插着一把剑,或者腋下挟着一枝杖,然而从来不笑,非常威风凛凛的。

假使在他的旁边侍坐,那就一定得把腰骨挺的笔直,经过两三点钟,就骨节酸痛,倘是平常人,大约总不免急于逃走的了。

后来我曾到山东旅行。在为道路的不平所苦的时候,忽然想到了我们的孔夫子。一想起那具有俨然道貌的圣人,先前便是坐着简陋的车子,颠颠簸簸,在这些地方奔忙的事来,颇有滑稽之感。这种感想,自然是不好的,要而言之,颇近于不敬,倘是孔子之徒,恐怕是决不应该发生的。但在那时候,怀着我似的不规矩的心情的青年,可是多得很。

我出世的时候是清朝的末年,孔夫子已经有了"大成至圣文宣王"[7]这一个阔得可怕的头衔,不消说,正是圣道支配了全国的时代。政府对于读书的人们,使读一定的书,即四书和五经[8];使遵守一定的注释;使写一定的文章,即所谓"八股文"[9];并且使发一定的议论。然而这些千篇一律的儒者们,倘是四方的大地,那是很知道的,但一到圆形的地球,却什么也不知道,于是和四书上并无记载的法兰西和英吉利打仗而失败了。不知道为了觉得与其拜着孔夫子而死,倒不如保存自己们之为得计呢,还是为了什么,总而言之,这回是拚命尊孔的政府和官僚先就动摇起来,用官帑大翻起洋鬼子的书籍来了。属于科学上的古典之作的,则有侯失勒的《谈天》,雷侠儿的《地学浅释》,代那的《金石识别》[10],到现在也还作为那时的遗物,间或躺在旧书铺子里。

然而一定有反动。清末之所谓儒者的结晶,也是代表的大学士徐桐[11]氏出现了。他不但连算学也斥为洋鬼子的学问;他虽然承认世界上有法兰西和英吉利这些国度,但西班牙和葡萄牙的存在,是决不相信的,他主张这是法国和英国常常来讨利益,连自己也不好意思了,所以随便胡诌出来的国名。他又是一九〇〇年的有名的义和团的幕后的发动者,也是指挥者。但是义和团完全失败,徐桐氏也自杀了。政府就又以为外国的政治法律和学问技术颇有可取之处了。我的渴望到日本去留学,也就在那时候。达了目的,入学的地方,是嘉纳先生所设立的东京的弘文学院[12];在这里,三泽力太郎先生教我水是养气和轻气所合成,山内繁雄先生教我贝壳里的什么地方其名为"外套"。这是有一天的事情。学监大久保先生集合起大家来,说:因为你们都是孔子之徒,今天到御茶之水[13]的孔庙里去行礼罢!我大吃了一惊。现在还记得那时心里想,正因为绝望于孔夫子和他的之徒,所以到日本来的,然而又是拜么?一时觉得很奇怪。而且发生这样感觉的,我想决不止我一个人。

但是,孔夫子在本国的不遇,也并不是始于二十世纪的。孟子批评他为"圣之时者也"[14],倘翻成现代语,除了"摩登圣人"实在也没有别的法。为他自己计,这固然是没有危险的尊号,但也不是十分值得欢迎的头衔。不过在实际上,却也许并不这样子。孔夫子的做定了"摩登圣人"是死了以后的事,活着的时候却是颇吃苦头的。跑来跑去,虽然曾经贵为鲁国的警视总监[15],而又立刻下野,失业了;并且为权臣所轻蔑,为野人所嘲弄,甚至于为暴民所包围,饿扁了肚子。弟子虽然收了三千名,中用的却只有七十二,然而真可以相信的又只有一个人。有一天,孔夫子愤慨道:"道不行,乘桴浮于海,从我者,其由与?"[16]从这消极的打算上,就可以窥见那消息。然而连这一位由,后来也因为和敌人战斗,被击断了冠缨,但真不愧为由呀,到这时候也还不忘记从夫子听来的教训,说道"君子死,冠不免"[17],一面系着冠缨,一面被人砍成肉酱了。连唯一可信的弟子也已经失掉,孔子自然是非常悲痛的,据说他一听到这信息,就吩咐去倒掉厨房里的肉酱云。[18]

孔夫子到死了以后,我以为可以说是运气比较的好一点。因为他不会噜苏了,种种的权势者使用种种的白粉给他来化妆,一直抬到吓人的高度。但比起后来输入的释迦牟尼[19]来,却实在可怜得很。诚然,每一县固然都有圣庙即文庙,可是一副寂寞的冷落的样子,一般的庶民,是决不去参拜的,要去,则是佛寺,或者是神庙。若向老百姓们问孔夫子是什么人,他们自然回答是圣人,然而这不过是权势者的留声机。他们也敬惜字纸,然而这是因为倘不敬惜字纸,会遭雷殛的迷信的缘故;南京的夫子庙固然是热闹的地方,然而这是因为另有各种玩耍和茶店的缘故。虽说孔子作《春秋》而乱臣贼子惧[20],然而现在的人们,却几乎谁也不知道一个笔伐了的乱臣贼子的名字。说到乱臣贼子,大概以为是曹操,但那并非圣人所教,却是写了小说和剧本的无名作家所教的。

总而言之,孔夫子之在中国,是权势者们捧起来的,是那些权势者或想做权势者们的圣人,和一般的民众并无什么关系。然而对于圣庙,那些权势者也不过一时的热心。因为尊孔的时候已经怀着别样的目的,所以目的一达,这器具就无用,如果不达呢,那可更加无用了。在三四十年以前,凡有企图获得权势的人,就是希望做官的人,都是读"四书"和"五经",做"八股",别一些人就将这些书籍和文章,统名之为"敲门砖"。这就是说,文官考试一及第,这些东西也就同时被忘却,恰如敲门时所用的砖头一样,门一开,这砖头也就被抛掉了。孔子这人,其实是自从死了以后,也总是当着"敲门砖"的差使的。

一看最近的例子,就更加明白。从二十世纪的开始以来,孔夫子的运气是很坏的,但到袁世凯〔21〕时代,却又被从新记得,不但恢复了祭典,还新做了古怪的祭服,使奉祀的人们穿起来。跟着这事而出现的便是帝制。然而那一道门终于没有敲开,袁氏在门外死掉了。余剩的是北洋军阀,当觉得渐近末路时,也用它来敲过另外的幸福之门。盘据着江苏和浙江,在路上随便砍杀百姓的孙传芳〔22〕将军,一面复兴了投壶之礼;钻进山东,连自己也数不清金钱和兵丁和姨太太的数目了的张宗昌〔23〕将军,则重刻了《十三经》,而且把圣道看作可以由肉体关系来传染的花柳病一样的东西,拿一个孔子后裔的谁来做了自己的女婿。然而幸福之门,却仍然对谁也没有开。

这三个人,都把孔夫子当作砖头用,但是时代不同了,所以都明明白白的失败了。岂但自己失败而已呢,还带累孔子也更加陷入了悲境。他们都是连字也不大认识的人物,然而偏要大谈什么《十三经》之类,所以使人们觉得滑稽;言行也太不一致了,就更加令人讨厌。既已厌恶和尚,恨及袈裟,而孔夫子之被利用为或一目的的器具,也从新看得格外清楚起来,于是要打倒他的欲望，也就越加旺盛。所以把孔子装饰得十分尊严时，就一定有找他缺点的论文和作品出现。即使是孔夫子，缺点总也有的，在平时谁也不理会，因为圣人也是人，本是可以原谅的。然而如果圣人之徒出来胡说一通，以为圣人是这样，是那样，所以你也非这样不可的话，人们可就禁不住要笑起来了。五六年前，曾经因为公演了《子见南子》[24]这剧本，引起过问题，在那个剧本里，有孔夫子登场，以圣人而论，固然不免略有欠稳重和呆头呆脑的地方，然而作为一个人，倒是可爱的好人物。但是圣裔们非常愤慨，把问题一直闹到官厅里去了。因为公演的地点，恰巧是孔夫子的故乡，在那地方，圣裔们繁殖得非常多，成着使释迦牟尼和苏格拉第[25]都自愧弗如的特权阶级。然而，那也许又正是使那里的非圣裔的青年们，不禁特地要演《子见南子》的原因罢。

中国的一般的民众，尤其是所谓愚民，虽称孔子为圣人，却不觉得他是圣人；对于他，是恭谨的，却不亲密。但我想，能像中国的愚民那样，懂得孔夫子的，恐怕世界上是再也没有的了。不错，孔夫子曾经计划过出色的治国的方法，但那都是为了治民众者，即权势者设想的方法，为民众本身的，却一点也没有。这就是"礼不下庶人"[26]。成为权势者们的圣人，终于变了"敲门砖"，实在也叫不得冤枉。和民众并无关系，是不能说的，但倘说毫无亲密之处，我以为怕要算是非常客气的说法了。不去亲近那毫不亲密的圣人，正是当然的事，什么时候都可以，试去穿了破衣，赤着脚，走上大成殿去看看罢，恐怕会像误进上海的上等影戏院或者头等电车一样，立刻要受斥逐的。

谁都知道这是大人老爷们的物事,虽是"愚民",却还没有愚到这步田地的。

四月二十九日。

*　　*　　*

〔1〕 本篇是作者用日文写的,最初发表于 1935 年 6 月号日本《改造》月刊。中译文最初发表于 1935 年 7 月在日本东京出版的《杂文》月刊第二号,题为《孔夫子在现代中国》。参看本书《后记》。

〔2〕 汤岛 东京的街名,建有日本最大的孔庙"汤岛圣堂"。该庙于 1923 年被烧毁,1935 年 4 月重建落成时国民党政府曾派代表专程前往"参谒"。

〔3〕 何键(1887—1956) 字芸樵,湖南醴陵人。当时任国民党湖南省政府主席。

〔4〕 勃兰特 易卜生的诗剧《勃兰特》中的人物。"全部,或全无",是他所信奉的一句格言。

〔5〕 《孔子家语》 原书《汉书·艺文志》著录二十七卷,久佚。今本为三国魏王肃编,杂取《左传》、《国语》、《荀子》、《孟子》、《礼记》等书中有关孔子的遗文轶事而成,十卷,冒称孔子家传。《四库全书总目提要》说:"特其流传已久,且遗文轶事往往多见于其中,故自唐以来,知其伪而不能废也。"

〔6〕 梁启超(1873—1929) 号任公,广东新会人,清末维新运动领导人之一。戊戌政变后逃亡日本。《清议报》是他在日本横滨发行的旬刊,1898 年 12 月创刊;内容鼓吹君主立宪、保皇反后(保救光绪皇帝,反对那拉太后),1901 年 12 月出至一百期停刊。

〔7〕 "大成至圣文宣王" 唐开元二十七年(739)追谥孔子为"文宣王",元大德十一年(1307)又加谥为"大成至圣文宣王"。

〔8〕 四书 指《大学》、《中庸》、《论语》、《孟子》。北宋时程颢、程颐特别推崇《礼记》中的《大学》《中庸》两篇,南宋朱熹又将这两篇和《论语》《孟子》合在一起,撰写《四书章句集注》,自此便有了"四书"这个名称。五经,即《诗经》、《尚书》、《礼记》、《周易》、《春秋》的合称,汉武帝时始有此称。

〔9〕 "八股文" 明清科举考试制度所规定的一种公式化的文体,它用"四书"、"五经"中的文句命题,每篇由破题、承题、起讲、入手、起股、中股、后股、束股八个部分构成。后四部分是主体,每一部分有两股相比偶的文字,合共八股,所以叫做八股文。

〔10〕 侯失勒(F.W.Herschel,1792—1871) 通译赫歇尔,英国天文学家、物理学家。《谈天》即《天文学纲要》,中译本共十八卷,附表一卷,出版于 1859 年。雷侠儿(C.Lyell,1797—1875),通译赖尔,英国地质学家。《地学浅释》即《地质学原理》,中译本共三十八卷,出版于 1871 年。代那(J.D.Dana,1813—1895),通译达纳,美国地质学家、矿物学家。《金石识别》即《矿物学手册》,中译本共十二卷,附表,出版于 1871 年。

〔11〕 徐桐(1819—1900) 字荫轩,汉军正蓝旗人,光绪间官至大学士。他反对维新变法,怂恿义和团围攻外国使馆。八国联军攻入北京时自缢死。

〔12〕 弘文学院 一所专门为中国留学生设立的学习日语和基础课的预备学校。1902 年 1 月建校,1909 年停办。校址在东京牛込区西五轩町。创办人为嘉纳治五郎(1860—1938),学监为大久保高明。

〔13〕 御茶之水 日本东京的地名。汤岛圣堂即在御茶之水车站附近。

〔14〕 "圣之时者也" 语出《孟子·万章(下)》:"孔子,圣之时者也。"原指孔子做事依时依势而行:"可以速而速,可以久而久,可以处而

处,可以仕而仕,孔子也。""时"指识时务之意。

〔15〕 警视总监 日本主管警察工作的最高长官。孔子曾一度任鲁国的司寇,掌管刑狱,相当于日本的这一官职。

〔16〕 "道不行,乘桴浮于海"等句,语出《论语·公冶长》。桴,用竹木编的筏子。由,孔子的弟子仲由,即子路。

〔17〕 "君子死,冠不免" 语出《左传》哀公十五年:"石乞、盂黡敌子路,以戈击之,断缨。子路曰:'君子死,冠不免。'结缨而死。"

〔18〕 关于孔子因子路战死而倒掉肉酱的事,见《孔子家语·子贡问》:"子路……仕于卫,卫有蒯聩之难……既而卫使至,曰:'子路死焉。'夫子哭之于中庭……进使者而问故,使者曰:'醢之矣。'遂令左右皆覆醢,曰:'吾何忍食此!'"

〔19〕 释迦牟尼(Sakyamuni,约前565—前486) 原古印度北部迦毗罗卫国净饭王的儿子,后出家修道,成为佛教创始人。佛教于西汉末年开始传入我国。

〔20〕 孔子作《春秋》而乱臣贼子惧 语出《孟子·滕文公(下)》:"孔子成《春秋》而乱臣贼子惧。"

〔21〕 袁世凯 参看本卷第133页注〔4〕。他曾于1914年2月通令全国"祭孔",公布《崇圣典例》,同年9月28日他率领各部总长和一批文武官员,穿着新制的古祭服,在北京孔庙举行祀孔典礼。

〔22〕 孙传芳(1885—1935) 山东历城人,北洋直系军阀。他盘踞东南五省时,为了提倡复古,于1926年8月6日在南京举行投壶古礼。投壶,古代宴会时的一种娱乐,宾主依次投矢壶中,负者饮酒。《礼记·投壶》孔颖达注引郑玄的话,说投壶是"主人与客燕饮讲论才艺之礼"。

〔23〕 张宗昌(1881—1932) 山东掖县人,北洋奉系军阀。1925年他任山东督军时提倡尊孔读经。

〔**24**〕 《子见南子》 林语堂作的独幕剧,发表于《奔流》第一卷第六期(1928 年 11 月)。1929 年山东曲阜第二师范学校学生排演此剧时,当地孔氏族人以"公然侮辱宗祖孔子"为由,联名向国民党政府教育部提出控告,结果该校校长被调职。参看《集外集拾遗补编·关于〈子见南子〉》。

〔**25**〕 苏格拉第(Socrates,前 469—前 399) 古希腊哲学家,被雅典政府以传播异说的罪名指控处死。

〔**26**〕 "礼不下庶人" 语出《礼记·曲礼上》:"礼不下庶人,刑不上大夫。"

六朝小说和唐代传奇文
有怎样的区别?[1]

——答文学社问

这试题很难解答。

因为唐代传奇,是至今还有标本可见的,但现在之所谓六朝小说,我们所依据的只是从《新唐书艺文志》[2]以至清《四库书目》[3]的判定,有许多种,在六朝当时,却并不视为小说。例如《汉武故事》,《西京杂记》,《搜神记》,《续齐谐记》[4]等,直至刘昫的《唐书经籍志》[5],还属于史部起居注和杂传类里的。那时还相信神仙和鬼神,并不以为虚造,所以所记虽有仙凡和幽明之殊,却都是史的一类。

况且从晋到隋的书目,现在一种也不存在了,我们已无从知道那时所视为小说的是什么,有怎样的形式和内容。现存的惟一最早的目录只有《隋书经籍志》[6],修者自谓“远览马史班书,近观王阮志录”,也许尚存王俭[7]《今书七志》,阮孝绪[8]《七录》的痕迹罢,但所录小说二十五种中,现存的却只有《燕丹子》[9]和刘义庆撰《世说》合刘孝标注[10]两种了。此外,则《郭子》,《笑林》,殷芸《小说》,《水饰》[11],及当时以为隋代已亡的《青史子》,《语林》[12]等,还能在唐宋类书里遇见一点遗文。

单从上述这些材料来看，武断的说起来，则六朝人小说，是没有记叙神仙或鬼怪的，所写的几乎都是人事；文笔是简洁的；材料是笑柄，谈资；但好像很排斥虚构，例如《世说新语》说裴启《语林》记谢安语不实，[13]谢安一说，这书即大损声价云云，就是。

唐代传奇文可就大两样了：神仙人鬼妖物，都可以随便驱使；文笔是精细，曲折的，至于被崇尚简古者所诟病；所叙的事，也大抵具有首尾和波澜，不止一点断片的谈柄；而且作者往往故意显示着这事迹的虚构，以见他想象的才能了。

但六朝人也并非不能想象和描写，不过他不用于小说，这类文章，那时也不谓之小说。例如阮籍的《大人先生传》，陶潜的《桃花源记》[14]，其实倒和后来的唐代传奇文相近；就是嵇康的《圣贤高士传赞》[15]（今仅有辑本），葛洪的《神仙传》[16]，也可以看作唐人传奇文的祖师的。李公佐作《南柯太守传》，李肇为之赞[17]，这就是嵇康的《高士传》法；陈鸿《长恨传》置白居易的长歌之前[18]，元稹的《莺莺传》既录《会真诗》，又举李公垂《莺莺歌》之名作结[19]，也令人不能不想到《桃花源记》。

至于他们之所以著作，那是无论六朝或唐人，都是有所为的。《隋书经籍志》抄《汉书艺文志》[20]说，以著录小说，比之"询于刍荛"，就是以为虽然小说，也有所为的明证。不过在实际上，这有所为的范围却缩小了。晋人尚清谈，讲标格，常以寥寥数言，立致通显，所以那时的小说，多是记载畸行隽语的《世说》一类，其实是借口舌取名位的入门书。唐以诗文取士，但也看社会上的名声,所以士子入京应试,也须豫先干谒名公,呈献诗文,冀其称誉,这诗文叫作"行卷"〔21〕。诗文既滥,人不欲观,有的就用传奇文,来希图一新耳目,获得特效了,于是那时的传奇文,也就和"敲门砖"很有关系。但自然,只被风气所推,无所为而作者,却也并非没有的。

五月三日。

*　　*　　*

〔1〕 本篇最初印入《文学百题》一书。

文学社,即《文学》月刊社。《文学》月刊,傅东华、郑振铎编,1933年7月创刊,1936年7月第七卷起由王统照接编,1937年11月停刊,上海生活书店出版。该社曾拟定有关文学的问题一百个,分别约人撰稿,编成《文学百题》,于1935年7月由生活书店出版。

〔2〕 《新唐书·艺文志》 《新唐书》系宋代欧阳修等撰。其中《艺文志》四卷,是古代到唐代的书籍的目录。

〔3〕 《四库书目》 指《四库全书总目提要》和《四库全书简明目录》。参看本卷第61页注〔12〕、第143页注〔3〕。

〔4〕 《汉武故事》 一卷,相传为汉代班固或南朝齐王俭著,所记多系关于汉武帝的传说。《西京杂记》,六卷,相传为汉代刘歆或晋代葛洪所著,所记都是汉武帝时杂事。《搜神记》,二十卷,相传为晋代干宝著,内容都是神怪故事。《续齐谐记》,一卷,南朝梁吴均著,内容也是神怪故事。(按"齐谐"出于《庄子·逍遥游》:"齐谐者,志怪者也。")

〔5〕 刘昫(887—946) 字耀远,涿州归义(今河北雄县)人,后晋时官至同中书门下平章事。他所监修的《唐书》,通称《旧唐书》,共二百卷。其中《经籍志》二卷,是从古代到唐代书籍的目录,内容较《新唐书·

艺文志》简略。

〔6〕 《隋书·经籍志》 《隋书》，唐代魏徵等撰。其中"十志"部分，题长孙无忌撰。《经籍志》，四卷，是继《汉书·艺文志》后又一部古代文献总录，除著录当时所存的著作以外，还附载一些已亡佚的书，并论述学术的源流。它采用经史子集四部的图书分类法，一直沿用到清代。"远览马《史》班《书》，近观王阮《志》《录》；挹其风流体制，削其浮杂鄙俚，离其疏远，合其近密；约文绪义，凡五十五篇。"是《隋书·经籍志》引论中的话。

〔7〕 王俭(452—489) 字仲宝，琅琊临沂(今属山东)人，南朝宋目录学家。袭爵为豫宁侯。在宋明帝时任秘书丞，依刘歆《七略》撰《七志》四十卷，记录古今图书，分经典、诸子、文翰、军书、阴阳、术艺、图谱七类，道、佛附见。此书已失传。

〔8〕 阮孝绪(479—536) 字士宗，陈留尉氏(今属河南)人。南朝梁目录学家。隐居不仕。《七录》是他所辑录的古今书籍的目录，共十二卷，分内外两篇：内篇为经典、记传、子兵、文集、技术五录；外篇为佛法、仙道二录。现仅存序言和分类总目，载在唐释道宣编撰的《广弘明集》一书中。

〔9〕 《燕丹子》 《隋书·经籍志》著录一卷，不著撰人。内容是关于战国燕太子丹的故事，大都系辑录古书中有关燕丹和荆轲的文字而成。

〔10〕 刘义庆(403—444) 彭城(今江苏徐州)人，文学家。南朝宋武帝刘裕的侄子，袭爵为临川王，曾任南兖州刺史。所撰《世说》，即《世说新语》，参看本卷第178页注〔3〕。刘孝标(462—521)，名峻，字孝标，平原(今属山东)人，南朝梁文学家。梁武帝时曾为典校秘书，后聚徒讲学。他为《世说新语》所作注释，征引广博，为世所重。

〔11〕 《郭子》 东晋郭澄之著，《隋书·经籍志》著录三卷。《笑

林》，三国魏邯郸淳著，《隋书·经籍志》著录三卷。殷芸（471—529），字灌蔬，陈郡长平（今河南西华）人，南朝梁文学家。所著《小说》，《隋书·经籍志》著录十卷。《水饰》，隋杜宝著，《隋书·经籍志》著录一卷，不著撰人。这四种书唐以后失传，鲁迅《古小说钩沉》中各有辑本。

〔12〕 《青史子》　周青史子著，《汉书·艺文志》著录五十七篇，《隋书·经籍志》中已无此书。《语林》，东晋裴启著，《隋书·经籍志》子部小说类附注：“《语林》十卷，东晋处士裴启撰，亡。”这两种书鲁迅《古小说钩沉》中各有辑本。

〔13〕 关于裴启《语林》记谢安语不实一事见《世说新语·轻诋》：“庾道季（和）诧谢公（安）曰：‘裴郎（启）云，谢安谓裴郎乃可不恶，何得为复饮酒？裴郎又云，谢安目支道林，如九方皋之相马，略其玄黄，取其俊逸。’谢公云：‘都无此二语，裴自为此解耳。’庾意甚不以为好。因陈东亭（王珣）《经酒垆下赋》，读毕都不下赏裁，直云：‘君乃复作裴氏学。’于此《语林》遂废。今时有者，皆是先写，无复谢语。”

〔14〕 阮籍　参看本卷第178页注〔4〕。《大人先生传》见于清严可均辑的《全上古三代秦汉三国六朝文》卷四十六。陶潜，参看本卷第178页注〔5〕。《桃花源记》是他的一首五言古诗《桃花源诗并记》的前记部分。

〔15〕 嵇康（223—262）　字叔夜，谯国铚（今安徽宿县）人，三国魏诗人。正始时曾任中散大夫。他的《圣贤高士传赞》一书，据其兄嵇喜所作《嵇康传》说：“撰录上古以来圣贤隐逸遁心遗名者，集为传赞，自混沌至于管宁，凡百一十有九人。”清代马国翰《玉函山房辑佚书》及严可均《全上古三代秦汉三国六朝文》中都有此书辑本。

〔16〕 葛洪（约283—363）　字稚川，号抱朴子，东晋丹阳句容（今属江苏）人。惠帝时曾拜伏波将军。好神仙导养及炼丹之术，著有《抱朴子》等。《神仙传》，十卷，记古代传说中八十四个神仙的故事。

〔17〕 李公佐(约 770—约 850) 字颛蒙,陇西(今甘肃东南)人,唐代小说家。宪宗时曾任江淮从事。《南柯太守传》是他所作的传奇小说,篇末有"前华州参军李肇"的赞四句。李肇,唐文学家。唐宪宗时任左司郎中,翰林学士。著有《翰林志》、《唐国史补》等。

〔18〕 陈鸿 字大亮,唐代小说家。德宗时登太常第,文宗大和间官主客郎中。《长恨传》是他所作的传奇小说,篇末说:"乐天因为《长恨歌》……歌既成,使鸿传焉。"白居易(772—846),字乐天,太原(今属山西)人,唐代诗人。贞元进士,官至刑部尚书。

〔19〕 元稹(779—831) 字微之,河南河内(今河南洛阳)人,唐代诗人。宪宗元和时官左拾遗,后历官至宰相。《莺莺传》是他所作传奇小说,其中说:"河南元稹亦续生(张生)《会真诗》三十韵。"结末又说:"贞元岁九月,执事李公垂宿于予靖安里第,语及于是。公垂卓然称异,遂为《莺莺歌》以传之。崔氏小名莺莺,公垂以命篇。"李公垂(772—846),名绅,字公垂,无锡(今属江苏)人,唐代诗人。元和进士,后历官至宰相。

〔20〕 《汉书·艺文志》 《汉书》,东汉班固等撰,其中《艺文志》一卷,是古代到汉代的书籍的目录。它在"小说十五家"的篇目之后说:"小说家者流,盖出于稗官,街谈巷语道听涂说者之所造也……闾里小知者之所及,亦使缀而不忘;如或一言可采,此亦刍荛狂夫之议也。"《隋书·经籍志》也在子部小说类的篇目之后说:"小说者,街谈巷语之说也。《传》载舆人之诵,《诗》美询于刍荛。""询于刍荛"一语,见《诗经·大雅·板》:"先民有言:询于刍荛。"刍荛,即砍柴的人;这句话的意思就是向民间采访。

〔21〕 "行卷" 据宋代程大昌《演繁露·唐人行卷》:"唐人举进士,必有行卷,为缄轴,录其所著文,以献主司。"

什么是“讽刺”？[1]

——答文学社问

我想：一个作者，用了精炼的，或者简直有些夸张的笔墨——但自然也必须是艺术的地——写出或一群人的或一面的真实来，这被写的一群人，就称这作品为“讽刺”。

“讽刺”的生命是真实；不必是曾有的实事，但必须是会有的实情。所以它不是“捏造”，也不是“诬蔑”；既不是“揭发阴私”，又不是专记骇人听闻的所谓“奇闻”或“怪现状”。它所写的事情是公然的，也是常见的，平时是谁都不以为奇，而且自然是谁都毫不注意的。不过这事情在那时却已经是不合理，可笑，可鄙，甚而至于可恶。但这么行下来了，习惯了，虽在大庭广众之间，谁也不觉得奇怪；现在给它特别一提，就动人。譬如罢，洋服青年拜佛，现在是平常事，道学先生发怒，更是平常事，只消几分钟，这事迹就过去，消灭了。但“讽刺”却是正在这时候照下来的一张相，一个撅着屁股，一个皱着眉心，不但自己和别人看起来有些不很雅观，连自己看见也觉得不很雅观；而且流传开去，对于后日的大讲科学和高谈养性，也不免有些妨害。倘说，所照的并非真实，是不行的，因为这时有目共睹，谁也会觉得确有这等事；但又不好意思承认这是真实，失了自己的尊严。于是挖空心思，给起了一个名目，叫作"讽刺"。其意若曰:它偏要提出这等事,可见也不是好货。

有意的偏要提出这等事,而且加以精炼,甚至于夸张,却确是"讽刺"的本领。同一事件,在拉杂的非艺术的记录中,是不成为讽刺,谁也不大会受感动的。例如新闻记事,就记忆所及,今年就见过两件事。其一,是一个青年,冒充了军官,向各处招摇撞骗,后来破获了,他就写忏悔书,说是不过借此谋生,并无他意。其二,是一个窃贼招引学生,教授偷窃之法,家长知道,把自己的子弟禁在家里了,他还上门来逞凶。较可注意的事件,报上是往往有些特别的批评文字的,但对于这两件,却至今没有说过什么话,可见是看得很平常,以为不足介意的了。然而这材料,假如到了斯惠夫德(J.Swift)[2]或果戈理(N.Gogol)的手里,我看是准可以成为出色的讽刺作品的。在或一时代的社会里,事情越平常,就越普遍,也就愈合于作讽刺。

讽刺作者虽然大抵为被讽刺者所憎恨,但他却常常是善意的,他的讽刺,在希望他们改善,并非要捺这一群到水底里。然而待到同群中有讽刺作者出现的时候,这一群却已是不可收拾,更非笔墨所能救了,所以这努力大抵是徒劳的,而且还适得其反,实际上不过表现了这一群的缺点以至恶德,而对于敌对的别一群,倒反成为有益。我想:从别一群看来,感受是和被讽刺的那一群不同的,他们会觉得"暴露"更多于"讽刺"。

如果貌似讽刺的作品,而毫无善意,也毫无热情,只使读者觉得一切世事,一无足取,也一无可为,那就并非讽刺了,这便是所谓"冷嘲"。

五月三日。

＊　　　＊　　　＊

〔1〕　本篇写成时未能刊出,后来发表于 1935 年 9 月《杂文》月刊第三号。参看本书《后记》。

〔2〕　斯惠夫德(1667—1745)　通译斯威夫特,英国作家。著有长篇小说《格列佛游记》等。

论“人言可畏”〔1〕

"人言可畏"是电影明星阮玲玉〔2〕自杀之后,发见于她的遗书中的话。这哄动一时的事件,经过了一通空论,已经渐渐冷落了,只要《玲玉香消记》一停演,就如去年的艾霞〔3〕自杀事件一样,完全烟消火灭。她们的死,不过像在无边的人海里添了几粒盐,虽然使扯淡的嘴巴们觉得有些味道,但不久也还是淡,淡,淡。

这句话,开初是也曾惹起一点小风波的。有评论者,说是使她自杀之咎,可见也在日报记事对于她的诉讼事件的张扬;不久就有一位记者公开的反驳,以为现在的报纸的地位,舆论的威信,可怜极了,那里还有丝毫主宰谁的运命的力量,况且那些记载,大抵采自经官的事实,绝非捏造的谣言,旧报具在,可以复按。所以阮玲玉的死,和新闻记者是毫无关系的。

这都可以算是真实话。然而——也不尽然。

现在的报章之不能像个报章,是真的;评论的不能逞心而谈,失了威力,也是真的,明眼人决不会过分的责备新闻记者。但是,新闻的威力其实是并未全盘坠地的,它对甲无损,对乙却会有伤;对强者它是弱者,但对更弱者它却还是强者,所以有时虽然吞声忍气,有时仍可以耀武扬威。于是阮玲玉之流,就成了发扬余威的好材料了,因为她颇有名,却无力。小市民总爱听人们的丑闻,尤其是有些熟识的人的丑闻。上海的街头巷尾的老虔婆,一知道近邻的阿二嫂家有野男人出入,津津乐道,但如果对她讲甘肃的谁在偷汉,新疆的谁在再嫁,她就不要听了。阮玲玉正在现身银幕,是一个大家认识的人,因此她更是给报章凑热闹的好材料,至少也可以增加一点销场。读者看了这些,有的想:"我虽然没有阮玲玉那么漂亮,却比她正经";有的想:"我虽然不及阮玲玉的有本领,却比她出身高";连自杀了之后,也还可以给人想:"我虽然没有阮玲玉的技艺,却比她有勇气,因为我没有自杀"。化几个铜元就发见了自己的优胜,那当然是很上算的。但靠演艺为生的人,一遇到公众发生了上述的前两种的感想,她就够走到末路了。所以我们且不要高谈什么连自己也并不了然的社会组织或意志强弱的滥调,先来设身处地的想一想罢,那么,大概就会知道阮玲玉的以为"人言可畏",是真的,或人的以为她的自杀,和新闻记事有关,也是真的。

但新闻记者的辩解,以为记载大抵采自经官的事实,却也是真的。上海的有些介乎大报和小报之间的报章,那社会新闻,几乎大半是官司已经吃到公安局或工部局去了的案件。但有一点坏习气,是偏要加上些描写,对于女性,尤喜欢加上些描写;这种案件,是不会有名公巨卿在内的,因此也更不妨加上些描写。案中的男人的年纪和相貌,是大抵写得老实的,一遇到女人,可就要发挥才藻了,不是"徐娘半老,风韵犹存",就是"豆蔻年华,玲珑可爱"。一个女孩儿跑掉了,自奔或被诱还不可知,才子就断定道,"小姑独宿,不惯无郎",你怎么知道？一个村妇再醮了两回，原是穷乡僻壤的常事，一到才子的笔下，就又赐以大字的题目道，"奇淫不减武则天"，这程度你又怎么知道？这些轻薄句子，加之村姑，大约是并无什么影响的，她不识字，她的关系人也未必看报。但对于一个智识者，尤其是对于一个出到社会上了的女性，却足够使她受伤，更不必说故意张扬，特别渲染的文字了。然而中国的习惯，这些句子是摇笔即来，不假思索的，这时不但不会想到这也是玩弄着女性，并且也不会想到自己乃是人民的喉舌。但是，无论你怎么描写，在强者是毫不要紧的，只消一封信，就会有正误或道歉接着登出来，不过无拳无勇如阮玲玉，可就正做了吃苦的材料了，她被额外的画上一脸花，没法洗刷。叫她奋斗吗？她没有机关报，怎么奋斗；有冤无头，有怨无主，和谁奋斗呢？我们又可以设身处地的想一想，那么，大概就又知她的以为"人言可畏"，是真的，或人的以为她的自杀，和新闻记事有关，也是真的。

然而，先前已经说过，现在的报章的失了力量，却也是真的，不过我以为还没有到达如记者先生所自谦，竟至一钱不值，毫无责任的时候。因为它对于更弱者如阮玲玉一流人，也还有左右她命运的若干力量的，这也就是说，它还能为恶，自然也还能为善。"有闻必录"或"并无能力"的话，都不是向上的负责的记者所该采用的口头禅，因为在实际上，并不如此，——它是有选择的，有作用的。

至于阮玲玉的自杀，我并不想为她辩护。我是不赞成自杀，自己也不豫备自杀的。但我的不豫备自杀，不是不屑，却因为不能。凡有谁自杀了,现在是总要受一通强毅的评论家的呵斥,阮玲玉当然也不在例外。然而我想,自杀其实是不很容易,决没有我们不豫备自杀的人们所渺视的那么轻而易举的。倘有谁以为容么,那么,你倒试试看!

　　自然,能试的勇者恐怕也多得很,不过他不屑,因为他有对于社会的伟大的任务。那不消说,更加是好极了,但我希望大家都有一本笔记簿,写下所尽的伟大的任务来,到得有了曾孙的时候,拿出来算一算,看看怎么样。

五月五日。

＊　　　　＊　　　　＊

　　〔1〕　本篇最初发表于 1935 年 5 月 20 日《太白》半月刊第二卷第五期,署名赵令仪。

　　〔2〕　阮玲玉　参看本卷第 297 页注〔7〕。她在遗书中说:"唉,我一死何足惜,不过还是怕人言可畏,人言可畏罢了!"

　　〔3〕　艾霞(1912—1934)　福建厦门人,电影演员。1932 年入上海明星影片公司,主演过《春蚕》、《时代的女儿》等影片。1934 年 2 月 12 日吞鸦片自杀。

再论“文人相轻”[1]

今年的所谓“文人相轻”,不但是混淆黑白的口号,掩护着文坛的昏暗,也在给有一些人“挂着羊头卖狗肉”的。

真的“各以所长,相轻所短”的能有多少呢！我们在近几年所遇见的,有的是“以其所短,轻人所短”。例如白话文中,有些是诘屈难读的,确是一种“短”,于是有人提了小品或语录,向这一点昂然进攻了,但不久就露出尾巴来,暴露了他连对于自己所提倡的文章,也常常点着破句[2],“短”得很。有的却简直是“以其所短,轻人所长”了。例如轻蔑“杂文”的人,不但他所用的也是“杂文”,而他的“杂文”,比起他所轻蔑的别的“杂文”来,还拙劣到不能相提并论[3]。那些高谈阔论,不过是契诃夫(A.Chekhov)所指出的登了不识羞的顶颠,傲视着一切[4],被轻者是无福和他们比较的,更从什么地方“相”起？现在谓之“相”,其实是给他们一扬,靠了这“相”,也是“文人”了。然而,“所长”呢？

况且现在文坛上的纠纷,其实也并不是为了文笔的短长。文学的修养,决不能使人变成木石,所以文人还是人,既然还是人,他心里就仍然有是非,有爱憎;但又因为是文人,他的是非就愈分明,爱憎也愈热烈。从圣贤一直敬到骗子屠夫,从美人香草一直爱到麻疯病菌的文人,在这世界上是找不到的,遇见所是和所爱的,他就拥抱,遇见所非和所憎的,他就反拨。如果第三者不以为然了,可以指出他所非的其实是"是",他所憎的其实该爱来,单用了笼统的"文人相轻"这一句空话,是不能抹杀的,世间还没有这种便宜事。一有文人,就有纠纷,但到后来,谁是谁非,孰存孰亡,都无不明明白白。因为还有一些读者,他的是非爱憎,是比和事老的评论家还要清楚的。

然而,又有人来恐吓了。他说,你不怕么?古之嵇康,在柳树下打铁,钟会来看他,他不客气,问道:"何所闻而来,何所见而去?"于是得罪了钟文人,后来被他在司马懿面前搬是非,送命了[5]。所以你无论遇见谁,应该赶紧打拱作揖,让坐献茶,连称"久仰久仰"才是。这自然也许未必全无好处,但做文人做到这地步,不是很有些近乎婊子了么?况且这位恐吓家的举例,其实也是不对的,嵇康的送命,并非为了他是傲慢的文人,大半倒因为他是曹家的女婿,即使钟会不去搬是非,也总有人去搬是非的,所谓"重赏之下,必有勇夫"者是也。

不过我在这里,并非主张文人应该傲慢,或不妨傲慢,只是说,文人不应该随和;而且文人也不会随和,会随和的,只有和事老。但这不随和,却又并非回避,只是唱着所是,颂着所爱,而不管所非和所憎;他得像热烈地主张着所是一样,热烈地攻击着所非,像热烈地拥抱着所爱一样,更热烈地拥抱着所憎——恰如赫尔库来斯(Hercules)的紧抱了巨人安太乌斯(Antaeus)一样,因为要折断他的肋骨[6]。

五月五日。

＊　　　＊　　　＊

〔1〕　本篇最初发表于1935年6月《文学》月刊第四卷第六号"文学论坛"栏，署名隼。

〔2〕　指林语堂。他在《论语》第二十六期（1933年10月）的《论语录体之用》一文中说："吾恶白话之文，而喜文言之白，故提倡语录体。……盖语录简练可如文言，质朴可如白话，有白话之爽利，无白话之噜苏。……白话文之病，噜哩噜苏。"但他在《新语林》创刊号（1934年7月）的《论个人笔调》一文中，却将引文"有时过客题诗，山门系马；竟日高人看竹，方丈留鸾。"错点为："有时过客题诗山门，系马竟日；高人看竹，方丈留鸾。"

〔3〕　指林希隽，参看本书《徐懋庸作〈打杂集〉序》及其注〔5〕。

〔4〕　这句话见于契诃夫的《随笔》。

〔5〕　关于钟会访嵇康事，见《晋书·嵇康传》："初，康居贫，尝与向秀共锻于大树之下，以自赡给。颍川钟会，贵公子也，精练有才辩，故往造焉。康不为之礼，而锻不辍。良久会去，康谓曰：'何所闻而来，何所见而去？'会曰：'闻所闻而来，见所见而去。'会以此憾之。及是，言于文帝曰：'……公无忧天下，顾以康为虑耳。……宜因衅除之，以淳风俗。'帝既昵听信会，遂并害之。"钟会（225—264），字士季，颍川长社（今河南长葛）人。司马昭的重要谋士。魏常道乡公景元三年（262）拜镇西将军，次年统兵伐蜀，蜀平后谋反，被杀。文中司马懿应为司马昭。

〔6〕　赫尔库来斯紧抱巨人安太乌斯　据古希腊神话：赫尔库来斯是主神宙斯的儿子，神勇有力。安太乌斯是地神盖娅的儿子，他只要靠着地面，就力大无穷。在一次搏斗中，赫尔库来斯把安太乌斯紧紧抱起，使他脱离地面，而扼死了他。

《全国木刻联合展览会专辑》序^{〔1〕}

　　木刻的图画,原是中国早先就有的东西。唐末的佛像,纸牌,以至后来的小说绣像,启蒙小图,我们至今还能够看见实物。而且由此明白:它本来就是大众的,也就是"俗"的。明人曾用之于诗笺,近乎雅了,然而归结是有文人学士在它全体上用大笔一挥,证明了这其实不过是践踏。

　　近五年来骤然兴起的木刻,虽然不能说和古文化无关,但决不是莽中枯骨,换了新装,它乃是作者和社会大众的内心的一致的要求,所以仅有若干青年们的一副铁笔和几块木板,便能发展得如此蓬蓬勃勃。它所表现的是艺术学徒的热诚,因此也常常是现代社会的魂魄。实绩具在,说它"雅",固然是不可的,但指为"俗",却又断乎不能。这之前,有木刻了,却未曾有过这境界。

　　这就是所以为新兴木刻的缘故,也是所以为大众所支持的原因。血脉相通,当然不会被漠视的。所以木刻不但淆乱了雅俗之辨而已,实在还有更光明,更伟大的事业在它的前面。

　　曾被看作高尚的风景和静物画,在新的木刻上是减少了,然而看起出品来,这二者反显着较优的成绩。因为中国旧画,两者最多,耳濡目染,不觉见其久经摄取的所长了,而现在最需要的,也是作者最着力的人物和故事画,却仍然不免有些逊色,平常的器具和形态,也间有不合实际的。由这事实,一面固足见古文化之裨助着后来,也束缚着后来,但一面也可见入"俗"之不易了。

这选集,是聚全国出品的精粹的第一本。但这是开始,不是成功,是几个前哨的进行,愿此后更有无尽的旌旗蔽空的大队。

一九三五年六月四日记。

* * *

〔1〕 本篇最初发表于1936年11月天津《文地》月刊第一卷第一期,目录署名鲁迅,文末署名何干。

同期所载该刊编者唐诃《哀鲁迅先生》一文中说:"《全国木刻联展专辑》,选好四十几幅画……在金肇野君寓中存放。不幸去年12月运动(按指一二·九运动)的时候,他犯爱国罪被捕入狱,这些作品也因之而失散。仅存的,只鲁迅先生亲笔所写序文的刻版,算是这一次全国木刻联合展览会遗留下的唯一的纪念品!"《文地》所刊本文,即据这刻版排印的。

全国木刻联合展览会,唐诃等以平津木刻研究会名义主办,于1935年元旦起开始作巡回展览,曾在北平、济南、上海等地展出。

文 坛 三 户[1]

　　二十年来，中国已经有了一些作家，多少作品，而且至今还没有完结，所以有个"文坛"，是毫无可疑的。不过搬出去开博览会，却还得顾虑一下。

　　因为文字的难，学校的少，我们的作家里面，恐怕未必有村姑变成的才女，牧童化出的文豪。古时候听说有过一面看牛牧羊，一面读经，终于成了学者的人的，但现在恐怕未必有。——我说了两回"恐怕未必"，倘真有例外的天才，尚希鉴原为幸。要之，凡有弄弄笔墨的人们，他先前总有一点凭借：不是祖遗的正在少下去的钱，就是父积的还在多起来的钱。要不然，他就无缘读书识字。现在虽然有了识字运动，我也不相信能够由此运出作家来。所以这文坛，从阴暗这方面看起来，暂时大约还要被两大类子弟，就是"破落户"和"暴发户"所占据。

　　已非暴发，又未破落的，自然也颇有出些著作的人，但这并非第三种，不近于甲，即近于乙的，至于掏腰包印书，仗奁资出版者，那是文坛上的捐班[2]，更不在本论范围之内。所以要说专仗笔墨的作者，首先还得求之于破落户中。他先世也许暴发过，但现在是文雅胜于算盘，家景大不如意了，然而又因此看见世态的炎凉，人生的苦乐，于是真的有些抚今追昔，

"缠绵悱恻"起来。一叹天时不良,二叹地理可恶,三叹自己无能。但这无能又并非真无能,乃是自己不屑有能,所以这无能的高尚,倒远在有能之上。你们剑拔弩张,汗流浃背,到底做成了些什么呢?惟我的颓唐相,是"十年一觉扬州梦"〔3〕,惟我的破衣上,是"襟上杭州旧酒痕"〔4〕,连懒态和污渍,也都有历史的甚深意义的。可惜俗人不懂得,于是他们的杰作上,就大抵放射着一种特别的神彩,是:"顾影自怜"。

暴发户作家的作品,表面上和破落户的并无不同。因为他意在用墨水洗去铜臭,这才爬上一向为破落户所主宰的文坛来,以自附于"风雅之林",又并不想另树一帜,因此也决不标新立异。但仔细一看,却是属于别一本户口册上的;他究竟显得浅薄,而且装腔,学样。房里会有断句的诸子,看不懂;案头也会有石印的骈文,读不断。也会嚷"襟上杭州旧酒痕"呀,但一面又怕别人疑心他穿破衣,总得设法表示他所穿的乃是笔挺的洋服或簇新的绸衫;也会说"十年一觉扬州梦"的,但其实倒是并不挥霍的好品行,因为暴发户之于金钱,觉得比懒态和污渍更有历史的甚深的意义。破落户的颓唐,是掉下来的悲声,暴发户的做作的颓唐,却是"爬上去"的手段。所以那些作品,即使摹拟到和破落户的杰作几乎相同,但一定还差一尘:他其实并不"顾影自怜",倒在"沾沾自喜"。

这"沾沾自喜"的神情,从破落户的眼睛看来,就是所谓"小家子相",也就是所谓"俗"。风雅的定律,一个人离开"本色",是就要"俗"的。不识字人不算俗,他要掉文,又掉不对,就俗;富家儿郎也不算俗,他要做诗,又做不好,就俗了。这在文坛上,向来为破落户所鄙弃。

然而破落户到了破落不堪的时候,这两户却有时可以交融起来的。如果谁有在找"词汇"的《文选》,大可以查一查,我记得里面就有一篇弹文,所弹的乃是一个败落的世家,把女儿嫁给了暴发而冒充世家的满家子[5]:这就足见两户的怎样反拨,也怎样的联合了。文坛上自然也有这现象;但在作品上的影响,却不过使暴发户增添一些得意之色,破落户则对于"俗"变为谦和,向别方面大谈其风雅而已;并不怎么大。

暴发户爬上文坛,固然未能免俗,历时既久,一面持筹握算,一面诵诗读书,数代以后,就雅起来,待到藏书日多,藏钱日少的时候,便有做真的破落户文学的资格了。然而时势的飞速的变化,有时能不给他这许多修养的工夫,于是暴发不久,破落随之,既"沾沾自喜",也"顾影自怜",但却又失去了"沾沾自喜"的确信,可又还没有配得"顾影自怜"的风姿,仅存无聊,连古之所谓雅俗也说不上了。向来无定名,我姑且名之为"破落暴发户"罢。这一户,此后是恐怕要多起来的。但还要有变化:向积极方面走,是恶少;向消极方面走,是瘪三。

使中国的文学有起色的人,在这三户之外。

六月六日。

*　　　*　　　*

〔1〕 本篇最初发表于1935年7月《文学》月刊第五卷第一号"文学论坛"栏,署名干。

〔2〕 捐班 亦称捐纳,即以捐赏纳粟得到官职。清代中叶以后,

京官自郎中以下,外官自道府以下,都可以捐得。

〔3〕 "十年一觉扬州梦" 唐代诗人杜牧《遣怀》一诗中的句子:"十年一觉扬州梦,赢得青楼薄幸名。"

〔4〕 "襟上杭州旧酒痕" 唐代诗人白居易《故衫》一诗中的句子:"袖中吴郡新诗本,襟上杭州旧酒痕。"

〔5〕 即《文选》卷四十"弹事"类所录南朝梁沈约《奏弹王源》一文。文中说:"风闻东海王源嫁女与富阳满氏……托姻结好,唯利是求,玷辱流辈,莫斯为甚……岂有六卿之胄,纳女于管库之人……宜寘以明科,黜之流伍。"

从帮忙到扯淡^{〔1〕}

"帮闲文学"^{〔2〕}曾经算是一个恶毒的贬辞,——但其实是误解的。

《诗经》是后来的一部经,但春秋时代,其中的有几篇就用之于侑酒;屈原是"楚辞"的开山老祖,而他的《离骚》^{〔3〕},却只是不得帮忙的不平。到得宋玉^{〔4〕},就现有的作品看起来,他已经毫无不平,是一位纯粹的清客了。然而《诗经》是经,也是伟大的文学作品;屈原宋玉,在文学史上还是重要的作家。为什么呢?——就因为他究竟有文采。

中国的开国的雄主,是把"帮忙"和"帮闲"分开来的,前者参与国家大事,作为重臣,后者却不过叫他献诗作赋,"俳优蓄之"^{〔5〕},只在弄臣之列。不满于后者的待遇的是司马相如^{〔6〕},他常常称病,不到武帝面前去献殷勤,却暗暗的作了关于封禅的文章,藏在家里,以见他也有计画大典——帮忙的本领,可惜等到大家知道的时候,他已经"寿终正寝"了。然而虽然并未实际上参与封禅的大典,司马相如在文学史上也还是很重要的作家。为什么呢?就因为他究竟有文采。

但到文雅的庸主时,"帮忙"和"帮闲"的可就混起来了,所谓国家的柱石,也常是柔媚的词臣,我们在南朝的几个末代时,可以找出这实例。然而主虽然"庸",却不"陋",所以那些帮闲者,文采却究竟还有的,他们的作品,有些也至今不灭。

谁说"帮闲文学"是一个恶毒的贬辞呢?

就是权门的清客,他也得会下几盘棋,写一笔字,画画儿,识古董,懂得些猜拳行令,打趣插科,这才能不失其为清客。也就是说,清客,还要有清客的本领的,虽然是有骨气者所不屑为,却又非搭空架者所能企及。例如李渔的《一家言》[7],袁枚的《随园诗话》[8],就不是每个帮闲都做得出来的。必须有帮闲之志,又有帮闲之才,这才是真正的帮闲。如果有其志而无其才,乱点古书,重抄笑话,吹拍名士,拉扯趣闻,而居然不顾脸皮,大摆架子,反自以为得意,——自然也还有人以为有趣,——但按其实,却不过"扯淡"而已。

帮闲的盛世是帮忙,到末代就只剩了这扯淡。

六月六日。

*　　　*　　　*

　〔1〕　本篇写成时未能刊出,后来发表于1935年9月《杂文》月刊第三号。参看本书《后记》。

　〔2〕　"帮闲文学"　作者1932年曾在《帮忙文学与帮闲文学》(后收入《集外集拾遗》)的讲演中说:"那些会念书会下棋会画画的人,陪主人念念书,下下棋,画几笔画,这叫做帮闲,也就是篾片!所以帮闲文学又名篾片文学。"

　〔3〕　屈原(约前340—约前278)　名平,字原,又字灵均,战国时楚国郢(在今湖北江陵)人,楚国诗人。楚怀王时官左徒,主张修明政治,联齐抗秦,但不见容于贵族集团而屡遭迫害,后被顷襄王放逐到沅、湘流域,终于投江而死。《离骚》是他被放逐后的作品。

〔4〕 宋玉(约前290—约前223) 战国时楚国诗人,顷襄王时任大夫,著有《九辩》等。《史记·屈原贾生列传》中说他与唐勒、景差等"皆好辞而以赋见称,然皆祖屈原之从容辞令,终莫敢直谏"。

〔5〕 "俳优畜之" 语出《汉书·严助传》:"朔(东方朔)、皋(枚皋)不根持论,上颇俳优畜之。"

〔6〕 司马相如(约前179—前117) 字长卿,蜀郡成都人,汉代辞赋家。武帝时曾任中郎将。《史记·司马相如列传》说他"称病闲居,不慕官爵"。又说:"相如既病免,家居茂陵。天子曰:'司马相如病甚,可往从悉取其书;若不然,后失之矣。'使所忠往,而相如已死,家无书。问其妻,对曰:'长卿固未尝有书也。时时著书,人又取去,即空居。长卿未死时,为一卷书,曰有使者来求书,奏之。无他书。'其遗札书言封禅事,奏所忠。忠奏其书,天子异之。"

〔7〕 李渔(1611—1680) 字笠鸿,号笠翁,浙江兰溪人,清初戏曲作家。流寓南京、杭州等地,家设戏班。著有《闲情偶寄》、《笠翁十种曲》等。《一家言》,即《笠翁一家言》,是他的诗文集。

〔8〕 袁枚(1716—1798) 字子才,浙江钱塘(今杭州)人,清代诗人。曾任江宁知县,辞官后筑随园于江宁城西小仓山,自号随园。著有《小仓山房全集》,其中收《随园诗话》十六卷,补遗十卷。

《中国小说史略》日本译本序[1]

听到了拙著《中国小说史略》的日本译《支那小说史》已经到了出版的机运,非常之高兴,但因此又感到自己的衰退了。

回忆起来,大约四五年前罢,增田涉[2]君几乎每天到寓斋来商量这一本书,有时也纵谈当时文坛的情形,很为愉快。那时候,我是还有这样的余暇,而且也有再加研究的野心的。但光阴如驶,近来却连一妻一子,也将为累,至于收集书籍之类,更成为身外的长物了。改订《小说史略》的机缘,恐怕也未必有。所以恰如准备辍笔的老人,见了自己的全集的印成而高兴一样,我也因而高兴的罢。

然而,积习好像也还是难忘的。关于小说史的事情,有时也还加以注意,说起较大的事来,则有今年已成故人的马廉教授,于去年翻印了"清平山堂"残本[3],使宋人话本的材料更加丰富;郑振铎[4]教授又证明了《四游记》中的《西游记》是吴承恩《西游记》的摘录,而并非祖本,这是可以订正拙著第十六篇的所说的,那精确的论文,就收录在《痀偻集》里。还有一件,是《金瓶梅词话》被发见于北平[5],为通行至今的同书的祖本,文章虽比现行本粗率,对话却全用山东的方言所写,确切的证明了这决非江苏人王世贞所作的书。

但我却并不改订,目睹其不完不备,置之不问,而只对于日本译的出版,自在高兴了。但愿什么时候,还有补这懒惰之过的时机。

这一本书,不消说,是一本有着寂寞的运命的书。然而增田君排除困难,加以翻译,赛棱社主三上於菟吉[6]氏不顾利害,给它出版,这是和将这寂寞的书带到书斋里去的读者诸君,我都真心感谢的。

一九三五年六月九日灯下,鲁迅。

* * *

〔1〕 本篇最初印入《中国小说史略》日译本。该书于1935年由日本东京赛棱社出版。参看本书《后记》。

〔2〕 增田涉(1903—1977) 日本的中国文学研究家。1931年他在上海时,常到鲁迅家中商谈翻译《中国小说史略》的事。著有《鲁迅的印象》、《中国文学史研究》等。

〔3〕 马廉(1893—1935) 字隅卿,浙江鄞县人,古典小说研究家。曾任北京孔德学校总务长及北京大学教授。他在1934年影印的"清平山堂"残本,是在他的故乡发现的,题为《雨窗欹枕集》,共话本十二篇(原订三册:《雨窗集上》五篇,《欹枕集上》二篇;《欹枕集下》五篇;其中有五篇残缺)。据他考证,《雨窗集》、《欹枕集》等书题,或系藏书人所题;其版心刻字情形,与1929年以北平古今小品书籍印行会名义影印的日本内阁文库所藏《清平山堂话本》十五篇相同。清平山堂是明代洪楩的书斋;洪楩(约当十六世纪),字子美,浙江钱塘(今杭州)人。

〔4〕 郑振铎(1898—1958) 笔名西谛,福建长乐人,作家、文学史家。曾任燕京大学、暨南大学教授。下文《痀偻集》是他的文学论文集,分上下二卷,1934年生活书店出版。考证《西游记》的论文题为《西

游记的演化》,收入该书卷上。

〔5〕 《金瓶梅词话》被发见于北平 1932年北平文友堂在山西介休县发现了一部明万历间刻印的《金瓶梅词话》,卷首有"万历丁巳(1617)季冬东吴弄珠客"和欣欣子的序文各一篇。是现在所见的《金瓶梅》最早的刻本。这部小说以前的通行本有明代崇祯间的"新刻绣像原本"和清代康熙间"张竹坡评本"。相传为明代太仓人王世贞所作,但欣欣子的序文则说是"兰陵笑笑生"作。按兰陵,即今山东枣庄。

〔6〕 三上於菟吉(1891—1944) 日本小说家,1933年创办赛棱社。

"题 未 定"草[1]

一

极平常的豫想,也往往会给实验打破。我向来总以为翻译比创作容易,因为至少是无须构想。但到真的一译,就会遇着难关,譬如一个名词或动词,写不出,创作时候可以回避,翻译上却不成,也还得想,一直弄到头昏眼花,好像在脑子里面摸一个急于要开箱子的钥匙,却没有。严又陵[2]说,"一名之立,旬月踌躇",是他的经验之谈,的的确确的。

新近就因为豫想的不对,自己找了一个苦吃。《世界文库》[3]的编者要我译果戈理的《死魂灵》,没有细想,一口答应了。这书我不过曾经草草的看过一遍,觉得写法平直,没有现代作品的希奇古怪,那时的人们还在蜡烛光下跳舞,可见也不会有什么摩登名词,为中国所未有,非译者来闭门生造不可的。我最怕新花样的名词,譬如电灯,其实也不算新花样了,一个电灯的另件,我叫得出六样:花线,灯泡,灯罩,沙袋,扑落[4],开关。但这是上海话,那后三个,在别处怕就行不通。《一天的工作》里有一篇短篇[5],讲到铁厂,后来有一位在北方铁厂里的读者给我一封信,说其中的机件名目,没有一个能够使他知道实物是什么的。呜呼,——这里只好呜呼了——

其实这些名目,大半乃是十九世纪末我在江南学习挖矿时,得
之老师的传授。不知是古今异时,还是南北异地之故呢,隔膜
了。在青年文学家靠它修养的《庄子》和《文选》或者明人小品
里,也找不出那些名目来。没有法子。"三十六着,走为上
着",最没有弊病的是莫如不沾手。

　　可恨我还太自大,竟又小觑了《死魂灵》,以为这倒不算什
么,担当回来,真的又要翻译了。于是"苦"字上头。仔细一
读,不错,写法的确不过平铺直叙,但到处是刺,有的明白,有
的却隐藏,要感得到;虽然重译,也得竭力保存它的锋头。里
面确没有电灯和汽车,然而十九世纪上半期的菜单,赌具,服
装,也都是陌生家伙。这就势必至于字典不离手,冷汗不离
身,一面也自然只好怪自己语学程度的不够格。但这一杯偶
然自大了一下的罚酒是应该喝干的:硬着头皮译下去。到得
烦厌,疲倦了的时候,就随便拉本新出的杂志来翻翻,算是休
息。这是我的老脾气,休息之中,也略含幸灾乐祸之意,其意
若曰:这回是轮到我舒舒服服的来看你们在闹什么花样了。

　　好像华盖运还没有交完,仍旧不得舒服。拉到手的是《文
学》四卷六号,一翻开来,卷头就有一幅红印的大广告,其中说
是下一号里,要有我的散文了,题目叫作"未定"。往回一想,
编辑先生的确曾经给我一封信,叫我寄一点文章,但我最怕的
正是所谓做文章,不答。文章而至于要做,其苦可知。不答
者,即答曰不做之意。不料一面又登出广告来了,情同绑票,
令我为难。但同时又想到这也许还是自己错,我曾经发表过,
我的文章,不是涌出,乃是挤出来的[6]。他大约正抓住了这

弱点,在用挤出法;而且我遇见编辑先生们时,也间或觉得他们有想挤之状,令人寒心。先前如果说:"我的文章,是挤也挤不出来的",那恐怕要安全得多了,我佩服陀思妥也夫斯基的少谈自己,以及有些文豪们的专讲别人。

但是,积习还未尽除,稿费又究竟可以换米,写一点也还不算什么"冤沉海底"。笔,是有点古怪的,它有编辑先生一样的"挤"的本领。袖手坐着,想打盹,笔一在手,面前放一张稿子纸,就往往会莫名其妙的写出些什么来。自然,要好,可不见得。

二

还是翻译《死魂灵》的事情。躲在书房里,是只有这类事情的。动笔之前,就先得解决一个问题:竭力使它归化,还是尽量保存洋气呢?日本文的译者上田进[7]君,是主张用前一法的。他以为讽刺作品的翻译,第一当求其易懂,愈易懂,效力也愈广大。所以他的译文,有时就化一句为数句,很近于解释。我的意见却两样的。只求易懂,不如创作,或者改作,将事改为中国事,人也化为中国人。如果还是翻译,那么,首先的目的,就在博览外国的作品,不但移情,也要益智,至少是知道何地何时,有这等事,和旅行外国,是很相像的:它必须有异国情调,就是所谓洋气。其实世界上也不会有完全归化的译文,倘有,就是貌合神离,从严辨别起来,它算不得翻译。凡是翻译,必须兼顾着两面,一当然力求其易解,一则保存着原作的丰姿,但这保存,却又常常和易懂相矛盾:看不惯了。不过它原是洋鬼子,当然谁也看不惯,为比较的顺眼起见,只能改换他的衣裳,却不该削低他的鼻子,剜掉他的眼睛。我是不主张削鼻剜眼的,所以有些地方,仍然宁可译得不顺口。只是文句的组织,无须科学理论似的精密了,就随随便便,但副词的"地"字,却还是使用的,因为我觉得现在看惯了这字的读者已经很不少。

然而"幸乎不幸乎",我竟因此发见我的新职业了:做西崽[8]。

还是当作休息的翻杂志,这回是在《人间世》二十八期上遇见了林语堂先生的大文,摘录会损精神,还是抄一段——

"……今人一味仿效西洋,自称摩登,甚至不问中国文法,必欲仿效英文,分'历史地'为形容词,'历史地的'为状词,以模仿英文之 historic-al-ly,拖一西洋辫子,然则'快来'何不因'快'字是状词而改为'快地的来'? 此类把戏,只是洋场孽少怪相,谈文学虽不足,当西崽颇有才。此种流风,其弊在奴,救之之道,在于思。"(《今文八弊》中)

其实是"地"字之类的采用,并非一定从高等华人所擅长的英文而来的。"英文""英文",一笑一笑。况且看上文的反问语气,似乎"一味仿效西洋"的"今人",实际上也并不将"快来"改为"快地的来",这仅是作者的虚构,所以助成其名文,殆即所谓"保得自身为主,则圆通自在,大畅无比"之例了。不过不切实,倘是"自称摩登"的"今人"所说,就是"其弊在浮"。

倘使我至今还住在故乡,看了这一段文章,是懂得,相信的。我们那里只有几个洋教堂,里面想必各有几位西崽,然而很难得遇见。要研究西崽,只能用自己做标本,虽不过"颇",也够合用了。又是"幸乎不幸乎",后来竟到了上海,上海住着许多洋人,因此有着许多西崽,因此也给了我许多相见的机会;不但相见,我还得了和他们中的几位谈天的光荣。不错,他们懂洋话,所懂的大抵是"英文","英文",然而这是他们的吃饭家伙,专用于服事洋东家的,他们决不将洋辫子拖进中国话里来,自然更没有捣乱中国文法的意思,有时也用几个音译字,如"那摩温","土司"[9]之类,但这也是向来用惯的话,并非标新立异,来表示自己的摩登的。他们倒是国粹家,一有余闲,拉皮胡,唱《探母》[10];上工穿制服,下工换华装,间或请假出游,有钱的就是缎鞋绸衫子。不过要戴草帽,眼镜也不用玳瑁边的老样式,倘用华洋的"门户之见"看起来,这两样却不免是缺点。

又倘使我要另找职业,能说英文,我可真的肯去做西崽的,因为我以为用工作换钱,西崽和华仆在人格上也并无高下,正如用劳力在外资工厂或华资工厂换得工资,或用学费在外国大学或中国大学取得资格,都没有卑贱和清高之分一样。西崽之可厌不在他的职业,而在他的"西崽相"。这里之所谓"相",非说相貌,乃是"诚于中而形于外"的,包括着"形式"和"内容"而言。这"相",是觉得洋人势力,高于群华人,自己懂洋话,近洋人,所以也高于群华人;但自己又系出黄帝,有古文明,深通华情,胜洋鬼子,所以也胜于势力高于群华人的洋人,因此也更胜于还在洋人之下的群华人。租界上的中国巡捕，也常常有这一种"相"。

倚徙华洋之间，往来主奴之界，这就是现在洋场上的"西崽相"。但又并不是骑墙，因为他是流动的，较为"圆通自在"，所以也自得其乐，除非你扫了他的兴头。

三

由前所说，"西崽相"就该和他的职业有关了，但又不全和职业相关，一部份却来自未有西崽以前的传统。所以这一种相，有时是连清高的士大夫也不能免的。"事大"[11]，历史上有过的，"自大"，事实上也常有的；"事大"和"自大"，虽然不相容，但因"事大"而"自大"，却又为实际上所常见——他足以傲视一切连"事大"也不配的人们。有人佩服得五体投地的《野叟曝言》中，那"居一人之下，在众人之上"的文素臣[12]，就是这标本。他是崇华，抑夷，其实却是"满崽"；古之"满崽"，正犹今之"西崽"也。

所以虽是我们读书人，自以为胜西崽远甚，而洗伐未净，说话一多，也常常会露出尾巴来的。再抄一段名文在这里——

"……其在文学，今日绍介波兰诗人，明日绍介捷克文豪，而对于已经闻名之英美法德文人，反厌为陈腐，不欲深察，求一究竟。此与妇女新装求入时一样，总是媚字一字不是，自叹女儿身，事人以颜色，其苦不堪言。此种

流风,其弊在浮,救之之道,在于学。"(《今文八弊》中)[13]

但是,这种"新装"的开始,想起来却长久了,"绍介波兰诗人",还在三十年前,始于我的《摩罗诗力说》。那时满清宰华,汉民受制,中国境遇,颇类波兰,读其诗歌,即易于心心相印,不但无事大之意,也不存献媚之心。后来上海的《小说月报》[14],还曾为弱小民族作品出过专号,这种风气,现在是衰歇了,即偶有存者,也不过一脉的余波。但生长于民国的幸福的青年,是不知道的,至于附势奴才,拜金崽子,当然更不会知道。但即使现在绍介波兰诗人,捷克文豪,怎么便是"媚"呢?他们就没有"已经闻名"的文人吗?况且"已经闻名",是谁闻其"名",又何从而"闻"的呢? 诚然,"英美法德",在中国有宣教师,在中国现有或曾有租界,几处有驻军,几处有军舰,商人多,用西崽也多,至于使一般人仅知有"大英","花旗","法兰西"和"茄门"[15],而不知世界上还有波兰和捷克。但世界文学史,是用了文学的眼睛看,而不用势利眼睛看的,所以文学无须用金钱和枪炮作掩护,波兰捷克,虽然未曾加入八国联军来打过北京,那文学却在,不过有一些人,并未"已经闻名"而已。外国的文人,要在中国闻名,靠作品似乎是不够的,他反要得到轻薄。

所以一样的没有打过中国的国度的文学,如希腊的史诗,印度的寓言,亚剌伯的《天方夜谈》,西班牙的《堂·吉诃德》[16],纵使在别国"已经闻名",不下于"英美法德文人"的作品,在中国却被忘记了,他们或则国度已灭,或则无能,再也用不着"媚"字。

对于这情形,我看可以先把上章所引的林语堂先生的训词移到这里来的——

"此种流风,其弊在奴,救之之道,在于思。"

不过后两句不合用,既然"奴"了,"思"亦何益,思来思去,不过"奴"得巧妙一点而已。中国宁可有未"思"的西崽,将来的文学倒较为有望。

但"已经闻名的英美法德文人",在中国却确是不遇的。中国的立学校来学这四国话,为时已久[17],开初虽不过意在养成使馆的译员,但后来却展开,盛大了。学德语盛于清末的改革军操,学法语盛于民国的"勤工俭学"[18]。学英语最早,一为了商务,二为了海军,而学英语的人数也最多,为学英语而作的教科书和参考书也最多,由英语起家的学士文人也不少。然而海军不过将军舰送人,绍介"已经闻名"的司各德,迭更斯,狄福,斯惠夫德……的,竟是只知汉文的林纾[19],连绍介最大的"已经闻名"的莎士比亚的几篇剧本的,也有待于并不专攻英文的田汉[20]。这缘故,可真是非"在于思"则不可了。

然而现在又到了"今日绍介波兰诗人,明日绍介捷克文豪"的危机,弱国文人,将闻名于中国,英美法德的文风,竟还不能和他们的财力武力,深入现在的文林,"狗逐尾巴"者既没有恒心,志在高山的又不屑动手,但见山林映以电灯,语录夹些洋话,"对于已经闻名之英美法德文人",真不知要待何人,至何时,这才来"求一究竟"。那些文人的作品,当然也是好极了的,然甲则曰不佞望洋而兴叹,乙则曰汝辈何不潜心而探求。旧笑话云:昔有孝子,遇其父病,闻股肉可疗,而自怕痛,执刀出门,执途人臂,悍然割之,途人惊拒,孝子谓曰,割股疗父,乃是大孝,汝竟惊拒,岂是人哉![21]是好比方;林先生云:"说法虽乖,功效实同",是好辩解。

六月十日。

＊　　　＊　　　＊

〔1〕 本篇最初发表于 1935 年 7 月《文学》月刊第五卷第一号。

〔2〕 严又陵(1854—1921) 名复,字又陵,又字几道,福建闽侯(今福州)人,清末启蒙思想家、翻译家。早年留学英国,曾任北洋水师学堂总教习。他在《天演论》的"译例言"中说及"定名之难":"一名之立,旬月踟蹰;我罪我知,是存明哲。"

〔3〕 《世界文库》 郑振铎编辑,1935 年 5 月创刊,上海生活书店发行,每月发行一册,内容分中国古典文学及外国名著翻译两部分。该刊于第一年印出十二册后,第二年起以《世界文库》的总名改出单行本。鲁迅所译的《死魂灵》第一部在印单行本前曾连载于该刊第一年第一至第六册。

〔4〕 沙袋 旧式电灯为调节灯头悬挂高低而装置的瓷瓶,内贮沙子,故俗称沙袋。扑落,英语 Plug 的音译,今称插头或插销。

〔5〕 指略悉珂所作的《铁的静寂》。《一天的工作》,鲁迅翻译的苏联短篇小说集,内收作家十人的作品十篇(其中二篇系瞿秋白译,署名文尹),1933 年 3 月上海良友图书印刷公司出版。

〔6〕 关于文章是挤出来的,作者曾在《华盖集·并非闲话(三)》中说:"至于已经印过的那些,那是被挤出来的。这'挤'字是挤牛乳之'挤';这'挤牛乳'是专来说明'挤'字的,并非故意将我的作品比作牛

乳,希冀装在玻璃瓶里,送进什么'艺术之宫'。"

〔7〕 上田进(1907—1947) 日本翻译家。曾将俄罗斯文学和苏联文学多种译成日文。

〔8〕 西崽 旧时对西洋人雇用的中国男仆的蔑称。林语堂在《人间世》第二十八期(1935 年 5 月 20 日)发表的《今文八弊(中)》一文中说:"(三)卖洋铁罐,西崽口吻——今人既赶时髦,生怕落伍,于是标新立异,竞角摩登。……譬如医道,以西洋爱克斯光与中国阴阳五行之说相较,……倘加以深究,其中自有是非可言,……说法虽乖,功效实同。……一入门户之见,便失了自主,苦痛难言,保得自身为主,则圆通自在,大畅无比。"下面就紧接着这里所引的一段文字。

〔9〕 "那摩温" 即英语 Number one 的音译,意为第一号,当时上海用以称工头。"土司",即英语 Toast 的音译,意为烤面包片。

〔10〕 《探母》 即京剧《四郎探母》。演的是北宋杨家将故事。

〔11〕 "事大" 服事大国的意思。语出《孟子·梁惠王(下)》:"齐宣王问曰:'交邻国有道乎?'孟子对曰:'有。惟仁者为能以大事小……惟智者为能以小事大。'"

〔12〕 文素臣 小说《野叟曝言》中的主角,官做到"一人之下,万人之上"的丞相。这里说他"崇华,抑夷",是因为书中有关于他"征苗"、"平倭"的描写。这书作者夏敬渠是清康熙乾隆间人,所以这里说文素臣是"满崽"。

〔13〕 这一段引文见于《今文八弊(中)》之二"随行随失,狗逐尾巴"一节中。

〔14〕 《小说月报》 1910 年创刊于上海,商务印书馆出版,内容是刊载文言小说和旧诗词笔记等,为"鸳鸯蝴蝶派"的主要刊物。1921年 1 月第十二卷第一号起,先后由沈雁冰、郑振铎主编,经过改革,成为新文学运动的重要阵地之一。1931 年 12 月出至第二十二卷第十二号

停刊。1921 年 10 月该刊第十二卷第十号曾出版"被损害民族的文学号"增刊,刊有鲁迅、沈雁冰等译的波兰、捷克等国的文学作品和介绍这些国家的文学情况的文章。

〔15〕 "花旗" 旧时我国一些地方对美国的俗称;"茄门",英语 German 的音译,通译日耳曼,指德国。

〔16〕 《天方夜谈》 现译《一千零一夜》,阿拉伯古代民间故事集。《堂·吉诃德》,西班牙作家塞万提斯的长篇小说。

〔17〕 清同治元年(1862)在北京设立了培养译员的学校,称"京师同文馆",属总理各国事务衙门。初设英文馆,次年添设法文、俄文馆,后又设德文、日文馆。光绪二十七年十二月(1902 年 1 月)归入京师大学堂。

〔18〕 "勤工俭学" 1914 年蔡元培等成立勤工俭学会,号召青年到法国"勤劳作工,节俭求学",一时赴法求学的人不少。该会于 1921年停办。

〔19〕 林纾(1852—1924) 字琴南,号畏庐,福建闽县(今福州)人。清光绪举人,曾任教京师大学堂。他据别人口述,以文言文翻译欧美文学作品一百七十多种,英国的如司各德(W. Scott,1771—1832)的《撒克逊劫后英雄略》(今译《艾凡赫》),迭更斯(C. Dickens,1812—1870)的《块肉余生述》(今译《大卫·科波菲尔》),狄福(D. Defoe,约 1660—1731)的《鲁滨孙飘流记》,斯惠夫特(J. Swift,1667—1745)的《海外轩渠录》(今译《格列佛游记》)等。

〔20〕 田汉 参看本卷第 222 页注〔9〕。他曾在 1921 年翻译莎士比亚的剧本《罗蜜欧与朱丽叶》和《哈孟雷特》,由中华书局印行。

〔21〕 这则笑话见于清初石成金所著《传家宝》的《笑得好》初集,题为《割股》。

名 人 和 名 言[1]

《太白》[2]二卷七期上有一篇南山先生的《保守文言的第三道策》[3]，他举出：第一道是说"要做白话由于文言做不通"，第二道是说"要白话做好，先须文言弄通"。十年之后，才来了太炎先生的第三道，"他以为你们说文言难，白话更难。理由是现在的口头语，有许多是古语，非深通小学就不知道现在口头语的某音，就是古代的某音，不知道就是古代的某字，就要写错。……"

太炎[4]先生的话是极不错的。现在的口头语，并非一朝一夕，从天而降的语言，里面当然有许多是古语，既有古语，当然会有许多曾见于古书，如果做白话的人，要每字都到《说文解字》里去找本字，那的确比做任用借字的文言要难到不知多少倍。然而自从提倡白话以来，主张者却没有一个以为写白话的主旨，是在从"小学"里寻出本字来的，我们就用约定俗成的借字。诚然，如太炎先生说："乍见熟人而相寒暄曰'好呀'，'呀'即'乎'字；应人之称曰'是唉'，'唉'即'也'字。"但我们即使知道了这两字，也不用"好乎"或"是也"，还是用"好呀"或"是唉"。因为白话是写给现代的人们看，并非写给商周秦汉的鬼看的，起古人于地下，看了不懂，我们也毫不畏缩。所以太炎先生的第三道策，其实是文不对题的。这缘故，是因为先生把他所专长的小学,用得范围太广了。

我们的知识很有限,谁都愿意听听名人的指点,但这时就来了一个问题:听博识家的话好,还是听专门家的话好呢?解答似乎很容易:都好。自然都好;但我由历听了两家的种种指点以后,却觉得必须有相当的警戒。因为是:博识家的话多浅,专门家的话多悖的。

博识家的话多浅,意义自明,惟专门家的话多悖的事,还得加一点申说。他们的悖,未必悖在讲述他们的专门,是悖在倚专家之名,来论他所专门以外的事。社会上崇敬名人,于是以为名人的话就是名言,却忘记了他之所以得名是那一种学问或事业。名人被崇奉所诱惑,也忘记了自己之所以得名是那一种学问或事业,渐以为一切无不胜人,无所不谈,于是乎就悖起来了。其实,专门家除了他的专长之外,许多见识是往往不及博识家或常识者的。太炎先生是革命的先觉,小学的大师,倘谈文献,讲《说文》,当然娓娓可听,但一到攻击现在的白话,便牛头不对马嘴,即其一例。还有江亢虎[5]博士,是先前以讲社会主义出名的名人,他的社会主义到底怎么样呢,我不知道。只是今年忘其所以,谈到小学,说"'德'之古字为'悳',从'直'从'心','直'即直觉之意",却真不知道悖到那里去了,他竟连那上半并不是曲直的直字这一点都不明白[6]。这种解释,却须听太炎先生了。

不过在社会上,大概总以为名人的话就是名言,既是名人,也就无所不通,无所不晓。所以译一本欧洲史,就请英国话说得漂亮的名人校阅,编一本经济学,又乞古文做得好的名人题签;学界的名人绍介医生,说他"术擅岐黄"[7],商界的名人称赞画家,说他"精研六法"[8]。……

这也是一种现在的通病。德国的细胞病理学家维尔晓(Virchow)[9],是医学界的泰斗,举国皆知的名人,在医学史上的位置,是极为重要的,然而他不相信进化论,他那被教徒所利用的几回讲演,据赫克尔(Haeckel)[10]说,很给了大众不少坏影响。因为他学问很深,名甚大,于是自视甚高,以为他所不解的,此后也无人能解,又不深研进化论,便一口归功于上帝了。现在中国屡经绍介的法国昆虫学大家法布耳(Fabre)[11],也颇有这倾向。他的著作还有两种缺点:一是嗤笑解剖学家,二是用人类道德于昆虫界。但倘无解剖,就不能有他那样精到的观察,因为观察的基础,也还是解剖学;农学者根据对于人类的利害,分昆虫为益虫和害虫,是有理可说的,但凭了当时的人类的道德和法律,定昆虫为善虫或坏虫,却是多余了。有些严正的科学者,对于法布耳的有微词,实也并非无故。但倘若对这两点先加警戒,那么,他的大著作《昆虫记》十卷,读起来也还是一部很有趣,也很有益的书。

不过名人的流毒,在中国却较为利害,这还是科举的余波。那时候,儒生在私塾里揣摩高头讲章,和天下国家何涉,但一登第,真是"一举成名天下知",他可以修史,可以衡文,可以临民,可以治河;到清朝之末,更可以办学校,开煤矿,练新军,造战舰,条陈新政,出洋考察了。成绩如何呢,不待我多说。

这病根至今还没有除,一成名人,便有"满天飞"之概。我想,自此以后,我们是应该将"名人的话"和"名言"分开来的,名人的话并不都是名言;许多名言,倒出自田夫野老之口。这也就是说,我们应该分别名人之所以名,是由于那一门,而对于他的专门以外的纵谈,却加以警戒。苏州的学子是聪明的,他们请太炎先生讲国学[12],却不请他讲簿记学或步兵操典,——可惜人们却又不肯想得更细一点了。

我很自歉这回时时涉及了太炎先生。但"智者千虑,必有一失",这大约也无伤于先生的"日月之明"的。至于我的所说,可是我想,"愚者千虑,必有一得",盖亦"悬诸日月而不刊"[13]之论也。

七月一日。

*   *   *

〔1〕 本篇最初发表于 1935 年 7 月 20 日《太白》半月刊第二卷第九期,署名越丁。

〔2〕 《太白》 参看本卷第 222 页注〔6〕。

〔3〕 南山 即陈望道(1890—1977),浙江义乌人,学者。曾任《新青年》杂志编辑、复旦大学文学院院长等。《保守文言的第三道策》,发表于 1935 年 6 月 20 日《太白》第二卷第七期。它开头说:"保守文言过去有过两道策。……直到最近,才由章太炎提出白话比文言还要难做的话头来,勉强算是缴了第三道。"其后引证了章太炎自己的话:"叙事欲声口毕肖,须录当地方言。文言如此,白话亦然……用语自不能限于首都,非广采各地方言不可。然则非深通小学,如何可写白话哉?寻常语助之字,如'焉,哉,乎,也'。今白话中,'焉,哉'不用,'乎,也'尚用。如乍见熟人而相寒暄,曰'好呀','呀'即'乎'字;应人之称曰'是

唉’，‘唉’即‘也’字。‘夫’字文言用在句末，……即白话之‘罢’字……‘矣’转而为‘哩’，……‘乎，也，夫，矣’四字，仅声音小变而已，论理应用‘乎，也，夫，矣’，不应用‘呀，唉，罢，哩’也。”(按章太炎的话见于他的讲演稿《白话与文言之关系》。)

〔4〕 太炎　即章炳麟。参看本卷第110页注〔30〕和《且介亭杂文末编·关于太炎先生二三事》。

〔5〕 江亢虎(1883—1954)　江西弋阳人。早年留学日本，辛亥革命时曾组织“中国社会党”，标榜“社会主义”。后曾任国民党中央委员。抗日战争期间任汪精卫伪政府的考试院院长。1935年2月他在上海发起以“保存汉字保存文言为目的”的存文会；这里说他“谈到小学”的一些话，是同年3月在上海“讲学”时说的。

〔6〕 《说文解字》卷十下：“悳，外得于人内得于己也，从直从心。多则切。”又卷十二下：“直，正见也，从乚从十从目。徐锴曰：乚，隐也，今十目所见，是直也。除力切。”

〔7〕 岐黄　指古代名医。黄即黄帝，名轩辕，传说中的上古帝王；岐即岐伯，传说中的上古名医。今所传著名医学古籍《黄帝内经》，是战国秦汉时医家托名黄帝和岐伯所作。其中《素问》部分，用黄帝和岐伯问答的形式讨论病理，故后来常称医术高明者为“术精岐黄”。

〔8〕 六法　中国画过去有“六法”之说。南朝齐谢赫的《古画品录》中说：“画有六法……一气韵生动是也；二骨法用笔是也；三应物象形是也；四随类赋彩是也；五经营位置是也；六传移模写是也。”

〔9〕 维尔晓(1821—1902)　通译微耳和。德国科学家和政治活动家，细胞病理学的奠基人。早年曾拥护达尔文主义，后来却激烈反对达尔文主义。著有《细胞病理学》等。

〔10〕 赫克尔(1834—1919)　通译海克尔，德国生物学家，达尔文进化论的捍卫者和宣传者。主要著作有《宇宙之谜》、《人类发展史》等。

〔11〕 法布耳(1823—1915) 法国昆虫学家。他著的《昆虫记》出版于1910年,是一部以生动活泼的文笔介绍昆虫生活情态的书。当时我国有好几个节译本,如《法布尔科学故事》、《昆虫故事》、《昆虫记》等。

〔12〕 1933年前后,章太炎曾在苏州创立章氏国学讲习会,讲授国学。他在《制言》半月刊创刊号(1935年9月)中说:"余自民国二十一年返自旧都,讲学吴中三年矣。"

〔13〕 "悬诸日月而不刊" 语出汉代扬雄《答刘歆书》。扬雄在这封信里,引用张伯松赞美他的《方言》稿本的话:"是悬诸日月不刊之书也。"刊,这里是掉下的意思。

“靠 天 吃 饭”[1]

　　“靠天吃饭说”是我们中国的国宝。清朝中叶就有《靠天吃饭图》的碑[2]，民国初年，状元陆润庠[3]先生也画过一张：一个大“天”字，末一笔的尖端有一位老头子靠着，捧了碗在吃饭。这图曾经石印，信天派或嗜奇派，也许还有收藏的。

　　而大家也确是实行着这学说，和图不同者，只是没有碗捧而已。这学说总算存在着一半。

　　前一月，我们曾经听到过嚷着“旱象已成”，现在是梅雨天，连雨了十几日，是每年必有的常事，又并无飓风暴雨，却又到处发现水灾了。植树节[4]所种的几株树，也不足以挽回天意。“五日一风，十日一雨”的唐虞之世[5]，去今已远，靠天而竟至于不能吃饭，大约为信天派所不及料的罢。到底还是做给俗人读的《幼学琼林》[6]聪明，曰：“轻清者上浮而为天”，“轻清”而又“上浮”，怎么一个“靠”法。

　　古时候的真话，到现在就有些变成谎话。大约是西洋人说的罢，世界上穷人有份的，只有日光空气和水。这在现在的上海就不适用，卖心卖力的被一天关到夜，他就晒不着日光，吸不到好空气；装不起自来水的，也喝不到干净水。报上往往说：“近来天时不正，疾病盛行”，这岂只是“天时不正”之故，“天何言哉”[7]，它默默地被冤枉了。

但是,"天"下去就要做不了"人",沙漠中的居民为了一塘水,争夺起来比我们这里的才子争夺爱人还激烈,他们要拚命,决不肯做一首"阿呀诗"就了事。洋大人斯坦因[8]博士,不是从甘肃敦煌的沙里掘去了许多古董么?那地方原是繁盛之区,靠天的结果,却被天风吹了沙埋没了。为制造将来的古董起见,靠天确也是一种好方法,但为活人计,却是不大值得的。

一到这里,就不免要说征服自然了,但现在谈不到,"带住"可也。

七月一日。

* * *

〔1〕 本篇最初发表于 1935 年 7 月 20 日《太白》半月刊第二卷第九期,署名姜珂。

〔2〕 《靠天吃饭图》的碑　山东济南大明湖铁公祠有这样的碑,并附有清嘉庆癸酉(1813)魏祥的一篇文章,其中说:"余襄工五台,得此石拓,语虽近俚,实有理趣……今重刊一石,作《靠天论》,以与天下吃饭者共质之。"

〔3〕 陆润庠(1841—1915)　字凤石,江苏元和(今吴县)人。清同治时状元,官至东阁大学士。

〔4〕 植树节　1930 年,国民党政府规定每年 3 月 20 日(孙中山逝世纪念日)为植树节。

〔5〕 "五日一风,十日一雨"　语出王充《论衡·是应》:"儒者论太平瑞应,皆言气物卓异……风不鸣条,雨不破块;五日一风,十日一雨。"唐虞之世,指我国上古传说中的尧(陶唐氏)、舜(有虞氏)时代。儒家典

籍中常把它作为太平盛世的典范。

〔6〕 《幼学琼林》 参看本卷第 54 页注〔7〕。该书的首二句为："混沌初开,乾坤始奠,气之轻清上浮者为天,气之重浊下凝者为地。"

〔7〕 "天何言哉" 孔子的话,语出《论语·阳货》:"天何言哉?四时行焉,百物生焉,天何言哉?"

〔8〕 斯坦因(M. A. Stein,1862—1943) 英国考古学家。他曾在 1907 年、1914 年先后从甘肃敦煌千佛洞等处盗走我国大量古代文物。敦煌,汉唐时代我国与中亚和欧洲交通线上的重镇,是当时经济文化比较发达的地方。

几乎无事的悲剧[1]

果戈理（Nikolai Gogol）的名字，渐为中国读者所认识了，他的名著《死魂灵》的译本，也已经发表了第一部的一半。那译文虽然不能令人满意，但总算借此知道了从第二至六章，一共写了五个地主的典型，讽刺固多，实则除一个老太婆和吝啬鬼泼留希金外，都各有可爱之处。至于写到农奴，却没有一点可取了，连他们诚心来帮绅士的忙，也不但无益，反而有害。果戈理自己就是地主。

然而当时的绅士们很不满意，一定的照例的反击，是说书中的典型，多是果戈理自己，而且他也并不知道大俄罗斯地主的情形。这是说得通的，作者是乌克兰人，而看他的家信，有时也简直和书中的地主的意见相类似。然而即使他并不知道大俄罗斯的地主的情形罢，那创作出来的脚色，可真是生动极了，直到现在，纵使时代不同，国度不同，也还使我们像是遇见了有些熟识的人物。讽刺的本领，在这里不及谈，单说那独特之处，尤其是在用平常事，平常话，深刻的显出当时地主的无聊生活。例如第四章里的罗士特来夫，是地方恶少式的地主，赶热闹，爱赌博，撒大谎，要恭维，——但挨打也不要紧。他在酒店里遇到乞乞科夫，夸示自己的好小狗，勒令乞乞科夫摸过狗耳朵之后，还要摸鼻子——

　　"乞乞科夫要和罗士特来夫表示好意,便摸了一下那狗的耳朵。'是的,会成功一匹好狗的。'他加添着说。

　　"'再摸摸它那冰冷的鼻头,拿手来呀!'因为要不使他扫兴,乞乞科夫就又一碰那鼻子,于是说道:'不是平常的鼻子!'"

这种莽撞而沾沾自喜的主人,和深通世故的客人的圆滑的应酬,是我们现在还随时可以遇见的,有些人简直以此为一世的交际术。"不是平常的鼻子",是怎样的鼻子呢？说不明的,但听者只要这样也就足够了。后来又同到罗士特来夫的庄园去,历览他所有的田产和东西——

　　"还去看克理米亚的母狗,已经瞎了眼,据罗士特来夫说,是就要倒毙的。两年以前,却还是一条很好的母狗。大家也来察看这母狗,看起来,它也确乎瞎了眼。"

这时罗士特来夫并没有说谎,他表扬着瞎了眼的母狗,看起来,也确是瞎了眼的母狗。这和大家有什么关系呢,然而世界上有一些人,却确是嚷闹,表扬,夸示着这一类事,又竭力证实着这一类事,算是忙人和诚实人,在过了他的整一世。

这些极平常的,或者简直近于没有事情的悲剧,正如无声的言语一样,非由诗人画出它的形象来,是很不容易觉察的。然而人们灭亡于英雄的特别的悲剧者少,消磨于极平常的,或者简直近于没有事情的悲剧者却多。

听说果戈理的那些所谓"含泪的微笑"[2],在他本土,现在是已经无用了,来替代它的有了健康的笑。但在别地方,也依然有用,因为其中还藏着许多活人的影子。况且健康的笑,在被笑的一方面是悲哀的,所以果戈理的"含泪的微笑",倘传到了和作者地位不同的读者的脸上,也就成为健康:这是《死魂灵》的伟大处,也正是作者的悲哀处。

　　　　　　　　　　　　　　　　　　七月十四日。

　※　　　　※　　　　※

　　〔1〕　本篇最初发表于 1935 年 8 月《文学》月刊第五卷第二号"文学论坛"栏,署名旁。

　　〔2〕　"含泪的微笑"　这是普希金评论果戈理小说的话,见于他在 1836 年写的《评〈狄康卡近乡夜话〉》。

三论"文人相轻"[1]

《芒种》第八期上有一篇魏金枝[2]先生的《分明的是非和热烈的好恶》,是为以前的《文学论坛》上的《再论"文人相轻"》而发的。他先给了原则上的几乎全体的赞成,说,"人应有分明的是非,和热烈的好恶,这是不错的,文人应更有分明的是非,和更热烈的好恶,这也是不错的。"中间虽说"凡人在落难时节……能与猿鹤为伍,自然最好,否则与鹿豕为伍,也是好的。即到千万没有办法的时候,至于躺在破庙角里,而与麻疯病菌为伍,倘然我的体力,尚能为自然的抗御,因而不至毁灭以死,也比被实际上也做着骗子屠夫的所诱杀脔割,较为心愿。"看起来好像有些微辞,但其实说的是他的憎恶骗子屠夫,远在猿鹤以至麻疯病菌之上,和《论坛》上所说的"从圣贤一直敬到骗子屠夫,从美人香草一直爱到麻疯病菌的文人,在这世界上是找不到的"的话,也并不两样。至于说:"平心而论,彼一是非,此一是非,原非确论。"则在近来的庄子道友中,简直是鹤立鸡群似的卓见了。

然而魏先生的大论的主旨,并不专在这一些,他要申明的是:是非难定,于是爱憎就为难。因为"譬如有一种人,……在他自己的心目之中,已先无是非之分。……于是其所谓'是',不免似是而实非了。"但"至于非中之是,它的是处,正胜过于似是之非,因为其犹讲交友之道,而无门阀之分"的。到这地步,我们的文人就只好吞吞吐吐,假揩眼泪了。"似是之非"其实就是"非",倘使已经看穿,不是只要给以热烈的憎恶就成了吗?然而"天下的事情,并没有这么简单",又不得不爱护"非中之是",何况还有"似非而是"和"是中之非",取其大,略其细的方法,于是就不适用了。天下何尝有黑暗,据物理学说,地球上的无论如何的黑暗中,不是总有 X 分之一的光的吗?看起书来,据理就该看见 X 分之一的字的,——我们不能论明暗。

这并非刻薄的比喻,魏先生却正走到"无是非"的结论的。他终于说:"总之,文人相轻,不外乎文的长短,道的是非,文既无长短可言,道又无是非之分,则空谈是非,何补于事!已而已而,手无寸铁的人呵!"人无全德,道无大成,刚说过"非中之是",胜过"似是之非",怎么立刻又变成"文既无长短可言,道又无是非之分"了呢?文人的铁,就是文章,魏先生正在大做散文,力施搏击,怎么同时又说是"手无寸铁"了呢?这可见要抬举"非中之是",却又不肯明说,事实上是怎样的难,所以即使在那大文上列举了许多对手的"排挤","大言","卖友"的恶谥,而且那大文正可通行无阻,却还是觉得"手无寸铁",归根结蒂,掉进"无是非"说的深坑里,和自己以为"原非确论"的"彼亦一是非,此亦一是非"说成了"朋友"——这里不说"门阀"——了。

况且,"文既无长短可言,道又无是非之分",魏先生的文章,就他自己的结论而言,就先没有动笔的必要。不过要说结果,这无须动笔的动笔,却还是有战斗的功效的,中国的有些文人一向谦虚,所以有时简直会自己先躺在地上,说道,"倘然要讲是非,也该去怪追奔逐北的好汉,我等小民,不任其咎。"明明是加入论战中的了,却又立刻肩出一面"小民"旗来,推得干干净净,连肋骨在那里也找不到了。论"文人相轻"竟会到这地步,这真是叫作到了末路!

> 七月十五日。

【备考】

分明的是非和热烈的好恶　　魏金枝

人应有分明的是非,和热烈的好恶,这是不错的。文人应更有分明的是非,和更热烈的好恶,这也是不错的。但天下的事情,并没有这么简单,除了是非之外,还有"似是而非"的"是",和"非中有是"之非,在这当口,我们的好恶,便有些为难了。

譬如有一种人,他们借着一个好看的幌子,做其为所欲为的勾当,不论是非,无分好恶,一概置之在所排挤之列,这叫做玉石俱焚,在他自己的心目之中,已先无是非之分。但他还要大言不惭,自以为是。于是其所谓"是",不免似是而实非了。这是我们在谈话是非之前,所应最先将它分辩明白的。次则以趣观之,往往有些具着两张面孔的人,对于腰骨硬朗的,他会伏在地下,打拱作揖,对于下一点的,也会装起高不可扳的怪腔,甚至给你当头一脚,拒之千里之外。其时是非,便会煞时分手,各归其主,因之好恶不同,也是常事。在此时际,要谈是非,就得易地而处,平心而论,彼一是非,此一是非,原非确论。

至于非中之是,它的是处,正胜过于似是之非,因为其犹讲交友之道,而无门阀之分。凡人在落难时节,没有朋友,没有六亲,更无是非天道可言,能与猿鹤为伍,自然最好,否则与鹿豕为伍,也是好的。即到千万没有办法的时候,至于躺在破庙角里,而与麻疯病菌为伍,倘然我的体力,尚能为自然的抗御,因而不至毁灭以死,也比被实际上也做着骗子屠夫的所诱杀脔割,较为心愿。所以,倘然要讲是非,也该去怪追奔逐北的好汉,我等小民,不任其咎。但近来那般似是的人,还在那里大登告白,说是"少卿教匈奴为兵",那个意思,更为凶恶,为他营业,卖他朋友,甚而至于陷井下石,望人万劫不复,那层似是的甜衣,不是糖拌砒霜,是什么呢?

总之,文人相轻,不外乎文的长短,道的是非,文既无长短可言,道又无是非之分,则空谈是非,何补于事!已而已而,手无寸铁的人呵!

七月一日,《芒种》第八期。

*　　　*　　　*

〔1〕 本篇最初发表于1935年8月《文学》月刊第五卷第二号"文学论坛"栏,署名隼。

〔2〕 魏金枝 参看本卷第273页注〔72〕。

四论"文人相轻"〔1〕

前一回没有提到,魏金枝先生的大文《分明的是非和热烈的好恶》里,还有一点很有意思的文章。他以为现在"往往有些具着两张面孔的人",重甲而轻乙;他自然不至于主张文人应该对谁都打拱作揖,连称久仰久仰的,只因为乙君原是大可钦敬的作者。所以甲乙两位,"此时此际,要谈是非,就得易地而处",甲说你的甲话,乙呢,就觉得"非中之是,……正胜过于似是之非,因为其犹讲交友之道,而无门阀之分",把"门阀"留给甲君,自去另找讲交道的"朋友",即使没有,竟"与麻疯病菌为伍,……也比被实际上也做着骗子屠夫的所诱杀脔割,较为心愿"了。

这拥护"文人相轻"的情境,是悲壮的,但也正证明了现在一般之所谓"文人相轻",至少,是魏先生所拥护的"文人相轻",并不是因为"文",倒是为了"交道"。朋友乃五常〔2〕之一名,交道是人间的美德,当然也好得很。不过骗子有屏风,屠夫有帮手,在他们自己之间,却也叫作"朋友"的。

"必也正名乎"〔3〕,好名目当然也好得很。只可惜美名未必一定包着美德。"翻手为云覆手雨,纷纷轻薄何须数,君不见管鲍贫时交,此道今人弃如土!"〔4〕这是李太白先生罢,就早已"感慨系之矣",更何况现在这洋场——古名"彝场"——

的上海。最近的《大晚报》的副刊上就有一篇文章[5]在通知我们要在上海交朋友,说话先须漂亮,这才不至于吃亏,见面第一句,是"格位(或'迪个')朋友贵姓?"此时此际,这"朋友"两字中还未含有任何利害,但说下去,就要一步紧一步的显出爱憎和取舍,即决定共同玩花样,还是用作"阿木林"[6]之分来了。"朋友,以义合者也。"古人确曾说过的,然而又有古人说:"义,利也。"[7]呜呼!

如果在冷路上走走,有时会遇见几个人蹲在地上赌钱,庄家只是输,押的只是赢,然而他们其实是庄家的一伙,就是所谓"屏风"——也就是他们自己之所谓"朋友"——目的是在引得蠢才眼热,也来出手,然后掏空他的腰包。如果你站下来,他们又觉得你并非蠢才,只因为好奇,未必来上当,就会说:"朋友,管自己走,没有什么好看。"这是一种朋友,不妨害骗局的朋友。荒场上又有变戏法的,石块变白鸽,坛子装小孩,本领大抵不很高强,明眼人本极容易看破,于是他们就时时拱手大叫道:"在家靠父母,出家靠朋友!"这并非在要求撒钱,是请托你不要说破。这又是一种朋友,是不戳穿戏法的朋友。把这些识时务的朋友稳住了,他才可以掏呆朋友的腰包;或者手执花枪,来赶走不知趣的走近去窥探底细的傻子,恶狠狠的啐一口道:"……瞎你的眼睛!"

孩子的遭遇可是还要危险。现在有许多文章里,不是常在很亲热的叫着"小朋友,小朋友"吗? 这是因为要请他做未来的主人公,把一切担子都搁在他肩上了;至少,也得去买儿童画报,杂志,文库之类,据说否则就要落伍。

已成年的作家们所占领的文坛上,当然不至于有这么彰明较著的可笑事,但地方究竟是上海,一面大叫朋友,一面却要他悄悄的纳钱五块,买得"自己的园地"[8],才有发表作品的权利的"交道",可也不见得就不会出现的。

八月十三日。

*　　　　*　　　　*

〔1〕　本篇最初发表于 1935 年 9 月《文学》月刊第五卷第三号"文学论坛"栏,署名隼。

〔2〕　五常　也称五伦,我国封建社会的伦理道德。《孟子·滕文公(上)》:"使契为司徒,教以人伦:父子有亲,君臣有义,夫妇有别,长幼有序,朋友有信。"旧时以君臣、父子、夫妇、兄弟、朋友为五伦,认为制约他们各自之间关系的道德准则是不可变易的常道,所以称为五常。

〔3〕　"必也正名乎"　孔子的话,语出《论语·子路》:"必也正名乎!……名不正则言不顺,言不顺则事不成。"

〔4〕　"翻手为云覆手雨"等句,见杜甫《贫交行》一诗。管鲍,即管仲和鲍叔牙,春秋时齐国人,二人少年时友善,后齐桓公命叔牙为相,叔牙推荐管仲自代。

〔5〕　1935 年 8 月 4 日上海《大晚报》副刊《剪影》上载有罗侯的《上海话那能讲头》一文,其中说:"在上海,……要这些上下三等人都不把你看作可欺的阿木林瘟生呢,你就非得好好研究上下三等交朋友用的谈话,在上海交朋友,你必须了解的是,所谓'朋友轧得要好,讲个闲话要漂亮'……譬如你们初见面,道名问姓起来,上海的上等朋友就爱半说话半咬文的,'格位朋友尊姓?'……'格位'和'迪位'是'这位'的意思。"

〔6〕 "阿木林" 上海话,即傻瓜。

〔7〕 "朋友,以义合者也" 语出《论语·乡党》朱熹注:"朋友以义合"。"义,利也",语出《墨子·经上》。

〔8〕 "自己的园地" 1935年5月,杨邨人、韩侍桁、杜衡等组织"星火"文艺社,出版《星火》文艺月刊,上海杂志公司发行,1936年1月出 第二卷第三期后停刊,共出七期。他们自称该刊是"无名作家自己的园地"和"新进作家自己的园地"。当时《文学》月刊第五卷第二号(1935年8月)"文学论坛"栏发表署名"扬"的《文艺自由的代价》一文,批评上海一些文人用商人手法,要文学青年"投资五元",以取得在"自己的园地""投稿而且被登出的权利"。杨邨人、韩侍桁、杜衡等即以"本社同人"名义在《星火》第一卷第四期(1935年8月20日)发表《警告〈文学〉编者傅东华》一文,否认该刊要作者"投资五元",说只是"曾向社员征收按月三元(暂以三个月为限)的出版费"。

五论"文人相轻"——明术^{〔1〕}

"文人相轻"是局外人或假充局外人的话。如果自己是这局面中人之一,那就是非被轻则是轻人,他决不用这对等的"相"字。但到无可奈何的时候,却也可以拿这四个字来遮掩一下。这遮掩是逃路,然而也仍然是战术,所以这口诀还被有一些人所宝爱。

不过这是后来的话。在先,当然是"轻"。

"轻"之术很不少。粗糙的说:大略有三种。一种是自卑,自己先躺在垃圾里,然后来拖敌人,就是"我是畜生,但是我叫你爹爹,你既是畜生的爹爹,可见你也是畜生了"的法子。这形容自然未免过火一点,然而较文雅的现象,文坛上却并不怎么少见的。埋伏之法,是甲乙两人的作品,思想和技术,分明不同,甚而至于相反的,某乙却偏要设法表明,说惟独自己的作品乃是某甲的嫡派;补救之法,是某乙的缺点倘被某甲所指摘,他就说这些事情正是某甲所具备,而且自己也正从某甲那里学了来的。此外,已经把别人评得一钱不值了,临末却又很谦虚的声明自己并非批评家,凡有所说,也许全等于放屁之类,也属于这一派。

一种是最正式的,就是自高,一面把不利于自己的批评,统统谓之"漫骂",一面又竭力宣扬自己的好处,准备跨过别人。但这方法比较的麻烦，因为除"辟谣"之外，自吹自擂是究竟不很雅观的，所以做这些文章时，自己得另用一个笔名，或者邀一些"讲交道"的"朋友"来互助。不过弄得不好，那些"朋友"就会变成保驾的打手或抬驾的轿夫，而使那"朋友"会变成这一类人物的，则这御驾一定不过是有些手势的花花公子，抬来抬去，终于脱不了原形，一年半载之后，花花之上也再添不上什么花头去，而且打手轿夫，要而言之，也究竟要工食，倘非腰包饱满，是没法维持的。如果能用死轿大，如袁中郎或"晚明二十家"之流来抬，再请一位活名人喝道[2]，自然较为轻而易举，但看过去的成绩和效验，可也并不见佳。

还有一种是自己连名字也并不抛头露面，只用匿名或由"朋友"给敌人以"批评"——要时髦些，就可以说是"批判"。尤其要紧的是给与一个名称，像一般的"诨名"一样。因为读者大众的对于某一作者，是未必和"批评"或"批判"者同仇敌慨的，一篇文章，纵使题目用头号字印成，他们也不大起劲，现在制出一个简括的诨名，就可以比较的不容易忘记了。在近十年来的中国文坛上，这法术，用是也常用的，但效果却很小。

法术原是极利害，极致命的法术。果戈理夸俄国人之善于给别人起名号——或者也是自夸——说是名号一出，就是你跑到天涯海角，它也要跟着你走，怎么摆也摆不脱[3]。这正如传神的写意画，并不细画须眉，并不写上名字，不过寥寥几笔，而神情毕肖，只要见过被画者的人，一看就知道这是谁；夸张了这人的特长——不论优点或弱点，却更知道这是谁。可惜我们中国人并不怎样擅长这本领。起源，是古的。从汉末到六朝之所谓"品题",如"关东觥觥郭子横"[4],"五经纷纶井大春"[5],就是这法术,但说的是优点居多。梁山泊上一百另八条好汉都有诨名,也是这一类,不过着眼多在形体,如"花和尚鲁智深"和"青面兽杨志",或者才能,如"浪里白跳张顺"和"鼓上蚤时迁"等,并不能提挈这人的全般。直到后来的讼师,写状之际,还常常给被告加上一个诨名,以见他原是流氓地痞一类,然而不久也就拆穿西洋镜,即使毫无才能的师爷,也知道这是不足注意的了。现在的所谓文人,除了改用几个新名词之外,也并无进步,所以那些"批判",结果还大抵是徒劳。

这失败之处,是在不切帖。批评一个人,得到结论,加以简括的名称,虽只寥寥数字,却很要明确的判断力和表现的才能的。必须切帖,这才和被批判者不相离,这才会跟了他跑到天涯海角。现在却大抵只是漫然的抓了一时之所谓恶名,摔了过去:或"封建余孽"[6],或"布尔乔亚"[7],或"破锣"[8],或"无政府主义者",或"利己主义者"……等等;而且怕一个不够致命,又连用些什么"无政府主义封建余孽"或"布尔乔亚破锣利己主义者";怕一人说没有力,约朋友各给他一个;怕说一回还太少,一年内连给他几个:时时改换,个个不同。这举棋不定,就因为观察不精,因而品题也不确,所以即使用尽死劲,流完大汗,写了出去,也还是和对方不相干,就是用浆糊粘在他身上,不久也就脱落了。汽车夫发怒,便骂洋车夫阿四一声"猪猡",顽皮孩子高兴,也会在卖炒白果阿五的背上画一个乌龟,虽然也许博得市侩们的一笑,但他们是决不因此就得"猪猡阿四"或"乌龟阿五"的诨名的。此理易明:因为不切帖。

五四时代的所谓"桐城谬种"和"选学妖孽"[9],是指做
"载飞载鸣"[10]的文章和抱住《文选》寻字汇的人们的,而某一
种人确也是这一流,形容惬当,所以这名目的流传也较为永
久。除此之外,恐怕也没有什么还留在大家的记忆里了。到
现在,和这八个字可以匹敌的,或者只好推"洋场恶少"和"革
命小贩"[11]了罢。前一联出于古之"京",后一联出于今之
"海"。

创作难,就是给人起一个称号或诨名也不易。假使有谁
能起颠扑不破的诨名的罢,那么,他如作评论,一定也是严肃
正确的批评家,倘弄创作,一定也是深刻博大的作者。

所以,连称号或诨名起得不得法,也还是因为这班"朋友"
的不"文"。——"再亮些!"[12]

八月十四日。

*　　　*　　　*

〔1〕　本篇最初发表于1935年9月《文学》月刊第五卷第三号"文
学论坛"栏,署名隼。

〔2〕　指刘大杰标点、林语堂校阅的《袁中郎全集》和施蛰存编选、
周作人题签的《晚明二十家小品》。

〔3〕　果戈理夸俄国人善给别人起名号　在《死魂灵》第五章末
尾,作者有一段关于诨名的议论:"俄罗斯国民的表现法,是有一种很强
的力量的。对谁一想出一句这样的话,就立刻一传十,十传百;他无论
在办事,在退休,到彼得堡,到世界的尽头,总得背在身上走。"

〔4〕　"关东觥觥郭子横"　《后汉书·郭宪传》载:"郭宪字子横,汝

南宋(今安徽太和)人也……(王莽)篡位,拜宪郎中,赐以衣服。宪受衣
焚之,逃于东海之滨。……光武即位,求天下有道之人,乃征宪,拜博
士。……时匈奴数犯塞,帝患之,乃召百僚廷议。宪以为天下疲敝,不
宜动众。谏争不合,乃伏地称眩瞀,不复言。帝令两郎扶下殿,宪亦不
拜。帝曰:'常闻"关东觥觥郭子横",竟不虚也!'"觥觥,刚直的意思。

〔5〕 "五经纷纶井大春" 《后汉书·井丹传》载:井丹字大春,扶
风郿(今陕西郿县)人也。少受业太学,通五经,善谈论,故京师为之语
曰:'五经纷纶井大春'。"纷纶,浩博的意思。

〔6〕 "封建余孽" 1928 年 8 月《创造月刊》第二卷第一期载有杜
荃(郭沫若)的《文艺战线上的封建余孽》一文,说鲁迅是"资本主义以前
的一个封建余孽"。

〔7〕 "布尔乔亚" 法文 Bourgeoisie 的音译,即资产阶级。

〔8〕 "破锣" 当时称无产阶级文学为普罗文学,英语无产阶级
Proletariat 音译为普罗列塔利亚,省略为普罗,有人恶意地用谐音字说
成"破锣文学"。

〔9〕 "桐城谬种"和"选学妖孽" 1917 年 7 月,《新青年》第三卷
第五号"通信"栏刊出钱玄同给陈独秀的信,其中谈到"国文一科,虽可
选读古人文章","惟选学妖孽所尊崇之六朝文,桐城谬种所尊崇之唐宋
文,则实在不必选读。""选学妖孽"指模仿《文选》所选骈体文的旧派文
人。桐城派是清代古文流派之一,主要作家有方苞、刘大櫆、姚鼐等,他
们都是安徽桐城人,故称桐城派。钱玄同指他们及其摹仿者为"桐城谬
种"。

〔10〕 "载飞载鸣" 章太炎在《社会通诠商兑》中评论《社会通诠》
译者严复的文笔说:"严氏固略知小学,而于周秦两汉唐宋儒先之文史,
能得其句读矣;然相其文质,于声音节奏之间,犹未离于帖括:申夭之
态,回复之词,载飞载鸣,情状可见;盖俯仰于桐城之道左,而未趋其庭

庇者也。"见《太炎文录·别录》卷二。按《社会通诠》,英国甄克思著。

〔11〕 "洋场恶少" 指施蛰存。参看《准风月谈·扑空》。"革命小贩",指杨邨人。参看《南腔北调集·答杨邨人先生公开信的公开信》。

〔12〕 "再亮些" 杜衡所作长篇小说的名称,参看本卷第229页注〔2〕。

"题 未 定" 草 [1]

五

M君寄给我一封剪下来的报章。这是近十来年常有的事情,有时是杂志。闲暇时翻检一下,其中大概有一点和我相关的文章,甚至于还有"生脑膜炎"[2]之类的恶消息。这时候,我就得预备大约一块多钱的邮票,来寄信回答陆续函问的人们。至于寄报的人呢,大约有两类:一是朋友,意思不过说,这刊物上的东西,有些和你相关;二,可就难说了,猜想起来,也许正是作者或编者,"你看,咱们在骂你了!"用的是《三国志演义》上的"三气周瑜"或"骂死王朗"的法子。不过后一种近来少一些了,因为我的战术是暂时搁起,并不给以反应,使他们诸公的刊物很少有因我而蓬蓬勃勃之望,到后来却也许会去拨一拨谁的下巴:这于他们诸公是很不利的。

M君是属于第一类的;剪报是天津《益世报》[3]的《文学副刊》。其中有一篇张露薇[4]先生做的《略论中国文坛》,下有一行小注道:"偷懒,奴性,而忘掉了艺术"。只要看这题目,就知道作者是一位勇敢而记住艺术的批评家了。看起文章来,真的,痛快得很。我以为介绍别人的作品,删节实在是极可惜的,倘有妙文,大家都应该设法流传,万不可听其泯灭。

不过纸墨也须顾及,所以只摘录了第二段,就是"永远是日本人的追随者的作家"在这里,也万不能再少,因为我实在舍不得了——

"奴隶性是最'意识正确'的东西,于是便有许多人跟着别人学口号。特别是对于苏联,在目前的中国,一般所谓作家也者,都怀着好感。可是,我们是人,我们应该有自己的人性,对于苏联的文学,尤其是对于那些由日本的浅薄的知识贩卖者所得来的一知半解的苏联的文学理论家与批评家的话,我们所取的态度决不该是应声虫式的;我们所需要的介绍的和模仿的(其实是只有抄袭和盲目的应声)方式也决不该是完全出于热情的。主观是对于事物的选择,客观才是对于事物的方法。我们有了一般奴隶性极深的作家,于是我们便有无数的空虚的标语和口号。

"然而我们没有几个懂得苏联的文学的人,只有一堆盲目的赞美者和零碎的翻译者,而赞美者往往是牛头不对马嘴的胡说,翻译者又不配合于他们的工作,不得不草率,不得不'硬译',不得不说文不对题的话,一言以蔽之,他们的能力永远是对不起他们的思想;他们的'意识'虽然正确了,可是他们的工作却永远是不正确的。

"从苏联到中国是很近的,可是为什么就非经过日本人的手不可?我们在日本人的群中并没有发现几个真正了解苏联文学的新精神的人,为什么偏从浅薄的日本知识阶级中去寻我们的食粮?这真是一件可耻的事实。我们为什么不直接的了解？为什么不取一种纯粹客观的工作的态度？为什么人家唱'新写实主义'，我们跟着喊，人家换了'社会主义的写实主义'，我们又跟着喊；人家介绍纪德，我们才叫；人家介绍巴尔扎克，我们也号；然而我敢预言，在一千年以内：绝不会见到那些介绍纪德，巴尔扎克的人们会给中国的读者译出一两本纪德，巴尔扎克的重要著作来，全集更不必说。

"我们再退一步，对于那些所谓'文学遗产'，我们并不要求那些跟着人家对喊'文学遗产'的人们担负把那些'文学遗产'送给中国的'大众'的责任。可是我们却要求那些人们有承受那些'遗产'的义务，这自然又是谈不起来的。我们还记得在庆祝高尔基的四十年的创作生活的时候，中国也有鲁迅，丁玲一般人发了庆祝的电文；这自然是冠冕堂皇的事情。然而那一群签名者中有几个读过高尔基的十分之一的作品？有几个是知道高尔基的伟大在那儿的？……中国的知识阶级就是如此浅薄，做应声虫有余，做一个忠实的，不苟且的，有理性的文学创作者和研究者便不成了。"

五月廿九日天津《益世报》。

我并不想因此来研究"奴隶性是最'意识正确'的东西"，"主观是对于事物的选择，客观才是对于事物的方法"这些难问题；我只要说，诚如张露薇先生所言，就是在文艺上，我们中国也的确太落后。法国有纪德和巴尔扎克[5]，苏联有高尔基，我们没有；日本叫喊起来了，我们才跟着叫喊，这也许真是

"追随"而且"永远",也就是"奴隶性",而且是"最'意识正确'的东西"。但是,并不"追随"的叫喊其实是也有一些的,林语堂先生说过:"……其在文学,今日绍介波兰诗人,明日绍介捷克文豪,而对于已经闻名之英美法德文人,反厌为陈腐,不欲深察,求一究竟。……此种流风,其弊在浮,救之之道,在于学。"(《人间世》二十八期《今文八弊》中)南北两公,眼睛都有些斜视,只看了一面,各骂了一面,独跳犹可,并排跳舞起来,那"勇敢"就未免化为有趣了。

不过林先生主张"求一究竟",张先生要求"直接了解",这"实事求是"之心,两位是大抵一致的,不过张先生比较的悲观,因为他是"豫言"家,断定了"在一千年以内,绝不会见到那些绍介纪德,巴尔扎克的人们会给中国的读者译出一两本纪德,巴尔扎克的重要著作来,全集更不必说"的缘故。照这"豫言"看起来,"直接了解"的张露薇先生自己,当然是一定不译的了;别人呢,我还想存疑,但可惜我活不到一千年,决没有目睹的希望。

豫言颇有点难。说得近一些,容易露破绽。还记得我们的批评家成仿吾[6]先生手抡双斧,从《创造》的大旗下,一跃而出的时候,曾经说,他不屑看流行的作品,要从冷落堆里提出作家来。这是好的,虽然勃兰兑斯曾从冷落中提出过伊孛生和尼采,但我们似乎也难以斥他为追随或奴性。不大好的是他的这一张支票,到十多年后的现在还没有兑现。说得远一些罢,又容易成笑柄。江浙人相信风水,富翁往往豫先寻葬地;乡下人知道一个故事:有风水先生给人寻好了坟穴,起誓道:"您百年之后,安葬下去,如果到第三代不发,请打我的嘴巴!"然而他的期限,比张露薇先生的期限还要少到约十分之九的样子。

然而讲已往的琐事也不易。张露薇先生说庆祝高尔基四十年创作的时候,"中国也有鲁迅,丁玲一般人发了庆祝的电文,……然而那一群签名者中有几个读过高尔基的十分之一的作品?"这质问是极不错的。我只得招供:读得很少,而且连高尔基十分之一的作品究竟是几本也不知道。不过高尔基的全集,却连他本国也还未出全,所以其实也无从计算。至于祝电,我以为打一个是应该的,似乎也并非中国人的耻辱,或者便失了人性,然而我实在却并没有发,也没有在任何电报底稿上签名[7]。这也并非怕有"奴性",只因没有人来邀,自己也想不到,过去了。发不妨,不发也不要紧,我想:发,高尔基大约不至于说我是"日本人的追随者的作家",不发,也未必说我是"张露薇的追随者的作家"的。但对于绥拉菲摩维支[8]的祝贺日,我却发过一个祝电,因为我校印过中译的《铁流》。这是在情理之中的,但也较难于想到,还不如测定为对于高尔基发电的容易。当然,随便说说也不要紧,然而,"中国的知识阶级就是如此浅薄,做应声虫有余,做一个忠实的,不苟且的,有理性的文学创作者和研究者便不成了"的话,对于有一些人却大概是真的了。

张露薇先生自然也是知识阶级,他在同阶级中发见了这许多奴隶,拿鞭子来抽,我是了解他的心情的。但他和他所谓的奴隶们,也只隔了一张纸。如果有谁看过菲洲的黑奴工头,傲然的拿鞭子乱抽着做苦工的黑奴的电影的,拿来和这《略论中国文坛》的大文一比较,便会禁不住会心之笑。那一个和一群,有这么相近,却又有这么不同,这一张纸真隔得利害:分清了奴隶和奴才。

我在这里,自以为总算又钩下了一种新的伟大人物———一九三五年度文艺"豫言"家——的嘴脸的轮廓了。

八月十六日。

＊　　　＊　　　＊

〔1〕 本篇最初发表于 1935 年 10 月 5 日《芒种》半月刊第二卷第一期。发表时题目下原有小注:"一至三载《文学》,四不发表。"按《"题未定"草(四)》实系拟写未就。

〔2〕 "生脑膜炎" 1934 年 2 月 25 日伪满《盛京时报》第三版载《鲁迅停笔十年,脑病甚剧亦不能写稿》消息一则:"上海函云,左翼作家鲁迅近染脑病,亦不能执笔写作,据医生诊称,系脑膜炎之现象,苟不速治,将生危险,并劝氏今后停笔不作任何文章,非休养十年,不能痊愈云。"同年 3 月 10 日天津《大公报》据以转载。

〔3〕 《益世报》 天主教教会报纸,比利时教士雷鸣远(后入中国籍)主办。1915 年 10 月创刊于天津,1949 年 1 月天津解放时停刊。

〔4〕 张露薇(1910—?) 原名张文华,改名贺志远,吉林宁安(今属黑龙江)人,曾参加北平左联,主编北平《文学导报》。抗日战争期间曾任伪职。《略论中国文坛》一文共分三段,第一段和第三段的题目分别为《意识正确的文魔们的新梦》和《茅盾先生的法宝》。

〔5〕 纪德(A. Gide,1869—1951) 法国作家。著有小说《窄门》、《地粮》、《田园交响曲》等。巴尔扎克(H. de Balzac,1799—1850)法国作

家。他的作品总题为《人间喜剧》,包括长篇小说《欧也妮·葛朗台》、《高老头》、《幻灭》等九十多部。

〔6〕 成仿吾(1897—1984) 湖南新化人,文学评论家。创造社主要成员之一。

〔7〕 关于祝贺高尔基创作四十年一事,上海《文化月报》第一卷第一期(1932年11月15日)曾刊出由鲁迅、茅盾、丁玲、曹靖华、洛扬等人署名的《高尔基的四十年创作生活——我们的祝贺》一文,并不是祝电。

〔8〕 绥拉菲摩维支(А.С.Серафимович,1863—1949) 苏联作家。他的长篇小说《铁流》由曹靖华译成中文,鲁迅写了《编校后记》,1931年11月以三闲书屋名义出版。

论毛笔之类[1]

国货也提倡得长久了,虽然上海的国货公司并不发达,"国货城"[2]也早已关了城门,接着就将城墙撤去,日报上却还常见关于国货的专刊。那上面,受劝和挨骂的主角,照例也还是学生,儿童和妇女。

前几天看见一篇关于笔墨的文章,中学生之流,很受了一顿训斥,说他们十分之九,是用钢笔和墨水的,这就使中国的笔墨没有出路。自然,倒并不说这一类人就是什么奸,但至少,恰如摩登妇女的爱用外国脂粉和香水似的,应负"入超"的若干的责任。

这话也并不错的。不过我想,洋笔墨的用不用,要看我们的闲不闲。我自己是先在私塾里用毛笔,后在学校里用钢笔,后来回到乡下又用毛笔的人,却以为假如我们能够悠悠然,洋洋焉,拂砚伸纸,磨墨挥毫的话,那么,羊毫和松烟当然也很不坏。不过事情要做得快,字要写得多,可就不成功了,这就是说,它敌不过钢笔和墨水。譬如在学校里抄讲义罢,即使改用墨盒,省去临时磨墨之烦,但不久,墨汁也会把毛笔胶住,写不开了,你还得带洗笔的水池,终于弄到在小小的桌子上,摆开"文房四宝"[3]。况且毛笔尖触纸的多少,就是字的粗细,是全靠手腕作主的,因此也容易疲劳,越写越慢。闲人不要紧,一忙,就觉得无论如何,总是墨水和钢笔便当了。

青年里面,当然也不免有洋服上挂一枝万年笔[4],做做装饰的人,但这究竟是少数,使用者的多,原因还是在便当。便于使用的器具的力量,是决非劝谕,讥刺,痛骂之类的空言所能制止的。假如不信,你倒去劝那些坐汽车的人,在北方改用骡车,在南方改用绿呢大轿试试看。如果说这提议是笑话,那么,劝学生改用毛笔呢? 现在的青年,已经成了"庙头鼓",谁都不妨敲打了。一面有繁重的学科,古书的提倡,一面却又有教育家喟然兴叹,说他们成绩坏,不看报纸,昧于世界的大势。

但是,连笔墨也乞灵于外国,那当然是不行的。这一点,却要推前清的官僚聪明,他们在上海立过制造局,想造比笔墨更紧要的器械——虽然为了"积重难返",终于也造不出什么东西来。欧洲人也聪明,金鸡那[5]原是斐洲的植物,因为去偷种子,还死了几个人,但竟偷到手,在自己这里种起来了,使我们现在如果发了疟疾,可以很便当的大吃金鸡那霜丸,而且还有"糖衣",连不爱服药的娇小姐们也吃得甜蜜蜜。制造墨水和钢笔的法子,弄弄到手,是没有偷金鸡那子那么危险的。所以与其劝人莫用墨水和钢笔,倒不如自己来造墨水和钢笔;但必须造得好,切莫"挂羊头卖狗肉"。要不然,这一番工夫就又是一个白费。

但我相信,凡有毛笔拥护论者大约也不免以我的提议为空谈:因为这事情不容易。这也是事实;所以典当业只好呈请禁止奇装异服,以免时价早晚不同,笔墨业也只好主张吮墨舐毫,以免国粹渐就沦丧。改造自己,总比禁止别人来得难。然而这办法却是没有好结果的,不是无效,就是使一部份青年又变成旧式的斯文人。

八月二十三日。

＊　　　　＊　　　　＊

〔1〕　本篇最初发表于 1935 年 9 月 5 日《太白》半月刊第二卷第十二期,署名黄棘。

〔2〕　"国货城"　1935 年上海一些厂商为扩大宣传提倡国货,特设立一个临时性的国货展销场地,称为"国货城",于 6 月 5 日(夏历端午节)开幕。据同年 6 月 30 日《申报·国货周刊》报道:"本市国货城开幕以来,营业甚盛,每日到城购物及参观者,十分拥挤。"

〔3〕　"文房四宝"　即笔墨纸砚。此语在宋代即已通行;北宋苏易简著有《文房四谱》一书,南宋尤袤《遂初堂书目》作《文房四宝谱》。

〔4〕　万年笔　口语:白来水笔。

〔5〕　金鸡那(Cinchona)　原产于南美安第斯山脉的茜草科植物。1811 年发现从它的枝皮提取的一种生物碱,具有抗疟作用。

逃　名^{〔1〕}

就在这几天的上海报纸上,有一条广告,题目是四个一寸见方的大字——

"看救命去!"

如果只看题目,恐怕会猜想到这是展览着外科医生对重病人施行大手术,或对淹死的人用人工呼吸,救助触礁船上的人员,挖掘崩坏的矿穴里面的工人的。但其实并不是。还是照例的"筹赈水灾游艺大会",看陈皮梅沈一呆^{〔2〕}的独脚戏,月光歌舞团的歌舞之类。诚如广告所说,"化洋五角,救人一命,……一举两得,何乐不为",钱是要拿去救命的,不过所"看"的却其实还是游艺,并不是"救命"。

有人说中国是"文字国",有些像,却还不充足,中国倒该说是最不看重文字的"文字游戏国",一切总爱玩些实际以上花样,把字和词的界说,闹得一团糟,弄到暂时非把"解放"解作"搴毅"^{〔3〕},"跳舞"解作"救命"不可。捣一场小乱子,就是伟人,编一本教科书,就是学者,造几条文坛消息,就是作家。于是比较自爱的人,一听到这些冠冕堂皇的名目就骇怕了,竭力逃避。逃名,其实是爱名的,逃的是这一团糟的名,不愿意酱在那里面。

天津《大公报》^{〔4〕}的副刊《小公园》,近来是标榜了重文不重名的。这见识很确当。不过也偶有"老作家"的作品,那当然为了作品好,不是为了名。然而八月十六日那一张上,却发表了很有意思的"许多前辈作家附在来稿后面的叮嘱":

　　"把我这文章放在平日,我愿意那样,我骄傲那样。我和熟人的名字并列得厌倦了,我愿着挤在虎生生的新人群里,因为许多时候他们的东西来得还更新鲜。"

　　这些"前辈作家"们好像都撒了一点谎。"熟",是不至于招致"厌倦"的。我们　离乳就吃饭或面,直到现在,可谓熟极了,却还没有厌倦。这一点叮嘱,如果不是编辑先生玩的双簧的花样,也不是前辈作家玩的借此"返老还童"的花样,那么,这所证明的是:所谓"前辈作家"也者,有一批是盗名的,因此使别一批羞与为伍,觉得和"熟人的名字并列得厌倦",决计逃走了。

　　从此以后,他们只要"挤在虎生生的新人群里"就舒舒服服,还是作品也就"来得还更新鲜"了呢,现在很难测定。逃名,固然也不能说是豁达,但有去就,有爱憎,究竟总不失为洁身自好之士。《小公园》里,已经有人在现身说法了,而上海滩上,却依然有人在"掏腰包"[5],造消息,或自称"言行一致"[6],或大呼"冤哉枉也",或拖明朝死尸搭台,或请现存古人喝道,或自收自己的大名入辞典中,定为"中国作家"[7],或自编自己的作品入画集里,名曰"现代杰作"[8]——忙忙碌碌,鬼鬼祟祟,煞是好看。

　　作家一排一排的坐着,将来使人笑,使人怕,还是使人"厌倦"呢?——现在也很难测定。但若据"前车之鉴",则"后之视今，亦犹今之视昔"，大约也还不免于"悲夫"〔9〕的了！

八月二十三日。

＊　　　　＊　　　　＊

〔1〕　本篇最初发表于 1935 年 9 月 5 日《太白》半月刊第二卷第十二期，署名杜德机。

〔2〕　陈皮梅，沈一呆　都是当时在上海游艺场演唱滑稽戏的演员。

〔3〕　"孥戮"　语出《尚书·甘誓》："用命，赏于祖；弗用命，戮于社，予则孥戮汝。"唐代孔颖达疏："孥为子也，非但止辱汝身，并及汝子亦杀。"

〔4〕　《大公报》　1902 年（清光绪二十八年）6 月 17 日创刊于天津，创办人英敛之。1926 年 9 月起由吴鼎昌、张季鸾、胡政之接办，曾先后增出上海、汉口、重庆、桂林、香港版等。

〔5〕　"掏腰包"　指杨邨人、杜衡等人创办《星火》月刊的自我表白。该刊创刊号（1935 年 5 月）刊出的《〈星火〉前致词》中说，他们这刊物是"由几十个同人从最迫切的生活费用上三块五块的省下钞来"创办的。参看本书《四论"文人相轻"》及其注〔8〕。

〔6〕　"言行一致"　施蛰存在《现代》第五卷第五期（1934 年 9 月）发表的《我与文言文》中，曾说："我自有生以来三十年，……自信思想及言行都是一贯的。"

〔7〕　顾凤城在他所编的《中外文学家辞典》（1932 年乐华图书公司出版）中，除外国文学家外，收中国文学家二七〇人，其中也列入他自己的名字。

〔8〕　刘海粟编的《世界名画》（中华书局出版），所收都是近代外国著名画家的作品，每人一集。其中的第二集是他自己的作品，由傅雷

411

编辑。

　〔9〕 "后之视今,亦犹今之视昔" 语出晋代王羲之《兰亭集序》: "古人云,死生亦大矣,岂不痛哉!……后之视今,亦犹今之视昔,悲夫!"

六论“文人相轻”——二卖^{〔1〕}

今年文坛上的战术,有几手是恢复了五六年前的太阳社式^{〔2〕},年纪大又成为一种罪状了,叫作“倚老卖老”^{〔3〕}。

其实呢,罪是并不在“老”,而在于“卖”的,假使他在叉麻酱,念弥陀,一字不写,就决不会惹青年作家的口诛笔伐。如果这推测并不错,文坛上可又要增添各样的罪人了,因为现在的作家,有几位总不免在他的“作品”之外,附送一点特产的赠品。有的卖富,说卖稿的文人的作品,都是要不得的;有人指出了他的诗思不过在太太的奁资中,就有帮闲的来说这人是因为得不到这样的太太,恰如狐狸的吃不到葡萄,所以只好说葡萄酸^{〔4〕}。有的卖穷,或卖病,说他的作品是挨饿三天,吐血十口,这才做出来的,所以与众不同。有的卖穷和富,说这刊物是因为受了文阀文僚的排挤,自掏腰包,忍痛印出来的,所以又与众不同^{〔5〕}。有的卖孝,说自己做这样的文章,是因为怕父亲将来吃苦的缘故^{〔6〕},那可更了不得,价值简直和李密的《陈情表》^{〔7〕}不相上下了。有的就是衔烟斗,穿洋服,唉声叹气,顾影自怜,老是记着自己的韶年玉貌的少年哥儿,这里和“卖老”相对,姑且叫他“卖俏”罢。

不过中国的社会上,“卖老”的真也特别多。女人会穿针,有什么希奇呢,一到一百多岁,就可以开大会,穿给大家看[8]，顺便还捐钱了。说中国人"起码要学狗"，倘是小学生的作文，是会遭先生的板子的，但大了几十年，新闻上就大登特登，还用方体字标题道："皤然一老莅故都，吴稚晖语妙天下"[9]；劝人解囊赈灾的文章，并不少见，而文中自述年纪曰："余年九十六岁矣"者，却只有马相伯[10]先生。但普通都不谓之"卖"，另有极好的称呼，叫作"有价值"。

"老作家"的"老"字，就是一宗罪案，这法律在文坛上已经好几年了，不过或者指为落伍，或者说是把持，……总没有指出明白的坏处。这回才由上海的青年作家揭发了要点，是在"卖"他的"老"。

那就不足虑了，很容易扫荡。中国各业，多老牌子，文坛却并不然，创作了几年，就或者做官，或者改业，或者教书，或者卷逃，或者经商，或者造反，或者送命……不见了。"老"在那里的原已寥寥无几，真有些像耆英会里的一百多岁的老太婆，居然会活到现在，连"民之父母"也觉得希奇古怪。而且她还会穿针，就尤其希奇古怪，使街头巷尾弄得闹嚷嚷。然而呀了，这其实是为了奉旨旌表的缘故，如果一个十六七岁的漂亮姑娘登台穿起针来，看的人也决不会少的。

谁有"卖老"的吗？一遇到少的俏的就倒。

不过中国的文坛虽然幼稚，昏暗，却还没有这么简单；读者虽说被"养成一种'看热闹'的情趣"[11]，但有辨别力的也不少，而且还在多起来。所以专门"卖老"，是不行的，因为文坛究竟不是养老堂，又所以专门"卖俏"，也不行的，因为文坛究竟也不是妓院。

二卖俱非,由非见是,混沌之辈,以为两伤。

九月十二日。

＊　　　　＊　　　　＊

〔1〕　本篇最初发表于 1935 年 10 月《文学》月刊第五卷第四号"文学论坛"栏,署名隼。

〔2〕　太阳社　文学团体,1927 年下半年在上海成立,主要成员有蒋光慈、钱杏邨、孟超等,提倡革命文学。在关于革命文学的论争中,该社和创造社都曾奚落过鲁迅年老。

〔3〕　"倚老卖老"　《星火》第一卷第四期(1935 年 8 月)刊有署名巴山(杨邨人)的《文坛三家》一文,就《文坛三户》影射鲁迅:"这一种版税作家,名利双收,倚老卖老。"

〔4〕　指邵洵美。他在自办的《十日谈》旬刊第二期(1933 年 8 月 20 日)发表文章,说有些人"总是因为没有饭吃,或是有了饭吃不饱",所以作文卖稿的。鲁迅在《登龙术拾遗》(《准风月谈》)中曾讽刺他"有富岳家,有阔太太,用赔嫁钱,作文学资本",不久,《中央日报》上就刊出署名"圣闲"的《"女婿"的蔓延》一文,攻击鲁迅说:"狐狸吃不到葡萄,说葡萄是酸的,自己娶不到富妻子,于是对于一切有富岳家的人发生了妒忌"。参看《准风月谈·后记》。

〔5〕　指杨邨人、韩侍桁、杜衡等办的《星火》月刊。该刊创刊号所载《〈星火〉前致词》中说,当时"文坛已经被垄断","在目前这充满了黑暗的文坛上,形成了军阀割据似的局面的文坛上,并不是每一个诚恳的为文艺而努力的青年都能得到他的应得的立足地。"因此他们要办一个"完全是自己的刊物","为筹划开始几期的印刷费,我们的几十个同人从最迫切的生活费用上三块五块的省下钞来,逐月积蓄,一直积蓄了几近半年之久,才算够上了我们的预算,于是才大胆的把创刊号付印了。"

415

〔6〕 这里是指杨邨人。他在《读书杂志》第三卷第一期(1933年1月)发表的《离开政党生活的战壕》中说:"回过头来看我自己,父老家贫弟幼,漂泊半生,一事无成,革命何时才成功,我的家人现在在作饿殍不能过日,将来革命就是成功,以湘鄂西苏区的情形来推测,我的家人也不免作饿殍作叫化子的。还是:留得青山在,且顾自家人吧了!病中,千思万想,终于由理智来判定,我脱离中国共产党了。"参看《准风月谈·青年与老子》。

〔7〕 李密(224—287) 字令伯,晋初犍为武阳(今四川彭山)人。《晋书·李密传》载:"泰始初诏征为太子洗马·密以祖母年高,无人奉养,遂不应命,乃上疏……。"这一篇奏疏,在《文选》中题为《陈情事表》,在《古文观止》中题为《陈情表》,其中有"臣无祖母,无以至今日;祖母无臣,无以终余年"等语。

〔8〕 1934年2月15日,国民党政府广州市长刘纪文为纪念新建市署落成,举行耆英会;到八十岁以上的老人二百余人,其中有据说一百零六岁的张苏氏,尚能穿针,她表演穿针的照片,曾刊在3月19日《申报·图画特刊》第二号。

〔9〕 吴稚晖 参看本卷第112页注〔42〕。他曾在北平发表谈话称:"中国人想要装老虎或狮子,固然不易,但起码也应该学一个狗。因为一只狗你要杀死它的时候,至少你也要有相当的牺牲才行。"按此处引文据1935年9月24日上海《时事新报》"北平特讯"的报道。

〔10〕 马相伯(1840—1939) 名建常,字相伯,江苏丹徒人,清代举人,教育家。曾在上海创办震旦学院、复旦公学。民国时曾代理北京大学校长。

〔11〕 "养成一种'看热闹'的情趣" 这是炯之(沈从文)《谈谈上海的刊物》一文中的话。参看本书《七论"文人相轻"——两伤》中的引文。

七论“文人相轻”——两伤[1]

　　所谓文人，轻个不完，弄得别一些作者摇头叹气了，以为作践了文苑。这自然也说得通。陶渊明先生“采菊东篱下”，心境必须清幽闲适，他这才能够“悠然见南山”，如果篱中篱外，有人大嚷大跳，大骂大打，南山是在的，他却“悠然”不得，只好“愕然见南山”了。现在和晋宋之交有些不同，连“象牙之塔”[2]也已经搬到街头来，似乎颇有“不隔”[3]之意，然而也还得有幽闲，要不然，即无以寄其沉痛，文坛减色，嚷嚷之罪大矣。于是相轻的文人们的处境，就也更加艰难起来，连街头也不再是扰攘的地方了，真是途穷道尽。

　　然而如果还要相轻又怎么样呢？前清有成例，知县老爷出巡，路遇两人相打，不问青红皂白，谁是谁非，各打屁股五百完事。不相轻的文人们纵有“肃静”“回避”牌，却无小板子，打是自然不至于的，他还是用“笔伐”，说两面都不是好东西。这里有一段炯之[4]先生的《谈谈上海的刊物》为例——

　　　　“说到这种争斗，使我们记起《太白》，《文学》，《论语》，《人间世》几年来的争斗成绩。这成绩就是凡骂人的与被骂的一古脑儿变成丑角，等于木偶戏的互相揪打或以头互碰，除了读者养成一种‘看热闹’的情趣以外，别无所有。把读者养成欢喜看‘戏’不欢喜看‘书’的习气，‘文坛消息'的多少,成为刊物销路多少的主要原因。争斗的延长,无结果的延长,实在可说是中国读者的大不幸。我们是不是还有什么方法可以使这种'私骂'占篇幅少一些? 一个时代的代表作,结起账来若只是这些精巧的对骂,这文坛,未免太可怜了。"(天津《大公报》的《小公园》,八月十八日。)

"这种斗争",炯之先生还自有一个界说:"即是向异己者用一种琐碎方法,加以无怜悯,不节制的辱骂。(一个术语,便是'斗争'。)"云。

于是乎这位炯之先生便以怜悯之心,节制之笔,定两造为丑角,觉文坛之可怜了,虽然"我们记起《太白》,《文学》,《论语》,《人间世》几年来",似乎不但并不以"'文坛消息'的多少,成为刊物销路多少的主要原因",而且简直不登什么"文坛消息"。不过"骂"是有的;只"看热闹"的读者,大约一定也有的。试看路上两人相打,他们何尝没有是非曲直之分,但旁观者往往只觉得有趣;就是绑出法场去,也是不问罪状,单看热闹的居多。由这情形,推而广之以至于文坛,真令人有不如逆来顺受,唾面自干之感。到这里来一个"然而"罢,转过来是旁观者或读者,其实又并不全如炯之先生所拟定的混沌,有些是自有各人自己的判断的。所以昔者古典主义者和罗曼主义者相骂,甚而至于相打[5],他们并不都成为丑角;左拉遭了剧烈的文字和图画的嘲骂[6],终于不成为丑角;连生前身败名裂的王尔德[7],现在也不算是丑角。

自然,他们有作品。但中国也有的。中国的作品"可怜"

得很,诚然,但这不只是文坛可怜,也是时代可怜,而且这可怜中,连"看热闹"的读者和论客都在内。凡有可怜的作品,正是代表了可怜的时代。昔之名人说"恕"字诀——但他们说,对于不知恕道的人,是不恕的^[8];——今之名人说"忍"字诀,春天的论客以"文人相轻"混淆黑白,秋天的论客以"凡骂人的与被骂的一古脑儿变成丑角"抹杀是非。冷冰冰阴森森的平安的古冢中,怎么会有生人气?

"我们是不是还有什么方法可以使这种'私骂'占篇幅少一些?"——炯之先生问。有是有的。纵使名之曰"私骂",但大约决不会件件都是一面等于二加二,一面等于一加三,在"私"之中,有的较近于"公",在"骂"之中,有的较合于"理"的,居然来加评论的人,就该放弃了"看热闹的情趣",加以分析,明白的说出你究以为那一面较"是",那一面较"非"来。

至于文人,则不但要以热烈的憎,向"异己"者进攻,还得以热烈的憎,向"死的说教者"^[9]抗战。在现在这"可怜"的时代,能杀才能生,能憎才能爱,能生与爱,才能文。彼兑飞^[10]说得好:

> 我的爱并不是欢欣安静的人家,
> 花园似的,将平和一门关住,
> 其中有"幸福"慈爱地往来,
> 而抚养那"欢欣",那娇小的仙女。
>
> 我的爱,就如荒凉的沙漠一般——
> 一个大盗似的有嫉妒在那里霸着;
> 他的剑是绝望的疯狂,

而每一刺是各样的谋杀!

九月十二日。

*　　　*　　　*

〔1〕　本篇最初发表于 1935 年 10 月《文学》月刊第五卷第四号"文学论坛"栏,署名隼。

〔2〕　"象牙之塔"　原是十九世纪法国文艺批评家圣佩韦批评同时代消极浪漫主义诗人维尼的用语,后来用以比喻脱离现实生活的文艺家的小天地。

〔3〕　"不隔"　见王国维《人间词话》:"问隔与不隔之别? 曰:陶谢之诗不隔,延年则稍隔矣;东坡之诗不隔,山谷则稍隔矣。"又:"如雾里看花,终隔一层……语语都在目前,便是不隔。"

〔4〕　炯之　即沈从文(1902—1988),湖南凤凰人,作家。

〔5〕　关于古典主义者与罗曼主义者相骂,1830 年 2 月 25 日,雨果的浪漫主义剧作《欧那尼》在巴黎法兰西剧院上演,观众中支持古典主义的顿足、起哄,拥护浪漫主义的则狂热喝彩,双方的喧嚷声混成一片,甚至引起斗殴。罗曼主义,今译浪漫主义。

〔6〕　左拉(É.Zola,1840—1902)　法国作家。1894 年,犹太血统的法国军官德莱孚斯被诬泄露军事机密罪判处终身苦役。左拉于 1897 年对此案材料作了研究后,给法国总统佛尔写了一封《我控诉》的公开信,为德莱孚斯辩护,控诉法国政府、法庭和总参谋部违反法律和侵犯人权,以致被控诽谤罪而逃亡伦敦。在这一事件中,法国报刊不断刊载攻击他的文字和漫画。直至左拉死后四年(1906),该案终于真相大白,撤销原判,德莱孚斯恢复军职。

〔7〕　1895 年马奎斯指摘王尔德与其子艾尔弗雷德·道格拉斯搞

同性恋,道德败坏。王尔德在道格拉斯的怂恿下,控告马奎斯诽谤自己。因证据对王尔德不利,结果他被判两年苦役,于 1895 年 5 月入狱。出狱后流寓国外,死于巴黎。

〔8〕 指新月社的人们。参看《三闲集·新月社批评家的任务》。

〔9〕 "死的说教者" 参看本卷第 5 页注〔7〕。

〔10〕 彼兑飞 即裴多菲,匈牙利诗人。参看本卷第 270 页注〔49〕。这里所引是《我的爱——并不是……》一诗的最后两节。鲁迅曾译有全文,发表于《语丝》周刊第九、第十一期(1925 年 1 月 20 日、26 日)。

萧红作《生死场》序[1]

　　记得已是四年前的事了,时维二月,我和妇孺正陷在上海闸北的火线中[2],眼见中国人的因为逃走或死亡而绝迹。后来仗着几个朋友的帮助,这才得进平和的英租界,难民虽然满路,居人却很安闲。和闸北相距不过四五里罢,就是一个这么不同的世界,——我们又怎么会想到哈尔滨。

　　这本稿子的到了我的桌上,已是今年的春天,我早重回闸北,周围又复熙熙攘攘的时候了。但却看见了五年以前,以及更早的哈尔滨。这自然还不过是略图,叙事和写景,胜于人物的描写,然而北方人民的对于生的坚强,对于死的挣扎,却往往已经力透纸背;女性作者的细致的观察和越轨的笔致,又增加了不少明丽和新鲜。精神是健全的,就是深恶文艺和功利有关的人,如果看起来,他不幸得很,他也难免不能毫无所得。

　　听说文学社曾经愿意给她付印,稿子呈到中央宣传部书报检查委员会那里去,搁了半年,结果是不许可。人常常会事后才聪明,回想起来,这正是当然的事:对于生的坚强和死的挣扎,恐怕也确是大背"训政"[3]之道的。今年五月,只为了《略谈皇帝》[4]这一篇文章,这一个气焰万丈的委员会就忽然烟消火灭,便是"以身作则"的实地大教训。

　　奴隶社[5]以汗血换来的几文钱,想为这本书出版,却又在我们的上司"以身作则"的半年之后了,还要我写几句序。然而这几天,却又谣言蜂起,闸北的熙熙攘攘的居民,又在抱头鼠窜了,路上是骆驿不绝的行李车和人,路旁是黄白两色的外人,含笑在赏鉴这礼让之邦的盛况。自以为居于安全地带的报馆的报纸,则称这些逃命者为"庸人"或"愚民"。我却以为他们也许是聪明的,至少,是已经凭着经验,知道了煌煌的官样文章之不可信。他们还有些记性。

现在是一九三五年十一月十四的夜里,我在灯下再看完了《生死场》。周围像死一般寂静,听惯的邻人的谈话声没有了,食物的叫卖声也没有了,不过偶有远远的几声犬吠。想起来,英法租界当不是这情形,哈尔滨也不是这情形;我和那里的居人,彼此都怀着不同的心情,住在不同的世界。然而我的心现在却好像古井中水,不生微波,麻木的写了以上那些字。这正是奴隶的心!——但是,如果还是搅乱了读者的心呢?那么,我们还决不是奴才。

不过与其听我还在安坐中的牢骚话,不如快看下面的《生死场》,她才会给你们以坚强和挣扎的力气。

鲁迅。

*　　　*　　　*

〔1〕 本篇最初印入《生死场》。

萧红(1911—1942),原名张迺莹,黑龙江呼兰县人,小说家。《生死场》是她的中篇小说,《奴隶丛书》之一,1935 年 12 月奴隶社出版,假托"上海容光书局"发行。

〔2〕 指 1932 年"一·二八"十九路军抗击日军进攻的上海战争。

〔3〕 "训政" 孙中山在 1924 年 4 月所写的《建国大纲》中提出建国程序分为军政、训政、宪政三个时期,在"训政时期"由政府对民众进行行使民权的训练。国民党政府于 1931 年 6 月 1 日公布实施由"国民会议"通过的《中华民国训政时期约法》,其中规定:"训政时期由中国国民党全国代表大会代表'国民会议'行使中央统治权",把国民党的独裁统治用宪法的形式固定下来。

〔4〕 《略谈皇帝》 应作《闲话皇帝》。1935 年 5 月,上海《新生》周刊第二卷第十五期发表易水(艾寒松)的《闲话皇帝》一文,泛论古今中外的君主制度,涉及日本天皇,6 月 7 日日本驻上海总领事即以"侮辱天皇,妨害邦交"为名提出抗议。国民党政府屈从压力,并趁机压制进步舆论,6 月 24 日查封《新生》周刊,7 月 9 日由法院判处该刊主编杜重远一年两个月徒刑。国民党中央宣传委员会图书杂志审查委员会也因"失责"而撤销。参看本书《后记》及其注〔14〕。

〔5〕 奴隶社 1935 年鲁迅为编印几个青年作者的作品而拟定的一个社团名称。以奴隶社名义出版的《奴隶丛书》,除《生死场》外,还有叶紫的《丰收》和田军的《八月的乡村》。

陀思妥夫斯基的事[1]

——为日本三笠书房《陀思妥夫斯基全集》普及本作

到了关于陀思妥夫斯基[2]，不能不说一两句话的时候了。说什么呢？他太伟大了，而自己却没有很细心的读过他的作品。

回想起来，在年青时候，读了伟大的文学者的作品，虽然敬服那作者，然而总不能爱的，一共有两个人。一个是但丁[3]，那《神曲》的《炼狱》里，就有我所爱的异端在；有些鬼魂还在把很重的石头，推上峻峭的岩壁去。这是极吃力的工作，但一松手，可就立刻压烂了自己。不知怎地，自己也好像很是疲乏了。于是我就在这地方停住，没有能够走到天国去。

还有一个，就是陀思妥夫斯基。一读他二十四岁时所作的《穷人》，就已经吃惊于他那暮年似的孤寂。到后来，他竟作为罪孽深重的罪人，同时也是残酷的拷问官而出现了。他把小说中的男男女女，放在万难忍受的境遇里，来试炼它们，不但剥去了表面的洁白，拷问出藏在底下的罪恶，而且还要拷问出藏在那罪恶之下的真正的洁白来。而且还不肯爽利的处死，竭力要放它们活得长久。而这陀思妥夫斯基，则仿佛就在和罪人一同苦恼，和拷问官一同高兴着似的。这决不是平常人做得到的事情，总而言之，就因为伟大的缘故。但我自己，却常常想废书不观。

医学者往往用病态来解释陀思妥夫斯基的作品。这伦勃罗梭[4]式的说明，在现今的大多数的国度里，恐怕实在也非常便利，能得一般人们的赞许的。但是，即使他是神经病者，也是俄国专制时代的神经病者，倘若谁身受了和他相类的重压，那么，愈身受，也就会愈懂得他那夹着夸张的真实，热到发冷的热情，快要破裂的忍从，于是爱他起来的罢。

不过作为中国的读者的我，却还不能熟悉陀思妥夫斯基式的忍从——对于横逆之来的真正的忍从。在中国，没有俄国的基督。在中国，君临的是"礼"，不是神。百分之百的忍从，在未嫁就死了定婚的丈夫，坚苦的一直硬活到八十岁的所谓节妇身上，也许偶然可以发见罢，但在一般的人们，却没有。忍从的形式，是有的，然而陀思妥夫斯基式的掘下去，我以为恐怕也还是虚伪。因为压迫者指为被压迫者的不德之一的这虚伪，对于同类，是恶，而对于压迫者，却是道德的。

但是，陀思妥夫斯基式的忍从，终于也并不只成了说教或抗议就完结。因为这是当不住的忍从，太伟大的忍从的缘故。人们也只好带着罪业，一直闯进但丁的天国，在这里这才大家合唱着，再来修练天人的功德了。只有中庸的人，固然并无坠入地狱的危险，但也恐怕进不了天国的罢。

十一月二十日。

* * *

〔1〕 本篇原用日文写作，最初发表于日本《文艺》杂志1936年2

月号,中译文亦于 1936 年 2 月同时在上海《青年界》月刊第九卷第二期和《海燕》月刊第二期发表。参看本书《后记》。

　　〔2〕　陀思妥夫斯基　参看本卷第 72 页注〔11〕。

　　〔3〕　但丁(Dante Alighièri,1265—1321)　意大利诗人。《神曲》是他的代表作,通过作者在阴间游历的幻想,揭露了中世纪贵族和教会的罪恶。全诗分《地狱》、《炼狱》、《天堂》三部。"炼狱"又译作"净界",天主教传说,是人死后入天国前洗净生前罪孽的地方。

　　〔4〕　伦勃罗梭(C. Lombroso,1836—1909)　意大利精神病学者,刑事人类学派的代表。著有《天才论》、《犯罪者论》等书。他认为"犯罪"是自有人类以来长期遗传的结果,提出荒谬的"先天犯罪"说,主张对"先天犯罪"者采取死刑、终身隔离、消除生殖机能等以"保卫社会"。他的学说曾被德国法西斯采用。

孔另境编《当代文人尺牍钞》序[1]

　　日记或书信,是向来有些读者的。先前是在看朝章国故,丽句清词,如何抑扬,怎样请托,于是害得名人连写日记和信也不敢随随便便。晋人写信,已经得声明"匆匆不暇草书"[2],今人作日记,竟日日要防传钞,来不及出版。王尔德的自述,至今还有一部分未曾公开[3],罗曼罗兰的日记,约在死后十年才可发表[4],这在我们中国恐怕办不到。

　　不过现在的读文人的非文学作品,大约目的已经有些和古之人不同,是比较的欧化了的:远之,在钩稽文坛的故实,近之,在探索作者的生平。而后者似乎要居多数。因为一个人的言行,总有一部分愿意别人知道,或者不妨给别人知道,但有一部分却不然。然而一个人的脾气,又偏爱知道别人不肯给人知道的一部分,于是尺牍就有了出路。这并非等于窥探门缝,意在发人的阴私,实在是因为要知道这人的全般,就是从不经意处,看出这人——社会的一分子的真实。

　　就是在"文学概论"上有了名目的创作上,作者本来也掩不住自己,无论写的是什么,这个人总还是这个人,不过加了些藻饰,有了些排场,仿佛穿上了制服。写信固然比较的随便,然而做作惯了的,仍不免带些惯性,别人以为他这回是赤条条的上场了罢,他其实还是穿着肉色紧身小衫裤,甚至于用

了平常决不应用的奶罩。话虽如此,比起峨冠博带的时候来,
这一回可究竟较近于真实。所以从作家的日记或尺牍上,往
往能得到比看他的作品更其明晰的意见,也就是他自己的简
洁的注释。不过也不能十分当真。有些作者,是连账簿也用
心机的,叔本华记账就用梵文[5],不愿意别人明白。

另境先生的编这部书,我想是为了显示文人的全貌的,好
在用心之古奥如叔本华先生者,中国还未必有。只是我的做
序,可不比写信,总不免用些做序的拳经:这是要请编者读者,
大家心照的。

一九三五年十一月二十五夜,鲁迅记于上海闸北之且介
亭。

*　　　　*　　　　*

〔1〕　本篇最初印入《现代作家书简》。

孔另境(1904—1972),浙江桐乡人,作家。他所编的《当代文人尺
牍钞》于1936年5月由生活书店出版,改题《现代作家书简》,收作家五
十八人的书信二一九封。

〔2〕　"匆匆不暇草书"　《晋书·卫恒传》载:"恒善草、隶书,为《四
体书势》,曰:'……弘农张伯英者……凡家之衣帛,必书而后练之。临
池学书,池水尽黑。下笔必为楷,则号匆匆不暇草书。'"按张伯英名芝,
东汉敦煌渊泉(今甘肃安西)人,善草书,人称草圣。

〔3〕　王尔德的自述　指王尔德在狱中写给艾尔弗雷德·道格拉
斯的一封长信,即《狱中记》。1897年王尔德出狱后将这信交给好友罗
伯特·罗斯。罗斯于王尔德死后曾将它删节发表,1949年10月才由王
尔德的次子维维安·霍兰初次将它全文发表。

〔4〕 罗曼罗兰(Romain Rolland, 1866—1944) 法国作家、社会活动家。著有长篇小说《约翰·克利斯朵夫》、传记《贝多芬传》等。1929 年 6 月,他将在第一次世界大战期间旅居瑞士所记的《战时日记》原稿(分订二十九册,最后一册记于巴黎)交瑞士巴塞尔大学图书馆保存,又将三份打字稿分交苏联列宁图书馆、美国哈佛大学图书馆、瑞典斯德哥尔摩的诺贝尔学院图书馆。要求各保管者到 1955 年 1 月 1 日才可以启封,并译成各该国文字出版。

〔5〕 叔本华(A. Schopenhauer, 1788—1860) 德国哲学家,唯意志论者。梵文,古印度的文字。

杂 谈 小 品 文 [1]

　　自从"小品文"这一个名目流行以来,看看书店广告,连信札,论文,都排在小品文里了,这自然只是生意经,不足为据。一般的意见,第一是在篇幅短。

　　但篇幅短并不是小品文的特征。一条几何定理不过数十字,一部《老子》[2]只有五千言,都不能说是小品。这该像佛经的小乘[3]似的,先看内容,然后讲篇幅。讲小道理,或没道理,而又不是长篇的,才可谓之小品。至于有骨力的文章,恐不如谓之"短文",短当然不及长,寥寥几句,也说不尽森罗万象,然而它并不"小"。

　　《史记》[4]里的《伯夷列传》和《屈原贾谊列传》除去了引用的骚赋,其实也不过是小品,只因为他是"太史公"之作,又常见,所以没有人来选出,翻印。由晋至唐,也很有几个作家;宋文我不知道,但"江湖派"[5]诗,却确是我所谓的小品。现在大家所提倡的,是明清,据说"抒写性灵"[6]是它的特色。那时有一些人,确也只能够抒写性灵的,风气和环境,加上作者的出身和生活,也只能有这样的意思,写这样的文章。虽说抒写性灵,其实后来仍落了窠臼,不过是"赋得性灵",照例写出那么一套来。当然也有人豫感到危难,后来是身历了危难的,所以小品文中,有时也夹着感愤,但在文字狱时,都被销

431

毁,劈板了,于是我们所见,就只剩了"天马行空"[7]似的超然的性灵。

这经过清朝检选的"性灵",到得现在,却刚刚相宜,有明末的洒脱,无清初的所谓"悖谬"[8],有国时是高人,没国时还不失为逸士。逸士也得有资格,首先即在"超然","士"所以超庸奴,"逸"所以超责任:现在的特重明清小品,其实是大有理由,毫不足怪的。

不过"高人兼逸士梦"恐怕也不长久。近一年来,就露了大破绽,自以为高一点的,已经满纸空言,甚而至于胡说八道,下流的却成为打诨,和猥鄙丑角,并无不同,主意只在挖公子哥儿们的跳舞之资,和舞女们争生意,可怜之状,已经下于五四运动前后的鸳鸯蝴蝶派[9]数等了。

为了这小品文的盛行,今年就又有翻印所谓"珍本"[10]的事。有些论者,也以为可虑。我却觉得这是并非无用的。原本价贵,大抵无力购买,现在只用了一元或数角,就可以看见现代名人的祖师,以及先前的性灵,怎样叠床架屋,现在的性灵,怎样看人学样,啃过一堆牛骨头,即使是牛骨头,不也有了识见,可以不再被生炒牛角尖骗去了吗?

不过"珍本"并不就是"善本",有些是正因为它无聊,没有人要看,这才日就灭亡,少下去;因为少,所以"珍"起来。就是旧书店里必讨大价的所谓"禁书",也并非都是慷慨激昂,令人奋起的作品,清初,单为了作者也会禁,往往和内容简直不相干。这一层,却要读者有选择的眼光,也希望识者给相当的指点的。

十二月二日。

＊　　　＊　　　＊

〔1〕　本篇最初发表于 1935 年 12 月 7 日上海《时事新报·每周文学》，署名旅隼。

〔2〕　《老子》　又名《道德经》，相传为春秋时老子著。全文五千余字。

〔3〕　小乘　早期佛教的主要流派，注重个人修行持戒，自我解脱，自认为是佛教的正统派。小乘是相对于主张普渡众生的大乘教派而言。

〔4〕　《史记》　西汉司马迁撰，我国第一部纪传体通史。司马迁在汉武帝时曾任太史令，故称"太史公"。《史记·屈原贾生列传》全文引录了屈原的《怀沙赋》和贾谊的《吊屈原赋》、《服赋》。

〔5〕　"江湖派"　南宋末年的诗人陈起(在杭州开设书铺)曾编刻《江湖集》，收南宋末年的文人隐士和宋亡后的遗民戴复古、刘过等人的作品，这些作者后被称作江湖派。《江湖集》原有前集、后集、续集；现在所见的《江湖小集》(九十五卷)和《江湖后集》(二十四卷)，共收作者一一一人，已非原本。

〔6〕　"抒写性灵"　当时林语堂等提倡小品文，推崇明代袁中郎、清代袁枚等人"抒写性灵"的作品。林语堂在《论语》第二十八期(1933年 11 月)发表的《论文(下)》中说："性灵派文字，主'真'字。发抒性灵，斯得其真。"

〔7〕　"天马行空"　林语堂在《论语》第十五期(1933 年 4 月)发表的《论文(上)》中说："真正豪放自然，天马行空，如金圣叹之《水浒传序》，可谓绝无仅有。"

〔8〕　"悖谬"　清乾隆间纂修《四库全书》时，凡被视为有"违碍"的书，都加以全毁或抽毁。在各省缴送的禁书书目中，有的注有"有悖谬语，应请抽毁"字样。参看《且介亭杂文·病后杂谈之余》。

〔9〕 鸳鸯蝴蝶派 兴起于清末民初的一个文学流派。这派作品多以文言描写才子佳人的哀情故事,常以鸳鸯蝴蝶来比喻这些才子佳人,故被称为鸳鸯蝴蝶体。代表作家有徐枕亚、陈蝶仙、李定夷等。他们出版的刊物有《民权素》、《小说丛报》、《小说新报》、《礼拜六》、《小说世界》等,其中《礼拜六》刊载白话作品,影响最大,故鸳鸯蝴蝶派又有"礼拜六派"之称。

〔10〕 翻印所谓"珍本" 指《中国文学珍本丛书》和《国学珍本文库》,前者由施蛰存主编,上海杂志公司发行;后者由襟霞阁主人(平襟亚)编印,中央书局发行。

"题 未 定"草[1]

六

记得 T 君曾经对我谈起过:我的《集外集》出版之后,施蛰存先生曾在什么刊物上有过批评[2],以为这本书不值得付印,最好是选一下。我至今没有看到那刊物;但从施先生的推崇《文选》和手定《晚明二十家小品》的功业,以及自标"言行一致"的美德推测起来,这也正像他的话。好在我现在并不要研究他的言行,用不着多管这些事。

《集外集》的不值得付印,无论谁说,都是对的。其实岂只这一本书,将来重开四库馆时,恐怕我的一切译作,全在排除之列;虽是现在,天津图书馆的目录上,在《呐喊》和《彷徨》之下,就注着一个"销"字,"销"者,销毁之谓也;梁实秋教授充当什么图书馆主任时,听说也曾将我的许多译作驱逐出境[3]。但从一般的情形而论,目前的出版界,却实在并不十分谨严,所以印了我的一本《集外集》,似乎也算不得怎么特别糟蹋了纸墨。至于选本,我倒以为是弊多利少的,记得前年就写过一篇《选本》,说明着自己的意见,后来就收在《集外集》中。

自然,如果随便玩玩,那是什么选本都可以的,《文选》好,《古文观止》也可以。不过倘要研究文学或某一作家,所谓"知

435

人论世"，那么，足以应用的选本就很难得。选本所显示的，往往并非作者的特色，倒是选者的眼光。眼光愈锐利，见识愈深广，选本固然愈准确，但可惜的是大抵眼光如豆，抹杀了作者真相的居多，这才是一个"文人浩劫"。例如蔡邕[4]，选家大抵只取他的碑文，使读者仅觉得他是典重文章的作手，必须看见《蔡中郎集》里的《述行赋》（也见于《续古文苑》），那些"穷工巧于台榭兮，民露处而寝湿，委嘉谷于禽兽兮，下糠秕而无粒"（手头无书，也许记错，容后订正）的句子，才明白他并非单单的老学究，也是一个有血性的人，明白那时的情形，明白他确有取死之道。又如被选家录取了《归去来辞》和《桃花源记》，被论客赞赏着"采菊东篱下，悠然见南山"的陶潜先生，在后人的心目中，实在飘逸得太久了，但在全集里，他却有时很摩登，"愿在丝而为履，附素足以周旋，悲行止之有节，空委弃于床前"，竟想摇身一变，化为"阿呀呀，我的爱人呀"的鞋子，虽然后来自说因为"止于礼义"，[5]未能进攻到底，但那些胡思乱想的自白，究竟是大胆的。就是诗，除论客所佩服的"悠然见南山"之外，也还有"精卫衔微木，将以填沧海，形天舞干戚，猛志固常在"[6]之类的"金刚怒目"[7]式，在证明着他并非整天整夜的飘飘然。这"猛志固常在"和"悠然见南山"的是一个人，倘有取舍，即非全人，再加抑扬，更离真实。譬如勇士，也战斗，也休息，也饮食，自然也性交，如果只取他末一点，画起像来，挂在妓院里，尊为性交大师，那当然也不能说是毫无根据的，然而，岂不冤哉！我每见近人的称引陶渊明，往往不禁为古人惋惜。

这也是关于取用文学遗产的问题,潦倒而至于昏聩的人,凡是好的,他总归得不到。前几天,看见《时事新报》的《青光》[8]上,引过林语堂先生的话,原文抛掉了,大意是说:老庄是上流,泼妇骂街之类是下流,他都要看,只有中流,剿上窃下,最无足观。如果我所记忆的并不错,那么,这真不但宣告了宋人语录,明人小品,下至《论语》,《人间世》,《宇宙风》[9]这些"中流"作品的死刑,也透彻的表白了其人的毫无自信。不过这还是空腹高心之谈,因为虽是"中流",也并不一概,即使同是剿窃,有取了好处的,有取了无用之处的,有取了坏处的,到得"中流"的下流,他就连剿窃也不会,"老庄"不必说了,虽是明清的文章,又何尝真的看得懂。

标点古文,不但使应试的学生为难,也往往害得有名的学者出丑,乱点词曲,拆散骈文的美谈,已经成为陈迹,也不必回顾了;今年出了许多廉价的所谓珍本书,都有名家标点,关心世道者怒然忧之,以为足煽复古之焰。我却没有这么悲观,化国币一元数角,买了几本,既读古之中流的文章,又看今之中流的标点;今之中流,未必能懂古之中流的文章的结论,就从这里得来的。

例如罢,——这种举例,是很危险的,从古到今,文人的送命,往往并非他的什么"意德沃罗基"[10]的悖谬,倒是为了个人的私仇居多。然而这里仍得举,因为写到这里,必须有例,所谓"箭在弦上,不得不发"者是也。但经再三忖度,决定"姑隐其名",或者得免于难欤,这是我在利用中国人只顾空面子的缺点。

例如罢，我买的"珍本"之中，有一本是张岱[11]的《琅嬛文集》，"特印本实价四角"；据"乙亥十月，卢前冀野父"跋，是"化峭僻之途为康庄"的，但照标点看下去，却并不十分"康庄"。标点，对于五言或七言诗最容易，不必文学家，只要数学家就行，乐府就不大"康庄"了，所以卷三的《景清刺》[12]里，有了难懂的句子：

"……佩铅刀。藏膝髁。太史奏。机谋破。不称王向前。坐对御衣含血唾。……"

琅琅可诵，韵也押的，不过"不称王向前"这一句总有些费解。看看原序，有云："清知事不成。跃而询上。大怒曰。毋谓我王。即王敢尔耶。清曰。今日之号。尚称王哉。命抉其齿。立且询。则含血前。凂御衣。上益怒。剥其肤。……"（标点悉遵原本）那么，诗该是"不称王，向前坐"了，"不称王"者，"尚称王哉"也；"向前坐"者，"则含血前"也。而序文的"跃而询上。大怒曰"，恐怕也该是"跃而询。上大怒曰"才合式，据作文之初阶，观下文之"上益怒"，可知也矣。

纵使明人小品如何"本色"[13]，如何"性灵"，拿它乱玩究竟还是不行的，自误事小，误人可似乎不大好。例如卷六的《琴操》《脊令操》[14]序里，有这样的句子：

"秦府僚属。劝秦王世民。行周公之事。伏兵玄武门。射杀建成元吉魏征。伤亡作。"

文章也很通，不过一翻《唐书》，就不免觉得魏征实在射杀得冤枉，他其实是秦王世民做了皇帝十七年之后，这才病死的。[15]所以我们没有法，这里只好点作"射杀建成元吉，魏征伤亡作"。明明是张岱作的《琴操》，怎么会是魏征作呢，索性也将他射杀干净，固然不能说没有道理，不过"中流"文人，是常有拟作的，例如韩愈先生，就替周文王说过"臣罪当诛兮天王圣明"[16]，所以在这里，也还是以"魏征伤亡作"为稳当。

我在这里也犯了"文人相轻"罪，其罪状曰"吹毛求疵"。但我想"将功折罪"的，是证明了有些名人，连文章也看不懂，点不断，如果选起文章来，说这篇好，那篇坏，实在不免令人有些毛骨悚然，所以认真读书的人，一不可倚仗选本，二不可凭信标点。

七

还有一样最能引读者入于迷途的，是"摘句"。它往往是衣裳上撕下来的一块绣花，经摘取者一吹嘘或附会，说是怎样超然物外，与尘浊无干，读者没有见过全体，便也被他弄得迷离恍惚。最显著的便是上文说过的"悠然见南山"的例子，忘记了陶潜的《述酒》[17]和《读山海经》等诗，捏成他单是一个飘飘然，就是这摘句作怪。新近在《中学生》[18]的十二月号上，看见了朱光潜[19]先生的《说'曲终人不见，江上数峰青'》的文章，推这两句为诗美的极致，我觉得也未免有以割裂为美的小疵。他说的好处是：

> "我爱这两句诗，多少是因为它对于我启示了一种哲学的意蕴。'曲终人不见'所表现的是消逝，'江上数峰青'所表现的是永恒。可爱的乐声和奏乐者虽然消逝了，而青山却巍然如旧，永远可以让我们把心情寄托在它上

面。人到底是怕凄凉的,要求伴侣的。曲终了,人去了,我们一霎时以前所游目骋怀的世界猛然间好像从脚底倒塌去了。这是人生最难堪的一件事,但是一转眼间我们看到江上青峰,好像又找到另一个可亲的伴侣,另一个可托足的世界,而且它永远是在那里的。'山穷水尽疑无路,柳暗花明又一村',此种风味似之。不仅如此,人和曲果真消逝了么;这一曲缠绵悱恻的音乐没有惊动山灵?它没有传出江上青峰的妩媚和严肃?它没有深深地印在这妩媚和严肃里面?反正青山和湘灵的瑟声已发生这么一回的因缘,青山永在,瑟声和鼓瑟的人也就永在了。"

这确已说明了他的所以激赏的原因。但也没有尽。读者是种种不同的,有的爱读《江赋》和《海赋》,有的欣赏《小园》或《枯树》[20]。后者是徘徊于有无生灭之间的文人,对于人生,既惮扰攘,又怕离夫,懒于求生,又不乐死,实有太板,寂绝又太空,疲倦得要休息,而休息又太凄凉,所以又必须有一种抚慰。于是"曲终人不见"之外,如"只在此山中,云深不知处"或"笙歌归院落,灯火下楼台"[21]之类,就往往为人所称道。因为眼前不见,而远处却在,如果不在,便悲哀了,这就是道士之所以说"至心归命礼,玉皇大天尊!"[22]也。

抚慰劳人的圣药,在诗,用朱先生的话来说,是"静穆":

"艺术的最高境界都不在热烈。就诗人之所以为人而论,他所感到的欢喜和愁苦也许比常人所感到的更加热烈。就诗人之所以为诗人而论,热烈的欢喜或热烈的愁苦经过诗表现出来以后,都好比黄酒经过长久年代的储藏,失去它的辣性,只剩一味醇朴。我在别的文章里曾经说过这一段话:'懂得这个道理,我们可以明白古希腊人何以把和平静穆看作诗的极境,把诗神亚波罗摆在蔚蓝的山巅,俯瞰众生扰攘,而眉宇间却常如作甜蜜梦,不露一丝被扰动的神色?'这里所谓'静穆'(Serenity)自然只是一种最高理想,不是在一般诗里所能找得到的。古希腊——尤其是古希腊的造形艺术——常使我们觉到这种'静穆'的风味。'静穆'是一种豁然大悟,得到归依的心情。它好比低眉默想的观音大士,超一切忧喜,同时你也可说它泯化一切忧喜。这种境界在中国诗里不多见。屈原阮籍李白杜甫都不免有些像金刚怒目,愤愤不平的样子。陶潜浑身是'静穆',所以他伟大。"

古希腊人,也许把和平静穆看作诗的极境的罢,这一点我毫无知识。但以现存的希腊诗歌而论,荷马的史诗,是雄大而活泼的,沙孚[23]的恋歌,是明白而热烈的,都不静穆。我想,立"静穆"为诗的极境,而此境不见于诗,也许和立蛋形为人体的最高形式,而此形终不见于人一样。至于亚波罗[24]之在山巅,那可因为他是"神"的缘故,无论古今,凡神像,总是放在较高之处的。这像,我曾见过照相,睁着眼睛,神清气爽,并不像"常如作甜蜜梦"。不过看见实物,是否"使我们觉到这种'静穆'的风味",在我可就很难断定了,但是,倘使真的觉得,我以为也许有些因为他"古"的缘故。

我也是常常徘徊于雅俗之间的人,此刻的话,很近于大煞风景,但有时却自以为颇"雅"的:间或喜欢看看古董。记得十多年前,在北京认识了一个土财主,不知怎么一来,他也忽然"雅"起来了,买了一个鼎,据说是周鼎,真是土花斑驳,古色古香。而不料过不几天,他竟叫铜匠把它的土花和铜绿擦得一干二净,这才摆在客厅里,闪闪的发着铜光。这样的擦得精光的古铜器,我一生中还没有见过第二个。一切"雅士",听到的无不大笑,我在当时,也不禁由吃惊而失笑了,但接着就变成肃然,好像得了一种启示。这启示并非"哲学的意蕴",是觉得这才看见了近于真相的周鼎。鼎在周朝,恰如碗之在现代,我们的碗,无整年不洗之理,所以鼎在当时,一定是干干净净,金光灿烂的,换了术语来说,就是它并不"静穆",倒有些"热烈"。这一种俗气至今未脱,变化了我衡量古美术的眼光,例如希腊雕刻罢,我总以为它现在之见得"只剩一味醇朴"者,原因之一,是在曾埋土中,或久经风雨,失去了锋棱和光泽的缘故,雕造的当时,一定是崭新,雪白,而且发闪的,所以我们现在所见的希腊之美,其实并不准是当时希腊人之所谓美,我们应该悬想它是一件新东西。

凡论文艺,虚悬了一个"极境",是要陷入"绝境"的,在艺术,会迷惘于土花,在文学,则被拘迫而"摘句"。但"摘句"又大足以困人,所以朱先生就只能取钱起[25]的两句,而踢开他的全篇,又用这两句来概括作者的全人,又用这两句来打杀了屈原,阮籍,李白,杜甫等辈,以为"都不免有些像金刚怒目,愤愤不平的样子"。其实是他们四位,都因为垫高朱先生的美学说,做了冤屈的牺牲的。

我们现在先来看一看钱起的全篇罢:

　　"省试湘灵鼓瑟

　　善鼓云和瑟,常闻帝子灵。冯夷空自舞,楚客不堪听。苦调凄金石,清音入杳冥。苍梧来怨慕,白芷动芳馨。流水传湘浦,悲风过洞庭。曲终人不见,江上数峰青。"

　　要证成"醇朴"或"静穆",这全篇实在是不宜称引的,因为中间的四联,颇近于所谓"衰飒"。但没有上文,末两句便显得含胡,不过这含胡,却也许又是称引者之所谓超妙。现在一看题目,便明白"曲终"者结"鼓瑟","人不见"者点"灵"字,"江上数峰青"者做"湘"字,全篇虽不失为唐人的好试帖,但末两句也并不怎么神奇了。况且题上明说是"省试"[26],当然不会有"愤愤不平的样子",假使屈原不和椒兰[27]吵架,却上京求取功名,我想,他大约也不至于在考卷上大发牢骚的,他首先要防落第。

　　我们于是应该再来看看这《湘灵鼓瑟》的作者的另外的诗了。但我手头也没有他的诗集,只有一部《大历诗略》[28],也是迂夫子的选本,不过篇数却不少,其中有一首是:

　　"下第题长安客舍

　　不遂青云望,愁看黄鸟飞。梨花寒食夜,客子未春衣。世事随时变,交情与我违。空余主人柳,相见却依依。"

　　一落第,在客栈的墙壁上题起诗来,他就不免有些愤愤了,可见那一首《湘灵鼓瑟》,实在是因为题目,又因为省试,所以只好如此圆转活脱。他和屈原,阮籍,李白,杜甫四位,有时都不免是怒目金刚,但就全体而论,他长不到丈六[29]。

世间有所谓"就事论事"的办法，现在就诗论诗，或者也可以说是无碍的罢。不过我总以为倘要论文，最好是顾及全篇，并且顾及作者的全人，以及他所处的社会状态，这才较为确凿。要不然，是很容易近乎说梦的。但我也并非反对说梦，我只主张听者心里明白所听的是说梦，这和我劝那些认真的读者不要专凭选本和标点本为法宝来研究文学的意思，大致并无不同。自己放出眼光看过较多的作品，就知道历来的伟大的作者，是没有一个"浑身是'静穆'"的。陶潜正因为并非"浑身是'静穆'，所以他伟大"。现在之所以往往被尊为"静穆"，是因为他被选文家和摘句家所缩小，凌迟了。

八

现在还在流传的古人文集，汉人的已经没有略存原状的了，魏的嵇康，所存的集子里还有别人的赠答和论难[30]，晋的阮籍，集里也有伏义的来信[31]，大约都是很古的残本，由后人重编的。《谢宣城集》[32]虽然只剩了前半部，但有他的同僚一同赋咏的诗。我以为这样的集子最好，因为一面看作者的文章，一面又可以见他和别人的关系，他的作品，比之同咏者，高下如何，他为什么要说那些话……现在采取这样的编法的，据我所知道，则《独秀文存》[33]，也附有和所存的"文"相关的别人的文字。

那些了不得的作家，谨严入骨，惜墨如金，要把一生的作品，只删存一个或者三四个字，刻之泰山顶上，"传之其人"〔34〕,那当然听他自己的便,还有鬼蜮似的"作家",明明有天兵天将保佑,姓名大可公开,他却偏要躲躲闪闪,生怕他的"作品"和自己的原形发生关系,随作随删,删到只剩下一张白纸,到底什么也没有,那当然也听他自己的便。如果多少和社会有些关系的文字,我以为是都应该集印的,其中当然夹杂着许多废料,所谓"榛楛弗剪"〔35〕,然而这才是深山大泽。现在已经不像古代,要手抄,要木刻,只要用铅字一排就够。虽说排印,糟蹋纸墨自然也还是糟蹋纸墨的,不过只要一想连杨邨人之流的东西也还在排印,那就无论什么都可以闭着眼睛发出去了。〔36〕中国人常说"有一利必有一弊",也就是"有一弊必有一利":揭起小无耻之旗,固然要引出无耻群,但使谦让者泼剌起来,却是一利。

收回了谦让的人,在实际上也并不少,但又是所谓"爱惜自己"的居多。"爱惜自己"当然并不是坏事情,至少,他不至于无耻,然而有些人往往误认"装点"和"遮掩"为"爱惜"。集子里面,有兼收"少作"的,然而偏去修改一下,在孩子的脸上,种上一撮白胡须;也有兼收别人之作的,然而又大加拣选,决不取谩骂诬蔑的文章,以为无价值。其实是这些东西,一样的和本文都有价值的,即使那力量还不够引出无耻群,但倘和有价值的本文有关,这就是它在当时的价值。中国的史家是早已明白了这一点的,所以历史里大抵有循吏传,隐逸传,却也有酷吏传和佞幸传,有忠臣传,也有奸臣传。因为不如此,便无从知道全般。

而且一任鬼蜮的技俩随时消灭,也不能洞晓反鬼蜮者的人和文章。山林隐逸之作不必论,倘使这作者是身在人间,带些战斗性的,那么,他在社会上一定有敌对。只是这些敌对决不肯自承,时时撒娇道:"冤乎枉哉,这是他把我当作假想敌了呀!"可是留心一看,他的确在放暗箭,一经指出,这才改为明枪,但又说这是因为被诬为"假想敌"〔37〕的报复。所用的技俩,也是决不肯任其流传的,不但事后要它消灭,就是临时也在躲闪;而编集子的人又不屑收录。于是到得后来,就只剩了一面的文章了,无可对比,当时的抗战之作,就都好像无的放矢,独个人在向着空中发疯。我尝见人评古人的文章,说谁是"锋棱太露",谁又是"剑拔弩张",就因为对面的文章,完全消灭了的缘故,倘在,是也许可以减去评论家几分懵懂的。所以我以为此后该有博采种种所谓无价值的别人的文章,作为附录的集子。以前虽无成例,却是留给后来的宝贝,其功用与铸了魑魅罔两的形状的禹鼎〔38〕相同。

就是近来的有些期刊,那无聊,无耻与下流,也是世界上不可多得的物事,然而这又确是现代中国的或一群人的"文学",现在可以知今,将来可以知古,较大的图书馆,都必须保存的。但记得 C 君曾经告诉我,不但这些,连认真切实的期刊,也保存的很少,大抵只在把外国的杂志,一大本一大本的装起来;还是生着"贵古而贱今,忽近而图远"的老毛病。

<h2 style="text-align:center">九</h2>

仍是上文说过的所谓《珍本丛书》之一的张岱《琅嬛文

集》,那卷三的书牍类里,有《又与毅儒八弟》的信,开首说:

"前见吾弟选《明诗存》,有一字不似钟谭[39]者,必弃置不取;今几社诸君子盛称王李[40],痛骂钟谭,而吾弟选法又与前一变,有一字似钟谭者,必弃置不取。钟谭之诗集,仍此诗集,吾弟手眼,仍此手眼,而乃转若飞蓬,捷如影响,何胸无定识,目无定见,口无定评,乃至斯极耶?盖吾弟喜钟谭时,有钟谭之好处,尽有钟谭之不好处,彼盖玉常带璞,原不该尽视为连城;吾弟恨钟谭时,有钟谭之不好处,仍有钟谭之好处,彼盖瑕不掩瑜,更不可尽弃为瓦砾。吾弟勿以几社君子之言,横据胸中,虚心平气,细细论之,则其妍丑自见,奈何以他人好尚为好尚哉!……"

这是分明的画出随风转舵的选家的面目,也指证了选本的难以凭信的。张岱自己,则以为选文造史,须无自己的意见,他在《与李砚翁》的信里说:"弟《石匮》一书,泚笔四十余载,心如止水秦铜,并不自立意见,故下笔描绘,妍媸自见,敢言刻划,亦就物肖形而已。……"然而心究非镜,也不能虚,所以立"虚心平气"为选诗的极境,"并不自立意见"为作史的极境者,也像立"静穆"为诗的极境一样,在事实上不可得。数年前的文坛上所谓"第三种人"杜衡辈,标榜超然,实为群丑,不久即本相毕露,知耻者皆羞称之,无待这里多说了;就令自觉不怀他意,屹然中立如张岱者,其实也还是偏倚的。他在同一信中,论东林[41]云:

"……夫东林自顾泾阳讲学以来,以此名目,祸我国家者八九十年,以其党升沉,用占世数兴败,其党盛则为终南之捷径,其党败则为元祐之党碑[42]。……盖东林首事者实多君子,窜入者不无小人,拥戴者皆为小人,招徕者亦有君子,此其间线索甚清,门户甚迥。……东林之中,其庸庸碌碌者不必置论,如贪婪强横之王图,奸险凶暴之李三才,闯贼首辅之项煜,上笺劝进之周钟[43],以致窜入东林,乃欲俱奉之以君子,则吾臂可断,决不敢徇情也。东林之尤可丑者,时敏[44]之降闯贼曰:'吾东林时敏也',以冀大用。鲁王监国,蕞尔小朝廷,科道任孔当[45]辈犹曰:'非东林不可进用'。则是东林二字,直与蕞尔鲁国及汝偕亡者。手刃此辈,置之汤镬,出薪真不可不猛也。……"

这真可谓"词严义正"。所举的群小,也都确实的,尤其是时敏,虽在三百年后,也何尝无此等人,真令人惊心动魄。然而他的严责东林,是因为东林党中也有小人,古今来无纯一不杂的君子群,于是凡有党社,必为自谓中立者所不满,就大体而言,是好人多还是坏人多,他就置之不论了。或者还更加一转云:东林虽多君子,然亦有小人,反东林者虽多小人,然亦有正士,于是好像两面都有好有坏,并无不同,但因东林世称君子,故有小人即可丑,反东林者本为小人,故有正士则可嘉,苛求君子,宽纵小人,自以为明察秋毫,而实则反助小人张目。倘说:东林中虽亦有小人,然多数为君子,反东林者虽亦有正士,而大抵是小人。那么,斤量就大不相同了。

谢国桢[46]先生作《明清之际党社运动考》,钩索文籍,用力甚勤,叙魏忠贤[47]两次虐杀东林党人毕,说道:"那时候,亲戚朋友,全远远的躲避,无耻的士大夫,早投降到魏党的旗帜底下了。说一两句公道话,想替诸君子帮忙的,只有几个书呆子,还有几个老百姓。"

这说的是魏忠贤使缇骑捕周顺昌[48],被苏州人民击散的事。诚然,老百姓虽然不读诗书,不明史法,不解在瑜中求瑕,屎里觅道,但能从大概上看,明黑白,辨是非,往往有决非清高通达的士大夫所可几及之处的。刚刚接到本日的《大美晚报》[49],有"北平特约通讯",记学生游行,被警察水龙喷射,棍击刀砍,一部分则被闭于城外,使受冻馁,"此时燕冀中学师大附中及附近居民纷纷组织慰劳队,送水烧饼馒头等食物,学生略解饥肠……"谁说中国的老百姓是庸愚的呢,被愚弄诓骗压迫到现在,还明白如此。张岱又说:"忠臣义士多见于国破家亡之际,如敲石出火,一闪即灭,人主不急起收之,则火种绝矣。"(《越绝诗小序》)他所指的"人主"是明太祖,和现在的情景不相符。

石在,火种是不会绝的。但我要重申九年前的主张:不要再请愿[50]!

十二月十八——十九夜。

*　　　*　　　*

〔1〕　本篇第六、七两节最初发表于1936年1月上海《海燕》月刊第一期,八、九两节最初发表于同年2月《海燕》第二期。

〔2〕　施蛰存对《集外集》的批评,见他在《文饭小品》第五期(1935

年 6 月）发表的《杂文的文艺价值》一文，其中说："他（鲁迅）是不主张'悔其少作'的，连《集外集》这种零碎文章都肯印出来卖七角大洋；而我是希望作家们在编辑自己的作品集的时候，能稍稍定一下去取。因为在现今出版物蜂涌的情形之下，每个作家多少总有一些随意应酬的文字，倘能在编集子的时候，严格地删定一下，多少也是对于自己作品的一种郑重态度。"

〔3〕　梁实秋（1902—1987）　浙江杭县（今余杭）人，作家、翻译家。新月社的主要成员之一。1930 年前后他任青岛大学教授兼图书馆主任时，曾取缔馆藏马克思主义书籍，包括鲁迅所译《文艺政策》在内。

〔4〕　蔡邕（132—192）　字伯喈，陈留圉（今河南杞县）人，东汉文学家。汉献帝时任左中郎将。后王允诛董卓，他受牵连下狱，死于狱中。他的著作流传至今的有后人所辑的《蔡中郎文集》十卷。在萧统《文选》中选有他的《郭有道碑文》。《述行赋》系有愤于当时宦官擅权而作。这里所引的四句，"工巧"原作"变巧"，"委"原作"消"（《蔡中郎文集》、《续古文苑》所载并同），四部丛刊本《蔡中郎文集》作"清"。《续古文苑》，二十卷，清代孙星衍编。

〔5〕　"愿在丝而为履"四句，见陶潜所作《闲情赋》。他在该文的序中说："始则荡以思虑，而终归闲正，将以抑流宕之邪心。"这里说"止于礼义"，即指此。"止于礼义"，语出《诗经·关雎》序："发乎情，止乎礼义。发乎情，民之性也；止乎礼义，先王之泽也。"

〔6〕　"精卫衔微木"四句，见陶潜所作《读山海经》之十。精卫事见《山海经·北山经》："发鸠之山……有鸟焉……名曰精卫，其名自詨，是炎帝之少女……游于东海，溺而不返，故为精卫；常衔西山之木石，以堙于东海。"形天事见《山海经·海外西经》："形天与帝争神，帝断其首，葬之常羊之山。乃以乳为目，以脐为口，操干戚以舞。"

〔7〕　"金刚怒目"　见《太平广记》卷一七四引《谈薮》："隋吏部侍

郎薛道衡尝游钟山开善寺,谓小僧曰:'金刚何为怒目,菩萨何为低眉?'小僧答曰:'金刚怒目,所以降伏四魔;菩萨低眉,所以慈悲六道。'"

〔8〕 《青光》 上海《时事新报》的副刊。林语堂的话原见刊于《宇宙风》第六期(1935 年 12 月)他所作的《烟屑》,原文为:"吾好读极上流书或极下流书,中流书读极少。上流如佛老孔孟庄生,下流如小调童谣民歌盲词,泼妇骂街,船婆毒咒等。世界作品百分之九十五居中流,居中流者偷下袭上,但皆偷的不好。"

〔9〕 《论语》 文艺性半月刊,林语堂等编,1932 年 9 月在上海创刊,以登载幽默文字为主,1937 年 8 月出至第一一七期停刊。《人间世》,小品文半月刊,林语堂主编,1934 年 4 月在上海创刊,1935 年 12 月出至第四十二期停刊。《宇宙风》,小品文半月刊,林语堂、陶亢德编辑,1935 年 9 月在上海创刊,1947 年 8 月出至第一五二期停刊。

〔10〕 "意德沃罗基" 德语 ldeologie 的音译,即"意识形态"。

〔11〕 张岱(1597—1679) 字宗子、石公,号陶庵,浙江山阴(今绍兴)人,明末清初文学家。久居杭州,明亡后避居剡溪山。著有《石匮书》、《琅嬛文集》、《陶庵梦忆》等。《琅嬛文集》是他的诗文杂集,六卷,这里所指的"特印本"是《中国文学珍本丛书》之一,由刘大杰校点,后面有乙亥(1935)十月卢前的跋文,其中说:"世方好公安竟陵之文,得宗子翻跞其间,化峭僻之途为康庄,知文章升降,故有其自也。"卢前,字冀野(1905—1951),江苏南京人,戏曲研究家,曾任光华大学、中央大学等校教授。

〔12〕 《景清刺》 是一首关于景清谋刺永乐帝(朱棣)的乐府诗。参看本卷第 181 页注〔19〕。

〔13〕 "本色" 林语堂在《文饭小品》第六期(1935 年 7 月)发表的《说本色之美》一文中说:"吾深信此本色之美。盖做作之美,最高不过工品,妙品,而本色之美,佳者便是神品,化品,与天地争衡,绝无斧凿

痕迹。"

〔14〕 《琴操》 古琴曲，又指与古琴曲相配合的乐歌。张岱《琅嬛文集》中有《琴操》十章，《脊令操》是其中之一。脊令，一作鹡鸰，一种鸣禽类的小鸟。《诗经·小雅·常棣》："脊令在原，兄弟急难。"后常喻作兄弟友爱。

〔15〕 关于唐太宗射杀建成元吉的事，据《新唐书·太宗皇帝本纪》载："太子建成惧废，与齐王元吉谋害太宗（按即李世民，时封秦王），未发。（武德）九年（626）六月，太宗以兵入玄武门，杀太子建成及齐王元吉。"同书《隐太子建成传》载："秦王射建成即死，元吉中矢走，（尉迟）敬德追杀之。"又同书《魏征传》载："魏征（580—643），字玄成，魏州曲城（今河北巨鹿）人……隐太子（建成）引为洗马。征见秦王功高，阴劝太子早为计。太子败，王责谓曰：'尔阋吾兄弟，奈何？'答曰：'太子早从征言，不死今日之祸。……'（贞观）十七年，疾甚。……帝亲问疾，屏左右，语终日乃还。……是夕，帝梦征若平生，及旦，薨。帝临哭，为之恸，罢朝五日。"

〔16〕 韩愈（768—824） 字退之，河阳（今河南孟县）人。唐代文学家。德宗贞元进士，历官至吏部侍郎兼京兆尹。自言郡望昌黎，世称韩昌黎。著有《韩昌黎集》。"臣罪当诛兮天王圣明"是他模拟周文王（西伯）的口气写的诗《拘幽操——文王羑里作》中的句子。

〔17〕 《述酒》 陶潜的这首诗，据南宋汤汉《陶靖节诗注》卷三的注语，认为是为当时最重大的政治事变——晋宋易代而作："晋元熙二年（420）六月，刘裕废恭帝（司马德文）为零陵王，明年，以毒酒一罂授张伟使鸩王，伟自饮而卒；继又令兵人逾垣进药，王不肯饮，遂掩杀之。此诗所为作，故以《述酒》名篇也。"

〔18〕 《中学生》 以中学生为对象的综合性月刊。夏丏尊、叶圣陶等编辑，1930 年在上海创刊，开明书店出版。

〔19〕　朱光潜(1897—1986)　安徽桐城人,文艺理论家。北京大学教授。这里所说的文章发表于《中学生》杂志第六十号(1935 年 12 月)。

〔20〕　《江赋》　晋代郭璞作;《海赋》,晋代木华作。《小园》和《枯树》,二赋是北周庾信作。

〔21〕　"只在此山中"二句,见唐代诗人贾岛《寻隐者不遇》一诗。"笙歌归院落"二句,见唐代诗人白居易《宴散》一诗。

〔22〕　"至心归命礼"二句,是道教经典中常见的话,意思是诚心皈依道教,礼拜玉皇大帝。

〔23〕　沙孚(Sappho,约前 612—约前 580)　通译萨福,古希腊女诗人。她流传至今的作品只有两三篇完整的短诗和一些断片,内容主要是歌颂爱情和友谊。

〔24〕　亚波罗　希腊神话中光明、艺术、音乐、诗歌与健康之神。

〔25〕　钱起(722—约 780)　字仲文,吴兴(今属浙江)人。唐天宝间进士,曾任考功郎中。唐代诗人中"大历十才子"之一。著有《钱考功集》。大历,唐代宗李豫年号(766—779)。鲁迅曾于 1935 年 12 月 5 日书录钱起《湘灵鼓瑟》赠冯宾符(仲足)。

〔26〕　"省试"　唐代各州县贡士到京城参加考试,由尚书省的礼部主试,故称省试或礼部试。

〔27〕　椒兰　指楚大夫子椒和楚怀王少子子兰。屈原在《离骚》中说:"余既以兰为可恃兮,羌无实而容长。……椒专佞以慢慆兮,樧又欲充夫佩帏。"据后汉王逸注:"兰,怀王少弟(按应为少子)司马子兰也,……内无诚信之实,但有长大之貌,浮华而已。……椒,楚大夫子椒也,……行淫慢佞谀之志,又欲援引面从不贤之类使居亲近。"

〔28〕　《大历诗略》　清代乔亿评选的唐诗选集,共六卷。

〔29〕　丈六　佛家语,指佛的身量。晋代袁宏《后汉纪·明帝纪》

载:"佛身长一丈六尺。"

〔30〕 嵇康的著作今存《嵇中散集》十卷,有鲁迅校本。集中附录嵇喜、郭遐周等人的赠答诗共十四首,向子期、张辽叔等人的论难文共四篇。

〔31〕 阮籍的著作今存《阮籍集》十卷。集中有《答伏义书》,并录有伏义的《与阮嗣宗书》。伏义,字公表,生平不详。

〔32〕 《谢宣城集》 南朝齐诗人谢朓的诗文集,今存五卷,书后有宋代娄炤跋:"小谢自有全集十卷,但世所罕传……考其上五卷,赋与乐章以外,诗乃百有二首,而唱和联句,他人所□见者不与焉……其下五卷则皆当时应用之文;衰世之事,其可采者已载于本传、《文选》,余视诗劣焉,无传可也。"谢朓(464—499),字玄晖,陈郡阳夏(今河南太康)人,曾官宣城太守。

〔33〕 《独秀文存》 陈独秀的文集,1922 年 11 月上海亚东图书馆出版。内分论文、随感录、通信三类;其中附录别人的论文、通信十四篇。

〔34〕 "传之其人" 语出司马迁《报任少卿书》:"藏之名山,传之其人。"

〔35〕 "榛楛弗剪" 语出晋代陆机《文赋》:"彼榛楛之勿剪,亦蒙荣于集翠。"榛楛,丛生的荆棘。

〔36〕 杨邨人曾在《现代》月刊第二卷第四期(1933 年 2 月)发表《揭起小资产阶级革命文学之旗》一文,声称:"无产阶级已经树起无产阶级文学之旗,而且已经有了巩固的营垒,我们为了这广大的小市民和农民群众的启发工作,我们也揭起小资产阶级革命文学之旗,号召同志,整齐阵伍,也来扎住我们的阵营。"

〔37〕 "假想敌" 杜衡在《星火》第二卷第二期(1935 年 11 月)发表的《文坛的骂风》一文中说:"杂文是战斗的。……但有时没有战斗的

对象,而这‘战斗的’杂文依然为人所需要,于是乎不得不去找‘假想敌’。……至于写这些文章的动机,……三分是为了除了杂文无文可写,除了骂人无杂文可写,除了胡乱找‘假想敌’无人可骂之故。"

〔38〕 禹鼎 相传夏禹铸九鼎,象征九州。《左传》宣公三年载周大夫王孙满的话:"昔夏之方有德也,远方图物,贡金九牧,铸鼎象物,百物而为之备,使民知神奸。故民入川泽山林,不逢不若;螭魅罔两莫能逢之。"据晋代杜预注:"螭(同魑),山神,兽形;魅,怪物;罔两,水神。"

〔39〕 钟谭 指明代文学家钟惺(1574—1624)和谭元春(1586—1637)。二人都是湖广竟陵(今湖北天门)人。他们在文学上主张抒写性灵、反对拟古,与袁中郎等的公安派基本相同;但为矫公安派的"浮浅",提倡幽深孤峭的风格,以致流于冷涩,被称为竟陵派。

〔40〕 几社 明末陈子龙、夏允彝等在江苏松江组织的文学社团。明亡后社中主要成员多参加抗清。王李,指明代文学家王世贞(1526—1590)和李攀龙(1514—1570)。他们是提倡拟古的"后七子"的代表人物。

〔41〕 东林 指明末的东林党。主要人物有顾宪成、高攀龙等,他们聚集在无锡东林书院讲学,议论时政,批评人物,对舆论影响很大。一部分比较正直的官吏也和他们互通声气,形成了以上层知识分子为主的政治集团。明天启五年(1625)他们遭到宦官魏忠贤的残酷迫害和镇压,被杀害的达数百人。

〔42〕 元祐党碑 宋徽宗时,蔡京当权,奏请把宋哲宗(年号元祐)朝反对王安石新法的司马光、苏轼等三〇九人镌名立碑于太学端礼门前,指为奸党,称为党人碑,或元祐党碑。党人子孙却引以为荣,当党人碑被毁之后,还重新摹刻。

〔43〕 王图(1557—1627) 陕西耀州人,明万历时任吏部侍郎,后官至礼部尚书。李三才(?—1623),陕西临潼人,明万历时任凤阳巡

抚,官至户部尚书。项煜(? —1645),吴县(今属江苏)人,明崇祯时官至詹事,李自成克北京,项归降。周钟,南直(今属江苏)金坛人,明崇祯癸未庶吉士,李自成克北京,周归降。

〔44〕 时敏 常熟(今属江苏)人。明崇祯时官兵科给事中、江西督漕。李自成克北京,时归降。

〔45〕 科道 明清官制,都察院所属礼、户、吏、兵、刑、工六科给事中,及十五道监察御史,统称为科道。任孔当在南明鲁王小朝廷任浙江道监察御史。

〔46〕 谢国桢(1900—1982) 号刚主,河南安阳人,史学家。曾在北京图书馆、南京中央大学任职。著有《晚明史籍考》、《明清之际党社运动考》等。《明清之际党社运动考》,1934 年 8 月商务印书馆出版。

〔47〕 魏忠贤(1568—1627) 河间肃宁(今属河北)人,明代天启年间的秉笔太监。曾利用特务机关东厂滥杀较为正直有气节的人。当时一些趋炎附势之徒对他竞相谄媚。据《明史·魏忠贤传》载:"群小益求媚","相率归忠贤称义儿","监生陆万龄至请以忠贤配孔子"。

〔48〕 周顺昌(1584—1626) 字景文,吴县(今属江苏)人。天启中任吏部文选司员外郎,后被魏忠贤陷害,死于狱中。《明史·周顺昌传》载:"顺昌为人刚方贞介,疾恶如仇……及闻逮者至,众咸愤怒,号冤者塞道。至开读日,不期而集者数万人,咸执香为周吏部乞命……蜂拥大呼,势如山崩。旂尉东西窜,众纵横殴击,毙一人,余负重伤,逾垣走……顺昌乃自诣吏,又三日,北行。"

〔49〕《大美晚报》 1929 年 4 月美国人撒克里(T.O. Thackrey)在上海创办的英文报纸,1933 年 1 月另出汉文版。1949 年 5 月上海解放后停刊。这里所说的学生游行,是指"一二·九"学生运动。

〔50〕 关于不要再请愿的主张,参看《华盖集续编·"死地"》。

论 新 文 字 [1]

汉字拉丁化[2]的方法一出世,方块字系的简笔字和注音字母[3],都赛下去了,还在竞争的只有罗马字拼音[4]。这拼法的保守者用来打击拉丁化字的最大的理由,是说它方法太简单,有许多字很不容易分别。

这确是一个缺点。凡文字,倘若容易学,容易写,常常是未必精密的。烦难的文字,固然不见得一定就精密,但要精密,却总不免比较的烦难。罗马字拼音能显四声,拉丁化字不能显,所以没有"东""董"之分,然而方块字能显"东""蝀"之分,罗马字拼音却也不能显。单拿能否细别一两个字来定新文字的优劣,是并不确当的。况且文字一用于组成文章,那意义就会明显。虽是方块字,倘若单取一两个字,也往往难以确切的定出它的意义来。例如"日者"这两个字,如果只是这两个字,我们可以作"太阳这东西"解,可以作"近几天"解,也可以作"占卜吉凶的人"解[5];又如"果然",大抵是"竟是"的意思,然而又是一种动物的名目,也可以作隆起的形容[6];就是一个"一"字,在孤立的时候,也不能决定它是数字"一二三"之"一"呢,还是动词"四海一"[7]之"一"。不过组织在句子里,这疑难就消失了。所以取拉丁化的一两个字,说它含胡,并不是正当的指摘。

　　主张罗马字拼音和拉丁化者两派的争执，其实并不在精密和粗疏，却在那由来，也就是目的。罗马字拼音者是以古来的方块字为主，翻成罗马字，使大家都来照这规矩写，拉丁化者却以现在的方言为主，翻成拉丁字，这就是规矩。假使翻一部《诗韵》[8]来作比赛，后者是赛不过的，然而要写出活人的口语来，倒轻而易举。这一点，就可以补它的不精密的缺点而有余了，何况后来还可以凭着实验，逐渐补正呢。

　　易举和难行是改革者的两大派。同是不满于现状，但打破现状的手段却大不同：一是革新，一是复古。同是革新，那手段也大不同：一是难行，一是易举。这两者有斗争。难行者的好幌子，一定是完全和精密，借此来阻碍易举者的进行，然而它本身，却因为是虚悬的计划，结果总并无成就：就是不行。

　　这不行，可又正是难行的改革者的慰藉，因为它虽无改革之实，却有改革之名。有些改革者，是极爱谈改革的，但真的改革到了身边，却使他恐惧。惟有大谈难行的改革，这才可以阻止易举的改革的到来，就是竭力维持着现状，一面大谈其改革，算是在做他那完全的改革的事业。这和主张在床上学会了浮水，然后再去游泳的方法，其实是一样的。

　　拉丁化却没有这空谈的弊病，说得出，就写得来，它和民众是有联系的，不是研究室或书斋里的清玩，是街头巷尾的东西；它和旧文字的关系轻，但和人民的联系密，倘要大家能够发表自己的意见，收获切要的知识，除它以外，确没有更简易的文字了。

　　而且由只识拉丁化字的人们写起创作来，才是中国文学

的新生,才是现代中国的新文学,因为他们是没有中一点什么
《庄子》和《文选》之类的毒的。

十二月二十三日。

*　　　*　　　*

〔1〕　本篇最初发表于 1936 年 1 月 11 日《时事新报·每周文学》,
署名旅隼。

〔2〕　汉字拉丁化　1931 年,在海参崴举行的中国新文字第一次
代表大会上,由吴玉章等拟定了“拉丁化新文字”方案,其特点是用拉丁
字母拼写汉语,不标记声调。1933 年起国内各地相继成立团体,进行推
广。1935 年 12 月曾由上海中文拉丁化研究会发起《我们对于推行新文
字的意见》签名运动,至次年 5 月,有蔡元培、柳亚子、鲁迅、郭沫若、茅
盾等文教界人士六百六十八人签名。

〔3〕　注音字母　1913 年 2 月北洋政府教育部召开读音统一会,
会上通过由会员钱玄同、许寿裳、鲁迅等提出的汉字注音方案,共字母
三十九个,称为注音字母,1918 年公布。1930 年国民党政府教育部将
它改名为“注音符号”,重新公布。

〔4〕　罗马字拼音　参看本卷第 81 页注〔3〕。

〔5〕　“日者”　《史记》有《日者列传》,记汉初卜者司马季主事。

〔6〕　“果然”是一种动物的名目,见洪迈《夷坚续志》:果然“似猿
而大”。“果然”作隆起的形容,见《庄子·逍遥游》:“腹犹果然。”

〔7〕　“四海一”　唐代杜牧《阿房宫赋》:“六王毕,四海一。”“一”
作“统一”解。

〔8〕　《诗韵》　指供写诗用的一种韵书,按字音的五声(阴平、阳
平、上、去、入)分类排列。

《死魂灵百图》小引^{〔1〕}

　　果戈理开手作《死魂灵》第一部的时候,是一八三五年的下半年,离现在足有一百年了。幸而,还是不幸呢,其中的许多人物,到现在还很有生气,使我们不同国度,不同时代的读者,也觉得仿佛写着自己的周围,不得不叹服他伟大的写实的本领。不过那时的风尚,却究竟有了变迁,例如男子的衣服,和现在虽然小异大同,而闺秀们的高髻圆裙,则已经少见;那时的时髦的车子,并非流线形的摩托卡^{〔2〕},却是三匹马拉的篷车,照着跳舞夜会的所谓眩眼的光辉,也不是电灯,只不过许多插在多臂烛台上的蜡烛:凡这些,倘使没有图画,是很难想像清楚的。

　　关于《死魂灵》的有名的图画,据里斯珂夫说,一共有三种,而最正确和完备的是阿庚的百图^{〔3〕}。这图画先有七十二幅,未详何年出版,但总在一八四七年之前,去现在也快要九十年;后来即成为难得之品,新近苏联出版的《文学辞典》里,曾采它为插画,可见已经是有了定评的文献了。虽在它的本国,恐怕也只能在图书馆中相遇,更何况在我们中国。今年秋末,孟十还^{〔4〕}君忽然在上海的旧书店里看到了这画集,便像孩子望见了糖果似的,立刻奔走呼号,总算弄到手里了,是一八九三年印的第四版,不但百图完备,还增加了收藏家蔼甫列摩夫所藏的三幅,并那时的广告画和第一版封纸上的小图各一幅,共计一百零五图。

这大约是十月革命之际,俄国人带了逃出国外来的;他该是一个爱好文艺的人,抱守了十六年,终于只好拿它来换衣食之资;在中国,也许未必有第二本。藏了起来,对己对人,说不定都是一种罪业,所以现在就设法来翻印这一本书,除绍介外国的艺术之外,第一,是在献给中国的研究文学,或爱好文学者,可以和小说相辅,所谓"左图右史",更明白十九世纪上半的俄国中流社会的情形,第二,则想献给插画家,借此看看别国的写实的典型,知道和中国向来的"出相"或"绣像"[5]有怎样的不同,或者能有可以取法之处;同时也以慰售出这本画集的人,将他的原本化为千万,广布于世,实足偿其损失而有余,一面也庶几不枉孟十还君的一番奔走呼号之苦。对于木刻家,却恐怕并无大益,因为这虽说是木刻,但画者一人,刻者又别一人,和现在的自画自刻,刻即是画的创作木刻,是已经大有差别的了。

世间也真有意外的运气。当中文译本的《死魂灵》开始发表时,曹靖华[6]君就寄给我一卷图画,也还是十月革命后不多久,在彼得堡得到的。这正是里斯珂夫所说的梭可罗夫[7]画的十二幅。纸张虽然颇为破碎,但图像并无大损,怕它由我而亡,现在就附印在阿庚的百图之后,于是俄国艺术家所作的最写实,而且可以互相补助的两种《死魂灵》的插画,就全收在我们的这一本集子里了。

移译序文和每图的题句的,也是孟十还君的劳作;题句大概依照译本,但有数处不同,现在也不改从一律;最末一图的题句,不见于第一部中,疑是第二部记乞乞科夫免罪以后的事,这是那时俄国文艺家的习尚:总喜欢带点教训的。至于校印装制,则是吴朗西[8]君和另外几位朋友们所经营。这都应该在这里声明谢意。

　　一九三五年十二月二十四日,鲁迅。

　　＊　　　　＊　　　　＊

　　〔1〕　本篇最初印入《死魂灵百图》。此书由鲁迅出资,于1936年7月以三闲书屋名义翻印出版。

　　〔2〕　摩托卡　英语Motor-car的音译,即汽车。

　　〔3〕　里斯珂夫(Н.С.Лысков)　俄国评论家。《死魂灵百图》中有《原序》一篇(孟十还译),内引他作的《关于〈死魂灵〉的插画》一文(原载1893年俄国《涅瓦》周刊第八期),其中说:"作《死魂灵》插画的有三个俄国艺术家:阿庚、蟠克莱夫斯基和梭可罗夫。"阿庚(1817—1875),俄国画家。这些插画的雕版者是培尔那尔特斯基,阿庚的同时代人。

　　〔4〕　孟十还　原名孟斯根,辽宁人,曾留学苏联,翻译家。

　　〔5〕　"出相"或"绣像"　都是指过去印入通俗小说的书中人物的白描画像。参看《且介亭杂文·连环图画琐谈》。

　　〔6〕　曹靖华(1897—1987)　河南卢氏人,未名社成员,翻译家。曾在苏联留学和在列宁格勒大学任教,归国后在北平大学女子文理学院、东北大学等校任教。译有长篇小说《铁流》等。

　　〔7〕　梭可罗夫(П.П.Соколов,1821—1899)　俄国画家。

　　〔8〕　吴朗西(1904—1992)　重庆开县人,翻译家、出版家。当时任上海文化生活出版社经理。

后　记

　　这一本的编辑的体例,是和前一本相同的,也是按照着写作的时候。凡在刊物上发表之作,上半年也都经过官厅的检查,大约总不免有些删削,不过我懒于一一校对,加上黑点为记了。只要看过前一本,就可以明白犯官忌的是那些话。

　　被全篇禁止的有两篇:一篇是《什么是讽刺》,为文学社的《文学百题》[1]而作,印出来时,变了一个"缺"字;一篇是《从帮忙到扯淡》,为《文学论坛》而作,至今无踪无影,连"缺"字也没有了。

　　为了写作者和检查者的关系,使我间接的知道了检查官,有时颇为佩服。他们的嗅觉是很灵敏的。我那一篇《从帮忙到扯淡》,原在指那些唱导什么儿童年,妇女年[2],读经救国,敬老正俗,中国本位文化,第三种人文艺等等的一大批政客豪商,文人学士,从已经不会帮忙,只能扯淡这方面看起来,确也应该禁止的,因为实在看得太明,说得太透。别人大约也和我一样的佩服,所以早有文学家做了检查官的风传,致使苏汶先生在一九三四年十二月七日的《大晚报》上发表了这样的公开信:

　　"《火炬》编辑先生大鉴:

　　　顷读本月四日贵刊'文学评论'专号,载署名闻问君的《文学杂谈》一文,中有——

　　'据道路传闻苏汶先生有以七十元一月之薪金弹冠入××(照录原文)会消息,可知文艺虽不受时空限制,却颇受"大洋"限制了。'

等语,闻之不胜愤慨。汶于近数年来,绝未加入任何会工作,并除以编辑《现代杂志》及卖稿糊口外,亦未受任何组织之分文薪金。所谓入××会云云,虽经×报谣传,均以一笑置之,不料素以态度公允见称之贵刊,亦复信此谰言,披诸报端,则殊有令人不能已于言者。汶为爱护贵刊起见,用特申函奉达,尚祈将原书赐登最近贵刊,以明真相是幸。专此敬颂

编安。

　　　苏汶(杜衡)谨上。十二月五日。"

一来就说作者得了不正当的钱是近来文坛上的老例,我被人传说拿着卢布就有四五年之久,直到九一八以后,这才将卢布说取消,换上了"亲日"的更加新鲜的罪状。我是一向不"为爱护贵刊起见"的,所以从不寄一封辨正信。不料越来越滥,竟谣到苏汶先生头上去了,可见谣言多的地方,也是"有一利必有一弊"。但由我的经验说起来,检查官之"爱护""第三种人",却似乎是真的,我去年所写的文章,有两篇冒犯了他们,一篇被删掉(《病后杂谈之余》),一篇被禁止(《脸谱臆测》)了。也许还有类于这些的事,所以令人猜为"入××(照录原文)会"〔3〕了罢。这真应该"不胜愤慨",没有受惯奚落的作家,是无怪其然的。

　　然而在对于真的造谣，毫不为怪的社会里，对于真的收贿，也就毫不为怪。如果收贿会受制裁的社会，也就要制裁妄造收贿的谣言的人们。所以用造谣来伤害作家的期刊，它只能作报销，在实际上很少功效。

　　其中的四篇，原是用日本文写的，现在自己译出，并且对于中国的读者，还有应该说明的地方——

　　一，《活中国的姿态》的序文里，我在对于"支那通"加以讥刺，且说明日本人的喜欢结论，语意之间好像笑着他们的粗疏。然而这脾气是也有长处的，他们的急于寻求结论，是因为急于实行的缘故，我们不应该笑一笑就完。

　　二，《在现代中国的孔夫子》是在六月号的《改造》杂志上发表的，这时我们的"圣裔"，正在东京拜他们的祖宗，兴高采烈。曾由亦光君译出，载于《杂文》[4]杂志第二号(七月)，现在略加改定，转录在这里。

　　三，在《中国小说史略》日译本的序文里，我声明了我的高兴，但还有一种原因却未曾说出，是经十年之久，我竟报复了我个人的私仇。当一九二六年时，陈源即西滢教授，曾在北京公开对于我的人身攻击，说我的这一部著作，是窃取盐谷温教授的《支那文学概论讲话》里面的"小说"一部分的；《闲话》里的所谓"整大本的剽窃"，指的也是我[5]。现在盐谷教授的书早有中译，我的也有了日译，两国的读者，有目共见，有谁指出我的"剽窃"来呢？呜呼，"男盗女娼"，是人间大可耻事，我负了十年"剽窃"的恶名，现在总算可以卸下，并且将"谎狗"的旗子,回敬自称"正人君子"的陈源教授,倘他无法洗刷,就只好插着生活,一直带进坟墓里去了。

四,《关于陀思妥夫斯基的事》是应三笠书房之托而作的,是写给读者看的绍介文,但我在这里,说明着被压迫者对于压迫者,不是奴隶,就是敌人,决不能成为朋友,所以彼此的道德,并不相同。

临木我还要记念镰田诚一君,他是内山书店的店员,很爱绘画,我的三回德俄木刻展览会,都是他独自布置的;一二八的时候,则由他送我和我的家属,以及别的一批妇孺逃入英租界。三三年七月,以病在故乡去世[6],立在他的墓前的是我手写的碑铭。虽在现在,一想到那时只是当作有趣的记载着我的被打被杀的新闻,以及为了八十块钱,令我往返数次,终于不给的书店,我对于他,还是十分感愧的。

近两年来,又时有前进的青年,好意的可惜我现在不大写文章,并声明他们的失望。我的只能令青年失望,是无可置辩的,但也有一点误解。今天我自己查勘了一下:我从在《新青年》上写《随感录》起,到写这集子里的最末一篇止,共历十八年,单是杂感,约有八十万字。后九年中的所写,比前九年多两倍;而这后九年中,近三年所写的字数,等于前六年,那么,所谓"现在不大写文章",其实也并非确切的核算。而且这些前进的青年,似乎谁都没有注意到现在的对于言论的迫压,也很是令人觉得诧异的。我以为要论作家的作品,必须兼想到周围的情形。

　　自然,这情形是极不容易明了的,因为倘一公开,作家要怕受难,书店就要防封门,然而如果自己和出版界有些相关,便可以感觉到这里面的一部份消息。现在我们先来回忆一下已往的公开的事情。也许还有读者记得,中华民国二十三年(一九三四年)三月十四日的《大美晚报》上,曾经登有一则这样的新闻——

中央党部禁止新文艺作品

　　沪市党部于上月十九日奉中央党部电令、派员挨户至各新书店、查禁书籍至百四十九种之多、牵涉书店二十五家、其中有曾经市党部审查准予发行、或内政部登记取得著作权、且有各作者之前期作品、如丁玲之《在黑暗中》等甚多、致引起上海出版业之恐慌、由新书业组织之中国著作人出版人联合会集议、于二月二十五日推举代表向市党部请愿结果、蒙市党部俯允转呈中央、将各书重行审查、从轻发落、同日接中央复电、允予照准、惟各书店于复审期内、须将被禁各书、一律自动封存、不再发卖、兹将各书店被禁书目、分录如次、

店名	书名	译著者
神州	政治经济学批判	郭沫若
	文艺批评集	钱杏邨
	浮士德与城	柔　石
现代	中国古代社会研究	郭沫若
	石炭王	郭沫若

	萌芽	巴　金
光华	幼年时代	郭沫若
	文艺论集	郭沫若
	文艺论续集	郭沫若
	煤油	郭沫若
	高尔基文集	鲁　迅
	离婚	潘汉年
	小天使	蓬　子
	我的童年	蓬　子
	结婚集	蓬　子
	妇人之梦	蓬　子
	病与梦	楼建南
	路	茅　盾
	自杀日记	丁　玲
	我们的一团与他	冯雪峰
	三个不统一的人物	胡也频
	现代中国作家选集	蒋光慈
	新文艺辞典	顾凤城
	郭沫若论	顾凤城
	新兴文学概论	顾凤城
	没落的灵魂	顾凤城
	文艺创作辞典	顾凤城
	现代名人书信	高语罕
	文章及其作法	高语罕

	独清文艺论集	王独清
	锻炼	王独清
	暗云	王独清
	我在欧洲的生活	王独清
湖风	美术考古学发现史	郭沫若
	青年自修文学读本	钱杏邨
	暴风雨中的七个女性	田　汉
	饥饿的光芒	蓬　子
	恶党	楼建南
	万宝山	李辉英
	隐秘的爱	森　堡
	寒梅	华　汉
	地泉	华　汉
	赌徒	洪灵菲
	地下室手记	洪灵菲
南强	屠场	郭沫若
	新文艺描写辞典（正续编）	钱杏邨
	怎样研究新兴文学	钱杏邨
	新兴文学论	沈端先
	铁流	杨　骚
	十月	杨　骚
大江	现代新兴文学的诸问题	鲁　迅
	毁灭	鲁　迅
	艺术论	鲁　迅

	文学及艺术之技术的革命	陈望道
	艺术简论	陈望道
	社会意识学大纲	陈望道
	宿莽	茅　盾
	野蔷薇	茅　盾
	韦护	丁　玲
	现代欧洲的艺术	冯雪峰
	艺术社会学底任务及问题	冯雪峰
水沫	文艺与批评	鲁　迅
	文艺政策	鲁　迅
	银铃	蓬　子
	文学评论	冯雪峰
	流冰	冯雪峰
	艺术之社会的基础	冯雪峰
	艺术与社会生活	冯雪峰
	往何处去	胡也频
	伟大的恋爱	周起应
天马	鲁迅自选集	鲁　迅
	苏联短篇小说集	楼建南
	茅盾自选集	茅　盾
北新	而已集	鲁　迅
	三闲集	鲁　迅
	伪自由书	鲁　迅
	文学概论	潘梓年

	处女的心	蓬　子
	旧时代之死	柔　石
	新俄的戏剧与跳舞	冯雪峰
	一周间	蒋光慈
	冲出云围的月亮	蒋光慈
合众	二心集	鲁　迅
	劳动的音乐	钱杏邨
亚东	义冢[7]	蒋光慈
	少年飘泊者	蒋光慈
	鸭绿江上	蒋光慈
	纪念碑	蒋光慈
	百花亭畔	高语罕
	白话书信	高语罕
	两个女性	华　汉
	转变	洪灵菲
文艺	安特列夫评传	钱杏邨
光明	青年创作辞典	钱杏邨
	暗云[8]	王独清
泰东	现代中国文学作家	钱杏邨
	枳花集	冯雪峰
	俄国文学概论	蒋光慈
	前线	洪灵菲
中华	咖啡店之一夜	田　汉
	日本现代剧选	田　汉

	一个女人	丁　玲
	一幕悲剧的写实	胡也频
开明	苏俄文学理论	陈望道
	春蚕	茅　盾
	虹	茅　盾
	蚀	茅　盾
	三人行	茅　盾
	子夜	茅　盾
	在黑暗中	丁　玲
	鬼与人心	胡也频
民智	美术概论	陈望道
乐华	世界文学史	余慕陶
	中外文学家辞典	顾凤城
	独清自选集	王独清
文艺	社会科学问答	顾凤城
儿童	穷儿苦狗记	楼建南
良友	苏联童话集	楼建南
商务	希望	柔　石
	一个人的诞生	丁　玲
	圣徒	胡也频
新中国	水	丁　玲
华通	别人的幸福	胡也频
乐华	黎明之前	龚冰庐
中学生	中学生文艺辞典	顾凤城

出版界不过是借书籍以贸利的人们，只问销路，不管内容，存心“反动”的是很少的，所以这请愿颇有了好结果，为“体恤商艰”起见，竟解禁了三十七种，应加删改，才准发行的是二十二种，其余的还是“禁止”和“暂缓发售”。这中央的批答和改定的书目，见于《出版消息》[9]第三十三期（四月一日出版）——

中国国民党上海特别市执行委员会批答执字第一五九二号

　　（呈为奉令禁毁大宗刊物附奉说明书恳请转函中宣
　　会重行审核从轻处置以恤商艰由）

呈件均悉查此案业准

中央宣传委员会公函并决定办法五项一、平林泰子集等三十种早经分别查禁有案应切实执行前令严予禁毁以绝流传二、政治经济学批判等三十种内容宣传普罗文艺或挑拨阶级斗争或诋毁党国当局应予禁止发售三、浮士德与城等三十一种或系介绍普罗文学理论或系新俄作品或含有不正确意识者颇有宣传反动嫌疑在剿匪严重时期内应暂禁发售四、创造十年等二十二种内容间有词句不妥或一篇一段不妥应删改或抽去后方准发售五、圣徒等三十七种或系恋爱小说或系革命以前作品内容均尚无碍对于此三十七种书籍之禁令准予暂缓执行用特分别开列各项书名单函达查照转饬遵照等由合仰该书店等遵照中央决定各点并单开各种刊物分别缴毁停售具报毋再延误是为至要件存此批

"附抄发各项书名单一份"

中华民国二十三年三月二十日

　　　　　　　常务委员　吴醒亚

　　　　　　　　　　　　潘公展

　　　　　　　　　　　　童行白

　　先后查禁有案之书目（略）

这样子,大批禁毁书籍的案件总算告一段落,书店也不再开口了。

　　然而还剩着困难的问题:书店是不能不陆续印行新书和杂志的,所以还是永远有陆续被扣留,查禁,甚而至于封门的危险。这危险,首先于店主有亏,那就当然要有补救的办法。不多久,出版界就有了一种风闻——真只是一种隐约的风闻——

　　不知道何月何日,党官,店主和他的编辑,开了一个会议,讨论善后的方法。着重的是在新的书籍杂志出版,要怎样才可以免于禁止。听说这时就有一位杂志编辑先生某甲[10],献议先将原稿送给官厅,待到经过检查,得了许可,这才付印。文字固然决不会"反动"了,而店主的血本也得保全,真所谓公私兼利。别的编辑们好像也无人反对,这提议完全通过了。散出的时候,某甲之友也是编辑先生的某乙,很感动的向或一书店代表道:"他牺牲了个人,总算保全了一种杂志!"

　　"他"者,某甲先生也;推某乙先生的意思,大约是以为这种献策,颇于名誉有些损害的。其实这不过是神经衰弱的忧虑。即使没有某甲先生的献策,检查书报是总要实行的,不过用了别一种缘由来开始,况且这献策在当时,人们不敢纵谈,报章不敢记载,大家都认某甲先生为功臣,于是也就是虎须,谁也不敢捋。所以至多不过交头接耳,局外人知道的就很少,——于名誉无关。

总而言之,不知何年何月,"中央图书杂志审查委员会"到底在上海出现了,于是每本出版物上,就有了一行"中宣会图书杂志审委会审查证……字第……号"字样,说明着该抽去的已经抽去,该删改的已经删改,并且保证着发卖的安全——不过也并不完全有效,例如我那《二心集》被删剩的东西,书店改名《拾零集》[11],是经过检查的,但在杭州仍被没收。这种乱七八遭,自然是普通现象,并不足怪,但我想,也许是还带着一点私仇,因为杭州省党部的有力人物,久已是复旦大学毕业生许绍棣[12]老爷之流,而当《语丝》登载攻击复旦大学的来函时,我正是编辑,开罪不少。为了自由大同盟而呈请中央通缉"堕落文人鲁迅",也是浙江省党部发起的,但至今还没有呈请发掘祖坟,总算党恩高厚。

至于审查员,我疑心很有些"文学家",倘不,就不能做得这么令人佩服。自然,有时也删禁得令人莫名其妙,我以为这大概是在示威,示威的脾气,是虽是文学家也很难脱体的,而且这也不算是恶德。还有一个原因,则恐怕是在饭碗。要吃饭也决不能算是恶德,但吃饭,审查的文学家和被审查的文学家却一样的艰难,他们也有竞争者,在看漏洞,一不小心便会被抢去了饭碗,所以必须常常有成绩,就是不断的禁,删,禁,删,第三个禁,删。我初到上海的时候,曾经看见一个西洋人从旅馆里出来,几辆洋车便向他飞奔而去,他坐了一辆,走了。这时忽然来了一位巡捕,便向拉不到客的车夫的头上敲了一棒,撕下他车上的照会。我知道这是车夫犯了罪的意思,然而不明白为什么拉不到客就犯了罪,因为西洋人只有一个,当然只能坐一辆,他也并没有争。后来幸蒙一位老上海告诉我,说巡捕是每月总得捉多少犯人的,要不然,就算他懒惰,于饭碗颇有碍。真犯罪的不易得,就只好这么创作了。我以为审查官的有时审得古里古怪,总要在稿子上打几条红杠子,恐怕也是这缘故。倘使真的这样,那么,他们虽然一定要把我的"契诃夫选集"〔13〕做成"残山剩水",我也还是谅解的。

这审查办得很起劲,据报上说,官民一致满意了。九月二十五日的《中华日报》云——

中央图书杂志审查委会工作紧张

中央图书杂志审查委员会、自在沪成立以来、迄今四阅月、审查各种杂志书籍、共计有五百余种之多、平均每日每一工作人员审查字、在十万以上、审查手续、异常迅速、虽洋洋巨著、至多不过二天、故出版界咸认为有意想不到之快、予以便利不少、至该会审查标准、如非对党对政府绝对显明不利之文字、请其删改外、余均一秉大公、无私毫偏袒、故数月来相安无事、过去出版界、因无审查机关、往往出书以后、受到扣留或查禁之事、自审查会成立后、此种事件、已不再发生矣、闻中央方面、以该会工作成绩优良、而出版界又甚需要此种组织、有增加内部工作

人员计划、以便利审查工作云、

如此善政，行了还不到一年，不料竟出了《新生》的《闲话皇帝》事件。大约是受了日本领事的警告罢，那雷厉风行的办法，比对于"反动文字"还要严：立刻该报禁售，该社封门，编辑者杜重远[14]已经自认该稿未经审查，判处徒刑，不准上诉的了，却又革掉了七位审查官，一面又往书店里大搜涉及日本的旧书，墙壁上贴满了"敦睦邦交"的告示。出版家也显出孤苦零丁模样，据说：这"一秉大公"的"中央宣传部图书杂志审查委员会"不见了，拿了稿子，竟走投无路。

那么，不是还我自由，飘飘然了么？并不是的。未有此会以前，出版家倒还有一点自己的脊梁，但已有此会而不见之后，却真觉得有些摇摇摆摆。大抵的农民，都能够自己过活，然而奥国和俄国解放农奴时，他们中的有些人，却哭起来了，因为失了依靠，不知道自己怎么过活。况且我们的出版家并非单是"失了依靠"，乃是遇到恢复了某甲先生献策以前的状态，又会扣留，查禁，封门，危险得很。而且除怕被指为"反动文字"以外，又得怕违反"敦睦邦交令"了。已被"训"成软骨症的出版界，又加上了一副重担，当局对于内交，又未必肯怎么"敦睦"，而"礼让为国"，也急于"体恤商艰"，所以我想，自有"审查会"而又不见之后，出版界的一大部份，倒真的成了孤哀子[15]了。

所以现在的书报，倘不是先行接洽，特准激昂，就只好一味含胡，但求无过，除此之外，是依然会有先前一样的危险，挨到木棍，撕去照会的。

　　评论者倘不了解以上的大略，就不能批评近三年来的文坛。即使批评了，也很难中肯。

　　我在这一年中，日报上并没有投稿。凡是发表的，自然是含胡的居多。这是带着枷锁的跳舞，当然只足发笑的。但在我自己，却是一个纪念，一年完了，过而存之，长长短短，共四十七篇〔16〕。

　　一九三五年十二月三十一夜半至一月一日晨，写讫。

＊　　　　＊　　　　＊

　　〔1〕《文学百题》　参看本卷第336页注〔1〕。该书原为百题，经国民党审查机关删去二十六题；出版时被删各题仍列入目录，下注"阙"字。

　　〔2〕妇女年　1933年冬，上海市商会和一些妇女团体为提倡国货，定1934年为妇女国货年，简称妇女年。

　　〔3〕××会　指国民党中央宣传委员会图书杂志审查委员会。

　　〔4〕《杂文》　文学月刊。1935年5月在日本东京创刊。先后由杜宣、勃生编辑。国内由上海群众杂志公司发行。至第三号被国民党当局查禁，第四号起改名《质文》，1936年11月停刊，共出八期。

　　〔5〕陈源（1896—1970）　笔名西滢，江苏无锡人，现代评论派主要成员之一。曾任北京大学教授。他在1926年1月30日《晨报副刊》发表《致志摩》一文，其中诬蔑鲁迅说："他自己的《中国小说史略》，却就是根据日本人盐谷温的《支那文学概论讲话》里面的'小说'一部分"。又在《现代评论》第二卷第五十期（1925年12月）的《闲话》中影射鲁迅

"整大本的剽窃"。参看《华盖集续编·不是信》。

〔6〕 镰田诚一(1905—1934) 日本人,上海内山书店职员。他殁于 1934 年 5 月。鲁迅同年 5 月 17 日日记:"午后闻镰田政一(诚一)君于昨日病故,忆前年相助之谊,为之黯然。"

〔7〕 《义塚》 钱杏邨著短篇小说集,1928 年亚东图书馆出版,国民党中央党部误以为是蒋光慈著。

〔8〕 《暗云》一书已列入本书目的"光华"部分(见第 470 页)。据《出版消息》第三十三期所载,在"亚东"部分应补入"《爱的分野》 蒋光慈"一种。

〔9〕 《出版消息》 半月刊,1932 年 12 月 1 日创刊,1935 年 3 月停刊,共出四十八期,上海乐华图书公司编辑发行。

〔10〕 某甲 指《现代》杂志编者施蛰存。参看鲁迅 1933 年 11 月 5 日致姚克的信。

〔11〕 《拾零集》 共收杂文十六篇,1934 年 10 月上海合众书店出版。该书封底印有"本书审查证审字五百五十九号"字样。

〔12〕 许绍棣(1898—1980) 浙江临海人。曾任国民党浙江省党部党务指导委员、浙江省教育厅厅长。1928 年 8 月,《语丝》第四卷第三十二期刊出冯珧(徐诗荃)的《谈谈复旦大学》一文,揭露该校内部的一些腐败情形,出身该校的许绍棣于同年 9 月以国民党浙江省党务指导委员会名义禁止《语丝》在浙江发行。

〔13〕 "契诃夫选集" 指鲁迅翻译的《坏孩子和别的奇闻》,1936 年上海联华书局出版。内收契诃夫早期的短篇小说八篇,其中七篇的译文曾先在《译文》月刊发表,但《波斯勋章》一篇,被国民党中央宣传委员会图书杂志审查委员会禁止刊登。

〔14〕 杜重远(1899—1943) 吉林怀德人。曾任辽宁商务总会会长。"九一八"事变后在上海参加抗日救亡运动。1934 年创刊并主编

《新生》周刊,因《闲话皇帝》事件被判处徒刑一年又两个月。后在新疆被盛世才杀害。

〔15〕　孤哀子　即父母双亡的人。《礼记·杂记上》:"丧称哀子哀孙。"据清代赵翼《陔余丛考·孤哀子》,唐代以来,父丧称孤子,母丧称哀子;父母双亡,称孤哀子。

〔16〕　按本书除有题无文的《"题未定"草(四)》以外,共收杂文四十八篇。

且介亭杂文末编

本书收作者 1936 年所作杂文三十五篇,作者生前开始编集,后经许广平编定,1937 年 7 月由上海三闲书屋初版。

一 九 三 六 年

《凯绥·珂勒惠支版画选集》序目[1]

凯绥·勒密特(Kaethe Schmidt)以一八六七年七月八日生于东普鲁士的区匿培克(Koenigsberg)[2]。她的外祖父是卢柏(Julius Rupp),即那地方的自由宗教协会的创立者。父亲原是候补的法官,但因为宗教上和政治上的意见,没有补缺的希望了,这穷困的法学家便如俄国人之所说:"到民间去"[3],做了木匠[4],一直到卢柏死后,才来当这教区的首领和教师。他有四个孩子,都很用心的加以教育,然而先不知道凯绥的艺术的才能。凯绥先学的是刻铜的手艺,到一八八五年冬,这才赴她的兄弟在研究文学的柏林,向斯滔发·培伦(Stauffer Bern)[5]去学绘画。后回故乡,学于奈台(Neide)[6],为了"厌倦",终于向闵兴的哈台列克(Herterich)[7]那里去学习了。

一八九一年,和她兄弟的幼年之友卡尔·珂勒惠支(Karl Kollwitz)结婚,他是一个开业的医生,于是凯绥也就在柏林的"小百姓"之间住下,这才放下绘画,刻起版画来。待到孩子们长大了,又用力于雕刻。一八九八年,制成有名的《织工一揆》[8]计六幅,取材于一八四四年的史实,是与先出的霍普德曼(Gerhart Hauptmann)[9]的剧本同名的;一八九九年刻《格莱亲》,零一年刻《断头台边的舞蹈》;零四年旅行巴黎;零四至八年成连续版画《农民战争》七幅,获盛名,受 Villa-Romana 奖金[10],得游学于意大利。这时她和一个女友由佛罗棱萨步行而入罗马,然而这旅行,据她自己说,对于她的艺术似乎并无大影响。一九〇九年作《失业》,一〇年作《妇人被死亡所捕》和以"死"为题材的小图。

世界大战起,她几乎并无制作。一九一四年十月末,她的很年青的大儿子以义勇兵死于弗兰兑伦(Flandern)战线上[11]。一八年十一月,被选为普鲁士艺术学院会员,这是以妇女而入选的第一个。从一九年以来,她才仿佛从大梦初醒似的,又从事于版画了,有名的是这一年的纪念里勃克内希(Liebknecht)[12]的木刻和石刻,零二至零三年[13]的木刻连续画《战争》,后来又有三幅《无产者》,也是木刻连续画。一九二七年为她的六十岁纪念,霍普德曼那时还是一个战斗的作家[14],给她书简道:"你的无声的描线,侵人心髓,如一种惨苦的呼声:希腊和罗马时候都没有听到过的呼声。"法国罗曼·罗兰(Romain Rolland)[15]则说:"凯绥·珂勒惠支的作品是现代德国的最伟大的诗歌,它照出穷人与平民的困苦和悲痛。这有丈夫气概的妇人,用了阴郁和纤秾的同情,把这些收在她的眼中,她的慈母的腕里了。这是做了牺牲的人民的沉默的声音。"然而她在现在,却不能教授,不能作画,只能真的沉默的和她的儿子住在柏林了;她的儿子像那父亲一样,也是一个医生。

在女性艺术家之中,震动了艺术界的,现代几乎无出于凯绥·珂勒惠支之上——或者赞美,或者攻击,或者又对攻击给她以辩护。诚如亚斐那留斯(Ferdinand Avenarius)[16]之所说:"新世纪的前几年,她第一次展览作品的时候,就为报章所喧传的了。从此以来,一个说,'她是伟大的版画家';人就过作无聊的不成话道:'凯绥·珂勒惠支是属于只有一个男子的新派版画家里的'。别一个说:'她是社会民主主义的宣传家',第三个却道:'她是悲观的困苦的画手'。而第四个又以为'是一个宗教的艺术家'。要之:无论人们怎样地各以自己的感觉和思想来解释这艺术,怎样地从中只看见一种的意义——然而有一件事情是普遍的:人没有忘记她。谁一听到凯绥·珂勒惠支的名姓,就仿佛看见这艺术。这艺术是阴郁的,虽然都在坚决的动弹,集中于强韧的力量,这艺术是统一而单纯的——非常之逼人。"

但在我们中国,绍介的还不多,我只记得在已经停刊的《现代》和《译文》上,各曾刊印过她的一幅木刻,[17]原画自然更少看见;前四五年,上海曾经展览过她的几幅作品,但恐怕也不大有十分注意的人。她的本国所复制的作品,据我所见,以《凯绥·珂勒惠支画帖》(Kaethe Kollwitz Mappe, Herausgegeben Von Kunstwart, Kunstwart-Verlag, Muenchen, 1927)为最佳,但后一版便变了内容,忧郁的多于战斗的了。印刷未精,而幅数较多的,则有《凯绥·珂勒惠支作品集》(Das Kaethe Kollwitz Werk, Carl Reisner Verlag, Dresden, 1930),只要一翻这集子,就知道她以深广的慈母之爱,为一切被侮辱和损害者悲哀,抗议,愤怒,斗争;所取的题材大抵是困苦,饥饿,流离,疾病,死亡,然而也有呼号,挣扎,联合和奋起。此后又出了一本新集(Das Neue K. Kollwitz Werk, 1933),却更多明朗之作了。霍善斯坦因(Wilhelm Hausenstein)[18]批评她中期的作品,以为虽然间有鼓动的男性的版画,暴力的恐吓,但在根本上,是和颇深的生活相联系,形式也出于颇激的纠葛的,所以那形式,是紧握着世事的形相。永田一修[19]并取她的后来之作,以这批评为不足,他说凯绥·珂勒惠支的作品,和里培尔曼(Max Liebermann)[20]不同,并非只觉得题材有趣,来画下层世界的;她因为被周围的悲惨生活所动,所以非画不可,这是对于榨取人类者的无穷的"愤怒"。"她照目前的感觉,——永田一修说——描写着黑土的大众。她不将样式来范围现象。时而见得悲剧,时而见得英雄化,是不免的。然而无论她怎样阴郁,怎样悲哀,却决不是非革命。她没有忘却变革现社会的可能。而且愈入老境,就愈脱离了悲剧的,或者英雄的,阴暗的形式。"

而且她不但为周围的悲惨生活抗争,对于中国也没有像中国对于她那样的冷淡:一九三一年一月间,六个青年作家遇害[21]之后,全世界的进步的文艺家联名提出抗议的时候,她也是署名的一个人。现在,用中国法计算作者的年龄,她已届七十岁了,这一本书的出版,虽然篇幅有限,但也可以算是为她作一个小小的记念的罢。

选集所取,计二十一幅,以原版拓本为主,并复制一九二七年的印本《画帖》以足之。以下据亚斐那留斯及第勒(Louise Diel)[22]的解说,并略参己见,为目录——

(1)《自画像》(Selbstbild)。石刻,制作年代未详,按《作品集》所列次序,当成于一九一〇年顷[23];据原拓本,原大 34×30cm.这是作者从许多版画的肖像中,自己选给中国的一幅,隐然可见她的悲悯,愤怒和慈和。

(2)《穷苦》(Not)。石刻,原大 15×15cm.据原版拓本,后五幅同。这是有名的《织工一揆》(Ein Weberaufstand)的第一幅,一八九八年作。前四年,霍普德曼的剧本《织匠》始开演于柏林的德国剧场,取材是一八四四年的勒列济安(Schlesien)[24]麻布工人的蜂起,作者也许是受着一点这作品的影响的,但这可以不必深论,因为那是剧本,而这却是图画。我们借此进了一间穷苦的人家,冰冷,破烂,父亲抱一个孩子[25],毫无方法的坐在屋角里,母亲是愁苦的,两手支头,在看垂危的儿子,纺车静静的停在她的旁边。

(3)《死亡》(Tod)。石刻,原大 22×18cm.同上的第二幅。还是冰冷的房屋,母亲疲劳得睡去了,父亲还是毫无方法的,然而站立着在沉思他的无法。桌上的烛火尚有余光,"死"却已经近来,伸开他骨出的手,抱住了弱小的孩子。孩子的眼睛张得极大,在凝视我们,他要生存,他至死还在希望人有改革运命的力量。

(4)《商议》(Beratung)。石刻,原大 27×17cm.同上的第三幅。接着前两幅的沉默的忍受和苦恼之后,到这里却现出生存竞争的景象来了。我们只在黑暗中看见一片桌面,一只杯子和两个人,但为的是在商议摔掉被践踏的运命。

(5)《织工队》(Weberzug)。铜刻,原大 22×29cm. 同上的第四幅。队伍进向吮取脂膏的工场,手里捏着极可怜的武器,手脸都瘦损,神情也很颓唐,因为向来总饿着肚子。队伍中有女人,也疲惫到不过走得动;这作者所写的大众里,是大抵有女人的。她还背着孩子,却伏在肩头睡去了。

(6)《突击》(Sturm)。铜刻,原大 24×29cm. 同上的第五幅。工场的铁门早经锁闭,织工们却想用无力的手和可怜的武器,来破坏这铁门,或者是飞进石子去。女人们在助战,用痉挛的手,从地上挖起石块来。孩子哭了,也许是路上睡着的那一个。这是在六幅之中,人认为最好的一幅,有时用这来证明作者的《织工》,艺术达到怎样的高度的。

(7)《收场》(Ende)。铜刻,原大 24×30cm. 同上的第六和末一幅。我们到底又和织工回到他们的家里来,织机默默的停着,旁边躺着两具尸体,伏着一个女人;而门口还在抬进尸体来。这是四十年代,在德国的织工的求生的结局。

(8)《格莱亲》(Gretchen)。一八九九年作,石刻;据《画帖》,原大未详。歌德(Goethe)的《浮士德》(Faust)[26]有浮士德爱格莱亲,诱与通情,有孕;她在井边,从女友听到邻女被情人所弃,想到自己,于是向圣母供花祷告事。这一幅所写的是这可怜的少女经过极狭的桥上,在水里幻觉的看见自己的将来。她在剧本里,后来是将她和浮士德所生的孩子投在水里淹死,下狱了。原石已破碎。

(9)《断头台边的舞蹈》(Tanz Um Die Guillotine)。一九

〇一年作,铜刻;据《画帖》,原大未详。是法国大革命时候的一种情景:断头台造起来了,大家围着它,吼着"让我们来跳加尔玛弱儿舞罢!"(Dansons La Carmagnole!)[27]的歌,在跳舞。不是一个,是为了同样的原因而同样的可怕了的一群。周围的破屋,像积叠起来的困苦的峭壁,上面只见一块天。狂暴的人堆的臂膊,恰如净罪的火焰一般,照出来的只有一个阴暗。

(10)《耕夫》(Die Pflueger)。原大 31×45cm. 这就是有名的历史的连续画《农民战争》(Bauernkrieg)的第一幅。画共七幅,作于一九〇四至〇八年,都是铜刻。现在据以影印的也都是原拓本。"农民战争"是近代德国最大的社会改革运动之一,以一五二四年顷,起于南方,其时农民都在奴隶的状态,被虐于贵族的封建的特权;玛丁·路德[28]既提倡新教,同时也传播了自由主义的福音,农民就觉醒起来,要求废止领主的苛例,发表宣言,还烧教堂,攻地主,扰动及于全国。然而这时路德却反对了,以为这种破坏的行为,大背人道,应该加以镇压,诸侯们于是放手的讨伐,恣行残酷的复仇,到第二年,农民就都失败了,境遇更加悲惨,所以他们后来就称路德为"撒谎博士"。这里刻划出来的是没有太阳的天空之下,两个耕夫在耕地,大约是弟兄,他们套着绳索,拉着犁头,几乎爬着的前进,像牛马一般,令人仿佛看见他们的流汗,听到他们的喘息。后面还该有一个扶犁的妇女,那恐怕总是他们的母亲了。

(11)《凌辱》(Vergewaltigt)。同上的第二幅,原大 35×53cm. 男人们的受苦还没有激起变乱,但农妇也遭到可耻的凌辱了;她反缚两手,躺着,下颏向天,不见脸。死了,还是昏着呢,我们不知道。只见一路的野草都被蹂躏,显着曾经格斗的样子,较远之处,却站着可爱的小小的葵花。

(12)《磨镰刀》(Beim Dengeln)。同上的第三幅,原大30×30cm. 这里就出现了饱尝苦楚的女人,她的壮大粗糙的手,在用一块磨石,磨快大镰刀的刀锋,她那小小的两眼里,是充满着极顶的憎恶和愤怒。

(13)《圆洞门里的武装》(Bewaffnung In Einem Gewoelbe)。同上的第四幅,原大50×33cm. 大家都在一个阴暗的圆洞门下武装了起来,从狭窄的戈谛克式[29]阶级蜂涌而上:是一大群拚死的农民。光线愈高愈少;奇特的半暗,阴森的人相。

(14)《反抗》(Losbruch)。同上的第五幅,原大51×50cm. 谁都在草地上没命的向前,最先是少年,喝令的却是一个女人,从全体上洋溢着复仇的愤怒。她浑身是力,挥手顿足,不但令人看了就生勇往直前之心,还好像天上的云,也应声裂成片片。她的姿态,是所有名画中最有力量的女性的一个。也如《织工一揆》里一样,女性总是参加着非常的事变,而且极有力,这也就是"这有丈夫气概的妇人"的精神。

(15)《战场》(Schlachtfeld)。同上的第六幅,原大41×53cm. 农民们打败了,他们敌不过官兵。剩在战场上的是什么呢?几乎看不清东西。只在隐约看见尸横遍野的黑夜中,有一个妇人,用风灯照出她一只劳作到满是筋节的手,在触动一个死尸的下巴。光线都集中在这一小块上。这,恐怕正是她的儿子,这处所,恐怕正是她先前扶犁的地方,但现在流着的却不是汗而是鲜血了。

（16）《俘虏》(Die Gefangenen)。同上的第七幅，原大 33×42cm.画里是被捕的孑遗，有赤脚的，有穿木鞋的，都是强有力的汉子，但竟也有儿童，个个反缚两手，禁在绳圈里。他们的运命，是可想而知的了，但各人的神气，有已绝望的，有还是倔强或愤怒的，也有自在沉思的，却不见有什么萎靡或屈服。

（17）《失业》(Arbeitslosigkeit)。一九〇九年作，铜刻；据《画帖》，原大 44×54cm.他现在闲空了，坐在她的床边，思索着——然而什么法子也想不出。那母亲和睡着的孩子们的模样，很美妙而崇高，为作者的作品中所罕见。

（18）《妇人为死亡所捕获》(Frau Vom Tod Gepackt)，亦名《死和女人》(Tod Und Weib)。一九一〇年作，铜刻；据《画帖》，原大未详。"死"从她本身的阴影中出现，由背后来袭击她，将她缠住，反剪了；剩下弱小的孩子，无法叫回他自己的慈爱的母亲。一转眼间，对面就是两界。"死"是世界上最出众的拳师，死亡是现社会最动人的悲剧，而这妇人则是全作品中最伟大的一人。

（19）《母与子》(Mutter Und Kind)。制作年代未详[30]，铜刻；据《画帖》，原大 19×13cm.在《凯绥·珂勒惠支作品集》中所见的百八十二幅中，可指为快乐的不过四五幅，这就是其一。亚斐那留斯以为从特地描写着孩子的呆气的侧脸，用光亮衬托出来之处，颇令人觉得有些忍俊不禁。

（20）《面包!》(Brot!)。石刻，制作年代未详[31]，想当在

493

欧洲大战之后;据原拓本,原大 30×28cm.饥饿的孩子的急切的索食,是最碎裂了做母亲的的心的。这里是孩子们徒然张着悲哀,而热烈地希望着的眼,母亲却只能弯了无力的腰。她的肩膀耸了起来,是在背人饮泣。她背着人,因为肯帮助的和她一样的无力,而有力的是横竖不肯帮助的。她也不愿意给孩子们看见这是剩在她这里的仅有的慈爱。

(21)《德国的孩子们饿着!》(Deutschlands Kinder Hungern!)。石刻,制作年代未详[32],想当在欧洲大战之后;据原拓本,原大 43×29cm.他们都擎着空碗向人,瘦削的脸上的圆睁的眼睛里,炎炎的燃着如火的热望。谁伸出手来呢?这里无从知道。这原是横幅,一面写着现在作为标题的一句,大约是当时募捐的揭帖。后来印行的,却只存了图画。作者还有一幅石刻,题为《决不再战!》(Nie Wieder Krieg!),是略早的石刻,可惜不能搜得;而那时的孩子,存留至今的,则已都成了二十以上的青年,可又将被驱作兵火的粮食了。

　一九三六年一月二十八日,鲁迅。

　　※　　　　　　※　　　　　　※

〔1〕　本篇最初印入《凯绥·珂勒惠支版画选集》。此书由鲁迅编选,1936 年 5 月以"三闲书屋"名义出版,用珂罗版和宣纸印制。

〔2〕　区匿培克　通译哥尼斯堡,现属于俄罗斯,改名为加里宁格勒。

〔3〕　"到民间去"　十九世纪七十年代俄国革命运动中"民粹派"的口号。他们号召知识分子到农村去发动农民反对沙皇专制统治,建

立村社以过渡到社会主义。

〔4〕 据珂勒惠支传记,她父亲是泥水匠,不是木匠。

〔5〕 斯滔发·培伦(1857—1891) 现译施陶费尔－贝尔恩,瑞士画家。曾在柏林女子绘画学校任教。

〔6〕 奈台(Emil Neide) 现译埃米尔·奈德,德国画家。作品多以犯罪为题材,据珂勒惠支回忆,其轰动一时的作品是《生之厌倦》。

〔7〕 哈台列克(1856—?) 现译赫特里希,德国画家。1844 年曾在慕尼黑(旧译"闵兴")艺术学院任教,珂勒惠支在该校学习过。

〔8〕 《织工一揆》(Ein Weberaufstand) "织工起义"的意思。一揆,日本语。

〔9〕 霍普德曼(1862—1946) 德国剧作家。他的剧本《织工》(Die Weber)以 1844 年西里西亚纺织工人起义为题材,出版于 1892 年。

〔10〕 Villa－Romana 奖金 Villa－Romana,意大利文,意为"罗马别墅"。这项奖金的获得者可在意大利居住一年,以熟悉当地艺术宝藏并进行创作。

〔11〕 当年战死的是珂勒惠支第二个儿子彼得,不是大儿子汉斯。汉斯后来做了医生。

〔12〕 里勃克内希(K.A.F. Liebknecht,1871—1919) 通译卡尔·李卜克内西,德国革命家、作家。他是德国社会民主党左翼领导人和德国共产党创始人之一。1919 年 1 月,他领导反对社会民主党政府的起义,于同月 15 日被杀害。

〔13〕 应为 1922 年至 1923 年。

〔14〕 霍普德曼在第一次世界大战时,曾为德国的侵略战争辩护,希特勒执政后,又曾对纳粹主义表示妥协。但他早期的许多作品常能反映当时的社会矛盾,具有社会批判意义。下面所引他的话,是他在 1927 年 6 月 10 日写的印在珂勒惠支画册上的题词。

〔**15**〕 罗曼·罗兰 参看本卷第 430 页注〔4〕。这里所引他的话，是他 1927 年 7 月 8 日写的印在珂勒惠支画册前面的题词，原文为法文。

〔**16**〕 亚斐那留斯(1856—1923) 德国艺术批评家、诗人，曾创办《艺术》杂志。这里所引他的话，见于 1927 年出版的《凯绥·珂勒惠支画帖》。

〔**17**〕 《现代》 参看本卷第 128 页注〔5〕。该刊第二卷第六期(1933 年 4 月)在刊登鲁迅《为了忘却的记念》的同时，刊出了凯绥·珂勒惠支的木刻《牺牲》；第五卷第四期(1934 年 8 月)刊有她的《被死所袭击的孩子》、《饿》、《战后的寡妇》、《母亲们》等四幅版画。《译文》，参看本卷第 510 页注〔1〕。该刊终刊号(1935 年 9 月)刊有珂勒惠支的木刻《吊丧》。在这以前，1931 年 9 月出版的《北斗》创刊号曾刊出珂勒惠支的木刻《牺牲》。1932 年 11 月出版的《文学月报》也选印了她的木刻连环画。鲁迅在《"连环图画"辩护》和《为了忘却的记念》中也介绍过她的作品。下文所说"上海曾经展览过她的几幅作品"，指 1932 年 5 月间汉堡嘉夫人等筹办展出的德国作家版画展，其中有珂勒惠支的铜版画《农民图》等作品。

〔**18**〕 霍善斯坦因(1882—1957) 德国文艺批评家。著有《艺术与社会》、《现代的艺术中的社会的要素》等。

〔**19**〕 永田一修(1903—1927) 日本艺术评论家。这里所引他的话，见《无产阶级艺术论》(1930 年出版)。

〔**20**〕 里培尔曼(1847—1935) 德国画家，德国印象派的先驱。作品有《罐头工厂女工》、《麻纺工场》等。

〔**21**〕 六个青年作家遇害 应为五个青年作家遇害。参看本卷第 163 页注〔3〕。

〔**22**〕 第勒 现译为路易斯·迪尔，德国美术家。

〔**23**〕 应为 1919 年。

〔24〕 勖列济安　通译西里西亚。1844 年 6 月 4 日,西里西亚的织工反对企业主的残酷剥削,发动起义,不久即遭到镇压而失败。

〔25〕 关于《穷苦》,鲁迅 1936 年 9 月 6 日致日本鹿地亘的信中说:"请将说明之二《穷苦》条下'父亲抱一个孩子'的'父亲'改为'祖母'。我看别的复制品,怎么看也像是女性。Diel 的说明中也说是祖母。"

〔26〕 歌德(1749—1832)　德国诗人、学者。《浮士德》是取材于民间传说的长篇诗剧,描写主人公浮士德为了探求生活的意义,借助魔鬼的力量遍尝人生悲欢的奇特经历。

〔27〕 加尔玛弱儿　法国大革命时期流行的舞曲。"让我们来跳加尔玛弱儿舞罢"是这首舞曲中的一句歌词。

〔28〕 玛丁·路德(Martin Luther　1483—1546)　德国十六世纪宗教改革运动的倡导者。他最初反对教皇,揭露教会的腐败,同情农民起义,但不久就站到统治阶级一边,和贵族、教皇等结成同盟,镇压农民起义。

〔29〕 戈谛克式　又译哥特式,十一世纪时创始于法国北部的一种建筑式样,以尖顶的拱门和高耸的尖屋顶为其特色。

〔30〕 《母与子》制作于 1910 年。

〔31〕 《面包!》制作于 1924 年。

〔32〕 《德国的孩子们饿着!》制作于 1924 年。

记苏联版画展览会[1]

我记得曾有一个时候，我们很少能够从本国的刊物上，知道一点苏联的情形。虽是文艺罢，有些可敬的作家和学者们，也如千金小姐的遇到柏油一样，不但决不沾手，离得还远呢，却已经皱起了鼻子。近一两年可不同了，自然间或还看见几幅从外国刊物上取来的讽刺画，但更多的是真心的绍介着建设的成绩，令人抬起头来，看见飞机，水闸，工人住宅，集体农场，不再专门两眼看地，惦记着破皮鞋摇头叹气了。这些绍介者，都并非有所谓可怕的政治倾向的人，但决不幸灾乐祸，因此看得邻人的平和的繁荣，也就非常高兴，并且将这高兴来分给中国人。我以为为中国和苏联两国起见，这现象是极好的，一面是真相为我们所知道，得到了解，一面是不再误解，而且证明了我们中国，确有许多"威武不能屈，贫贱不能移"[2]的必说真话的人们。

但那些绍介，都是文章或照相，今年的版画展览会，却将艺术直接陈列在我们眼前了。作者之中，很有几个是由于作品的复制，姓名已为我们所熟识的，但现在才看到手制的原作，使我们更加觉得亲密。

版画之中，木刻是中国早已发明的，但中途衰退，五年前从新兴起的[3]是取法于欧洲，与古代木刻并无关系。不久，就遭压迫,又缺师资,所以至今不见有特别的进步。我们在这会里才得了极好,极多的模范。首先应该注意的是内战时期,就改革木刻,从此不断的前进的巨匠法复尔斯基(V. Favorsky)[4],和他的一派兑内加(A. Deineka)[5],冈察洛夫(A. Goncharov)[6],叶卡斯托夫(G. Echeistov)[7],毕珂夫(M. Pikov)等,他们在作品里各各表现着真挚的精神,继起者怎样照着导师所指示的道路,却用不同的方法,使我们知道只要内容相同,方法不妨各异,而依傍和模仿,决不能产生真艺术。

兑内加和叶卡斯托夫的作品,是中国未曾绍介过的,可惜这里也很少;和法复尔斯基接近的保夫理诺夫(P. Pavlinov)的木刻,我们只见过一幅,现在却弥补了这缺憾了。

克拉甫兼珂(A. Kravchenko)[8]的木刻能够幸而寄到中国,翻印绍介了的也只有一幅,到现在大家才看见他更多的原作。他的浪漫的色彩,会鼓动我们的青年的热情,而注意于背景和细致的表现,也将使观者得到裨益。我们的绘画,从宋以来就盛行"写意",两点是眼,不知是长是圆,一画是鸟,不知是鹰是燕,竞尚高简,变成空虚,这弊病还常见于现在的青年木刻家的作品里,克拉甫兼珂的新作《尼泊尔建造》(Dneprostroy),是惊起这种懒惰的空想的警钟。至于毕斯凯莱夫(N. Piskarev),则恐怕是最先绍介到中国来的木刻家。他的四幅《铁流》[9]的插画,早为许多青年读者所欣赏,现在才又见了《安娜·加里尼娜》[10]的插画,——他的刻法的别一端。

这里又有密德罗辛(D. Mitrokhin),希仁斯基(L.

Khizhinsky),莫察罗夫(S. Mochalov)[11],都曾为中国豫先所知道,以及许多第一次看见的艺术家,是从十月革命前已经有名,以至生于二十世纪初的青年艺术家的作品,都在向我们说明通力合作,进向平和的建设的道路。别的作者和作品,展览会的说明书上各有简要说明,而且临末还揭出了全体的要点:"一般的社会主义的内容和对于现实主义的根本的努力",在这里也无须我赘说了。

但我们还有应当注意的,是其中有乌克兰,乔其亚[12],白俄罗斯的艺术家的作品,我想,倘没有十月革命,这些作品是不但不能和我们见面,也未必会得出现的。

现在,二百余幅的作品,是已经灿烂的一同出现于上海了。单就版画而论,使我们看起来,它不像法国木刻的多为纤美,也不像德国木刻的多为豪放;然而它真挚,却非固执,美丽,却非淫艳,愉快,却非狂欢,有力,却非粗暴;但又不是静止的,它令人觉得一种震动——这震动,恰如用坚实的步法,一步一步,踏着坚实的广大的黑土进向建设的路的大队友军的足音。

　　附记:会中的版画,计有五种。一木刻,一胶刻(目录译作"油布刻",颇怪),看名目自明。两种是用强水浸蚀铜版和石版而成的,译作"铜刻"和"石刻"固可,或如目录,译作"蚀刻"和"石印"亦无不可。还有一种Monotype,是在版上作画,再用纸印,所以虽是版画,却只一幅的东西,我想只好译作"独幅版画"。会中的说明书上译作"摩诺",还不过等于不译,有时译为"单型学",却未免比不译更难懂了。其实,那不提撰人的说明,是非常简而得要的,可惜译得很费解,如果有人改译一遍,即使在闭会之后,对于留心版画的人也还是很有用处的。

二月十七日。

＊　　　　＊　　　　＊

〔1〕 本篇最初发表于 1936 年 2 月 24 日上海《申报》。

苏联版画展览会,由当时的苏联对外文化协会、中苏文化协会和中国文艺社联合主办,1936 年 2 月 20 日起在上海举行,为期一周。

〔2〕 "威武不能屈,贫贱不能移" 语出《孟子·滕文公(下)》:"富贵不能淫,贫贱不能移,威武不能屈,此之谓大丈夫。"

〔3〕 关于中国现代木刻的兴起,参看《且介亭杂文·〈木刻纪程〉小引》。

〔4〕 法复尔斯基(В·Фаворский,1886—1964) 苏联木刻家。参看《集外集拾遗·〈引玉集〉后记》。

〔5〕 兑内加(А.А.Дейнека,1899—?) 现译捷依涅卡,苏联水彩画、版画及雕刻家。

〔6〕 冈察洛夫(А.Гончаров,1903—?) 苏联书籍插画艺术家。

〔7〕 叶卡斯托夫(Г.Ечейстов) 现译叶契依斯托夫,生平不详。

〔8〕 克拉甫兼珂(А.И.Кравченко,1889—1940) 苏联木刻家。

〔9〕 《铁流》 苏联作家绥拉菲摩维支(1863—1949)著的长篇小说。毕斯凯莱夫(1892—1959)为《铁流》所作的四幅插图,曾经鲁迅推荐发表于 1933 年 7 月《文学》月刊创刊号。

〔10〕 《安娜·加里尼娜》 通译《安娜·卡列尼娜》,俄国作家列夫·

托尔斯泰(1828—1910)著的长篇小说。

　〔11〕　密德罗辛、希仁斯基、莫察罗夫　都是苏联木刻家。参看
《集外集拾遗·〈引玉集〉后记》。

　〔12〕　乔其亚　现译为格鲁吉亚。

我　要　骗　人[1]

　　疲劳到没有法子的时候,也偶然佩服了超出现世的作家,要模仿一下来试试。然而不成功。超然的心,是得像贝类一样,外面非有壳不可的。而且还得有清水。浅间山[2]边,倘是客店,那一定是有的罢,但我想,却未必有去造"象牙之塔"的人的。

　　为了希求心的暂时的平安,作为穷余的一策,我近来发明了别样的方法了,这就是骗人。

　　去年的秋天或是冬天,日本的一个水兵,在闸北被暗杀了。[3]忽然有了许多搬家的人,汽车租钱之类,都贵了好几倍。搬家的自然是中国人,外国人是很有趣似的站在马路旁边看。我也常常去看的。一到夜里,非常之冷静,再没有卖食物的小商人了,只听得有时从远处传来着犬吠。然而过了两三天,搬家好像被禁止了。警察拚死命的在殴打那些拉着行李的大车夫和洋车夫,日本的报章[4],中国的报章,都异口同声的对于搬了家的人们给了一个"愚民"的徽号。这意思就是说,其实是天下太平的,只因为有这样的"愚民",所以把颇好的天下,弄得乱七八糟了。

　　我自始至终没有动,并未加入"愚民"这一伙里。但这并非为了聪明,却只因为懒惰。也曾陷在五年前的正月的上海

503

战争[5]——日本那一面,好像是喜欢称为"事变"似的——的
火线下,而且自由早被剥夺[6],夺了我的自由的权力者,又拿
着这飞上空中了,所以无论跑到那里去,都是一个样。中国的
人民是多疑的。无论那一国人,都指这为可笑的缺点。然而
怀疑并不是缺点。总是疑,而并不下断语,这才是缺点。我是
中国人,所以深知道这秘密。其实,是在下着断语的,而这断
语,乃是:到底还是不可信。但后来的事实,却大抵证明了这
断语的的确。中国人不疑自己的多疑。所以我的没有搬家,
也并不是因为怀着天下太平的确信,说到底,仍不过为了无论
那里都一样的危险的缘故。五年以前翻阅报章,看见过所记
的孩子的死尸的数目之多,和从不见有记着交换俘虏的事,至
今想起来,也还是非常悲痛的。

　　虐待搬家人,殴打车夫,还是极小的事情。中国的人民,
是常用自己的血,去洗权力者的手,使他又变成洁净的人物
的,现在单是这模样就完事,总算好得很。

　　但当大家正在搬家的时候,我也没有整天站在路旁看热
闹,或者坐在家里读世界文学史之类的心思。走远一点,到电
影院里散闷去。一到那里,可真是天下太平了。这就是大家
搬家去住的处所[7]。我刚要跨进大门,被一个十二三岁的女
孩子捉住了。是小学生,在募集水灾的捐款,因为冷,连鼻子
尖也冻得通红。我说没有零钱,她就用眼睛表示了非常的失
望。我觉得对不起人,就带她进了电影院,买过门票之后,付
给她一块钱。她这回是非常高兴了,称赞我道,"你是好人",
还写给我一张收条。只要拿着这收条,就无论到那里,都没有

再出捐款的必要。于是我,就是所谓"好人",也轻松的走进里面了。

看了什么电影呢?现在已经丝毫也记不起。总之,大约不外乎一个英国人,为着祖国,征服了印度的残酷的酋长,或者一个美国人,到亚非利加去,发了大财,和绝世的美人结婚之类罢。这样的消遣了一些时光,傍晚回家,又走进了静悄悄的环境。听到远地里的犬吠声。女孩子的满足的表情的相貌,又在眼前出现,自己觉得做了好事情了,但心情又立刻不舒服起来,好像嚼了肥皂或者什么一样。

诚然,两三年前,是有过非常的水灾的,这大水和日本的不同,几个月或半年都不退。但我又知道,中国有着叫作"水利局"的机关,每年从人民收着税钱,在办事。但反而出了这样的大水了。我又知道,有一个团体演了戏来筹钱,因为后来只有二十几元,衙门就发怒不肯要。连被水灾所害的难民成群的跑到安全之处来,说是有害治安,就用机关枪去扫射的话也都听到过。恐怕早已统统死掉了罢。然而孩子们不知道,还在拚命的替死人募集生活费,募不到,就失望,募到手,就喜欢。而其实,一块来钱,是连给水利局的老爷买一天的烟卷也不够的。我明明知道着,却好像也相信款子真会到灾民的手里似的,付了一块钱。实则不过买了这天真烂漫的孩子的欢喜罢了。我不爱看人们的失望的样子。

倘使我那八十岁的母亲,问我天国是否真有,我大约是会毫不踌蹰,答道真有的罢。

然而这一天的后来的心情却不舒服。好像是又以为孩子和老人不同,骗她是不应该似的,想写一封公开信,说明自己的本心,去消释误解,但又想到横竖没有发表之处,于是中止了,时候已是夜里十二点钟。到门外去看了一下。

已经连人影子也看不见。只在一家的檐下,有一个卖馄饨的,在和两个警察谈闲天。这是一个平时不大看见的特别穷苦的肩贩,存着的材料多得很,可见他并无生意。用两角钱买了两碗,和我的女人两个人分吃了。算是给他赚一点钱。

庄子曾经说过:"干下去的(曾经积水的)车辙里的鲋鱼,彼此用唾沫相湿,用湿气相嘘,"——然而他又说,"倒不如在江湖里,大家互相忘却的好。"[8]

可悲的是我们不能互相忘却。而我,却愈加恣意的骗起人来了。如果这骗人的学问不毕业,或者不中止,恐怕是写不出圆满的文章来的。

但不幸而在既未卒业,又未中止之际,遇到山本社长[9]了。因为要我写一点什么,就在礼仪上,答道"可以的"。因为说过"可以",就应该写出来,不要使他失望,然而到底也还是写了骗人的文章。

写着这样的文章,也不是怎么舒服的心地。要说的话多得很,但得等候"中日亲善"更加增进的时光。不久之后,恐怕那"亲善"的程度,竟会到在我们中国,认为排日即国贼——因为说是共产党利用了排日的口号,使中国灭亡的缘故——而到处的断头台上,都闪烁着太阳的圆圈[10]的罢,但即使到了这样子,也还不是披沥真实的心的时光。

单是自己一个人的过虑也说不定:要彼此看见和了解真

实的心,倘能用了笔,舌,或者如宗教家之所谓眼泪洗明了眼睛那样的便当的方法,那固然是非常之好的,然而这样便宜事,恐怕世界上也很少有。这是可以悲哀的。一面写着漫无条理的文章,一面又觉得对不起热心的读者了。

临末,用血写添几句个人的豫感,算是一个答礼罢。

二月二十三日。

* * *

〔1〕 本篇是应日本改造社社长山本实彦的约稿,用日文写成,最初发表于1936年4月号日本《改造》月刊。1936年4月16日北平《火星》文艺半月刊(燕京大学一二九文艺社出版)曾刊出林萧的译文,题作《我愿骗骗人》。后由作者译成中文,发表于1936年6月上海《文学丛报》月刊第三期。

在《改造》发表时,第四段中"上海"、"死尸"、"俘虏"等词及第十五段中"太阳的圆圈"一语,都被删去。《文学丛报》发表时经作者补入,该刊编者在《编后》中曾有说明。

〔2〕 浅间山 日本的火山,过去常有人去投火山口自杀;它也是游览地区,山下设有旅馆等。

〔3〕 指1935年11月9日晚日本水兵中山秀雄在上海窦乐安路被暗杀。当时日本侵略者曾借此进行威胁要挟。

〔4〕 日本的报章 指当时在上海发行的日文报纸。

〔5〕 上海战争 指1932年的"一·二八"战争。当时作者的住所临近战区。

〔6〕 自由早被剥夺 1930年2月作者参加发起中国自由运动大同盟,国民党浙江省党部呈请国民党中央通缉"堕落文人鲁迅"。

〔7〕 指当时上海的"租界"地区。

〔8〕 庄子(约前 369—前 286) 名周,战国时宋国人,道家学派代表人物之一。他的著作流传至今的有后人所编的《庄子》三十三篇,其中《大宗师》和《天运》篇中都有这样的话:"泉涸,鱼相与处于陆,相呴以湿,相濡以沫,不如(《天运》篇作"不若")相忘于江湖。""涸辙之鲋",另见《庄子·外物》篇。

〔9〕 山本社长 山本实彦(1885—1952),当时日本《改造》杂志社社长。

〔10〕 太阳的圆圈 指日本的国旗。

《译文》复刊词[1]

先来引几句古书,——也许记的不真确,——庄子曰:"涸辙之鲋,相濡以沫,相煦以湿,——不若相忘于江湖。"[2]

《译文》就在一九三四年九月中,在这样的状态之下出世的。那时候,鸿篇巨制如《世界文学》和《世界文库》[3]之类,还没有诞生,所以在这青黄不接之际,大约可以说是仿佛戈壁中的绿洲,几个人偷点余暇,译些短文,彼此看看,倘有读者,也大家看看,自寻一点乐趣,也希望或者有一点益处,——但自然,这决不是江湖之大。

不过这与世无争的小小的期刊,终于不能不在去年九月,以"终刊号"和大家告别了。虽然不过野花小草,但曾经费过不少移栽灌溉之力,当然不免私心以为可惜的。然而竟也得了勇气和慰安:这是许多读者用了笔和舌,对于《译文》的凭吊。

我们知道感谢,我们知道自勉。

我们也不断的希望复刊。但那时风传的关于终刊的原因:是折本。出版家虽然大抵是"传播文化"的,而"折本"却是"传播文化"的致命伤,所以茬苒半年,简直死得无药可救。直到今年,折本说这才起了动摇,得到再造的运会,再和大家相见了。

内容仍如创刊时候的《前记》里所说一样:原料没有限制;门类也没有固定;文字之外多加图画,也有和文字有关系的,意在助趣,也有和文字没有关系的,那就算是我们贡献给读者的一点小意思。

这一回,将来的运命如何呢? 我们不知道。但今年文坛的情形突变,已在宣扬宽容和大度了,我们真希望在这宽容和大度的文坛里,《译文》也能够托庇比较的长生。

三月八日。

*　　　*　　　*

〔1〕 本篇最初发表于 1936 年 3 月上海《译文》月刊新一卷第一期"复刊号"。

《译文》,鲁迅和茅盾发起的翻译和介绍外国文学的杂志,创刊于 1934 年 9 月,最初三期为鲁迅编辑,后由黄源接编,上海生活书店发行,1935 年 9 月出至第十三期停刊;1936 年 3 月复刊,改由上海杂志公司发行,1937 年 6 月出至新三卷第四期停刊。

〔2〕 "涸辙之鲋"等语,参看本卷第 508 页注〔8〕。

〔3〕 《世界文学》 介绍世界各国文学(包括我国)的双月刊,伍蠡甫编辑,1934 年 10 月创刊,上海黎明书局发行。《世界文库》,参看本卷第 370 页注〔3〕。

白莽作《孩儿塔》序^[1]

春天去了一大半了,还是冷;加上整天的下雨,淅淅沥沥,深夜独坐,听得令人有些凄凉,也因为午后得到一封远道寄来的信,要我给白莽^[2]的遗诗写一点序文之类;那信的开首说道:"我的亡友白莽,恐怕你是知道的罢。……"——这就使我更加惆怅。

说起白莽来,——不错,我知道的。四年之前,我曾经写过一篇《为忘却的记念》,要将他们忘却。他们就义了已经足有五个年头了,我的记忆上,早又蒙上许多新鲜的血迹;这一提,他的年青的相貌就又在我的眼前出现,像活着一样,热天穿着大棉袍,满脸油汗,笑笑的对我说道:"这是第三回了。自己出来的。前两回都是哥哥保出,他一保就要干涉我,这回我不去通知他了。……"——我前一回的文章上是猜错的,这哥哥才是徐培根^[3],航空署长,终于和他成了殊途同归的兄弟;他却叫徐白,较普通的笔名是殷夫。

一个人如果还有友情,那么,收存亡友的遗文真如捏着一团火,常要觉得寝食不安,给它企图流布的。这心情我很了然,也知道有做序文之类的义务。我所惆怅的是我简直不懂诗,也没有诗人的朋友,偶尔一有,也终至于闹开,不过和白莽没有闹,也许是他死得太快了罢。现在,对于他的诗,我一句也不说——因为我不能。

这《孩儿塔》的出世并非要和现在一般的诗人争一日之长,是有别一种意义在。这是东方的微光,是林中的响箭,是冬末的萌芽,是进军的第一步,是对于前驱者的爱的大纛,也是对于摧残者的憎的丰碑。一切所谓圆熟简练,静穆幽远之作,都无须来作比方,因为这诗属于别一世界。

那一世界里有许多许多人,白莽也是他们的亡友。单是这一点,我想,就足够保证这本集子的存在了,又何需我的序文之类。

一九三六年三月十一夜,鲁迅记于上海之且介亭。

＊　　　＊　　　＊

〔1〕　本篇最初发表于1936年4月《文学丛报》月刊第一期,发表时题为《白莽遗诗序》。

〔2〕　白莽(1909—1931)　原名徐柏庭,又名徐祖华,笔名白莽、殷夫、徐白,浙江象山人,共产党员,诗人。1931年2月7日被国民党当局杀害于上海龙华。《孩儿塔》是他的诗集,他在《〈孩儿塔〉剥蚀的题记》中说:"孩儿塔是我故乡义冢地中专给人们抛投死孩的坟冢。"

〔3〕　徐培根(1895—1991)　早年留学德国,当时任国民党政府军政部航空署署长。1934年间因航空署失火焚毁,曾被捕入狱。

续　　记[1]

这是三月十日的事。我得到一个不相识者由汉口寄来的信，自说和白莽是同济学校的同学，藏有他的遗稿《孩儿塔》，正在经营出版，但出版家有一个要求：要我做一篇序；至于原稿，因为纸张零碎，不寄来了，不过如果要看的话，却也可以补寄。其实，白莽的《孩儿塔》的稿子，却和几个同时受难者的零星遗稿，都在我这里，里面还有他亲笔的插画，但在他的朋友手里别有初稿，也是可能的；至于出版家要有一篇序，那更是平常事。

近两年来，大开了印卖遗著的风气，虽是期刊，也常有死人和活人合作的，但这已不是先前的所谓"骸骨的迷恋"[2]，倒是活人在依靠死人的余光，想用"死诸葛吓走生仲达"[3]。我不大佩服这些活家伙。可是这一回却很受了感动，因为一个人受了难，或者遭了冤，所谓先前的朋友，一声不响的固然有，连赶紧来投几块石子，借此表明自己是属于胜利者一方面的，也并不算怎么希罕；至于抱守遗文，历多年还要给它出版，以尽对于亡友的交谊者，以我之孤陋寡闻，可实在很少知道。大病初愈，才能起坐，夜雨淅沥，怆然有怀，便力疾写了一点短文，到第二天付邮寄去，因为恐怕连累付印者，所以不题他的姓名；过了几天，才又投给《文学丛报》[4]，因为恐怕妨碍发行,所以又隐下了诗的名目。

此后不多几天,看见《社会日报》[5],说是善于翻戏的史济行,现又化名为齐涵之了。我这才悟到自己竟受了骗,因为汉口的发信者,署名正是齐涵之。他仍在玩着骗取文稿的老套,《孩儿塔》不但不会出版,大约他连初稿也未必有的,不过知道白莽和我相识,以及他的诗集的名目罢了。

至于史济行和我的通信,却早得很,还是八九年前,我在编辑《语丝》[6],创造社和太阳社[7]联合起来向我围剿的时候,他就自称是一个艺术专门学校的学生,信件在我眼前出现了,投稿是几则当时所谓革命文豪的劣迹,信里还说这类文稿,可以源源的寄来。然而《语丝》里是没有"劣迹栏"的,我也不想和这种"作家"往来,于是当时即加以拒绝。后来他又或者化名"彳亍",在刊物上捏造我的谣言,或者忽又化为"天行"(《语丝》也有同名的文字,但是别 人[8])或"史岩",卑词征求我的文稿,我总给他一个置之不理。这一回,他在汉口,我是听到过的,但不能因为一个史济行在汉口,便将一切汉口的不相识者的信都看作卑劣者的圈套,我虽以多疑为忠厚长者所诟病,但这样多疑的程度是还不到的。不料人还是大意不得,偶不疑虑,偶动友情,到底成为我的弱点了。

今天又看见了所谓"汉出"的《人间世》[9]的第二期,卷末写着"主编史天行",而下期要目的豫告上,果然有我的《序〈孩儿塔〉》在。但卷端又声明着下期要更名为《西北风》了,那么,我的序文,自然就卷在第一阵"西北风"里。而第二期的第一篇,竟又是我的文章,题目是《日译本〈中国小说史略〉序》。这原是我用日本文所写的,这里却不知道何人所译,仅止一页的短文,竟充满着错误和不通,但前面却附有一行声明道:"本篇原来是我为日译本《支那小说史》写的卷头语……"乃是模拟我的语气,冒充我自己翻译的。翻译自己所写的日文,竟会满纸错误,这岂不是天下的大怪事么?

中国原是"把人不当人"的地方,即使无端诬人为投降或转变,国贼或汉奸,社会上也并不以为奇怪。所以史济行的把戏,就更是微乎其微的事情。我所要特地声明的,只在请读了我的序文而希望《孩儿塔》出版的人,可以收回了这希望,因为这是我先受了欺骗,一转而成为我又欺骗了读者的。

最后,我还要添几句由"多疑"而来的结论:即使真有"汉出"《孩儿塔》,这部诗也还是可疑的。我从来不想对于史济行的大事业讲一句话,但这回既经我写过一篇序,且又发表了,所以在现在或到那时,我都有指明真伪的义务和权利。

四月十一日。

＊　　　　＊　　　　＊

〔1〕　本篇最初发表于 1936 年 5 月《文学丛报》月刊第二期,发表时题为《关于〈白莽遗诗序〉的声明》。

〔2〕　"骸骨的迷恋"　原为斯提(叶圣陶)所作文章的题名(刊于1921 年 11 月 2 日上海《时事新报·文学旬刊》第十九号)。文中批评当时一些提倡白话文学的人有时还做文言文和旧诗词的现象。以后"骸骨的迷恋"就常被用为形容守旧者不能忘情过去的贬辞。

〔3〕　"死诸葛吓走生仲达"　这句话出自长篇小说《三国演义》第

一〇四回。诸葛亮在五丈原病逝,蜀军用他的木人像吓退司马懿(字仲达)率领的魏军追兵,"因此蜀中人谚曰:'死诸葛能走生仲达。'"

〔4〕 《文学丛报》 月刊。王元亨、马子华、萧今度编辑,1936 年 4 月在上海创刊,出至第五期停刊。

〔5〕 《社会日报》 当时上海发行的小报之一,1929 年 11 月创刊。1936 年 4 月 4 日该报载有《史济行翻戏志趣(上)》一文,揭发史济行化名齐涵之骗稿的行径。

〔6〕 《语丝》 文艺性周刊,最初由孙伏园等编辑,1924 年 11 月在北京创刊,1927 年 10 月被奉系军阀张作霖查禁,随后移至上海续刊,1930 年 3 月出至第五卷第五十二期停刊。鲁迅是主要撰稿人和支持者之一,并于该刊在上海出版后一度担任编辑。

〔7〕 创造社 参看本卷第 272 页注〔66〕。太阳社,参看本卷第 415 页注〔2〕。1928 年,创造社和太阳社在关于"革命文学"的论争中,曾对鲁迅进行过批评和攻击。

〔8〕 别一人 指魏建功(1901—1980),江苏海安人,语言文字学家。在《语丝》发表作品署名天行。

〔9〕 "汉出"的《人间世》 半月刊,1936 年 4 月创刊,汉口华中图书公司发行。共出二期(第二期改名为《西北风》)。因当时上海有同名刊物(林语堂编),所以加"汉出"二字。

写 于 深 夜 里 [1]

一　珂勒惠支教授的版画之入中国

野地上有一堆烧过的纸灰,旧墙上有几个划出的图画,经过的人是大抵未必注意的,然而这些里面,各各藏着一些意义,是爱,是悲哀,是愤怒,……而且往往比叫了出来的更猛烈。也有几个人懂得这意义。

一九三一年——我忘了月份了——创刊不久便被禁止的杂志《北斗》[2]第一本上,有一幅木刻画,是一个母亲,悲哀的闭了眼睛,交出她的孩子去。这是珂勒惠支教授(Prof. Kaethe Kollwitz)的木刻连续画《战争》的第一幅,题目叫作《牺牲》;也是她的版画绍介进中国来的第一幅。

这幅木刻是我寄去的,算是柔石[3]遇害的纪念。他是我的学生和朋友,一同绍介外国文艺的人,尤喜欢木刻,曾经编印过三本欧美作家的作品[4],虽然印得不大好。然而不知道为了什么,突然被捕了,不久就在龙华和别的五个青年作家[5]同时枪毙。当时的报章上毫无记载,大约是不敢,也不能记载,然而许多人都明白他不在人间了,因为这是常有的事。只有他那双目失明的母亲,我知道她一定还以为她的爱子仍在上海翻译和校对。偶然看到德国书店的目录上有这幅

《牺牲》，便将它投寄《北斗》了，算是我的无言的纪念。然而，后来知道，很有一些人是觉得所含的意义的，不过他们大抵以为纪念的是被害的全群。

这时珂勒惠支教授的版画集正在由欧洲走向中国的路上，但到得上海，勤恳的绍介者却早已睡在土里了，我们连地点也不知道。好的，我一个人来看。这里面是穷困，疾病，饥饿，死亡……自然也有挣扎和争斗，但比较的少；这正如作者的自画像，脸上虽有憎恶和愤怒，而更多的是慈爱和悲悯的相同。这是一切"被侮辱和被损害的"[6]的母亲的心的图像。这类母亲，在中国的指甲还未染红的乡下，也常有的，然而人往往嗤笑她，说做母亲的只爱不中用的儿子。但我想，她是也爱中用的儿子的，只因为既然强壮而有能力，她便放了心，去注意"被侮辱的和被损害的"孩子去了。

现在就有她的作品的复印二十一幅，来作证明；并且对于中国的青年艺术学徒，又有这样的益处的——

一，近五年来，木刻已颇流行了，虽然时时受着迫害。但别的版画，较成片段的，却只有一本关于卓伦（Anders Zorn）[7]的书。现在所绍介的全是铜刻和石刻，使读者知道版画之中，又有这样的作品，也可以比油画之类更加普遍，而且看见和卓伦截然不同的技法和内容。

二，没有到过外国的人，往往以为白种人都是对人来讲耶稣道理或开洋行的，鲜衣美食，一不高兴就用皮鞋向人乱踢。有了这画集，就明白世界上其实许多地方都还存在着"被侮辱和被损害的"人，是和我们一气的朋友，而且还有为这些人们悲哀,叫喊和战斗的艺术家。

三,现在中国的报纸上多喜欢登载张口大叫着的希特拉[8]像,当时是暂时的,照相上却永久是这姿势,多看就令人觉得疲劳。现在由德国艺术家的画集,却看见了别一种人,虽然并非英雄,却可以亲近,同情,而且愈看,也愈觉得美,愈觉得有动人之力。

四,今年是柔石被害后的满五年,也是作者的木刻第一次在中国出现后的第五年;而作者,用中国式计算起来,她是七十岁了,这也可以算作一个纪念。作者虽然现在也只能守着沉默,但她的作品,却更多的在远东的天下出现了。是的,为人类的艺术,别的力量是阻挡不住的。

二　略论暗暗的死

这几天才悟到,暗暗的死,在一个人是极其惨苦的事。

中国在革命以前,死囚临刑,先在大街上通过,于是他或呼冤,或骂官,或自述英雄行为,或说不怕死。到壮美时,随着观看的人们,便喝一声采,后来还传述开去。在我年青的时候,常听到这种事,我总以为这情形是野蛮的,这办法是残酷的。

新近在林语堂[9]博士编辑的《宇宙风》里,看到一篇铢堂[10]先生的文章,却是别一种见解。他认为这种对死囚喝采,是崇拜失败的英雄,是扶弱,"理想是不能不算崇高。然而在人群的组织上实在要不得。抑强扶弱,便是永远不愿意有强。崇拜失败英雄，便是不承认成功的英雄。"所以使"凡是古来成功的帝王，欲维持几百年的威力，不定得残害几万几十万无辜的人，方才能博得一时的慑服"。

残害了几万几十万人，还只"能博得一时的慑服"，为"成功的帝王"设想，实在是大可悲哀的：没有好法子。不过我并不想替他们划策，我所由此悟到的，乃是给死囚在临刑前可以当众说话，倒是"成功的帝王"的恩惠，也是他自信还有力量的证据，所以他有胆放死囚开口，给他在临死之前，得到一个自夸的陶醉，大家也明白他的收场。我先前只以为"残酷"，还不是确切的判断，其中是含有一点恩惠的。我每当朋友或学生的死，倘不知时日，不知地点，不知死法，总比知道的更悲哀和不安；由此推想那一边，在暗室中毕命于几个屠夫的手里，也一定比当众而死的更寂寞。

然而"成功的帝王"是不秘密杀人的，他只秘密一件事：和他那些妻妾的调笑。到得就要失败了，才又增加一件秘密：他的财产的数目和安放的处所；再下去，这才加到第三件：秘密的杀人。这时他也如铢堂先生一样，觉得民众自有好恶，不论成败的可怕了。

所以第三种秘密法，是即使没有策士的献议，也总有一时要采用的，也许有些地方还已经采用。这时街道文明了，民众安静了，但我们试一推测死者的心，却一定比明明白白而死的更加惨苦。我先前读但丁[11]的《神曲》，到《地狱》篇，就惊异于这作者设想的残酷，但到现在，阅历加多，才知道他还是仁厚的了：他还没有想出一个现在已极平常的惨苦到谁也看不见的地狱来。

三　一个童话

看到二月十七日的《DZZ》[12]，有为纪念海涅（H. Heine)[13]死后八十年，勃莱兑勒(Willi Bredel)[14]所作的《一个童话》，很爱这个题目，也来写一篇。

有一个时候，有一个这样的国度。权力者压服了人民，但觉得他们倒都是强敌了，拼音字好像机关枪，木刻好像坦克车；取得了土地，但规定的车站上不能下车。地面上也不能走了，总得在空中飞来飞去；而且皮肤的抵抗力也衰弱起来，一有紧要的事情，就伤风，同时还传染给大臣们，一齐生病。

出版有大部的字典，还不止一部，然而是都不合于实用的，倘要明白真情，必须查考向来没有印过的字典。这里面很有新奇的解释，例如："解放"就是"枪毙"；"托尔斯泰主义"就是"逃走"；"官"字下注云："大官的亲戚朋友和奴才"；"城"字下注云："为防学生出入而造的高而坚固的砖墙"；"道德"条下注云："不准女人露出臂膊"；"革命"条下注云："放大水入田地里，用飞机载炸弹向'匪贼'头上掷之也。"

出版有大部的法律，是派遣学者，往各国采访了现行律，摘取精华，编纂而成的，所以没有一国，能有这部法律的完全和精密。但卷头有一页白纸，只有见过没有印出的字典的人，才能够看出字来，首先计三条：一，或从宽办理；二，或从严办理；三，或有时全不适用之。

　　自然有法院,但曾在白纸上看出字来的犯人,在开庭时候是决不抗辩的,因为坏人才爱抗辩,一辩即不免"从严办理";自然也有高等法院,但曾在白纸上看出字来的人,是决不上诉的,因为坏人才爱上诉,一上诉即不免"从严办理"。

　　有一天的早晨,许多军警围住了一个美术学校[15]。校里有几个中装和西装的人在跳着,翻着,寻找着,跟随他们的也是警察,一律拿着手枪。不多久,一位西装朋友就在寄宿舍里抓住了一个十八岁的学生的肩头。

　　"现在政府派我们到你们这里来检查,请你……"

　　"你查罢!"那青年立刻从床底下拖出自己的柳条箱来。

　　这里的青年是积多年的经验,已颇聪明了的,什么也不敢有。但那学生究竟只有十八岁,终于被在抽屉里,搜出几封信来了,也许是因为那些信里面说到他的母亲的困苦而死,一时不忍烧掉罢。西装朋友便子子细细的　字　字的读着,当读到"……世界是一台吃人的筵席,你的母亲被吃去了,天下无数无数的母亲也会被吃去的……"的时候,就把眉头一扬,摸出一枝铅笔来,在那些字上打着曲线,问道:

　　"这是怎么讲的?"

　　"…………"

　　"谁吃你的母亲? 世上有人吃人的事情吗? 我们吃你的母亲? 好!"他凸出眼珠,好像要化为枪弹,打了过去的样子。

　　"那里! ……这……那里! ……这……"青年发急了。

　　但他并不把眼珠射出去,只将信一折,塞在衣袋里;又把那学生的木版,木刻刀和拓片,《铁流》,《静静的顿河》[16],剪

贴的报,都放在一处,对一个警察说:

"我把这些交给你!"

"这些东西里有什么呢,你拿去?"青年知道这并不是好事情。

但西装朋友只向他瞥了一眼,立刻顺手一指,对别一个警察命令道:

"我把这个交给你!"

警察的一跳好像老虎,一把抓住了这青年的背脊上的衣服,提出寄宿舍的大门口去了。门外还有两个年纪相仿的学生[17],背脊上都有一只勇壮巨大的手在抓着。旁边围着一大层教员和学生。

四　又是一个童话

有一天的早晨的二十一天之后,拘留所里开审了。一间阴暗的小屋子里,上面坐着两位老爷,一东一西。东边的一个是马褂,西边的一个是西装,不相信世上有人吃人的事情的乐天派,录口供的。警察吆喝着连抓带拖的弄进一个十八岁的学生来,苍白脸,脏衣服,站在下面。马褂问过他的姓名,年龄,籍贯之后,就又问道:

"你是木刻研究会[18]的会员么?"

"是的。"

"谁是会长呢?"

"Ch……正的,H……副的。"

"他们现在在那里?"

"他们都被学校开除了,我不晓得。"

"你为什么要鼓动风潮呢,在学校里?"

"阿!……"青年只惊叫了一声。

"哼。"马褂随手拿出一张木刻的肖像来给他看,"这是你刻的吗?"

"是的。"

"刻的是谁呢?"

"是一个文学家。"

"他叫什么名字?"

"他叫卢那却尔斯基[19]。"

"他是文学家? ——他是那一国人?"

"我不知道!"这青年想逃命,说谎了。

"不知道? 你不要骗我! 这不是露西亚[20]人吗? 这不是明明白白的露西亚红军军官吗? 我在露西亚的革命史上亲眼看见他的照片的呀! 你还想赖?"

"那里!"青年好像头上受到了铁椎的一击,绝望的叫了一声。

"这是应该的,你是普罗艺术家,刻起来自然要刻红军军官呀!"

"那里……这完全不是……"

"不要强辩了,你总是'执迷不悟'! 我们很知道你在拘留所里的生活很苦。但你得从实说来,好使我们早些把你送给法院判决。——监狱里的生活比这里好得多。"

青年不说话——他十分明白了说和不说一样。

"你说,"马褂又冷笑了一声,"你是 CP,还是 CY[21]?"

"都不是的。这些我什么也不懂!"

"红军军官会刻,CP,CY 就不懂了?人这么小,却这样的刁顽!去!"于是一只手顺势向前一摆,一个警察很聪明而熟练的提着那青年就走了。

我抱歉得很,写到这里,似乎有些不像童话了。但如果不称它为童话,我将称它为什么呢?特别的只在我说得出这事的年代,是一九三二年。

五 一封真实的信

"敬爱的先生:

你问我出了拘留所以后的事情么,我现在大略叙述在下面——

在当年的最后一月的最后一天,我们三个被××省[22]政府解到了高等法院。一到就开检查庭。这检察官的审问很特别,只问了三句:

'你叫什么名字?'——第一句;

'今年你几岁?'——第二句;

'你是那里人?'——第三句。

开完了这样特别的庭,我们又被法院解到了军人监狱。有谁要看统治者的统治艺术的全般的么?那只要到军人监狱里去。他的虐杀异己,屠戮人民,不惨酷是不快意的。时局一紧张,就拉出一批所谓重要的政治犯来枪毙,无所谓刑期不刑期的。例如南昌陷于危急的时候[23],曾在三刻钟之内,打死了二十二个;福建人民政府[24]成立时,也枪毙了不少。刑场就是狱里的五亩大的菜园,囚犯的尸体,就靠泥埋在菜园里,上面栽起菜来,当作肥料用。

约莫隔了两个半月的样子,起诉书来了。法官只问我们三句话,怎么可以做起诉书的呢? 可以的! 原文虽然不在手头,但是我背得出,可惜的是法律的条目已经忘记了——

'……Ch……H……所组织之木刻研究会,系受共党指挥,研究普罗艺术之团体也。被告等皆为该会会员,……核其所刻,皆为红军军官及劳动饥饿者之景象,借以鼓动阶级斗争而示无产阶级必有专政之一日。……'

之后,没有多久,就开审判庭。庭上一字儿坐着老爷五位,威严得很。然而我倒并不怎样的手足无措,因为这时我的脑子里浮出了一幅图画,那是陀密埃(Honoré Daumier)的《法官》[25],真使我赞叹!

审判庭开后的第八日,开最后的判决庭,宣判了。判决书上所开的罪状,也还是起诉书上的那么几句,只在它的后半段里,有——

'核其所为,当依危害民国紧急治罪法第×条,刑法第×百×十×条第×款,各处有期徒刑五年。……然被告等皆年幼无知,误入歧途,不无可悯,特依××法第×千×百×十×条第×款之规定,减处有期徒刑二年六个月。于判决书送到后十日以内,不服上诉……'云云。

我还用得到'上诉'么？'服'得很！反正这是他们的法律！

总结起来，我从被捕到放出，竟游历了三处残杀人民的屠场。现在，我除了感激他们不砍我的头之外，更感激的是增加了我不知几多的知识。单在刑罚一方面，我才晓得现在的中国有：一，抽藤条，二，老虎凳，都还是轻的；三，踏杠，是叫犯人跪下，把铁杠放在他的腿弯上，两头站上彪形大汉去，起先两个，逐渐加到八人；四，跪火链，是把烧红的铁链盘在地上，使犯人跪上去；五，还有一种叫'吃'的，是从鼻孔里灌辣椒水，火油，醋，烧酒……；六，还有反绑着犯人的手，另用细麻绳缚住他的两个大拇指，高悬起来，吊着打，我叫不出这刑罚的名目。

我认为最惨的还是在拘留所里和我同枷的一个年青的农民。老爷硬说他是红军军长，但他死不承认。呵，来了，他们用缝衣针插在他的指甲缝里，用榔头敲进去。敲进去了一只，不承认，敲第二只，仍不承认，又敲第三只……第四只……终于十只指头都敲满了。直到现在，那青年的惨白的脸，凹下的眼睛，两只满是鲜血的手，还时常浮在我的眼前，使我难于忘却！使我苦痛！……

然而，入狱的原因，直到我出来之后才查明白。祸根是在我们学生对于学校有不满之处，尤其是对于训育主任，而他却是省党部的政治情报员。他为了要镇压全体学生的不满，就把仅存的三个木刻研究会会员，抓了去做示威的牺牲了。而那个硬派卢那却尔斯基为红军军官的马褂老爷，又是他的姐夫,多么便利呵!

　　写完了大略,抬头看看窗外,一地惨白的月色,心里不禁渐渐地冰凉了起来。然而我自信自己还并不怎样的怯弱,然而,我的心冰凉起来了……

　　愿你的身体康健!

　　　　　　　　人凡[26]。四月四日,后半夜。"

　　(附记:从《一个童话》后半起至篇末止,均据人凡君信及《坐牢略记》。四月七日。)

　　※　　　※　　　※

　　〔1〕　本篇最初发表于1936年5月上海《夜莺》月刊第一卷第三期。此文是为上海出版的英文期刊《中国呼声》(The Voice of China)而作,英译稿发表于同年6月1日该刊第一卷第六期。

　　作者1936年4月1日致曹白信中说:"为了一张文学家的肖像,得了这样的罪,是大黑暗,也是大笑话,我想作一点短文,到外国去发表。所以希望你告诉我被捕的原因,年月,审判的情形,定罪的长短(二年四月?),但只要一点大略就够。"又在5月4日信中说:"你的那一篇文章(按指《坐牢略记》),尚找不着适当的发表之处。我只抄了一段,连一封信(略有删去及改易),收在《写在深夜里》的里面。"

　　〔2〕　《北斗》　文艺月刊。"左联"机关刊物之一,丁玲主编。1931年9月在上海创刊,次年7月出至第二卷第三、四期合刊后因国民党政府压迫停刊,共出八期。

　　〔3〕　柔石(1902—1931)　原名赵平复,浙江宁海人,共产党员,作家。曾任《语丝》编辑,并与鲁迅等创办朝花社。著有中篇小说《二

月》、短篇小说《为奴隶的母亲》等。1931 年 2 月 7 日被国民党当局杀害于上海龙华。

〔4〕 三本欧美作家的作品 指印入《艺苑朝华》的《近代木刻选集》第一、二两集和《比亚兹莱画选》。

〔5〕 五个青年作家 应为"四个青年作家"。参看本卷第 163 页注〔3〕。

〔6〕 "被侮辱和被损害的" 原是俄国作家陀思妥耶夫斯基作的长篇小说的书名,这里借用它字面的意思。

〔7〕 卓伦(1860—1920) 瑞典画家、雕刻家和铜版蚀刻画家。

〔8〕 希特拉 即希特勒,参看本卷第 14 页注〔10〕。

〔9〕 林语堂 参看本卷第 214 页注〔4〕。《宇宙风》,参看本卷第 451 页注〔9〕。

〔10〕 铢堂 原作铢庵,本名瞿宣颖(1894—1973),字兑之,湖南长沙人。历史学家。著有《长沙瞿氏家乘》、《中国历代社会史料丛钞》等。这里提到的他的文章题为《不以成败论英雄》,刊于《宇宙风》第十三期(1936 年 3 月),文中说:"我们的民族乃是向来不以成败论英雄的。……近人有一句流行话,说中国民族富于同化力,所以辽金元清都并不曾征服中国。其实无非是一种惰性,对于新制度不容易接收罢了。这种惰性与上面所说的不论成败的精神,最有关系。中国人对于失败者过于哀怜,所以对于旧的过于恋惜。对于成功者常怀轻蔑,所以对于新的不容易接收。凡是古来成功的帝王,欲维持几百年的威力,不定得残害几万几十万无辜的人,方才能博得一时的慑服。……这些话好像都是老生常谈。然而我要藉此点明的意思,乃是中国的社会不树威是难得服帖的。……总而言之,中国人理想是不能不算崇高。然而在人群的组织上实在要不得。抑强扶弱,便是永远不愿意有强。崇拜失败英雄,便是不承认成功的英雄。"

〔11〕 但丁 参看本卷第 427 页注〔3〕。

〔12〕 《DZZ》 德文《Deutsche Zentral Zeitung》(《德意志中央新闻》)的缩写;是当时在苏联印行的德文日报。

〔13〕 海涅(1797—1856) 德国诗人、政论家,著有《德国——一个冬天的童话》等。2 月 17 日是海涅逝世的日子。

〔14〕 勃莱兑勒(1901—1964) 通译布莱德尔,德国作家。著有长篇小说《考验》和三部曲《亲戚和朋友们》等。

〔15〕 美术学校 指杭州国立艺术专门学校。下文的“一个十八岁的学生”指曹白。

〔16〕 《静静的顿河》 苏联作家萧洛霍夫的长篇小说,当时有贺非从德文译本第一卷上半译出的中译本,上海神州国光社出版。鲁迅曾为它写有《后记》(收入《集外集拾遗》)。

〔17〕 两个年纪相仿的学生 指当时杭州国立艺术专门学校学生郝力群和叶乃芬。郝力群,山西灵石人;叶乃芬(1912—1985),又名叶洛,浙江衢县人。

〔18〕 木刻研究会 指木铃木刻研究会,1933 年春成立于杭州,发起人为杭州艺术专门学校学生曹白、郝力群等。

〔19〕 卢那却尔斯基(А.В.Луначарский,1875—1933) 苏联文艺批评家,曾任苏联教育人民委员。

〔20〕 露西亚 俄罗斯的日文译名。

〔21〕 CP 英语 Communist Party 的缩写,即共产党。CY,英语 Communist Youth 的缩写,即共产主义青年团。

〔22〕 ××省 指浙江省。

〔23〕 南昌陷于危急的时候 指 1933 年 4 月初国民党对江西中央苏区的第四次“围剿”被粉碎后,红军部队攻克江西新淦、金溪,进逼南昌、抚州的时期。

〔24〕 福建人民政府　参看本卷第 17 页注〔31〕。

〔25〕 陀密埃　参看本卷第 243 页注〔7〕。《法官》是他作的一幅人物画,曾收入鲁迅所译《近代美术史潮论》中。

〔26〕 人凡　即曹白,原名刘萍若,江苏武进人。1933 年在杭州国立艺术专门学校学习,因组织木刻研究会,于同年 10 月被捕,1934 年底获释。出狱后曾任小学教师。

三月的租界^{〔1〕}

今年一月,田军发表了一篇小品,题目是《大连丸上》^{〔2〕},记着一年多以前,他们夫妇俩怎样幸而走出了对于他们是荆天棘地的大连——

"第二天当我们第一眼看到青岛青青的山角时,我们的心才又从冻结里蠕活过来。

"'啊! 祖国!'

"我们梦一般这样叫了!"

他们的回"祖国",如果是做随员,当然没有人会说话,如果是剿匪,那当然更没有人会说话,但他们竟不过来出版了《八月的乡村》^{〔3〕}。这就和文坛发生了关系。那么,且慢"从冻结里蠕活过来"罢。三月里,就"有人"在上海的租界上冷冷的说道——

"田军不该早早地从东北回来!"

谁说的呢? 就是"有人"。为什么呢? 因为这部《八月的乡村》"里面有些还不真实"。然而我的传话是"真实"的。有《大晚报》副刊《火炬》的奇怪毫光之一,《星期文坛》上的狄克^{〔4〕}先生的文章为证——

"《八月的乡村》整个地说,他是一首史诗,可是里面有些还不真实,像人民革命军进攻了一个乡村以后的情

532

况就不够真实。有人这样对我说：'田军不该早早地从东北回来'，就是由于他感觉到田军还需要长时间的学习，如果再丰富了自己以后，这部作品当更好。技巧上，内容上，都有许多问题在，为什么没有人指出呢?"

这些话自然不能说是不对的。假如"有人"说，高尔基[5]不该早早不做码头脚夫，否则，他的作品当更好；吉须[6]不该早早逃亡外国，如果坐在希忒拉的集中营里，他将来的报告文学当更有希望。倘使有谁去争论，那么，这人一定是低能儿。然而在三月的租界上，却还有说几句话的必要，因为我们还不到十分"丰富了自己"，免于来做低能儿的幸福的时期。

这样的时候，人是很容易性急的。例如罢，田军早早的来做小说了，却"不够真实"，狄克先生一听到"有人"的话，立刻同意，责别人不来指出"许多问题"了，也等不及"丰富了自己以后"，再来做"正确的批评"。但我以为这是不错的，我们有投枪就用投枪，正不必等候刚在制造或将要制造的坦克车和烧夷弹。可惜的是这么一来，田军也就没有什么"不该早早地从东北回来"的错处了。立论要稳当真也不容易。

况且从狄克先生的文章上看起来，要知道"真实"似乎也无须久留在东北似的，这位"有人"先生和狄克先生大约就留在租界上，并未比田军回来得晚，在东北学习，但他们却知道够不够真实。而且要作家进步，也无须靠"正确"的批评，因为在没有人指出《八月的乡村》的技巧上，内容上的"许多问题"以前，狄克先生也已经断定了："我相信现在有人在写，或豫备写比《八月的乡村》更好的作品，因为读者需要!"

到这里，就是坦克车正要来，或将要来了，不妨先折断了投枪。

到这里，我又应该补叙狄克先生的文章的题目，是：《我们要执行自我批判》。

题目很有劲。作者虽然不说这就是"自我批判"，但却实行着抹杀《八月的乡村》的"自我批判"的任务的，要到他所希望的正式的"自我批判"发表时，这才解除它的任务，而《八月的乡村》也许再有些生机。因为这种模模胡胡的摇头，比列举十大罪状更有害于对手，列举还有条款，含胡的指摘，是可以令人揣测到坏到茫无界限的。

自然，狄克先生的"要执行自我批判"是好心，因为"那些作家是我们底"的缘故。但我以为同时可也万万忘记不得"我们"之外的"他们"，也不可专对"我们"之中的"他们"。要批判，就得彼此都给批判，美恶一并指出。如果在还有"我们"和"他们"的文坛上，一味自责以显其"正确"或公平，那其实是在向"他们"献媚或替"他们"缴械。

四月十六日。

*　　　*　　　*

〔1〕　本篇最初发表于1936年5月《夜莺》月刊第一卷第三期。

〔2〕　田军　参看本卷第297页注〔1〕。《大连丸上》，发表于1936年1月上海《海燕》月刊第一期，当时大连是日本的租借地。

〔3〕　《八月的乡村》　田军作的反映东北人民抗日斗争的长篇小说。参看《且介亭杂文二集·田军作〈八月的乡村〉序》及其注〔1〕。

〔4〕 狄克 张春桥的笔名。张春桥(1917—2005),山东巨野人。当时上海的一个文学青年。他指责《八月的乡村》的文章《我们要执行自我批判》,发表于 1936 年 3 月 15 日的《大晚报·火炬》。

〔5〕 高尔基出生于木工家庭,早年曾当过学徒、码头工人等。

〔6〕 吉须(E.E.Kisch,1885—1948) 也译作基希,捷克报告文学家。用德文写作。希特勒统治时期因反对纳粹政权而逃亡国外。"九一八"事变后曾来过我国,著有《秘密的中国》等。

《出关》的"关"[1]

　　我的一篇历史的速写《出关》在《海燕》[2]上一发表,就有了不少的批评,但大抵自谦为"读后感"。于是有人说:"这是因为作者的名声的缘故"。话是不错的。现在许多新作家的努力之作,都没有这么的受批评家注意,偶或为读者所发现,销上一二千部,便什么"名利双收"[3]呀,"不该回来"呀,"叽哩咕噜"呀,群起而打之,惟恐他还有活气,一定要弄到此后一声不响,这才算天下太平,文坛万岁。然而别一方面,慷慨激昂之士也露脸了,他戟指大叫道:"我们中国有半个托尔斯泰没有? 有半个歌德没有?"惭愧得很,实在没有。不过其实也不必这么激昂,因为从地壳凝结,渐有生物以至现在,在俄国和德国,托尔斯泰和歌德也只有各一个。

　　我并没有遭着这种打击和恫吓,是万分幸福的,不过这回却想破了向来对于批评都守缄默的老例,来说几句话,这也并无他意,只以为批评者有从作品来批判作者的权利,作者也有从批评来批判批评者的权利,咱们也不妨谈一谈而已。

　　看所有的批评,其中有两种,是把我原是小小的作品,缩得更小,或者简直封闭了。

　　一种,是以为《出关》在攻击某一个人。这些话,在朋友闲谈,随意说笑的时候,自然是无所不可的,但若形诸笔墨,昭示读者,自以为得了这作品的魂灵,却未免像后街阿狗的妈妈。她是只知道,也只爱听别人的阴私的。不幸我那《出关》并不合于这一流人的胃口,于是一种小报上批评道:"这好像是在讽刺傅东华,然而又不是。"[4]既然"然而又不是",就可见并不"是在讽刺傅东华"了,这不是该从别处着眼了么?然而他因此又觉得毫无意味,一定要实在"是在讽刺傅东华",这才尝出意味来。

这种看法的人们,是并不很少的,还记得作《阿Q正传》时,就曾有小政客和小官僚惶怒,硬说是在讽刺他,殊不知阿Q的模特儿,却在别的小城市中,而他也实在正在给人家捣米。但小说里面,并无实在的某甲或某乙的么?并不是的。倘使没有,就不成为小说。纵使写的是妖怪,孙悟空一个筋斗十万八千里,猪八戒高老庄招亲,在人类中也未必没有谁和他们精神上相像。有谁相像,就是无意中取谁来做了模特儿,不过因为是无意中,所以也可以说是谁竟和书中的谁相像。我们的古人,是早觉得做小说要用模特儿的,记得有一部笔记,说施耐庵[5]——我们也姑且认为真有这作者罢——请画家画了一百零八条梁山泊上的好汉,贴在墙上,揣摩着各人的神情,写成了《水浒》。但这作者大约是文人,所以明白文人的技俩,而不知道画家的能力,以为他倒能凭空创造,用不着模特儿来作标本了。

作家的取人为模特儿,有两法。一是专用一个人,言谈举动,不必说了,连微细的癖性,衣服的式样,也不加改变。这比较的易于描写,但若在书中是一个可恶或可笑的角色,在现在的中国恐怕大抵要认为作者在报个人的私仇——叫作"个人主义",有破坏"联合战线"之罪[6],从此很不容易做人。二是杂取种种人,合成一个,从和作者相关的人们里去找,是不能发见切合的了。但因为"杂取种种人",一部分相像的人也就更其多数,更能招致广大的惶怒。我是一向取后一法的,当初以为可以不触犯某一个人,后来才知道倒触犯了一个以上,真是"悔之无及",既然"无及",也就不悔了。况且这方法也和中国人的习惯相合,例如画家的画人物,也是静观默察,烂熟于心,然后凝神结想,一挥而就,向来不用一个单独的模特儿的。

不过我在这里,并不说傅东华先生就做不得模特儿,他一进小说,是有代表一种人物的资格的;我对于这资格,也毫无轻视之意,因为世间进不了小说的人们倒多得很。然而纵使谁整个的进了小说,如果作者手腕高妙,作品久传的话,读者所见的就只是书中人,和这曾经实有的人倒不相干了。例如《红楼梦》里贾宝玉的模特儿是作者自己曹霑[7],《儒林外史》里马二先生的模特儿是冯执中[8],现在我们所觉得的却只是贾宝玉和马二先生,只有特种学者如胡适之先生之流,这才把曹霑和冯执中念念不忘的记在心儿里[9]:这就是所谓人生有限,而艺术却较为永久的话罢。

还有一种,是以为《出关》乃是作者的自况,自况总得占点上风,所以我就是其中的老子[10]。说得最凄惨的是邱韵铎[11]先生——

"……至于读了之后,留在脑海里的影子,就只是一个全身心都浸淫着孤独感的老人的身影。我真切地感觉着读者是会坠入孤独和悲哀去,跟着我们的作者。要是这样,那么,这篇小说的意义,就要无形地削弱了,我相信,鲁迅先生以及像鲁迅先生一样的作家们的本意是不在这里的。……"(《每周文学》的《海燕读后记》)

这一来真是非同小可,许多人都"坠入孤独和悲哀去",前面一个老子,青牛屁股后面一个作者,还有"以及像鲁迅先生一样的作家们",还有许多读者们连邱韵铎先生在内,竟一窠蜂似的涌"出关"去了。但是,倘使如此,老子就又不"只是一个全身心都浸淫着孤独感的老人的身影",我想他是会不再出关,回上海请我们吃饭,出题目征集文章,做道德五百万言的了。

所以我现在想站在关口,从老子的青牛屁股后面,挽留住"像鲁迅先生一样的作家们"以及许多读者们连邱韵铎先生在内。首先是请不要"坠入孤独和悲哀去",因为"本意是不在这里",邱先生是早知道的,但是没说出在那里,也许看不出在那里。倘是前者,真是"这篇小说的意义,就要无形地削弱了";倘因后者,那么,却是我的文字坏,不够分明的传出"本意"的缘故。现在略说一点,算是敬扫一回两月以前"留在脑海里的影子"罢——

老子的西出函谷,为了孔子的几句话,并非我的发见或创造,是三十年前,在东京从太炎[12]先生口头听来的,后来他写在《诸子学略说》中,但我也并不信为一定的事实。至于孔老相争,孔胜老败,却是我的意见:老,是尚柔的[13];"儒者,柔也"[14],孔也尚柔,但孔以柔进取,而老却以柔退走。这关键,即在孔子为"知其不可为而为之"〔15〕的事无大小,均不放松的实行者,老则是"无为而无不为"〔16〕的一事不做,徒作大言的空谈家。要无所不为,就只好一无所为,因为一有所为,就有了界限,不能算是"无不为"了。我同意于关尹子〔17〕的嘲笑:他是连老婆也娶不成的。于是加以漫画化,送他出了关,毫无爱惜,不料竟惹起邱先生的这样的凄惨,我想,这大约一定因为我的漫画化还不足够的缘故了,然而如果更将他的鼻子涂白,是不只"这篇小说的意义,就要无形地削弱"而已的,所以也只好这样子。

再引一段邱韵铎先生的独白——

"……我更相信,他们是一定会继续地运用他们的心力和笔力,倾注到更有利于社会变革方面,使凡是有利的力量都集中起来,加强起来,同时使凡是可能有利的力量都转为有利的力量,以联结成一个巨大无比的力量。"

一为而"成一个巨大无比的力量",仅次于"无为而无不为"一等,我"们"是没有这种玄妙的本领的,然而我"们"和邱先生不同之处却就在这里,我"们"并不"坠入孤独和悲哀去",而邱先生却会"真切地感觉着读者是会坠入孤独和悲哀去"的关键也在这里。他起了有利于老子的心思,于是不禁写了"巨大无比"的抽象的封条,将我的无利于老子的具象的作品封闭了。但我疑心:邱韵铎先生以及像邱韵铎先生一样的作家们的本意,也许倒只在这里的。

四月三十日。

※　　　　※　　　　※

〔1〕 本篇最初发表于 1936 年 5 月上海《作家》月刊第一卷第二期。

〔2〕《海燕》 月刊。胡风、聂绀弩、萧军等创办,署史青文编。1936 年 1 月 20 日在上海创刊,仅出两期即被查禁。《出关》发表于该刊第一期。

〔3〕 "名利双收" 1935 年 11 月 24 日《社会日报》第三版刊有署名黑二之《四马路来消息三则学学时髦姑名之曰文坛三部曲》中说:"《八月的田间》自鲁迅及鲁系诸人转辗相捧之后,作者田军名利双收"。

〔4〕 关于《出关》是讽刺傅东华的说法,见 1936 年 1 月 30 日上海《小晨报》所载徐北辰《评〈海燕〉》一文,其中说:"自老子被硬请上关,讲学,编讲义,以及得了饽饽等赠品被放行止,一句两句的零碎讽刺很多,但却看不准他究竟在讽刺谁,好像是傅东华,然而也只是好像而已,并没有可下断语的凭据。"傅东华(1893—1971),浙江金华人,翻译家。当时任《文学》月刊主编。

〔5〕 施耐庵 相传为元末明初时钱塘(今浙江杭州)人,长篇小说《水浒传》的作者。旧籍中关于他的记述互有出入,都无确证,所以这里说"姑且认为真有这作者罢"。

〔6〕 破坏"联合战线"之罪 指当时左翼文艺内部一些人对作者的指责。1935 年底"左联"解散,另行筹备成立文艺家协会。作者拒绝加入该协会,因而受到责难。作者在 1935 年 4 月 23 日致曹靖华信中谈到此事说:"这里在弄作家协会,……我鉴于往日之给我的伤,拟不加入,但必将又成一大罪状,听之而已。"5 月 3 日致曹靖华信又说:"此间莲姐家(按指左联)已散,化为傅、郑所主持的大家族(按指文艺家协会),旧人颇有往者,对我大肆攻击,以为意在破坏","令喽罗加以破坏统一的罪名"。

〔7〕 曹霑（？—1763 或 1764） 号雪芹，满洲正白旗"包衣"人，清代小说家，《红楼梦》的作者。贾宝玉是《红楼梦》中的主要人物之一。

〔8〕 《儒林外史》 长篇讽刺小说，清代吴敬梓著。书中人物马二先生（马纯上）是个八股文选家。冯执中，应作冯萃中。清代金和在《儒林外史》跋文中说："马纯上者，冯萃中。"

〔9〕 胡适在 1921 年所写的《红楼梦考证》中说："《红楼梦》这部书是曹雪芹的自叙传"，"《红楼梦》是一部隐去真事的自叙：里面的甄贾两宝玉，即是曹雪芹自己的化身；甄贾两府即是当日曹家的影子"。

〔10〕 老子 参看本卷第 311 页注〔12〕。相传孔子向他问过礼。后来他西出函谷关而去。现存《老子》一书，分《道经》、《德经》上下两篇，是战国时人编纂的老子的言论集。

〔11〕 邱韵铎（1907—？） 后改名邱璜峰，上海人，曾任创造社出版部主任。后担任过重庆《新华日报》资料室主任。他的《海燕读后记》发表于 1936 年 2 月 11 日上海《时事新报·每周文学》第二十一期。

〔12〕 太炎 即章太炎，参看本卷第 110 页注〔30〕和本书《关于太炎先生二三事》注〔2〕。《诸子学略说》是他述评春秋战国时诸子百家学说的著作，其中论及老子出关事说："老子以其权术授之孔子，而征藏故书，亦悉为孔子诈取。孔子之权术，乃有过于老子者。孔学本出于老，以儒道之形式有异，不欲崇奉以为本师；而惧老子发其覆也，于是说老子曰：乌鹊孺，鱼傅沫，细要者化，有弟而兄啼。（原注：见《庄子·天运篇》。意谓己述六经，学皆出于老子，吾书先成，子名将夺，无可如何也。）老子胆怯，不得不曲从其请。逢蒙杀羿之事，又其素所怵惕也。胸有不平，欲一举发，而孔氏之徒偏布东夏，吾言朝出，首领可以夕断。于是西出函谷，知秦地之无儒，而孔氏之无如我何，则始著《道德经》，以发其覆。借令其书早出，则老子必不免于杀身，如少正卯在鲁，与孔子并，孔子之门，三盈三虚，犹以争名致戮，而况老子之陵驾其上者乎？"（见

1906 年《国粹学报》第二年第四册。)

〔13〕 老,是尚柔的　《老子》上篇有"柔胜刚,弱胜强"的话。

〔14〕 "儒者,柔也"　语出许慎《说文解字》卷八。

〔15〕 "知其不可为而为之"　语出《论语·宪问》:"子路宿于石门,晨门曰:'奚自?'子路曰:'自孔氏。'曰:'是知其不可而为之者与?'"

〔16〕 "无为而无不为"　语出《老子》上篇:"道常无为而无不为;侯王若能守,万物将自化。"下篇:"上德无为而无不为,下德为之而无以为。"

〔17〕 关尹子　相传是春秋末函谷关的关尹。

《呐喊》捷克译本序言^[1]

记得世界大战之后,许多新兴的国家出现的时候,我们曾经非常高兴过,因为我们也是曾被压迫,挣扎出来的人民。捷克的兴起^[2],自然为我们所大欢喜;但是奇怪,我们又很疏远,例如我,就没有认识过一个捷克人,看见过一本捷克书,前几年到了上海,才在店铺里目睹了捷克的玻璃器。

我们彼此似乎都不很互相记得。但以现在的一般情况而论,这并不算坏事情,现在各国的彼此念念不忘,恐怕大抵未必是为了交情太好了的缘故。自然,人类最好是彼此不隔膜,相关心。然而最平正的道路,却只有用文艺来沟通,可惜走这条道路的人又少得很。

出乎意外地,译者竟首先将试尽这任务的光荣,加在我这里了。我的作品,因此能够展开在捷克的读者的面前,这在我,实在比被译成通行很广的别国语言更高兴。我想,我们两国,虽然民族不同,地域相隔,交通又很少,但是可以互相了解,接近的,因为我们都曾经走过苦难的道路,现在还在走——一面寻求着光明。

一九三六年七月二十一日,鲁迅。

＊　　　＊　　　＊

〔1〕　本篇是作者应捷克汉学家普实克博士(Dr. J. Průšek, 1907—1980)之请而写的。1936年10月20日上海出版的《中流》半月刊第一卷第四期曾据作者所存底稿刊出,题作《捷克文译本〈短篇小说选集〉序》。1937年收入《且介亭杂文末编》时,编者据底稿改题为《捷克译本》。现据《呐喊》捷克译本(《Vřaua》)书前影印的手迹排印。捷克文译本译者为普实克和弗拉斯塔·诺沃特娜(V. Novotná),收《呐喊》中小说八篇。1937年12月布拉格"人民文化"出版社出版。

〔2〕　捷克的兴起　捷克和斯洛伐克原先长期受奥匈帝国统治,第一次世界大战结束时,于1918年10月宣告独立,联合成立捷克斯洛伐克共和国。

答徐懋庸并关于抗日
统一战线问题^[1]

鲁迅先生：

贵恙已痊愈否？念念。自先生一病，加以文艺界的纠纷，我就无缘再亲聆 教诲，思之常觉怆然！

我现因生活困难，身体衰弱，不得不离开上海，拟往乡间编译一点卖现钱的书后，再来沪上。趁此机会，暂作上海"文坛"的局外人，仔细想想一切问题，也许会更明白些的罢。

在目前，我总觉得先生最近半年来的言行，是无意地助长着恶劣的倾向的。以胡风的性情之诈，以黄源的行为之谄，先生都没有细察，永远被他们据为私有，眩惑群众，若偶像然，于是从他们的野心出发的分离运动，遂一发而不可收拾矣。胡风他们的行动，显然是出于私心的，极端的宗派运动，他们的理论，前后矛盾，错误百出。即如"民族革命战争的大众文学"这口号，起初原是胡风提出来用以和"国防文学"对立的，后来说一个是总的，一个是附属的，后来又说一个是左翼文学发展到现阶段的口号，如此摇摇荡荡，即先生亦不能替他们圆其说。对于他们的言行，打击本极易，但徒以有先生作着他们的盾牌，人谁不爱先生，所以在实际解决和文字斗争上都感到绝大的困难。

　　我很知道先生的本意。先生是唯恐参加统一战线的左翼战友，放弃原来的立场，而看到胡风们在样子上尚左得可爱；所以赞同了他们的。但我要告诉先生，这是先生对于现在的基本的政策没有了解之故。现在的统一战线——中国的和全世界的都一样——固然是以普洛为主体的，但其成为主体，并不由于它的名义，它的特殊地位和历史，而是由于它的把握现实的正确和斗争能力的巨大。所以在客观上，普洛之为主体，是当然的。但在主观上，普洛不应该挂起明显的徽章，不以工作，只以特殊的资格去要求领导权，以至吓跑别的阶层的战友。所以，在目前的时候，到联合战线中提出左翼的口号来，是错误的，是危害联合战线的。所以先生最近所发表的《病中答客问》，既说明"民族革命战争的大众文学"是普洛文学到现在的一发展，又说这应该作为统一战线的总口号，这是不对的。

　　再说参加"文艺家协会"的"战友"，未必个个右倾堕落，如先生所疑虑者；况集合在先生的左右的"战友"，既然包括巴金和黄源之流，难道先生以为凡参加"文艺家协会"的人们，竟个个不如巴金和黄源么？我从报章杂志上，知道法西两国"安那其"之反动，破坏联合战线，无异于托派，中国的"安那其"的行为，则更卑劣。黄源是一个根本没有思想，只靠捧名流为生的东西。从前他奔走于傅郑门下之时，一副谄佞之相，固不异于今日之对先生效忠致敬。先生可与此辈为伍，而不屑与多数人合作，此理我实不解。

　　我觉得不看事而只看人，是最近半年来先生的错误的根由。先生的看人又看得不准。譬如，我个人，诚然是有许多缺点的，但先生却把我写字糊涂这一层当作大缺点，我觉得实在好笑。（我为什么故意要把"邱韵铎"三字，写成像"郑振铎"的样子呢？难道郑振铎是先生所喜欢的人么？）为此小故，遽拒一个人于千里之外，我实以为不对。

我今天就要离沪，行色匆匆，不能多写了，也许已经写得太多。以上所说，并非存心攻击先生，实在很希望先生仔细想一想各种事情。

拙译《斯太林传》快要出版，出版后当寄奉一册，此书甚望先生细看一下，对原意和译文，均望批评。敬颂
痊安。

懋庸上。八月一日。

以上，是徐懋庸[2]给我的一封信，我没有得他同意就在这里发表了，因为其中全是教训我和攻击别人的话，发表出来，并不损他的威严，而且也许正是他准备我将它发表的作品。但自然，人们也不免因此看得出：这发信者倒是有些"恶劣"的青年！

但我有一个要求：希望巴金，黄源，胡风[3]诸先生不要学徐懋庸的样。因为这信中有攻击他们的话，就也报答以牙眼，那恰正中了他的诡计。在国难当头的现在，白天里讲些冠冕堂皇的话，暗夜里进行一些离间，挑拨，分裂的勾当的，不就正是这些人么？这封信是有计划的，是他们向没有加入"文艺家协会"[4]的人们的新的挑战，想这些人们去应战，那时他们就

加你们以"破坏联合战线"的罪名,"汉奸"的罪名。然而我们不,我们决不要把笔锋去专对几个个人,"先安内而后攘外"[5],不是我们的办法。

但我在这里,有些话要说一说。首先是我对于抗日的统一战线的态度。其实,我已经在好几个地方说过了,然而徐懋庸等似乎不肯去看一看,却一味的咬住我,硬要诬陷我"破坏统一战线",硬要教训我说我"对于现在基本的政策没有了解"。我不知道徐懋庸们有什么"基本的政策"。(他们的基本政策不就是要咬我几口么?)然而中国目前的革命的政党向全国人民所提出的抗日统一战线的政策,我是看见的,我是拥护的,我无条件地加入这战线,那理由就因为我不但是一个作家,而且是一个中国人,所以这政策在我是认为非常正确的,我加入这统一战线,自然,我所使用的仍是一枝笔,所做的事仍是写文章,译书,等到这枝笔没有用了,我可自己相信,用起别的武器来,决不会在徐懋庸等辈之下!

其次,我对于文艺界统一战线的态度。我赞成一切文学家,任何派别的文学家在抗日的口号之下统一起来的主张。我也曾经提出过我对于组织这种统一的团体的意见过,那些意见,自然是被一些所谓"指导家"格杀了,反而即刻从天外飞来似地加我以"破坏统一战线"的罪名。这首先就使我暂不加入"文艺家协会"了,因为我要等一等,看一看,他们究竟干的什么勾当;我那时实在有点怀疑那些自称"指导家"以及徐懋庸式的青年,因为据我的经验,那种表面上扮着"革命"的面孔,而轻易诬陷别人为"内奸",为"反革命",为"托派",以至为

"汉奸"者,大半不是正路人;因为他们巧妙地格杀革命的民族的力量,不顾革命的大众的利益,而只借革命以营私,老实说,我甚至怀疑过他们是否系敌人所派遣。我想,我不如暂避无益于人的危险,暂不听他们指挥罢。自然,事实会证明他们到底的真相,我决不愿来断定他们是什么人,但倘使他们真的志在革命与民族,而不过心术的不正当,观念的不正确,方式的蠢笨,那我就以为他们实有自行改正一下的必要。我对于"文艺家协会"的态度,我认为它是抗日的作家团体,其中虽有徐懋庸式的人,却也包含了一些新的人;但不能以为有了"文艺家协会",就是文艺界的统一战线告成了,还远得很,还没有将一切派别的文艺家都联为一气。那原因就在"文艺家协会"还非常浓厚的含有宗派主义和行帮情形。不看别的,单看那章程,对于加入者的资格就限制得太严;就是会员要缴一元入会费,两元年费,也就表示着"作家阀"的倾向,不是抗日"人民式"的了。在理论上,如《文学界》[6]创刊号上所发表的关于"联合问题"和"国防文学"的文章,是基本上宗派主义的;一个作者引用了我在一九三〇年讲的话,并以那些话为出发点,因此虽声声口口说联合任何派别的作家,而仍自己一相情愿的制定了加入的限制与条件[7]。这是作者忘记了时代。我以为文艺家在抗日问题上的联合是无条件的,只要他不是汉奸,愿意或赞成抗日,则不论叫哥哥妹妹,之乎者也,或鸳鸯蝴蝶[8]都无妨。但在文学问题上我们仍可以互相批判。这个作者又引例了法国的人民阵线[9],然而我以为这又是作者忘记了国度,因为我们的抗日人民统一战线是比法国的人民阵线还要广泛得多的。另一个作者解释"国防文学",说"国防文学"必须有正确的创作方法,又说现在不是"国防文学"就是"汉奸文学",欲以"国防文学"一口号去统一作家,也先豫备了"汉奸文学"这名词作为后日批评别人之用[10]。这实在是出色的宗派主义的理论。我以为应当说:作家在"抗日"的旗帜,或者在"国防"的旗帜之下联合起来;不能说:作家在"国防文学"的口号下联合起来,因为有些作者不写"国防为主题"的作品,仍可从各方面来参加抗日的联合战线;即使他像我一样没有加入"文艺家协会",也未必就是"汉奸"。"国防文学"不能包括一切文学,因为在"国防文学"与"汉奸文学"之外,确有既非前者也非后者的文学,除非他们有本领也证明了《红楼梦》,《子夜》,《阿Q正传》是"国防文学"或"汉奸文学"。这种文学存在着,但它不是杜衡,韩侍桁,杨邨人之流的什么"第三种文学"[11]。因此,我很同意郭沫若[12]先生的"国防文艺是广义的爱国主义的文学"和"国防文艺是作家关系间的标帜,不是作品原则上的标帜"的意见。我提议"文艺家协会"应该克服它的理论上与行动上的宗派主义与行帮现象,把限度放得更宽些,同时最好将所谓"领导权"移到那些确能认真做事的作家和青年手里去,不能专让徐懋庸之流的人在包办。至于我个人的加入与否,却并非重要的事。

其次,我和"民族革命战争的大众文学"这口号的关系。徐懋庸之流的宗派主义也表现在对于这口号的态度上。他们既说这是"标新立异"[13],又说是与"国防文学"对抗。我真料不到他们会宗派到这样的地步。只要"民族革命战争的大众文学”的口号不是“汉奸”的口号,那就是一种抗日的力量;为什么这是“标新立异”? 你们从那里看出这是与“国防文学”对抗? 拒绝友军之生力的,暗暗的谋杀抗日的力量的,是你们自己的这种比“白衣秀士”王伦〔14〕还要狭小的气魄。我以为在抗日战线上是任何抗日力量都应当欢迎的,同时在文学上也应当容许各人提出新的意见来讨论,“标新立异”也并不可怕;这和商人的专卖不同,并且事实上你们先前提出的“国防文学”的口号,也并没有到南京政府或“苏维埃”政府去注过册。但现在文坛上仿佛已有“国防文学”牌与“民族革命战争大众文学”牌的两家,这责任应该徐懋庸他们来负,我在病中答访问者的一文〔15〕里是并没有把它们看成两家的。自然,我还得说一说“民族革命战争的大众文学”这口号的无误及其与“国防文学”口号之关系。——我先得说,前者这口号不是胡风提的,胡风做过 篇文章是事实〔16〕,但那是我请他做的,他的文章解释得不清楚也是事实。这口号,也不是我一个人的“标新立异”,是几个人大家经过一番商议的,茅盾〔17〕先生就是参加商议的一个。郭沫若先生远在日本,被侦探监视着,连去信商问也不方便。可惜的就只是没有邀请徐懋庸们来参加议讨。但问题不在这口号由谁提出,只在它有没有错误。如果它是为了推动一向囿于普洛革命文学的左翼作家们跑到抗日的民族革命战争的前线上去,它是为了补救“国防文学”这名词本身的在文学思想的意义上的不明了性,以及纠正一些注进“国防文学”这名词里去的不正确的意见,为了这些理由而被提出,那么它是正当的,正确的。如果人不用脚底皮去思想,而是用过一点脑子,那就不能随便说句"标新立异"就完事。"民族革命战争的大众文学"这名词,在本身上,比"国防文学"这名词,意义更明确,更深刻,更有内容。"民族革命战争的大众文学",主要是对前进的一向称左翼的作家们提倡的,希望这些作家们努力向前进,在这样的意义上,在进行联合战线的现在,徐懋庸说不能提出这样的口号,是胡说!"民族革命战争的大众文学",也可以对一般或各派作家提倡的,希望的,希望他们也来努力向前进,在这样的意义上,说不能对一般或各派作家提这样的口号,也是胡说!但这不是抗日统一战线的标准,徐懋庸说我"说这应该作为统一战线的总口号",更是胡说!我问徐懋庸究竟看了我的文章没有?人们如果看过我的文章,如果不以徐懋庸他们解释"国防文学"的那一套来解释这口号,如聂绀弩[18]等所致的错误,那么这口号和宗派主义或关门主义是并不相干的。这里的"大众",即照一向的"群众","民众"的意思解释也可以,何况在现在,当然有"人民大众"这意思呢。我说"国防文学"是我们目前文学运动的具体口号之一,为的是"国防文学"这口号,颇通俗,已经有很多人听惯,它能扩大我们政治的和文学的影响,加之它可以解释为作家在国防旗帜下联合,为广义的爱国主义的文学的缘故。因此,它即使曾被不正确的解释,它本身含义上有缺陷,它仍应当存在,因为存在对于抗日运动有利益。我以为这两个口号的并存,不必像辛人[19]先生的"时期性"与"时候性"的说法,我更不赞成人们以各种的限制加到"民族革命战争的大众文学"上。如果一定要以为"国防文学"提出在先,这是正统,那么就将正统权让给要正统的人们也未始不可,因为问题不在争口号,而在实做;尽管喊口号,争正统,固然也可作为"文章",取点稿费,靠此为生,但尽管如此,也到底不是久计。

最后,我要说到我个人的几件事。徐懋庸说我最近半年的言行,助长着恶劣的倾向。我就检查我这半年的言行。所谓言者,是发表过四五篇文章,此外,至多对访问者谈过一些闲天,对医生报告我的病状之类;所谓行者,比较的多一点,印过两本版画,一本杂感[20],译过几章《死魂灵》[21],生过三个月的病,签过一个名[22],此外,也并未到过咸肉庄[23]或赌场,并未出席过什么会议。我真不懂我怎样助长着,以及助长什么恶劣倾向。难道因为我生病么? 除了怪我生病而竟不死以外,我想就只有一个说法:怪我生病,不能和徐懋庸这类恶劣的倾向来搏斗。

其次,是我和胡风,巴金,黄源诸人的关系。我和他们,是新近才认识的,都由于文学工作上的关系,虽然还不能称为至交,但已可以说是朋友。不能提出真凭实据,而任意诬我的朋友为"内奸",为"卑劣"者,我是要加以辩正的,这不仅是我的交友的道义,也是看人看事的结果。徐懋庸说我只看人,不看事,是诬枉的,我就先看了一些事,然后看见了徐懋庸之类的人。胡风我先前并不熟识,去年的有一天,一位名人[24]约我谈话了,到得那里,却见驶来了一辆汽车,从中跳出四条汉子:田汉,周起应,还有另两个,[25]一律洋服,态度轩昂,说是特来通知我:胡风乃是内奸,官方派来的。我问凭据,则说是得自转向以后的穆木天[26]口中。转向者的言谈,到左联就奉为圣旨,这真使我口呆目瞪。再经几度问答之后,我的回答是:证据薄弱之极,我不相信!当时自然不欢而散,但后来也不再听人说胡风是"内奸"了。然而奇怪,此后的小报,每当攻击胡风时,便往往不免拉上我,或由我而涉及胡风。最近的则如《现实文学》[27]发表了 O.V. 笔录的我的主张以后,《社会日报》就说 O.V. 是胡风,笔录也和我的本意不合,稍远的则如周文[28]向傅东华抗议删改他的小说时,同报也说背后是我和胡风。最阴险的则是同报在去年冬或今年春罢,登过一则花边的重要新闻:说我就要投降南京,从中出力的是胡风,或快或慢,要看他的办法[29]。我又看自己以外的事:有一个青年,不是被指为"内奸",因而所有朋友都和他隔离,终于在街上流浪,无处可归,遂被捕去,受了毒刑的么?又有一个青年,也同样的被诬为"内奸",然而不是因为参加了英勇的战斗,现在坐在苏州狱中,死活不知么?这两个青年就是事实证明了他们既没有像穆木天等似的做过堂皇的悔过的文章,也没有像田汉似的在南京大演其戏[30]。同时,我也看人:即使胡风不可信,但对我自己这人,我自己总还可以相信的,我就并没有经胡风向南京讲条件的事。因此,我倒明白了胡风鲠直,易于招怨,是可接近的,而对于周起应之类,轻易诬人的青年,反而怀疑以至憎恶起来了。自然,周起应也许别有他的优点。也许后来不复如此,仍将成为一个真的革命者;胡风也自有他的缺点,神经质,繁琐,以及在理论上的有些拘泥的倾向,文字的不肯大众化,但他明明是有为的青年,他没有参加过任何反对抗日运动或反对过统一战线，这是纵使徐懋庸之流用尽心机，也无法抹杀的。

至于黄源，我以为是一个向上的认真的译述者，有《译文》这切实的杂志和别的几种译书为证。巴金是一个有热情的有进步思想的作家，在屈指可数的好作家之列的作家，他固然有"安那其主义者"〔31〕之称，但他并没有反对我们的运动，还曾经列名于文艺工作者联名的战斗的宣言〔32〕。黄源也签了名的。这样的译者和作家要来参加抗日的统一战线，我们是欢迎的，我真不懂徐懋庸等类为什么要说他们是"卑劣"？难道因为有《译文》存在碍眼？难道连西班牙的"安那其"的破坏革命〔33〕，也要巴金负责？

还有，在中国近来已经视为平常，而其实不但"助长"，却正是"恶劣的倾向"的，是无凭无据，却加给对方一个很坏的恶名。例如徐懋庸的说胡风的"诈"，黄源的"谄"，就都是。田汉周起应们说胡风是"内奸"，终于不是，是因为他们发昏；并非胡风诈作"内奸"，其实不是，致使他们成为说谎。《社会日报》说胡风拉我转向，而至今不转，是撰稿者有意的诬陷；并非胡风诈作拉我，其实不拉，以致记者变了造谣。胡风并不"左得可爱"，但我以为他的私敌，却实在是"左得可怕"的。黄源未尝作文捧我，也没有给我做过传，不过专办着一种月刊，颇为尽责，舆论倒还不坏，怎么便是"谄"，怎么便是对于我的"效忠致敬"？难道《译文》是我的私产吗？黄源"奔走于傅郑〔34〕门下之时，一副谄佞之相"，徐懋庸大概是奉谕知道的了，但我不知道，也没有见过，至于他和我的往还，却不见有"谄佞之相"，

而徐懋庸也没有一次同在,我不知道他凭着什么,来断定和诣
佞于傅郑门下者"无异"? 当这时会,我也就是证人,而并未实
见的徐懋庸,对于本身在场的我,竟可以如此信口胡说,含血
喷人,这真可谓横暴恣肆,达于极点了。莫非这是"了解"了
"现在的基本的政策"之故吗?"和全世界都一样"的吗? 那
么,可真要吓死人!

其实"现在的基本政策"是决不会这样的好像天罗地网
的。不是只要"抗日",就是战友吗?"诈"何妨,"诣"又何妨?
又何必定要剿灭胡风的文字,打倒黄源的《译文》呢,莫非这里
面都是"二十一条"〔35〕和"文化侵略"吗? 首先应该扫荡的,倒
是拉大旗作为虎皮,包着自己,去吓呼别人;小不如意,就倚势
(!)定人罪名,而且重得可怕的横暴者。自然,战线是会成立
的,不过这吓成的战线,作不得战。先前已有这样的前车,而
覆车之鬼,至死不悟,现在在我面前,就附着徐懋庸的肉身而
出现了。

在左联〔36〕结成的前后,有些所谓革命作家,其实是破落
户的漂零子弟。他也有不平,有反抗,有战斗,而往往不过是
将败落家族的妇姑勃谿,叔嫂斗法的手段,移到文坛上。喊喊
嚓嚓,招是生非,搬弄口舌,决不在大处着眼。这衣钵流传不
绝。例如我和茅盾,郭沫若两位,或相识,或未尝一面,或未冲
突,或曾用笔墨相讥,但大战斗却都为着同一的目标,决不日
夜记着个人的恩怨。然而小报却偏喜欢记些鲁比茅如何,郭
对鲁又怎样,好像我们只在争座位,斗法宝。就是《死魂灵》,
当《译文》停刊后,《世界文库》上也登完第一部的,但小报却说

"郑振铎腰斩《死魂灵》",或鲁迅一怒中止了翻译。这其实正是恶劣的倾向,用谣言来分散文艺界的力量,近于"内奸"的行为的。然而也正是破落文学家最末的道路。

我看徐懋庸也正是一个喊喊嚓嚓的作者,和小报是有关系了,但还没有坠入最末的道路。不过也已经胡涂得可观。(否则,便是骄横了。)例如他信里说:"对于他们的言行,打击本极易,但徒以有先生作他们的盾牌,……所以在实际解决和文字斗争上都感到绝大的困难。"是从修身上来打击胡风的诈,黄源的诌,还是从作文上来打击胡风的论文,黄源的《译文》呢?——这我倒并不急于知道;我所要问的是为什么我认识他们,"打击"就"感到绝大的困难"?对于造谣生事,我固然决不肯附和,但若徐懋庸们义正词严,我能替他们一手掩尽天下耳目的吗?而且什么是"实际解决"?是充军,还是杀头呢?在"统一战线"这大题目之下,是就可以这样锻炼人罪,戏弄威权的?我真要祝祷"国防文学"有大作品,倘不然,也许又是我近半年来,"助长着恶劣的倾向"的罪恶了。

临末,徐懋庸还叫我细细读《斯太林传》[37]。是的,我将细细的读,倘能生存,我当然仍要学习;但我临末也请他自己再细细的去读几遍,因为他翻译时似乎毫无所得,实有从新细读的必要。否则,抓到一面旗帜,就自以为出人头地,摆出奴隶总管的架子,以鸣鞭为唯一的业绩——是无药可医,于中国也不但毫无用处,而且还有害处的。

八月三——六日。

*   *   *

〔1〕 本篇最初发表于1936年8月《作家》月刊第一卷第五期。

鲁迅当时在病中,本文由冯雪峰根据鲁迅的意见拟稿,经鲁迅补充、修改而成。

1935年后半年,中国共产党确定了建立抗日民族统一战线的政策,得到全国人民的热烈拥护,促进了抗日高潮的到来。当时上海左翼文化运动的党内领导者(以周扬、夏衍等为主)受中国共产党驻共产国际代表团一些人委托萧三写信建议的影响,认识到左翼作家联盟工作中确实存在着"左"的关门主义和宗派主义倾向,认为"左联"这个组织已不能适应新的形势,在这年年底决定"左联"自动解散,并筹备成立以抗日救亡为宗旨的"文艺家协会"。"左联"的解散曾经由茅盾征求过鲁迅的意见,鲁迅曾表示同意,但是对于决定和实行这一重要步骤的方式比较简单,不够郑重,他是不满意的。其后周扬等提出"国防文学"的口号,号召各阶层、各派别的作家参加抗日民族统一战线,努力创作抗日救亡的文艺作品。但在"国防文学"口号的宣传中,有的作者片面强调必须以"国防文学"作为共同的创作口号;有的作者忽视了无产阶级在统一战线中的领导作用。鲁迅注意到这些情况,提出了"民族革命战争的大众文学"的口号,作为对于左翼作家的要求和对于其他作家的希望。革命文艺界围绕这两个口号的问题进行了尖锐的争论。鲁迅在6月间发表的《答托洛斯基派的信》和《论现在我们的文学运动》中,已经表明了他对于抗日民族统一战线政策和当时文学运动的态度,在本文中进一步说明了他的见解。

〔2〕 徐懋庸 参看本卷第302页注〔1〕。

〔3〕 巴金(1904—2005) 原名李芾甘,四川成都人,作家、翻译家。著有长篇小说《家》、《春》、《秋》等。黄源(1905—2003),浙江海盐人,翻译家。曾任《文学》月刊编辑、《译文》月刊编辑。胡风(1902—

1985），原名张光人，湖北蕲春人，文艺理论家，"左联"成员。

〔4〕 "文艺家协会" 全名"中国文艺家协会"。1936 年 6 月 7 日成立于上海。该会的宣言发表于《文学界》月刊第一卷第二期（1936 年 7 月）。

〔5〕 "先安内而后攘外" 这是国民党政府所奉行的对内反共，对日不抵抗的政策。蒋介石在 1931 年 7 月 23 日发表的《告全国同胞书》中提出"攘外必先安内"的方针。在同年 11 月 30 日外交部长顾维钧宣誓就职会上的"亲书训词"中又提出："攘外必先安内，统一方能御侮。"1933 年 4 月 10 日在南昌对国民党将领演讲时，又一次提出"抗日必先反共，安内始能攘外"。

〔6〕 《文学界》 月刊，周渊编辑，1936 年 6 月创刊于上海，出至第四期停刊。这里所说"关于'联合问题'和'国防文学'的文章"，指何家槐的《文艺界联合问题我见》和周扬的《关于国防文学》。

〔7〕 何家槐在《文艺界联合问题我见》一文中，引用了鲁迅在《对于左翼作家联盟的意见》中"我以为战线应该扩大"和"我以为联合战线是以有共同目的为必要条件"的两段话。

〔8〕 鸳鸯蝴蝶 参看本卷第 434 页注〔9〕。

〔9〕 法国的人民阵线 1935 年在共产国际第七次代表大会政策改变的影响下成立的法国反法西斯统一战线组织，参加者为共产党、社会党、激进社会党和其他党派。按何家槐在《文艺界联合问题我见》一文中，未引例法国的人民阵线。该文只是说："这里，我们可以举引国外的例证。如去年 6 月举行的巴黎保卫文化大会，在那到会的代表二十多国，人数多至二百七八十人的作家和学者之中，固然有进步的作家和评论家如巴比塞、勃洛克、马洛、罗曼罗兰、尼善、基希、潘菲洛夫、伊凡诺夫等等，可是同时也包含了福斯脱、赫胥黎、以及耿痕脱这些比较落后的作家。"

〔10〕 指周扬在《关于国防文学》一文中说:"国防的主题应当成为汉奸以外的一切作家的作品之最中心的主题。""国防文学的创作必需采取进步的现实主义的方法。"

〔11〕 杜衡 参看本卷第4页注〔4〕。杨邨人,参看本卷第153页注〔9〕;韩侍桁(1908—1987),天津人,作家。1935年5月他们三人合办《星火》文艺月刊(参看本卷第392页注〔8〕、第415页注〔5〕),鼓吹所谓"第三种文学",和杜衡"第三种人"的主张相呼应。

〔12〕 郭沫若(1892—1978) 四川乐山人,文学家、历史学家、社会活动家。这里所引的话,见他在1936年7月《文学界》月刊第一卷第二期发表的《国防·污池·炼狱》:"我觉得国防文艺……应该包含着各种各样的文艺作品,由纯粹社会主义的以至于狭义爱国主义的,但只要不是卖国的,不是为帝国主义作伥的东西……我觉得'国防文艺'应该是作家关系间的标帜,而不是作品原则上的标帜。并不是……一定要声声爱国,一定要句句救亡,然后才是'国防文艺'……我也相信,'国防文艺'可以称为广义的爱国文艺。"

〔13〕 徐懋庸的话见于他在《光明》半月刊创刊号(1936年6月10日)发表的《"人民大众向文学要求什么?"》一文:"关于现阶段的中国大众所需要的文学,早已有人根据政治情势以及文化界一致的倾向,提出'国防文学'的口号,而且已经为大众所认识,所拥护。但在胡风先生的论文里,对于这个口号……不予批评而另提关于同一运动的新口号,……是不是故意标新立异,要混淆大众的视听,分化整个新文艺运动的路线呢?"

〔14〕 "白衣秀士"王伦 小说《水浒传》中的人物,见该书第十一、十九回。他原是秀才,最初聚众梁山泊的首领。嫉贤妒能,拒绝林冲、晁盖等豪杰入伙聚义,终被林冲火并。

〔15〕 即收入本书的《论现在我们的文学运动》。

〔16〕 指胡风的《人民大众向文学要求什么?》,发表于《文学丛报》第三期(1936 年 6 月),其中谈到"民族革命战争的大众文学"这口号。

〔17〕 茅盾(1896—1981) 沈雁冰的笔名,浙江桐乡人,作家、文学评论家、社会活动家,文学研究会的主要成员。

〔18〕 聂绀弩 参看本卷第 26 页注〔2〕。他在 1936 年 6 月《夜莺》月刊第一卷第四期发表的《创作口号和联合问题》一文中说:"无疑地,'民族革命战争的大众文学'在现阶段上是居于第一位的;它必然像作者所说:'会统一了一切社会纠纷的主题。'""只要作家不是为某一个帝国主义和汉奸卖国贼效力的,只要他不是用封建的,色情的东西来麻醉大众减低大众底趣味的,都可以在'民族革命战争的大众文学'这一口号之下联合起来。"

〔19〕 辛人 即陈辛仁,广东普宁人。当时是东京中国左翼作家联盟的成员。他在《现实文学》第二期(1936 年 8 月)发表的《论当前文学运动底诸问题》一文中说:"我认为国防文学这口号是有提倡底必要的,然而,它应该是民族革命战争的大众文学底主要的一部分,它不能包括整个的民族革命战争的大众文学底内容。以国防文学这口号来否定民族革命战争的大众文学这口号,是和用后者来否定前者同样地不充分的。国防文学这口号底时候性不能代替民族革命战争的大众文学这口号底时期性,同样地,在时期性中也应有时候性底存在……在一个时期性的口号下,应该提出有时候性的具体口号,以适应和引导各种程度上的要求;因为后者常常是作为容易感染普通人民的口号的缘故。"

〔20〕 两本版画 指作者在 1936 年 4 月翻印的《死魂灵百图》和 7 月编印的《凯绥·珂勒惠支版画选集》,都由作者以"三闲书屋"名义自费印行。一本杂感,指《花边文学》,1936 年 6 月由上海联华书局出版。

〔21〕 《死魂灵》 俄国作家果戈理的长篇小说。这里说的"译过几章",指鲁迅于 1936 年 2 月至 5 月续译的该书第二部残稿三章。

〔22〕 指 1936 年 6 月在《中国文艺工作者宣言》上的签名。这个宣言曾刊载于《作家》月刊第一卷第三期(1936 年 6 月)和《文学丛报》第四期(1936 年 7 月)。

〔23〕 咸肉庄 上海话,指下等妓院。

〔24〕 指沈端先(夏衍)。参看本卷第 222 页注〔8〕。

〔25〕 田汉 参看本卷第 222 页注〔9〕。周起应,即周扬(1908—1989),湖南益阳人,文艺理论家,中国左翼作家联盟领导人之一。还有另两个,指沈端先和阳翰笙。阳汉笙(1902—1993),四川高县人,剧作家,"左联"领导人之一。

〔26〕 穆木天(1900—1971) 吉林伊通人,诗人、翻译家。"左联"成员。1934 年 7 月在上海被捕。同年 9 月 26 日《申报》据国民党中央社消息,刊登题为《左联三盟员发表脱离宣言》的报导,内引穆木天出狱前写给国民党当局表明他的文艺主张的材料,其中说:"在现阶段的中国,因民族资本主义不发达之故,实无尖锐的阶级对立之可言,更谈不到有阶级斗争,鼓吹阶级斗争,适足以破坏民族的解放运动之统一战线……现在中国所需要的,可能产生的,可以说不是普罗文学,而是供民族统一战线坚固的民族文学。"按文中并无"脱离左联"字样。

〔27〕 《现实文学》 月刊,尹庚、白曙编辑,1936 年 7 月在上海创刊。第三期改名《人民文学》,随即停刊。该刊第一期发表 O.V.(冯雪峰)笔录的鲁迅《答托洛斯基派的信》、《论现在我们的文学运动》二文。

〔28〕 周文(1907—1952) 本名何开荣,又名何谷天,笔名周文,四川荥经人,作家,中国左翼作家联盟成员。他的短篇小说《山坡上》在《文学》第五卷第六号(1935 年 12 月)发表时,曾被该刊编者傅东华删改,随后他在同刊第六卷第一号(1936 年 1 月)发表给编者的信表示抗议。1935 年 12 月 16 日《社会日报》发表署名黑二的《〈文学〉起内哄》一文,其中说:"周文是个笔名,原来就是何谷天,是一位七、八成新的作

家。他后面,论'牌头'有周鲁迅,讲'理论'有左翼社会主义的第三种人的民族文学理论家'胡风、谷非、张光仁'。"

〔29〕 1935 年 12 月 1 日《社会日报》刊登虹儿的《鲁迅将转变? 谷非、张光人近况如何?》一文,其中说:"刻遇某文坛要人,据谓鲁迅翁有被转变的消息。……关于鲁迅翁的往哪里去,只要看一看引进员谷非、张光人、胡丰先生的行动就行了。"

〔30〕 田汉于 1935 年 2 月被捕,同年 8 月经保释出狱后,曾在南京主持"中国舞台协会",演出他所编的《回春之曲》、《洪水》、《械斗》等剧。以后接受了中共党组织的批评,中止了这一活动。

〔31〕 "安那其主义者" 即无政府主义者。安那其,法语 Anarchisme 的音译。

〔32〕 战斗的宣言 指《中国文艺工作者宣言》。

〔33〕 西班牙的"安那其"的破坏革命 1936 年 2 月,由西班牙共产党、社会党等组成的反法西斯统一战线组织"西班牙人民阵线"在选举中获胜,成立了联合政府。同年 7 月,以佛朗哥为首的右派势力在德、意两国法西斯军队直接参与下发动内战,1939 年联合政府被推翻。当时有人将失败的责任归之于参加人民阵线的无政府主义工团派。

〔34〕 傅郑 指傅东华和郑振铎。参看本卷第 360 页注〔4〕、第 541 页注〔4〕。他们二人曾同为《文学》月刊的主编。

〔35〕 "二十一条" 指 1915 年日本帝国主义向当时北洋政府总统袁世凯提出企图独占中国的二十一条秘密条款。

〔36〕 左联 即中国左翼作家联盟,中国共产党领导下的革命文学团体。1930 年 3 月在上海成立。领导成员有鲁迅、夏衍、冯雪峰、冯乃超、丁玲、周扬等。1935 年底自行解散。

〔37〕 《斯太林传》 法国巴比塞著,中译本改以原著副题《从一个人看一个新世界》为书名,徐懋庸译,1936 年 9 月上海大陆书社出版。

关于太炎先生二三事[1]

　　前一些时,上海的官绅为太炎[2]先生开追悼会,赴会者不满百人,遂在寂寞中闭幕,于是有人慨叹,以为青年们对于本国的学者,竟不如对于外国的高尔基的热诚。这慨叹其实是不得当的。官绅集会,一向为小民所不敢到;况且高尔基是战斗的作家,太炎先生虽先前也以革命家现身,后来却退居于宁静的学者,用自己所手造的和别人所帮造的墙,和时代隔绝了。纪念者自然有人,但也许将为大多数所忘却。

　　我以为先生的业绩,留在革命史上的,实在比在学术史上还要大。回忆三十余年之前,木板的《訄书》[3]已经出版了,我读不断,当然也看不懂,恐怕那时的青年,这样的多得很。我的知道中国有太炎先生,并非因为他的经学和小学,是为了他驳斥康有为[4]和作邹容的《革命军》序[5],竟被监禁于上海的西牢[6]。那时留学日本的浙籍学生,正办杂志《浙江潮》[7],其中即载有先生狱中所作诗,却并不难懂。这使我感动,也至今并没有忘记,现在抄两首在下面——

　　　　狱中赠邹容

　　　　邹容吾小弟,被发下瀛洲。快剪刀除辫,干牛肉作餱。英雄一入狱,天地亦悲秋。临命须掺手,乾坤只两头。

狱中闻沈禹希[8]见杀

不见沈生久,江湖知隐沦,萧萧悲壮士,今在易京门。螭彪羞争焰,文章总断魂。中阴当待我,南北几新坟。

一九〇六年六月出狱,即日东渡,到了东京,不久就主持《民报》[9]。我爱看这《民报》,但并非为了先生的文笔古奥,索解为难,或说佛法,谈"俱分进化"[10],是为了他和主张保皇的梁启超[11]斗争,和"××"的×××斗争[12],和"以《红楼梦》为成佛之要道"的×××斗争[13],真是所向披靡,令人神旺。前去听讲也在这时候,但又并非因为他是学者,却为了他是有学问的革命家,所以直到现在,先生的音容笑貌,还在目前,而所讲的《说文解字》,却一句也不记得了。[14]

民国元年革命后,先生的所志已达,该可以大有作为了,然而还是不得志。这也是和高尔基的生受崇敬,死备哀荣,截然两样的。我以为两人遭遇的所以不同,其原因乃在高尔基先前的理想,后来都成为事实,他的一身,就是大众的一体,喜怒哀乐,无不相通;而先生则排满之志虽伸,但视为最紧要的"第一是用宗教发起信心,增进国民的道德;第二是用国粹激动种性,增进爱国的热肠"(见《民报》第六本)[15],却仅止于高妙的幻想;不久而袁世凯[16]又攘夺国柄,以遂私图,就更使先生失却实地,仅垂空文,至于今,惟我们的"中华民国"之称,尚系发源于先生的《中华民国解》(最先亦见《民报》)[17],为巨大的记念而已,然而知道这一重公案者,恐怕也已经不多了。既离民众,渐入颓唐,后来的参与投壶[18],接收馈赠,遂每为论者所不满，但这也不过白圭之玷，并非晚节不终。考其生平，以大勋章作扇坠，临总统府之门，大诟袁世凯的包藏祸心者，并世无第二人；七被追捕，三入牢狱〔19〕，而革命之志，终不屈挠者，并世亦无第二人：这才是先哲的精神，后生的楷范。近有文侩，勾结小报，竟也作文奚落先生以自鸣得意，真可谓"小人不欲成人之美"〔20〕，而且"蚍蜉撼大树，可笑不自量"〔21〕了！

但革命之后，先生亦渐为昭示后世计，自藏其锋铓。浙江所刻的《章氏丛书》〔22〕，是出于手定的，大约以为驳难攻讦，至于忿詈，有违古之儒风，足以贻讥多士的罢，先前的见于期刊的斗争的文章，竟多被刊落，上文所引的诗两首，亦不见于《诗录》中。一九三三年刻《章氏丛书续编》于北平，所收不多，而更纯谨，且不取旧作，当然也无斗争之作，先生遂身衣学术的华衮，粹然成为儒宗，执贽愿为弟子者綦众，至于仓皇制《同门录》〔23〕成册。近阅日报，有保护版权的广告，有三续丛书的记事，可见又将有遗著出版了，但补入先前战斗的文章与否，却无从知道。战斗的文章，乃是先生一生中最大，最久的业绩，假使未备，我以为是应该一一辑录，校印，使先生和后生相印，活在战斗者的心中的。然而此时此际，恐怕也未必能如所望罢，呜呼！

十月九日。

*　　　*　　　*

〔1〕　本篇最初印入1937年3月10日在上海出版的《工作与学习丛刊》之一《二三事》一书。

〔2〕　太炎　章太炎。参看本卷第 110 页注〔30〕。他的著作汇编为《章氏丛书》（共三编）。

〔3〕　《訄书》　参看本卷第 200 页注〔21〕。

〔4〕　康有为　参看本卷第 47 页注〔12〕。戊戌变法失败后逃亡国外，组织保皇会，后来并反对孙中山领导的民主革命运动。这里所说"驳斥康有为"，指章太炎发表于 1903 年 5 月《苏报》的《驳康有为论革命书》，它批驳了康有为主张中国只可立宪，不能革命的《与南北美洲诸华商书》。

〔5〕　邹容（1885—1905）　字蔚丹，四川巴县人，清末革命家。1902 年留学日本，积极参加爱国学生运动，1903 年回国，于 5 月出版《革命军》一书，鼓吹反清革命，建立中华共和国。书前有章太炎序。同年 7 月被清政府勾结上海英租界当局拘捕，次年 3 月判处监禁二年，1905 年 4 月死于租界狱中。

〔6〕　这就是当时有名的"《苏报》案"。《苏报》，1896 年创刊于上海的鼓吹反清革命的日报。因它曾刊文介绍《革命军》一书，经清政府勾结上海英租界当局于 1903 年 6 月和 7 月先后将章炳麟、邹容等人逮捕。次年 3 月由上海县知县会同会审公廨审讯，宣布他们的罪状为："章炳麟作《訄书》并《革命军序》，又有驳康有为之一书，污蔑朝廷，形同悖逆；邹容作《革命军》一书，谋为不轨，更为大逆不道。"邹容被判监禁二年，章炳麟监禁三年。

〔7〕　《浙江潮》　月刊，清末浙江籍留日学生创办，光绪二十九年正月（1903 年 2 月）创刊于东京。这里的两首诗发表于该刊第七期（1903 年 9 月）。

〔8〕　沈禹希（1872—1903）　名荩，字禹希，湖南善化（今属长沙）人。清末维新运动的参加者，戊戌变法失败后留学日本。1900 年回国，曾参加唐才常自立军的活动。1903 年被捕，杖死狱中。章太炎曾作《祭

沈禹希文》,载《浙江潮》第九期(1903 年 11 月)。

〔9〕 《民报》 同盟会的机关杂志。1905 年 11 月在东京创刊。初为月刊,后不定期出版。1908 年 11 月出至第二十四号被日本政府查禁。其中第六至十八号、二十三至二十四号由章太炎主编。1910 年初还由汪精卫续编二期秘密出版。

〔10〕 "俱分进化" 章太炎曾在《民报》第七号(1906 年 9 月)发表谈佛法的《俱分进化论》一文,其中说:"进化之所以为进化者,非由一方直进,而必由双方并进。专举一方,惟言智识进化可尔,若以道德言,则善亦进化,恶亦进化;若以生计言,则乐亦进化,苦亦进化。双方并进,如影之随形……进化之实不可非,而进化之用无所取;自标吾论曰:'俱分进化论'。"

〔11〕 梁启超 参看本卷第 330 页注〔6〕。他逃亡日本后,于 1902 年在横滨创办《新民丛报》,鼓吹君主立宪,反对民主革命。章太炎主编的《民报》曾对这种主张予以批驳。

〔12〕 和"××"的×××斗争 "××"疑为"献策"二字,×××指吴稚晖。吴稚晖(名敬恒)曾参加《苏报》工作,在《苏报》案中有叛卖行为。章太炎在《民报》第十九号(1908 年 2 月)发表的《复吴敬恒书》中说:"案仆入狱数日,足下来视,自述见俞明震(按当时为江苏候补道)屈膝请安及赐面事,又述俞明震语,谓'奉上官条教,来捕足下,但吾辈办事不可野蛮,有释足下意,愿足下善为谋。'时慰丹在傍,问曰:'何以有我与章先生?'足下即面色青黄,嗫嚅不语……足下献策事,则□□□言之。……仆参以足下之屈膝请安,与闻慰丹语而面色青黄……有以知□□之言实也。"后来又在《民报》第二十二号(1908 年 7 月)的《再复吴敬恒书》中说:"今告足下,□□□乃一幕友,前岁来此游历,与仆相见而说其事……足下既见明震,而火票未发以前,未有一言见告;非表里为奸,岂有坐视同党之危而不先警报者? 及巡捕抵门,他人犹未知明震与

美领事磋商事状,足下已先言之。非足下与明震通情之的证乎?非足下献策之的证乎?"据吴稚晖《答章炳麟书》,"□□□"为"张鲁望"三字。

〔13〕　×××　指蓝公武。章太炎在《民报》第十号(1906年12月)发表的《与人书》中说:"某某足下:顷者友人以大著见示,中有《俱分进化论批评》一篇。足下尚崇拜苏轼《赤壁赋》,以《红楼梦》为成佛之要道,所见如此,仆岂必与足下辨乎?"书末又有附白:"再贵报《新教育学冠言》有一语云:'虽如汗牛之充栋',思之累日不解。"1924年5月25日北京《晨报副刊》发表有蓝公武《"汗牛之充栋"不是一件可笑的事》一文,说:"当日和太炎辨难的是我,所辨论的题目,是哲学上一个善恶的问题。"按蓝公武(1887—1957),字志先,江苏吴江人。早年留学日本和德国,曾任《国民公报》社长、《时事新报》总编辑等职。又章太炎函中所说的"贵报",指当时蓝公武与张东荪主办的在日本发行的《教育杂志》。

〔14〕　1908年作者在东京时曾在章太炎处听讲小学。据许寿裳在《亡友鲁迅印象记·从章先生学》中说:"章先生出狱以后,东渡日本,一面为《民报》撰文,一面为青年讲学……我和鲁迅极愿往听,而苦与学课时间相冲突,因托龚未生(名宝铨)转达,希望另设一班,蒙先生慨然允许。……每星期日清晨,我们前往受业,……先生讲段氏《说文解字注》、郝氏《尔雅义疏》等"。

〔15〕　章太炎这几句话,见《民报》第六号(1906年8月)所载他的《演说录》:"近日办事的方法……第一要在感情,没有感情,凭你有百千万亿的拿坡仑、华盛顿,总是人各一心,不能团结……要成就这感情,有两件事是最要的,第一是用宗教发起信心,增进国民的道德;第二是用国粹激动种性,增进爱国的热肠。"

〔16〕　袁世凯　参看本卷第133页注〔4〕。

〔17〕　《中华民国解》　发表于《民报》第十五号(1907年7月),后

来收入《太炎文录·别录》卷一。

〔18〕 投壶　参看本卷第332页注〔22〕。1926年8月间,章太炎在南京任孙传芳设立的婚丧祭礼制会会长,孙传芳曾邀他参加投壶仪式,但章未去。

〔19〕 七被追捕,三入牢狱　章太炎在1906年6月出狱后,东渡日本,在7月15日旅日学生为他举行的欢迎会上说:"算来自戊戌年(1898)以后,已有七次查拿,六次都拿不到,到第七次方才拿到;以前三次,或因别事株连,或是普拿新党,不专为我一人,后来四次,却都为逐满独立的事。"(载《民报》第六号)"三入牢狱",第一次是1903年5月因《苏报》案被捕,监禁三年,期满获释;第二次是日本东京地方裁判所封禁《民报》时,判纳罚金一百一十五圆,章未能交纳,1909年3月3日被东京小石川警察署拘留,由许寿裳等学生筹款交付后,当天获释;第三次是1913年8月因反对袁世凯被软禁,袁死后始得自由。

〔20〕 "小人不欲成人之美"　语出《论语·颜渊》:"君子成人之美,不成人之恶;小人反是。"

〔21〕 "蚍蜉撼大树,可笑不自量"　语出韩愈诗《调张籍》。

〔22〕 《章氏丛书》　浙江图书馆木刻本于1919年刊行,共收著作十三种。其中无"诗录",诗即附于"文录"卷二之末。下文的《章氏丛书续编》,由章太炎的学生吴承仕、钱玄同等编校,1933年刊行,共收著作七种。

〔23〕 《同门录》　即同学姓名录。据《汉书·孟喜传》唐代颜师古注:"同门,同师学者也。"

曹靖华译《苏联作家七人集》序[1]

　　曾经有过这样的一个时候,喧传有好几位名人都要译《资本论》,自然依据着原文,但有一位还要参照英,法,日,俄各国的译本。到现在,至少已经满六年,还不见有一章发表,这种事业之难可想了。对于苏联的文学作品,那时也一样的热心,英译的短篇小说集一到上海,恰如一脬羊肉坠入狼群中,立刻撕得一片片,或则化为"飞脚阿息普",或则化为"飞毛腿奥雪伯"[2];然而到得第二本英译《蔚蓝的城》[3]输入的时候,志士们却已经没有这么起劲,有的还早觉得"伊凡""彼得",远不如"一洞""八索"[4]之有趣了。

　　然而也有并不一哄而起的人,当时好像落后,但因为也不一哄而散,后来却成为中坚。靖华就是一声不响,不断的翻译着的一个。他二十年来,精研俄文,默默的出了《三姊妹》,出了《白茶》,出了《烟袋》和《四十一》,[5]出了《铁流》以及其他单行小册很不少,然而不尚广告,至今无煊赫之名,且受挤排,两处受封锁之害。但他依然不断的在改定他先前的译作,而他的译作,也依然活在读者们的心中。这固然也因为一时自称"革命作家"的过于吊儿郎当,终使坚实者成为硕果,但其实却大半为了中国的读书界究竟有进步,读者自有确当的批判,不再受空心大老的欺骗了。

靖华是未名社中之一员；未名社一向设在北京，也是一个实地劳作，不尚叫嚣的小团体。但还是遭些无妄之灾，而且遭得颇可笑。它被封闭过一次[6]，是由于山东督军张宗昌的电报，听说发动的倒是同行的文人；后来没有事，启封了。出盘之后，靖华译的两种小说都积在台静农家，又和"新式炸弹"[7]一同被收没，后来虽然证明了这"新式炸弹"其实只是制造化装品的机器，书籍却仍然不发还，于是这两种书，遂成为天地之间的珍本。为了我的《呐喊》在天津图书馆被焚毁，梁实秋教授掌青岛大学图书馆时，将我的译作驱除，以及未名社的横祸，我那时颇觉得北方官长，办事较南方为森严，元朝分奴隶为四等[8]，置北人于南人之上，实在并非无故。后来知道梁教授虽居北地，实是南人，以及靖华的小说想在南边出版，也曾被锢多日[9]，就又明白我的决论其实是不确的了。这也是所谓"学问无止境"罢。

但现在居然已经得到出版的机会，闲话休题，是当然的。言归正传：则这是合两种译本短篇小说集而成的书，删去两篇，加入三篇，以篇数论，有增无减。所取题材，虽多在二十年前，因此其中不见水闸建筑，不见集体农场，但在苏联，还都是保有生命的作品，从我们中国人看来，也全是亲切有味的文章。至于译者对于原语的学力的充足和译文之可靠，是读书界中早有定论，不待我多说的了。

靖华不厌弃我，希望在出版之际，写几句序言，而我久生大病，体力衰惫，不能为文，以上云云，几同塞责。然而靖华的译文，岂真有待于序，此后亦如先前，将默默的有益于中国的读者,是无疑的。倒是我得以乘机打草,是一幸事,亦一快事也。

　　一九三六年十月十六日,鲁迅记于上海且介亭之东南角。

＊　　　　＊　　　　＊

　　〔１〕　本篇最初印入《苏联作家七人集》。

　　《苏联作家七人集》,共收短篇小说十五篇,1936 年 11 月上海良友图书印刷公司出版。

　　〔２〕　"飞脚阿息普"、"飞毛腿奥雪伯"　这是苏联卡萨特金作的短篇小说《飞着的奥西普》的两种中译名。这两种中译本都是根据纽约国际出版社 1925 年出版的英译苏联短篇小说集《飞着的奥西普》转译的。

　　〔３〕　《蔚蓝的城》　英译的苏联短篇小说集,阿·托尔斯泰等著,纽约国际出版社出版。有刘穆、薛绩辉的中译本,1929 年上海远东图书公司初版,1934 年 10 月上海神州国光社出版修订本。

　　〔４〕　"伊凡""彼得"　俄国常见的人名。"一洞""八索",中国麻将牌中的两种牌名。

　　〔５〕　《三姊妹》　俄国作家契诃夫作的四幕剧。《白茶》,苏联独幕剧集,收独幕剧五篇,其中的《白茶》系班珂所作。《烟袋》,苏联短篇小说集,收小说十一篇,其中的《烟袋》系爱伦堡所作。《四十一》,即《第四十一》,中篇小说,苏联作家拉甫列涅夫作,后来收入《苏联作家七人集》中。

　　〔６〕　关于未名社的被封,参看本卷第 71 页注〔7〕。

　　〔７〕　"新式炸弹"　1932 年秋,北平警察当局查抄台静农寓所时,把友人寄存的一件中学物理学实验仪器马德堡半球误认为"新式炸

弹",将台拘捕;同时没收了曹靖华译的《烟袋》和《第四十一》的存书。

〔8〕 元朝分奴隶为四等 元朝实行种族歧视政策,把它统治下的人民分为四等:第一等为蒙古人;其次为色目人,指蒙古人在侵入中原之前所征服的西域人,包括钦察、唐兀、回回等族;再次为汉人,指在金人治下的北中国的汉族人,包括契丹、女真、高丽等族;最后为南人,即南宋遗民。

〔9〕 上海现代书局原说要出版曹靖华所译的苏联小说,但又将他的译稿搁置起来,后由鲁迅索回编成《苏联作家七人集》。

因太炎先生而想起的二三事[1]

　　写完题目,就有些踌躇,怕空话多于本文,就是俗语之所谓"雷声大,雨点小"。

　　做了《关于太炎先生二三事》以后,好像还可以写一点闲文,但已经没有力气,只得停止了。第二天一觉醒来,日报已到,拉过来一看,不觉自己摩一下头顶,惊叹道:"二十五周年的双十节! 原来中华民国,已过了一世纪的四分之一了,岂不快哉!"但这"快"是迅速的意思。后来乱翻增刊,偶看见新作家的憎恶老人的文章,便如兜顶浇半瓢冷水。自己心里想:老人这东西,恐怕也真为青年所不耐的。例如我罢,性情即日见乖张,二十五年而已,却偏喜欢说一世纪的四分之一,以形容其多,真不知忙着什么;而且这摩一下头顶的手势,也实在可以说是太落伍了。

　　这手势,每当惊喜或感动的时候,我也已经用了一世纪的四分之一,犹言"辫子究竟剪去了",原是胜利的表示。这种心情,和现在的青年也是不能相通的。假使都会上有一个拖着辫子的人,三十左右的壮年和二十上下的青年,看见了恐怕只以为珍奇,或者竟觉得有趣,但我却仍然要憎恨,愤怒,因为自己是曾经因此吃苦的人,以剪辫为一大公案[2]的缘故。我的爱护中华民国,焦唇敝舌,恐其衰微,大半正为了使我们得有剪辫的自由，假使当初为了保存古迹，留辫不剪，我大约是决不会这样爱它的。张勋来也好，段祺瑞来也好[3]，我真自愧远不及有些士君子的大度。

当我还是孩子时，那时的老人指教我说：剃头担上的旗竿，三百年前是挂头的。满人入关，下令拖辫，剃头人沿路拉人剃发，谁敢抗拒，便砍下头来挂在旗竿上，再去拉别的人。那时的剃发，先用水擦，再用刀刮，确是气闷的，但挂头故事却并不引起我的惊惧，因为即使我不高兴剃发，剃头人不但不来砍下我的脑袋，还从旗竿斗里摸出糖来，说剃完就可以吃，已经换了怀柔方略了。见惯者不怪，对辫子也不觉其丑，何况花样繁多，以姿态论，则辫子有松打，有紧打，辫线有三股，有散线，周围有看发（即今之"刘海"），看发有长短，长看发又可打成两条细辫子，环于顶搭之周围，顾影自怜，为美男子；以作用论，则打架时可拔，犯奸时可剪，做戏的可挂于铁竿，为父的可鞭其子女，变把戏的将头摇动，能飞舞如龙蛇，昨在路上，看见巡捕拿人，一手一个，以一捕二，倘在辛亥革命前，则一把辫子，至少十多个，为治民计，也极方便的。不幸的是所谓"海禁大开"，士人渐读洋书，因知比较，纵使不被洋人称为"猪尾"，而既不全剃，又不全留，剃掉一圈，留下一撮，打成尖辫，如慈菇芽，也未免自己觉得毫无道理，大可不必了。

我想，这是纵使生于民国的青年，一定也都知道的。清光绪中，曾有康有为者变过法，不成，作为反动，是义和团[4]起事，而八国联军遂入京，这年代很容易记，是恰在一千九百年，十九世纪的结束。于是满清官民，又要维新了，维新有老谱，照例是派官出洋去考察,和派学生出洋去留学。我便是那时被两江总督派赴日本的人们之中的一个,自然,排满的学说和辫子的罪状和文字狱的大略,是早经知道了一些的,而最初在实际上感到不便的,却是那辫子。

凡留学生一到日本,急于寻求的大抵是新知识。除学习日文,准备进专门的学校之外,就赴会馆,跑书店,往集会,听讲演。我第一次所经历的是在一个忘了名目的会场上,看见一位头包白纱布,用无锡腔讲演排满的英勇的青年,不觉肃然起敬。但听下去,到得他说"我在这里骂老太婆,老太婆一定也在那里骂吴稚晖"〔5〕,听讲者一阵大笑的时候,就感到没趣,觉得留学生好像也不外乎嬉皮笑脸。"老太婆"者,指清朝的西太后〔6〕。吴稚晖在东京开会骂西太后,是眼前的事实无疑,但要说这时西太后也正在北京开会骂吴稚晖,我可不相信。讲演固然不妨夹着笑骂,但无聊的打诨,是非徒无益,而且有害的。不过吴先生这时却正在和公使蔡钧大战〔7〕,名驰学界,白纱布下面,就藏着名誉的伤痕。不久,就被递解回国,路经皇城外的河边时,他跳了下去,但立刻又被捞起,押送回去了。这就是后来太炎先生和他笔战时,文中之所谓"不投大壑而投阳沟,面目上露"〔8〕。其实是日本的御沟并不狭小,但当警官护送之际,却即使并未"面目上露",也一定要被捞起的。这笔战愈来愈凶,终至夹着毒詈,今年吴先生讥刺太炎先生受国民政府优遇时,还提起这件事,这是三十余年前的旧账,至今不忘,可见怨毒之深了。〔9〕但先生手定的《章氏丛书》内,却都不收录这些攻战的文章。先生力排清虏,而服膺于几个清儒,殆将希踪古贤,故不欲以此等文字自秽其著述——但由我看来,其实是吃亏,上当的,此种醇风,正使物能遁形,贻患千古。

剪掉辫子,也是当时一大事。太炎先生去发时,作《解辫发》,[10]有云——

"……共和二千七百四十一年,秋七月,余年三十三矣。是时满洲政府不道,戕虐朝士,横挑强邻,戮使略贾,四维交攻。愤东胡之无状,汉族之不得职,陨涕涔涔曰,余年已立,而犹被戎狄之服,不违咫尺,弗能剪除,余之罪也。将荐绅束发,以复近古,日既不给,衣又不可得。于是曰,昔祁班孙,释隐玄,皆以明氏遗老,断发以殁。《春秋谷梁传》曰:'吴祝发',《汉书》《严助传》曰:'越劗发',(晋灼曰:'劗,张揖以为古剪字也')余故吴越间民,去之亦犹行古之道也。……"

文见于木刻初版和排印再版的《訄书》中,后经更定,改名《检论》时,也被删掉了。我的剪辫,却并非因为我是越人,越在古昔,"断发文身"[11],今特效之,以见先民仪矩,也毫不含有革命性,归根结蒂,只为了不便:一不便于脱帽,二不便于体操,三盘在囟门上,令人很气闷。在事实上,无辫之徒,回国以后,默然留长,化为不二之臣者也多得很。而黄克强[12]在东京作师范学生时,就始终没有断发,也未尝大叫革命,所略显其楚人的反抗的蛮性者,惟因日本学监,诫学生不可赤膊,他却偏光着上身,手挟洋磁脸盆,从浴室经过大院子,摇摇摆摆的走入自修室去而已。

＊　　　＊　　　＊

〔1〕 本篇最初印入 1937 年 3 月 25 日出版的《工作与学习丛刊》之二《原野》一书。系作者逝世前二日所作（未完稿），是他最后的一篇文章。

〔2〕 剪辫大公案　参看本卷第 201 页注〔29〕。

〔3〕 张勋　参看本卷第 202 页注〔34〕。段祺瑞，参看本卷第 71 页注〔4〕。张勋复辟，事前曾得到段祺瑞的默契。但复辟事起，遭到全国各界的一致反对，他便转而以拥护共和为名，起兵将张勋击败。

〔4〕 义和团　清末我国北方农民、手工业者、城市游民自发的群众组织。他们以设拳坛、练拳棒和其他迷信方式组织群众，初以"反清灭洋"为口号，后改为"扶清灭洋"，被清朝统治者利用攻打外国使馆，焚烧教堂。1900 年被八国联军和清政府共同镇压。八国联军，1900 年英、美、德、法、俄、日、意、奥八个帝国主义国家以解救被义和团围攻的使馆为借口，联合出兵进攻中国，于 8 月 14 日占领北京。次年清政府和八个帝国主义国家签订丧权辱国的《辛丑条约》。

〔5〕 吴稚晖　参看本卷第 112 页注〔42〕。他早年曾留学日本。

〔6〕 西太后　即慈禧太后（1835—1908），满族，名叶赫那拉氏，清朝咸丰帝的妃子，同治即位，被尊为慈禧太后，成为同治、光绪两朝的实际统治者。

〔7〕 吴稚晖和公使蔡钧大战　1902 年（清光绪二十八年）8 月间，我国自费留日学生九人，志愿入成城学校（相当于士官预备学校）肄业，由于清政府对陆军学生颇多顾忌，公使蔡钧坚决拒绝保送。于是有留日学生二十余人（吴稚晖在内）往公使馆代为交涉，蔡钧始终不允，发生冲突。后来蔡钧勾结日政府以妨害治安罪拘捕学生，遣送回国。

〔8〕 章太炎在《民报》第十九号（1908 年 2 月）发表的《复吴敬恒书》中说："为蔡钧所引渡，欲诈为自杀以就名，不投大壑而投阳沟，面目

上露,犹欲以杀身成仁欺观听者,非足下之成事乎?"又在《民报》第二十二号(1908年7月)发表的《再复吴敬恒书》中说:"足下本一洋奴资格,迨而执贽康门,特以势利相缘,……今日言革命,明日言无政府,外璧大阍,忘其雅素……善箝而口,勿令舐痈;善补而裤,勿令后穿,斯已矣。此亦足下所当自省者也。"(按吴稚晖投河被救后,在他衣袋里发见的绝命书中有云:"孔曰成仁,孟曰取义;亡国之惨,将有如是! 诸公努力,仆终不死!")

〔9〕 吴稚晖在《东方杂志》第三十三卷第一号(1936年1月1日)发表的《回忆蒋竹庄先生之回忆》,其中对于"献策"一事多方辩解,说是"本来尽有事实可以代明,然而章太炎吃了这番巡捕房官司,当然不比跳在阳沟里,他又能扯几句范蔚宗(按即《后汉书》的作者范晔)的格调,当然他的文集,可以寿世。他竟用一面之词,含血喷人。"在文末又说:"从十三年(按即1924年)到今,我是在党(按指国民党)里走动,人家看了好像得意。他不愿意投青天白日的旗帜之下,好像失意……今后他也鼎鼎大名的在苏州讲学了。党里的报纸也盛赞他的读经主张了。说不定他也要投青天白日旗的下面来,做什么国史馆总裁了。"

〔10〕 《解辫发》 作于1900年(清光绪二十六年)。文中所说"共和二千七百四十一年",指1900年。公元前841年周厉王被逐,由共伯和代行王政,号共和元年,这是我国历史上有正确纪年的开始。章太炎采用共和纪元,含有不承认清朝统治的意思。

〔11〕 "断发文身" 语出《史记·越王勾践世家》:"越王勾践,……封于会稽,以奉守禹之祀,文(纹)身断发,披草莱而邑焉。"又《汉书·地理志》:"粤(越)地……文身断发,以避蛟龙之害。"据唐代颜师古注引后汉应劭说:"常在水中,故断其发,文其身,以象龙子;故不见伤害也。"

〔12〕 黄克强(1874—1916) 名兴,字克强,湖南善化(今属长沙)

人,近代民主革命家。他曾留学日本,与孙中山同倡革命,民国成立后曾任陆军总长。

附　集

文人比较学〔1〕

齐 物 论

《国闻周报》〔2〕十二卷四十三期上,有一篇文章指出了《国学珍本丛书》的误用引号,错点句子;到得四十六期,"主编"的施蛰存〔3〕先生来答复了,承认是为了"养生主"〔4〕,并非"修儿孙福",而且该承认就承认,该辩解的也辩解,态度非常磊落。末了,还有一段总辩解云:

> "但是虽然失败,虽然出丑,幸而并不能算是造了什么大罪过。因为充其量还不过是印出了一些草率的书来,到底并没有出卖了别人的灵魂与血肉来为自己的'养生主',如别的一些文人们也。"

中国的文人们有两"些",一些,是"充其量还不过印出了一些草率的书来"的,"别的一些文人们",却是"出卖了别人的灵魂与血肉来为自己的'养生主'"的,我们只要想一想"别的一些文人们",就知道施先生不但"并不能算是造了什么大罪过",其实还能够算是修了什么"儿孙福"。

但一面也活活的画出了"洋场恶少"的嘴脸——不过这也并不是"什么大罪过","如别的一些文人们也"。

＊　　　＊　　　＊

〔1〕　本篇最初发表于 1936 年 1 月《海燕》月刊第一期。

〔2〕　《国闻周报》　综合性刊物。1924 年 8 月在上海创刊,1927 年迁天津,1936 年迁回上海,1937 年 12 月停刊。该刊第十二卷第四十三期(1935 年 11 月 4 日)刊有邓恭三(邓广铭)的《评中国文学珍本丛书第一辑》一文,指出这一辑丛书的"计划之草率、选本之不当、标点之谬误"三点。《国学珍本丛书》,应为《中国文学珍本丛书》,施蛰存主编,上海杂志公司发行。

〔3〕　施蛰存　参看本卷第 4 页注〔3〕。他在《国闻周报》第十二卷第四十六期(1935 年 11 月 25 日)发表的《关于中国文学珍本丛书——我的告白》中说:"现在,过去的错误已经是错误了,我该承认的我也承认了,该辩解的希望读者及邓先生相信我不是诡辩。"又说:"他(按指邓恭三)说出我是为了'养生主',而非'逍遥游'",是"能了解""我之所以担任主持这个丛书的原故"的。

〔4〕　"养生主"　原是《庄子》一书中的篇名(内篇第三),据清代王先谦注:"顺事而不滞于物,冥情而不撄其天,此庄子养生之宗主也。"这里则用作"主要是为了生活"的意思。

大 小 奇 迹[1]

何　干

元旦看报,《申报》[2]的第三面上就见了商务印书馆的"星期标准书"[3],这回是"罗家伦[4]先生选定"的希特拉著《我之奋斗》(A. Hitler: My Battle)[5],遂"摘录罗先生序"云:

> "希特拉之崛起于德国,在近代史上为一大奇迹。……希特拉《我之奋斗》一书系为其党人而作;唯其如此,欲认识此一奇迹者尤须由此处入手。以此书列为星期标准书至为适当。"

但即使不看译本,仅"由此处入手",也就可以认识三种小"奇迹",其一,是堂堂的一个国立中央编译馆,竟在百忙中先译了这一本书;其二,是这"近代史上为一大奇迹"的东西,却须从英文转译;其三,堂堂的一位国立中央大学校长,却不过"欲认识此一奇迹者尤须由此处入手"。

真是奇杀人哉!

＊　　　＊　　　＊

〔1〕　本篇最初发表于 1936 年 1 月《海燕》月刊第一期。

〔2〕　《申报》　参看本卷第 117 页注〔5〕。

〔3〕　"星期标准书"　上海商务印书馆为推销书籍,从 1935 年 10

月起,由该馆编审部就日出新书及重版各书中每周选出一种,请馆外专家审定,列为"星期标准书",广为宣传介绍。

〔4〕 罗家伦　参看本卷第 266 页注〔12〕。

〔5〕 《我之奋斗》　希特勒写的带自传性的著作。书中阐述他对社会、政治、历史等观点,宣传纳粹主义。原书于 1925 年开始出版。由国立编译馆译出的中文本于 1935 年由上海商务印书馆印行。

难 答 的 问 题[1]

大约是因为经过了"儿童年"[2]的缘故罢,这几年来,向儿童们说话的刊物多得很,教训呀,指导呀,鼓励呀,劝谕呀,七嘴八舌,如果精力的旺盛不及儿童的人,是看了要头昏的。

最近,二月九日《申报》的《儿童专刊》上,有一篇文章在对儿童讲《武训[3]先生》。它说他是一个乞丐,自己吃臭饭,喝脏水,给人家做苦工,"做得了钱,却把它储起来。只要有人给他钱,甚至他可以跪下来的"。

这并不算什么特别。特别的是他得了钱,却一文也不化,终至于开办了一个学校。

于是这篇《武训先生》的作者提出一个问题来道:

"小朋友! 你念了上面的故事,有什么感想?"

我真也极愿意知道小朋友将有怎样的感想。假如念了上面的故事的人,是一个乞丐,或者比乞丐景况还要好,那么,他大约要自愧弗如,或者愤慨于中国少有这样的乞丐。然而小朋友会怎样感想呢,他们恐怕只好圆睁了眼睛,回问作者道:

"大朋友! 你讲了上面的故事,是什么意思?"

＊　　　＊　　　＊

〔1〕 本篇最初发表于 1936 年 2 月《海燕》月刊第二期。

〔2〕 "儿童年" 参看本卷第 54 页注〔3〕。

〔3〕 武训(1838—1896) 山东堂邑(今聊城)人。以乞讨、放债等手段筹款兴办"义学",曾被清政府封为"义学正"。《武训先生》一文,作者署名雨人。

登 错 的 文 章[1]

何 干

印给少年们看的刊物上,现在往往见有描写岳飞[2]呀,文天祥[3]呀的故事文章。自然,这两位,是给中国人挣面子的,但来做现在的少年们的模范,却似乎迂远一点。

他们俩,一位是文官,一位是武将,倘使少年们受了感动,要来模仿他,他就先得在普通学校卒业之后,或进大学,再应文官考试,或进陆军学校,做到将官,于是武的呢,准备被十二金牌召还,死在牢狱里;文的呢,起兵失败,死在蒙古人的手中。

宋朝怎么样呢?有历史在,恕不多谈。

不过这两位,却确可以励现任的文官武将,愧前任的降将逃官,我疑心那些故事,原是为办给大人老爷们看的刊物而作的文字,不知怎么一来,却错登在少年读物上面了,要不然,作者是决不至于如此低能的。

* * *

〔1〕 本篇最初发表于 1936 年 2 月《海燕》月刊第二期。

〔2〕 岳飞(1103—1142) 字鹏举,相州汤阴(今属河南)人,南宋抗金将领。宋高宗绍兴十年(1140),他在河南大破金兵,正欲乘胜北

伐,但高宗赵构和宰相秦桧等力主议和,一日内连下十二道金牌命他退兵。岳飞奉诏回临安(今杭州)后,被诬谋反,下狱遇害。

〔3〕 文天祥(1236—1283) 字宋瑞,号文山,吉州吉水(今属江西)人,南宋大臣,文学家。元军攻陷临安后,他仍在南方坚持抵抗,兵败被俘,在大都(今北京)囚禁三年,坚贞不屈,后被杀。著有《文山先生全集》。

《海上述林》上卷序言[1]

这一卷里,几乎全是关于文学的论说;只有《现实》[2]中的五篇,是根据了杂志《文学的遗产》[3]撰述的,再除去两篇序跋,其余就都是翻译。

编辑本集时,所据的大抵是原稿;但《绥拉菲摩维支〈铁流〉序》[4],却是由排印本收入的。《十五年来的书籍版画和单行版画》[5]一篇,既系摘译,又好像曾由别人略加改易,是否合于译者本意,已不可知,但因为关于艺术的只有这一篇,所以仍不汰去。

《冷淡》所据的也是排印本,本该是收在《高尔基论文拾补》中的,可惜发见得太迟一点,本书已将排好了,因此只得附在卷末。

对于文辞,只改正了几个显然的笔误和补上若干脱字;至于因为断续的翻译,遂使人地名的音译字,先后不同,或当时缺少参考书籍,注解中偶有未详之处,现在均不订正,以存其真。

关于搜罗文稿和校印事务种种,曾得许多友人的协助,在此一并志谢。

一九三六年三月下旬,编者。

　　＊　　　　＊　　　　＊

　　〔1〕　本篇最初印入《海上述林》上卷。

　　《海上述林》是瞿秋白的译文集,在瞿秋白被国民党当局杀害后,由鲁迅搜集、编辑和出版,分上下两卷。上卷《辨林》版权页署 1936 年 5月出版,收马克思、恩格斯、列宁、普列汉诺夫、拉法格等人的文学论文,以及高尔基论文选集和拾补等。因当时国民党当局的压迫,该书出版时只署"诸夏怀霜社校印",书脊上署"STR"三个拉丁字母。按诸夏,即中国,见《论语·八佾》篇注引后汉包咸说;霜,瞿秋白的原名(后又改名爽);STR,即史铁儿,瞿秋白的一个笔名。

　　瞿秋白(1899—1935),江苏常州人,中国共产党早期领导人之一。1927 年大革命失败后,他曾主持召开"八月七日党中央紧急会议",结束了陈独秀右倾机会主义路线。同年冬至次年春在担任中共中央政治局临时书记时,犯有左倾盲动的错误。后受王明排挤,1931 年至 1933 年在上海从事革命文化工作,与鲁迅结下友谊。1934 年到中央苏区,任苏维埃政府教育人民委员。1935 年 3 月在福建长汀被国民党当局逮捕,6月被杀害。

　　〔2〕　《现实》　瞿秋白根据苏联共产主义学院出版的《文学遗产》第一、二两期材料编译的一部马克思主义文艺论文集。收入恩格斯、普列汉诺夫、拉法格文艺方面的论文和书信七篇,译者编译的有关论文六篇,后记一篇。鲁迅在编辑《海上述林》时,为了适应当时的环境,将副题"马克思主义文艺论文集"改为"科学的文艺论文集"。

　　〔3〕　《文学的遗产》　苏联共产主义学院出版的不定期丛刊,多载过去的作家未曾刊行的作品和关于他们的传记资料。

　　〔4〕　《绥拉菲摩维支〈铁流〉序》　绥拉菲摩维支全集编者涅拉陀夫所作,原题为《十月的艺术家》。《海上述林》据 1931 年三闲书屋出版的《铁流》中译本收入。

〔5〕 《十五年来的书籍版画和单行版画》 楷戈达耶夫作，从苏联的《艺术》杂志第一、二期合刊摘译。译文曾印入1934年鲁迅编选、以三闲书屋名义出版的《引玉集》。

我 的 第 一 个 师 父[1]

　　不记得是那一部旧书上看来的了,大意说是有一位道学先生,自然是名人,一生拚命辟佛,却名自己的小儿子为"和尚"。有一天,有人拿这件事来质问他。他回答道:"这正是表示轻贱呀!"那人无话可说而退云[2]。

　　其实,这位道学先生是诡辩。名孩子为"和尚",其中是含有迷信的。中国有许多妖魔鬼怪,专喜欢杀害有出息的人,尤其是孩子;要下贱,他们才放手,安心。和尚这一种人,从和尚的立场看来,会成佛——但也不一定,——固然高超得很,而从读书人的立场一看,他们无家无室,不会做官,却是下贱之流。读书人意中的鬼怪,那意见当然和读书人相同,所以也就不来搅扰了。这和名孩子为阿猫阿狗,完全是一样的意思:容易养大。

　　还有一个避鬼的法子,是拜和尚为师,也就是舍给寺院了的意思,然而并不放在寺院里。我生在周氏是长男,"物以希为贵",父亲怕我有出息,因此养不大,不到一岁,便领到长庆寺里去,拜了一个和尚为师了。拜师是否要赞见礼,或者布施什么的呢,我完全不知道。只知道我却由此得到一个法名叫作"长庚",后来我也偶尔用作笔名,并且在《在酒楼上》这篇小说里,赠给了恐吓自己的侄女的无赖;还有一件百家衣,就是

"衲衣",论理,是应该用各种破布拼成的,但我的却是橄榄形的各色小绸片所缝就,非喜庆大事不给穿;还有一条称为"牛绳"的东西,上挂零星小件,如历本,镜子,银筛之类,据说是可以避邪的。

这种布置,好像也真有些力量:我至今没有死。

不过,现在法名还在,那两件法宝却早已失去了。前几年回北平去,母亲还给了我婴儿时代的银筛,是那时的惟一的记念。仔细一看,原来那筛子圆径不过寸余,中央一个太极图,上面一本书,下面一卷画,左右缀着极小的尺,剪刀,算盘,天平之类。我于是恍然大悟,中国的邪鬼,是怕斩钉截铁,不能含胡的东西的。因为探究和好奇,去年曾经去问上海的银楼,终于买了两面来,和我的几乎一式一样,不过缀着的小东西有些增减。奇怪得很,半世纪有余了,邪鬼还是这样的性情,避邪还是这样的法宝。然而我又想,这法宝成人却用不得,反而非常危险的。

但因此又使我记起了半世纪以前的最初的先生。我至今不知道他的法名,无论谁,都称他为"龙师父",瘦长的身子,瘦长的脸,高颧细眼,和尚是不应该留须的,他却有两绺下垂的小胡子。对人很和气,对我也很和气,不教我念一句经,也不教我一点佛门规矩;他自己呢,穿起袈裟来做大和尚,或者戴上毗卢帽放焰口[3],"无祀孤魂,来受甘露味"的时候,是庄严透顶的,平常可也不念经,因为是住持,只管着寺里的琐屑事,其实——自然是由我看起来——他不过是一个剃光了头发的俗人。

　　因此我又有一位师母,就是他的老婆。论理,和尚是不应该有老婆的,然而他有。我家的正屋的中央,供着一块牌位,用金字写着必须绝对尊敬和服从的五位:"天地君亲师"。我是徒弟,他是师,决不能抗议,而在那时,也决不想到抗议,不过觉得似乎有点古怪。但我是很爱我的师母的,在我的记忆上,见面的时候,她已经大约有四十岁了,是一位胖胖的师母,穿着玄色纱衫裤,在自己家里的院子里纳凉,她的孩子们就来和我玩耍。有时还有水果和点心吃,——自然,这也是我所以爱她的一个大原因;用高洁的陈源教授的话来说,便是所谓"有奶便是娘"〔4〕,在人格上是很不足道的。

　　不过我的师母在恋爱故事上,却有些不平常。"恋爱",这是现在的术语,那时我们这偏僻之区只叫作"相好"。《诗经》云:"式相好矣,毋相尤矣"〔5〕,起源是算得很古,离文武周公的时候不怎么久就有了的,然而后来好像并不算十分冠冕堂皇的好话。这且不管它罢。总之,听说龙师父年青时,是一个很漂亮而能干的和尚,交际很广,认识各种人。有一天,乡下做社戏了,他和戏子相识,便上台替他们去敲锣,精光的头皮,簇新的海青〔6〕,真是风头十足。乡下人大抵有些顽固,以为和尚是只应该念经拜忏的,台下有人骂了起来。师父不甘示弱,也给他们一个回骂。于是战争开幕,甘蔗梢头雨点似的飞上来,有些勇士,还有进攻之势,"彼众我寡",他只好退走,一面退,一面一定追,逼得他又只好慌张的躲进一家人家去。而这人家,又只有一位年青的寡妇。以后的故事,我也不甚了然了,总而言之,她后来就是我的师母。

自从《宇宙风》出世以来,一向没有拜读的机缘,近几天才看见了"春季特大号"。其中有一篇铢堂先生的《不以成败论英雄》[7],使我觉得很有趣,他以为中国人的"不以成败论英雄","理想是不能不算崇高的",的,"然而在人群的组织上实在要不得。抑强扶弱,便是永远不愿意有强。崇拜失败英雄,便是不承认成功的英雄"。"近人有一句流行话,说中国民族富于同化力,所以辽金元清都并不曾征服中国。其实无非是一种惰性,对于新制度不容易接收罢了"。我们怎样来改悔这"惰性"呢,现在姑且不谈,而且正在替我们想法的人们也多得很。我只要说那位寡妇之所以变了我的师母,其弊病也就在"不以成败论英雄"。乡下没有活的岳飞或文天祥,所以一个漂亮的和尚在如雨而下的甘蔗梢头中,从戏台逃下,也就是一个货真价实的失败的英雄。她不免发现了祖传的"惰性",崇拜起来,对于追兵,也像我们的祖先的对于辽金元清的大军似的,"不承认成功的英雄"了。在历史上,这结果是正如铢堂先生所说:"乃是中国的社会不树威是难得帖服的",所以活该有"扬州十日"和"嘉定三屠"[8]。但那时的乡下人,却好像并没有"树威",走散了,自然,也许是他们料不到躲在家里。

因此我有了三个师兄,两个师弟。大师兄是穷人的孩子,舍在寺里,或是卖在寺里的;其余的四个,都是师父的儿子,大和尚的儿子做小和尚,我那时倒并不觉得怎么稀奇。大师兄只有单身;二师兄也有家小,但他对我守着秘密,这一点,就可见他的道行远不及我的师父,他的父亲了。而且年龄都和我相差太远,我们几乎没有交往。

三师兄比我恐怕要大十岁,然而我们后来的感情是很好的,我常常替他担心。还记得有一回,他要受大戒了,他不大看经,想来未必深通什么大乘[9]教理,在剃得精光的囟门上,放上两排艾绒,同时烧起来,我看是总不免要叫痛的,这时善男信女,多数参加,实在不大雅观,也失了我做师弟的体面。这怎么好呢?每一想到,十分心焦,仿佛受戒的是我自己一样。然而我的师父究竟道力高深,他不说戒律,不谈教理,只在当天大清早,叫了我的三师兄去,厉声吩咐道:"拚命熬住,不许哭,不许叫,要不然,脑袋就炸开,死了!"这一种大喝,实在比什么《妙法莲花经》或《大乘起信论》[10]还有力,谁高兴死呢,于是仪式很庄严的进行,虽然两眼比平时水汪汪,但到两排艾绒在头顶上烧完,的确一声也不出。我嘘一口气,真所谓"如释重负",善男信女们也个个"合十赞叹,欢喜布施,顶礼而散"[11]了。

出家人受了大戒,从沙弥升为和尚,正和我们在家人行过冠礼[12],由童子而为成人相同。成人愿意"有室",和尚自然也不能不想到女人。以为和尚只记得释迦牟尼或弥勒菩萨[13],乃是未曾拜和尚为师,或与和尚为友的世俗的谬见。寺里也有确在修行,没有女人,也不吃荤的和尚,例如我的大师兄即是其一,然而他们孤僻,冷酷,看不起人,好像总是郁郁不乐,他们的一把扇或一本书,你一动他就不高兴,令人不敢亲近他。所以我所熟识的,都是有女人,或声明想女人,吃荤,或声明想吃荤的和尚。

我那时并不诧异三师兄在想女人,而且知道他所理想的是怎样的女人。人也许以为他想的是尼姑罢，并不是的，和尚和尼姑"相好"，加倍的不便当。他想的乃是千金小姐或少奶奶；而作这"相思"或"单相思"——即今之所谓"单恋"也——的媒介的是"结"。我们那里的阔人家，一有丧事，每七日总要做一些法事，有一个七日，是要举行"解结"的仪式的，因为死人在未死之前，总不免开罪于人，存着冤结，所以死后要替他解散。方法是在这天拜完经忏的傍晚，灵前陈列着几盘东西，是食物和花，而其中有一盘，是用麻线或白头绳，穿上十来文钱，两头相合而打成蝴蝶式，八结式之类的复杂的，颇不容易解开的结子。一群和尚便环坐桌旁，且唱且解，解开之后，钱归和尚，而死人的一切冤结也从此完全消失了。这道理似乎有些古怪，但谁都这样办，并不为奇，大约也是一种"惰性"。不过解结是并不如世俗人的所推测，个个解开的，倘有和尚以为打得精致，因而生爱，或者故意打得结实，很难解散，因而生恨的，便能暗暗的整个落到僧袍的大袖里去，一任死者留下冤结，到地狱里去吃苦。这种宝结带回寺里，便保存起来，也时时鉴赏，恰如我们的或亦不免偏爱看看女作家的作品一样。当鉴赏的时候，当然也不免想到作家，打结子的是谁呢，男人不会，奴婢不会，有这种本领的，不消说是小姐或少奶奶了。和尚没有文学界人物的清高，所以他就不免睹物思人，所谓"时涉遐想"起来，至于心理状态，则我虽曾拜和尚为师，但究竟是在家人，不大明白底细。只记得三师兄曾经不得已而分给我几个，有些实在打得精奇，有些则打好之后，浸过水，还用剪刀柄之类砸实，使和尚无法解散。解结，是替死人设法的，现在却和和尚为难，我真不知道小姐或少奶奶是什么意思。这疑问直到二十年后，学了一点医学，才明白原来是给和尚吃苦，颇有一点虐待异性的病态的。深闺的怨恨，会无线电似的报在佛寺的和尚身上，我看道学先生可还没有料到这一层。

后来，三师兄也有了老婆，出身是小姐，是尼姑，还是"小家碧玉"呢，我不明白，他也严守秘密，道行远不及他的父亲了。这时我也长大起来，不知道从那里，听到了和尚应守清规之类的古老话，还用这话来嘲笑他，本意是在要他受窘。不料他竟一点不窘，立刻用"金刚怒目"[14]式，向我大喝一声道：

"和尚没有老婆，小菩萨那里来！？"

这真是所谓"狮吼"[15]，使我明白了真理，哑口无言，我的确早看见寺里有丈余的大佛，有数尺或数寸的小菩萨，却从未想到他们为什么有大小。经此一喝，我才彻底的省悟了和尚有老婆的必要，以及一切小菩萨的来源，不再发生疑问。但要找寻三师兄，从此却艰难了一点，因为这位出家人，这时就有了三个家了：一是寺院，二是他的父母的家，三是他自己和女人的家。

我的师父，在约略四十年前已经去世；师兄弟们大半做了一寺的住持；我们的交情是依然存在的，却久已彼此不通消息。但我想，他们一定早已各有一大批小菩萨，而且有些小菩萨又有小菩萨了。

四月一日。

※　　　※　　　※

〔1〕　本篇最初发表于 1936 年 4 月《作家》月刊第一卷第一期。

〔2〕　宋代笔记小说《道山清话》（著者不详）中记有如下的故事："一长老在欧阳公（修）座上，见公家小儿有名僧哥者，戏谓公曰：'公不重佛，安得此名？'公笑曰：'人家小儿要易长育，往往以贱名为小名，如狗、羊、犬、马之类是也。'闻者莫不服公之捷对。"又据宋代王闢之著《渑水燕谈录》："公（欧阳修）幼子小名和尚。"

〔3〕　毗卢帽　和尚所戴的一种绣有毗卢佛像的帽子。放焰口，旧俗于夏历七月十五日（同日也是道家中元节）晚上请和尚结盂兰盆会，诵经施食，称为"放焰口"。盂兰盆，梵语 Ullambana 的音译，"救倒悬"的意思；焰口，饿鬼名，据佛经说，其形枯瘦，口吐火焰，故名。

〔4〕　"有奶便是娘"　1925 年 8 月间，因北洋政府教育总长章士钊禁止爱国运动和宣扬复古思想，北京大学评议会发表宣言反对他为教育总长，并宣布和教育部脱离关系。后来少数教授顾虑脱离教育部后经费无着，一部分进步教授就在致本校同事的公函中说："章士钊到任以来，曾为北京大学筹过若干经费，本校同人当各知悉；即使章士钊真能按月拨付，或并清偿积欠……同人亦当为公义而牺牲利益，维持最高学府之尊严……如若忽变态度……采取'有奶便是娘'主义，我们不能不为北大同人羞之。"陈源在《现代评论》第二卷第四十期（1925 年 9 月 12 日）发表的《闲话》里，引用"有奶便是娘"这句话，加以曲解和讥笑。

〔5〕　"式相好矣，毋相尤矣"　语出《诗经·小雅·斯干》，意思是互相爱好而不相恶。式，发语辞。

〔6〕　海青　江浙一带方言，指一种广袖的长袍。明代郑明选《秕言》："吴中方言称衣之广袖者谓之海青。"

〔7〕　《不以成败论英雄》　参看本卷第 529 页注〔10〕。

〔8〕 "扬州十日" 指清顺治二年(1645)清军攻破扬州后进行的十天大屠杀。"嘉定三屠",指同年清军占领嘉定后进行的三次大屠杀。清代王秀楚著《扬州十日记》、朱子素著《嘉定屠城记略》二书,分别对这两次惨杀作了较详的记载。

〔9〕 大乘 公元一、二世纪间形成的佛教宗派,相对于主张"自我解脱"的小乘教派而言。它主张"救度一切众生",强调尽人皆可成佛,一切修行应以利他为主。

〔10〕 《妙法莲花经》 简称《法华经》,印度佛教经典之一。通行的中译本为后秦鸠摩罗什所译。《大乘起信论》,解释大乘教理的佛教著作,相传为古印度马鸣作,有南朝梁真谛和唐代实叉难陀的两种译本。

〔11〕 "合十赞叹"等语,是佛经中常见的话。合十,即合掌,用以表示敬意;顶礼,以头、手、足五体匍匐在地的叩拜,是一种最尊敬的礼节。

〔12〕 冠礼 我国古代礼俗,男子二十岁时举行冠礼,依次加戴布、皮、爵三冠,表示已经成人。《仪礼·士冠礼》篇中有关于冠礼的说明。

〔13〕 释迦牟尼 参看本卷第332页注〔19〕。弥勒,佛教菩萨之一,相传继释迦牟尼而成佛。

〔14〕 "金刚怒目" 参看本卷第450页注〔7〕。

〔15〕 "狮吼" 佛家语,意思是震天动地的吼声。宋僧道彦《景德传灯录》卷一引《普耀经》:"佛(释迦牟尼)初生刹利王家……分手指天地,作狮子吼声:'上下及四维,无能尊我者。'"

《海上述林》下卷序言[1]

　　这一卷所收的,都是文学的作品:诗,剧本,小说。也都是翻译。

　　编辑时作为根据的,除《克里慕·萨慕京的生活》[2]的残稿外,大抵是印本。只有《没工夫唾骂》[3]曾据译者自己校过的印本改正几个错字。高尔基的早年创作也因为得到原稿校对,补入了几条注释,所可惜的是力图保存的《第十三篇关于列尔孟托夫的小说》[4]的原稿终被遗失,印本上虽有可疑之处,也无从质证,而且连小引也恐怕和初稿未必完全一样了。

　　译者采择翻译的底本,似乎并无条理。看起来:大约一是先要能够得到,二是看得可以发表,这才开手来翻译。而且有时也许还因了插图的引动,如雷赫台莱夫(B. A. Lekhterev)和巴尔多(R. Barto)的绘画,都曾为译者所爱玩,观最末一篇小说之前的小引,即可知[5]。所以这里就不顾体例和上卷不同,凡原本所有的图画,也全数插入,——这,自然想借以增加读者的兴趣,但也有些所谓"悬剑空垅"[6]的意思的。至于关于辞句的办法,却和上卷悉同,兹不赘。

　　一九三六年四月末,编者。

　　　　＊　　　　＊　　　　＊

〔1〕　本篇最初印入《海上述林》下卷。

下卷《藻林》,版权页署 1936 年 10 月出版,收高尔基的讽刺诗《市侩颂》,别德讷依的讽刺诗《没工夫唾骂》,卢那察尔斯基的剧本《解放了的董·吉诃德》,高尔基的创作选集等。

〔2〕　《克里慕·萨慕京的生活》　通译《克里姆·萨姆金的一生》,高尔基的长篇小说。印入《海上述林》的"残稿"只是该书第一部第一章的开端。

〔3〕　《没工夫唾骂》　苏联诗人别德讷衣(通译别德内依)讽刺托洛茨基的一首长诗。

〔4〕　《第十三篇关于列尔孟托夫的小说》　苏联作家巴甫连珂作,是根据文学史上的材料写成的关于俄国诗人莱蒙托夫的中篇小说。

〔5〕　印入《海上述林》下卷的高尔基早年创作二篇中,有雷赫台莱夫的插图八幅;又在《第十三篇关于列尔孟托夫的小说》中,有巴尔多的插图四幅,译者在该篇译文的《小引》里说:"所附的三幅插图(按该篇在《译文》月刊发表时只有插图三幅),读者可以仔细的一看:这是多么有力,多么凸现。"

〔6〕　"悬剑空垅"　语出《文选》卷四十三南朝梁刘峻《重答刘秣陵沼书》,这原是春秋时吴国季札的故事。《史记·吴太伯世家》载:"吴使季札聘于鲁……北过徐君,徐君好季札剑,口弗敢言;季札心知之,为使上国未献。还至徐,徐君已死,于是乃解其宝剑,系之徐君冢树而去。"

答托洛斯基派的信[1]

一 来 信

鲁迅先生：

　　一九二七年革命失败后,中国康缪尼斯脱[2]不采取退兵政策以预备再起,而乃转向军事投机。他们放弃了城市工作,命令党员在革命退潮后到处暴动,想在农民基础上制造 Reds 以打平天下。七八年来,几十万勇敢有为的青年,被这种政策所牺牲掉,使现在民族运动高涨之时,城市民众失掉革命的领袖,并把下次革命推远到难期的将来。

　　现在 Reds 打天下的运动失败了。中国康缪尼斯脱又盲目地接受了莫斯科官僚的命令,转向所谓"新政策"。他们一反过去的行为,放弃阶级的立场,改换面目,发宣言,派代表交涉,要求与官僚,政客,军阀,甚而与民众的刽子手"联合战线"。藏匿了自己的旗帜,模糊了民众的认识,使民众认为官僚,政客,刽子手,都是民族革命者,都能抗日,其结果必然是把革命民众送交刽子手们,使再遭一次屠杀。史太林党的这种无耻背叛行为,使中国革命者都感到羞耻。

　　现在上海的一般自由资产阶级与小资产阶级上层分子无

不欢迎史太林党的这"新政策"。这是无足怪的。莫斯科的传统威信,中国 Reds 的流血史迹与现存力量——还有比这更值得利用的东西吗？可是史太林党的"新政策"越受欢迎,中国革命便越遭毒害。

我们这个团体,自一九三〇年后,在百般困苦的环境中,为我们的主张作不懈的斗争。大革命失败后我们即反对史太林派的盲动政策,而提出"革命的民主斗争"的道路。我们认为大革命既然失败了,一切只有再从头做起。我们不断地团结革命干部,研究革命理论,接受失败的教训,教育革命工人,期望在这反革命的艰苦时期,为下次革命打下坚固的基础。几年来的各种事变证明我们的政治路线与工作方法是正确的。我们反对史太林党的机会主义,盲动主义的政策与官僚党制,现在我们又坚决打击这叛背的"新政策"。但恰因为此,我们现在受到各投机分子与党官僚们的嫉视。这是幸呢,还是不幸？

先生的学识文章与品格,是我十余年来所景仰的,在许多有思想的人都沉溺到个人主义的坑中时,先生独能本自己的见解奋斗不息！我们的政治意见,如能得到先生的批评,私心将引为光荣。现在送上近期刊物数份,敬乞收阅。如蒙赐复,请留存×处,三日之内当来领取。顺颂
健康！

陈××〔3〕六月三日。

二 回 信

陈先生：

先生的来信及惠寄的《斗争》《火花》等刊物，我都收到了。

总括先生来信的意思，大概有两点，一是骂史太林先生们是官僚，再一是斥毛泽东先生们的"各派联合一致抗日"的主张为出卖革命。

这很使我"糊涂"起来了，因为史太林先生们的苏维埃俄罗斯社会主义共和国联邦在世界上的任何方面的成功，不就说明了托洛斯基[4]先生的被逐，飘泊，潦倒，以致"不得不"用敌人金钱的晚景的可怜么？现在的流浪，当与革命前西伯利亚的当年风味不同，因为那时怕连送一片面包的人也没有；但心境又当不同，这却因了现在苏联的成功。事实胜于雄辩，竟不料现在就来了如此无情面的讽刺的。其次，你们的"理论"确比毛泽东先生们高超得多，岂但得多，简直一是在天上，一是在地下。但高超固然是可敬佩的，无奈这高超又恰恰为日本侵略者所欢迎，则这高超仍不免要从天上掉下来，掉到地上最不干净的地方去。因为你们高超的理论为日本所欢迎，我看了你们印出的很整齐的刊物，就不禁为你们捏一把汗，在大众面前，倘若有人造一个攻击你们的谣，说日本人出钱叫你们办报，你们能够洗刷得很清楚么？这决不是因为从前你们中曾有人跟着别人骂过我拿卢布，现在就来这一手以报复。不是的，我还不至于这样下流，因为我不相信你们会下作到拿日本人钱来出报攻击毛泽东先生们的一致抗日论。你们决不会的。我只要敬告你们一声,你们的高超的理论,将不受中国大众所欢迎,你们的所为有背于中国人现在为人的道德。我要对你们讲的话,就仅仅这一点。

最后,我倒感到一点不舒服,就是你们忽然寄信寄书给我,不是没有原因的。那就因为我的某几个"战友"曾指我是什么什么的原故。但我,即使怎样不行,自觉和你们总是相离很远的罢。那切切实实,足踏在地上,为着现在中国人的生存而流血奋斗者,我得引为同志,是自以为光荣的。要请你原谅,因为三日之期已过,你未必会再到那里去取,这信就公开作答了。即颂

大安。

鲁迅。六月九日。

(这信由先生口授,O.V.[5]笔写。)

* * *

〔1〕 本篇最初同时发表于 1936 年 7 月的《文学丛报》月刊第四期和《现实文学》月刊第一期。

〔2〕 康缪尼斯脱 英语 Communist(共产党人)的音译。下文的 Reds,英语"赤色分子"的意思,这里指红军。

〔3〕 陈×× 原署名陈仲山,本名陈其昌(1900—1942),河南洛阳人。1925 年加入中国共产党,后追随陈独秀转入托洛茨基派立场,被开除出党,是中国托派组织的领导人之一。抗日战争其间在上海因从事抗日活动被日军捕杀。

〔4〕 托洛斯基(Л.Д.Троцкий,1879—1940) 通译托洛茨基,曾参与领导十月革命,担任过革命军事委员会主席等职。列宁逝世后他成为联共(布)党内反对派的领袖,1927年被开除出党,1929年被驱逐出国,1940年被刺杀于墨西哥。他曾两次被沙俄流放到西伯利亚,下文所说"革命前西伯利亚的当年风味",即指此。

〔5〕 O.V. 即冯雪峰(1903—1976),浙江义乌人。作家、文艺理论家。中国左翼作家联盟领导成员之一。1933年底赴中央苏区瑞金,次年10月参加长征。1936年受派回上海工作,任中共上海办事处副主任。在从事左翼文化工作中与鲁迅建立深厚友谊。著有《论文集》、《灵山歌》、《回忆鲁迅》等。

论现在我们的文学运动[1]

——病中答访问者，O.V.笔录

　　"左翼作家联盟"五六年来领导和战斗过来的，是无产阶级革命文学的运动。这文学和运动，一直发展着；到现在更具体底地，更实际斗争底地发展到民族革命战争的大众文学。民族革命战争的大众文学，是无产阶级革命文学的一发展，是无产革命文学在现在时候的真实的更广大的内容。这种文学，现在已经存在着，并且即将在这基础之上，再受着实际战斗生活的培养，开起烂缦的花来罢。因此，新的口号的提出，不能看作革命文学运动的停止，或者说"此路不通"了。所以，决非停止了历来的反对法西主义，反对一切反动者的血的斗争，而是将这斗争更深入，更扩大，更实际，更细微曲折，将斗争具体化到抗日反汉奸的斗争，将一切斗争汇合到抗日反汉奸斗争这总流里去。决非革命文学要放弃它的阶级的领导的责任，而是将它的责任更加重，更放大，重到和大到要使全民族，不分阶级和党派，一致去对外。这个民族的立场，才真是阶级的立场。托洛斯基的中国的徒孙们，似乎胡涂到连这一点都不懂的。但有些我的战友，竟也有在作相反的"美梦"者，我想，也是极胡涂的昏虫。

　　但民族革命战争的大众文学，正如无产革命文学的口号一样,大概是一个总的口号罢。在总口号之下,再提些随时应变的具体的口号,例如"国防文学""救亡文学""抗日文艺"……等等,我以为是无碍的。不但没有碍,并且是有益的,需要的。自然,太多了也使人头昏,浑乱。

不过,提口号,发空论,都十分容易办。但在批评上应用,在创作上实现,就有问题了。批评与创作都是实际工作。以过去的经验,我们的批评常流于标准太狭窄,看法太肤浅;我们的创作也常现出近于出题目做八股的弱点。所以我想现在应当特别注意这点:民族革命战争的大众文学决不是只局限于写义勇军打仗,学生请愿示威……等等的作品。这些当然是最好的,但不应这样狭窄。它广泛得多,广泛到包括描写现在中国各种生活和斗争的意识的一切文学。因为现在中国最大的问题,人人所共的问题,是民族生存的问题。所有一切生活(包含吃饭睡觉)都与这问题相关;例如吃饭可以和恋爱不相干,但目前中国人的吃饭和恋爱却都和日本侵略者多少有些关系,这是看一看满洲和华北的情形就可以明白的。而中国的唯一的出路,是全国一致对日的民族革命战争。懂得这一点,则作家观察生活,处理材料,就如理丝有绪;作者可以自由地去写工人,农民,学生,强盗,娼妓,穷人,阔佬,什么材料都可以,写出来都可以成为民族革命战争的大众文学。也无需在作品的后面有意地插一条民族革命战争的尾巴,翘起来当作旗子;因为我们需要的,不是作品后面添上去的口号和矫作的尾巴,而是那全部作品中的真实的生活,生龙活虎的战斗,跳动着的脉搏,思想和热情,等等。

六月十日。

＊　　　＊　　　＊

〔1〕　本篇最初同时发表于 1936 年 7 月《现实文学》月刊第一期和《文学界》月刊第一卷第二号。

《苏联版画集》序[1]

——前大半见上面《记苏联版画展览会》，
而将《附记》删去。再后便接下文：

右一篇，是本年二月间，苏联版画展览会在上海开会的时候，我写来登在《申报》上面的。这展览会对于中国给了不少的益处；我以为因此由幻想而入于脚踏实地的写实主义的大约会有许多人。良友图书公司要印一本画集，我听了非常高兴，所以当赵家璧[2]先生希望我参加选择和写作序文的时候，我都毫不思索地答应了：这是我所愿意做，也应该做的。

参加选择绘画，尤其是版画，我是践了夙诺的，但后来却生了病，缠绵月余，什么事情也不能做了，写序之期早到，我却还连拿一张纸的力量也没有。停印等我，势所不能，只好仍取旧文，印在前面，聊以塞责。不过我自信其中之所说也还可以略供参考，要请读者见恕的是我竟偏在这时候生病，不能写出一点新的东西来。

这一个月来，每天发热，发热中也有时记起了版画。我觉得这些作者，没有一个是潇洒，飘逸，伶俐，玲珑的。他们个个如广大的黑土的化身，有时简直显得笨重，自十月革命以后，开山的大师就忍饥，斗寒，以一个廓大镜和几把刀，不屈不挠的开拓了这一部门的艺术。这回虽然已是复制了，但大略尚存,我们可以看见,有那一幅不坚实,不恳切,或者是有取巧,弄乖的意思的呢?

我希望这集子的出世,对于中国的读者有好影响,不但可见苏联的艺术的成绩而已。

一九三六年六月二十三日,鲁迅述,许广平[3]记。

*　　　*　　　*

〔1〕　本篇最初印入《苏联版画集》。

《苏联版画集》,赵家璧编,1936 年 7 月上海良友图书印刷公司出版。

〔2〕　赵家璧(1908—1997)　江苏松江(今属上海)人,作家,出版家。当时任良友图书印刷公司编辑。

〔3〕　许广平(1898—1968)　笔名景宋,广东番禺人,鲁迅夫人。著有《欣慰的纪念》、《关于鲁迅的生活》等。

半夏小集[1]

一

A：　你们大家来品评一下罢，B竟蛮不讲理的把我的大衫剥去了！

B：　因为A还是不穿大衫好看。我剥它掉，是提拔他；要不然，我还不屑剥呢。

A：　不过我自己却以为还是穿着好……

C：　现在东北四省失掉了，你漫不管，只嚷你自己的大衫，你这利己主义者，你这猪猡！

C太太：　他竟毫不知道B先生是合作的好伴侣，这昏蛋！

二

用笔和舌，将沦为异族的奴隶之苦告诉大家，自然是不错的，但要十分小心，不可使大家得着这样的结论："那么，到底还不如我们似的做自己人的奴隶好。"

三

"联合战线"[2]之说一出，先前投敌的一批"革命作家"，就以"联合"的先觉者自居,渐渐出现了。纳款[3],通敌的鬼蜮行为,一到现在,就好像都是"前进"的光明事业。

四

这是明亡后的事情。

凡活着的,有些出于心服,多数是被压服的。但活得最舒服横恣的是汉奸;而活得最清高,被人尊敬的,是痛骂汉奸的逸民。后来自己寿终林下,儿子已不妨应试去了,而且各有一个好父亲。至于默默抗战的烈士,却很少能有一个遗孤。

我希望目前的文艺家,并没有古之逸民气。

五

A: B,我们当你是一个可靠的好人,所以几种关于革命的事情,都没有瞒了你。你怎么竟向敌人告密去了?

B: 岂有此理! 怎么是告密! 我说出来,是因为他们问了我呀。

A: 你不能推说不知道吗?

B: 什么话! 我一生没有说过谎,我不是这种靠不住的人!

六

A: 阿呀,B先生,三年不见了! 你对我一定失望了罢?……

B： 没有的事……为什么？

A： 我那时对你说过，要到西湖上去做二万行的长诗[4]，直到现在，一个字也没有，哈哈哈！

B： 哦，……我可并没有失望。

A： 您的"世故"可是进步了，谁都知道您记性好，"责人严"，不会这么随随便便的，您现在也学会了说谎。

B： 我可并没有说谎。

A： 那么，您真的对我没有失望吗？

B： 唔，无所谓失不失望，因为我根本没有相信过你。

七

庄生以为"在上为乌鸢食，在下为蝼蚁食"[5]，死后的身体，大可随便处置，因为横竖结果都一样。

我却没有这么旷达。假使我的血肉该喂动物，我情愿喂狮虎鹰隼，却一点也不给癞皮狗们吃。

养肥了狮虎鹰隼，它们在天空，岩角，大漠，丛莽里是伟美的壮观，捕来放在动物园里，打死制成标本，也令人看了神旺，消去鄙吝的心。

但养胖一群癞皮狗，只会乱钻，乱叫，可多么讨厌！

八

琪罗[6]编辑圣·蒲孚[7]的遗稿，名其一部为《我的毒》

(Mes Poisons);我从日译本上,看见了这样的一条:

> "明言着轻蔑什么人,并不是十足的轻蔑。惟沉默是最高的轻蔑。——我在这里说,也是多余的。"

诚然,"无毒不丈夫",形诸笔墨,却还不过是小毒。最高的轻蔑是无言,而且连眼珠也不转过去。

九

作为缺点较多的人物的模特儿,被写入一部小说里,这人总以为是晦气的。

殊不知这并非大晦气,因为世间实在还有写不进小说里去的人。倘写进去,而又逼真,这小说便被毁坏。

譬如画家,他画蛇,画鳄鱼,画龟,画果子壳,画字纸篓,画垃圾堆,但没有谁画毛毛虫,画癞头疮,画鼻涕,画大便,就是一样的道理。

有人一知道我是写小说的,便回避我,我常想这样的劝止他,但可惜我的毒还不到这程度。

*　　　*　　　*

〔1〕　本篇最初发表于1936年10月《作家》月刊第二卷第一期。

〔2〕　"联合战线"　指抗日民族统一战线。

〔3〕　纳款　即降服、投降。《晋书·赫连勃勃载记》:"河源望旗而委质,北虏钦风而纳款。"

〔4〕　西湖做长诗　1931年3月《文艺新闻》周刊第三号"每日笔

记"栏曾登载"章衣萍赴西湖吟诗","叶灵凤赴西湖"写"长篇著作"的消息。鲁迅在《我对于〈文新〉的意见》(《集外集拾遗补编》)中批评过这类"大抵没有后文"的报导。

〔5〕 "在上为乌鸢食,在下为蝼蝗食" 语出《庄子·列御寇》:"庄子将死,弟子欲厚葬之。……庄子曰:'在上为乌鸢食,在下为蝼蚁食,夺彼与此,何其偏也!'"

〔6〕 琪罗(V. Giraud,1868—1953) 法国文艺批评家,著有《泰纳评传》等。

〔7〕 圣·蒲孚(C. A. Sainte – Beuve,1804—1869) 通译圣佩韦,法国文艺批评家。著有《文学家画像》、《月曜日讲话》等。

"这也是生活"……[1]

这也是病中的事情。

有一些事，健康者或病人是不觉得的，也许遇不到，也许太微细。到得大病初愈，就会经验到；在我，则疲劳之可怕和休息之舒适，就是两个好例子。我先前往往自负，从来不知道所谓疲劳。书桌面前有一把圆椅，坐着写字或用心的看书，是工作；旁边有一把藤躺椅，靠着谈天或随意的看报，便是休息；觉得两者并无很大的不同，而且往往以此自负。现在才知道是不对的，所以并无大不同者，乃是因为并未疲劳，也就是并未出力工作的缘故。

我有一个亲戚的孩子，高中毕了业，却只好到袜厂里去做学徒，心情已经很不快活的了，而工作又很繁重，几乎一年到头，并无休息。他是好高的，不肯偷懒，支持了一年多。有一天，忽然坐倒了，对他的哥哥道："我一点力气也没有了。"

他从此就站不起来，送回家里，躺着，不想饮食，不想动弹，不想言语，请了耶稣教堂的医生来看，说是全体什么病也没有，然而全体都疲乏了。也没有什么法子治。自然，连接而来的是静静的死。我也曾经有过两天这样的情形，但原因不同，他是做乏，我是病乏的。我的确什么欲望也没有，似乎一切都和我不相干，所有举动都是多事，我没有想到死，但也没

622

有觉得生;这就是所谓"无欲望状态",是死亡的第一步。曾有爱我者因此暗中下泪;然而我有转机了,我要喝一点汤水,我有时也看看四近的东西,如墙壁,苍蝇之类,此后才能觉得疲劳,才需要休息。

象心纵意的躺倒,四肢一伸,大声打一个呵欠,又将全体放在适宜的位置上,然后弛懈了一切用力之点,这真是一种大享乐。在我是从来未曾享受过的。我想,强壮的,或者有福的人,恐怕也未曾享受过。

记得前年,也在病后,做了一篇《病后杂谈》,共五节,投给《文学》,但后四节无法发表,印出来只剩了头一节了。[2]虽然文章前面明明有一个"一"字,此后突然而止,并无"二""三",仔细一想是就会觉得古怪的,但这不能要求于每一位读者,甚而至于不能希望于批评家。于是有人据这一节,下我断语道:"鲁迅是赞成生病的。"现在也许暂免这种灾难了,但我还不如先在这里声明一下:"我的话到这里还没有完。"

有了转机之后四五天的夜里,我醒来了,喊醒了广平。

"给我喝一点水。并且去开开电灯,给我看来看去的看一下。"

"为什么?……"她的声音有些惊慌,大约是以为我在讲昏话。

"因为我要过活。你懂得么?这也是生活呀。我要看来看去的看一下。"

"哦……"她走起来,给我喝了几口茶,徘徊了一下,又轻轻的躺下了，不去开电灯。

我知道她没有懂得我的话。

街灯的光穿窗而入，屋子里显出微明，我大略一看，熟识的墙壁，壁端的棱线，熟识的书堆，堆边的未订的画集，外面的进行着的夜，无穷的远方，无数的人们，都和我有关。我存在着，我在生活，我将生活下去，我开始觉得自己更切实了，我有动作的欲望——但不久我又坠入了睡眠。

第二天早晨在日光中一看，果然，熟识的墙壁，熟识的书堆……这些，在平时，我也时常看它们的，其实是算作一种休息。但我们一向轻视这等事，纵使也是生活中的一片，却排在喝茶搔痒之下，或者简直不算一回事。我们所注意的是特别的精华，毫不在枝叶。给名人作传的人，也大抵一味铺张其特点，李白怎样做诗，怎样耍颠，拿破仑怎样打仗，怎样不睡觉，却不说他们怎样不耍颠，要睡觉。其实，一生中专门耍颠或不睡觉，是一定活不下去的，人之有时能耍颠和不睡觉，就因为倒是有时不耍颠和也睡觉的缘故。然而人们以为这些平凡的都是生活的渣滓，一看也不看。

于是所见的人或事，就如盲人摸象，摸着了脚，即以为象的样子像柱子。中国古人，常欲得其"全"，就是制妇女用的"乌鸡白凤丸"，也将全鸡连毛血都收在丸药里，方法固然可笑，主意却是不错的。

删夷枝叶的人，决定得不到花果。

为了不给我开电灯，我对于广平很不满，见人即加以攻击；到得自己能走动了，就去一翻她所看的刊物，果然，在我卧病期中，全是精华的刊物已经出得不少了，有些东西，后面虽然仍旧是"美容妙法"，"古木发光"，或者"尼姑之秘密"，但第一面却总有一点激昂慷慨的文章。作文已经有了"最中心之主题"[3]：连义和拳时代和德国统帅瓦德西睡了一些时候的赛金花，也早已封为九天护国娘娘了。[4]

尤可惊服的是先前用《御香缥缈录》[5]，把清朝的宫廷讲得津津有味的《申报》上的《春秋》，也已经时而大有不同，有一天竟在卷端的《点滴》[6]里，教人当吃西瓜时，也该想到我们土地的被割碎，像这西瓜一样。自然，这是无时无地无事而不爱国，无可訾议的。但倘使我一面这样想，一面吃西瓜，我恐怕一定咽不下去，即使用劲咽下，也难免不能消化，在肚子里咕咚的响它好半天。这也未必是因为我病后神经衰弱的缘故。我想，倘若用西瓜作比，讲过国耻讲义，却立刻又会高高兴兴的把这西瓜吃下，成为血肉的营养的人，这人恐怕是有些麻木。对他无论讲什么讲义，都是毫无功效的。

我没有当过义勇军，说不确切。但自己问：战士如吃西瓜，是否大抵有一面吃，一面想的仪式的呢？我想：未必有的。他大概只觉得口渴，要吃，味道好，却并不想到此外任何好听的大道理。吃过西瓜，精神一振，战斗起来就和喉干舌敝时候不同，所以吃西瓜和抗敌的确有关系，但和应该怎样想的上海设定的战略，却是不相干。这样整天哭丧着脸去吃喝，不多久，胃口就倒了，还抗什么敌。

然而人往往喜欢说得稀奇古怪，连一个西瓜也不肯主张平平常常的吃下去。其实,战士的日常生活,是并不全部可歌可泣的,然而又无不和可歌可泣之部相关联,这才是实际上的战士。

八月二十三日。

* * *

〔1〕 本篇最初发表于1936年9月5日上海《中流》半月刊第一卷第一期。

〔2〕 《病后杂谈》 写于1934年12月11日,共四节。在《文学》月刊第四卷第二号(1935年2月)发表时,被国民党当局检查删去后三节。全文后收入《且介亭杂文》。

〔3〕 "最中心之主题" 参看本卷第561页注〔10〕。

〔4〕 瓦德西(A. von Waldersee,1832—1904) 德国人,1900年侵略中国的八国联军总司令。赛金花(约1872—1936),江苏盐城人,清末的一个妓女。据近人柴萼所著《梵天庐丛录》卷三《庚辛纪事》中载:"金花故姓傅,名彩云(自云姓赵,实则姓曹),洪殿撰(钧)之妾也,随洪之西洋,艳名噪一时,归国后仍操丑业。""瓦德西统帅获名妓赛金花,嬖之甚,言听计从,隐为瓦之参谋。"这里说赛金花被"封为九天护国娘娘",是针对夏衍所作剧本《赛金花》以及当时报刊对该剧的赞扬而说的。

〔5〕 《御香缥缈录》 原名《老佛爷时代的西太后》,清宗室德龄所作。原本系英文,1933年在美国纽约出版。秦瘦鸥译为中文,1934年4月起在《申报》副刊《春秋》上连载,后由申报馆印行单行本。

〔6〕 《点滴》 《申报·春秋》刊登短篇文章的专栏。1936年8月12日该栏发表姚明然的短文中说:"当圆圆的西瓜,被瓜分的时候,我便想到和将来世界殖民地的再分割不是一样吗?"

"立此存照"（一）〔1〕

晓　角

海派《大公报》〔2〕的《大公园地》上，有《非庵漫话》，八月二十五日的一篇，题为《太学生应试》，云：

"这次太学生应试，国文题在文科的是：《士先器识而后文艺》，理科的是《拟南粤王复汉文帝书》，并把汉文帝遗南粤王赵佗书的原文附在题后。也许这个试题，对于现在的异动，不无见景生情之意。但是太学生对于这两个策论式的命题，很有些人摸不着头脑。有一位太学生在试卷上大书：'汉文帝三字仿佛故识，但不知系汉高祖几代贤孙，答南粤王赵他，则素昧生平，无从说起。且回去用功，明年再见。'某试官见此生误佗为他，辄批其后云：'汉高文帝爸，赵佗不是他；今年既不中，明年再来吧。'又一生在《士先器识而后文艺》题后，并未作文，仅书'若见美人甘下拜，凡闻过失要回头'一联，掷笔出场而去。某试官批云：'闻鼓鼙而思将帅之臣，临考试而动爱美之兴，幸该生尚能悬崖勒马，否则应打竹板四十，赶出场外。'是亦孤城落日中堪资谈助者。"

寥寥三百余字耳，却已将学生对于旧学之空疏和官师态度之浮薄写尽，令人觉自言"歇后郑五作宰相，天下事可知"〔3〕者,诚亦古之人不可及也。

但国文亦良难:汉若无赵他,中华民国亦岂得有"太学生"哉。

*　　*　　*

〔1〕　本篇最初发表于1936年9月5日《中流》半月刊第一卷第一期。

〔2〕　海派《大公报》　指在上海发行的《大公报》,1936年4月1日开始发行。

〔3〕　"歇后郑五作宰相,天下事可知"　《唐书·郑綮传》载:"綮善为诗,多俳剧刺时,故落格调,时号郑五歇后体。初去庐江与郡人别云:'唯有两行公廨泪,一时洒向渡头风。'滑稽皆此类也……庶政未惬,綮每形于诗什而嘲之。"后来他被任为宰相,"亲宾来贺,搔首言曰:'歇后郑五作宰相,时事可知矣!'""歇后",就是结末的语词不说出来。宋代叶梦得《石林诗话》载:"(唐)彦谦题高庙(汉高祖陵)云:'耳闻明主提三尺,眼见愚民盗一抔。'虽是着题,然语皆歇后。""三尺",指"三尺剑";"一抔",指"一抔土"。郑綮(? —899),字蕴武,唐代荥阳(今属河南)人。曾任庐州刺史、右散骑常侍,昭宗时官礼部侍郎同平章事(即宰相)。

"立此存照"(二)[1]

晓角

《申报》(八月九日)载本地人盛阿大,有一养女,名杏珍,年十六岁,于六日忽然失踪,盛在家检点衣物,从杏珍之箱箧中发现他人寄与之情书一封,原文云:

> "光阴如飞般的过去了,倏忽已六个月半矣,在此过程中,很是觉得闷闷的,然而细想真有无穷快乐在眼前矣,细算时日,不久快到我们的时候矣,请万事多多秘密为要,如有东西,有机会拿来,请你爱惜金钱,不久我们需要金钱应用,幸勿浪费,是幸,你的身体爱惜,我睡在床上思想你,早晨等在洋台上,看你开门,我多看见你芳影,很是快活,请你勿要想念,再会吧,日健,爱书,"

盛遂将信呈交捕房,不久果获诱拐者云云。

案这种事件,是不足为训的。但那一封信,却是十足道地的语录体[2]情书,置之《宇宙风》中,也堪称佳作,可惜林语堂博士竟自赴美国讲学,不再顾念中国文风了。

现在录之于此,以备他日作《中国语录体文学史》者之采择,其作者,据《申报》云,乃法租界蒲石路四七九号协盛水果店伙无锡项三宝也。

※　　　※　　　※

〔1〕　本篇最初发表于 1936 年 9 月 5 日《中流》半月刊第一卷第一期。

〔2〕　语录体　参看本卷第 320 页注〔6〕。按林语堂提倡的所谓语录体,据他解释,是"文言中不避俚语,白话中多放之乎"。(见 1933 年 12 月 1 日《论语》半月刊第三十期《怎样做语录体文?》)下文的《宇宙风》为林语堂等编辑的刊物,参看本卷第 451 页注〔9〕。

死^{〔1〕}

当印造凯绥·珂勒惠支（Kaethe Kollwitz）所作版画的选集时，曾请史沫德黎（A. Smedley）^{〔2〕}女士做一篇序。自以为这请得非常合适，因为她们俩原极熟识的。不久做来了，又逼着茅盾先生译出，现已登在选集上。其中有这样的文字：

"许多年来，凯绥·珂勒惠支——她从没有一次利用过赠授给她的头衔^{〔3〕}——作了大量的画稿，速写，铅笔作的和钢笔作的速写，木刻，铜刻。把这些来研究，就表示着有二大主题支配着，她早年的主题是反抗，而晚年的是母爱，母性的保障，救济，以及死。而笼照于她所有的作品之上的，是受难的，悲剧的，以及保护被压迫者深切热情的意识。

"有一次我问她：'从前你用反抗的主题，但是现在你好像很有点抛不开死这观念。这是为什么呢？'用了深有所苦的语调，她回答道，'也许因为我是一天一天老了！'……"

我那时看到这里，就想了一想。算起来：她用"死"来做画材的时候，是一九一〇年顷；这时她不过四十三四岁。我今年的这"想了一想"，当然和年纪有关，但回忆十余年前，对于死却还没有感到这深切。大约我们的生死久已被人们随意处置,认为无足重轻,所以自己也看得随随便便,不像欧洲人那样的认真了。有些外国人说,中国人最怕死。这其实是不确的,——但自然,每不免模模胡胡的死掉则有之。

大家所相信的死后的状态,更助成了对于死的随便。谁都知道,我们中国人是相信有鬼(近时或谓之"灵魂")的,既有鬼,则死掉之后,虽然已不是人,却还不失为鬼,总还不算是一无所有。不过设想中的做鬼的久暂,却因其人的生前的贫富而不同。穷人们是大抵以为死后就去轮回[4]的,根源出于佛教。佛教所说的轮回,当然手续繁重,并不这么简单,但穷人往往无学,所以不明白。这就是使死罪犯人绑赴法场时,大叫"二十年后又是一条好汉",面无惧色的原因。况且相传鬼的衣服,是和临终时一样的,穷人无好衣裳,做了鬼也决不怎么体面,实在远不如立刻投胎,化为赤条条的婴儿的上算。我们曾见谁家生了小孩,胎里就穿着叫化子或是游泳家的衣服的么?从来没有。这就好,从新来过。也许有人要问,既然相信轮回,那就说不定来生会堕入更穷苦的景况,或者简直是畜生道,更加可怕了。但我看他们是并不这样想的,他们确信自己并未造出该入畜生道的罪孽,他们从来没有能堕畜生道的地位,权势和金钱。

然而有着地位,权势和金钱的人,却又并不觉得该堕畜生道;他们倒一面化为居士,准备成佛,一面自然也主张读经复古,兼做圣贤。他们像活着时候的超出人理一样,自以为死后也超出了轮回的。至于小有金钱的人,则虽然也不觉得该受轮回,但此外也别无雄才大略,只豫备安心做鬼。所以年纪一到五十上下,就给自己寻葬地,合寿材,又烧纸锭,先在冥中存储,生下子孙,每年可吃羹饭。这实在比做人还享福。假使我现在已经是鬼,在阳间又有好子孙,那么,又何必零星卖稿,或向北新书局〔5〕去算账呢,只要很闲适的躺在楠木或阴沉木的棺材里,逢年逢节,就自有一桌盛馔和一堆国币摆在眼前了,岂不快哉!

就大体而言,除极富贵者和冥律无关外,大抵穷人利于立即投胎,小康者利于长久做鬼。小康者的甘心做鬼,是因为鬼的生活(这两字大有语病,但我想不出适当的名词来),就是他还未过厌的人的生活的连续。阴间当然也有主宰者,而且极其严厉,公平,但对于他独独颇肯通融,也会收点礼物,恰如人间的好官一样。

有一批人是随随便便,就是临终也恐怕不大想到的,我向来正是这随便党里的一个。三十年前学医的时候,曾经研究过灵魂的有无,结果是不知道;又研究过死亡是否苦痛,结果是不一律,后来也不再深究,忘记了。近十年中,有时也为了朋友的死,写点文章,不过好像并不想到自己。这两年来病特别多,一病也比较的长久,这才往往记起了年龄,自然,一面也为了有些作者们笔下的好意的或是恶意的不断的提示。

从去年起,每当病后休养,躺在藤躺椅上,每不免想到体力恢复后应该动手的事情:做什么文章,翻译或印行什么书籍。想定之后,就结束道:就是这样罢——但要赶快做。这"要赶快做"的想头,是为先前所没有的,就因为在不知不觉中,记得了自己的年龄。却从来没有直接的想到"死"。

　　直到今年的大病，这才分明的引起关于死的豫想来。原先是仍如每次的生病一样，一任着日本的 S 医师[6]的诊治的。他虽不是肺病专家，然而年纪大，经验多，从习医的时期说，是我的前辈，又极熟识，肯说话。自然，医师对于病人，纵使怎样熟识，说话是还是有限度的，但是他至少已经给了我两三回警告，不过我仍然不以为意，也没有转告别人。大约实在是日子太久，病象太险了的缘故罢，几个朋友暗自协商定局，请了美国的 D 医师[7]来诊察了。他是在上海的唯一的欧洲的肺病专家，经过打诊，听诊之后，虽然誉我为最能抵抗疾病的典型的中国人，然而也宣告了我的就要灭亡；并且说，倘是欧洲人，则在五年前已经死掉。这判决使善感的朋友们下泪。我也没有请他开方，因为我想，他的医学从欧洲学来，一定没有学过给死了五年的病人开方的法子。然而 D 医师的诊断却实在是极准确的，后来我照了一张用 X 光透视的胸像，所见的景象，竟大抵和他的诊断相同。

　　我并不怎么介意于他的宣告，但也受了些影响，日夜躺着，无力谈话，无力看书。连报纸也拿不动，又未曾炼到"心如古井"，就只好想，而从此竟有时要想到"死"了。不过所想的也并非"二十年后又是一条好汉"，或者怎样久住在楠木棺材里之类，而是临终之前的琐事。在这时候，我才确信，我是到底相信人死无鬼的。我只想到过写遗嘱，以为我倘曾贵为宫保[8]，富有千万，儿子和女婿及其他一定早已逼我写好遗嘱了，现在却谁也不提起。但是，我也留下一张罢。当时好像很想定了一些，都是写给亲属的，其中有的是：

一，不得因为丧事，收受任何人的一文钱。——但老朋友的，不在此例。

二，赶快收敛，埋掉，拉倒。

三，不要做任何关于纪念的事情。

四，忘记我，管自己生活。——倘不，那就真是胡涂虫。

五，孩子长大，倘无才能，可寻点小事情过活，万不可去做空头文学家或美术家。

六，别人应许给你的事物，不可当真。

七，损着别人的牙眼，却反对报复，主张宽容的人，万勿和他接近。

此外自然还有，现在忘记了。只还记得在发热时，又曾想到欧洲人临死时，往往有一种仪式，是请别人宽恕，自己也宽恕了别人。我的怨敌可谓多矣，倘有新式的人问起我来，怎么回答呢？我想了一想，决定的是：让他们怨恨去，我也一个都不宽恕。

但这仪式并未举行，遗嘱也没有写，不过默默的躺着，有时还发生更切迫的思想：原来这样就算是在死下去，倒也并不苦痛；但是，临终的一刹那，也许并不这样的罢；然而，一世只有一次，无论怎样，总是受得了的……。后来，却有了转机，好起来了。到现在，我想，这些大约并不是真的要死之前的情形，真的要死，是连这些想头也未必有的，但究竟如何，我也不知道。

九月五日。

﹡ ﹡ ﹡

〔1〕 本篇最初发表于 1936 年 9 月 20 日《中流》半月刊第一卷第二期。

〔2〕 史沫德黎(1890—1950) 通译史沫特莱,美国女作家、记者。1928 年来中国,1929 年底开始与作者交往。著有自传体长篇小说《大地的女儿》和介绍朱德革命经历的报告文学《伟大的道路》等。这里所说的"一篇序",题为《凯绥·珂勒惠支——民众的艺术家》。

〔3〕 1918 年德国 11 月革命成立共和国以后,德国政府文化与教育部曾授予凯绥·珂勒惠支以教授称号,普鲁士艺术学院聘请她为院士,又授予她"艺术大师"的荣誉称号,享有领取终身年金的权利。

〔4〕 轮回 佛家语。佛教宣扬众生各依所作善恶业因,在所谓天、人、阿修罗(印度神话中的一种恶神)、地狱、饿鬼、畜生六道中不断循环转化。《心地观经》:"有情轮回生六道,犹如车轮无始终。"

〔5〕 北新书局 当时上海的一家书店,李小峰主持,曾出版过鲁迅著译多种。因拖欠版税问题,鲁迅于 1929 年 8 月曾委托律师与之交涉。

〔6〕 S 医师 即须藤五百三(1876—1959),日本冈山县人,早年任军医,1911 年后在朝鲜任道立医院院长,1917 年后在上海开设须藤医院。

〔7〕 D 医师 即托马斯·邓恩(Thomas Dunn,1886—1948),美籍英国人。早年任美国海军军医,1920 年来上海行医,曾由史沫特莱介绍为作者看病。

〔8〕 宫保 即太子太保、少保的通称,一般都是授予大臣的加衔,以表示荣宠。清末邮传大臣、大买办盛宣怀曾被授为"太子少保",他死后其亲属曾因争夺遗产而引起诉讼。

女　吊[1]

　　大概是明末的王思任[2]说的罢："会稽乃报仇雪耻之乡，非藏垢纳污之地！"这对于我们绍兴人很有光彩，我也很喜欢听到，或引用这两句话。但其实，是并不的确的；这地方，无论为那一样都可以用。

　　不过一般的绍兴人，并不像上海的"前进作家"那样憎恶报复，却也是事实。单就文艺而言，他们就在戏剧上创造了一个带复仇性的，比别的一切鬼魂更美，更强的鬼魂。这就是"女吊"。我以为绍兴有两种特色的鬼，一种是表现对于死的无可奈何，而且随随便便的"无常"[3]，我已经在《朝华夕拾》里得了绍介给全国读者的光荣了，这回就轮到别一种。

　　"女吊"也许是方言，翻成普通的白话，只好说是"女性的吊死鬼"。其实，在平时，说起"吊死鬼"，就已经含有"女性的"的意思的，因为投缳而死者，向来以妇人女子为最多。有一种蜘蛛，用一枝丝挂下自己的身体，悬在空中，《尔雅》上已谓之"蜆，缢女"[4]，可见在周朝或汉朝，自经的已经大抵是女性了，所以那时不称它为男性的"缢夫"或中性的"缢者"。不过一到做"大戏"或"目连戏"的时候，我们便能在看客的嘴里听到"女吊"的称呼。也叫作"吊神"。横死的鬼魂而得到"神"的尊号的，我还没有发见过第二位，则其受民众之爱戴也可想。

但为什么这时独要称她"女吊"呢？很容易解：因为在戏台上，也要有"男吊"出现了。

我所知道的是四十年前的绍兴，那时没有达官显宦，所以未闻有专门为人（堂会？）的演剧。凡做戏，总带着一点社戏性，供着神位，是看戏的主体，人们去看，不过叨光。但"大戏"或"目连戏"所邀请的看客，范围可较广了，自然请神，而又请鬼，尤其是横死的怨鬼。所以仪式就更紧张，更严肃。一请怨鬼，仪式就格外紧张严肃，我觉得这道理是很有趣的。

也许我在别处已经写过。"大戏"和"目连"〔5〕，虽然同是演给神，人，鬼看的戏文，但两者又很不同。不同之点：一在演员，前者是专门的戏子，后者则是临时集合的 Amateur〔6〕——农民和工人；一在剧本，前者有许多种，后者却好歹总只演一本《目连救母记》。然而开场的"起殇"，中间的鬼魂时时出现，收场的好人升天，恶人落地狱，是两者都一样的。

当没有开场之前，就可看出这并非普通的社戏，为的是台两旁早已挂满了纸帽，就是高长虹〔7〕之所谓"纸糊的假冠"，是给神道和鬼魂戴的。所以凡内行人，缓缓的吃过夜饭，喝过茶，闲闲而去，只要看挂着的帽子，就能知道什么鬼神已经出现。因为这戏开场较早，"起殇"在太阳落尽时候，所以饭后去看，一定是做了好一会了，但都不是精彩的部分。"起殇"者，绍兴人现已大抵误解为"起丧"，以为就是召鬼，其实是专限于横死者的。《九歌》中的《国殇》〔8〕云："身既死兮神以灵，魂魄毅兮为鬼雄"，当然连战死者在内。明社垂绝，越人起义而死者不少，至清被称为叛贼，我们就这样的一同招待他们的英灵。在薄暮中,十几匹马,站在台下了;戏子扮好一个鬼王,蓝面鳞纹,手执钢叉,还得有十几名鬼卒,则普通的孩子都可以应募。我在十余岁时候,就曾经充过这样的义勇鬼,爬上台去,说明志愿,他们就给在脸上涂上几笔彩色,交付一柄钢叉。待到有十多人了,即一拥上马,疾驰到野外的许多无主孤坟之处,环绕三匝,下马大叫,将钢叉用力的连连掷刺在坟墓上,然后拔叉驰回,上了前台,一同大叫一声,将钢叉一掷,钉在台板上。我们的责任,这就算完结,洗脸下台,可以回家了,但倘被父母所知,往往不免挨一顿竹篠(这是绍兴打孩子的最普通的东西),一以罚其带着鬼气,二以贺其没有跌死,但我却幸而从来没有被觉察,也许是因为得了恶鬼保佑的缘故罢。

　　这一种仪式,就是说,种种孤魂厉鬼,已经跟着鬼王和鬼卒,前来和我们一同看戏了,但人们用不着担心,他们深知道理,这一夜决不丝毫作怪。于是戏文也接着开场,徐徐进行,人事之中,夹以出鬼:火烧鬼,淹死鬼,科场鬼(死在考场里的),虎伤鬼……孩子们也可以自由去扮,但这种没出息鬼,愿意去扮的并不多,看客也不将它当作一回事。一到"跳吊"时分——"跳"是动词,意义和"跳加官"[9]之"跳"同——情形的松紧可就大不相同了。台上吹起悲凉的喇叭来,中央的横梁上,原有一团布,也在这时放下,长约戏台高度的五分之二。看客们都屏着气,台上就闯出一个不穿衣裤,只有一条犊鼻裤[10],面施几笔粉墨的男人,他就是"男吊"。一登台,径奔悬布,像蜘蛛的死守着蛛丝,也如结网,在这上面钻,挂。他用布吊着各处:腰,胁,胯下,肘弯,腿弯,后项窝……一共七七四十九处。最后才是脖子,但是并不真套进去的,两手扳着布,将颈子一伸,就跳下,走掉了。这"男吊"最不易跳,演目连戏时,独有这一个脚色须特请专门的戏子。那时的老年人告诉我,这也是最危险的时候,因为也许会招出真的"男吊"来。所以后台上一定要扮一个王灵官[11],一手捏诀,一手执鞭,目不转睛的看着一面照见前台的镜子。倘镜中见有两个,那么,一个就是真鬼了,他得立刻跳出去,用鞭将假鬼打落台下。假鬼一落台,就该跑到河边,洗去粉墨,挤在人丛中看戏,然后慢慢的回家。倘打得慢,他就会在戏台上吊死;洗得慢,真鬼也还会认识,跟住他。这挤在人丛中看自己们所做的戏,就如要人下野而念佛,或出洋游历一样,也正是一种缺少不得的过渡仪式。

这之后,就是"跳女吊"。自然先有悲凉的喇叭;少顷,门幕一掀,她出场了。大红衫子,黑色长背心,长发蓬松,颈挂两条纸锭,垂头,垂手,弯弯曲曲的走一个全台,内行人说:这是走了一个"心"字。为什么要走"心"字呢?我不明白。我只知道她何以要穿红衫。看王充的《论衡》[12],知道汉朝的鬼的颜色是红的,但再看后来的文字和图画,却又并无一定颜色,而在戏文里,穿红的则只有这"吊神"。意思是很容易了然的;因为她投缳之际,准备作厉鬼以复仇,红色较有阳气,易于和生人相接近,……绍兴的妇女,至今还偶有搽粉穿红之后,这才上吊的。自然,自杀是卑怯的行为,鬼魂报仇更不合于科学,但那些都是愚妇人,连字也不认识,敢请"前进"的文学家和"战斗"的勇士们不要十分生气罢。我真怕你们要变呆鸟。

她将披着的头发向后一抖,人这才看清了脸孔:石灰一样白的圆脸,漆黑的浓眉,乌黑的眼眶,猩红的嘴唇。听说浙东的有几府的戏文里,吊神又拖着几寸长的假舌头,但在绍兴没有。不是我袒护故乡,我以为还是没有好;那么,比起现在将眼眶染成淡灰色的时式打扮来,可以说是更彻底,更可爱。不过下嘴角应该略略向上,使嘴巴成为三角形:这也不是丑模样。假使半夜之后,在薄暗中,远处隐约着一位这样的粉面朱唇,就是现在的我,也许会跑过去看看的,但自然,却未必就被诱惑得上吊。她两肩微耸,四顾,倾听,似惊,似喜,似怒,终于发出悲哀的声音,慢慢地唱道:

　　　　"奴奴本是杨家女[13],

　　　　呵呀,苦呀,天哪!……"

下文我不知道了。就是这一句,也还是刚从克士[14]那里听来的。但那大略,是说后来去做童养媳,备受虐待,终于弄到投缳。唱完就听到远处的哭声,这也是一个女人,在衔冤悲泣,准备自杀。她万分惊喜,要去"讨替代"了,却不料突然跳出"男吊"来,主张应该他去讨。他们由争论而至动武,女的当然不敌,幸而王灵官虽然脸相并不漂亮,却是热烈的女权拥护家,就在危急之际出现,一鞭把男吊打死,放女的独去活动了。老年人告诉我说:古时候,是男女一样的要上吊的,自从王灵官打死了男吊神,才少有男人上吊;而且古时候,是身上有七七四十九处,都可以吊死的,自从王灵官打死了男吊神,致命处才只在脖子上。中国的鬼有些奇怪,好像是做鬼之后,也还是要死的,那时的名称,绍兴叫作"鬼里鬼"。但男吊既然早被王灵官打死，为什么现在"跳吊"，还会引出真的来呢？我不懂这道理，问问老年人，他们也讲说不明白。

　　而且中国的鬼还有一种坏脾气，就是"讨替代"，这才完全是利己主义；倘不然，是可以十分坦然的和他们相处的。习俗相沿，虽女吊不免，她有时也单是"讨替代"，忘记了复仇。绍兴煮饭，多用铁锅，烧的是柴或草，烟煤一厚，火力就不灵了，因此我们就常在地上看见刮下的锅煤。但一定是散乱的，凡村姑乡妇，谁也决不肯省些力，把锅子伏在地面上，团团一刮，使烟煤落成一个黑圈子。这是因为吊神诱人的圈套，就用煤圈炼成的缘故。散掉烟煤，正是消极的抵制，不过为的是反对"讨替代"，并非因为怕她去报仇。被压迫者即使没有报复的毒心，也决无被报复的恐惧，只有明明暗暗，吸血吃肉的凶手或其帮闲们，这才赠人以"犯而勿校"或"勿念旧恶"〔15〕的格言，——我到今年，也愈加看透了这些人面东西的秘密。

九月十九——二十日。

＊　　　　＊　　　　＊

　　〔1〕　本篇最初发表于 1936 年 10 月 5 日《中流》半月刊第一卷第三期。

　　〔2〕　王思任（1574—1646）　字季重，浙江山阴（今绍兴）人，明末官九江佥事。弘光元年（1645）清兵破南京，明朝宰相马士英逃往浙江，王思任在骂他的信中说："叛兵至则束手无措，强敌来则缩颈先逃……且欲求奔吾越；夫越乃报仇雪耻之国，非藏垢纳污之地也。"鲁王监国于绍兴，思任曾为礼部尚书，不久，绍兴城破，绝食而死。著有《文饭小品》

等。

〔３〕　"无常"　佛家语。原指世间一切事物都在变异灭坏的过程中；后引申为死的意思，也用以称迷信传说中的"勾魂使者"。

〔４〕　《尔雅》　我国最早的解释词义的专著，大概由汉初学者缀辑周汉著作而成。儒家经典之一。"蜆，缢女"，见《尔雅·释虫》。

〔５〕　"大戏"和"目连"　都是绍兴的地方戏。清代范寅《越谚》卷中说："班子：唱戏成齣（班）者，有文班、武班之别。文专唱和，名高调班；武演战斗，名乱弹班。"又说："万（按此处读'木'）莲一出戏者，百姓为之。"高调班和乱弹班就是大戏；万莲班就是目连戏。大戏和目连戏所演的《目连救母》，内容繁简不一，但开场和收场，以及鬼魂的出现则都相同。参看《朝花夕拾·无常》和《且介亭杂文·门外文谈》第十节。

〔６〕　Amateur　英语（源出拉丁语）：业余从事文艺、科学或体育运动的人；这里用作业余演员的意思。

〔７〕　高长虹在 1925 年 11 月 7 日《狂飙周刊》第五期上发表的《1925 北京出版界形势指掌图》中攻击鲁迅说："实际的反抗者（按指女师大学生）从哭声中被迫出校后……鲁迅遂戴其纸糊的权威者的假冠入于心身交病之状况矣！"参看《华盖集续编·所谓"思想界先驱者"鲁迅启事》。

〔８〕　《九歌》　我国古代楚国人民祭神的歌词。计十一篇，相传为屈原所作。《国殇》是对阵亡将士的颂歌。

〔９〕　"跳加官"　旧时在戏剧开场演出以前，常由演员一人戴面具（即"加官脸"），穿袍执笏，手里拿着写有"天官赐福"、"指日高升"等吉利话的条幅，在场上回旋舞蹈，称为跳加官。

〔１０〕　犊鼻裈　原出《史记·司马相如传》，据南朝宋裴骃《集解》引三国吴韦昭说："今三尺布作，形如犊鼻。"这里是指绍兴一带称为牛头

裤的一种短裤。

〔11〕 王灵官 相传是北宋末年的方士，明宣宗时封为隆恩真君。据《明史·礼志》："隆恩真君者……玉枢火府天将王灵官也。"后来道观中都奉为镇山门之神。

〔12〕 王充（27—约97） 字仲任，会稽上虞（今属浙江）人，东汉思想家和散文家。曾任刺史从事、治中等微职，后居家著述。《论衡》是他的论文集，今存八十四篇。《论衡·订鬼篇》说："鬼，阳气也，时藏时见。阳气赤，故世人尽见鬼，其色纯朱。"

〔13〕 杨家女 应为良家女。据目连戏的故事说：她幼年时父母双亡，婶母将她领给杨家做童养媳，后又被婆婆卖入妓院，终于自缢身死。在目连戏中，她的唱词是："奴奴本是良家女，将奴卖入勾栏里；生前受不过王婆气，将奴逼死勾栏里。阿呀，苦呀，天哪！将奴逼死勾栏里。"

〔14〕 克士 周建人的笔名。周建人（1888—1984），字乔峰，生物学家。鲁迅的三弟。当时任商务印书馆编辑。

〔15〕 "犯而勿校" 语出《论语·泰伯》："有若无，实若虚，犯而不校。"校，计较的意思。"勿念旧恶"，语出《论语·公冶长》："伯夷、叔齐不念旧恶，怨是用希。"

"立此存照"（三）[1]

　　饱暖了的白人要搔痒的娱乐，但菲洲食人蛮俗和野兽影片已经看厌，我们黄脸低鼻的中国人就被搬上银幕来了。于是有所谓"辱华影片"事件，我们的爱国者，往往勃发了义愤。

　　五六年前罢，因为《月宫盗宝》这片子，和范朋克[2]大闹了一通，弄得不欢而散。但好像彼此到底都没有想到那片子上其实是蒙古王子，和我们不相干；而故事是出于《天方夜谈》[3]的，也怪不得只是演员非导演的范朋克。

　　不过我在这里，也并无替范朋克叫屈的意思。

　　今年所提起的《上海快车》事件，却比《盗宝》案切实得多了。我情愿做一回"文剪公"，因为事情和文章都有意思，太删节了怕会索然无味。首先，是九月二十日上海《大公报》内《大公俱乐部》上所载的，萧运先生的《冯史丹堡[4]过沪再志》：

　　　　"这几天，上海的电影界，忙于招待一位从美国来的贵宾，那便是派拉蒙公司的名导演约瑟夫·冯史丹堡（Josef von Sternberg），当一些人在热烈地欢迎他的时候，同时有许多人在向他攻击，因为他是辱华片《上海快车》（Shanghai Express）的导演人，他对于我国曾有过重大的侮蔑。这是令人难忘的一回事！

"说起《上海快车》,那是五年前的事了,上海正当一二八战事之后,一般人的敌忾心理还很敏锐,所以当这部歪曲了事实的好莱坞出品在上海出现时,大家不由都一致发出愤慨的呼声,像昙花一现地,这部影片只映了两天,便永远在我国人眼前消灭了。到了五年后的今日,这部片子的导演人还不能避免舆论的谴责。说不定经过了这回教训之后,冯史丹堡会明白,无理侮蔑他人是不值得的。

"拍《上海快车》的时候,冯史丹堡对于中国,可以说一点印象没有,中国是怎样的,他从来不晓得,所以他可以替自己辩护,这回侮辱中国,并非有意如此。但是现在,他到过中国了,他看过中国了,如果回好莱坞之后,他再会制出《上海快车》那样作品,那才不可恕呢。他在上海时对人说他对中国的印象很好,希望他这是真话。"(下略。)

但是,究竟如何?不幸的是也是这天的《大公报》,而在《戏剧与电影》上,登有弃扬先生的《艺人访问记》,云:

"以《上海快车》一片引起了中国人注意的导演人约瑟夫·冯史登堡氏,无疑,从这次的旅华后,一定会获得他的第二部所谓辱华的题材的。

"'中国人没有自知,《上海快车》所描写的,从此次的来华,益给了我不少证实……'不像一般来华的访问者,一到中国就改变了他原有的论调;冯史登堡氏确有着这样一种隽然的艺术家风度,这是很值得我们的敬佩的。"

（中略。）

"没有极正面去抗议《上海快车》这作品，只把他在美时和已来华后，对中日的感想来问了。

"不立刻置答，继而莞然地说：

"'在美时和已来华后，并没有什么不同，东方风味确然两样，日本的风景很好，中国的北平亦好，上海似乎太繁华了，苏州太旧，神秘的情调，确实是有的。许多访问者都以《上海快车》事来质问我，实际上，不必掩饰是确有其事的。现在是更留得了一个真切的印象。……我不带摄影机，但我的眼睛，是不会叫我忘记这一些的。'使我想起了数年前南京中山路，为了招待外宾而把茅棚拆除的故事。……"

原来他不但并不改悔，倒更加坚决了，怎样想着，便怎么说出，真有日耳曼人的好的一面的蛮风，我同意记者之所说："值得我们的敬佩"。

我们应该有"自知"之明，也该有知人之明：我们要知道他并不把中国的"舆论的谴责"放在心里，我们要知道中国的舆论究有多大的权威。

"但是现在，他到过中国了，看过中国了"，"他在上海时对人说他对中国的印象很好"，据《访问记》，也确是"真话"。不过他说"好"的是北平，是地方，不是中国人，中国的地方，从他们看来，和人们已经几乎并无关系了。

况且我们其实也并无什么好的人事给他看。我看过关于冯史丹堡的文章，就去翻阅前一天的，十九日的报纸，也没有

什么体面事,现在就剪两条电报在这里:

"(北平十八日中央社电)平九一八纪念日,警宪戒备极严,晨六时起,保安侦缉两队全体出动,在各学校公共场所冲要街巷等处配置一切,严加监视,所有军警,并停止休息一日。全市空气颇呈紧张,但在平安中渡过。"

"(天津十八日下午十一时专电)本日傍晚,丰台日军突将二十九军驻防该处之冯治安部包围,勒令缴械,入夜尚在相持中。日军已自北平增兵赴丰台,详况不明。查月来日方迭请宋哲元部将冯部撤退,宋迄未允。"

跳下一天,二十日的报上的电报:

"(丰台十九日同盟社电)十八日之丰台事件,于十九日上午九时半圆满解决,同时日本军解除包围形势,集合于车站前大坪,中国军亦同样整列该处,互释误会。"

再下一天,二十一日报上的电报:

"(北平二十日中央社电)丰台中日军误会解决后,双方当局为避免今后再发生同样事件,经详细研商,决将两军调至较远之地方,故我军原驻丰台之二营五连,已调驻丰台迤南之赵家村,驻丰日军附近,已无我军踪迹矣。"

我不知道现在冯史丹堡在那里,倘还在中国,也许要错认今年为"误会年",十八日为"学生造反日"的罢。

其实,中国人是并非"没有自知"之明的,缺点只在有些人安于"自欺",由此并想"欺人"。譬如病人,患着浮肿,而讳疾忌医,但愿别人胡涂,误认他为肥胖。妄想既久,时而自己也觉得好像肥胖,并非浮肿;即使还是浮肿,也是一种特别的好浮肿,与众不同。如果有人,当面指明:这非肥胖,而是浮肿,且并不"好",病而已矣。那么,他就失望,含羞,于是成怒,骂指明者,以为昏妄。然而还想吓他,骗他,又希望他畏惧主人的愤怒和骂詈,惴惴的再看一遍,细寻佳处,改口说这的确是肥胖。于是他得到安慰,高高兴兴,放心的浮肿着了。

不看"辱华影片",于自己是并无益处的,不过自己不看见,闭了眼睛浮肿着而已。但看了而不反省,却也并无益处。我至今还在希望有人翻出斯密斯的《支那人气质》[5]来。看了这些,而自省,分析,明白那几点说的对,变革,挣扎,自做工夫,却不求别人的原谅和称赞,来证明究竟怎样的是中国人。

*   *   *

〔1〕 本篇最初发表于 1936 年 10 月 5 日《中流》半月刊第一卷第三期。

〔2〕 范朋克（D. Fairbanks, 1883—1939） 美国电影演员。1929年他到上海游历,当时报纸上曾指摘他在影片《月宫盗宝》中侮辱中国人。参看《二心集·〈现代电影与有产阶级〉译者附记》。

〔3〕 《天方夜谈》 参看本卷第 372 页注〔16〕。影片《月宫盗宝》原名《巴格达的窃贼》（The Thief of Bagdad）,即取材于此书。

〔4〕 冯史丹堡（1894—1969） 通译斯登堡,美国电影导演。生于维也纳,七岁时随父母移居美国。执导的影片有《求救的人们》、《下层社会》等。

〔5〕 斯密斯 参看本卷第 277 页注〔2〕。

"立此存照"(四)〔1〕

近年的期刊有《越风》〔2〕，撰人既非全是越人，所谈也非尽属越事，殊不知其命名之所以然。自然，今年是必须痛骂贰臣和汉奸的，十七期中，有高越天先生作的《贰臣汉奸的丑史和恶果》，第一节之末云：

"明朝颇崇气节，所以亡国之际，忠臣义烈，殉节不屈的多不胜计，实为我汉族生色。但是同时汉奸贰臣，却也不少，最大汉奸吴三桂，贰臣洪承畴，这两个没廉耻的东西，我们今日闻名，还须掩鼻。其实他们在当时昧了良心努力讨好清廷，结果还是'鸟尽弓藏，兔死狗烹'，真是愚不可及，大汉奸的下场尚且如此，许多次等汉奸，结果自更属可惨。……"

后又据《雪庵絮墨》〔3〕，述清朝对于开创功臣，皆配享太庙，然无汉人之耿精忠，尚可喜，吴三桂，洪承畴〔4〕四名，洪且由乾隆列之《贰臣传》〔5〕之首，于是诚曰：

"似这样丢脸的事情，我想不独含怨泉下的洪经略要大吃一惊，凡一班吃里爬外，枪口向内的狼鼠之辈，读此亦当憬然而悟矣。"

这种训诫，是反问不得的。倘有不识时务者问："如果那时并不'鸟尽弓藏,兔死狗烹'[6],而且汉人也配享太庙,洪承畴不入《贰臣传》,则将如何?"我觉得颇费唇舌。

因为卫国和经商不同,值得与否,并不是第一着也。

*　　　*　　　*

〔1〕　本篇最初发表于1936年10月5日《中流》半月刊第一卷第三期。

〔2〕　《越风》　小品文半月刊,黄萍荪主编,1935年10月在杭州创刊。曾得国民党中宣部额外津贴。

〔3〕　《越风》半月刊第十七期(1936年7月30日)所载高越天的原文说:"如《雪庵絮墨》载:'清之入关,汉族功最重者,武臣当推耿、尚、吴三藩王,文臣则以洪经略承畴为第一。按报功酬庸之旨,上述四人应列庙享,或入祠祭。而吾详考之结果,则太庙东西两庑,以及贤良、功臣、昭忠等祠,皆无此四公大名……而洪大经略……宣付国史馆列入功臣传之事迹,经康、雍两朝之久,骤然被高宗特旨提出荣升为《贰臣传》中第一名。'"高越天,浙江萧山人,时任陕西《西京日报》主笔。下文的《雪庵絮墨》,当时上海《大公报》副刊连载的专栏文章。

〔4〕　耿精忠(?—1682)　清汉军正黄旗人。康熙间袭爵为靖南王,镇守福建。康熙十三年(1674)起兵响应吴三桂反叛,屡败而降,被处死。尚可喜(1604—1676),辽东(今辽宁辽阳)人。崇祯间为副总兵。后降清,属汉军镶蓝旗,从清兵入关,封平南王,镇守广州。后因其子之信响应吴三桂反叛,他忧急而死。吴三桂(1612—1678),高邮(今属江苏)人。崇祯间为辽东总兵。李自成攻克北京后,他引清兵入关,受封为平西王,镇压川、陕农民军,俘杀南明永历帝,镇守云南,与耿、尚同为清初"三藩"。康熙十二年(1673)清廷下令撤藩,吴三桂起兵反叛,康熙

十七年在衡州称帝,不久病死。洪承畴(1593—1665),福建南安人。崇祯间任蓟辽总督,抵御清军,兵败降清。后随清军入关,在南京总督军务,镇压江南抗清义军,顺治十年(1653)受任七省经略,镇压各部农民军。清初开国规制,多出其手。

〔5〕 《贰臣传》 十二卷,清高宗(乾隆)敕编,载投降清朝的明朝官员一百二十五人的事迹。洪承畴列入该书卷三之首,尚可喜列入卷二之六。吴三桂和耿精忠分别列入《逆臣传》卷一之首和卷二之六。

〔6〕 "鸟尽弓藏,兔死狗烹" 语出《史记·越王勾践世家》:"蜚(飞)鸟尽,良弓藏;狡兔死,走狗烹。"

"立此存照"(五)〔1〕

晓　　角

《社会日报》久不载《艺人腻事》了,上海《大公报》的《本埠增刊》上,却载起《文人腻事》来。"文""腻"两音差多,事也并不全"腻",这真叫作"一代不如一代"。但也常有意外的有趣文章,例如九月十五日的《张资平〔2〕在女学生心中》条下,有记的是:

> "他虽然是一个恋爱小说作家,而他却是一个颇为精明方正的人物。并没有文学家那一种浪漫热情不负责任的习气,他之精明强干,恐怕在作家中找不出第二个来吧。胖胖的身材,矮矮的个子,穿着一身不合身材的西装,衬着他一付团团的黝黑的面孔,一手里经常的夹着一个大皮包,大有洋行大板公司经理的派头,可是,他的大皮包内没有支票账册,只有恋爱小说的原稿与大学里讲义。"

原意大约是要写他的"颇为精明方正的",但恰恰画出了开乐群书店赚钱时代的张资平老板面孔。最妙的是"一手里经常夹着一个大皮包",但其中"只有恋爱小说的原稿与大学里讲义":都是可以赚钱的货色,至于"没有支票账册",就活画了他用不着记账,和开支票付钱。所以当书店关门时,老板依然"一付团团的黝黑的面孔",而有些卖稿或抽板税的作者,却成了一付尖尖的晦气色的面孔了。

*　　　*　　　*

〔1〕　本篇最初发表于 1936 年 11 月 5 日《中流》半月刊第一卷第五期,系以手稿影印。

〔2〕　张资平(1893—1959)　广东梅县人,作家。创造社成员,写过大量的三角恋爱小说。抗日战争时期任日伪"兴亚建国运动""文化委员会主席"、汪精卫伪政府农矿部技正。

"立此存照"(六)[1]

晓　角

崇祯八年(一六三五)新正,张献忠[2]之一股陷安徽之巢县,秀水人沈国元在彼地,被斫不死,改名常,字存仲,作《再生纪异录》。今年春,上虞罗振常重校印行,改名《流寇陷巢记》[3],多此一改,怕是生意经了。其中有这样的文字:

> "元宵夜,月光澄湛,皎如白日。邑前居民神堂火起,严大尹拜灭之;戒市人勿张灯。时余与友人薛希珍杨子乔同步街头,各有忧色,盖以贼锋甚锐,毫无防备,城不可守也。街谈巷议,无不言贼事,各以'来了'二字,互相惊怖。及贼至,果齐声呼'来了来了':非市谶先兆乎?"

《热风》中有《来了》一则,臆测而已,这却是具象的实写;而贼自己也喊"来了",则为《热风》作者所没有想到的。此理易明:"贼"即民耳,故逃与追不同,而所喊的话如一:易地则皆然。

又云:

> "二十二日,……余……匿金身后,即闻有相携而蹶者,有痛楚而呻者,有襁负而至者,一闻贼来,无地可入,真人生之绝境也。及贼徜徉而前,仅一人提刀斫地示威耳;有猛犬逐之,竟惧而走。……"

　　非经宋元明三朝的压迫,杀戮和麻醉,不能到这田地。民
觉醒于四年前之春,[4]而宋元明清之教养亦醒矣。

　　　*　　　　*　　　　*

　　〔1〕　本篇最初发表于 1936 年 10 月 20 日《中流》半月刊第一卷第
四期。

　　〔2〕　张献忠　参看本卷第 180 页注〔15〕。

　　〔3〕《流寇陷巢记》　一卷。1936 年 4 月上海蟫隐庐印行。卷首
罗振常的校记中说,此书"原名沈存仲《再生纪异录》,近乎说部,为易今
名,较为显豁。"罗振常,浙江上虞人,罗振玉的堂弟,在上海经营书店。

　　〔4〕　指 1932 年"一·二八"抗击日军的上海战事。

"立此存照"(七)〔1〕

近来的日报上作兴附"专刊",有讲医药的,有讲文艺的,有谈跳舞的;还有"大学生专刊","中学生专刊",自然也有"小学生"和"儿童专刊";只有"幼稚园生专刊"和"婴儿专刊",我还没有看见过。

九月二十七日,偶然看《申报》,遇到了《儿童专刊》,其中有一篇叫作《救救孩子!》,还有一篇"儿童作品",教小朋友不要看无用的书籍,如果有工夫,"可以看些有用的儿童刊物,或则看看星期日《申报》出版的《儿童专刊》,那是可以增进我们儿童知识的"。

在手里的就是这《儿童专刊》,立刻去看第一篇。果然,发见了不忍删节的应时的名文:

小学生们应有的认识　　　梦　苏

最近一个月中,四川的成都,广东的北海,湖北的汉口,以及上海公共租界上,连续出了不幸的案件,便是日本侨民及水兵的被人杀害,国交显出分外严重的不安。

小朋友对于这种不幸的案件,作何感想?于我们民族前途的关系是极大的。

国际的交涉,在非常时期,做国民的不可没有抗敌御侮的精神;但国交尚在常态的时期,却绝对不可有伤害外侨的越轨行动。倘若以个人的私怨,而杀害外侨,这比较杀害自国人民,罪加一等。因为被杀害的虽然是绝少数人,但会引起别国的误会,加重本国外交上的困难;甚至发生意外的纠纷,把整个民族复兴运动的步骤乱了。这种少数人无意识的轨外行动,实是国法的罪人,民族的败类。我们当引为大戒。要知道这种举动,和战士在战争时的杀敌致果,功罪是绝对相反的。

小朋友们! 试想我们住在国外的侨民,倘使被别国人非法杀害,虽然我们没有兵舰派去登陆保侨,小题大做:我们政府不会提出严厉的要求,得不到丝毫公道的保障;但总禁不住我们同情的愤慨。

我们希望别国人民敬视我们的华侨,我们也当敬视任何的外侨;使伤害外侨的非法行为以后不再发生。这才是大国民的风度。

这"大国民的风度"非常之好,虽然那"总禁不住""同情的愤慨",还嫌过激一点,但就大体而言,是极有益于敦睦邦交[2]的。不过我们站在中国人的立场上,却还"希望"我们对于自己,也有这"大国民的风度",不要把自国的人民的生命价值,估计得只值外侨的一半,以至于"罪加一等"。主杀奴无罪,奴杀主重办的刑律,自从民国以来(呜呼,二十五年了!)不是早经废止了么?

真的要"救救孩子"。这"于我们民族前途的关系是极大的"！

　　而这也是关于我们的子孙。大朋友，我们既然生着人头，努力来讲人话罢！

九月二十七日。

　　＊　　　　＊　　　　＊

　　〔1〕　本篇最初发表于 1936 年 10 月 20 日《中流》半月刊第一卷第四期，改题为《"立此存照"（五）》。

　　按原来的《"立此存照"（五）》，是关于张资平的那条，因作者看到《申报·儿童增刊》一篇文章，竟主张中国人杀外国人应加倍治罪，不胜愤慨，就写了这条补白寄去。《中流》编者把这一条改为《"立此存照"（五）》，在该刊第四期发表，原来的第五条改为第七条，移在该刊第五期发表，因发表时系用手稿影印，所以号码没有改。收入本书时，编者许广平按写作时间先后将这一条改为第七条。参看作者 1936 年 9 月 28 日致黎烈文信。

　　〔2〕　敦睦邦交　国民党政府于 1935 年 6 月 10 日颁布《邦交敦睦令》，严禁"排日"，称"对于友邦，务敦睦谊，不得有排斥及挑拨恶感之言论行为，……以妨国交。"

后　记

　　《且介亭杂文》共三集,一九三四和三五年的两本,由先生自己于三五年最末的两天编好了,只差未有重看一遍和标明格式。这,或者因为那时总不大健康,所以没有能够做到。

　　一九三六年作的《末编》,先生自己把存稿放在一起的,是自第一篇至《曹靖华译〈苏联作家七人集〉序》。《因太炎先生而想起的二三事》,和《关于太炎先生二三事》,似乎同属姊妹篇,虽然当时因是未完稿而另外搁开,此刻也把它放在一起了。

　　《附集》的文章,收自《海燕》,《作家》,《现实文学》,《中流》等。《半夏小集》,《这也是生活》,《死》,《女吊》四篇,先生另外保存的,但都是这一年的文章,也就附在《末编》一起了。

　　先生在《白莽作〈孩儿塔〉序》中说:"一个人如果还有友情,那么,收存亡友的遗文真如捏着一团火,常要觉得寝食不安,给它企图流布的。"所以就不自量其浅陋,和排印,装订的草率,急于出版的罢。

　　这里重承好几位朋友的帮助,使这集子能够迅速付印。又蒙内山先生给予便利,得以销行,谨当深深表示谢意的。

　　一九三七年六月二十五日,许广平记。

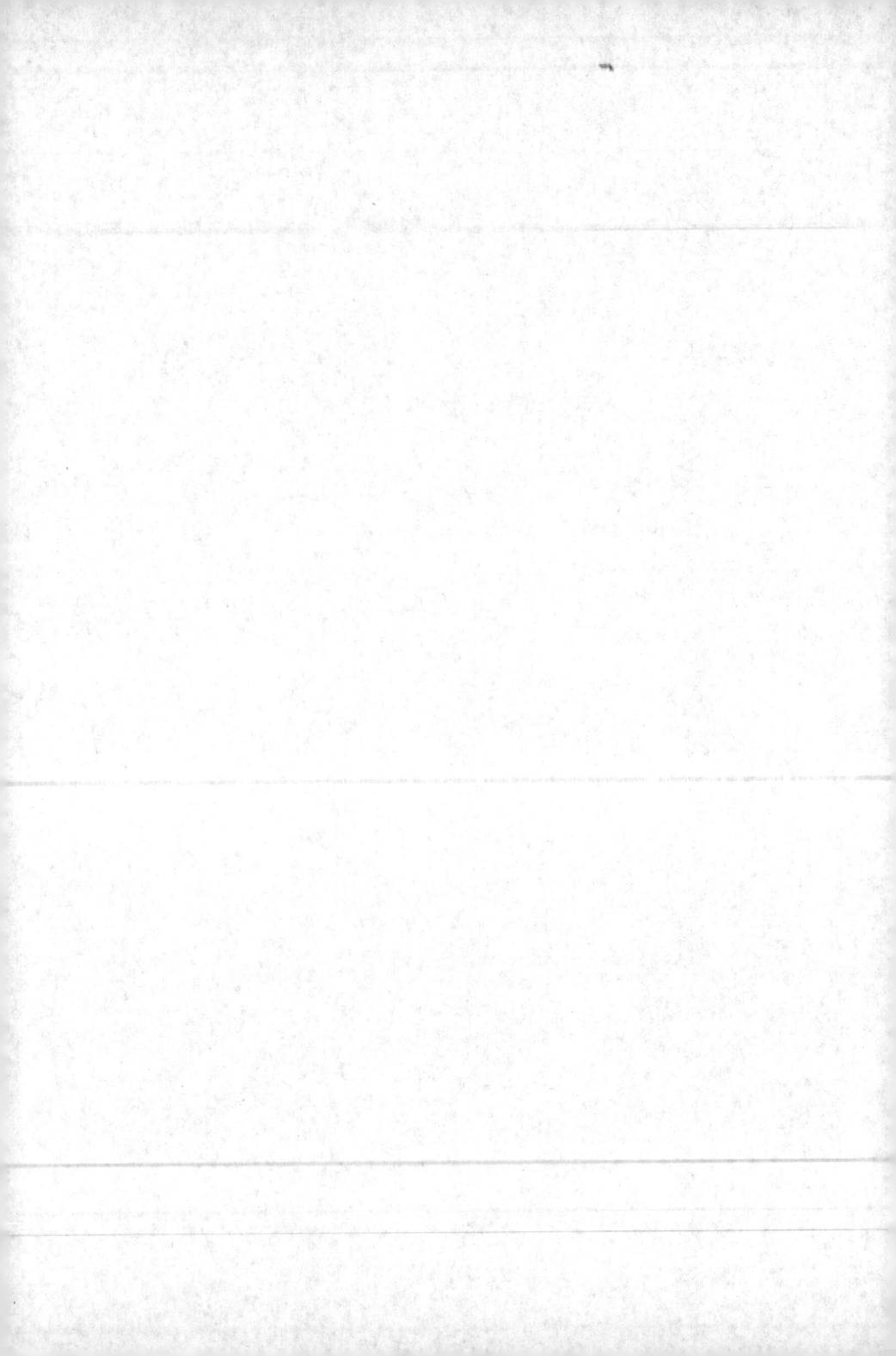